OPOWIEŚĆ SZALEŃCA

KU-050-001

Powieści **JOHNA KATZENBACHA**
w Wydawnictwie Amber

ANALITYK

CZŁOWIEK CIEŃ

DZIEŃ ZAPŁATY

OPOWIEŚĆ SZALEŃCA

PODRÓŻ

STAN UMYSŁU

UPALNE LATO W MIAMI

WOJNA HARTA

W SŁUSZNEJ SPRAWIE

JOHN KATZENBACH

OPOWIEŚĆ SZALEŃCA

Przekład
Przemysław Bieliński

AMBER

Tytuł oryginału
THE MADMAN'S TALE

Redaktorzy serii
MAŁGORZATA CEBO-FONIOK
ZBIGNIEW FONIOK

Redakcja stylistyczna
DOROTA KIELCZYK

Redakcja techniczna
ANDRZEJ WITKOWSKI

Korekta
JOLANTA KUCHARSKA
RENATA KUK

Ilustracja na okładce
PHOTOGRAPH: © JOHN RENSTEN/SUPERSTOCK
COVER DESIGN BY CARL D. GALIAN

Opracowanie graficzne okładki
STUDIO GRAFICZNE WYDAWNICTWA AMBER

Skład
WYDAWNICTWO AMBER

Wydawnictwo Amber zaprasza na stronę Internetu
http://www.wydawnictwoamber.pl

Copyright © 2004 by John Katzenbach.
All rights reserved.

For the Polish edition
Copyright © 2005 by Wydawnictwo Amber Sp. z o.o.

ISBN 83-241-2163-3

Rayowi, który pomógł mi w opowiadaniu tej historii bardziej,
niż się domyśla

Część 1
NIEWIARYGODNY NARRATOR

Rozdział 1

Nie słyszę już swoich głosów, więc jestem trochę zagubiony. Podejrzewam, że o wiele lepiej ode mnie wiedziałyby, jak opowiedzieć tę historię. Miałyby przynajmniej jakieś zdanie, sugestie i pomysły, co powinno być na początku, co na końcu, a co w środku. Mówiłyby mi, kiedy dodać więcej szczegółów, a kiedy pominąć zbędne informacje, co jest ważne, a co błahe. Upłynęło tyle czasu, że nie pamiętam wszystkiego i na pewno przydałaby mi się ich pomoc. Bardzo dużo się zdarzyło i trudno mi się zdecydować, gdzie co umieścić. A czasami nie jestem pewien, czy to, co wyraźnie pamiętam, w ogóle się wydarzyło. Wspomnienie, które w jednej chwili wydaje mi się solidne jak skała, w następnej staje się mgliste jak opar nad rzeką. To jeden z największych problemów szaleństwa: nigdy nie jesteś niczego pewien.

Przez długi czas uważałem, że wszystko zaczęło się od śmierci i na śmierci się skończyło, było odtąd dotąd, jak książki na półce, zamknięte z obu stron solidnymi podpórkami, ale teraz nie jestem tego już taki pewien. Może tak naprawdę tym, co wprawiło w ruch machinę zdarzeń wiele lat temu, kiedy byłem młody i naprawdę obłąkany, było coś o wiele mniejszego i trudniejszego do zauważenia, jak ukryta zazdrość albo niewidoczny gniew, albo o wiele większego i głośniejszego, jak układ gwiazd, przypływy mórz albo niepowstrzymany ruch Ziemi. Wiem, że zginęli ludzie, a ja miałem dużo szczęścia, że do nich nie dołączyłem – to było jedno z ostatnich spostrzeżeń, jakie poczyniły moje głosy, zanim nagle mnie opuściły.

Teraz leki mieszają ich szepty i jazgot. Raz dziennie posłusznie biorę psychotrop, jajowatą niebieską pigułkę, po której tak mi wysycha w ustach, że kiedy mówię, chrypię jak starzec, który wypalił za dużo papierosów, albo jak spalony słońcem dezerter z Legii Cudzoziemskiej, który przebrnął przez Saharę i błaga o łyk wody. Zaraz potem biorę obrzydliwy gorzki lek na poprawienie nastroju, żeby zwalczyć pojawiającą się czasami czarną, samobójczą depresję, w którą – według mojej kurator z opieki społecznej – w każdej chwili mogę popaść, niezależnie od tego, jak się naprawdę czuję. Szczerze mówiąc, mam wrażenie, że mógłbym wejść do jej gabinetu, podskoczyć i stuknąć obcasami radosny i zadowolony z życia, a ona i tak zapytałaby mnie, czy wziąłem swoją codzienną dawkę. Po tej bezdusznej, małej pigułce dostaję zaparcia i puchlinę, jakby zaciśnięto mi opaskę uciskową w pasie, a potem mocno ją napompowano. Dlatego muszę brać kolejny lek, moczopędny, i jeszcze jeden, przeczyszczający. Oczywiście po pigułce moczopędnej dostaję potwornej migreny, jakby ktoś wyjątkowo okrutny i wredny tłukł mi w czoło młotkiem, więc mam też w codziennej porcji powlekane kodeiną leki przeciwbólowe na ten mały efekt uboczny mojej kuracji, no i pędzę do łazienki, żeby zaradzić na poprzedni. A co dwa tygodnie dostaję silny środek antypsychotyczny w zastrzyku. Idę do pobliskiej kliniki i ściągam spodnie przed pielęgniarką, która zawsze uśmiecha się dokładnie tak samo i pyta dokładnie tym samym tonem, jak się dziś czuję, na co odpowiadam „bardzo dobrze", niezależnie od tego, czy to prawda, bo dla mnie to zupełnie oczywiste, mimo szaleństwa, cynizmu i leków, że tak naprawdę pielęgniarka ma to gdzieś, ale uważa za swój obowiązek zapytać mnie o samopoczucie. Problem w tym, że antypsychotyk, który zapobiega moim złym czy nikczemnym zachowaniom – a przynajmniej tak mówią – wywołuje u mnie drżenie rąk, które trzęsą się jak u nieuczciwego podatnika przyłapanego przez kontrolę skarbową. Ściągają mi się też od niego kąciki ust, muszę więc brać środek rozluźniający mięśnie, żeby twarz nie zastygła mi w upiorną maskę. Wszystkie te konkokcje mieszają mi się w żyłach, szturmując różne niewinne i prawdopodobnie zupełnie zdezorientowane narządy napotkane w drodze do celu, a tym celem jest przytłumienie impulsów elektrycznych, które przeskakują w moim mózgu jak gromada niesfornych nastolatków. Czasami mam uczucie, że moja wyobraźnia przypomina kostkę domina, która nagle traci równowagę – najpierw chwieje się w przód i w tył, a potem przewraca i uruchamia długą reakcję łańcuchową innych kostek. I wszystko przewraca się we mnie klik klik klik.

Sytuacja wydawała się o wiele łatwiejsza, kiedy byłem młody i musiałem tylko słuchać głosów. Najczęściej nie były wcale takie złe. Zazwyczaj odzywały się słabo, jak gasnące echa w dolinie albo jak szepty dzieci, dzielących się sekretami w kąciku pokoju zabaw, chociaż kiedy napięcie rosło, szybko przybierały na sile. Poza tym, ogólnie rzecz biorąc, nie wymagały ode mnie zbyt wiele. To były raczej, powiedzmy, sugestie. Rady. Sondujące pytania. Czasami trochę natrętne, jak stara ciotka, z którą nie wiadomo, co zrobić na świątecznym obiedzie, ale i tak się ją zaprasza; czasem bełkocze coś niegrzecznie, bez sensu albo politycznie niepoprawnie, zazwyczaj jednak się ją ignoruje.

Na swój sposób głosy dotrzymywały mi towarzystwa, zwłaszcza w częstych okresach, kiedy nie miałem przyjaciół.

Raz miałem dwóch i odegrali oni pewną rolę w tej opowieści. Kiedyś myślałem, że najważniejszą, ale teraz nie jestem tego już pewien.

Inni, ze spotkań w czasach, o których lubię myśleć jako o latach największego obłędu, mieli jeszcze gorzej niż ja. Ich głosy wykrzykiwały rozkazy jak niewidoczni sierżanci musztry, tacy, co noszą ciemne, zielono-brązowe kapelusze z szerokim rondem, wciśnięte głęboko na czoło, tak że z tyłu widać wygolone potylice. Ruszaj się! Zrób to! Zrób tamto!

Albo gorzej: zabij się.

Albo jeszcze gorzej: zabij kogoś innego.

Głosy, które wrzeszczały na tych ludzi, należały do Boga, Jezusa, Mahometa albo psa sąsiada, albo do dawno nieżyjącej ciotecznej babki, albo kosmitów, albo do chóru archaniołów czy demonów. Te głosy były natarczywe, rozkazujące i nie dopuszczały żadnych kompromisów; po jakimś czasie umiałem rozpoznawać po natężonym wzroku, naprężeniu mięśni u tych ludzi, że słyszą coś bardzo głośnego i natrętnego i że rzadko jest to coś dobrego. W takich chwilach po prostu się oddalałem i stawałem przy drzwiach albo pod przeciwległą ścianą świetlicy, bo nieodmiennie dochodziło do nieszczęśliwych zdarzeń. Kojarzyło mi się to trochę z pewnym drobiazgiem, jaki zapamiętałem ze szkoły, jednym z tych dziwnych faktów, których nie zapomina się przez całe życie: na wypadek trzęsienia ziemi najlepiej schować się w drzwiach, bo konstrukcja otworu jest architektonicznie wytrzymalsza niż ściana i nie tak łatwo zawala się na głowę. Dlatego za każdym razem, kiedy widziałem, że kłębiące się w jakimś pacjencie emocje grożą wybuchem, znajdowałem sobie miejsce, w którym miałem największe szanse przetrwania. Potem mogłem już posłuchać własnych głosów, które ogólnie rzecz biorąc, dbały o mnie, często ostrzegając, kiedy powinienem uciekać i gdzieś się schować. Zachowywały się ciekawie – bardzo ostrożnie, i więc gdybym nie był tak głupi i nie odpowiadał im na głos, kiedy pojawiły się po raz pierwszy, nigdy by mnie nie zdiagnozowano i nie wysłano do zakładu. Ale to też część mojej opowieści, chociaż w żadnym razie nie najważniejsza; mimo to jednak brakuje mi ich, bo teraz jestem przeważnie całkiem sam.

W dzisiejszych czasach jest bardzo ciężko być szaleńcem w średnim wieku.

Albo eksszaleńcem, dopóki biorę pigułki.

Spędzam teraz dni na poszukiwaniach różnych form ruchu. Nie lubię zbyt długo tkwić w jednym miejscu. Dlatego chodzę szybkim krokiem po całym mieście, z parków do sklepów, do dzielnic przemysłowych, patrząc i obserwując, ale bezustannie pozostając w ruchu. Albo wyszukuję sobie miejsca, skąd widzę wodospad, szkolny mecz futbolu albo koszykówki, albo nawet dzieci grające w piłkę. Jeśli w zasięgu mojego wzroku coś się dzieje, mogę odpocząć. Inaczej się nie zatrzymuję – przez pięć, sześć, siedem albo więcej godzin dziennie. Przez codzienny maraton mam wytarte podeszwy butów, jestem chudy i żylasty. W zimie dostaję niewygodne, ciężkie buciory z opieki społecznej. Przez resztę roku noszę adidasy z miejscowego sklepu sportowego. Co kilka miesięcy właściciel podrzuca mi parę jakiegoś przestarzałego modelu, na miejsce tych, które schodziłem na strzępy.

Wczesną wiosną, kiedy tylko puszczają lody, idę do Falls, gdzie są jazy, i na ochotnika monitoruję powrót łososi do wododziału rzeki Connecticut. Wymaga to ode mnie przyglądania się tysiącom litrów wody przelewającym się przez tamę, żeby raz na jakiś czas dostrzec prącą pod prąd rybę, gnaną przemożnym instynktem powrotu do miejsca, w którym sama została spłodzona – i gdzie, w największej ze wszystkich tajemnic, sama złoży ikrę, a potem umrze. Podziwiam łososia, bo sam wiem, jak to jest być gnanym przez siły, których inni nie widzą, nie czują ani nie słyszą, i czuć imperatyw obowiązku większego niż własne ja. Psychotyczna ryba. Po latach przyjemnego spędzania czasu w wielkim oceanie słyszy potężny rybi głos, rozbrzmiewający gdzieś w środku i rozkazujący wyruszyć w niesamowitą podróż po własną śmierć. Doskonałe. Lubię sobie wyobrażać, że łososie są tak obłąkane jak kiedyś ja sam. Kiedy któregoś widzę, stawiam ołówkiem znaczek na formularzu, który dostaję od Służb Ochrony Przyrody, i czasem szepczę ciche pozdrowienie: witaj, bracie. Witaj w gronie szaleńców.

Wypatrywanie ryb wymaga wprawy, ponieważ są smukłe i srebrzystobokie po swoich długich podróżach przez słone wody oceanu. Są błyskami w lśniącej wodzie, niewidocznymi dla niewprawnego oka, zupełnie jakby jakaś widmowa siła pojawiła się w małym okienku, które obserwuję. Teraz już prawie wyczuwam obecność łososia, zanim zobaczę go u podstawy jazu. Liczenie ryb sprawia mi satysfakcję, mimo że czasem przez wiele godzin nie pojawia się ani jedna, a tych, które przypływają, jest zawsze za mało, by zadowolić strażników przyrody – patrzą tylko na wykazy i zniechęceni kręcą głowami. Ale moja umiejętność wypatrywania ryb przynosi też inne korzyści. To mój szef ze Służb Ochrony Przyrody zadzwonił do miejscowej komendy policji i powiedział, że jestem zupełnie nieszkodliwy, chociaż zawsze zastanawiało mnie, skąd takie przekonanie, bo sam szczerze wątpię w ogólną prawdziwość tego stwierdzenia. Jestem więc tolerowany na meczach i innych imprezach, a teraz, naprawdę, jeśli nie do końca mile widziany w tym małym, dawniej młynarskim miasteczku, to przynajmniej akceptowany. Nikt nie ma nic przeciwko moim codziennym zajęciom i jestem postrzegany nie tyle jak wariat, ile jako człowiek ekscentryczny, co, jak się przekonałem z upływem lat, jest wystarczająco bezpiecznym statusem.

Mieszkam w kawalerce opłacanej z państwowego subsydium. Urządziłem ją w stylu, który nazywam zbrukanym modernizmem. Ubrania mam z opieki społecznej albo od dwóch młodszych sióstr, które mieszkają kilka miast dalej i czasami, dręczone dziwnym, niezrozumiałym dla mnie poczuciem winy, czują potrzebę zrobienia czegoś dla mnie, więc plądrują szafy swoich mężów. Kupiły mi używany telewizor, który rzadko włączam, i radio, którego nieregularnie słucham. Co kilka tygodni przyjeżdżają z wizytą, przywożąc w plastikowych pudełkach lekko stęchłe posiłki własnej roboty; spędzamy ze sobą trochę czasu, rozmawiając niezręcznie, głównie o naszych starych rodzicach, którzy nie chcą mnie już widzieć, bo przypominam im o straconych nadziejach i goryczy, jaką niespodziewanie potrafi przynieść życie. Rozumiem to i staram się nie narzucać. Siostry sprawdzają, czy mam popłacone rachunki za ogrzewanie i prąd. Upewniają się, że pamiętam o realizowaniu czeków, które przychodzą od różnych zakładów opieki społecznej. Potem sprawdzają dwa razy dokładniej, czy na pewno wziąłem wszystkie leki. Czasami płaczą, jak sądzę, nad rozpaczą, w której żyję, ale to ich punkt widzenia, nie mój, bo tak naprawdę jest mi całkiem dobrze. Szaleństwo pozwala wyrobić sobie ciekawe podejście do życia. Na pewno sprawia, że człowiek łatwiej godzi się z kaprysami losu, za wyjątkiem chwil, kiedy działanie leków trochę słabnie, bo wtedy staję się trochę pobudzony i zły na to, jak życie mnie potraktowało.

Ale na ogół jestem, jeżeli nie szczęśliwy, to pogodzony z losem.

Ponadto dokonałem pewnych intrygujących odkryć, z których dość istotnym jest to, w jak dużym stopniu stałem się badaczem życia tego małego miasta. Bylibyście zaskoczeni, jak wiele się dowiaduję podczas codziennych wędrówek. Jeśli tylko mam oczy i uszy otwarte, zbieram najrozmaitsze strzępy informacji. Przez lata, które minęły, odkąd zwolniono mnie ze szpitala, po tym wszystkim, co się tam wydarzyło, nauczyłem się obserwować. Podczas moich wypraw dowiedziałem się, kto ma romans z sąsiadką, czyj mąż ucieka z domu, kto za dużo pije, kto bije dzieci. Wiem, kto cienko przędzie, a kto dostał trochę pieniędzy w spadku po rodzicach albo wygrał na loterii. Odkrywam, który nastolatek liczy na stypendium sportowe na studiach i która nastolatka za kilka miesięcy zostanie wysłana do dalekiej ciotki, by zrobić coś z niespodziewaną ciążą. Dowiedziałem się, którzy gliniarze dają ci spokój, a którzy szybko sięgają po pałkę albo bloczek mandatów, zależnie od wykroczenia. Do tego dochodzą też różne spostrzeżenia związane z tym, kim jestem i kim się stałem – na przykład fryzjerka pod koniec dnia gestem przywołuje mnie do swojego salonu i przystrzyga mi włosy, żebym lepiej wyglądał podczas moich codziennych podróży; kierownik lokalnego McDonalda, biegnie za mną z torbą hamburgerów i frytek i zna mnie na tyle, by wiedzieć, że wolę shaki waniliowe od czekoladowych. Szaleństwo i długie, piesze spacery to okno z najrozleglejszym widokiem na ludzką naturę; to tak, jakby miasto przepływało obok, niczym woda spływająca kaskadą ze śluzy jazu.

Nie myślcie sobie, że jestem do niczego nieprzydatny. Raz zauważyłem, że drzwi fabryki są otwarte, gdy zazwyczaj o tej porze były zamknięte na kłódkę; poinformowałem o tym policjanta, który potem sobie przypisał całą zasługę – udaremnienie włamania. Ale policja wręczyła mi dyplom za zapisanie numeru rejestracyjnego samochodu, którego kierowca pewnego wiosennego popołudnia potrącił rowerzystę i uciekł z miejsca wypadku. Mam też sukcesy w dziedzinie niezręcznie zbliżonej do kategorii „swój pozna swego" – pewnego jesiennego weekendu przechodziłem obok placu zabaw pełnego dzieci i zauważyłem mężczyznę kręcącego się przy furtce; od razu wiedziałem, że coś jest nie tak. Gdyby dostrzegły go moje głosy, wykrzyczałyby ostrzeżenie, ale tym razem wziąłem to na siebie: poszedłem do znanej mi przedszkolanki, która czytała pismo dla kobiet trzy metry od piaskownicy i huśtawek, nie pilnując należycie podopiecznych. Okazało się, że mężczyzna został dopiero co zwolniony z więzienia, a tego samego dnia rano zarejestrowano go jako pedofila.

Tym razem nie dostałem dyplomu, ale przedszkolanka kazała dzieciom narysować siebie samych przy zabawie, a one wypisały na kolorowym obrazku podziękowania tym swoim cudownie zwariowanym pismem, jakie dzieci mają, zanim obarczymy je rozsądkiem i własnym zdaniem. Powiesiłem obrazek u siebie nad łóżkiem, gdzie wisi do teraz. Moje życie jest szare i ponure, a obrazek przypomina mi o kolorach, których mógłbym doświadczyć, gdyby los nie popchnął mnie ścieżką prowadzącą tu, gdzie jestem obecnie.

Tak mniej więcej wygląda moja egzystencja – człowieka żyjącego na obrzeżach normalnego świata.

I podejrzewam, że spędziłbym w ten sposób resztę swoich dni, i nie przyszłoby mi do głowy opowiadać o wydarzeniach, których byłem świadkiem, gdybym nie dostał listu.

Był podejrzanie gruby, z wydrukowanym moim nazwiskiem na kopercie. Bardzo wyróżniał się wśród stosu reklamówek sklepu spożywczego i zniżkowych kuponów. Jeśli prowadzi się samotne życie jak ja, nie dostaje się dużo listów, kiedy więc przychodzi coś niezwykłego, to aż się prosi, żeby zostało zbadane. Wyrzuciłem niepotrzebne papierzyska i otworzyłem list, pałając ciekawością. Pierwsze, co zauważyłem, to że dobrze zapisali moje imię.

Drogi Panie Francis X. Petrel,

Zaczynało się nieźle. Zwykle imię dzielone z płcią przeciwną wywołuje zamieszanie. Przywykłem dostawać listy z Medicare'u, zmartwionego, że nie otrzymał wyników mojego ostatniego rozmazu Papanicolau, i pytającego, czy robiłem badania na raka piersi. Przestałem już poprawiać ich komputery.

Komitet Zachowania Szpitala Western State zidentyfikował Pana jako jednego z ostatnich pacjentów, których wypisano z tej placówki, zanim została zamknięta na stałe około dwudziestu lat temu. Jak Pan zapewne wie, istnieje dążenie, by część szpitala zamienić w muzeum, a resztę terenu oddać pod inwestycje. W ramach tego dążenia komitet sponsoruje całodzienne badanie szpitala, jego historii, ważnej roli, jaką odegrał w naszym stanie, a także obecnego podejścia do leczenia psychicznie chorych. Zapraszamy Pana do wzięcia udziału w tym spotkaniu. Plan dnia obejmuje seminaria, odczyty i imprezy o charakterze rozrywkowym. Załączamy przybliżony program wystąpień. Jeśli może Pan być obecny, prosimy skontaktować się z podaną poniżej osobą przy najbliższej sposobności.

Zerknąłem na dół, na nazwisko i numer telefonu osoby, noszącej tytuł wiceprezesa Komisji Planowania. Potem zajrzałem do załącznika, który okazał się listą zajęć. Zaplanowano kilka mów polityków, w tym zastępcy gubernatora i przewodniczącego Stanowej Mniejszości Senackiej. Miały się odbyć panele dyskusyjne prowadzone przez lekarzy i historyków z kilku pobliskich college'ów i uniwersytetów. Moją uwagę zwróciła jedna pozycja: sesja zatytułowana *Rzeczywistość szpitalnego doświadczenia – prezentacja*. Obok podano nazwisko kogoś, kogo chyba pamiętałem z czasów własnego pobytu w szpitalu. Obchody miały się zakończyć występem orkiestry kameralnej.

Położyłem zaproszenie na stole i przez chwilę na nie patrzyłem. W pierwszym odruchu chciałem wyrzucić je do kosza razem z resztą pocztowego śmiecia, ale nie zrobiłem tego. Znów je podniosłem, przeczytałem po raz drugi, potem usiadłem na rozchwianym krześle w rogu pokoju i zacząłem się zastanawiać. Wiedziałem, że ludzie bez przerwy jeżdżą na uroczyste zjazdy. Spotykają się weterani wojen. Koledzy i koleżanki z liceum, na spotkaniu po dziesięciu czy dwudziestu latach, oglądają swoje rosnące w obwodzie brzuchy, łysiny i powiększone piersi. College'e wykorzystują zjazdy do wyciągania pieniędzy od wzruszonych do łez absolwentów, którzy potykając się, zwiedzają stare korytarze i wspominają tylko dobre chwile, zapominając o złych. Zjazdy są nieodłączną częścią normalnego świata. Ludzie bez przerwy próbują wrócić do czasów, które w ich wspomnieniach są lepsze, niż były naprawdę, i rozpalić na nowo uczucia, które dawno już wygasły.

Ja nie. Jednym ze skutków ubocznych mojego stanu jest stały zwrot w kierunku przyszłości. Przeszłość to rupieciarnia pełna niebezpiecznych i bolesnych wspomnień. Po co miałbym do nich wracać?

A mimo to wahałem się. Wpatrywałem się w zaproszenie z rozkwitającą fascynacją. Chociaż Szpital Western State był oddalony zaledwie o godzinę drogi, przez lata nie wróciłem tam ani razu. Wątpiłem, by zrobiła to choć jedna osoba, która spędziła za tamtymi drzwiami choć minutę.

Spojrzałem na swoją dłoń – lekko drżała. Może przestawały działać leki. Po raz drugi pomyślałem, że powinienem wyrzucić list do śmieci, a potem przejść się po mieście. To było niebezpieczne. Niepokojące. Zagrażało ostrożnej egzystencji, jaką udało mi się zbudować. Idź szybko, powiedziałem sobie. Podróżuj prędko. Wychodź swoje codzienne kilometry, bo to twoje zbawienie. Zostaw wszystko za sobą. Zacząłem wstawać, ale znieruchomiałem.

Sięgnąłem po słuchawkę telefonu i wystukałem numer do wiceprezes. Zaczekałem dwa sygnały, potem usłyszałem głos:

– Słucham?

– Z panią Robinson-Smythe poproszę – powiedziałem trochę zbyt szorstko.

– Jestem jej sekretarką. Kto mówi?

– Nazywam się Francis Xavier Petrel...

– O, pan Petrel, pewnie dzwoni pan w sprawie święta Western State...

– Zgadza się – powiedziałem. – Będę.

– Świetnie. Już pana łączę...

Ale ja odłożyłem słuchawkę, niemal przerażony własną impulsywnością. Zanim zdążyłem się rozmyślić, wypadłem na dwór. Biegłem przed siebie najszybciej, jak mogłem. Metry betonowego chodnika i czarnego makadamu autostrady znikały pod moimi podeszwami, sklepowe witryny i domy zostawały w tyle niezauważone, a ja zastanawiałem się, czy głosy kazałyby mi jechać na zjazd, czy nie.

Dzień był niezwykle gorący, nawet jak na koniec maja. Musiałem trzy razy się przesiadać, zanim dotarłem do miasta, a za każdym razem miałem wrażenie, że mikstura gorącego powietrza i spalin dieslowskiego silnika była coraz bardziej drażniąca. Smród większy. Wilgotność powietrza wyższa. Na każdym przystanku powtarzałem sobie, że bardzo źle robię, wracając do szpitala, ale potem, wbrew własnym wnioskom, jechałem dalej.

Szpital leżał na obrzeżach typowego, nowoangielskiego miasteczka uniwersyteckiego, z licznymi księgarniami, pizzeriami, chińskimi restauracjami i sklepami z tanią odzieżą, wzorowaną na wojskowej. Niektóre obiekty miały lekko obrazoburczy charakter – jak księgarnia z poradnikami o samopomocy i duchowym rozwoju, w której sprzedawca wyglądał, jakby przeczytał je wszystkie i w żadnej nie znalazł pomocnej wskazówki; albo bar sushi, trochę zapuszczony i wyglądający jak miejsce, w którym siekający rybę kucharz ma na imię Ted albo Paddy i mówi z południowym lub irlandzkim akcentem. Zdawało się, że żar słońca bije wprost z chodnika, pali ciepłem jak grzejnik w zimie, który ma tylko jedno fabryczne ustawienie: gorąco jak cholera. Biała koszula, jedyna, jaką miałem, lgnęła mi nieprzyjemnie do pleców; poluzowałbym krawat, gdybym się nie bał, że potem nie zdołam go poprawić. Miałem na sobie swój jedyny garnitur: niebieski, wełniany, pogrzebowy, który kupiłem w sklepie z używaną odzieżą na wypadek śmierci i pogrzebu rodziców, ale jak dotąd obojgu udawało się uparcie trzymać życia, więc to był pierwszy raz, kiedy go włożyłem. Na pewno nadawał się do trumny, bo bez wątpienia moim szczątkom byłoby w nim ciepło w zimnej ziemi. W połowie drogi na wzgórze, gdzie znajdował się szpital, przysięgałem już sobie, że to ostatni raz, kiedy dobrowolnie włożyłem ten garnitur. Nieważne, jak wścieknąą się moje siostry, kiedy zjawię się na stypie po rodzicach w szortach i obrzydliwie jaskrawej hawajskiej koszuli. Ale w sumie co mogły powiedzieć? W końcu jestem wariatem. To tłumaczy wszystkie dziwaczne zachowania.

W ramach wielkiego, specyficznego budowlanego żartu Szpital Western State postawiono na szczycie wzgórza, nad kampusem słynnego żeńskiego college'u. Budynki szpitala przypominają uniwersyteckie – dużo na nich bluszczu, są z cegły, mają białe kanciaste okna, trzy- i czteropiętrowe dormitoria, które otaczają czworokątne dziedzińce z ławkami i kępami wiązów. Zawsze podejrzewałem, że oba obiekty projektował ten sam architekt, a firma budująca szpital po prostu podkradała materiały z placu budowy college'u. Przelatująca wrona uznałaby, że budynki stanowią jedną całość. Nie dostrzegłaby różnic między dwoma kampusami, dopóki nie zajrzałaby do środka. Wtedy zobaczyłaby, czym się różnią.

Fizyczną linią demarkacyjną były: jednopasmowa, czarna asfaltowa droga, bez chodnika, wijąca się z jednej strony wzgórza, i zagroda jeździecka z drugiej, gdzie studenci lepiej sytuowani od innych – i tak dobrze sytuowanych – jeździli na swoich koniach. Boksy i przeszkody stały tam, gdzie widziałem je po raz ostatni, dwadzieścia lat temu. Samotny koń z jeźdźcem bez końca okrążali wybieg, przyspieszając przed każdym skokiem. Moebiusowska trasa. Słyszałem ciężki, chrapliwy oddech zwierzęcia trudzącego się w upale i widziałem długi jasny kucyk wystający spod czarnego toczka jeźdźca. Koszula dziewczyny była mokra od potu, a boki konia lśniły. Oboje wydawali się nieświadomi tego, co działo się nad nimi, na szczycie wzgórza. Minąłem ich, zmierzając w stronę namiotu w jasnożółte pasy, tuż za wysokim ceglanym murem i żelazną bramą szpitala. Przed namiotem stała tabliczka z napisem Rejestracja.

Gruba, zbyt wylewna kobieta za stolikiem z rozmachem przypięła mi do marynarki identyfikator. Dała mi też teczkę z przedrukami rozmaitych artykułów z gazet, szczegółowo opisujących plany inwestycji na dawnych terenach szpitala: miało tu stanąć luksusowe osiedle mieszkaniowe, ponieważ rozciągał się stąd widok na dolinę i odległą rzekę. Pomyślałem, że to dziwne. Przez cały czas, jaki tu spędziłem, ani razu nie dostrzegłem błękitnej wstążki rzeki. Oczywiście możliwe, że uznałbym to za halucynację. W teczce znalazłem też skróconą historię szpitala i kilka ziarnistych, czarno-białych zdjęć pacjentów w trakcie kuracji bądź spędzających czas w świetlicy. Przyjrzałem się fotografiom, szukając znajomych twarzy, w tym własnej, ale nikogo nie poznałem, chociaż poznawałem wszystkich. Byliśmy kiedyś tacy sami. Różnił nas tylko stopień ubrania i nafaszerowania lekami.

W teczce był program dnia. Zobaczyłem, że sporo ludzi kieruje się do budynku – jak pamiętałem – dawnej administracji. Wyznaczoną na tę godzinę prezentację, zatytułowaną *Kulturalne znaczenie Szpitala Western State*, prowadził profesor historii. Zważywszy, że my, pacjenci, nie mogliśmy opuszczać terenu szpitala, a najczęściej siedzieliśmy pod kluczem w dormitoriach, zastanawiałem się, na jakiej podstawie profesor przygotował wystąpienie. Poznałem zastępcę gubernatora, otoczonego przez kilku asystentów. Z uśmiechem wymieniał uściski dłoni z innymi politykami, kiedy przechodził przez drzwi. Nie potrafiłem sobie przypomnieć, by ktokolwiek inny wprowadzany tym wejściem się uśmiechał. Tu właśnie przyprowadzało się delikwenta na początku i tu się go rejestrowało. Na samym dole kartki z programem widniało duże, wypisane drukowanymi literami ostrzeżenie, że wiele szpitalnych budynków jest w złym stanie i wchodzenie do nich grozi niebezpieczeństwem. Gości proszono o ograniczenie spacerów do budynku administracji i dziedzińców.

Zrobiłem kilka kroków w stronę grupy idącej na odczyt, potem się zatrzymałem. Patrzyłem, jak tłum się kurczy, pochłaniany przez budynek. Odwróciłem się i szybkim krokiem przeszedłem przez dziedziniec.

Uświadomiłem sobie bardzo prostą prawdę. Nie przyjechałem tu wysłuchiwać mów.

Znalezienie mojego starego budynku nie zajęło mi dużo czasu. Mogłem się tu poruszać z zamkniętymi oczami.

Metalowe kraty w oknach przerdzewiały, żelazo zmatowiało z brudu i upływu czasu. Jedna zwisała na pojedynczym zawiasie jak złamane skrzydło. Ceglany front też spłowiał, stał się bury i ziemisty. Pędy bluszczu, zazielenione na wiosnę, ledwie trzymały się ścian, zaniedbane i zdziczałe. Krzewy zdobiące wejście zmarniały, a wielkie, podwójne drzwi smętnie tkwiły w spękanej futrynie. Nazwa budynku wykuta w szarym granicie też ucierpiała: ktoś odłupał spory kawałek płyty, tak że widać było tylko litery MHERST. „A" na początku zamieniło się w poszarpaną bliznę.

Wszystkie dormitoria ochrzczono – co za czyjeś kosmiczne poczucie ironii – nazwami sławnych uczelni. Mieliśmy Harvard, Yale i Princeton, Williams i Wesleyan, Smith i Mount Holyoke i Wellesley, i oczywiście moje Amherst. Budynek nosił nazwę miasta i college'u, które z kolei nazwano tak na cześć brytyjskiego żołnierza lorda Jeffreya Amhersta, słynnego dzięki temu, że rozdawał indiańskim szczepom koce zarażone ospą. Jego dary szybko dokonały tego, czego dokonać nie mogły kule, świecidełka i negocjacje.

Na drzwiach ktoś przybił tabliczkę; podszedłem, żeby ją przeczytać. Najpierw było UWAGA, wypisane wielkimi literami. Potem następował bełkot inspektora budowlanego, sprowadzający się do stwierdzenia, że budynek został oficjalnie przeznaczony do rozbiórki. Dalej, równie wielkimi literami, stało: NIEUPOWAŻNIONYM WSTĘP WZBRONIONY.

Pomyślałem, że to interesujące. Kiedyś ludziom zamieszkującym ten budynek wydawało się, że to oni są przeznaczeni do usunięcia. Nikomu z nas nigdy nie przyszło do głowy, że te mury, kraty i zamki, definiujące nasze życie, same któregoś dnia znajdą się w identycznej sytuacji.

Wyglądało też na to, że ktoś jeszcze nie przestrzegał zakazu. Zamek rozwalono topornym łomem, a same drzwi były uchylone. Pociągnąłem je mocno – otworzyły się, skrzypiąc głośno.

W pierwszym korytarzu śmierdziało pleśnią. W rogu leżał stos pustych butelek po winie i piwie, co, jak uznałem, zdradzało naturę gości budynku: nastolatków szukających miejsca, w którym mogliby się upić z dala od czujnego wzroku rodziców. Ściany były poznaczone smugami brudu i dziwnymi, wysprejowanymi hasłami w różnych kolorach. Jedno z nich głosiło: BAD

BOYS RZĄDZĄ. Byłem skłonny się z tym zgodzić. Z sufitu zwisały rury, z nich zaś na linoleum podłogi kapała cuchnąca brudna woda. Śmieci i odpadki, kurz i brud zaściełały wszystkie kąty. Stęchły zapach starości i bezruchu mieszał się z wyraźnym odorem ludzkich odchodów. Podszedłem kilka kroków do przodu, ale musiałem się zatrzymać. W poprzek korytarza leżał duży kawał zawalonej ściany. Po lewej zobaczyłem główne schody. Były zasypane jeszcze większymi stosami śmieci. Zamierzałem przejść przez świetlicę i zajrzeć do sal terapeutycznych ciągnących się wzdłuż korytarza na parterze. Chciałem też zobaczyć cele na piętrze, gdzie nas zamykano i gdzie staczaliśmy boje z lekami i własnym szaleństwem. Prycze w dormitoriach, gdzie spaliśmy jak nieszczęśliwe dzieci na koloniach, w rzędach stalowych łóżek. Ale schody wyglądały na niepewne, jakby mogły zawalić się pod moim ciężarem.

Nie wiem, jak długo tam byłem. Przykucnięty, nachylony wyławiałem echa wszystkiego, co kiedyś widziałem i słyszałem. Zupełnie jak dawniej czas wydawał się mniej istotny, mniej naglący, jakby wskazówki zegarka zwolniły, a minuty niechętnie posuwały się naprzód.

Nawiedzały mnie duchy pamięci. Widziałem twarze, słyszałem głosy. Smaki i zapachy szaleństwa i zaniedbania powracały miarowymi falami jak przypływ. Wsłuchiwałem się w wirującą dookoła mnie przeszłość.

Kiedy żar wspomnień w końcu się przytłoczył, wstałem sztywno i powoli wyszedłem. Usiadłem na ławce pod drzewem na dziedzińcu, znów zwracając twarz w stronę swojego dawnego domu. Czułem się wyczerpany; z wysiłkiem wdychałem świeże powietrze, bardziej zmęczony, niż po codziennych pieszych wędrówkach po mieście. Nie odwróciłem się, dopóki nie usłyszałem za sobą kroków na ścieżce.

Niski, przysadzisty mężczyzna, nieco starszy ode mnie, z przerzedzonymi, przylizanymi czarnymi włosami, przetykanymi srebrem siwizny, zmierzał pospiesznie w moją stronę. Uśmiechał się szeroko, ale w oczach miał niepokój. Pomachał mi bojaźliwie.

– Tak myślałem, że cię tu znajdę – powiedział, sapiąc z wysiłku i gorąca. – Widziałem twoje nazwisko na liście w rejestracji. – Zatrzymał się nagle. – Witaj, Mewa – odezwał się po chwili.

Wstałem i wyciągnąłem rękę.

– *Bonjour*, Napoleonie – odparłem. – Nikt mnie tak nie nazywał od bardzo, bardzo dawna.

Uścisnął moją dłoń. Jego była lekko wilgotna, drżąca i słaba. To mógł być efekt leków. Ale uśmiech nie zniknął z jego twarzy.

– Mnie też – przyznał.

– Widziałem twoje prawdziwe nazwisko w programie – powiedziałem. – Wygłaszasz mowę?

Kiwnął głową.

– Nie wiem, jak mam stanąć przed tyloma ludźmi – przyznał. – Ale mój lekarz jest jednym z twórców całego tego planu inwestycji i to jego pomysł. Powiedział, że to będzie dla mnie pożyteczne doświadczenie. Porządna demonstracja pięknej drogi do całkowitego wyleczenia.

Zawahałem się.

– A ty jak myślisz? – zapytałem.

Napoleon usiadł na ławce.

– Myślę, że to on zwariował. – Zachichotał trochę szaleńczo piskliwym śmiechem, który łączył w sobie wesołość i zdenerwowanie i który pamiętałem z czasów, kiedy przebywaliśmy tu razem. – To, że wszyscy uważają cię za wariata, ma swoje dobre strony, bo nie można narobić sobie wstydu – dodał.

Zaśmiałem się razem z nim. Takie spostrzeżenie mógł zrobić tylko ktoś, kto był pacjentem szpitala dla umysłowo chorych. Usiadłem obok niego i obaj popatrzyliśmy na budynek Amherst. Po chwili Napoleon westchnął.

– Byłeś w środku?

– Tak. Straszny burdel. Czeka na rozwałkę.

– To samo myślałem wiele lat temu. A wszyscy uważali, że nie ma dla nas lepszego miejsca. Przynajmniej tak powiedzieli, kiedy mnie przyjmowali. Najnowocześniejsza placówka zdrowia psychicznego. Najlepszy sposób leczenia umysłowo chorych w otoczeniu rezydencjalnym. Co za bujda. – Wstrzymał oddech, potem dodał: – Cholerne łgarstwo.

Przytaknąłem.

– To im powiesz. W swojej mowie.

Pokręcił głową.

– Chyba nie to chcą usłyszeć. Rozsądniej będzie mówić im same przyjemne rzeczy. Pozytywne. Planuję serię obrzydliwych kłamstw.

Przez chwilę się nad tym zastanawiałem, potem się uśmiechnąłem.

– To może być oznaka zdrowia umysłowego – przyznałem.

Napoleon się roześmiał.

– Pewnie masz rację.

Przez kilka chwil obaj milczeliśmy. Potem Napoleon powiedział smutnym głosem:

– Nie wspomnę o morderstwach. I ani słowa o Strażaku, śledczej, która tu przyjechała, ani o tym, co się wydarzyło na końcu. – Spojrzał na budynek Amherst. – Zresztą i tak ty powinieneś o tym opowiadać, nie ja – dodał.

Nie odpowiedziałem.

Napoleon przez chwilę się nie odzywał.

– Myślisz jeszcze o tym, co się stało? – spytał.

Pokręciłem głową, ale obaj wiedzieliśmy, że to nieprawda.

– Czasami mi się to śni – przyznałem. – Ale trudno rozróżnić, co było naprawdę, a co nie.

– Racja – mruknął. – Wiesz, jedno nie daje mi spokoju – dodał powoli. – Nigdy się nie dowiedziałem, gdzie chowali ludzi. Zmarłych pacjentów. To znaczy, w jednej chwili byli w świetlicy albo łazili po korytarzach razem ze wszystkimi, a w następnej mogli nie żyć, ale co wtedy? Wiedziałeś?

– Tak – odpowiedziałem po dłuższej chwili. – Mieli mały cmentarzyk na skraju szpitala, pod lasem za administracją i Harvardem. Za ogródkiem. Teraz jest tam chyba boisko.

Napoleon otarł czoło.

– Dobrze wiedzieć – powiedział. – Zawsze się nad tym zastanawiałem.

Znów milczeliśmy przez kilka chwil.

– Wiesz, co mnie najbardziej przybiło? – odezwał się znów Napoleon. – Już po wszystkim, kiedy nas wypuścili, przenieśli do przychodni, kiedy dostaliśmy nowe leki... Wiesz, co mnie dobiło?

– Co?

– Że złudzenie, którego tak mocno się trzymałem przez tyle lat, okazało się nie tylko złudzeniem, ale do tego zwyczajnym, pospolitym złudzeniem. Że nie byłem jedynym człowiekiem, który uważał się za francuskiego cesarza. W Paryżu jest takich pełno. Nienawidziłem tego. Kiedy miałem złudzenia, byłem wyjątkowy. Jedyny w swoim rodzaju. Teraz jestem zwykłym facetem, który musi brać pigułki, któremu bez przerwy trzęsą się ręce, który nie potrafi utrzymać najprostszej pracy i którego rodzina pewnie chciałaby, żeby zniknął. Ciekawe, jak po francusku jest „puf!"

Chwilę się zastanawiałem.

– Wiesz, ja osobiście, o ile to cokolwiek znaczy, zawsze miałem wrażenie, że byłeś cholernie dobrym francuskim cesarzem. Czy to fałszywym, czy nie. A gdybyś to naprawdę ty rozkazywał oddziałom pod Waterloo, cholera jasna, wygrałbyś.

Napoleon zachichotał z ulgą.

– Mewa, wszyscy zawsze wiedzieliśmy, że umiałeś obserwować świat lepiej niż ktokolwiek inny. Ludzie cię lubili, chociaż byliśmy wariatami i mieliśmy zwidy.

– Miło mi to słyszeć.

– A Strażak? Był twoim przyjacielem. Co się z nim stało? Znaczy, po wszystkim.

Milczałem chwilę.

– Wyszedł. Wyprostował wszystkie swoje sprawy, przeniósł się na Południe i zbił dużą kasę. Założył rodzinę. Wielki dom, wielki wóz. Ogólnie sukces całą gębą. Kiedy ostatnio o nim słyszałem, był szefem jakiejś fundacji charytatywnej. Szczęśliwy i zdrowy.

Napoleon kiwnął głową.

– Mogę w to uwierzyć. A ta kobieta, która prowadziła śledztwo? Pojechała z nim?

– Nie. Została sędzią. Chwała, zaszczyty i tak dalej. Wspaniale się jej poukładało.

– Tak przypuszczałem.

Oczywiście to wszystko była nieprawda.

Napoleon spojrzał na zegarek.

– Muszę wracać. Przygotować się na wielką chwilę. Życz mi powodzenia.

– Powodzenia – powiedziałem.

– Dobrze było znów cię zobaczyć – dodał. – Widać, nieźle sobie radzisz.

– Ty też – odparłem. – Świetnie wyglądasz.

– Naprawdę? Nie wydaje mi się. Zresztą nie sądzę, żeby ktokolwiek z nas świetnie wyglądał. Ale to nic. Dzięki za miłe słowa.

Wstałem i stanąłem obok niego. Obaj obejrzeliśmy się na Amherst.

– Ucieszę się, kiedy wreszcie go zburzą – odezwał się Napoleon z nagłą goryczą. – To było niebezpieczne, złe miejsce, nie wydarzyło się tam nic dobrego. – Potem odwrócił się do mnie. – Mewa, ty tam byłeś. Widziałeś wszystko. Opowiedz o tym.

– Kto by chciał słuchać?

– Ktoś taki mógłby się znaleźć. Spisz tę historię. Potrafisz.

– Niektóre historie lepiej zostawić niespisane – odparłem.

Napoleon wzruszył wąskimi ramionami.

– Jeśli ją spiszesz, stanie się prawdziwa. Jeśli to wszystko zostanie tylko w twoich wspomnieniach, to tak, jakby nigdy się nie wydarzyło. Jakby to był jakiś sen. Albo halucynacja wariatów. Nikt nam nie wierzy, kiedy coś mówimy. Ale jeśli to spiszesz, no, wtedy nabierze treści. Uwiarygodnisz to.

Pokręciłem głową.

– Kłopot w tym, że wariatowi bardzo trudno odróżnić, co prawdziwe, a co nie – powiedziałem. – I to się nie zmieniło tylko dlatego, że bierzemy dość pigułek, żeby jakoś sobie radzić.

Napoleon się uśmiechnął.

– Masz rację – przyznał. – A może nie. Nie wiem. Ale mógłbyś to opowiedzieć i może parę osób by ci uwierzyło, a to by już było dobrze. Dawnej, wtedy, nikt nam nie wierzył. Nawet kiedy braliśmy leki.

Znów spojrzał na zegarek i nerwowo zaszurał nogami.

– Powinieneś wracać – powiedziałem.

– Muszę wracać – powtórzył.

Staliśmy w niezręcznym milczeniu, aż się odwrócił i odszedł. W połowie ścieżki znów się odwrócił i niepewnie pomachał, jak wtedy, kiedy po raz pierwszy mnie zauważył.

– Opowiedz! – zawołał. A potem szybko odszedł, swoim zwykłym, trochę kaczkowatym chodem. Znów trzęsły mu się ręce.

Było już po zmroku, kiedy w końcu zamknąłem się w bezpiecznych czterech ścianach swojego małego mieszkanka. W żyłach pulsowało mi nerwowe zmęczenie, płynące krwiobiegiem obok czerwonych i białych krwinek. Spotkanie z Napoleonem i to, że użył mojego szpitalnego przezwiska wznieciły we mnie różne uczucia. Mocno się zastanawiałem, czy nie wziąć jakichś proszków. Wiedziałem, że mam takie, które powinny mnie uspokoić, gdybym za bardzo się wzburzył. Ale nie zrobiłem tego. „Opowiedz historię", powiedział.

– Jak? – spytałem na głos ciszę mojego domu.

Pytanie rozbrzmiało echem.

– Nie możesz jej opowiedzieć – przekonywałem sam siebie.

A potem zadałem sobie pytanie: Dlaczego nie?

Miałem długopisy i ołówki. Brakowało mi papieru.

Wtedy przyszedł mi do głowy pewien pomysł. Przez chwilę zastanawiałem się, czy to nie jeden z moich głosów powrócił i szeptał do ucha szybkie sugestie i łagodne polecenia. Znieruchomiałem, nasłuchując uważnie. Spomiędzy odgłosów ulicy próbowałem wyłowić charakterystyczne tony znanych mi przewodników przebijających się przez mozolny warkot klimatyzatora w oknie. Ale nie umiałem ich wychwycić. Nie wiedziałem zresztą, czy naprawdę się pojawiły. Przywykłem jednak do niepewności.

Wziąłem stare, odrapane krzesło i postawiłem je w rogu pokoju. Nie mam papieru, myślałem głośno. Ale mam białe ściany, gołe, bez plakatów ani obrazków.

Balansując na krześle, sięgałem prawie pod sam sufit. Ścisnąłem długopis i wychyliłem się do przodu. Potem zacząłem szybko pisać, drobnym, ściśniętym, ale czytelnym pismem:

Francis Xavier Petrel przyjechał do Szpitala Western State karetką. Zapłakany, ze związanymi i skutymi rękami i nogami. Padał ulewny deszcz, szybko zapadał zmrok. Francis miał dwadzieścia jeden lat i był przerażony bardziej niż kiedykolwiek w całym swoim krótkim i – aż do tej pory – dość nudnym życiu...

Rozdział 2

Francis Xavier Petrel przyjechał do Szpitala Western State karetką, zapłakany, ze związanymi i skutymi rękami i nogami. Padał ulewny deszcz, szybko zapadał zmrok. Francis miał dwadzieścia jeden lat i był przerażony bardziej niż kiedykolwiek w całym swoim krótkim i – aż do tej pory – dość nudnym życiu.

Dwaj mężczyźni, którzy przywieźli go do szpitala, podczas jazdy niewiele się odzywali. Psioczyli tylko pod nosem na nietypową pogodę i rzucali jadowite uwagi pod adresem innych kierowców, z których żaden najwyraźniej nie dorastał do ich standardów doskonałości. Mimo włączonego koguta ambulans sunął bez pośpiechu. Obaj mężczyźni wyglądali na znudzonych rutynową jazdą do szpitala. Jeden popijał gazowany napój z puszki, mlaskając głośno. Drugi gwizdał melodie popularnych piosenek. Pierwszy nosił presleyowskie baki, drugi miał gęstą lwią czuprynę.

Dla dwóch sanitariuszy mogła to być nudna podróż, ale dla młodego mężczyzny, z tyłu samochodu sztywnego z napięcia, z trudem łapiącego powietrze sprintera, było to coś zupełnie innego. Każdy dźwięk, każde wrażenie coś mu sygnalizowało, jedno bardziej przerażające od drugiego. Rytmiczny stukot wycieraczek brzmiał jak odgłos bębnów głęboko w dżungli, dudniących o zagładzie. Szum opon na śliskiej nawierzchni był syreną pieśnią rozpaczy. Nawet świst własnego, pełnego wysiłku oddechu wydawał się echem w grobowcu. Więzy wpijały się chłopakowi w ciało; otworzył usta, by zawołać o pomoc, ale nie mógł krzyknąć. Zagulgotał tylko rozpaczliwie. Symfonię bezładu przebijała tylko jedna myśl – jeżeli przeżyje ten dzień, nigdy nie spotka go już nic gorszego.

Kiedy ambulans z dygotem zatrzymał się przed wejściem do szpitala, chłopak usłyszał jeden ze swoich głosów, wybijający się z odmętów strachu: *Zabiją cię tu, jeśli nie będziesz uważał.*

Mężczyźni z ambulansu wydawali się nieświadomi wiszącego nad nimi niebezpieczeństwa. Z trzaskiem otworzyli drzwi samochodu i, nie siląc się na delikatność, wyciągnęli Francisa na noszach na kółkach. Poczuł krople deszczu na twarzy, mieszające się z potem na czole. Potem dwaj mężczyźni wwieźli go przez szerokie, podwójne drzwi do świata ostrych i surowych świateł. Jechali korytarzem, kółka noszy piszczały na linoleum i na początku Francis widział tylko szary, łaciaty sufit. Był świadom, że na korytarzu są też inni ludzie, ale za bardzo się bał, że się do nich odwrócić. Zamiast tego wbijał wzrok w sufit i liczył świetlówki, pod którymi przejeżdżał. Kiedy dotarli do czwartej, sanitariusze stanęli.

Francis zdał sobie sprawę, że ktoś podszedł do noszy.

– W porządku, panowie – usłyszał tuż nad głową. – Przejmiemy go.

Potem nagle pojawiła się nad nim wielka, okrągła, czarna twarz, pokazująca w uśmiechu szeroki rząd nierównych zębów. Twarz wystawała z białego pielęgniarskiego kitla, na pierwszy rzut oka o kilka numerów za małego.

– W porządku, panie Francis Xavier Petrel. Nie będzie pan nam sprawiał żadnych problemów, prawda?

Mężczyzna mówił śpiewnym tenorem, tak że jego słowa zawierały tyle samo groźby, ile rozbawienia. Francis nie wiedział, co odpowiedzieć.

Z drugiej strony noszy w jego polu widzenia pojawiła się niespodziewanie druga czarna twarz.

– Nie wydaje mi się, żeby ten chłopak robił nam trudności – oznajmił drugi mężczyzna. – Ani troszeńkę. Zgadza się, panie Petrel?

On też mówił z lekkim południowym akcentem.

Powiedz im, że tak! – krzyknął głos w uchu Francisa.

Francis spróbował pokiwać głową, ale miał kłopoty z poruszaniem szyją.

– Nie będę robił problemów – wykrztusił. Słowa zabrzmiały chrapliwie i szorstko, ale cieszył się, że może mówić. Dodało mu to trochę otuchy. Przez cały dzień bał się, że z jakiegoś powodu w ogóle straci możliwość porozumiewania się.

– To dobrze, panie Petrel. Zdejmiemy pana z noszy. Potem usiądziemy, grzecznie i spokojnie, na wózku. Jasne? Ale kajdanek z rąk i nóg na razie nie zdejmiemy. Najpierw pogada pan z lekarzem. Może da coś, żeby się pan od razu uspokoił. Wyluzował. A teraz spokojnie. Siadamy, niech pan zsunie nogi.

Rób, co ci każą!

Zrobił, co mu kazano.

Zakręciło mu się w głowie i przez chwilę miał wrażenie, że się chwieje. Poczuł, że za ramię łapie go wielka dłoń. Odwrócił się i zobaczył, że pierwszy pielęgniarz jest olbrzymi, mierzy dobrze ponad dwa metry i waży ze sto pięćdziesiąt kilo. Mężczyzna miał potężnie umięśnione ramiona i nogi jak beczki. Jego partner był żylastym, chudym człowieczkiem, przy swoim koledze prawie karłem. Nosił krótką bródkę i fryzurę afro, która nie powiększała jednak jego mizernej postury. We dwóch mężczyźni posadzili Francisa na wózku.

– W porządku – odezwał się mały. – Jedziemy do lekarza. Nic się pan nie boi. Teraz może się wydawać, że jest fatalnie, źle i paskudnie, ale niedługo będzie lepiej. Ma pan to jak w banku.

Francis mu nie uwierzył. W ani jedno słowo.

Pielęgniarze zawieźli go do małej poczekalni. Tam, za stalowym, szarym biurkiem siedziała sekretarka; kiedy wszyscy trzej pojawili się w drzwiach, podniosła wzrok. Robiła wrażenie rzeczowej, sztywnej osoby. Była w średnim wieku, ubrana w obcisły niebieski kostium. Miała trochę za mocno utapirowane włosy, trochę zbyt mocno podkreślone oczy i zbyt błyszczące usta, co nadawało jej niespójny wygląd pół bibliotekarki, pół dziwki.

– Pan Petrel, tak? – zwróciła się szorstkim tonem do dwóch czarnych pielęgniarzy, chociaż dla Francisa było oczywiste, że sekretarka nie oczekuje odpowiedzi, bo już ją zna. – Możecie wejść, doktor czeka.

Przejechali przez następne drzwi do następnego pomieszczenia trochę przytulniejszego; dwa okna na tylnej ścianie wychodziły na dziedziniec. Widać było chwiejący się na wietrze dąb, za nim zaś w oddali inne budynki, ceglane, z czarnymi, łupkowymi dachówkami, zlewające się z ponurą czernią nieba. Pod oknami stało olbrzymie drewniane biurko. W rogu pokoju był regał z książkami, a na szarej wykładzinie, przed ciemnoczerwonym, orientalnym dywanikiem stały dwa miękkie fotele. Na ścianie, obok portretu prezydenta Cartera, wisiało zdjęcie gubernatora. Francis błyskawicznie obejrzał to wszystko, kręcąc na wszystkie strony głową. Jego wzrok jednak szybko spoczął na niskim mężczyźnie, który wstał zza biurka, kiedy pielęgniarze wepchnęli pacjenta do gabinetu.

– Dzień dobry, panie Petrel. Jestem doktor Gulptilil – powiedział energicznie wysokim, prawie dziecięcym głosem.

Doktor był mocno zaokrąglony, zwłaszcza w barkach i w pasie; przypominał ściśnięty balonik. Był Hindusem albo Pakistańczykiem. Na szyi miał ciasno zawiązany, jaskrawoczerwony krawat. Nosił lśniącą czystością białą koszulę, ale niedopasowany, szary garnitur miał wystrzępione mankiety. Doktor sprawiał wrażenie człowieka, który stracił zainteresowanie swoim wyglądem w trakcie porannego ubierania się do pracy. Nosił grube okulary w czarnych oprawkach, a zaczesane do tyłu włosy zawijały mu się nad kołnierzem. Francis miał trudności z określeniem wieku lekarza. Doktor lubił podkreślać każde słowo machnięciem ręki, tak więc jego mowa wyglądała jak popis dyrygenta.

– Dzień dobry – odezwał się Francis niepewnie.

Uważaj, co mówisz! – krzyknął jeden z głosów.

– Wie pan, dlaczego tu trafił? – zapytał doktor. Wydawał się tym autentycznie zainteresowany.

– Nie jestem pewny – odparł Francis.

Doktor Gulptilil zajrzał w kartę.

– Najwyraźniej przestraszył pan kilka osób – powiedział powoli. – A one chyba uważają, że potrzebuje pan pomocy.

Mówił z delikatnym brytyjskim akcentem, angielszczyzną, która zerodowała przez lata spędzone w Stanach Zjednoczonych. W pokoju było ciepło; jeden z grzejników pod oknem syczał.

Francis pokiwał głową.

– To była pomyłka – oznajmił. – Nie chciałem. Wszystko trochę wymknęło mi się spod kontroli. Naprawdę to był wypadek. Zwykły błąd w ocenie. Chciałbym wrócić do domu. Przepraszam. Obiecuję, że się poprawię. Bardzo się poprawię. To była pomyłka. Nic nie znaczyła. Naprawdę. Przepraszam.

Doktor pokiwał głową, ale raczej nie w reakcji na odpowiedź Francisa.

– Czy słyszy pan w tej chwili głosy? – zapytał.

Powiedz, że nie!

– Nie.

– Nie?

– Nie.

Powiedz mu, że nie wiesz, o czym mówi! Powiedz, że nigdy nie słyszałeś żadnych głosów.

– Nie do końca rozumiem, o co panu chodzi z tymi głosami – powtórzył Francis.

Bardzo dobrze!

– Pytam, czy słyszy pan głosy osób fizycznie nieobecnych. Czy może słyszy pan to, czego nie słyszą inni?

Francis gwałtownie pokręcił głową.

– To by było wariactwo – obruszył się. Zaczynał czuć się trochę pewniej.

Doktor przyjrzał się karcie, potem znów podniósł wzrok na Francisa.

– A więc dlaczego członkowie pana rodziny wiele razy zauważyli, że nie wiadomo do kogo pan mówi?

Francis poruszył się na wózku, zastanawiając się nad pytaniem.

– Może coś im się pomyliło? – W jego głosie znów pojawiła się niepewność.

– Nie sądzę – odparł doktor.

– Nie mam wielu przyjaciół – dodał Francis ostrożnie. – Ani w szkole, ani w sąsiedztwie. Inne dzieci zawsze zostawiały mnie w spokoju. Dlatego często mówię do siebie. Może to właśnie zauważyli.

Doktor pokiwał głową.

– Po prostu mówił pan do siebie?

– Tak. Zgadza się – powiedział Francis. Trochę się uspokoił.

Dobrze, bardzo dobrze. Bądź tylko ostrożny.

Doktor drugi raz zajrzał w papiery. Lekko się uśmiechał.

– Ja też czasami mówię do siebie – przyznał.

– Proszę bardzo, sam pan widzi – odparł Francis. Zadrżał trochę i poczuł dziwny przypływ ciepła i zimna jednocześnie, jakby zła pogoda z zewnątrz w jakiś sposób dostała się tu za nim i pokonała pracowicie tłoczący ciepło grzejnik.

– Ale kiedy ja mówię do siebie, to nie jest rozmowa, panie Petrel. To bardziej przypomnienie, na zasadzie „Kupić mleko" albo wykrzyknik, na przykład „Au!", „Cholera!", a czasami, muszę przyznać, jeszcze grubsze słowa. Nie prowadzę dyskusji, nie zadaję pytań i nie udzielam odpowiedzi komuś, kogo nie ma. A to, obawiam się, według pana rodziny robi pan od wielu lat.

Teraz uważaj!

– Tak powiedzieli? – zdziwił się Francis przebiegle. – Dziwne.

Doktor pokręcił głową.

– Mniej dziwne niż może się panu wydawać, panie Petrel.

Wyszedł zza biurka, zmniejszając dzielący ich dystans. Oparł się o blat, na wprost wciąż unieruchomionego w wózku Francisa; możliwość ruchu ograniczały chłopakowi kajdanki, ale również dwie czarne postacie – żaden z pielęgniarzy nie poruszył się ani nie odezwał, ale stali tuż za nim.

– Może wrócimy za chwilę do pana rozmów – kontynuował doktor Gulptilil. – Nie do końca bowiem rozumiem, jak może je pan prowadzić, nie słysząc żadnych odpowiedzi, i to mnie autentycznie martwi.

Strzeż się go, Francis! Jest przebiegły i nie planuje nic dobrego. Uważaj, co mówisz!

Francis pokiwał głową. Potem uświadomił sobie, że doktor mógł to widzieć. Zesztywniał i zobaczył, że Gulptilil zapisuje coś na kartce.

– W takim razie spróbujmy pójść w innym kierunku, panie Petrel – podjął lekarz. – Miał pan dzisiaj trudny dzień, nieprawdaż?

– Tak – przyznał Francis. Potem domyślił się, że powinien rozwinąć tę myśl, bo doktor milczał i przeszywał go wzrokiem. – Pokłóciłem się. Z matką i ojcem.

– Pokłócił się pan? Tak. Nawiasem mówiąc, czy może mi pan powiedzieć, jaki mamy dzień?

– Datę?

– Zgadza się. Datę kłótni, która dzisiaj wybuchła.

Francis przez chwilę mocno się zastanawiał. Potem znów spojrzał w okno i zobaczył drzewo wyginające się na wietrze, spastycznie machające gałęziami, jakby szarpał je niewidoczny lalkarz. Na gałęziach zawiązały się już pączki i Francis szybko wykonał w głowie kilka obliczeń. Skoncentrował się w nadziei, że któryś z głosów może znać odpowiedź, ale, jak to irytująco miały w zwyczaju, akurat wszystkie umilkły. Rozejrzał się po pokoju, szukając kalendarza czy innej pomocy, ale nic nie znalazł, spojrzał więc znów za okno, na kołyszące się drzewo. Zaokrąglony człowieczek wciąż cierpliwie czekał na odpowiedź, jakby od zadania pytania minęło kilka minut. Francis gwałtownie wciągnął powietrze.

– Przepraszam... – zaczął.

– Zamyślił się pan? – spytał doktor.

– Przepraszam – powtórzył Francis.

– Wyglądało na to, że przez jakiś czas był pan myślami gdzie indziej – oznajmił lekarz powoli. – Często zdarzają się takie epizody?

Powiedz, że nie!

– Nie. Wcale nie.

– Naprawdę? Zaskakujące. Mniejsza z tym, panie Petrel, miał mi pan coś powiedzieć.

– Pytał pan o coś? – spytał Francis. Był na siebie zły, że stracił wątek.

– Data, panie Petrel?

– Myślę, że jest piętnasty marca – odparł Francis spokojnym tonem.

– Ach, idy marcowe. Pora słynnych zdrad. Niestety, nie. – Doktor pokręcił głową. – Ale był pan blisko. A rok?

Francis znów zrobił w myślach kilka obliczeń. Wiedział, że ma dwadzieścia jeden lat i że miesiąc wcześniej obchodził urodziny. Zaryzykował.

– Tysiąc dziewięćset siedemdziesiąty dziewiąty.

– Dobrze – odparł doktor Gulptilil. – Doskonale. A jaki jest dzień?

– Jaki dzień?

– Pytam o dzień tygodnia, panie Petrel.

– Jest... – Znów się zawahał. – Sobota.

– Nie. Przykro mi. Dzisiaj jest środa. Może to pan zapamiętać?

– Tak. Środa. Oczywiście.

Doktor potarł dłonią podbródek.

– Wróćmy teraz do dzisiejszego poranka i pana rodziny. To było coś więcej niż zwykła kłótnia, prawda?

Nie! Taka sama jak zawsze!

– Moim zdaniem nie było w niej nic niezwykłego...

Doktor podniósł wzrok z wyrazem lekkiego zaskoczenia na twarzy.

– Czyżby? To ciekawe. Bo z policyjnego raportu wynika, że groził pan swoim dwóm siostrom, a potem oznajmił, że zamierza się zabić. Że nie warto żyć i że wszystkich pan nienawidzi. A potem groził pan ojcu i matce, jeśli nie bezpośrednim atakiem, to czymś równie niebezpiecznym. Powiedział pan, że chce, żeby cały świat zniknął. To chyba pana dokładne słowa. Raport stwierdza dalej, że poszedł pan do kuchni, wziął duży nóż i zaczął wymachiwać tak, że rodzina uwierzyła, iż zamierza pan tą bronią zaatakować. Potem mocno rzucił pan nożem, a ostrze wbiło się w ścianę. Kiedy przyjechała policja, zamknął się pan w swoim pokoju i odmówił wyjścia. Głośno pan w nim rozmawiał i kłócił się, chociaż był pan tam zupełnie sam. Policjanci musieli wyważyć drzwi, prawda? Na koniec raport stwierdza, że stawiał pan opór także sanitariuszom z karetki, która przyjechała panu pomóc. Bronił się pan tak zaciekle, że jeden z policjantów sam wymagał pomocy medycznej. Czy to krótkie podsumowanie dzisiejszych wydarzeń, panie Petrel?

– Tak – odparł ponuro Francis. – Przykro mi z powodu tego policjanta. Trafiłem go przypadkiem, nad okiem. Było dużo krwi.

– Owszem, bardzo niefortunny przypadek – przyznał doktor Gulptilil. – Dla pana i dla niego.

Francis pokiwał głową.

– A teraz może mi pan wyjaśni, dlaczego do tego wszystkiego doszło?

Nic mu nie mów! Wszystko, co powiesz, obróci się przeciwko tobie!

Francis znów spojrzał w okno i odszukał wzrokiem horyzont. Nienawidził słowa „dlaczego". Prześladowało go przez całe życie. Francis, dlaczego nie masz żadnych przyjaciół? Dlaczego nie możesz dogadać się z siostrami? Dlaczego nie umiesz rzucać prosto piłką ani siedzieć spokojnie na lekcjach? Dlaczego nie uważasz, kiedy mówi do ciebie nauczyciel? Albo drużynowy. Albo ksiądz. Albo sąsiedzi. Dlaczego zawsze, codziennie przed wszystkimi się chowasz? Dlaczego jesteś inny, Francis, kiedy chcemy od ciebie tylko tego, żebyś był taki sam jak wszyscy? Dlaczego nie umiesz znaleźć pracy? Dlaczego nie chcesz chodzić do szkoły? Dlaczego nie możesz iść do wojska? Dlaczego nie umiesz się zachować? Dlaczego nie można cię kochać?

– Moi rodzice uważają, że powinienem coś z sobą zrobić. Od tego zaczęła się kłótnia.

– Zdaje pan sobie sprawę, że osiąga bardzo dobre wyniki we wszystkich testach? Zadziwiająco wysokie, interesująco wysokie. Być może więc ich nadzieje, związane z panem, nie są pozbawione podstaw?

– Pewnie tak.

– Czemu więc się pan z nimi kłóci?

– Rozmowa z moją rodziną nigdy nie wygląda tak rozsądnie jak nasza teraz – odparł Francis.

Doktor Gulptilil uśmiechnął się.

– Ach, panie Petrel, podejrzewam, że ma pan co do tego słuszność. Ale wciąż nie widzę powodu, dla którego dzisiejsza dyskusja tak dramatycznie się rozwinęła.

– Mój ojciec był bardzo kategoryczny.

– Uderzył go pan, prawda?

Do niczego się nie przyznawaj! On cię pierwszy uderzył! Powiedz tak!

– On mnie pierwszy uderzył – odparł posłusznie Francis.

Doktor Gulptilil zrobił kolejną notatkę na kartce. Francis się poruszył. Doktor spojrzał na niego.

– Co pan pisze? – spytał Francis.

– Czy to ważne?

– Tak. Chcę wiedzieć.

Nie daj mu się spławić! Dowiedz się, co on tam pisze! Na pewno nic dobrego!

– To tylko notatki z naszej rozmowy – wyjaśnił doktor.

– Myślę, że powinien mi pan je pokazać – stwierdził Francis. – Chyba mam prawo wiedzieć, co pan pisze.

Tak trzymaj!

Doktor milczał.

– Jestem tutaj – ciągnął Francis – odpowiadam na pana pytania, teraz sam mam jedno. Dlaczego pisze pan coś o mnie i nie chce mi tego pokazać? To niesprawiedliwe.

Francis poruszył się na wózku i szarpnął krępujące go więzy. Poczuł, że w pokoju robi się coraz cieplej, jakby ktoś podkręcił grzejnik. Jeszcze przez chwilę się szamotał, ale bez skutku. Wziął głęboki oddech i opadł z powrotem na siedzenie.

– Jest pan pobudzony? – spytał doktor po długim milczeniu. Pytanie nie wymagało odpowiedzi, bo prawda była oczywista.

– To po prostu nie fair – odparł Francis, próbując wtłoczyć spokój w swoje słowa.

– Sprawiedliwość jest dla pana ważna?

– Tak. Oczywiście.

– Być może, panie Petrel, ma pan co do tego rację.

Znów obaj zamilkli. Francis znowu słyszał syk grzejnika. Potem pomyślał, że może to oddech dwóch pielęgniarzy, którzy przez całą rozmowę nawet nie drgnęli. Zaczął się nawet zastanawiać, czy to nie jeden z jego głosów próbuje zwrócić na siebie uwagę, szepcząc coś tak cicho, że trudno było to usłyszeć. Wychylił się do przodu, jakby nasłuchiwał.

– Często się pan niecierpliwi, kiedy rzeczy idą nie po pana myśli?

– Czy to nie normalne?

– A uważa pan, że powinien krzywdzić ludzi, kiedy nie wszystko układa się zgodnie z pana życzeniem?

– Nie.

– Ale złości się pan?

– Każdy czasem się złości.

– Ach, panie Petrel, co do tego ma pan absolutną rację. Ale krytyczne w tym momencie pytanie brzmi: jak reagujemy, kiedy wzbiera w nas gniew? Myślę, że powinniśmy znów się spotkać i porozmawiać. – Doktor nachylił się lekko, próbując wprowadzić odrobinę poufałości. – Tak, myślę, że czeka nas jeszcze trochę dodatkowych rozmów. Zgadza się pan na to, panie Petrel?

Francis nie odpowiedział. Miał wrażenie, że głos doktora zanikł, jakby ktoś go po prostu ściszył albo jakby słowa dochodziły z bardzo daleka.

– Mogę zwracać się do pana po imieniu? – spytał lekarz.

Francis znów nie odpowiedział. Nie ufał swojemu głosowi, bo ten zaczynał zdradzać wzbierające w piersi emocje.

Doktor Gulptilil bacznie przyglądał się pacjentowi przez chwilę.

– Powiedz, Francis, czy pamiętasz, o co cię prosiłem w trakcie naszej rozmowy? Co miałeś zapamiętać?

Pytanie sprawiło, że Francis znalazł się z powrotem w gabinecie. Spojrzał na doktora, który patrzył na niego przebiegle.

– Co?

– Prosiłem, żebyś coś zapamiętał.

– Nie pamiętam – warknął Francis.

Doktor lekko kiwnął głową.

– A może mi przypomnisz, jaki mamy dzień tygodnia?

– Jaki dzień?

– Tak.

– Czy to ważne?

– Załóżmy, że tak.

– Jest pan pewien, że mnie o to już pytał? – Francis grał na zwłokę. Ale ten prosty fakt nagle wydał mu się niejasny, jakby przysłoniła go chmura.

– Owszem – odparł doktor Gulptilil. – Jestem pewien. Jaki mamy dzień?

Francis zamyślił się głęboko, zwalczając lęk, który nagle wyskoczył spomiędzy wszystkich innych myśli. Znów przez chwilę milczał w nadziei, że z pomocą przyjdzie mu któryś z głosów, ale tym razem też milczały.

– Myślę, że dziś sobota – każde słowo wymawiał ostrożnie, z wahaniem.

– Jesteś pewien?

– Tak. – Ale słowo to padło bez przekonania.

– Nie przypominasz sobie, jak mówiłeś mi przedtem, że jest środa?

– Nie. To by była pomyłka. Jest sobota. – Francisowi kręciło się w głowie, jakby pytania doktora zmuszały go do biegania w kółko.

– Raczej nie – mruknął doktor. – Ale to nieistotne. Zostaniesz u nas na jakiś czas, Francis, i jeszcze porozmawiamy o tych sprawach. Jestem pewien, że w przyszłości będziesz lepiej pamiętał różne rzeczy.

– Nie chcę tu zostawać – wypalił szybko Francis. Poczuł nagły przypływ paniki, połączonej z rozpaczą, wzbierającą jak przypływ. – Chcę wrócić do domu. Naprawdę. Pewnie tam na mnie czekają, niedługo kolacja, a rodzice i siostry lubią, kiedy wieczorem jemy wszyscy razem. Taka jest zasada, rozumie pan. O szóstej siada się do stołu, z umytymi rękami i twarzą. Jeśli się bawiło na dworze, trzeba się przebrać w czyste ubranie. Każdy siedzi gotowy do modlitwy. Błogosławimy jedzenie. Zawsze. Czasami to moje zadanie. Musimy podziękować Bogu za jego dary. Dzisiaj chyba moja kolej, tak, na pewno, więc muszę tam być i nie mogę się spóźnić.

Czuł szczypiące w oczach łzy i słyszał, że niektóre słowa dławi łkanie. To wszystko działo się nie z nim, ale z jego lustrzanym odbiciem, nieco innym i odległym od prawdziwego „ja”. Walczył z całych sił, żeby te różne części zeszły się i złączyły w jedno, ale nie było to proste.

– Może – powiedział łagodnie doktor Gulptilil. – Masz do mnie jakieś pytania?

– Dlaczego nie mogę wrócić do domu? – wykrztusił Francis przez łzy.

– Bo inni się o ciebie boją, Francis, i boją się ciebie.

– Gdzie ja jestem?

– W miejscu, gdzie znajdziesz pomoc – wyjaśnił doktor.

Kłamca! Kłamca! Kłamca!

Doktor Gulptilil spojrzał na dwóch sanitariuszy.

– Panie Moses, proszę razem z bratem zabrać pana Petrela do budynku Amherst. Wypisałem tu kilka leków i dodatkowe instrukcje dla tamtejszych pielęgniarek. Powinien być co najmniej trzydzieści sześć, może więcej, godzin na obserwacji, zanim zostanie przeniesiony na oddział otwarty.

Podał kartę mniejszemu z dwóch mężczyzn, który w odpowiedzi pokiwał głową.

– Jak pan każe, doktorze – powiedział pielęgniarz.

– Nie ma sprawy – dodał jego wielki partner, stając za wózkiem. Złapał za rękojeści i szybko obrócił pacjenta do wyjścia.

34

Francisowi zakręciło się w głowie. Chłopak zakrztusił się łkaniem, prze-pełniającym jego pierś.

– Niech się pan nic a nic nie boi, panie Petrel. Już niedługo wszystko będzie dobrze. Zaopiekujemy się panem – szepnął wielki mężczyzna.

Francis mu nie uwierzył.

Został przewieziony z powrotem przez gabinet do poczekalni, ze łzami spływającymi po policzkach i rękami drżącymi w kajdankach. Wykręcił się na wózku, próbując zwrócić na siebie uwagę małego albo dużego pielęgnia-rza; głos łamał mu się od strachu i wszechogarniającego smutku.

– Proszę – wykrztusił żałośnie. – Chcę do domu. Czekają na mnie. Bła-gam, zawieźcie mnie do domu.

Mniejszy pielęgniarz miał zaciętą, kamienną twarz, jakby nie słyszał proś-by Francisa. Położył mu rękę na ramieniu.

– Wszystko będzie dobrze, zobaczysz. Będzie dobrze. Cicho, już cicho... – przemawiał jak do małego dziecka.

Ciałem Francisa wstrząsało łkanie pochodzące z głębi duszy. Sztywna se-kretarka popatrzyła na pacjenta zza biurka ze zniecierpliwionym i surowym wyrazem twarzy.

– Cicho! – rozkazała.

Francis przełknął kolejny szloch, zakrztusił się, zakasłał.

Rozejrzał się po sali i zobaczył dwóch ludzi z policji stanowej, ubranych w szare bluzy, granatowe spodnie i wysokie do kolan, wypolerowane buty. Obaj byli postawni, wysocy, wyprężeni niemal na baczność, z krótko obcię-tymi włosami. Kapelusze z zawiniętymi rondami sztywno trzymali przy bo-kach. Obaj mieli lśniące jak lustra, brązowe skórzane pasy, biegnące ukoś-nie przez pierś, i wysoko przypięte rewolwery w kaburach. Ale uwagę Francisa zwrócił mężczyzna stojący pomiędzy nimi.

Był niższy od policjantów, ale solidnie zbudowany. Na oko około trzy-dziestki. Stał swobodnie, z rękami skutymi przed sobą, ale mową ciała umniej-szał znaczenie więzów, sprawiając, że wyglądały bardziej na drobną niedo-godność. Był ubrany w luźny, granatowy kombinezon z napisem MCI-BOSTON wyszytym nad lewą kieszenią na piersiach. Na nogach miał stare, zużyte adidasy bez sznurówek. Spod przepoconej czapki baseballowej Boston Red Sox wystawały mu dość długie, ciemne włosy. Dwudniowy zarost okalał policzki i brodę. Ale Francisa najbardziej uderzyły oczy mężczyzny – biega-ły na wszystkie strony, czujne i uważne, jakby starały się dostrzec jak naj-więcej szczegółów naraz. Wyrażały jakieś głębokie uczucia, co Francis za-uważył od razu mimo własnej udręki. Nie potrafił tego nazwać; wyglądało, jakby mężczyzna zobaczył coś ogromnie, niewypowiedzianie smutnego, co czaiło się na samym skraju jego pola widzenia, więc cokolwiek widział albo słyszał, zabarwione było tym ukrytym cierpieniem. Oczy spoczęły na Francisie i mężczyzna zdobył się na słaby, współczujący uśmiech, który – zdawało się – przemawia bezpośrednio do chłopaka.

– Wszystko gra, kolego? – spytał. Każde słowo wymawiał z lekkim bostońsko-irlandzkim akcentem. – Jest aż tak źle?

Francis pokręcił głową.

– Chcę iść do domu, ale mówią, że muszę tu zostać – odparł. A potem, żałośnie i spontanicznie, poprosił: – Możesz mi pomóc?

Mężczyzna nachylił się lekko w jego stronę.

– Podejrzewam, że jest tu więcej takich, którzy chcieliby iść do domu, a nie mogą. Jak ja sam.

Francis popatrzył na niego. Nie wiedział dlaczego, ale spokojny ton głosu mężczyzny mu pomógł.

– Możesz mi pomóc? – powtórzył, krztusił się.

Towarzysz niedoli uśmiechnął się smutno.

– Nie wiem, co mogę zrobić – powiedział. – Ale zrobię, co będę mógł.

– Obiecujesz? – spytał niespodziewanie Francis.

– Dobrze – odparł mężczyzna. – Obiecuję.

Francis odchylił się do tyłu na wózku, zamykając na chwilę oczy.

– Dziękuję – szepnął.

Sekretarka przerwała ich rozmowę.

– Panie Moses – zwróciła się ostro do mniejszego z dwóch pielęgniarzy. – Ten pan... – wskazała mężczyznę w kombinezonie – to pan... – Zawahała się lekko, jakby umyślnie nie chciała używać nazwiska mężczyzny – ...to pan, o którym wcześniej rozmawialiśmy. Policjanci odeskortują go do doktora, ale proszę wrócić jak najszybciej, żeby zaprowadzić pacjenta do jego nowego miejsca zakwaterowania... – ostatnie słowa wymówiła z nutką sarkazmu w głosie – ...kiedy tylko umieścicie pana Petrela w Amherst. Czekają tam na niego.

– Dobrze, proszę pani – powiedział większy z braci, jakby to była jego kolej odpowiedzieć, chociaż uwagi kobiety były skierowane do mniejszego. – Się robi, co pani każe.

Mężczyzna w kombinezonie znów spojrzał na Francisa.

– Jak się nazywasz? – spytał.

– Francis Petrel.

Nieznajomy uśmiechnął się.

– Ładne nazwisko. Petrel to mały morski ptak, popularny na Cape Cod. Latają tuż nad wodą, w letnie popołudnia nurkują w falach. Piękne zwierzęta. Białe skrzydła, które w jednej chwili szybko biją, a w drugiej szybują i wznoszą się bez wysiłku. Muszą mieć bystry wzrok, żeby wypatrzyć dobijaka albo menhadena. Ptak poetów. Umiesz tak latać, panie Petrel?

Francis pokręcił głową.

– Aha – powiedział mężczyzna w kombinezonie. – W takim razie może powinieneś się nauczyć. Zwłaszcza jeśli za długo będziesz zamknięty w tym rozkosznym przybytku.

– Cicho! – przerwał jeden z policjantów szorstkim tonem.

Aresztowany uśmiechnął się i spojrzał na policjanta.

– Bo co?

Funkcjonariusz nie odpowiedział, chociaż poczerwieniał. Mężczyzna odwrócił się z powrotem do Francisa, ignorując polecenie.

– Francis Petrel. Francis Mewa. To mi się bardziej podoba. Nie przejmuj się za bardzo, Francisie Mewo, niedługo znów się spotkamy. Obiecuję.

Francis wyczuł w słowach nieznajomego otuchę. Po raz pierwszy od tego strasznego poranka, który rozpoczął się krzykami i oskarżeniami, poczuł się, jakby nie był zupełnie sam. Jakby nieustanny zgiełk i jazgot, przez cały dzień wypełniający mu uszy, teraz przycichł. Usłyszał, że gdzieś w tle jego głosy mruczą coś z aprobatą, co jeszcze bardziej go uspokoiło. Ale nie zdążył się nad tym zastanowić, bo niespodziewanie wywieziono go z poczekalni na korytarz, a za nim rozległo się echo zatrzaskiwanych drzwi. Zadrżał w chłodnym przeciągu; przypomniał sobie, że od tej chwili zmieniło się wszystko, co wiedział o życiu, a wszystko, czego miał się dopiero dowiedzieć, było niejasne i ukryte. Przygryzł dolną wargę, żeby powstrzymać powracające łzy; przełknął je z trudem, żeby nie wydać żadnego dźwięku, i pozwolił się wywieźć z recepcji w głąb korytarzy Szpitala Western State.

Rozdział 3

Słabe światło poranka zaczęło się prześlizgiwać nad dachami sąsiednich domów, ukradkiem wsączając się do mojego skromnego mieszkania. Stałem przed ścianą i widziałem wszystkie słowa, które zapisałem poprzedniej nocy, pełznące w dół w jednej długiej kolumnie. Moje pismo było ściśnięte, jakby nerwowe. Słowa układały się w chwiejne linijki, trochę jak pole żyta, kiedy przechodzi nad nim powiew ciepłego wiatru. Zapytałem sam siebie: czy byłem aż tak przerażony, kiedy przyjechałem do szpitala? Odpowiedź była prosta: tak. I to o wiele bardziej niż to zapisałem. Pamięć często rozmywa wspomnienie bólu. Matka zapomina o mękach porodu, kiedy położna daje jej w ramiona dziecko, żołnierz nie pamięta bólu ran, kiedy generał przypina mu medal, a orkiestra zaczyna grać wojskowego marsza. Czy mówiłem prawdę o tym, co widziałem? Czy nie pomyliłem się w żadnym małym szczególe? Czy to naprawdę było tak, jak zapamiętałem?

Wziąłem ołówek, opadłem na kolana, na podłogę w miejscu, gdzie spędziłem pierwszą noc przy ścianie. Zawahałem się, potem zacząłem pisać:

Minęło co najmniej czterdzieści osiem godzin, zanim Francis Petrel obudził się w ponurej celi, szarej, obitej miękką wykładziną, opięty kaftanem bezpieczeństwa, z walącym sercem i spuchniętym językiem, spragniony czegoś zimnego do picia i czyjegoś towarzystwa...

Minęło co najmniej czterdzieści osiem godzin, zanim Francis Petrel obudził się w ponurej, szarej celi, obitej miękką wykładziną, opięty kaftanem bezpieczeństwa, z walącym sercem i spuchniętym językiem, spragniony czegoś zimnego do picia i czyjegoś towarzystwa. Leżał sztywno na stalowym łóżku i cienkim, poplamionym materacu izolatki. Patrzył na sufit i ściany koloru brezentu, badając swoją osobę oraz otoczenie. Poruszył palcami stóp, przesunął językiem po wyschniętych wargach, zaczął liczyć uderzenia serca, aż zauważył, że zaczyna bić wolniej. Środki, które mu wstrzyknięto, sprawiły, że czuł się pogrzebany, a przynajmniej przykryty jakąś gęstą, syropowatą substancją. Wysoko nad nim, za okratowaną osłoną świeciła pojedyncza żarówka. Światło raziło go w oczy. Wiedział, że powinien być głodny, ale nie był. Szarpnął się w więzach i od razu zrozumiał, że to na nic. Postanowił wołać o pomoc, ale najpierw szepnął do siebie: jesteście tam jeszcze?

Przez chwilę panowała cisza.

Potem usłyszał kilka głosów. Mówiły wszystkie naraz, niewyraźnie, jakby stłumione poduszką: *Jesteśmy.*

To dodało mu otuchy.

Musisz nas ukrywać, Francis.

Kiwnął głową. To było oczywiste. Miał sprzeczne uczucia, prawie jak matematyk, który widzi na tablicy trudne równanie z kilkoma możliwymi odpowiedziami. Głosy, które go prowadziły, wpakowały go też w tę kabałę i nie wątpił, że musi się z nimi ukrywać, jeśli chce wyjść ze Szpitala Western State. Rozważając ten dylemat, słyszał znajome głosy wszystkich tych, którzy podróżowali razem z nim w jego wyobraźni. Głosy miały własne osobowości: był głos rozkazujący, dyscyplinujący, zezwalający, głos troski, głos ostrzegający i uspokajający, głos wątpliwości i zdecydowania. Wszystkie miały własne ulubione tony i tematy; z czasem nauczył się nawet przewidywać, który z nich się odezwie, zależnie od sytuacji. Od czasu gniewnej konfrontacji z rodziną, odkąd wezwano policję i karetkę, wszystkie domagały się uwagi. Ale teraz musiał wytężać słuch, żeby je usłyszeć; w skupieniu zmarszczył brew.

Na swój sposób, pomyślał, zbierał się do kupy.

Leżał na łóżku w niewygodnej pozycji przez następną godzinę, odczuwając ciasnotę wąskiego pomieszczenia. W końcu w jedynych drzwiach ze zgrzytem otworzył się mały judasz. Ze swojego miejsca Francis mógł go dostrzec, robiąc skłon; przez kaftan bezpieczeństwa trudno było wytrwać w takiej pozycji dłużej niż kilka sekund. Najpierw zobaczył jedno oko, potem inne, patrzące na niego.

– Kto tam? – wydusił z siebie słabym głosem.

Nikt nie odpowiedział i judasz zamknął się z trzaskiem.

Według obliczeń Francisa minęło trzydzieści minut, zanim wizjer znów się otworzył. Francis po raz drugi zapytał „Kto tam" i tym razem chyba zadziałało, bo kilka sekund później usłyszał odgłos przekręcanego w zamku klucza. Drzwi otworzyły się ze zgrzytem i zobaczył większego z dwóch czarnych sanitariuszy, wciskającego się do celi. Mężczyzna się uśmiechał, jakby właśnie usłyszał dowcip, i skinął Francisowi głową, nie bez sympatii.

– Jak się pan ma, panie Petrel? – zapytał wesoło. – Przespał się pan? Jest pan głodny?

– Muszę się czegoś napić – zachrypiał Francis.

Pielęgniarz kiwnął głową.

– To przez leki, które panu dali. Język jak spuchnięty, co?

Francis potaknął. Pielęgniarz cofnął się na korytarz i wrócił z plastikowym kubkiem wody. Usiadł na skraju łóżka i podniósł Francisa jak chore dziecko. Podał mu wodę. Była letnia, trochę słonawa, z lekko metalicznym posmakiem, ale w tej chwili samo uczucie wlewania czegoś do gardła i dotyk ramienia mężczyzny dodały Francisowi więcej otuchy, niż się spodziewał. Pielęgniarz najwyraźniej zdawał sobie z tego sprawę.

– Będzie dobrze, panie Petrel – powiedział cicho. – Panie Mewa. Tak pana nazwał ten nowy, i myślę, że to pasuje. Na początku jest tutaj trochę ciężko, trzeba się przyzwyczaić, ale da pan sobie radę. Od razu widać.

Położył Francisa z powrotem na łóżku.

– Teraz przyjdzie do pana doktor – dodał.

Kilka sekund później Francis zobaczył w drzwiach zaokrągloną sylwetkę Gulptilila. Lekarz się uśmiechnął.

– Francis Petrel – zaczął śpiewnie. – Jak się czujesz?

– Dobrze – odparł Francis. Nie wiedział, co innego mógłby powiedzieć. Jednocześnie słyszał echa swoich głosów, nakazujących mu wyjątkową ostrożność. Wciąż nie były dostatecznie głośne, prawie jakby wykrzykiwały polecenia z drugiego brzegu jakiejś przepaści.

– Pamiętasz, gdzie jesteś? – spytał doktor.

Francis kiwnął głową.

– W szpitalu.

– Tak – potwierdził z uśmiechem doktor. – Nietrudno to stwierdzić. Ale czy przypominasz sobie, w którym? I jak się tu znalazłeś?

Owszem, przypominał sobie. Sam akt odpowiedzi rozwiał mgłę, która zasłaniała mu pole widzenia.

– To Szpital Western State – wyrecytował. – A ja przyjechałem tu karetką po kłótni z rodzicami.

– Bardzo dobrze. A pamiętasz, jaki mamy miesiąc? I rok?

– Myślę, że jeszcze marzec. Tysiąc dziewięćset siedemdziesiątego dziewiątego.

– Doskonale. – Doktor wyglądał na autentycznie zadowolonego. – Tak jak podejrzewałem, jesteś trochę lepiej zorientowany. Myślę, że dzisiaj będziemy mogli uwolnić cię z izolatki, zdjąć kaftan i zacząć integrować z pozostałymi.

– Chciałbym już jechać do domu – oznajmił Francis.

– Przykro mi, to jeszcze niemożliwe.

– Nie chcę tu zostawać – powiedział Francis. Drżenie, które zawładnęło jego głosem w dniu przyjazdu do szpitala, teraz groziło powrotem.

– To dla twojego dobra – odparł doktor.

Francis w to wątpił. Wiedział, że nie jest aż tak szalony, by się nie orientować, że to wszystko robiono dla dobra innych, nie jego. Nie powiedział tego na głos.

– Dlaczego nie mogę wrócić do domu? – spytał. – Nie zrobiłem nic złego.

– Przypominasz sobie atak kuchennym nożem? I swoje groźby?

Francis pokręcił głową.

– To było nieporozumienie – powtórzył uparcie.

Doktor Gulptilil uśmiechnął się.

– Oczywiście. Ale zostaniesz u nas tak długo, aż sobie uświadomisz, że nie wolno bez powodu grozić ludziom.

– Obiecuję, że już nie będę.

– Świetnie. Ale w obecnych okolicznościach obietnica to trochę za mało. Muszę być przekonany. Całkowicie przekonany, niestety. Leki, które dostałeś, na pewno ci pomogą. Dzięki nim z czasem będziesz lepiej panował nad sytuacją i znów przystosujesz się do otoczenia. Potem może porozmawiamy o powrocie do społeczeństwa i jakiejś bardziej konstruktywnej roli. – Ostatnie zdanie wypowiedział powoli i dodał: – A co o twojej obecności tutaj sądzą głosy?

Francis był na tyle przytomny, że pokręcił głową.

– Nie słyszę żadnych głosów – powiedział z uporem. W głowie usłyszał chóralne potakiwanie.

Doktor znów się uśmiechnął, pokazując nierówne rzędy białych zębów.

– Ach, znów nie jestem do końca pewien, czy ci wierzę. Mimo to – doktor się zawahał – myślę, że dasz sobie radę wśród innych. Pan Moses oprowadzi cię i zapozna z zasadami. Zasady są ważne. Nie ma ich wiele, ale trzeba ich przestrzegać. Stosowanie się do zasad i wzorowe uczestnictwo w naszej małej społeczności to oznaki zdrowia psychicznego. Im więcej możesz zrobić, by pokazać mi, że jesteś w stanie z powodzeniem tu funkcjonować, tym z każdym dniem będziesz bliżej powrotu do domu. Rozumiesz to równanie?

Francis energicznie pokiwał głową.

– Organizujemy tu różne zajęcia. Prowadzimy sesje grupowe. Od czasu do czasu będziesz miał indywidualne sesje ze mną. Do tego dochodzą zasady. Wszystko to razem wzięte stwarza wiele możliwości. Jeśli nie możesz się przystosować, wtedy, obawiam się, pobyt tu będzie długi i często nieprzyjemny... – Gestem wskazał izolatkę. – Ten pokój, na przykład, i inne środki bezpieczeństwa – kiwnął w stronę kaftanu – to tylko ewentualności. Ale unikanie ich jest niezwykle ważne, by wrócić do zdrowia psychicznego. Jasne?

– Tak – powiedział Francis. – Dopasować się. Przestrzegać reguł. – Powtarzał to sobie w duchu jak mantrę albo modlitwę.

– Otóż to. Doskonale. Widzisz, już poczyniliśmy pewne postępy. Odwagi, chłopcze. Korzystaj z tego, co szpital ma do zaoferowania. – Doktor wstał. Skinął na pielęgniarza. – W porządku, panie Moses. Może pan uwolnić pacjenta. A potem proszę go zaprowadzić do dormitorium, dać ubranie i pokazać świetlicę.

– Tak jest – potaknął pielęgniarz z wojskową dyscypliną.

Doktor Gulptilil wyszedł z izolatki kaczym chodem, a pielęgniarz zajął się rozpinaniem klamer kaftana bezpieczeństwa, a potem odwijania jego rękawów, aż w końcu uwolnił Francisa. Chłopak przeciągnął się niezgrabnie i roztarł ramiona, jakby chciał przywrócić rękom trochę energii i życia. Niepewnie wstał, czując narastające zawroty głowy. Pielęgniarz musiał to zauważyć, bo potężną dłonią podtrzymał chłopaka. Francis czuł się trochę jak małe dziecko robiące pierwszy krok, tyle tylko, że bez radości i poczucia dokonania czegoś ważnego; miał w sobie jedynie zwątpienie i strach.

Poszedł za panem Mosesem korytarzem na trzecim piętrze budynku Amherst. Minęli sześć cel, wszystkie dwa na dwa i pół metra, ze ścianami wyłożonymi miękką wyściółką, każda z podwójnym zamkiem w drzwiach i judaszem. Francis nie potrafił stwierdzić, czy są zajęte, poza jedną; gdy przechodzili obok niej, zza zamkniętych drzwi dobiegł ich potok stłumionych przekleństw, które rozpłynęły się w długim, bolesnym wrzasku. Połączenie cierpienia i nienawiści. Francis przyspieszył kroku, by nie zostawać w tyle za pielęgniarzem, na którym nieludzki ryk nie zrobił żadnego wrażenia. Olbrzymi Murzyn bez przerwy opowiadał o rozkładzie pomieszczeń w budynku, o szpitalu i jego historii. Minęli podwójne drzwi, prowadzące na szerokie, główne schody. Francis jak przez mgłę przypominał sobie wchodzenie na te schody dwa dni wcześniej, w odległej, jak mu się zdawało, i coraz mniej wyraźnej przeszłości, kiedy to wszystko, co myślał o swoim życiu, było zupełnie inne.

Konstrukcja budynku wydała się mu równie szalona jak jego mieszkańcy. Na najwyższych piętrach znajdowały się gabinety, magazyny i izolatki. Na parterze i pierwszym piętrze były przestronne, otwarte dormitoria, z prostymi stalowymi łóżkami; przy niektórych stały skrzynki na dobytek właściciela. W dormitoriach były też ciasne toalety i prysznice z wieloosobowymi kabinami, które, jak z miejsca spostrzegł Francis, nie zapewniały żadnej prywatności. Łazienki z napisami MĘŻCZYŹNI I KOBIETY były też na obu końcach korytarzy. Zgodnie z nakazami skromności, kobiety mieszkały na północnym końcu korytarza, mężczyźni na południowym. Oddzielała ich od siebie duża dyżurka pielęgniarek, zabezpieczona drucianą siatką i zamykanymi na klucz, stalowymi drzwiami. Francis zauważył, że wszystkie drzwi były zaopatrzone w dwie, a czasem i trzy zasuwy, zamykane od zewnątrz. Kiedy się je zasunęło, nie było możliwości wydostania się od środka, chyba że miało się klucz.

Na parterze znajdowały się duża, otwarta sala – jak dowiedział się Francis, główna świetlica – kafeteria i kuchnia dość obszerna, by przygotowywać posiłki i karmić mieszkańców budynku Amherst trzy razy dziennie. Było też kilka mniejszych pokoi, jak się domyślił, przeznaczonych na sesje terapii grupowych. We wszystkich oknach napełniających Amherst światłem tkwiły od zewnątrz druciane siatki, tak że wpadające do środka promienie słońca rzucały dziwne, kraciaste cienie na śliskie, wypolerowane podłogi i błyszczące bielą ściany. W całym budynku pozornie na chybił trafił porozmieszczane były drzwi, czasami zamknięte, co zmuszało pana Mosesa do odczepiania od pasa wielkiego pęku kluczy, czasami zaś otwarte, więc wystarczyło je pchnąć i przejść bez przeszkód. Francis nie potrafił odkryć, jakie zasady rządzą ich zamykaniem i otwieraniem.

Dziwaczne więzienie, pomyślał.

Byli tu zamknięci, ale nie uwięzieni. Skrępowani, ale nie skuci kajdankami.

Podobnie jak pan Moses i jego mniejszy brat, którego minęli w korytarzu, pielęgniarki i pielęgniarze nosili białe ubrania. Mijali ich z rzadka lekarze, pomocnicy lekarzy, pracownicy społeczni i psychologowie. Ci zazwyczaj mieli na sobie sportowe marynarki i spodnie, czasem dżinsy. Prawie wszyscy, zauważył Francis, nosili pod pachami koperty, karty i brązowe teczki, i sprawiali wrażenie, jakby szli w dokładnie określonym celu, wykonać konkretne zadanie, przez co odróżniali się od ogółu mieszkańców budynku Amherst.

Wszędzie tłoczyli się pacjenci. Jedni zbijali się w ciasne grupki, inni stali z boku i spoglądali agresywnie na pozostałych. Wielu patrzyło czujnie na Francisa, kiedy ich mijał. Inni go ignorowali. Nikt się do niego nie uśmiechnął. Z trudem nadążał z oglądaniem nowego otoczenia. Musiał dostosowywać się do szybkiego tempa marszu, narzuconego przez pana Mosesa. Z tego, co zdołał zaobserwować, pacjenci byli bezładną, zupełnie przypadkową zbieraniną ludzi w najróżniejszym wieku i najróżniejszych gabarytów. Włosy jakby eksplodowały z czaszek, a brody spływały na torsy jak u ludzi na starych, spłowiałych fotografiach sprzed wieku. Cały budynek przypominał siedlisko najrozmaitszych przeciwieństw. Zewsząd chwytały Francisa spojrzenia dzikich oczu, zaraz potem, dla odmiany, napotykał tępe spojrzenia i twarze odwracające się do ściany, żeby uniknąć kontaktu wzrokowego. Otaczały go słowa i strzępy rozmów, prowadzonych czasem z innymi, a czasem z wewnętrznymi głosami. Do ubrania nikt chyba nie przywiązywał wagi; niektórzy nosili luźne szpitalne koszule i piżamy, inni zwyczajne, codzienne bluzy i spodnie. Jedni długie szlafroki i podomki, inni dżinsy i wzorzyste koszule. Wszystko było trochę niedopasowane, nie na miejscu, jakby kolorom brakło pewności, co pasuje do czego, albo coś było nie tak z rozmiarami – koszule za duże, spodnie za krótkie albo za obcisłe. Skarpety nie do pary. Paski do kratek. Wszędzie unosił się gryzący smród dymu papierosowego.

– Za dużo ludzi – mruknął pan Moses, kiedy zbliżali się do dyżurki pielęgniarek. – Łóżka mamy może dla dwóch setek, a ludzi wcisnęli nam tu prawie trzy. Można by pomyśleć, że ktoś zauważy, że coś się nie zgadza, ale gdzie tam.

Francis nie odpowiedział.

– Ale dla pana mamy łóżko – dodał pan Moses. Zatrzymał się przy dyżurce. – Wszystko będzie w porządeczku. Dzień dobry, moje panie – powiedział. Gdy dwie ubrane na biało pielęgniarki za siatką odwróciły się do niego, rzucił uprzejmie: – Jak zwykle wyglądacie pięknie i uroczo.

Jedna – stara, z siwymi włosami i kształtną, surową twarzą – zdobyła się na uśmiech. Druga, przysadzista, czarna, o wiele młodsza od koleżanki, prychnęła w odpowiedzi jak kobieta, która nieraz już słyszała miłe słówka, będące tylko podstępnymi pochlebstwami.

– Jak zwykle słodka gadka, a pewnie znów czegoś chcesz – mruknęła z udawanym oburzeniem.

Obie kobiety się uśmiechnęły.

– Ależ moje panie, zawsze chodzi mi tylko o to, by wnieść w wasze życie nieco radości i szczęścia – odparł pielęgniarz. – Jakżeby inaczej?

Pielęgniarki głośno się roześmiały.

– Nie ma mężczyzny, który nigdy niczego by nie chciał – stwierdziła rzeczowo czarna.

– Święte słowa – dodała szybko biała.

Pan Moses też się roześmiał, a Francis nagle poczuł się niezręcznie; nie wiedział, co ma ze sobą zrobić.

– Moje panie, przedstawiam wam pana Francisa Petrela, który u nas zamieszka. Panie Mewa, ta piękna młoda dama to panna Wright, a jej urocza towarzyszka to panna Winchell. – Podał im kartę. – Doktor przepisał kilka leków dla tego chłopca. Na moje oko, to co zwykle. – Odwrócił się do Francisa. – Ma pan kubek gorącej kawy rano, zimne piwko i talerz pieczonego kurczaka z chlebem kukurydzianym na koniec dnia. Pasuje? – Francis musiał zrobić zdziwioną minę, bo pielęgniarz szybko dodał: – Żartowałem.

Pielęgniarki popatrzyły na kartę, potem położyły ją na stosie innych w rogu biurka. Starsza, panna Winchell, wyjęła spod blatu małą, tanią walizkę, obitą kraciastym materiałem.

– Panie Petrel, rodzina zostawiła to dla pana. – Podała walizkę przez otwór w siatce. – Już przeszukałam – poinformowała pielęgniarza.

Francis wziął walizkę i powstrzymał cisnące się do oczu łzy. Od razu ją poznał. Dostał ją w prezencie w któreś Boże Narodzenie, a ponieważ nigdy nigdzie nie wyjeżdżał, trzymał w niej wszystko, co uznał za wyjątkowe albo niezwykłe. To była jego przenośna skrytka, skarbczyk rzeczy zgromadzonych w dzieciństwie, bo na swój sposób każdy z tych przedmiotów był podróżą samą w sobie. Sosnowa szyszka, znaleziona jesienią; komplet żołnierzyków; wierszyki dla dzieci nieoddane do biblioteki. Drżącymi rękami przesunął po krawędziach walizki z imitacji skóry i dotknął rączki. Dostrzegł, że wszystko, co dawniej było w środku, zostało wyjęte i zastąpione ubraniami. Od razu zrozumiał, że wszystkie jego skarby wysypano i wyrzucono do śmieci. Tak jakby rodzice spakowali jego całe życie w mały bagaż i dali mu jako krzyżyk na drogę. Dolna warga zaczynała mu drżeć. Poczuł się zupełnie osamotniony.

Pielęgniarki podały przez siatkę następne przedmioty: szorstkie prześcieradła i poszewki na poduszki, wełniany, oliwkowozielony koc z wojskowego demobilu, szlafrok, podobny do tych, jakie mieli inni pacjenci, i piżamę, również taką, jaką już widział. Położył to wszystko na walizce.

Pan Moses kiwnął głową.

– W porządku. Proszę zabrać swoje rzeczy. Co tam jeszcze mamy dla pana Mewy, moje panie?

Jedna z pielęgniarek znów zajrzała do karty.

– Lunch w południe. Potem przerwa aż do sesji grupowej w sali 101 o trzeciej, z panem Evansem. Wraca tutaj o czwartej trzydzieści i ma wolne. Kolacja o szóstej. Leki o siódmej. To wszystko.

– Zapamiętał pan, panie Mewa?

Francis kiwnął głową. Nie ufał własnemu głosowi. Słyszał w głębi siebie niosące się echem głosy, nakazujące mu słuchać poleceń, nie odzywać się i być czujnym. Poszedł za panem Mosesem do dużej sali, gdzie w rzędach stało trzydzieści czy czterdzieści łóżek. Wszystkie były posłane, z wyjątkiem jednego, niedaleko drzwi. Na łóżkach leżało z sześciu mężczyzn. Spali albo wpatrywali się w sufit. Ledwie na niego zerknęli, kiedy wszedł.

Pan Moses pomógł mu pościelić łóżko i upchnąć rzeczy w szafce. Znalazło się też w niej miejsce na małą walizkę. Urządzenie się w nowym miejscu trwało niecałe pięć minut.

– No, to tyle – oznajmił pan Moses.

– Co teraz ze mną będzie? – spytał Francis.

Pielęgniarz uśmiechnął się trochę smutno.

– Teraz, Mewo, musisz zrobić tak, żeby ci się poprawiło.

Francis kiwnął głową.

– Jak?

– To najtrudniejsze pytanie. Sam będziesz musiał na to wpaść.

– Co mam robić? – spytał Francis.

Pielęgniarz nachylił się do niego.

– Nie wychylaj się. Czasami bywa tu trochę ciężko. Musisz wszystkich rozpracować i nikomu się nie narzucać. Nie próbuj za szybko szukać przyjaciół. Po prostu siedź cicho i przestrzegaj zasad. Jak będziesz potrzebował pomocy, przyjdź do mnie albo do mojego brata, albo do którejś z pielęgniarek, a my spróbujemy ci pomóc.

– Ale co to są za zasady? – spytał Francis.

Wielki pielęgniarz odwrócił się i wskazał planszę przymocowaną wysoko na ścianie.

NIE PALIĆ W SALACH SYPIALNYCH

NIE HAŁASOWAĆ

NIE ROZMAWIAĆ PO 21.00

SZANOWAĆ INNYCH

SZANOWAĆ CUDZĄ WŁASNOŚĆ

Francis przeczytał to dwa razy. Nie wiedział, dokąd iść ani co robić. Usiadł na krawędzi łóżka.

Jeden z mężczyzn leżących po drugiej stronie sali, wpatrzony w sufit i udający, że śpi, nagle wstał. Był bardzo wysoki – mierzył dobrze ponad dwa metry – miał zapadniętą pierś, kościste ręce, wystające spod obciętych rękawów wystrzępionej bluzy z logo New England Patriots, i chude nogi, sterczące z zielonych, chirurgicznych spodni piętnaście centymetrów za krótkich. Mężczyzna był o wiele starszy od Francisa, miał pozlepiane, siwiejące włosy, opadające strąkami na ramiona. Otworzył szeroko oczy, na pół przerażony, na pół wściekły. Podniósł trupio chudą rękę i wycelował palcem we Francisa.

– Przestań! – krzyknął. – Natychmiast przestań!

Francis się skulił.

– Co mam przestać?

– Przestań! Wszystko widzę! Nie oszukasz mnie! Od razu się zorientowałem, jak tylko wszedłeś! Przestań!

– Ale nie wiem, co robię – zaskomlał żałośnie Francis.

Mężczyzna zaczął wymachiwać obiema rękami, jakby rozgarniał pajęczyny. Z każdym krokiem krzyczał coraz głośniej.

– Przestań! Przestań! Wszystko widzę! Ze mną ci się nie uda!

Francis rozejrzał się w poszukiwaniu drogi ucieczki albo kryjówki, ale za sobą miał tylko ścianę. Kilku innych mieszkańców dormitorium spało albo ignorowało to, co się działo.

Mężczyzna jakby urósł. Był coraz bardziej wściekły.

– Wiedziałem! Zorientowałem się! Jak tylko wszedłeś! Natychmiast przestań!

Francis zamarł. Wszystkie jego wewnętrzne głosy wykrzykiwały sprzeczne rady: *Uciekaj! Uciekaj! On się na nas rzuci! Schowaj się!* Rozglądał się gorączkowo, nadal szukając drogi ucieczki przed napaścią wysokiego mężczyzny. Próbował zmusić swoje mięśnie do działania, żeby przynajmniej wstać z łóżka, ale zamiast tego tylko skulił się jeszcze bardziej.

– Jak nie przestaniesz, to ja cię zatrzymam! – krzyknął mężczyzna. Wyglądał, jakby szykował się do ataku.

Francis podniósł ręce, żeby się bronić.

Chudzielec zagulgotał jakiś wojenny okrzyk i zebrał się w sobie, wypinając zapadłą pierś i machając rękami nad głową. Już miał skoczyć na Francisa, kiedy w sali rozległ się inny głos.

– Chudy! Przestań!

Mężczyzna zawahał się, potem odwrócił w stronę, z której dobiegł głos.

– Natychmiast przestań!

Francis był wciąż skulony pod ścianą i nie widział, kto to mówił.

– Co ty wyprawiasz?

– Ale to on. – Chudzielec zwrócił się do osoby, która weszła do dormitorium. Wydawało się, że się zmniejszył.

– Nie, to nie on! – padła szorstka odpowiedź.

Wtedy Francis zobaczył, że zbliżający się mężczyzna to ten sam, którego spotkał na samym początku swojego pobytu w szpitalu.

– Zostaw go w spokoju!

– Ale to on! Od razu się zorientowałem, jak tylko go zobaczyłem!

– To samo powiedziałeś mnie, kiedy tu trafiłem. Mówisz to każdemu nowemu.

Chudzielec zawahał się.

– Naprawdę? – spytał.

– Tak.

– Cały czas wydaje mi się, że to on – upierał się chudzielec, ale co dziwne, już bez przekonania. – Jestem prawie pewny – dodał. – Mówię ci, to może być on.

Mimo pewności zawartej w słowach ton głosu przepełniony był wahaniem.

– Ale dlaczego? – spytał tamten. – Skąd masz tę pewność?

– Po prostu kiedy wszedł, to było takie oczywiste, patrzyłem na niego, a potem... – Ucichł. – Może się mylę.

– Tak sądzę.

– Serio?

– Jasne.

Mężczyzna podszedł bliżej. Teraz szeroko się uśmiechał. Minął chudzielca.

– No, Mewa, widzę, że się już zadomowiłeś.

Francis kiwnął głową.

Mężczyzna odwrócił się do napastnika.

– Chudy, to jest Mewa. Poznałem go przedwczoraj w administracji. Nie jest tym, za kogo go bierzesz, tak samo jak ja nim nie byłem, kiedy mnie spotkałeś po raz pierwszy, zapewniam cię.

– A skąd ta pewność? – zapytał chudzielec.

– Widziałem, jak go przyjmowali, i zajrzałem do jego karty. Mówię ci, gdyby był synem szatana wysłanym tu, żeby czynić zło w murach szpitala, napisaliby o tym w karcie, bo inne rzeczy podali ze szczegółami. Miejsce urodzenia. Rodzina. Adres. Wiek. Co chcesz, wszystko tam było. Ani słowa o tym, że jest antychrystem.

– Szatan to wielki oszust. Jego syn pewnie dorównuje mu sprytem. Potrafiłby się ukryć. Nawet przed Pigułą.

– Możliwe. Ale byli ze mną policjanci, a oni są wyszkoleni w wypatrywaniu syna szatana. Mieliby ze sobą ulotki i plakaty, takie jak wieszają na ścianach poczty. Wiesz, o co mi chodzi? Wątpię, czy nawet syn szatana zdołałby się ukryć przed policją stanową.

Chudzielec uważnie wysłuchał wyjaśnień. Potem odwrócił się do Francisa.

– Wybacz. Najwyraźniej się pomyliłem. Już widzę, że nie możesz być tym, kogo wypatruję. Proszę, przyjmij moje najszczersze przeprosiny. Czujność jest naszą jedyną obroną przed złem. Trzeba być ostrożnym, dzień po dniu, godzina po godzinie. To wyczerpujące, ale nieodzowne.

Francisowi udało się wreszcie spełznąć z łóżka i wstać.

– Tak, oczywiście – wymamrotał. – Nic się nie stało.

Chudzielec uścisnął mu dłoń, potrząsając nią energicznie.

– Bardzo się cieszę, że cię poznałem, Mewo. Jesteś wspaniałomyślny. I najwyraźniej dobrze wychowany. Przykro mi, jeżeli cię wystraszyłem.

Wysoki mężczyzna nagle wydał się Francisowi o wiele mniej groźny. Był po prostu stary, obszarpany, trochę jak gazeta, która o wiele za długo leżała nieruszana na stole.

Suchotnik wzruszył ramionami.

– Mówią na mnie Chudy – powiedział. – Mieszkam tu.

Francis kiwnął głową.

– Jestem...

– Mewa – wtrącił drugi mężczyzna. – Nikt tu raczej nie używa prawdziwego imienia i nazwiska.

Chudy przytaknął pospiesznie.

– Strażak ma rację, Mewa. Tylko ksywy, skróty i tak dalej.

Potem obrócił się na pięcie i szybkim krokiem wrócił do swojego łóżka, padł na nie i znów zaczął wpatrywać się w sufit.

– Nie jest chyba złym człowiekiem. Myślę, że w rzeczywistości, jeśli to słowo pasuje do tego przybytku, tak naprawdę jest zupełnie nieszkodliwy –

oznajmił Strażak. – Przedwczoraj zrobił mi dokładnie to samo, krzyczał, machał rękami i zachowywał się, jakby zamierzał mnie udusić, aby uchronić wszystkich przed antychrystem, synem szatana czy kogoś tam innego. Jakiegokolwiek demona, który przypadkiem mógłby tu trafić. Rzuca się na każdego, kto tu wejdzie, a kogo nie pozna. Jak się nad tym zastanowić, to nie jest takie zupełne wariactwo. Wokół nas jest dużo zła i skądś się ono musi brać, moim zdaniem. Nie zaszkodzi być czujnym jak on, nawet tutaj.

– I tak dziękuję – powiedział Francis. Uspokajał się jak dziecko, które myślało, że zgubiło drogę, ale wypatrzyło gdzieś znajomy punkt krajobrazu i odzyskało orientację. – Ale nie wiem, jak się nazywasz...

– Już się nie nazywam – odparł mężczyzna. Powiedział to z najlżejszym odcieniem smutku, zastąpionym szybko kpiącym uśmiechem, zabarwionym odrobiną żalu.

– Jak możesz się nie nazywać? – spytał Francis.

– Musiałem stracić swoje imię i nazwisko. Dlatego tu trafiłem.

Francis niewiele z tego zrozumiał. Mężczyzna z rozbawieniem pokręcił głową.

– Przepraszam. Ludzie zaczęli mnie nazywać Strażak, bo gasiłem pożary, zanim przyjechałem do szpitala.

– Ale...

– Kiedyś przyjaciele mówili na mnie Peter. A więc Peter Strażak, to musi wystarczyć Francisowi Mewie.

– Dobrze – zgodził się Francis.

– System nadawania imion trochę tu wszystko ułatwia, zobaczysz. Chudego już znasz. Dla kogoś, kto tak wygląda, trudno o bardziej oczywistą ksywę. Poznałeś też braci Moses, z tym że wszyscy nazywają ich tu Dużym Czarnym i Małym Czarnym, co też wydaje się stosownym rozróżnieniem. A Piguła... to przezwisko łatwiej wymówić i dobrze pasuje do naszego doktora, zważywszy na jego podejście do leczenia. Kogo jeszcze spotkałeś?

– Pielęgniarki na zewnątrz, za kratami...

– Ach, panna Błąd i panna Czujna?

– Wright i Winchell.

– Zgadza się. Są też inne, na przykład siostra Mitchell, czyli Narzekalska, i siostra Smith, czyli Oścista, bo wygląda trochę jak nasz Chudy, i Krótka Blond, piękna kobieta. Jest też psycholog Evans, zwany panem Złym, którego już niedługo poznasz, bo to on mniej czy bardziej rządzi tym dormitorium. A wredna sekretarka Piguły nazywa się Lewis, ale ktoś nazwał ją Laską, czego ona najwyraźniej nie znosi, ale nie może na to nic poradzić, bo przezwisko przylgnęło do niej tak samo jak te ciasne sweterki, które nosi. Niezła z niej laska*. To może się wydawać skomplikowane, ale połapiesz się w kilka dni.

Francis rozejrzał się szybko.

– Wszyscy tutaj to wariaci? – szepnął.

Strażak pokręcił głową.

– To szpital dla wariatów, Mewo, ale nie każdy tu jest wariatem. Niektórzy to po prostu starzy i zdziwaczali ludzie. Inni są opóźnieni w rozwoju, więc wolno się orientują, ale za co dokładnie tu trafili, to dla mnie tajemnica. Jeszcze inni mają chyba po prostu depresję. Albo słyszą głosy. Ty słyszysz głosy, Mewo?

Francis nie wiedział, co odpowiedzieć. Miał wrażenie, że gdzieś głęboko w nim toczy się debata; słyszał rzucane argumenty, przeskakujące między stronami jak iskry między elektrodami.

– Nie powiem – odparł z wahaniem.

Strażak kiwnął głową.

– Są rzeczy, które najlepiej zachowywać dla siebie. – Objął Francisa ramieniem i poprowadził do drzwi. – Chodź, oprowadzę cię po naszym nowym domu.

– A ty słyszysz głosy, Peter? – spytał Francis.

Strażak pokręcił głową.

– Nie.

– Nie?

– Nie. Ale może by było dobrze, gdybym słyszał – wyznał. Uśmiechał się samymi kącikami ust w sposób, który Francis miał już niedługo dobrze poznać; uśmiech ten mówił wiele o samym Strażaku. Ten człowiek dostrzegał zarówno smutek, jak i wesołość w rzeczach, na które inni nie zwracali uwagi.

– Jesteś wariatem? – zapytał Francis.

Strażak zaśmiał się cicho.

– A ty jesteś, Mewa?

Francis wziął głęboki oddech.

– Może – odparł. – Nie wiem.

Strażak pokręcił głową.

---

* W oryginale przezwiska tych osób brzmią podobnie do ich nazwisk, czego jednak nie sposób przełożyć na język polski. Czytelnikom znającym angielski zdradzę jednak, że panny Wright i Winchell przezwane zostały pannami Wrong i Watchful, siostra Mitchell to siostra Bitch-All, pannę Lewis nazywano panną Luscious, a doktor Gulptilil został doktorem Gulp-a-pillem. Pracownika społecznego Evansa zaś pacjenci nazywali panem Evil (przyp. tłum.).

– Nie wydaje mi się. Nie wydawało mi się też, kiedy cię pierwszy raz zobaczyłem. Nie jesteś przynajmniej poważnie szurnięty. Może trochę, ale co w tym złego?

Francis kiwnął głową. Słowa Strażaka dodały mu otuchy.

– Ale co z tobą? – ciągnął.

Strażak zawahał się.

– Jestem czymś o wiele gorszym – powiedział po chwili. – Dlatego tu trafiłem. Mają stwierdzić, co ze mną nie tak.

– Co może być gorszego od bycia wariatem? – spytał Francis.

Strażak odkaszlnął.

– Chyba nic się nie stanie, i tak byś się dowiedział, wcześniej czy później. Zabijam ludzi.

I z tymi słowami wyprowadził Francisa na szpitalny korytarz.

Rozdział 4

I to chyba by było na tyle.

Duży Czarny powiedział, żebym się nie zaprzyjaźniał, żebym uważał, pilnował własnego nosa i przestrzegał zasad, a ja z całych sił starałem się dostosować do jego rad, za wyjątkiem tej pierwszej; kiedy o tym myślę, zastanawiam się, czy w tym punkcie też nie miał przypadkiem racji. Ale szaleństwo to także najgorszy rodzaj samotności, a ja byłem szalony i samotny, kiedy więc Strażak mnie przygarnął, z radością przyjąłem jego przyjaźń; zagłębiliśmy się w świat Szpitala Western State i nie pytałem Petera, co miał na myśli, kiedy powiedział to, co powiedział, chociaż domyślałem się, że niedługo się tego dowiem. W szpitalu bowiem wszyscy mieli jakieś tajemnice, ale mało komu udawało się zachować je dla siebie.

Moja młodsza siostra zapytała mnie raz, długo po tym, jak już zostałem wypuszczony, co było w szpitalu najgorsze. Po zastanowieniu odpowiedziałem: rutyna. Szpital istniał jako układ drobnych, niepowiązanych ze sobą chwil, które razem wzięte nie składały się zupełnie na nic. Stworzono je tylko i wyłącznie po to, by połączyć poniedziałek z wtorkiem, wtorek ze środą i tak dalej, tydzień po tygodniu, miesiąc po miesiącu. Wszyscy moi współtowarzysze niedoli zostali wysłani do szpitala przez rzekomo pragnących ich dobra krewnych albo bezduszny i nieskuteczny system opieki społecznej, po pobieżnej rozprawie sądowej, w której często nawet nie uczestniczyliśmy, na okres trzydziestu lub sześćdziesięciu dni. Szybko jednak przekonaliśmy się, że terminy te były takimi samymi złudzeniami jak głosy w naszych głowach, bo szpital mógł przedłużać wyrok sądu tak długo, jak długo uważano cię za zagrożenie dla innych, a w naszym przypadku uważano tak zawsze. Tak więc trzydziestodniowy okres leczenia łatwo mógł się zamienić w dwudziestoletni pobyt w szpitalu. Równia pochyła, od psychozy do starczej demencji. Niedługo po przybyciu do szpitala dowiadywaliśmy się, że jesteśmy jak przestarzała amunicja, magazynowana tak, żeby nikomu nie rzucała się w oczy, rdzewiejąca z każdą upływającą chwilą i coraz bardziej grożąca wybuchem.

Pierwszą rzeczą, jaka docierała do człowieka zamkniętego w Szpitalu Western State, było największe z rządzących tam kłamstw – nikt tak naprawdę nie pomagał ci w powrocie do zdrowia, do domu. Dużo mówiono i dużo robiono, rzekomo by pomóc ci się przystosować, ale wszystko to była fikcja na pokaz, jak urządzane od czasu do czasu komisje zwolnień. Szpital był niczym smoła na drodze. Trzymał cię w miejscu. Pewien sławny poeta napisał kiedyś – całkiem ładnie i naiwnie – że dom to miejsce, w którym zawsze jesteś mile widziany. Może dla poetów, ale nie dla szaleńców. Szpital istniał po to, by trzymać cię z dala od świata normalnych. Byliśmy wszyscy spętani lekami, które przytępiały nam zmysły, wyciszały głosy, ale nigdy nie pomagały poradzić sobie z halucynacjami, tak że w korytarzach niosły się echem rozedrgane zwidy i omamy. Najgorszym złem było jednak to, jak szybko się z nimi pogodziliśmy. Po kilku dniach w szpitalu nie przeszkadzało mi już, kiedy mały Napoleon stawał przy moim łóżku i zaczynał z ożywieniem opowiadać o ruchach wojsk pod Waterloo, i o tym, że gdyby tylko brytyjskie czworoboki pękły pod natarciem jego kawalerii albo gdyby Blüchera coś zatrzymało po drodze, albo gdyby stara gwardia nie ugięła się pod gradem szrapneli i karabinowych kul, cała Europa zmieniłaby się na zawsze. Nigdy nie miałem całkowitej pewności, czy Napoleon naprawdę uważał się za francuskiego cesarza, choć chwilami tak właśnie się zachowywał, czy po prostu wszystko to wynikało z jego obsesji, bo był małym człowieczkiem zamkniętym w wariatkowie, z nami wszystkimi, i bardziej niż czegokolwiek innego chciał w swoim życiu czegoś dokonać.

Wszyscy chcieliśmy; to była nasza największa nadzieja i marzenie – pragnęliśmy być kimś. Dręczyła nas jednak nieuchwytność tego celu, dlatego wybraliśmy zamiast niego złudzenia. Na moim piętrze mieliśmy sześciu Jezusów czy przynajmniej ludzi, którzy twierdzili, że są w stanie bezpośrednio się z Nim komunikować; jednego Mahometa, który trzy razy dziennie padał na kolana i modlił się do Mekki, chociaż często zwrócony w złym kierunku; kilku Jerzych Waszyngtonów i innych prezydentów, od Lincolna i Jeffersona po Johnsona i Cwanego Dicka, a do tego całkiem sporo takich, jak w rzeczywistości nieszkodliwy, lecz czasem przerażający Chudy, którzy bezustannie wypatrywali szatana i jego sług. Mieliśmy ludzi z obsesją na punkcie zarazków, bojących się niewidzialnych i wszechobecnych bakterii, takich, co wierzyli, że podczas burzy każda błyskawica wymierzona jest właśnie w nich, więc chowali się po kątach. Mieliśmy pacjentów, którzy nic nie mówili, całe dnie spędzali w całkowitym milczeniu, i takich, którzy bluzgali na prawo i lewo. Jedni myli ręce dwadzieścia i trzydzieści razy dziennie, inni w ogóle się nie kąpali. Byliśmy armią natręctw i obsesji, zwidów i rozpaczy. Jeden z mężczyzn, którego polubiłem, nosił pseudonim Gazeciarz. Chodził po korytarzach niczym współczesny herold, wykrzykując tytuły gazet jak encyklopedia bieżących wydarzeń. Na swój własny, szalony sposób pomagał nam zachować kontakt ze światem zewnętrznym i przypominał, że za murami szpitala też coś się dzieje. Była u nas nawet pewna słynąca ze znacznej tuszy kobieta, która potrafiła całymi godzinami grać w ping-ponga w świetlicy, przez większość czasu jednak rozmyślała nad sprawami związanymi z byciem bezpośrednim wcieleniem Kleopatry. Czasami zaś uważała się tylko za grającą w filmie Elizabeth Taylor. Tak czy inaczej Kleo potrafiła zacytować każde słowo z filmu, nawet kwestie Richarda Burtona, i całą sztukę Szekspira, jednocześnie rozgramiając w ping-ponga tego, kto ośmielił się z nią zmierzyć.

Kiedy o tym myślę, wydaje mi się to wszystko tak niedorzeczne, że mam ochotę głośno się roześmiać.

Ale wcale takie nie było. Tam panowało niewypowiedziane cierpienie.

Tego właśnie nie potrafią zrozumieć normalni ludzie. Tego, jak bardzo boli każde złudzenie. Jak rzeczywistość wymyka się z rąk. Ogromu desperacji i frustracji. Syzyf ze swoim kamieniem czułby się w Szpitalu Western State jak u siebie.

Chodziłem na codzienne sesje grupowe z panem Evansem, którego nazywaliśmy panem Złym. Chudy psycholog miał zapadłą pierś i władczy sposób bycia, zdający się sugerować, że jest od nas lepszy, bo wieczorem idzie do domu, a my nie, czego nie znosiliśmy, ale co niestety było prawdą. Podczas tych sesji zachęcano nas do mówienia otwarcie o tym, dlaczego jesteśmy w szpitalu i co byśmy zrobili, gdyby nas wypuszczono.

Wszyscy kłamali. Opowiadali cudowne, niczym nieskrępowane kłamstwa, optymistyczne, eskapistyczne, pełne entuzjazmu.

Wszyscy poza Peterem Strażakiem, który rzadko się odzywał. Siedział obok mnie, uprzejmie słuchając fantazjowania o znalezieniu regularnej pracy albo powrocie do szkoły, albo może zaangażowaniu się w program pomocy takim jak my. Wszystkie te rozmowy były jednym wielkim kłamstwem, zrodzonym z jednego jedynego, beznadziejnego pragnienia: robienia wrażenia normalnego. A przynajmniej normalnego na tyle, by wrócić do domu.

Z początku zastanawiałem się czasem, czy nie ma jakiegoś bardzo słabego porozumienia między tymi dwoma mężczyznami, bo pan Zły nigdy nie kazał Peterowi Strażakowi wziąć udziału w dyskusji, nawet kiedy zbaczała na coś interesującego, jak obecne wydarzenia na świecie, na przykład problem zakładników w Iranie, niepokoje wewnętrzne państw czy nadzieje Red Soksów na nadchodzący sezon – na tematy, na których Strażak się znał. Obaj żywili wzajemną wrogość, ale jeden był pacjentem, drugi administratorem, więc na początku ją ukrywali.

Nie wiedzieć czemu, bardzo szybko zaczęło mi się wydawać, że biorę udział w jakiejś desperackiej wyprawie do najdalszych bezludnych rejonów ziemi, ekspedycji odciętej od cywilizacji, zapuszczającej się coraz dalej od znajomych terenów w nieznane krainy. Niegościnne krainy.

Które niedługo miały się stać jeszcze bardziej niegościnne.

Ściana mnie przyzywała, chociaż w kącie kuchni zaczął dzwonić telefon. Wiedziałem, że to jedna z moich sióstr dzwoni zapytać, co u mnie, a u mnie oczywiście było tak jak zawsze jest i, jak przypuszczam, zawsze już będzie. Dlatego go zignorowałem.

W ciągu kilku tygodni resztki zimy wycofały się w ponurym odwrocie. Francis szedł korytarzem, szukając sobie jakiegoś zajęcia. Po prawej minął kobietę mamroczącą coś tonem pełnym skargi o straconych dzieciach i kołyszącą się w przód i w tył, z ramionami ułożonymi przed sobą, jakby trzymała w nich coś cennego, choć były puste. Przed Francisem starszy mężczyzna w piżamie, z pomarszczoną skórą i grzywą rozczochranych, srebrzystosiwych włosów patrzył smutno na gołą ścianę, dopóki nie podszedł Mały Czarny, nie wziął go delikatnie za ramiona i nie odwrócił do zakratowanego okna. Nowy widok wywołał uśmiech na twarzy starca; Mały Czarny poklepał mężczyznę po ramieniu, dodając mu otuchy, potem podszedł do Francisa.

– Mewa, co u ciebie?

– Wszystko w porządku, panie Moses. Tylko się trochę nudzę.

– W świetlicy oglądają seriale.

– Nie przepadam za nimi.

– Nie lubisz seriali? Mógłbyś się zacząć zastanawiać, co się stanie z bohaterami i ich pokręconym życiem. Niespodzianki, tajemnica, zwroty akcji, wszyscy to lubią. A ciebie to nie interesuje?

– Pewnie powinno, panie Moses, ale sam nie wiem. Po prostu dla mnie to mało prawdziwe.

– To pograj w karty. Albo w gry planszowe.

Francis pokręcił głową.

– A może partyjka ping-ponga z Kleo?

Francis uśmiechnął się, nie przestając kręcić głową.

– Panie Moses, uważa mnie pan za aż takiego wariata?

Mały Czarny parsknął śmiechem.

– Nie, Mewa. Nawet ty nie jesteś aż tak stuknięty – odparł.

– Dostanę przepustkę na dwór? – zapytał niespodziewanie Francis.

Mały Czarny zerknął na zegarek.

– Zabieram na dwór kilka osób dzisiaj po południu. Posadzimy kwiatki, taki ładny dzień. Przejdziemy się. Złapiemy trochę świeżego powietrza. Idź do pana Evansa, może ci pozwoli. Ja nie mam nic przeciwko.

Francis znalazł pana Złego przed jego gabinetem, pogrążonego w rozmowie z doktorem Pigułą. Obaj wydawali się poruszeni, gestykulowali z ożywieniem i zawzięcie się kłócili. Dziwne, ale im zacieklej dyskutowali, tym ciszej mówili, aż w końcu, kiedy Francis do nich podszedł, syczeli na siebie jak dwa rozzłoszczone węże. Na nikogo nie zwracali uwagi, do Francisa dołączyło kilku innych pacjentów, którzy szurali nogami, chodzili w prawo i w lewo, i czekali, aż coś się wydarzy.

– Nie możemy pozwolić sobie na takie uchybienie, w żadnym wypadku. W pana interesie leży, żeby jak najszybciej się znalazły – powiedział w końcu ze złością Piguła.

– Najwyraźniej zginęły albo ktoś je ukradł – odparł pan Zły. – Nie moja wina. Będziemy szukać dalej, to wszystko, co mogę zrobić.

Piguła kiwnął głową, ale twarz zastygła mu w dziwnym, gniewnym grymasie.

– Tak zróbcie – warknął. – I mam nadzieję, że znajdziecie je jak najszybciej. Proszę poinformować ochronę, niech panu wydadzą nowy komplet. Ale to poważne naruszenie zasad.

Mały Hindus gwałtownie odwrócił się na pięcie i odszedł, ignorując wszystkich oprócz jednego mężczyzny, który podszedł do doktora, ale został odesłany niecierpliwym machnięciem ręki, zanim zdążył się odezwać. Pan Zły odwrócił się do pacjentów, równie poirytowany.

– Co? Czego chcecie?

Sam jego ton sprawił, że jedna z kobiet natychmiast załkała, a jakiś starzec pokręcił głową i odszedł korytarzem, mrucząc coś do siebie. Najwyraźniej wolał byle jaką rozmowę z nikim niż to, co mógłby usłyszeć od wściekłego psychologa.

Francis się jednak zawahał. *Idź stąd! Idź natychmiast!* – krzyczały ostrzegawcze głosy w jego głowie, ale on stał, a po chwili zebrał się na odwagę.

– Chciałbym prosić o przepustkę na dwór – zakomunikował. – Pan Moses zabiera dzisiaj po południu kilka osób do ogrodu. Chciałbym iść z nimi. Powiedział, że mogę.

– Chcesz wyjść na dwór?

– Tak. Proszę.

– A po co chcesz wychodzić na dwór, Petrel? Co takiego jest na dworze, że tak cię tam ciągnie?

Francis nie wiedział, czy Evans kpi sobie z niego, czy z samego pomysłu wyjścia za próg budynku Amherst.

– Ładny dzień dzisiaj. Pierwszy taki od dawna. Świeci słońce i jest ciepło. Świeże powietrze.

– Uważasz, że tam będzie ci lepiej niż tu, w środku, tak?

– Tego nie powiedziałem, panie Evans. Po prostu jest wiosna i chciałbym wyjść na dwór.

Pan Zły pokręcił głową.

– A ja myślę, że próbujesz dać nogę, Francis. Uciec. Wydaje ci się, że możesz prysnąć Małemu Czarnemu, kiedy tylko się odwróci, wspiąć po bluszczu i przeskoczyć przez mur, a potem zbiec ze wzgórza obok college'u i złapać autobus, który cię stąd zabierze. Wszystko jedno, jaki autobus, bo wszędzie jest lepiej niż tutaj; to właśnie moim zdaniem zamierzasz zrobić – powiedział. Mówił złośliwym, napastliwym tonem.

– Nie, nie, nie – odparł natychmiast Francis. – Chciałem tylko wyjść do ogrodu.

– Ty tak twierdzisz – ciągnął pan Zły. – Ale skąd mogę wiedzieć, że mówisz prawdę? Dlaczego mam ci ufać, Mewa? Co takiego zrobisz, żeby mnie przekonać?

Francis nie miał pojęcia, jak odpowiedzieć. Nie wiedział, że można udowodnić swoją prawdomówność inaczej, niż robiąc to, co się obiecało.

– Chcę po prostu wyjść na dwór – powtórzył. – Cały czas od przyjazdu siedzę w budynku.

– Uważasz, że zasługujesz na przywilej wyjścia na dwór? Co takiego zrobiłeś, żeby na niego zasłużyć, Francis?

– Nie wiem – odparł chłopak szczerze. – Nie sądziłam, że muszę na to zasłużyć. Chcę tylko wyjść na dwór.

– A co mówią twoje głosy, Mewa?

Francis cofnął się o krok, bo jego głosy krzyczały, z oddali, ale wyraźnie; rozkazywały mu jak najszybciej uciec, ale on się uparł, w rzadkim akcie oporu wobec wewnętrznego jazgotu.

– Nie słyszę żadnych głosów, panie Evans. Chciałem tylko wyjść na dwór. To wszystko. Nie zamierzam uciekać. Ani nigdzie jechać autobusem. Chcę tylko odetchnąć świeżym powietrzem.

Evans kiwnął głową, jednocześnie wykrzywiając usta w złym grymasie.

– Nie wierzę ci – parsknął, ale wyjął z kieszeni koszuli mały notes i napisał kilka słów. – Daj to panu Mosesowi. Udzielam ci pozwolenia na wyjście na dwór. Ale nie spóźnij się na sesję grupową.

Francis znalazł Małego Czarnego na papierosie pod dyżurką w korytarzu. Mężczyzna flirtował z dwiema pielęgniarkami, które akurat miały dyżur. Była to siostra Błąd i młodsza od niej kobieta, nowa pielęgniarka na stażu, nazywana Krótką Blond, bo strzygła włosy krótko w stylu piksie, w przeciwieństwie do koleżanek z bujnymi fryzurami, trochę od niej starszych i bardziej naznaczonych zmarszczkami i zwiotczeniem wieku średniego. Krótka Blond była młoda, szczupła i żylasta, a pod białym pielęgniarskim mundurkiem kryła chłopięce ciało. Miała bladą, prawie przezroczystą cerę i zdawało się, że delikatnie jarzy w świetle szpitalnych lamp. Mówiła cichym, ledwo słyszalnym głosem, który wpadał w szept, kiedy się denerwowała, co, jak zauważyli pacjenci, zdarzało się dość często. Stresowały ją duże, hałaśliwe grupy ludzi i z trudem dawała sobie radę w obleżonej dyżurce, kiedy przychodziła pora wydawania leków. To zawsze były trudne chwile, ludzie przepychali się do okienka w siatce, gdzie w małych, papierowych kubeczkach z nazwiskami pacjentów czekały posegregowane tabletki. Krótka Blond miała problemy z ustawieniem pacjentów w kolejkę, z uciszeniem ich, a największe, kiedy zaczynali się tarmosić, do czego dochodziło całkiem często. Krótka Blond radziła sobie o wiele lepiej sam na sam z pacjentem. Przynajmniej nie musiała nikogo przekrzykiwać. Francis ją lubił, po części dlatego że nie była dużo starsza od niego, przede wszystkim jednak jej głos działał na niego kojąco i przypominał matkę sprzed wielu lat, kiedy czytała wieczorami bajki. Przez chwilę próbował sobie przypomnieć, kiedy przestała, bo wspomnienie to nagle stało się bardzo odległe, prawie nierealne.

– Masz pozwolenie, Mewa? – spytał Mały Czarny.

– Proszę. – Francis podał kartkę, podniósł wzrok i zobaczył idącego korytarzem Petera Strażaka. – Peter! – zawołał. – Dostałem pozwolenie na wyjście na dwór. Może idź do pana Złego i zobacz, czy tobie też pozwoli.

Peter Strażak szybko do niego podszedł. Uśmiechnął się, ale pokręcił głową.

– Nic z tego, Mewa – powiedział. – To wbrew przepisom.

Mały Czarny przytaknął.

– Przykro mi, Strażak ma rację. Jemu nie wolno.

– Dlaczego? – zapytał Francis.

– Bo na takich jestem tu zasadach – odparł Strażak powoli i cicho. – Nie wolno mi wychodzić z zamknięcia.

– Nie rozumiem – stwierdził Francis.

– Tak orzekł sąd, kiedy mnie tu wysłał – ciągnął Strażak. W jego głosie pojawił się żal. – Dziewięćdziesiąt dni obserwacji. Ocena. Opinia psychologiczna. Testy; pokażą mi kleksa, a ja mam odpowiedzieć, że widzę tam dwoje ludzi uprawiających seks. Piguła i pan Zły pytają, ja odpowiadam, a oni to zapisują i któregoś dnia wysyłają do sądu. Ale nie wolno mi wychodzić z zamknięcia. Każdy ma swoje więzienie, tak jakby, Mewa. Moje jest po prostu trochę bardziej ograniczające niż twoje.

– To nic strasznego, Mewa – dodał Mały Czarny. – Mamy tu dużo ludzi, którzy nigdy nie wyjdą. To zależy od tego, za co się tu trafiło. Oczywiście są też tacy, co sami nie chcą wychodzić, ale mogliby, gdyby tylko poprosili. Po prostu nigdy nie proszą.

Francis rozumiał, a zarazem nie rozumiał. Spojrzał na Strażaka.

– To niesprawiedliwe – powiedział.

– Nie sądzę, żeby komukolwiek tak naprawdę chodziło o sprawiedliwość, Mewa. Ale zgodziłem się i dlatego jest jak jest. Dwa razy w tygodniu spotkanie z doktorem Pigułą. Sesje z panem Złym. Daję się obserwować. Spójrz, nawet w tej chwili, kiedy rozmawiamy, Mały Czarny, Krótka Blond i panna Błąd obserwują mnie i słuchają, co mówię, a wszystko, co zobaczą i usłyszą, może trafić do raportu, który Piguła wyśle do sądu. Dlatego muszę się pilnować, bo nigdy nie wiadomo, na co mogą zwrócić uwagę. Czy nie tak, panie Moses?

Mały Czarny kiwnął głową. Francis miał dziwne wrażenie, że rozmawiają o kimś innym, nie o człowieku, który przed nim stoi.

– Kiedy tak mówisz, nie wydajesz się wariatem – stwierdził.

Na tę uwagę Peter Strażak uśmiechnął się kpiąco, unosząc kącik ust, co nadało jego twarzy trochę krzywy, ale autentycznie spłoszony wyraz.

– O, rany – westchnął. – To straszne. Okropne – zagulgotał z głębi gardła. – W takim razie muszę być jeszcze ostrożniejszy. Bo muszę być właśnie wariatem.

Francis zupełnie się pogubił. Jak na kogoś pod obserwacją, Peter wydawał się beztroski, w przeciwieństwie do licznych w szpitalu paranoików, wierzących, że są nieustannie śledzeni, chociaż nie byli, i robiących co w ich mocy, by zmylić obserwatorów. Wierzyli oczywiście, że tymi szpiegami są ludzie z FBI, CIA albo KGB, albo że to kosmici, co diametralnie zmieniało ich sytuację. Strażak odwrócił się i poszedł do świetlicy. Francis pomyślał, że nawet gdyby Peter gwizdał albo szedł raźniejszym krokiem, to, co tak bardzo go zasmucało, jeszcze wyraźniej rzucałoby się w oczy.

Ciepłe słońce uderzyło Francisa w twarz. Duży Czarny dołączył do swojego brata na czele ekspedycji; jeden szedł na przodzie, drugi z tyłu, prowadząc przez teren szpitala dwunastoosobowy rząd pacjentów. Poszedł z nimi Chudy, mamrocząc, że jest czujny jak zwykle. I Kleo, która wpatrywała się w ziemię i zaglądała pod krzaki z nadzieją, że znajdzie żmiję, jak wyjaśniała każdemu, kto zauważył jej zachowanie. Francis podejrzewał, że mogła napotkać co najwyżej zwykłego pończosznika, ten jednak nie wystarczyłby jej do samobójstwa. W grupie było kilka starszych kobiet, które szły bardzo powoli, kilku starszych mężczyzn i trzech w średnim wieku; wszyscy oni należeli do pospolitej kategorii potarganych, wymiętych ludzi, od lat już nawykłych do szpitalnej codzienności. Na nogach mieli klapki albo robocze buty, a do tego piżamy pod wystrzępionymi bluzami i swetrami, niepasującymi rozmiarem ani kolorem, co było szpitalną normą. Kilku mężczyzn szło z ponurymi albo rozzłoszczonymi minami, jakby drażniły ich łagodne promienie słońca. To właśnie przez to, pomyślał Francis, szpital był niepokojącym miejscem. Dzień, który powinien przynosić odprężenie i śmiech, wywoływał cichą wściekłość.

Dwaj pielęgniarze sunęli wolnym krokiem w kierunku tylnej części kompleksu, gdzie znajdował się mały ogród. Na piknikowym stoliku, popękanym i powyginanym po zimie, stały pudełka z nasionami i czerwone, dziecięce wiaderko z kilkoma plastikowymi motykami i łopatkami. Były tam też aluminiowa konewka i gumowy wąż, przykręcony do kurka wystającego wprost z ziemi na rurce. Już po chwili cała wycieczka pod nadzorem Małego i Dużego Czarnego na kolanach grabiła i spulchniała spłachetek ziemi. Francis zajmował się tym przez jakiś czas, potem zaczął się rozglądać.

Za ogrodem rozciągało się kolejne poletko, długi prostokąt otoczony starym drewnianym parkanem, kiedyś białym, lecz poszarzałym ze starości. Z twardej ziemi sterczały chwasty i nieprzystrzyżone kępy trawy. Francis domyślał się, że to coś w rodzaju cmentarza, bo stały tam dwa granitowe nagrobki, oba lekko przekrzywione, tak że wyglądały jak nierówne zęby. Dalej, za ogrodzeniem, rosły w rzędzie drzewa, posadzone ciasno obok siebie, by tworzyć naturalną zaporę oraz zasłaniać płot z drucianej siatki.

Francis obejrzał się na szpital. Po lewej, częściowo zasłonięta przez dormitorium, znajdowała się siłownia; z jej komina w niebieskie niebo bił wąski pióropusz białego dymu. Do wszystkich budynków wiodły pod ziemią tunele kanałów grzewczych. Francis widział jakieś szopy z narzędziami. Pozostałe budynki wyglądały prawie identycznie; cegła, bluszcz i szare dachówki. Większość obiektów zamieszkiwali pacjenci, ale jeden przeznaczono na kwatery dla pielęgniarek stażystek, a kilka innych na mieszkania dla młodszych psychiatrów i ich rodzin. Te domki łatwo dało się odróżnić, bo wokół leżały porozrzucane zabawki, a przed jednym zbudowano piaskownicę. Niedaleko siedziby administracji stał także budynek ochrony, gdzie odmeldowywali się szpitalni strażnicy. Francis zauważył, że budynek administracji ma skrzydło z aulą, w której, jak się domyślał, odbywały się zebrania personelu i wykłady. Generalnie jednak kompleks był przygnębiająco jednorodny. Trudno powiedzieć, jaki efekt chciał osiągnąć projektant, budynki były bowiem rozmieszczone losowo w sposób niezgodny z racjonalnym planowaniem; jeśli dwa stały obok siebie, to trzeci już pod kątem do nich. Prawie tak, jakby zrzucono je tu z powietrza bez żadnego porządku.

Od frontu szpitalne terytorium zasłaniał wysoki mur z czerwonej cegły, ze zdobioną bramą z kutego żelaza. Francis nie widział wiszącego nad nią szyldu, ale i tak wątpił, by jakikolwiek tam zamieszczono. Uznał, że gdyby ktoś zbliżył się do szpitala i tak by wiedział, co to jest i czemu służy, więc szyld wydawał się zupełnie zbędny.

Francis zmierzył mur wzrokiem. Doszedł do wniosku, że ceglana bariera ma co najmniej trzy i pół albo cztery metry wysokości. Z boków i z tyłu szpital był ogrodzony drucianą siatką, w wielu miejscach przerdzewiałą, zwieńczoną kłębami kolczastego drutu. Oprócz ogrodu na terenie było też boisko, spłacheć czarnego asfaltu z koszem do koszykówki na jednym końcu i siatką do siatkówki na środku, ale jedno i drugie tkwiło smętnie powyginane i połamane, poczerniałe od długiego nieużywania i zaniedbania. Francis nie potrafił sobie wyobrazić, żeby ktoś z tego korzystał.

– Na co patrzysz, Mewa? – spytał Mały Czarny.

– Na szpital – odparł Francis. – Nie wiedziałem, że jest tak wielki.

– Za dużo mamy tu teraz ludzi – powiedział Mały Czarny cicho. – Wszystkie dormitoria pękają w szwach. Łóżka ściśnięte jedno obok drugiego. Ludzie nie mają co robić, łażą bez celu po korytarzach. Za mało gier. Za mało terapii. Wszyscy się ze sobą mieszają. To niedobrze.

Francis popatrzył na wielką bramę, przez którą wjechał ambulansem. Była szeroko otwarta.

– Zamykają ją na noc – wyjaśnił Mały Czarny, przewidując pytanie.

– Pan Evans podejrzewał, że będę próbował uciec – przyznał się Francis.

Mały Czarny uśmiechnął się i pokręcił głową.

– Wszyscy zawsze myślą, że ludzie stąd tylko patrzą, jak wiać, ale tak się nie dzieje – powiedział. – Pan Zły powinien to wiedzieć. Jest tu już od kilku lat.

– Dlaczego ludzie nie próbują uciekać? – zapytał Francis.

Mały Czarny westchnął.

– Znasz odpowiedź, Mewa. Nie chodzi o płoty ani o zamknięte drzwi, chociaż tych u nas nie brak. Jest dużo sposobów, żeby zamknąć człowieka. Zastanów się nad tym, Mewa. Powód, dlaczego zostają, nie ma nic wspólnego z prochami ani kłódkami. Po prostu mało kto tutaj ma dokąd uciekać. A kiedy nie ma dokąd iść, nikt nie idzie. Proste.

Z tymi słowami odwrócił się i spróbował pomóc Kleo w sadzeniu nasion. Nie wykopała dość głębokich ani wystarczająco szerokich bruzd. Wyglądała na zniechęconą i zawiedzioną, dopóki Mały Czarny nie wspomniał, że słudzy rozsypywali przed jej imienniczką płatki róż. Kleo zawahała się, potem podwoiła wysiłki i zaczęła ryć w żwirowatej, mokrej ziemi z autentyczną determinacją. Kleo była potężną kobietą. Nosiła jaskrawe, kolorowe, luźne bluzki okrywające jej wydatne kształty. Często kaszlała, za dużo paliła i miała rozczochrane, ciemne włosy do ramion. Kiedy szła, dziwnie szarpała się w przód i w tył; przypominała wtedy pozbawiony steru statek, znoszony z kursu uderzeniami wiatru i wysokimi falami. Zmieniała się jednak, kiedy brała do ręki paletkę do ping-ponga; jak za sprawą czarów traciła wtedy swoją masę i stawała się zwinna i szybka niczym kot.

Znów spojrzał na bramę, potem na innych pacjentów i powoli zaczął rozumieć, o czym mówił Mały Czarny. Jeden ze starszych mężczyzn nie radził sobie z motyczką; skakała w jego trzęsącej się dłoni. Inny stracił zainteresowanie kopaniem i wpatrywał się w rozkrzyczaną wronę, siedzącą na pobliskim drzewie.

Głęboko w duchu Francis usłyszał jeden ze swoich głosów, który powtarzał ponurym tonem to, co powiedział Mały Czarny, podkreślając każde słowo: *Nikt nie ucieka, bo nikt nie ma dokąd. I ty też nie, Francis.*

A potem chóralne potakiwanie.

Obrócił się gwałtownie, kręcąc głową na wszystkie strony. W tej sekundzie bowiem, w promieniach słońca i delikatnej, wiosennej bryzie, z rękami brudnymi od ogrodowej ziemi, zobaczył, jaka czeka go przyszłość. A widok ten przeraził go bardziej niż wszystko, co zdarzyło się do tej pory. Zrozumiał, że jego życie to cienka lina i musi się jej mocno trzymać. To było najgorsze uczucie, jakie kiedykolwiek miał. Wiedział, że jest obłąkany, a jednocześnie miał pewność, że nie może być. Uświadomił sobie, że musi znaleźć coś, co utrzyma go przy zdrowych zmysłach. Albo pomoże zachować zdrowych zmysłów pozory.

Głęboko odetchnął. Nie sądził, by to było łatwe.

Do tego, jakby podkreślając powagę sytuacji, jego wewnętrzne głosy kłóciły się głośno, jazgocząc i hałasując. Próbował je uciszyć, ale mu nie wychodziło. Dopiero po kilku chwilach wszystkie uspokoiły się na tyle, że zrozumiał, co każdy z nich mówi. Obejrzał się na innych pacjentów. Kilkoro uważnie mu się przyglądało. Musiał mamrotać coś na głos, próbując narzucić porządek wewnętrznej naradzie. Ale ani Duży Czarny, ani jego brat nie zwrócili chyba uwagi na niespodziewaną kłótnię, w której Francis brał udział.

Zauważył to natomiast Chudy. Kopał w ziemi kawałek dalej; nachylił się do Francisa.

– Wszystko będzie dobrze, Mewa – powiedział głosem łamiącym się od uczucia, które nagle wyrwało mu się chyba spod kontroli. – Wszystko. Dopóki będziemy stać na straży i wytężać wzrok. Trzeba bardzo uważać – ciągnął. – I ani na chwilę się nie odwracać. Jest wszędzie i może nadejść w każdej chwili. Musimy być czujni. Jak harcerze. Gotowi na jego nadejście.

Kościsty mężczyzna wydawał się bardziej pobudzony i zdesperowany niż zwykle.

Francis pomyślał, że wie, o czym Chudy mówi, ale potem zrozumiał, że to mogło być prawie wszystko, najpewniej obecność szatana na ziemi. Chudy miał tendencję do nagłego przechodzenia ze stanu maniakalnego podniecenia do cichej łagodności. W jednej chwili wymachiwał ramionami jak marionetka, której sznurki pociągają niewidzialne siły, a w następnej cichł, i przy swoim wzroście był nie groźniejszy od pokojowej lampy. Francis pokiwał głową, wyjął kilka nasion z torebki i wcisnął je w ziemię.

Duży Czarny wstał i otrzepał z ziemi biały pielęgniarski uniform.

– Dobrze, kochani – zaczął wesoło. – Polejemy tu trochę wody i wracamy. – Spojrzał na Francisa. – Mewa, co posiałeś?

Francis popatrzył na opakowanie nasion.

– Róże. Czerwone. Ładnie wyglądają, ale trudno je utrzymać. Mają ciernie – powiedział. Potem wstał, ustawił się w szeregu razem z innymi i pomaszerował z powrotem do dormitorium. Starał się wciągnąć do płuc i zmagazynować jak najwięcej świeżego powietrza, bo obawiał się, że minie jakiś czas, zanim znów wyjdzie.

Cokolwiek sprawiło, że Chudy stracił już i tak słaby kontakt z rzeczywistością, utrzymało się aż do grupowej sesji po południu. Zebrali się jak zwykle w jednej z pustych sal w Amherst, przypominającej trochę małą klasę; stało w niej ustawione w nierówne koło dwadzieścia kilka szarych, metalowych składanych krzeseł. Francis lubił siadać tak, by mógł wyglądać przez zakratowane okno, jeśli rozmowa robiła się nudna. Pan Zły przyniósł poranną gazetę, by zachęcić zgromadzonych do dyskusji o bieżących wydarzeniach, ale to tylko pobudziło Chudego jeszcze bardziej. Zajął miejsce naprzeciw Francisa, siedzącego obok Petera Strażaka, i bezustannie wiercił się na krześle. Pan Zły poprosił Gazeciarza, żeby przeczytał dzisiejsze nagłówki. Ten zrobił to z przesadną intonacją, jego głos unosił się i opadał przy każdym tekście. Dobrych wiadomości było niewiele. Sytuacja zakładników w Iranie pozostawała bez zmian. Protesty w San Francisco zamieniły się w zamieszki, dokonano licznych aresztowań, a policjanci w hełmach użyli gazu łzawiącego. W Paryżu i Rzymie antyamerykańscy demonstranci spalili flagi i kukły Wuja Sama, potem zaczęli demolować ulice. W Londynie władze użyły armatek wodnych przeciw podobnym demonstracjom. Indeks Dow Jones spadł na łeb na szyję, a w więzieniu w Arizonie wybuchł bunt, w wyniku którego ciężkie obrażenia odnieśli zarówno więźniowie, jak i strażnicy. Bostońska policja wciąż głowiła się nad kilkoma zabójstwami popełnionymi w zeszłym roku; nie odkryto żadnych nowych tropów w sprawie młodych kobiet, porwanych, zgwałconych, potem zamordowanych. Dwie osoby zginęły w kraksie trzech samochodów na trasie 91 pod Greenfield; ekolodzy wytoczyli proces miejscowemu zakładowi, zatrudniającemu wielu okolicznych mieszkańców, o wylewanie nieoczyszczonych ścieków do rzeki Connecticut.

Za każdym razem, kiedy Gazeciarz przerywał czytanie, a pan Zły starał się pobudzić dyskusję na ten czy inny temat, zniechęcająco podobny jeden do drugiego, Chudy kiwał energicznie głową i mamrotał:

– Widzicie? Proszę. O to właśnie mi chodzi!

Evans ignorował te uwagi, starając się wciągnąć w rozmowę pozostałych członków grupy.

Tylko Peter Strażak zwrócił uwagę na Chudego.

– Staruszku, co się dzieje? – zapytał wprost.

Chudemu łamał się głos.

– Nie widzisz, Peter? Znaki są wszędzie! Niepokoje, nienawiść, wojny, zabijanie... – Odwrócił się gwałtownie do Evansa. – Nie ma w gazecie jakiegoś artykułu o głodzie?

Pan Zły się zawahał, a Gazeciarz wyrecytował z zadowoleniem:

– Sudańczycy zmagają się z klęską nieurodzaju. Susza i głód powodują masowe uchodźstwo. „New York Times".

– Setki zmarłych? – spytał Chudy.

– Tak. Najprawdopodobniej – odparł pan Evans. – Może nawet więcej.

Chudy entuzjastycznie pokiwał głową.

– Widziałem już zdjęcia. Małe dzieci ze spuchniętymi brzuszkami, chudymi nóżkami i zapadniętymi oczami, pustymi i bez nadziei. I choroba, zawsze jest przy nas, razem z głodem. Nie trzeba nawet dokładnie czytać Księgi Objawienia, żeby wiedzieć, co się dzieje. Wszystkie znaki. – Opadł nagle na oparcie krzesła, rzucił długie spojrzenie w okratowane okno, wychodzące na teren szpitala, jakby chciał zapamiętać ostatnie promienie zachodzącego słońca. – Nie ma wątpliwości, że szatan tu jest. Blisko. Popatrzcie, co się dzieje na świecie. Gdzie spojrzeć, złe wiadomości. Kto inny mógłby być za to odpowiedzialny?

Splótł ręce na piersi. Oddychał szybko i gwałtownie. Na jego czole pojawiły się małe kropelki potu, jakby opanowanie każdej myśli, tłukącej się echem w jego głowie, wymagało wielkiego wysiłku. Reszta dwunastoosobowej grupy siedziała nieruchomo. Wszystkie spojrzenia utkwione były w wysokim mężczyźnie, który zmagał się z targającymi go obawami.

Pan Zły pospiesznie zmienił temat.

– Zajrzyjmy do działu sportowego – zaproponował. Wesołość w jego głosie była tak sztuczna, że prawie obelżywa.

Ale Peter Strażak na to nie pozwolił.

– Nie – zaprotestował z odcieniem gniewu w głosie. – Nie. Nie chcę dyskutować o baseballu, koszykówce czy miejscowych drużynach licealistów. Myślę, że powinniśmy porozmawiać o świecie wokół nas. Chudy ma rację. Wszystko, co czyha za tymi drzwiami, jest okropne. Nienawiść, morderstwa i zabijanie. Skąd to się bierze? Kto to robi? Kto jest jeszcze dobry? Może to nie dlatego, że przybył szatan, jak uważa Chudy. Może to dlatego, że wszyscy zmieniliśmy się na gorsze, a on nie musi nawet tu przybywać, bo odwalamy za niego całą robotę.

Pan Evans popatrzył na niego ze złością. Zmrużył oczy.

– Interesująca opinia – powiedział powoli, cedząc słowa. – Ale chyba wyolbrzymiasz problem. Tak czy inaczej ten temat nie mieści się w założeniach tej grupy. Mamy tu rozmawiać o sposobach powrotu na łono społeczeństwa. Nie o powodach, dla których należy się przed nim ukrywać, nawet jeśli sytuacja na świecie nie jest do końca taka, jak byśmy chcieli. Nie sądzę też, by służyło komukolwiek zgłębianie czyichś przywidzeń ani dawanie im wiary.
– Ostatnie słowa skierował w szczególności do Strażaka i Chudego.

Twarz Petera zastygła w zaciętym grymasie. Zaczął coś mówić, potem przestał.

Ale w tę nagłą ciszę wkroczył Chudy. Głos mu drżał.

– Jeśli to my jesteśmy winni temu, co się dzieje, to nie ma już dla nas nadziei. – Był na krawędzi łez. – Żadnej.

Powiedział to z taką nieokiełznaną rozpaczą, że kilkoro innych pacjentów, którzy do tej pory milczeli, teraz wydało stłumione okrzyki. Jakiś starszy mężczyzna zaczął płakać, a kobiecie z mocno podmalowanymi oczami, w różowej, wymiętej podomce i puchatych kapciach w kształcie króliczków, z piersi wyrwało się łkanie.

– Och, jakie to smutne – wymamrotała. – Jakie smutne.

Francis patrzył na psychologa, który próbował odzyskać kontrolę nad grupą.

– Świat jest taki, jaki zawsze był – stwierdził Evans. – Nas powinna interesować nasza w nim rola.

Niepotrzebnie to powiedział. Chudy zerwał się na równe nogi i zaczął wymachiwać rękami nad głową, tak jak pierwszego dnia pobytu Francisa w sali sypialnej.

– Właśnie o to chodzi! – krzyknął, płosząc co bardziej strachliwych członków grupy. – Zło jest wszędzie! Musimy znaleźć sposób, żeby go tu nie wpuścić! Musimy trzymać się razem. Założyć komitety. Wystawić straże. Zorganizować się! Współpracować! Obmyślić plan. Wznieść umocnienia. Strzec murów. Musimy dołożyć wszelkich starań, żeby nie wpuścić go do szpitala! – Wziął głęboki oddech i odwrócił się, zaglądając w oczy pozostałym członkom grupy.

Kilka głów przytaknęło. Miał rację.

– Możemy odeprzeć zło – ciągnął Chudy. – Ale tylko jeśli będziemy czujni. – Potem, wciąż roztrzęsiony wysiłkiem, jaki włożył w przemowę, usiadł i znów skrzyżował ręce na piersi.

Pan Evans spojrzał ze złością na Petera Strażaka, jakby to on był odpowiedzialny za wybuch Chudego.

– Dobrze – odezwał się powoli. – Peter. Powiedz nam. Czy uważasz, że chcąc nie wpuścić szatana w te mury, powinniśmy regularnie chodzić do kościoła?

Peter Strażak zesztywniał.

– Nie – odparł z namysłem. – Nie uważam...

– Nie powinniśmy się modlić? Chodzić na msze. Odmawiać zdrowaśki, *Ojcze nasz* i robić rachunek sumienia? W każdą niedzielę przystępować do komunii? Regularnie spowiadać się z grzechów?

Głos Petera Strażaka stał się bardzo cichy.

– Po tym wszystkim można się lepiej poczuć – przyznał. – Ale nie wierzę...

Pan Evans przerwał mu po raz drugi.

– Och, przepraszam – powiedział; każde jego słowo ociekało cynizmem. – Chodzenie do kościoła i uprawianie religijnego kultu w jakiejkolwiek zorganizowanej formie byłoby dla Strażaka wysoce nieodpowiednie, czyż nie? Bo Strażak ma mały problem z kościołami, zgadza się?

Peter poruszył się na krześle. Francis dostrzegł w jego oczach pełgającą furię, której nigdy przedtem tam nie widział.

– Nie z kościołami. Z Kościołem. Owszem, miałem problem. Ale go rozwiązałem, czy nie tak, panie Evans?

Dwaj mężczyźni przez chwilę mierzyli się wzrokiem.

– Tak. Chyba tak. I zobacz, dokąd cię to zaprowadziło.

W czasie kolacji Chudemu wyraźnie się pogorszyło.

Tego wieczoru podawano kurczaka w śmietanie, a raczej gęsty, szary sos ze śladowymi ilościami kurczaka. Rozgotowany groszek stracił w kuchennym żarze podobieństwo do warzywa. Pieczone ziemniaki różniły się od zamrożonych tylko tym, że były gorące, jakby wyjęto je ze spodu ogniska. Chudy siedział sam przy narożnym stoliku. Inni mieszkańcy budynku stłoczyli się z dala od niego, nie chcąc wchodzić mu w drogę. Jeden czy dwaj próbowali się do niego dosiąść, ale Chudy odpędził ich, machając rękami i warcząc trochę jak wyrwany ze snu stary pies.

Zwykły gwar rozmów wydawał się przytłumiony, szczęk talerzy i tacek brzmiał jakby ciszej. Kilka stolików przeznaczono dla starych, niedołężnych pacjentów, którzy wymagali pomocy, ale nawet czujne, uważne karmienie ich czy pomaganie tępo zapatrzonym w przestrzeni katatonikom wydawało się cichsze, spokojniejsze. Ze swojego miejsca, gdzie przeżuwał z niezadowoleniem pozbawione smaku jedzenie, Francis widział, że wszyscy pielęgniarze w sali zerkali co chwila na Chudego. Starali się mieć na niego oko, jednocześnie zajmując się innymi. W pewnym momencie na stołówce zjawił się Piguła; przez kilka chwil patrzył na Chudego, potem pospiesznie rozmówił się z Evansem. Zanim wyszedł, wypisał receptę, którą podał jednej z pielęgniarek.

Chudy wydawał się nieświadomy skupionego na sobie zainteresowania.

Mówił coś pod nosem, spierał się sam ze sobą i mieszał na talerzu jedzenie, które zmieniało się w szybko gęstniejącą breję. Napił się wody ze szklanki, raz czy dwa machnął na oślep ręką, pokazując coś przed sobą. Dźgał powietrze kościstym palcem, jakby szturchał nim kogoś w pierś, chcąc w ten sposób podkreślić to, co mówił do nieobecnego człowieka. Potem, tak samo gwałtownie, opuścił głowę, wbił wzrok w jedzenie i znów zaczął do siebie mamrotać.

Dopiero przy deserze – kwadratowych porcjach cytrynowej, zielonej galaretki – Chudy podniósł wreszcie głowę, jakby nagle zdał sobie sprawę z tego, gdzie jest. Obrócił się na krześle z wyrazem osłupienia i zaskoczenia na twarzy. Jego długie, siwe włosy, zazwyczaj opadające przetłuszczonymi lokami na ramiona, teraz wydawały się elektrycznie naładowane jak u postaci z kreskówki, która włożyła palec do gniazdka. Tyle że to nie był żart i nikt się nie śmiał. Chudy miał szeroko otwarte, oszalałe ze strachu oczy. Zaczął gwałtownie szukać czegoś na sali, potem utkwił wzrok w Krótkiej Blond, która niedaleko od stolika Chudego pomagała zjeść kolację starszej kobiecie. Siekała oślizłego kurczaka na małe kawałeczki i wkładała je chorej do ust jak niemowlakowi.

Chudy zerwał się gwałtownie z krzesła, które z łoskotem upadło na podłogę. Wyciągnął rękę i trupio chudym palcem wskazał młodą stażystkę.

– Ty! – wrzasnął z wściekłością.

Krótka Blond zaskoczona podniosła wzrok. Wskazała palcem siebie, a jej usta poruszyły się w bezgłośnym „ja?" Nie ruszyła się z miejsca. Pewnie dlatego, że miała małe doświadczenie. Każdy szpitalny weteran zareagowałby o wiele szybciej.

– Ty! – wrzasnął znów Chudy. – To musisz być ty!

Z drugiego końca sali Mały Czarny i jego brat rzucili się w ich kierunku. Ale przez rzędy stolików, krzeseł i tłum pacjentów był to bieg z przeszkodami. Krótka Blond wstała, wpatrzona w Chudego, który już szedł szybko w jej stronę, cały czas wskazując ją wyciągniętym palcem. Odsunęła się do ściany.

– To ty, wiem! – wrzeszczał Chudy. – Ty jesteś nowa! To ciebie nie sprawdzili! To ty, to musisz być ty! Zło! Zło! Wpuściliśmy ją do środka! Wynoś się! Wynoś! Uwaga! Nie wiadomo, co ona może zrobić!

Jego histeryczne ostrzeżenia jakby sugerowały innym pacjentom, że Krótka Blond ma jakąś zaraźliwą chorobę albo może wybuchnąć. Cała sala odsunęła się od dziewczyny w nagłym przypływie strachu.

Krótka Blond uciekła pod najbliższą ścianę i podniosła rękę. Francis widział zaczątki paniki w jej oczach, kiedy starzec zbliżał się coraz bardziej, wymachując rękami.

Zaczął odpędzać innych pacjentów; z wściekłości krzyczał coraz głośniej i piskliwiej.

– Nie martwcie się! Ja nas obronię!

Duży Czarny odpychał stoliki i krzesła, a Mały Czarny przesadził susem któregoś z pacjentów, który padł na kolana, zdjęty własnym, nieokreślonym przerażeniem. Nadbiegał też pan Zły. Siostra Błąd z inną pielęgniarką przeciskały się przez tłum pacjentów, którzy zbili się ciasno w kupę, nie wiedząc, czy patrzeć, czy uciekać.

– To ty! – powtórzył po raz setny Chudy, dochodząc do stażystki i nachylając się nad nią groźnie.

– Wcale nie! – zapiszczała Krótka Blond.

– Tak! – ryknął Chudy.

– Chudy! Przestań! – wrzasnął Mały Czarny.

Duży Czarny był coraz bliżej, jego twarz zastygła w obsydianową maskę determinacji.

– Wcale nie, wcale nie! – krzyczała altem Krótka Blond, osuwając się po ścianie.

I wtedy, kiedy Duży Czarny i pan Zły byli jeszcze o kilka metrów od nich, nastąpiła chwila ciszy. Chudy się wyprostował, wyciągając ręce w górę, jakby zamierzał się rzucić na stażystkę. Francis usłyszał krzyk Petera Strażaka, gdzieś blisko, ale nie wiedział, gdzie.

– Chudy, nie! Przestań!

I, ku jego zaskoczeniu, Chudy przestał.

Spojrzał na Krótką Blond i na jego twarzy pojawiło się zdumienie, zupełnie jakby oglądał wyniki eksperymentu, które nie wykazywały dokładnie tego, co według naukowca powinny. Skrzywił się z zaciekawieniem. Patrzył na Krótką Blond i o wiele ciszej, niemal uprzejmie, zapytał:

– To na pewno nie ty?

– Tak, tak, tak – wykrztusiła. – Na pewno!

Przyjrzał się dziewczynie uważnie.

– Nie rozumiem – powiedział ze smutkiem. Wyglądał, jakby w ułamku sekundy uszło z niego całe powietrze. W jednej chwili był mściwą potęgą, szykującą się do ataku, a w następnej małym dzieckiem, targanym burzą wątpliwości.

W tym momencie Duży Czarny wreszcie go dopadł i brutalnie wykręcił mu ramiona.

– Co ty, do cholery, wyprawiasz! – zawołał ze złością.

Mały Czarny, biegnący krok za bratem, skoczył między Chudego a stażystkę.

– Cofnij się! – rozkazał, a jego polecenie zostało natychmiast wykonane, bo Duży szarpnął Chudego w tył.

– Mogłem się pomylić – tłumaczył Chudy, potrząsając głową. – Na początku to było takie wyraźne. A potem się zmieniło. Ni z tego, ni z owego. Sam nie wiem. – Odwrócił głowę do Dużego Czarnego, wykręcając chudą szyję. Jego głos przepełniały wątpliwości i smutek. – Myślałem, że to musi być ona. Musi. Jest najnowsza. Nie była tu od początku. Jest nowa. A my musimy bardzo uważać, żeby nie wpuścić zła. Musimy być bez przerwy czujni. Przepraszam –

zwrócił się do Krótkiej Blond, która wstała i próbowała wziąć się w garść. – Byłem taki pewny. – Znów popatrzył na nią surowo, mrużąc oczy. – Cały czas nie wiem – powiedział sztywno. – Mogła kłamać. Pomocnicy szatana to doskonali kłamcy. Zwodzą nas, udają niewiniątka.

W jego głosie nie było już ani furii, ani zwątpienia.

Krótka Blond odsunęła się, nie spuszczając z oka Chudego, trzymanego przez potężnego pielęgniarza. Evansowi w końcu udało się przedrzeć przez salę. Mówił bezpośrednio do Małego Czarnego.

– Ma dostać dziś wieczorem środek uspokajający. Pięćdziesiąt miligramów nembutalu w kroplówce, razem z innymi lekami. Może powinniśmy go też zamknąć na noc w izolatce.

Chudy cały czas przyglądał się badawczo Krótkiej Blond, ale kiedy usłyszał słowo „izolatka", obrócił się gwałtownie do pana Złego i gorączkowo pokręcił głową.

– Nie, nie, nic mi nie jest, naprawdę. Po prostu robiłem, co do mnie należy. Nie będę sprawiał kłopotów, obiecuję...

Ucichł.

– Zobaczymy – mruknął Evans. – Sprawdźmy najpierw, jak zareaguje na środek uspokajający.

– Nic mi nie będzie – upierał się Chudy. – Naprawdę. Nie będę robił kłopotów. Ani trochę. Proszę, nie zamykajcie mnie w izolatce.

Evans odwrócił się do Krótkiej Blond.

– Niech pani sobie zrobi przerwę – powiedział.

Szczupła stażystka pokręciła głową.

– Nic mi nie jest – odparła, zbierając resztki odwagi, i wróciła do karmienia starszej kobiety na wózku.

Francis zauważył, że Chudy wciąż się wpatrywał w dziewczynę, a w jego stanowczym spojrzeniu widać było coś, co wziął za niepewność, a co – jak później zdał sobie sprawę – mogło być wieloma różnymi uczuciami.

Wieczorny tłum przepychał się i narzekał przy wydawaniu lekarstw. Krótka Blond stała za siatką dyżurki, pomagając rozdawać pigułki, ale to inne, starsze i bardziej doświadczone pielęgniarki kierowały wydzielaniem wieczornych dawek. Kilkoro pacjentów głośno narzekało, jeden zaczął płakać, kiedy inny wypchnął go z kolejki, ale Francis miał wrażenie, że wybuch przy kolacji przygnębił większość mieszkańców Amherst, jeśli nie sparaliżował. Pomyślał, że w szpitalu najważniejsza jest równowaga. Leki równoważyły obłęd; wiek i zamknięcie równoważyły energię i pomysły. Wszyscy tu zaakceptowali pewną regularność, w której przestrzeń i działanie ograniczano, określano i dyscyplinowano. Nawet okazjonalne przepychanki czy sprzeczki, jak te przy wieczornym wydawaniu leków, były częścią skomplikowanego, szalonego menueta.

Francis zobaczył Chudego, który przyszedł pod dyżurkę w towarzystwie Dużego Czarnego. Kościsty mężczyzna kręcił głową.

– Nic mi nie jest, nic mi nie jest – usłyszał Francis jego narzekania. – Nie musicie mi nic dawać na uspokojenie...

Ale twarz Dużego Czarnego straciła swój zwykły, dobrotliwy wyraz. Francis usłyszał jego słowa:

– Chudy, musisz to zrobić grzecznie i po dobroci, bo inaczej wsadzimy cię w kaftan bezpieczeństwa i zamkniemy na noc w izolatce, a wiem, że tego nie chcesz. Więc weź głęboki oddech, podwiń rękaw i nie walcz z czymś, z czym nie powinno się walczyć.

Chudy kiwał głową, w tej chwili akurat pokorny, choć nadal czujnie zerkał na Krótką Blond pracującą w głębi dyżurki. Jeśli miał jakieś wątpliwości co do tego, czy stażystka może być dzieckiem szatana, dla Francisa było jasne, że nie rozwiały ich ani leki, ani perswazja. Chudy drżał, wydawał się ciągle pobudzony, ale nie opierał się siostrze Ościstej, która podeszła do niego ze strzykawką ociekającą lekarstwem, przetarła mu ramię alkoholem i sztywno wbiła igłę w skórę. Francis pomyślał, że to musiało boleć, ale Chudy niczym nie okazał, że zastrzyk był dla niego przykry. Spojrzał jeszcze raz przeciągle na Krótką Blond, potem pozwolił się odprowadzić Dużemu Czarnemu do dormitorium.

Rozdział 5

*N*a ulicy pod moim mieszkaniem wzmógł się wieczorny ruch. Słyszałem ryk diesli ciężarówek, co jakiś czas wycie klaksonu i nieustanny szum opon na asfalcie. W lato noc zapada powoli, wkrada się jak wstrętna myśl w przyjemnej chwili. Wyciągnięte cienie najpierw odnajdują zaułki, potem zaczynają pełznąć przez podwórka i chodniki, wspinać się po ścianach budynków i jak węże wślizgiwać się przez okna albo czają się w gałęziach drzew, aż w końcu ciemność nie zawładnie miastem. Szaleństwo, myślałem nierzadko, było trochę podobne do nocy, bo różnymi sposobami pochłaniało moje serce i moją wyobraźnię, czasem szybko i brutalnie, czasem znów powoli, subtelnie, tak że nawet się nie zorientowałem.*

Próbowałem sobie przypomnieć: czy widziałem kiedyś noc ciemniejszą niż tamta w Szpitalu Western State? Albo bardziej przepełnioną szaleństwem?

Podszedłem do zlewu, nalałem wody do szklanki, upiłem łyk i pomyśla-
łem: zapomniałem o zapachu ludzkich odchodów i koncentratów do czysz-
czenia. Smród uryny kontra smród środków dezynfekujących. Jak niemow-
lęta, starzy i zniedołężniali pacjenci nie panowali nad swoimi kiszkami, więc
szpital cuchnął „wypadkami". Żeby z tym walczyć, na każdym korytarzu
znajdowały się co najmniej dwa schowki ze szmatami, mopami i wiadrami
najmocniejszych, najbardziej żrących chemicznych środków czyszczących.
Czasami można było odnieść wrażenie, że ktoś gdzieś zawsze szoruje podło-
gę. Bardzo mocne preparaty z ługiem wypalały oczy i szarpały płuca.

Trudno było przewidzieć, kiedy może dojść do „wypadku". W normalnym
świecie, jak przypuszczam, można bardziej lub mniej dokładnie zidentyfiko-
wać sytuacje stresowe i obawy, które u starszych osób zwykle powodują utratę
kontroli, i coś przedsięwziąć, by te okoliczności usunąć. Wymagałoby to tro-
chę logiki, wrażliwości, planowania i przewidywania. Nic wielkiego. Ale
w szpitalu, gdzie wszystkie stresy i obawy rykoszetujące od ścian korytarzy
były nieprzewidziane i rodziły się z przypadkowych myśli, zapobieganie wy-
dawało się całkowicie niemożliwe.

Zamiast tego mieliśmy więc wiadra i żrące środki czyszczące.

A ponieważ personel musiał używać tych przedmiotów bardzo często,
schowki rzadko zamykano na klucz. Oczywiście powinny być zamknięte, ale
tak samo jak w przypadku tylu innych rzeczy w Szpitalu Western State, rze-
czywistość zasad ustępowała przed szaleńczą praktyką.

Co jeszcze pamiętałem z tamtej nocy? Czy padało? Wiało?

Pamiętałem dźwięki.

W budynku Amherst przebywało blisko trzystu pacjentów w pomieszcze-
niach zaprojektowanych dla około jednej trzeciej tej liczby. Każdej nocy kil-
ka osób przenoszono na trzecie piętro do izolatek, którymi straszono Chude-
go. Łóżka stały w ścisku, jedno obok drugiego, tak że pacjenci spali zaledwie
kilkanaście centymetrów od siebie. Na jednej ścianie sali sypialnej ciągnął
się rząd brudnych okien. Były zakratowane i zapewniały trochę wentylacji,
chociaż mężczyźni śpiący pod nimi często je zamykali, bo bali się tego, co
mogło czaić się po drugiej stronie.

Noc była symfonią strachu.

Chrapanie, pokasływanie i gulgotanie pomieszane z koszmarami. Ludzie
mówili przez sen do nieobecnej rodziny, przyjaciół, bogów, którzy ignoro-
wali ich modlitwy, do dręczących demonów. Zawsze ktoś płakał i łkał bez
końca przez najciemniejsze godziny nocy. Wszyscy spali, nikt nie odpoczy-
wał.

Byliśmy zamknięci na klucz z samotnością, jaką przynosi ze sobą noc.

Może to światło księżyca, przesączające się przez zakratowane okna, nie pozwoliło mi wtedy mocno zasnąć. Może wciąż byłem wzburzony tym, co wydarzyło się w ciągu dnia. Może moje głosy nie dawały mi spokoju. Często się nad tym zastanawiałem, bo wciąż nie wiem na pewno, co utrzymywało mnie w tym niezręcznym stanie między jawą a snem tamtej nocy. Peter Strażak jęczał, rzucał się na łóżku obok mojego. Noce były dla niego niełatwe; w dzień udawało mu się zachowywać zdrowy rozsądek, który w szpitalu wydawał się nie na miejscu. Ale w nocy coś zżerało go od środka. Kiedy wynurzałem się z kolejnych faz niepokoju, pamiętam, widziałem Chudego, kilka łóżek dalej – siedział ze skrzyżowanymi nogami jak Indianin na plemiennej naradzie i wpatrywał się w ścianę. Pamiętam, jak pomyślałem, że środki uspokajające nie podziałały, bo Chudy powinien spać czarnym, pozbawionym marzeń, narkotycznym snem. Cokolwiek jednak tak go zelektryzowało wcześniej, teraz z łatwością poradziło sobie z chemią. Zamiast więc spać, mężczyzna siedział i mamrotał coś do siebie, gestykulując jak dyrygent, który nie może zmusić orkiestry do gry we właściwym tempie.

Tak go zapamiętałem z tamtej nocy, samemu wahając się na granicy snu, aż do chwili, kiedy poczułem na ramieniu czyjąś dłoń. Potrząsnęła mną, żebym się obudził. To właśnie ta chwila, pomyślałem. Stąd zacznij.

Wziąłem ołówek i napisałem:

Francis spał niespokojnie, aż obudziło go niecierpliwe potrząsanie. Poczuł się, jakby czyjaś dłoń wywlokła go nagle z dziwnego, niespokojnego miejsca, przypominając mu, gdzie jest. Zamrugał, ale zanim jego wzrok przywykł do ciemności, Francis usłyszał głos Chudego. Kościsty mężczyzna szeptał cicho, ale żywo, z dziecinnym podnieceniem i radością:

– Jesteśmy bezpieczni, Mewa. Jesteśmy bezpieczni!

Francis spał niespokojnie, aż obudziło go niecierpliwe potrząsanie. Poczuł się, jakby czyjaś dłoń wywlokła go nagle z dziwnego, niespokojnego miejsca, przypominając mu, gdzie jest. Zamrugał, ale zanim jego wzrok przywykł do ciemności, Francis usłyszał głos Chudego. Kościsty mężczyzna szeptał cicho, ale żywo, z dziecinnym podnieceniem i radością:

– Jesteśmy bezpieczni, Mewa. Jesteśmy bezpieczni! – Jak skrzydlaty dinozaur przycupnął na krawędzi łóżka.

We wpadającym przez zakratowane okno świetle księżyca Francis dostrzegł na jego twarzy szaleńczy wyraz radości i ulgi.

– Bezpieczni przed czym, Chudy? – zapytał, chociaż już zadając to pytanie, uświadamiał sobie odpowiedź.

– Przed złem. – Chudy objął się ramionami. Potem majestatycznie podniósł lewą dłoń i przyłożył ją do czoła, jakby nacisk palców mógł powstrzymać część myśli i pomysłów, tak gorliwie wyrywających się na wolność.

Kiedy cofnął rękę, Francisowi wydało się, że na czole Chudego został ślad, prawie jak po sadzy. W słabym świetle nie było tego wyraźnie widać. Chudy też musiał coś poczuć, bo nagle spojrzał ze zdziwieniem na swoje palce.

Francis siadł prosto na łóżku.

– Chudy! – szepnął. – Co się stało?

Zanim wysoki mężczyzna zdołał odpowiedzieć, Francis usłyszał syk. To syczał Peter Strażak. On też się obudził, zsunął nogi z łóżka i nachylił się do współtowarzyszy.

– Chudy, mów szybko! Co się stało? – spytał szeptem. – Ale bądź cicho. Nie budź nikogo innego.

Chudy lekko potaknął. Ale kiedy się odezwał, słowa popłynęły wartkim, niemal radosnym strumieniem. Były pełne ulgi.

– Miałem widzenie, Peter. To musiał być anioł, zesłany prosto do mnie. Mewa, ta zjawa podeszła blisko, żeby mi powiedzieć...

– Co? – spytał cicho Francis.

– Że miałem rację. Od samego początku. Zło próbowało się tu dostać, Mewa. Było w szpitalu, tuż obok nas. Ale zostało zniszczone i jesteśmy już bezpieczni. – Powoli wypuścił powietrze. – Dzięki Bogu.

Francis nie wiedział, jak ma to rozumieć. Peter Strażak usiadł obok Chudego.

– Ta zjawa tu była? W tej sali? – spytał.

– Przy moim łóżku. Objęliśmy się jak bracia.

– Zjawa cię dotknęła?

– Tak. Była prawdziwa jak ty czy ja, Peter. Czułem jej życie. Jakby nasze serca biły tym samym rytmem. Ale była też nadprzyrodzona, Mewa.

Peter Strażak kiwnął głową. Potem powoli wyciągnął rękę i dotknął czoła Chudego, gdzie wciąż czerniały ślady sadzy. Roztarł coś w palcach.

– Widziałeś, jak zjawa wchodziła przez drzwi, czy pojawiła się z góry? – zapytał powoli, najpierw wskazując wejście do dormitorium, potem na sufit.

Chudy pokręcił głową.

– Nie. Po prostu przybyła, w jednej chwili, i stanęła przy moim łóżku. Wyglądała, jakby była cała skąpana w niebiańskim świetle. Ale nie widziałem dokładnie twarzy. Chyba coś ją przesłaniało. To musiał być anioł – wymamrotał podekscytowany. – Mewa, pomyśl tylko. Anioł, tutaj. W tej sali. W naszym szpitalu. Bronił nas.

Francis nic nie powiedział, ale Strażak kiwnął głową. Podniósł palce do nosa i mocno wciągnął powietrze. Zapach jakby go wystraszył; Peter gwałtownie odetchnął. Przez chwilę rozglądał się po sali. Potem zaczął mówić cichym, rozkazującym głosem, pełnym autorytetu, jak wojskowy dowódca w bezpośredniej bliskości wroga, kiedy niebezpieczeństwo może się czaić w każdym cieniu.

– Chudy. Idź do łóżka i czekaj, aż ja i Mewa wrócimy. Nic nikomu nie mów. Całkowita cisza, rozumiesz?

Chudy zaczął coś mówić, zawahał się.

– Dobrze – powiedział powoli. – Ale jesteśmy bezpieczni. Wszyscy. Nie sądzisz, że inni chcieliby się dowiedzieć?

– Najpierw upewnijmy się na sto procent, zanim rozbudzimy ich nadzieje – odparł Peter. Zabrzmiało to logicznie.

Chudy znów pokiwał głową. Wstał i wrócił do swojego łóżka. Kiedy do niego dotarł, odwrócił się i przytknął palec wskazujący do ust na znak zachowania ciszy. Peter uśmiechnął się do niego.

– Mewa – szepnął. – Chodź ze mną, natychmiast. I nie hałasuj!

W każdym jego słowie pęczniało nieokreślone napięcie, którego Francis nie umiał zgłębić.

Nie oglądając się na chłopaka, Peter Strażak zaczął się ostrożnie przekradać między łóżkami. Minął toaletę, gdzie pod drzwiami przeświecało ostre, rażące światło. Zmierzał w stronę jedynych drzwi sali sypialnej. Kilku mężczyzn się poruszyło, jeden podniósł głowę, ale przechodząc obok jego łóżka, Peter po prostu gładko go uciszył; tamten z cichym jękiem przewrócił się na drugi bok i zasnął.

Strażak doszedł do drzwi, obejrzał się i zobaczył, że Chudy znów siedzi ze skrzyżowanymi nogami na łóżku. Kościsty mężczyzna pomachał im ręką, zanim znów się położył.

Francis dołączył do Petera przy drzwiach.

– Są zamknięte na klucz – wyszeptał. – Zawsze zamykają na noc.

– Dzisiaj nie są zamknięte. – odparł powoli Peter. Na dowód złapał za klamkę i nacisnął ją lekko. Drzwi otworzyły się z cichym poszumem. – Chodź, Mewa – syknął.

W korytarzu panował mrok, gdzieniegdzie tylko słaba żarówka rzucała na podłogę mały łuk światła. Francisa w pierwszej chwili oszołomiła cisza. Korytarze Amherst zazwyczaj wypełniali ludzie, siedzieli, stali, spacerowali, palili papierosy, mówili do siebie, do nieistniejących osób, a nawet rozmawiali ze sobą nawzajem. Korytarze były żyłami szpitala, bezustannie pompującymi krew i energię do wszystkich centralnych narządów. Francis nigdy nie widział ich pustych. Uczucie samotności na korytarzu wydawało się niepokojące. Na Strażaku jednak nie robiło to wrażenia. Patrzył na środek korytarza, gdzie samotny, żółty blask biurowej lampki oznaczał dyżurkę pielęgniarek. Z miejsca, w którym stali, dyżurka wyglądała na pustą.

Peter dał krok do przodu, potem spojrzał na podłogę. Przyklęknął na jedno kolano i z wahaniem dotknął ciemnej plamy, tak samo jak dotknął sadzy na czole Chudego. Znów podniósł palce do nosa. Potem, bez słowa, gestem kazał Franciowi też się przyjrzeć.

Chłopak nie wiedział do końca, co takiego ma zobaczyć, ale pilnie uważał na wszystko, co robił Peter Strażak. Razem skradali się korytarzem w stronę dyżurki pielęgniarek, ale zatrzymali się w połowie drogi, przed jednym ze schowków.

Francis zajrzał do dyżurki – rzeczywiście była pusta. Zdziwił się, bo zawsze zakładał, że przynajmniej jedna osoba czuwa tam całą dobę. Strażak jednak patrzył na podłogę pod drzwiami schowka. Wskazał dużą plamę na linoleum.

– Co to? – spytał Francis.

Peter Strażak westchnął.

– Większe kłopoty niż kiedykolwiek miałeś – wysapał. – Słuchaj, cokolwiek jest za tymi drzwiami, nie krzycz. Po prostu przygryź język i ani słowa. I niczego nie dotykaj. Zrobisz to dla mnie? Mogę na ciebie liczyć?

Francis chrząknął potakująco, co nie przyszło mu łatwo. Czuł krew pulsującą w piersi, dźwięczącą echem w uszach, pełną adrenaliny i obaw. W tej samej sekundzie zdał sobie sprawę, że nie słyszał ani słowa od swoich głosów, odkąd Chudy go obudził.

Peter podszedł ostrożnie do drzwi składziku. Wyciągnął koszulę ze spodni od piżamy i owinął sobie dłoń luźnym materiałem, sięgając do klamki. Potem delikatnie otworzył drzwi.

Przed nimi rozdziawiła się czarna jak smoła paszcza schowka. Peter bardzo wolno wszedł do środka i sięgnął do włącznika światła na ścianie.

Nagły błysk był jak cios miecza.

Francisa oślepiło na sekundę, może nawet na krócej. Usłyszał, jak Peter Strażak przeklina zdławionym głosem.

Francis wychylił się do przodu, zaglądając do schowka nad ramieniem kompana. Potem się zachłysnął; strach i szok uderzyły w niego jak huragan. Odskoczył w tył; wydawało mu się, że z każdym oddechem wciąga do płuc rozgrzaną parę. Próbował coś powiedzieć, ale nawet „o Boże" zmieniło się w niski nieludzki jęk.

Na podłodze, na środku schowka, leżała Krótka Blond.

A raczej dawna Krótka Blond.

Była prawie naga, mundurek pielęgniarki został pocięty, zerwany z jej ciała i ciśnięty w kąt. Bieliznę miała wciąż na sobie, ale ściągniętą, tak że widać było piersi i srom. Leżała zwinięta na boku, niemal w pozycji płodowej, tyle tylko że jedną nogę miała podciągniętą, a drugą wyprostowaną, a pod jej głową i klatką piersiową rozlewało się wielkie jezioro ciemnej, bordowej krwi. Po bladej skórze spływały czerwone strumyki. Jedna ręka była wepchnięta sztywno pod ciało, druga leżała wyciągnięta – jakby Krótka Blond machała do kogoś w oddali – i spoczywała w kałuży krwi. Dziewczyna miała matowe włosy, prawie mokre, a jej skóra lśniła dziwnie, odbijając ostre światło jarzeniówki. Niedaleko leżało przewrócone wiadro ze środkiem czyszczącym. Gryzący smród atakował nozdrza. Peter Strażak nachylił się nad zwłokami, w ostatniej chwili jednak powstrzymał się przed zbadaniem pulsu, gdy obaj z Francisem zauważyli, że Krótka Blond miała poderżnięte gardło, wielką czerwonoczarną ranę, przez którą życie uciekło w kilka sekund.

Peter Strażak cofnął się na korytarz i stanął obok Francisa. Wziął długi, głęboko oddech, potem wypuścił z płuc powietrze, które zagwizdało mu cicho między zaciśniętymi zębami.

– Patrz uważnie, Mewa – powiedział ostrożnie. – Porządnie się przyjrzyj. Spróbuj zapamiętać każdy szczegół. Dobrze, Mewa? Możesz być drugą parą oczu, która to wszystko zarejestruje?

Francis powoli pokiwał głową. Śledził wzrokiem Petera Strażaka, który wrócił do schowka i bez słowa zaczął wskazywać różne rzeczy. Najpierw ranę, okrutnie szpecącą gardło Krótkiej Blond, potem przewrócone wiadro, pocięte i zerwane ubranie. Pokazał krew na bladym czole, równoległe linie opadające do oczu. Francis nie umiał sobie wyobrazić, skąd się wzięły. Peter Strażak zawahał się, potem zaczął ostrożnie przesuwać się w ciasnym pomieszczeniu i pokazywał palcem kolejne rzeczy, wszystkie elementy miejsca zbrodni, jak nauczyciel, który stuka niecierpliwie wskazówką w tablicę, żeby zwrócić na siebie uwagę rozgadanej klasy. Francis ogarniał wzrokiem to wszystko i utrwalał obrazy jak asystent fotografa.

Peter najdłużej pokazywał rękę Krótkiej Blond, wyciągniętą z dala od ciała. Francis nagle zauważył, że brakowało czterech opuszków palców, jakby ktoś je odciął i zabrał. Patrzył na to okaleczenie, oddychając spazmatycznie.

– Co widzisz, Mewa? – spytał w końcu Peter Strażak.

Francis utkwił spojrzenie w martwej kobiecie.

– Krótką Blond – odparł. – Biedny Chudy. Biedny, biedny Chudy. Musiało mu się wydawać, że naprawdę zabija zło.

– Myślisz, że to zrobił Chudy? – Peter pokręcił głową. – Przyjrzyj się uważniej – nakazał. – I powiedz, co widzisz.

Francis wpatrzył się niemal jak zahipnotyzowany w zwłoki na podłodze. Wbił wzrok w twarz kobiety i prawie zemdlał ze strachu, pomieszanego z podnieceniem i odległym poczuciem pustki. Uświadomił sobie, że nigdy przedtem nie widział nieżywego człowieka, nie z bliska. Przypomniał sobie, jak poszedł na pogrzeb ciotki, kiedy był mały; matka ściskała go mocno za rękę i przeprowadzała obok otwartej trumny, cały czas mrucząc, żeby nic nie mówił i nic nie robił, bo bała się, że syn zwróci na siebie uwagę jakimś niestosownym zachowaniem. Ale nic takiego nie zrobił, niewiele też udało mu się zobaczyć. Zapamiętał tylko biały, porcelanowy profil, który przelotnie dojrzał jak coś zauważonego za oknem pędzącego samochodu. Ale to, co widział teraz, było zupełnie czymś innym. Tym, co najgorsze w umieraniu.

– Widzę śmierć – szepnął.

Peter Strażak pokiwał głową.

– Tak, zgadza się – powiedział. – Śmierć. Do tego paskudna. Ale wiesz, co ja jeszcze widzę? – Mówił powoli, jakby odmierzając każde słowo wewnętrzną miarką.

– Co? – spytał Francis ostrożnie.

– Wiadomość – odparł Strażak. A potem, niemal z obezwładniającym smutkiem, dodał: – A zło wcale nie zostało zabite, Francis. Jest między nami, żywe tak samo jak ja i ty. – Wycofał się cicho na korytarz. – Teraz musimy wezwać pomoc.

Rozdział 6

Czasami śni mi się to, co widziałem.
Czasami uświadamiam sobie, że już wcale nie śpię, tylko leżę zupełnie rozbudzony, a to nie sen, tylko wspomnienie, odciśnięte w mojej pamięci jak skamielina, co jest jeszcze gorsze. Wciąż widzę Krótką Blond oczyma wyobraźni, idealnie uchwyconą, jak na jednym ze zdjęć, które zrobiła policja później tej samej nocy. Ale podejrzewam, że policyjni fotografowie nie uzyskali takiego efektu artystycznego, jaki miała moja pamięć. Widzę śmierć Krótkiej Blond jak żywe, ale niedokładne wyobrażenie męczeństwa jakiegoś świętego, namalowane przez pośledniejszego artystę renesansu.

Pamiętam to tak... Skórę miała białą jak porcelana i idealnie czystą, twarz zastygłą w wyrazie spokoju i błogosławionego zadowolenia. Brakowało jej tylko aureoli nad głową. Jakby śmierć była jedynie większą niedogodnością, chwilą obrzydliwego cierpienia na nieuniknionej, rozkosznej i chwalebnej drodze do niebios. Oczywiście w rzeczywistości (którego to słowa nauczyłem się używać najrzadziej, jak się da) było zupełnie inaczej. Skórę miała poznaczoną ciemnymi smugami krwi, ubranie poszarpane i podarte, a rozerżnięte gardło rozwarte w parodii uśmiechu; jej twarz zastygła w przerażonym grymasie szoku i niedowierzania. Gargulec śmierci. Morderstwo w najohydniejszej postaci. Cofnąłem się od drzwi schowka, który noc wypełniła mnóstwem wibrujących, dręczących strachów. Znaleźć się blisko przemocy to tak, jakby ktoś przejechał człowiekowi po sercu papierem ściernym.

Za życia dobrze jej nie znałem. Lepiej miałem poznać młodą kobietę dopiero po jej śmierci.

Kiedy Peter Strażak odwrócił się od zwłok, krwi i wszystkich dużych oraz małych śladów morderstwa, nie wiedziałem, co się stanie. On musiał orientować się o wiele lepiej, bo natychmiast pouczył mnie raz jeszcze, żebym niczego nie dotykał, trzymał ręce w kieszeniach, a swoje zdanie zachował dla siebie.

– Mewa – powiedział – niedługo ludzie zaczną zadawać pytania. Bardzo wredne. I mogą je zadawać w wyjątkowo nieprzyjemny sposób. Będą twierdzić, że chcą tylko informacji, ale wierz mi, będą chcieli pomóc wyłącznie sobie samym. Odpowiadaj krótko i na temat, nie wyrywaj się z niczym ponad to, co widziałeś i słyszałeś tej nocy. Rozumiesz?

– Tak – przyznałem nie do końca zgodnie z prawdą. – Biedny Chudy – powtórzyłem.

Peter Strażak kiwnął głową.

– Zgadza się, biedny. Ale nie z tego powodu, o którym myślisz. W końcu osobiście i z bliska obejrzy sobie zło. Może wszyscy obejrzymy.

Poszliśmy razem korytarzem do pustej dyżurki pielęgniarek. Nasze bose stopy plaskały cicho o podłogę. Furtka z siatki, która powinna być zamknięta na klucz, stała otworem. Na podłodze leżało kilka papierów, ale mogły spaść z biurka, kiedy ktoś po prostu szybko się poruszył. O tym, że coś się tu stało, świadczyły jeszcze trzy rzeczy: szeroko otwarta szafka z lekami, rozrzucone plastikowe pudełka z pigułkami, zdjęta słuchawka z solidnego czarnego telefonu. Peter pokazał mi to wszystko tak samo jak wcześniej, kiedy badaliśmy schowek. Potem odłożył słuchawkę i od razu znów ją podniósł, żeby włączył się sygnał. Przez zero połączył się ze szpitalną ochroną.

– Ochrona? W budynku Amherst zdarzył się wypadek – zakomunikował szybko. – Lepiej niech ktoś tu natychmiast przyjdzie. – Gwałtownie się roz-

łączył, znów zaczekał na sygnał, po czym wykręcił 911. – Dobry wieczór – powiedział spokojnie sekundę później. – Chcę poinformować, że w budynku Amherst Szpitala Western State doszło do zabójstwa, w okolicach dyżurki pielęgniarek. – Przerwał. – Nie, nie podam swojego nazwiska. Powiedziałem już wszystko, co na razie musicie wiedzieć: rodzaj i miejsce zdarzenia. Reszta powinna być cholernie oczywista, kiedy tu przyjedziecie. Przywieźcie techników od zabezpieczania śladów, detektywów i kogoś z biura koronera. Podejrzewam też, że powinniście się pospieszyć. – Odłożył słuchawkę i odwrócił się do mnie. – Teraz będzie bardzo wesoło – powiedział z lekką kpiną i być może czymś więcej niż tylko zainteresowaniem.

To właśnie pamiętałem. Na ścianie napisałem:

Francis nie zdawał sobie sprawy z rozmiarów chaosu, jaki miał się rozpętać nad jego głową niczym nagła burza dusznego, letniego wieczoru...

Francis nie zdawał sobie sprawy z rozmiarów chaosu, jaki miał się rozpętać nad jego głową niczym nagła burza dusznego, letniego wieczoru. Do tej pory zbliżył się do przestępstwa najbardziej w chwili, gdy sam nieszczęśliwie wpakował się w kłopoty – wszystkie jego głosy jednocześnie na niego wrzeszczały, a świat odwrócił się do góry nogami; wybuchł wtedy i zagroził rodzinie, a potem sobie, kuchennym nożem, za co trafił do szpitala. Próbował wydobyć z pamięci, co takiego zobaczył i co to oznaczało, ale wydawało się, że to leży tuż poza zasięgiem myśli, w krainie szoku. Uświadomił sobie, że jego głosy mówią nerwowym, stłumionym tonem, gdzieś głęboko w głowie. Same słowa strachu. Przez chwilę rozglądał się w panice i zastanawiał, czy nie powinien po prostu uciec do swojego łóżka i tam zaczekać, ale nie mógł się poruszyć. Mięśnie odmówiły mu posłuszeństwa. Poczuł się jak ktoś porwany i unoszony przez silny prąd. Razem z Peterem czekał przy dyżurce pielęgniarek; po kilku sekundach usłyszał charakterystyczny odgłos biegnących stóp i brzęk kluczy. Po chwili drzwi frontowe się otworzyły i do środka wpadło dwóch ochroniarzy. Obaj mieli latarki i długie czarne pałki. Byli ubrani w takie same, szare mundury koloru mgły. Przez chwilę ich sylwetki rysowały się w otwartych drzwiach. Wyglądali, jakby rozmywali się w słabym oświetleniu szpitalnego korytarza. Potem szybko zbliżyli się do dwóch pacjentów.

– Dlaczego nie jesteście w dormitorium? – zapytał pierwszy, potrząsając pałką. – Nie wolno wam wychodzić – dodał niepotrzebnie. – Gdzie dyżurna pielęgniarka?

Drugi go ubezpieczał, gotowy do ataku, gdyby Francis i Peter stwarzali zagrożenie.

– To wy wezwaliście ochronę? – zapytał ostro. Potem powtórzył pytanie partnera: – Gdzie dyżurna pielęgniarka?

Peter wskazał kciukiem schowek.

– Tam – powiedział.

Pierwszy ochroniarz, gruby mężczyzna z wojskową fryzurą i tłustą szyją, wylewającą się fałdami zza ciasnego kołnierzyka, wskazał Francisa i Petera pałką.

– Nie ruszać się, zrozumiano? – Odwrócił się do partnera. – Jak tylko któryś drgnie, dowal im.

Partner, żylasty, mały człowieczek z krzywym uśmiechem, odpiął od paska pojemnik z gazem paraliżującym. Gruby poszedł szybko korytarzem, dysząc z wysiłku. W lewej ręce trzymał latarkę, w prawej pałkę. Łuk światła wycinał ruchome plastry z szarego korytarza. Francis zauważył, że ochroniarz otworzył drzwi schowka, nie stosując zabezpieczeń, o których wcześniej pomyślał Peter.

Przez chwilę mężczyzna stał zmartwiały, z opadniętą szczęką. Potem chrząknął, powiedział „Jezu Chryste!" i zatoczył się w tył, kiedy snop światła latarki oświetlił zwłoki pielęgniarki. Potem szybko skoczył do przodu. Z miejsca, gdzie stali, zobaczyli, że strażnik chwyta nadgarstek Krótkiej Blond, żeby sprawdzić puls.

– Niech pan tego nie robi – powiedział cicho Peter. – Narusza pan miejsce zbrodni.

Mniejszy strażnik zbladł, chociaż nie widział jeszcze w pełni tego, co znajdowało się w schowku. Głos miał piskliwy ze zdenerwowania.

– Milczeć! – krzyknął. – Pieprzone świry, zamknąć się!

Gruby znów odskoczył w tył i odwrócił się do Francisa i Petera Strażaka. Był zszokowany. Mamrotał przekleństwa.

– Nie ruszać się! Cholera, nie ruszać się! – ryczał z wściekłością. Szedł do nich, wdeptując w jedną z kałuż krwi, na które tak bardzo uważał Peter. Złapał Francisa za ramię, obrócił go szarpnięciem, pchnął na siatkę. Trzasnął pałką po nogach. Francis runął na kolana. Ból wybuchł mu w oczach jak biały fosfor; chłopak zachłysnął się powietrzem, które kłuło niczym igły. Zakręciło mu się wściekle w głowie. Przez chwilę myślał, że zemdleje. Potem, kiedy odzyskał oddech, siła ciosu zmalała, pozostawiając tylko dudniący tępym bólem siniak na jego pamięci. Mniejszy strażnik natychmiast zrobił to samo, co jego partner – obrócił Petera Strażaka i uderzył go pałką w dół pleców. Efekt był ten sam; Peter, charcząc, padł na kolana. Obaj zostali natychmiast skuci kajdankami i rzuceni płasko na podłogę. Francis poczuł smród środka dezynfekującego, którym bezustannie zmywano korytarz.

– Pieprzone świry – klął strażnik. Potem wszedł do dyżurki i wykręcił numer. Zaczekał chwilę, aż ktoś po drugiej stronie odbierze. – Doktorze, mówi Maxwell z ochrony. Mamy duże kłopoty w Amherst. Niech pan tu szybko przyjdzie. – Zawahał się i dodał, najwyraźniej odpowiadając na pytanie. – Dwóch pacjentów zabiło pielęgniarkę.

– Nie! – wykrztusił Francis. – My nie...

Ale jego protest uciął mocny kopniak w udo, wymierzony przez mniejszego mężczyznę. Chłopak przygryzł wargi. Chciał się odwrócić do Petera Strażaka, ale bał się, że znów dostanie kopniaka, więc ani drgnął. Usłyszał odgłos syren w ciemności na zewnątrz, głośniejszy z każdą sekundą. Wycie zatrzymało się przed wejściem do Amherst, potem zniknęło jak zły sen.

– Kto wezwał gliny? – spytał mniejszy strażnik.

– My – odparł Peter.

– Jezu Chryste. – Strażnik znów kopnął Francisa i zamierzył się do kolejnego ciosu.

Chłopak przygotował się na ból, ale cios nie padł.

– Hej! Co wy wyrabiacie? – wykrztusił strażnik. Wymówił to jak polecenie, wręcz żądanie. Francisowi udało się lekko odwrócić głowę. Zobaczył, że Napoleon i kilku innych mężczyzn z dormitorium otworzyli drzwi i stali niepewnie w progu, nie wiedząc, czy wolno im wyjść na korytarz. Wycie syren musiało wszystkich pobudzić, pomyślał. W tej samej chwili ktoś włączył światło. Całe wnętrze zatopiło się w błysku. Z południowego końca budynku dobiegły piskliwe, żałosne wrzaski; ktoś zaczął walić w drzwi dormitorium kobiet. Stalowe płyty i zasuwy wytrzymały, ale dźwięk, niczym huk bębnów, niósł się echem po korytarzu.

– Cholera jasna! – krzyknął strażnik z wojskową fryzurą. – Wy! – Wskazał pałą Napoleona i innych lękliwych, ale ciekawych mężczyzn, którzy wyszli z sali sypialnej. – Do środka! Ale już!

Ruszył w ich stronę, wyciągając rękę jak policjant kierujący ruchem, potrząsając groźnie pałką. Francis zobaczył, że mężczyźni cofają się z lękiem. Strażnik rzucił się na drzwi, zatrzasnął je i zaryglował. Odwrócił się i pośliznął na jednej z ciemnych plam krwi na korytarzu. Dobijanie się do drzwi z żeńskiej części korytarza przybrało na sile, a Francis usłyszał dwa nowe głosy za swoją głową.

– Co tu się dzieje, do cholery?

– Co wy robicie?

Znów się odwrócił i za leżącym na podłodze Peterem Strażakiem dostrzegł dwóch mundurowych policjantów. Jeden z nich sięgał po broń; nie wyciągał jej, ale nerwowo odpiął klapę kabury.

– Dostaliśmy zgłoszenie zabójstwa – oznajmił drugi. Potem pewnie zobaczył krew na korytarzu, bo minął dyżurkę i podszedł do drzwi schowka.

Francis śledził go wzrokiem. Widział, jak mężczyzna zatrzymuje się przed samymi drzwiami. W przeciwieństwie jednak do strażników, policjant nic nie powiedział. Po prostu patrzył, podobny w tej chwili do wielu pacjentów, którzy gapili się w przestrzeń, widząc w niej to, co chcieli zobaczyć, a co nie było rzeczywistym obrazem.

Od tamtej chwili wszystko potoczyło się szybko i wolno zarazem. Francis miał wrażenie, że czas stracił władzę nad wydarzeniami tej nocy, a kolejność godzin została zaburzona. Szybko zamknięto go w sali do terapii, niedaleko schowka, w którym technicy rozkładali przybory, a fotografowie wypstrykiwali całe klisze zdjęć. Każdy błysk flesza był jak uderzenie błyskawicy na odległym horyzoncie i wywoływał krzyki i zamieszanie w zamkniętych dormitoriach, powiększając jeszcze napięcie. Francis został bezceremonialnie ciśnięty na krzesło przez mniejszego z dwóch strażników i pozostawiony sam sobie. Po kilku minutach przyszło do niego dwóch detektywów w cywilnych ubraniach i doktor Gulptilil. Francis cały czas był w piżamie i kajdankach, siedział na niewygodnym, drewnianym krześle. Domyślał się, że Peter Strażak jest w podobnej sytuacji, ale nie miał pewności. Wolałby nie zostawać z policjantami sam na sam.

Obaj detektywi nosili wymięte, źle dopasowane garnitury. Mieli krótko ostrzyżone włosy i kanciaste szczęki, twarde spojrzenie i ostry sposób mówienia. Byli podobnej budowy; Francis pomyślał, że gdyby spotkał tych mężczyzn po raz drugi, pewnie by ich pomylił. Nie dosłyszał nazwisk, kiedy się przedstawili, bo patrzył na doktora Gulptilila, szukając otuchy. Lekarz jednak siadł pod ścianą i milczał, po tym jak pouczył pacjenta, że ma powiedzieć detektywom prawdę. Jeden detektyw zajął miejsce obok Francisa, a drugi przysiadł na biurku przed chłopakiem. Prawie beztrosko kołysał nogą, ale siedział tak, żeby widać było wyraźnie czarną kaburę ze stalowoniebieskim pistoletem przy pasie. Uśmiechał się krzywo, przez co każde jego słowo brzmiało nieszczerze.

– A więc, panie Petrel, dlaczego był pan na korytarzu po zgaszeniu świateł? – zapytał.

Francis się zawahał. Przypomniał sobie wskazówki Petera Strażaka, a potem streścił to, jak obudził go Chudy, jak poszedł za Peterem na korytarz i znalazł ciało Krótkiej Blond. Detektyw najpierw pokiwał, a za chwilę pokręcił głową.

– Drzwi do dormitorium są zamknięte, panie Petrel. Jak co noc. – Zerknął na doktora Gulptilila, który gorliwie przytaknął.

– Dzisiaj nie były.

– Chyba panu nie wierzę.

Francis nie wiedział, co na to powiedzieć.

Policjant milczał przez chwilę, pozwalając ciszy rozpełznąć się po pokoju i zdenerwować Francisa jeszcze bardziej.

– Niech mi pan powie, Petrel... Mogę panu mówić Francis?

Chłopak pokiwał głową.

– Dobra, Franny. Jesteś młodym facetem. Uprawiałeś seks z kobietą przed dzisiejszym razem?

Francis odchylił się na krześle.

– Dzisiejszym razem? – spytał.

– Aha – mruknął detektyw. – To znaczy, przed dzisiejszym seksem z tą pielęgniarką. Miałeś kiedyś kontakty z dziewczynami?

Francis był zupełnie zdezorientowany. Głosy huczały mu w uszach, wykrzykując najróżniejsze sprzeczne rady. Spojrzał na Gulptilila, próbując dostrzec, czy tamten widzi kłębiący się w nim jazgot. Ale doktor wycofał się w cień i Francis nie mógł wypatrzyć jego twarzy.

– Nie – powiedział; jego odpowiedź szpeciło wahanie.

– Nie? Nigdy? Taki przystojniak jak ty? To przykre. Zwłaszcza kiedy ci odmówiła, założę się. A ta pielęgniarka nie była o wiele starsza od ciebie, prawda? Musiałeś się nieźle wkurzyć, kiedy ci odmówiła.

– Nie – powtórzył Francis. – To nie tak.

– Nie odmówiła ci?

– Nie, nie, nie.

– Chcesz powiedzieć, że zgodziła się na seks, a potem sama się zabiła?

– Nie. Pan nie rozumie.

– Jasne. Oczywiście. – Detektyw spojrzał na partnera. – A więc nie zgodziła się na seks, a ty ją zabiłeś? Tak było?

– Nie, to pomyłka.

– Franny, nic już nie rozumiem. Mówisz, że byłeś na korytarzu po zamknięciu drzwi, kiedy nie powinno cię tam być, w schowku leży zgwałcona i zamordowana pielęgniarka, a ty znalazłeś się poza dormitorium zupełnie przypadkiem? Przecież to bez sensu. Nie sądzisz, że mógłbyś trochę bardziej współpracować?

– Nie wiem – odparł Francis.

– Czego nie wiesz? Jak nam pomóc? Powiedz po prostu, co się stało, kiedy pielęgniarka ci odmówiła. To takie trudne? Wszystko będzie jasne i zamkniemy sprawę jeszcze dzisiaj.

– Tak. Albo nie – wykrztusił Francis.

– A może ty i twój kumpel postanowiliście we dwóch złożyć tej pielęgniarce nocną wizytę, a potem sprawa wymknęła się spod kontroli. Posłuchaj, Franny, bądźmy po prostu szczerzy. Umówmy się co do jednego, dobrze?

– Co do czego? – spytał z wahaniem Francis. Słyszał, jak łamie mu się głos.

– Po prostu masz mówić prawdę.

Francis pokiwał głową.

– Świetnie – detektyw ciągnął cichym, łagodnym, uwodzicielskim głosem, prawie tak, jakby każde jego słowo słyszał tylko Francis. Wydawało się, że drugi policjant i doktor Piguła wyparowali z małego pokoju, a detektyw mówił dalej, kusząco jak syrena, sprawiając, że jedyną możliwą interpretacją była jego własna. – Może ona was podpuściła. Myśleliście, że będzie bardziej towarzyska, niż się okazała. Małe nieporozumienie. To wszystko. Nie dogadaliście się. A potem sprawy wymknęły się spod kontroli. Więc tak naprawdę to był tylko wypadek. Słuchaj, Franny, nikt nie będzie miał do ciebie pretensji. Ostatecznie za coś tu jesteś. Już zostałeś zdiagnozowany jako lekko szurnięty, więc nic nowego nie odkryjemy. Teraz odgadłem, Franny?

Francis wziął głęboki oddech.

– W żadnym wypadku – odparował ostro. Przeszło mu przez myśl, że sprzeciwienie się przekonującemu detektywowi było najodważniejszą rzeczą, jaką zrobił.

Detektyw szybko wstał, pokręcił głową i zerknął na partnera. Drugi mężczyzna przeskoczył przez pokój, zdawałoby się, jednym susem, huknął pięściami w stół i nachylił się do Francisa, wrzeszcząc i całego go opluwając.

– Cholera jasna! Ty świrze! Zabiliście ją i my to wiemy! Przestań pieprzyć głupoty i mów prawdę, albo dostaniesz taki łomot, że się zesrasz!

Francis szarpnął się w tył, odsunął razem z krzesłem, ale detektyw złapał go za koszulę i pociągnął do przodu. Chwycił go za włosy i uderzył jego głową o stół. Oszołomiony Francis odbił się od blatu i poczuł na wargach krew kapiącą z nosa. Otrząsnął się, próbując odzyskać zmysły, ale zakręcił nim silny cios otwartą dłonią w policzek. Ból przeszył twarz i pękł za oczami. Francis stracił równowagę i upadł na podłogę. Kręciło mu się w głowie, był zdezorientowany. Pragnął, żeby ktoś albo coś przyszło mu na pomoc.

Detektyw złapał go, podniósł, jakby chłopak nic nie ważył, i cisnął z powrotem na krzesło.

– A teraz, do cholery, mów prawdę!

Zamachnął się, gotów znów uderzyć przesłuchiwanego, ale wstrzymał rękę, jakby czekając na odpowiedź.

Wewnętrzne głosy Francisa rozpierzchły się po ciosach. Wykrzykiwały ostrzeżenia gdzieś z głębi niego, odległe i niewyraźne. Francis czuł się trochę tak, jakby stał na samym końcu pokoju pełnego nieznajomych ludzi, mówiących różnymi językami.

– Gadaj! – wrzasnął detektyw.

Chłopak nie odpowiedział. Zamiast tego zacisnął dłonie na ramie krzesła i przygotował się na następny cios. Detektyw podniósł rękę, potem ją opuścił. Chrząknął z rezygnacją i wycofał się. Na jego miejsce podszedł pierwszy mężczyzna.

– Franny, Franny – powiedział kojąco. – Dlaczego tak złościsz mojego przyjaciela? Nie możesz wyjaśnić wszystkiego dzisiaj, żebyśmy mogli iść do domu i położyć się spać? Żeby wszystko wróciło do normy? W pewnym sensie! – uśmiechnął się, mierząc wzrokiem pomieszczenie. Nachylił się do Francisa i konspiracyjnie zniżył głos. – Wiesz, co się dzieje w pokoju obok, prawda?

Francis pokręcił głową.

– Twój kumpel, ten drugi, który brał udział w dzisiejszej zabawie, właśnie cię wsypuje.

– Wsypuje mnie?

– Obwinia cię za wszystko, co się stało. Mówi tamtym detektywom, że to był twój pomysł i że to ty gwałciłeś i mordowałeś, a on tylko patrzył. Próbował cię powstrzymać, ale ty nie chciałeś go słuchać. Zwala na ciebie winę za cały ten żałosny bałagan.

Francis przemyślał to, potem pokręcił głową. Sugestia detektywa była równie nieprawdopodobna i szalona, jak wszystko inne, co wydarzyło się tej nocy. Przesunął językiem po wargach i pod słonym smakiem krwi poczuł opuchliznę.

– Powiedziałem już, co wiem – wymamrotał.

Pierwszy detektyw się skrzywił, jakby nie mógł zaakceptować takiej odpowiedzi. Drugi podszedł bliżej i nachylił się do Francisa. Chłopak skulił ramiona w oczekiwaniu następnego ciosu, niezdolny się poruszyć ani bronić. Był całkowicie bezradny. Mocno zacisnął oczy.

Ale zanim cios spadł, skrzypnęły otwierane drzwi.

Dźwięk sprawił, że wszystko w pokoju zaczęło się dziać w dziwnym, zwolnionym tempie. Francis widział w drzwiach mundurowego policjanta i dwóch detektywów, nachylonych ku niemu w prowadzonej stłumionymi głosami rozmowie. Po chwili wymiana zdań stała się bardziej ożywiona, chociaż głosy pozostały ciche. W końcu pierwszy detektyw pokręcił głową i westchnął, prychnął cicho z obrzydzeniem i odwrócił się do Francisa.

– Hej, Franny, powiedz mi jedno: facet, który podobno cię obudził, ten, o którym mówiłeś na początku naszej pogawędki, to ten sam, który wcześniej zaatakował pielęgniarkę na kolacji? Rzucił się na nią na oczach całej zgrai?

Francis pokiwał głową.

Detektyw przewrócił oczami i zrezygnowany odrzucił głowę w tył.

– Cholera – mruknął. – Tracimy tu tylko czas. – Odwrócił się do doktora Gulptilila, wciąż kryjącego się w cieniu. – Dlaczego, do diabła, nie powiedział nam pan o tym wcześniej? – spytał ze złością. – Wszyscy tu macie nierówno pod sufitem?

Piguła nie odpowiedział.

– Cholera, coś jeszcze bardzo istotnego pan przemilczał, doktorze?

Piguła potrząsnął głową.

– Jasne – prychnął sarkastycznie detektyw. Wskazał Francisa. – Bierzemy go.

Mundurowy wypchnął chłopaka na korytarz. Francis zerknął w lewo. Z sąsiedniego pomieszczenia wychodziła inna grupa policjantów z Peterem Strażakiem. Peter miał czerwone, spore otarcie pod prawym okiem, ale dumnie i gniewnie patrzył przed siebie, jakby wszystkich policjantów miał w pogardzie. Francis żałował, że sam nie umie zachowywać się tak stanowczo. Pierwszy detektyw złapał go nagle za ramię i lekko odwrócił, żeby chłopak mógł zobaczyć Chudego, skutego kajdankami i trzymanego przez dwóch mundurowych. Za nim, daleko na końcu korytarza, sześciu szpitalnych strażników spędziło w ciasną grupę wszystkich mieszkających w Amherst mężczyzn, z dala od miejsca, w którym technicy fotografowali i obmierzali schowek. Spomiędzy policjantów wyłoniło się dwóch sanitariuszy. Wieźli czarny worek na zwłoki na przykrytych białym prześcieradłem noszach, takich samych, na jakich Francisa przywieziono do Szpitala Western State.

Zebrani pacjenci chóralnie jęknęli na ten widok. Kilku mężczyzn zaczęło płakać, inni się odwrócili, jakby nie patrząc, mogli uniknąć zrozumienia tego, co się stało. Jeszcze inni zesztywnieli, a kilku po prostu dalej robiło to, co do tej pory, czyli machało rękami, kiwało się, tańczyło albo wpatrywało w ściany. Francis słyszał, jak coś do siebie mamrotali. Skrzydło kobiet uciszono, ale kiedy zwłoki wyjechały, pacjentki, choć zamknięte, musiały coś wyczuć, bo łomotanie do drzwi natychmiast rozpoczęło się na nowo, rozgrzmiało jak werble na wojskowym pogrzebie. Francis obejrzał się na Chudego, który z osłupieniem wpatrywał się w przejeżdżające obok niego na noszach ciało pielęgniarki. W jasnym świetle korytarza Francis zobaczył ciemne smugi bordowej krwi na jego luźnej nocnej koszuli.

– To on cię obudził, Franny? – spytał pierwszy detektyw tonem człowieka przywykłego do wydawania poleceń.

Francis kiwnął głową.

– A kiedy cię obudził, wyszliście na korytarz, gdzie znaleźliście pielęgniarkę już martwą, tak? Potem wezwaliście ochronę, zgadza się?

Francis znów przytaknął. Detektyw spojrzał na policjantów stojących obok Petera Strażaka, którzy również pokiwali głowami.

– Nasz mówi to samo – odpowiedział jeden z nich na milczące pytanie.

Chudy drżał. Miał bladą twarz, a jego dolna warga trzęsła się ze strachu. Spojrzał na krępujące go kajdanki, potem złożył ręce jak do modlitwy. Spojrzał przez korytarz na Francisa i Petera.

– Mewa – zawołał drżącym głosem, wyciągając błagalnie dłonie. – Opowiedz im o aniele. Opowiedz o aniele, który przyszedł do mnie w środku nocy i powiedział, żeby zająć się złem. Jesteśmy już bezpieczni, powiedz im, proszę, Mewa. – W jego głosie dźwięczała żałosna nuta, jakby każde słowo pogrążało go głębiej w rozpaczy.

Nagle detektyw wrzasnął na Chudego, który skulił się pod nawałą pytań, spadających na niego jak grad włóczni albo strzał.

– Skąd masz tę krew na koszuli? Skąd masz na rękach krew tej pielęgniarki?

Chudy spojrzał na swoje palce i pokręcił głową.

– Nie wiem – odparł. – Może przyniósł mi ją anioł?

Korytarzem nadszedł umundurowany mężczyzna z małą plastikową torebką. W pierwszej chwili Francis nie dostrzegł, co w niej było, ale kiedy policjant zbliżył się, chłopak rozpoznał małą, białą, trójrożną czapkę, jakie często nosiły pielęgniarki. Ta jednak wyglądała na pognieciona, a jeden jej róg miał plamę w kolorze smug na koszuli Chudego.

– Chyba chciał sobie zachować na pamiątkę – mruknął policjant. – Znaleźliśmy to pod jego materacem.

– Znaleźliście nóż? – spytał detektyw.

Mundurowy pokręcił głową.

– A opuszki palców?

Policjant znów zaprzeczył.

Detektyw przez chwilę oceniał sytuację, potem odwrócił się na pięcie do Chudego, który wciąż kulił się pod ścianą, otoczony przez policjantów, niższych od niego, ale w tej chwili nad nim górujących.

– Skąd masz czapkę? – spytał.

Chudy pokręcił głową.

– Nie wiem, nie wiem – załkał. – Nie brałem jej.

– Była pod twoim materacem. Po co ją tam włożyłeś?

– Nie włożyłem, nie włożyłem.

– Nieważne – odparł policjant ze wzruszeniem ramion. – I tak mamy już więcej, niż nam trzeba. Niech ktoś przeczyta mu prawa. Zabieramy się z tego domu wariatów.

Policjanci zaczęli popychać i poganiać Chudego korytarzem. Francis widział panikę szarpiącą ciałem mężczyzny. Chudy miał skurcze, jakby przeszywał go prąd.

– Nie, proszę, ja nic nie zrobiłem. Proszę. Och, zło, zło jest wszędzie dookoła, proszę, nie zabierajcie mnie, tu jest mój dom, proszę!

Rozpaczliwe zawodzenia Chudego niosły się echem po korytarzu. Francis poczuł, że ktoś zdejmuje mu kajdanki. Podniósł wzrok i Chudy podchwycił jego spojrzenie.

– Mewa, Peter, proszę, pomóżcie mi – zawołał z ogromnym cierpieniem w każdym słowie. – Powiedzcie im, że to anioł. Przyszedł do mnie w środku nocy. Powiedzcie im. Pomóżcie mi, proszę.

A potem, popychany przez gromadę policjantów, zniknął za drzwiami budynku Amherst, połknięty przez resztki nocy.

Rozdział 7

*P*ewnie trochę tamtej nocy spałem, ale nie pamiętam samego zamykania oczu.

Nie przypominam sobie nawet oddychania.

Piekła mnie spuchnięta warga; nawet kiedy przepłukałem usta wodą, czułem smak krwi w miejscu, gdzie policjant mnie uderzył. Nogi miałem miękkie od ciosu pałki strażnika, a w głowie kręciło mi się po tym wszystkim, co zobaczyłem. Nie ma znaczenia, ile minęło lat od tamtej nocy, ile dni zmieniło się w dekady. Wciąż czuję ból po spotkaniu z władzami, które uznały mnie – choć tylko na chwilę – za zabójcę. Kiedy leżałem sztywno na swojej pryczy, trudno było mi skojarzyć Krótką Blond, która wcześniej tego samego dnia jeszcze żyła, ze zmasakrowaną postacią, wywiezioną w worku na zwłoki, a potem pewnie rzuconą na zimny stalowy stół, gdzie czekała na skalpel patologa. Tak samo trudno pogodzić mi te dwa obrazy dzisiaj. Prawie tak, jakby to były dwa różne byty, zupełnie do siebie niepodobne i niemające ze sobą prawie nic wspólnego.

Pamiętam wyraźnie: leżałem bez ruchu w ciemności, czując bezlitosny ciężar każdej mijającej sekundy, świadomy, że całe dormitorium jest poru-

szone; zwyczajne nocne odgłosy niespokojnego snu rozbrzmiewały o wiele głośniej, podkreślone nerwowością i paskudnym napięciem, oklejającymi duszną atmosferę pokoju niczym świeża warstwa farby. Dookoła mnie ludzie wiercili się i rzucali, mimo dodatkowych porcji lekarstw, które rozdano, zanim zapędzono nas z powrotem do sal. Chemiczny spokój. A przynajmniej o to chodziło Pigule, panu Złemu i reszcie personelu; lęki i obawy zrodzone tamtej nocy nie dawały się jednak przytłumić. Wierciliśmy się, chrząkając i jęcząc, łkając i płacząc, wzburzeni i przerażeni. Wszyscy baliśmy się kilku pozostałych do świtu godzin i tego, co świt miał przynieść.

Wszyscy oprócz jednego nieobecnego, oczywiście. Nagłe zniknięcie Chudego z naszej małej, obłąkanej społeczności pozostawiło po sobie cień. Odkąd pojawiłem się w budynku Amherst, jeden czy dwóch naprawdę starych i zniedołężniałych mężczyzn zmarło z tak zwanych przyczyn naturalnych, które jednak trafniej byłoby nazwać „zaniedbaniem" i „samotnością". Czasami zdarzał się cud i ktoś, komu zostało jeszcze trochę życia, był wypuszczany. O wiele częściej ochrona przenosiła kogoś, kto nie przestrzegał zasad albo tracił panowanie nad sobą, do jednej z izolatek na piętrze. Tacy wracali zwykle po kilku dniach ze zwiększonymi dawkami leków; bardziej powłóczyli nogami i mieli silniejsze skurcze mięśni twarzy. Tak więc zniknięcia się zdarzały. Ale nieobecność Chudego nie była zwyczajna i stąd właśnie zrodziły się targające nami uczucia, kiedy pierwsze promienie świtu zaczęły przesączać się przez kraty w oknach.

Zrobiłem sobie dwie grzanki z serem, nalałem wody z kranu do niezbyt czystej szklanki i oparłem się o kuchenny blat, jedząc. Zapomniany papieros dopalał się w przepełnionej popielniczce trochę dalej, a ja patrzyłem, jak wąska smużka dymu wznosi się w zatęchłe powietrze mojego mieszkania.

Peter Strażak palił.

Ugryzłem kanapkę i popiłem wodą. Kiedy spojrzałem na drugi koniec pokoju, on już tam był. Sięgnął po niedopałek mojego papierosa i podniósł go do ust.

– W szpitalu można było palić bez poczucia winy – powiedział, trochę przewrotnie. – W sumie, co gorsze: rak czy szaleństwo?

– Peter – powiedziałem. – Nie widziałem cię od lat.

– Tęskniłeś za mną, Mewa?

Kiwnąłem głową. Peter wzruszył ramionami, jakby mnie przepraszał.

– Dobrze wyglądasz, Mewa. Może trochę schudłeś, ale wcale się nie postarzałeś. – Wypuścił kilka kółek dymu i zaczął się rozglądać po pokoju. – A więc tu mieszkasz? Nieźle. Widzę, że wszystko jakoś się układa.

– Czy ja wiem? Idzie tak, jak można się było spodziewać.

– Zgadza się. To właśnie było niezwykłe w życiu wariata, prawda, Mewa? Mieliśmy pokręcone oczekiwania. Normalne rzeczy, jak utrzymanie pracy, założenie rodziny i chodzenie na mecze w niedzielne popołudnia, to najtrudniej było nam osiągnąć. A więc wszystko odwróciliśmy. Zrewidowaliśmy i okopaliśmy się na nowych pozycjach.

Wyszczerzyłem się w uśmiechu.

– Tak, właśnie tak. Na przykład posiadanie kanapy to duże osiągnięcie.

Peter odrzucił głowę w tył i zaśmiał się.

– Posiadanie kanapy i droga do zdrowia psychicznego. Brzmi jak tytuł jednej z prac, które pan Zły ciągle pisał do swojego doktoratu, którego nie skończył. – Peter dalej się rozglądał. – Masz przyjaciół?

Pokręciłem głową.

– Nie.

– Wciąż słyszysz głosy?

– Trochę, czasami. Właściwie tylko echa. Albo szepty. Prochy, którymi ciągle mnie faszerują, wyciszają cały jazgot.

– Chyba nie są aż takie złe, skoro ja tu jestem. – Peter mrugnął porozumiewawczo.

Rzeczywiście.

Peter podszedł do kuchennych drzwi i spojrzał na zapiski na ścianie. Poruszał się z tą samą atletyczną gracją, jaką zapamiętałem z godzin spędzonych na wspólnych spacerach w budynku Amherst. Peter Strażak nie powłóczył nogami ani się nie potykał. W ogóle się nie zmienił przez dwadzieścia lat. Tylko czapkę Red Soksów, którą wtedy często zakładał, teraz nosił w tylnej kieszeni dżinsów. Wciąż miał gęste i długie włosy, a uśmiech taki sam jak zapamiętałem, jakby niedawno usłyszał kawał i jeszcze nie minęło mu rozbawienie.

– Jak ci idzie opowieść? – spytał.

– Wszystko wraca.

Zaczął coś mówić, przerwał i wbił wzrok w kolumny słów wyskrobane na ścianie.

– Co im o mnie powiedziałeś? – spytał.

– Nie dość – odparłem. – Ale pewnie sami już doszli do tego, że nigdy nie byłeś szalony. Nie słyszałeś głosów. Nie miałeś zwidów, dziwacznych przekonań ani drastycznych myśli. A przynajmniej nie byłeś tak szalony jak Chudy, Napoleon, Kleo czy ktokolwiek inny. Nawet jak ja, skoro o tym już mowa.

Peter uśmiechnął się, lekko, krzywo.

– Porządny katolik, liczna irlandzka rodzina z Dorchester, drugie pokolenie. Tata, który za dużo pił w sobotnie wieczory, i matka, która wierzyła

w demokratów i siłę modlitwy. Służba publiczna, nauczyciele w podstawów-
kach, gliniarze i żołnierze. Regularna obecność na niedzielnej mszy, potem
zajęcia z religii. Gromada ministrantów. Dziewczyny uczyły się stepowania
i śpiewały w chórze. Chłopcy chodzili do szkoły z łaciną i grali w piłkę.
Kiedy przyszedł pobór, od razu się zgłosiliśmy. Nie załatwialiśmy odroczek
przez studia. I nie zapadaliśmy na choroby umysłowe. Przynajmniej nie do
końca. Nie w taki możliwy do zdiagnozowania, wyraźny sposób, jaki lubi
Piguła, kiedy może poczytać o twojej chorobie w Podręczniku diagnostycz-
nym *i dowiedzieć się, jak konkretnie ma cię leczyć. Nie, w mojej rodzinie*
każdy musiał być inny. Albo ekscentryczny. Albo trochę zdziwaczały, albo
szurnięty.

– Nie byłeś taki znów inny, Peter – stwierdziłem.

Zaśmiał się krótko, z rozbawieniem.

– Strażak, który rozmyślnie podkłada ogień? W kościele, w którym go
ochrzczono? A jak byś to nazwał? To przynajmniej trochę dziwne, nie? Odro-
binę więcej niż tylko niezwykłe, nie sądzisz?

Nie odpowiedziałem. Patrzyłem, jak Peter chodzi po moim małym miesz-
kaniu. Nawet jeśli tak naprawdę wcale go tam nie było, cieszyłem się z jego
towarzystwa.

– Wiesz, co czasem nie dawało mi spokoju, Mewa?

– Co?

– W moim życiu było tyle chwil, po których powinienem oszaleć, konkret-
nych momentów naprawdę strasznych. Gdyby je zebrać do kupy, dałyby
wariata z pianą na ustach. Chwile, kiedy dorastałem. Chwile na wojnie.
Chwile śmierci. Chwile gniewu. A mimo to właśnie chwila, która wydawała
się najbardziej logiczna, jasna i prosta, wysłała mnie do szpitala. – Prze-
rwał, wciąż przyglądając się ścianie. – Kiedy miałem dziewięć lat – dodał
cicho – umarł mój brat. Był zaledwie rok ode mnie starszy. Rodzina żarto-
wała, że jesteśmy irlandzkimi bliźniakami. Ale włosy miał o wiele jaśniejsze,
a skórę zawsze bladą. Ja mogłem cały dzień biegać, skakać, grać w piłkę,
bawić się na dworze, a on ledwie oddychał. Astma, problemy z sercem i ner-
kami. Bóg chciał go w ten sposób wyróżnić, tak mi powiedziano. Uznano, że
nie zrozumiem, dlaczego Bóg tak postanowił. Ja miałem dziewięć lat, on
dziesięć, i obaj wiedzieliśmy, że umiera, ale to ignorowaliśmy. Śmialiśmy
się, żartowaliśmy i ukrywaliśmy swoje małe tajemnice, jak to bracia. Kiedy
zabierali go po raz ostatni do szpitala, powiedział mi, że będę musiał być
chłopcem za nas obu. Tak bardzo chciałem mu pomóc. Prosiłem mamę, żeby
lekarze wzięli dla Billy'ego moje prawe płuco i serce, a mnie dali jego, i że
tak się zamienimy. Ale oczywiście nic takiego nie zrobili.

Słuchałem i nie przerywałem Peterowi, bo kiedy mówił, podszedł bliżej do zapisanej ściany, ale nie czytał nabazgranych słów, tylko wypowiadał własne. Zaciągnął się papierosem i powoli ciągnął dalej.

– W Wietnamie, Mewa... Opowiadałem ci o zwiadowcy, którego zastrzelili?

– Tak, Peter. Opowiadałeś.

– Powinieneś o tym napisać. O zwiadowcy i o moim zmarłym bracie. Myślę, że należą do tej opowieści.

– Będę musiał też wspomnieć o twoim bratanku i pożarze.

Pokiwał głową.

– Tak. Ale jeszcze nie teraz. Opowiedz im tylko o zwiadowcy. Wiesz, co najlepiej zapamiętałem z tamtego dnia? Że był cholerny upał. Nie taki, jaki znasz ty czy ja, czy ktokolwiek, kto wychowywał się w Nowej Anglii. Znaliśmy upały sierpniowe, kiedy żar lał się z nieba, a my chodziliśmy popływać w porcie. Ale tam panował chory, okropny, niemal trujący upał. Przedzieraliśmy się gęsiego przez dżunglę, a słońce było wysoko nad nami. Plecak ciążył, jakbym miał w nim nie tylko potrzebne rzeczy, ale i wszystkie moje ziemskie troski. Snajperzy kierowali się prostą zasadą: postrzelić zwiadowcę. Celować w nogi, nie w głowę. Na odgłos wystrzału wszyscy się chowali, poza sanitariuszem, a sanitariuszem byłem ja. Sanitariusz biegł pomóc rannemu. Za każdym razem. Wiesz, na szkoleniu uczyli nas, żeby nie ryzykować lekkomyślnie, ale zawsze biegliśmy. A wtedy snajper próbował trafić sanitariusza, bo zależało na nim całemu plutonowi, więc kiedy się go trafiło, wszyscy wyskakiwali z kryjówek i lecieli z pomocą. Bardzo prosta zasada. Jeden strzał daje sposobność zabicia wielu ludzi. I to się właśnie wydarzyło tamtego dnia. Postrzelili zwiadowcę. Słyszałem, jak mnie woła. Ale dowódca plutonu i dwóch innych mnie przytrzymało. Niewiele mi brakowało. Niecałe dwa tygodnie do skończenia tury. No i słuchaliśmy, jak tamten wykrwawia się na śmierć. Potem w raporcie napisaliśmy: to było nieuniknione. Nieprawda. Trzymali mnie, a ja się wyrywałem, protestowałem i błagałem, ale cały czas wiedziałem, że gdybym chciał, mógłbym się uwolnić, pobiec na pomoc. Wymagałoby to tylko odrobiny więcej wysiłku. A na to nie mogłem się zdobyć. Na tę odrobinę siły. Dlatego odegraliśmy w dżungli nasze małe przedstawienie, a obok umarł człowiek. Nawet go dobrze nie znałem. Dołączył do plutonu niecały miesiąc wcześniej. To nie tak, że słuchałem, jak umiera mój przyjaciel, Mewa. To był tylko jeden z kompanów. Wołał o pomoc i wołał, aż przestał, bo nie żył.

– Mógł nie przeżyć, nawet gdybyś do niego dobiegł.

Peter uśmiechnął się i pokiwał głową.

– *Jasne. Też tak sobie mówiłem.* – *Westchnął.* – *Całe życie miałem kosz-*
mary o ludziach wzywających pomocy. A ja nie pomagałem.

– *Ale zostałeś strażakiem...*

– *Tak najprościej odprawić pokutę, Mewa. Wszyscy kochają strażaków.*

Powoli zniknął. Był poranek, przypomniałem sobie, zanim udało się nam
porozmawiać. Budynek Amherst wypełniało słońce, mącące gęsty, unoszący
się wciąż w powietrzu smród gwałtownej śmierci. Pacjenci chodzili po kory-
tarzach, jak zwykle powłócząc nogami i garbiąc się, ale trochę ostrożniej niż
zwykle. Poruszali się uważnie, bo wszyscy, mimo naszego obłąkania, wie-
dzieliśmy, że coś się wydarzyło i wyczuwaliśmy, że coś ma się jeszcze wyda-
rzyć. Rozejrzałem się i znalazłem ołówek.

Był środek poranka, zanim Francisowi udało się porozmawiać z Peterem
Strażakiem. Zwodnicze, oślepiające wiosenne słońce wpadało przez okna i stalowe kraty, wybuchając światłem na korytarzach i odbijając się od podłogi,
z której zmyto wszystkie zewnętrzne ślady morderstwa. Ale osad śmierci czaił
się w zatęchłym szpitalnym powietrzu; pacjenci poruszali się samotnie albo
w małych grupach, w milczeniu unikając miejsc, w których mord pozostawił
ślady. Nikt nie stąpał tam, gdzie rozlała się krew pielęgniarki. Wszyscy obcho-
dzili schowek szerokim łukiem. Wydawało się, że samo podejście do miejsca
zbrodni mogło skazić złem. Pozbawione życia rozmowy prowadzono przyciszonymi głosami. Pacjenci szurali trochę wolniej, jakby szpitalny oddział za-
mienił się w kościół. Nawet zwidy, które nękały tak wielu, osłabły, ustępując
miejsca o wiele prawdziwszemu i bardziej przerażającemu szaleństwu.

Peter jednak stanął oparty o ścianę korytarza dokładnie naprzeciw drzwi
schowka. Co jakiś czas mierzył spojrzeniem odległość między miejscem,
w którym znaleziono zwłoki pielęgniarki, a tym, gdzie została zaatakowana,
za siatką dyżurki pielęgniarek.

Francis podszedł do niego powoli.

– O co chodzi? – spytał cicho.

Peter Strażak ściągnął usta, mocno skoncentrowany.

– Powiedz, Mewa, czy to, według ciebie, w ogóle trzyma się kupy?

Francis już miał odpowiedzieć, potem jednak się zawahał. Oparł się o ścianę
obok Strażaka i zaczął patrzeć w tym samym kierunku.

– To jakby czytać książkę od ostatniego rozdziału – ocenił po chwili.

Peter uśmiechnął się i pokiwał głową.

– Dlaczego?

– Wszystko jest na odwrót – wyjaśnił wolno Francis. – Nie tak jak w lustrze, ale jakbyśmy znali wniosek, ale nie wiedzieli, jak do niego doszliśmy.

– Mów dalej, Mewa.

Francis poczuł przypływ energii, kiedy jego wyobraźnia zaczęła przetwarzać obrazy z zeszłej nocy. Słyszał zgodny chór potakiwań i głosów zachęty.

– Niektóre rzeczy nie dają mi spokoju – wyznał. – Innych po prostu nie rozumiem.

– Tak?

– Na przykład, dlaczego Chudy miałby zabić Krótką Blond?

– Uważał, że była wcieleniem zła. Wcześniej tego samego dnia próbował ją zaatakować w stołówce.

– Owszem, a potem dali mu zastrzyk, który powinien go uspokoić.

– Ale nie uspokoił.

Francis pokręcił głową.

– Myślę, że uspokoił. Nie do końca, ale uspokoił. Kiedy ja dostałem taki zastrzyk, ledwie miałem siłę otworzyć oczy i rozejrzeć się dookoła. Nawet jeśli nie wstrzyknęli Chudemu całej dawki, to i tak by wystarczyło. Bo zabicie Krótkiej Blond wymagało siły. I energii. I czegoś jeszcze.

– Czegoś jeszcze?

– Powodu – dokończył Francis.

– Mów dalej. – Peter pokiwał głową.

– Jak Chudy wydostał się z dormitorium? Drzwi zawsze były zamknięte. A jeśli udało mu się je otworzyć, gdzie są klucze? I po co zawlókł Krótką Blond do schowka? To znaczy, jak to zrobił? I dlaczego miałby ją... – Francis zawahał się przed wyborem słowa – ...napastować? I zostawiać tak, jak ją znaleźliśmy?

– Miał na ubraniu krew pielęgniarki. Pod jego materacem był jej czepek – argumentował Peter ze stoicką logiką policjanta.

Francis pokręcił głową.

– Nie rozumiem tego. Czepek. A co z nożem, którym zabił?

Peter zniżył głos.

– O czym Chudy opowiadał, kiedy nas obudził?

– Powiedział, że przy jego boku pojawił się anioł i go objął.

Obaj zamilkli. Francis próbował wyobrazić sobie anioła, który budzi Chudego z niespokojnego snu.

– Myślałem, że to wymyślił. Po prostu sobie wyobraził.

– Ja też – przyznał Peter. – Ale teraz już nie jestem pewien.

Znów zaczął się wpatrywać w drzwi schowka. Francis też. Im dłużej patrzył, tym bardziej zbliżał się do tamtej chwili. Prawie tak, pomyślał, jakby za chwilę miał zobaczyć ostatnie sekundy Krótkiej Blond. Peter również musiał tego doświadczyć, bo zbladł.

– Nie chcę myśleć, że to mógł zrobić Chudy – powiedział. – To do niego zupełnie niepodobne. Nawet w najgorszych chwilach, a na pewno wczoraj był najstraszniejszy, nie stwarzał poważnego zagrożenia. Nie sądzę, żeby chciał kogoś zabić. Na pewno nie w podstępny, cichy, skryty sposób.

– Mówił, że zło trzeba zniszczyć. Wyraził to głośno, przy wszystkich.

Peter pokiwał głową, ale w jego głosie brzmiało niedowierzanie.

– Myślisz, że mógłby kogoś naprawdę zabić, Mewa?

– Nie wiem. W pewnych okolicznościach chyba każdy mógłby zabić. Tak tylko przypuszczam. Nie znałem przedtem żadnego mordercy.

Na te słowa Peter się uśmiechnął.

– Znasz przecież mnie – powiedział. – Ale chyba powinniśmy poznać jeszcze jednego.

– Jeszcze jednego mordercę?

– Anioła – dodał Peter.

Następnego dnia, niedługo po popołudniowej sesji grupowej, do Francisa podszedł Napoleon. Mały człowieczek wyraźnie się wahał, biły od niego niezdecydowanie i zwątpienie. Lekko się jąkał, słowa jakby zawisały mu na końcu języka i nie dawały się wyartykułować z obawy, jak zostaną przyjęte. Wada wymowy Napoleona była bardzo interesująca, kiedy bowiem pogrążał się w historii i nawiązywał do swojego imiennika, zaczynał się wysławiać o wiele wyraźniej i bardziej precyzyjnie. Dla słuchającego problemem było rozróżnić myśli teraźniejsze od spekulacji na temat wydarzeń sprzed ponad stu pięćdziesięciu lat.

– Mewa? – zaczął Napoleon ze swoim zwykłym zdenerwowaniem.

– O co chodzi, Napciu? – odparł Francis.

Stali pod ścianą świetlicy, nie zajmując się niczym szczególnym. Mierzyli tylko własne myśli, jak to często robili mieszkańcy Amherst.

– Dręczy mnie jedna rzecz – wyznał Napoleon.

– To, co się stało, dręczy wszystkich – odparł Francis.

Napoleon przesunął dłonią po swoich pucołowatych policzkach.

– Wiesz, że Bonapartego uważa się za najbardziej błyskotliwego generała? Tak jak Aleksandra Wielkiego, Juliusza Cezara czy Jerzego Waszyngtona. Był kimś, kto swoim geniuszem tworzył postać świata.

– Tak. Wiem – odparł Francis.

– Ale nie rozumiem, dlaczego, skoro wszyscy uważają go za geniusza, pamięta się tylko jego porażki?

– Słucham...?

– Jego klęski. Moskwa. Trafalgar. Waterloo.

– Nie mam pojęcia, Napciu... – zaczął Francis.

– Naprawdę nie daje mi to spokoju – powiedział szybko Napoleon. – Dlaczego pamięta się tylko nasze klęski? Dlaczego porażki i odwroty znaczą więcej niż zwycięstwa? Myślisz, że Piguła i pan Zły w ogóle rozmawiają o naszych postępach w terapii albo po lekach? Nie sądzę. Uważam, że mówią tylko o naszych błędach i wszystkich drobnych oznakach, które świadczą, że wciąż musimy tu tkwić, zamiast o tym, co wskazuje, że nam się poprawia i może powinniśmy jednak wrócić do domu.

Francis pokiwał głową. To brzmiało logicznie.

Niski mężczyzna mówił dalej, wyzbywając się wahania i jąkania.

– Napoleon swoimi zwycięstwami zmienił mapę Europy. Powinno się o nich pamiętać. Tak mnie to złości...

– Nie wiem, czy możesz na to cokolwiek poradzić... – zaczął znów Francis, ale nie dane mu było skończyć.

Napoleon nachylił się do niego i zniżył głos.

– Piguła i pan Zły ignorują mnie i wszystkie te niezwykle ważne historyczne wydarzenia. Tak się tym wczoraj zdenerwowałem, że w nocy nie mogłem zasnąć...

To stwierdzenie przykuło uwagę Francisa.

– Nie spałeś?

– Nie.

– Widziałeś...?

Napoleon pokręcił głową.

– Usłyszałem, że ktoś otwiera kluczem drzwi, wiesz, moje łóżko stoi niedaleko, i zacisnąłem mocno oczy, bo powinniśmy spać, a nie chciałem, żeby ktoś mnie przyłapał i zwiększył dawkę leków. Więc udawałem.

– I co? – dopytywał się Francis.

Napoleon odchylił głowę, próbując zrekonstruować zapamiętane wydarzenia.

– Czułem, że ktoś przechodzi obok mojej pryczy. A potem, kilka minut później, wraca do wyjścia. Nasłuchiwałem odgłosu przekręcania klucza, ale nie. Po chwili zerknąłem, ledwie-ledwie uchyliłem oko, i zobaczyłem, jak ty i Strażak wychodzicie. Nie wolno nam opuszczać sali w nocy. Mamy leżeć w łóżkach i spać, więc się wystraszyłem, kiedy mnie minęliście. Próbowałem zasnąć, ale Chudy ciągle gadał do siebie. Potem przyjechała policja, zapaliło się światło i wszyscy zobaczyliśmy tę straszną rzecz.

– A więc nie widziałeś tamtego człowieka?

– Nie. Chyba nie. Było ciemno. Ale możliwe, że trochę podglądałem.

– I co zobaczyłeś?

– Mężczyznę w bieli. Nic więcej.

– Możesz powiedzieć, jakiego był wzrostu? Zauważyłeś jego twarz?

Napoleon znów pokręcił głową.

– Dla mnie każdy jest wysoki, Mewa. Nawet ty. A twarzy nie widziałem. Kiedy przechodził obok mojej pryczy, zamknąłem oczy i schowałem głowę. Ale pamiętam jedną rzecz. Wydawało się, że ten ktoś unosi się w powietrzu. Był cały biały i frunął. – Mały człowieczek wziął głęboki oddech. – Niektóre trupy podczas odwrotu spod Moskwy zamarzały tak, że nabierały koloru lodu na stawie. Robiły się szarobiałe i przezroczyste zarazem. Jak mgła. Coś takiego pamiętam.

Francis przeanalizował słowa Napoleona. Zobaczył, że przez świetlicę idzie pan Zły, dając znak, że za chwilę rozpocznie się popołudniowa sesja grupowa. Zauważył też Dużego Czarnego i Małego Czarnego, przeciskających się przez gromadę pacjentów. Wzdrygnął się nagle na widok białych spodni i fartuchów pielęgniarzy.

Anioły, pomyślał.

Francis odbył jeszcze jedną krótką rozmowę, kiedy szedł na grupowe zajęcia. W korytarzu prowadzącym do jednej z mniejszych sal drogę zastąpiła mu Kleo. Zanim się odezwała, kiwała się przez chwilę w przód i w tył, jak prom dokujący przy nabrzeżu.

– Mewa, myślisz, że to Chudy załatwił Krótką Blond? – spytała.

Francis lekko pokręcił głową.

– Nie sądzę – odparł. – To było coś o wiele gorszego, niż potrafiłby zrobić.

Kleo głęboko westchnęła. Całe jej potężne ciało zadrżało.

– Uważałam go za dobrego człowieka. Trochę szurniętego jak my wszyscy, czasem zagubionego, ale dobrego. Nie wierzę, że byłby zdolny zrobić coś tak strasznego.

– Miał na ubraniu krew. Z jakiegoś powodu wybrał sobie Krótką Blond i uważał, że była wcieleniem zła, bał się tego. Pod wpływem strachu stajemy się nieprzewidywalni. Wszyscy. Założę się, że każdy zrobił coś nie tak, bo się bał, i dlatego właśnie tu trafił.

Kleo przytaknęła.

– Ale Chudy wydawał się inny. – Pokręciła głową. – Nie. Taki sam. A wszyscy się różnimy, i o to mi chodziło. Był inny na zewnątrz, ale tutaj był taki sam. A to, co się stało, było jak coś z zewnątrz, co przydarzyło się wewnątrz.

– Z zewnątrz?

– No, wiesz, głupku. Z zewnątrz. Tam. – Kleo zatoczyła ręką szeroki łuk, symbolicznie wskazując świat poza murami szpitala.

Francis uznał, że ten pozorny bełkot Kleo ma sens, i udało mu się lekko uśmiechnąć.

– Chyba rozumiem, do czego zmierzasz – powiedział.

Kleo nachyliła się do niego.

– Coś się wydarzyło wczoraj w nocy w dormitorium dziewczyn. Nikomu nie mówiłam.

– Co takiego?

– Nie spałam. Nie mogłam zasnąć. Próbowałam powtarzać sobie wersy sztuki, ale to nic nie dawało, chociaż zazwyczaj pomaga. Dziwne. Zwykle, kiedy dochodzę do mowy Antoniusza w akcie drugim, oczy same mi się zamykają i zaczynam chrapać jak dziecko, tyle tylko że nie wiem, czy dzieci chrapią, bo nikt nigdy nie dopuścił mnie do swoich, wredne dziwki... Ale to już inna historia.

– A więc ty też nie mogłaś zasnąć.

– Wszyscy inni spali.

– I?

– Zobaczyłam, że drzwi się otwierają i jakaś postać wchodzi do środka. Nie słyszałam klucza w zamku, moje łóżko stoi z drugiej strony, pod samymi oknami, a tamtej nocy świecił księżyc, prosto na moją głowę. Wiedziałeś, że w dawnych czasach ludzie uważali, że jeśli zaśniesz ze światłem księżyca na czole, obudzisz się szalony? Może to prawda, Mewa. Cały czas śpię z głową w świetle księżyca i robię się coraz bardziej stuknięta, i nikt mnie już nie chce. Nigdzie nie chcieli ze mną rozmawiać, więc wysłali mnie tutaj. Zupełnie samą. Nikt mnie nie odwiedza. To niesprawiedliwe, prawda? Przecież ktoś powinien. Jaki to kłopot? Dranie. Przeklęte bydlaki.

– Ale ktoś wszedł do sali sypialnej?

– Dziwne. Tak. – Kleo zadrżała. – Wszedł, został kilka chwil, potem drzwi się zamknęły i tym razem, bo mocno nasłuchiwałam, usłyszałam klucz w zamku.

– Myślisz, że ktoś śpiący przy drzwiach mógł widzieć tego człowieka? – spytał Francis.

Kleo skrzywiła się i pokręciła głową.

– Już się rozpytałam. Dyskretnie, rozumiesz. Nie. Wszystkie spały. Po lekach, jak zabite. – Nagle się zaczerwieniła, a w jej oczach stanęły łzy. – Naprawdę lubiłam Krótką Blond – powiedziała. – Zawsze była dla mnie miła. Czasami recytowała ze mną sztukę, rolę Marka Antoniusza albo chóru. I Chudego też lubiłam. Zachowywał się jak prawdziwy dżentelmen. Otwierał drzwi i puszczał panie przodem w porze obiadu. Odmawiał modlitwę za cały stół. Zawsze zwracał się do mnie „panno Kleo", był uprzejmy i grzeczny. I naprawdę leżało mu na sercu dobro nas wszystkich. Chronił nas przed złem. To logiczne. – Otarła oczy chusteczką, a potem wydmuchała nos. – Biedny Chudy. Od samego początku miał rację, ale nikt go nie słuchał, no i proszę. Musimy jakoś mu pomóc, bo w końcu próbował tylko nas obronić. Dranie. Przeklęte bydlaki.

Potem złapała Francisa za ramię i kazała mu się odprowadzić na sesję grupową.

W sali pan Zły ustawiał metalowe krzesła w koło. Gestem polecił Francisowi wziąć kilka ze stosu pod oknem; Francis puścił ramię Kleo i przeszedł przez pomieszczenie, a ona ostrożnie usiadła. Podniósł dwa krzesła i już miał się odwrócić, żeby je zanieść na środek sali, gdzie zbierała się grupa, kiedy jego uwagę przykuło poruszenie na zewnątrz. Z miejsca, w którym stał, widział główny wjazd i otwartą żelazną bramę. Na podjeździe prowadzącym do budynku administracji zatrzymał się właśnie duży czarny samochód. W sumie nic dziwnego – samochody i karetki przyjeżdżały i odjeżdżały przez cały dzień. Ale w tym jednym było coś wyjątkowego, czego Francis nie umiał dokładnie określić, ale co przykuło jego uwagę. Trochę tak, jakby samochód emanował niepokojem.

Francis patrzył, jak wóz się zatrzymuje. Po chwili wysiadła z niego wysoka, ciemnoskóra kobieta w długim beżowym płaszczu i z czarną teczką, pasującą kolorem do jej opadających na ramiona włosów. Zatrzymała się, zmierzyła wzrokiem cały szpitalny kompleks, potem ruszyła przed siebie i stanowczym krokiem weszła na schody.

Rozdział 8

Powoli, jakby z oporami, wszystko wróciło do normy. To nie tak, zauważył w duchu Francis, że pacjenci nagle zrobili się krnąbrni czy nawet kłótliwi jak dzieci, które nauczyciel próbuje zmusić do uważania na nudnej lekcji. Byli raczej niespokojni i zdenerwowani. Za krótko spali, dostali za dużo leków, mieli za dużo wrażeń i niepewności. Starsza kobieta z rozczochranymi, siwymi, pozlepianymi w strąki włosami bez przerwy wybuchała płaczem; ocierała łzy rękawem, kręciła głową, uśmiechała się, mówiła, że już wszystko w porządku, a po kilku sekundach znów zaczynała łkać. Mężczyzna w średnim wieku, kiedyś kapitan kutra rybackiego, z twardym spojrzeniem i tatuażem nagiej kobiety na przedramieniu, odwracał się co chwila na krześle i oglądał z obawą na drzwi, jakby się spodziewał, że ktoś bezgłośnie wśliźnie się do pomieszczenia. Ci, którzy się jąkali, teraz jąkali się jeszcze bardziej. Ci, którzy łatwo wpadali w gniew, siedzieli sztywni i spięci. Ci, którzy często płakali, wydawali się szybsi w drodze do swojego załzawionego celu. Niemi osunęli się głębiej w milczenie.

Nawet Peter Strażak, zazwyczaj zarażający spokojem wszystkich uczestników sesji, nie mógł usiedzieć; kilka razy przypalał papierosa i zaczynał chodzić po obrzeżu koła. Kojarzył się Franciszowi z bokserem, tuż przed pojedynkiem – rozgrzewającym się na ringu, wymierzającym prawe i lewe ciosy w nieistniejące szczęki, podczas gdy przeciwnik czeka w przeciwległym narożniku.

Gdyby Francis był weteranem szpitala psychiatrycznego, rozpoznałby wyraźny skok poziomu paranoi u wielu innych pacjentów. Wszystko wciąż pozostawało niewyartykułowane; przypominało czajnik, w którym woda zaczyna się już gotować, ale gwizdek jeszcze milczy. Coś jednak wisiało w powietrzu, trochę jak brzydki zapach w upalne popołudnie. Głosy Francisa krzykiem domagały się uwagi i uciszenie ich wymagało jak zwykle sporej siły woli. Czuł, że napinają mu się mięśnie ramion i brzucha, jakby w ten sposób wspomagały umysł w trzymaniu wyobraźni na wodzy.

– Myślę, że powinniśmy porozmawiać o wydarzeniach zeszłej nocy – zaczął wolno pan Evans. Okulary zsunęły mu się lekko, więc patrzył ponad nimi, skacząc wzrokiem od pacjenta do pacjenta.

Evans był jednym z tych ludzi, pomyślał Francis, którzy wygłaszają pozornie oczywiste stwierdzenia – na przykład konieczność porozmawiania o tym, co i tak zaprzątało myśli wszystkich – ale spojrzeniem sugerują, że chodzi im o coś zupełnie innego.

Jeden z mężczyzn natychmiast naciągnął koszulę na głowę i zakrył uszy dłońmi. Inni zaczęli się wiercić na krzesłach. Nikt z początku się nie odzywał; rozpełzające się po sali milczenie zdawało się Franciszowi napięte jak wiatr wypełniający żagle łodzi – niewidzialne. Po chwili sam strzaskał tę ciszę.

– Gdzie jest Chudy? – zapytał. – Dokąd go zabrali? Co z nim zrobili?

Panu Evansowi najwyraźniej ulżyło, że na pierwsze pytania tak łatwo odpowiedzieć. Odchylił się na oparcie metalowego krzesła.

– Chudy został zabrany do aresztu hrabstwa – oznajmił. – Przebywa w pojedynczej celi pod całodobową obserwacją. Doktor Gulptilil był u niego dzisiaj rano. Dopilnował, żeby Chudy dostawał leki w odpowiednich dawkach. Chudy ma się dobrze. Jest trochę spokojniejszy niż przed... – przerwał – ...tym zajściem.

Grupa przez chwilę przyswajała to obwieszczenie.

Z następnym pytaniem wyrwała się Kleo.

– Dlaczego nie przywiozą go z powrotem? Tu jest jego miejsce. Nie w więzieniu, za kratami, bez słońca, za to pewnie ze zgrają kryminalistów. Drani. Gwałcicieli i złodziei, założę się. Biedny Chudy. W rękach policji. Faszystowskich bydlaków.

– Dlatego że jest oskarżony o przestępstwo – odparł szybko Evans. Dziwnie uchylał się od użycia słowa „morderstwo".

– Ale ja czegoś nie rozumiem – wtrącił się Peter Strażak dość cicho, żeby wszyscy odwrócili się do niego. – Chudy jest wariatem. Wszyscy widzieliśmy, jak się szarpał. Cierpiał na...

– Dekompensację – dokończył sztywno pan Zły.

– Wyjątkowo durne określenie – stwierdziła ze złością Kleo. – Po prostu głupie, durne, cholernie do niczego drańskie słówko.

– Właśnie – ciągnął Peter, nabierając rozpędu. – Coś się z nim działo. Wszyscy to wiedzieliśmy, przez cały dzień było z nim coraz gorzej i nikt nic nie zrobił, żeby mu pomóc. Więc eksplodował. A przecież trafił do szpitala przez swoje wcześniejsze problemy, więc dlaczego go oskarżyli? Czyżby wiedział, co robi?

Evans przygryzł wargę.

– To ustali prokurator hrabstwa – odparł po chwili. – Do tego czasu Chudy zostanie tam, gdzie jest...

– A ja uważam, że powinni go przywieźć z powrotem tu, gdzie ma przyjaciół – mruknęła Kleo gniewnie. – Tylko nas teraz zna. Nie ma żadnej rodziny oprócz nas.

Wszyscy mruknęli zgodnie.

– Nie możemy czegoś zrobić? – spytała kobieta z włosami posklejanymi w strąki.

Jej pytanie również wywołało pomruk aprobaty.

– Cóż, myślę, że powinniśmy dalej rozmawiać o problemach, przez które tu trafiliśmy – odparł pan Zły zupełnie nieprzekonująco. – Pracując nad powrotem do zdrowia, może znajdziemy sposób, żeby pomóc Chudemu.

– Cholerna głupota. – Kleo prychnęła z wyraźnym obrzydzeniem. – Idioci, durne bydlaki.

Francis nie był pewien, kogo konkretnie miała na myśli, ale nie mógł powiedzieć, że nie zgadza się z jej doborem słów. Kleo miała cesarską umiejętność trafiania w sedno sprawy w wyjątkowo pogardliwy i władczy sposób. Cała grupa zaczęła przeklinać. Sala wypełniła się złowrogim gwarem.

Pan Zły podniósł rękę, coraz bardziej zdesperowany.

– Takie gniewne gadanie nie pomoże Chudemu ani nikomu z nas – powiedział. – Więc dajmy sobie z tym spokój. – Machnął dłonią, jakby coś przecinał.

Francis przyzwyczaił się już do tego gestu; było to jedno z licznych zachowań psychologa, które podkreślało, kto tu jest normalny i kto z tej racji powinien sprawować kontrolę. I jak zwykle gest ten miał odpowiednio zastraszający skutek: grupa powoli się uspokoiła, wszyscy niechętnie opadli na krzesła, a iskra buntu zgasła w stęchłym powietrzu. Peter Strażak nie poddał się jednak nastrojowi. Siedział ze skrzyżowanymi ramionami i ściągniętymi brwiami.

– Myślę, że gniewnego gadania wcale nie jest za dużo – odezwał się w końcu, niezbyt głośno, ale z wyraźnym naciskiem. – I nie rozumiem, dlaczego miałoby nie pomóc Chudemu. Kto wie, co w tej chwili może mu pomóc albo nie? Moim zdaniem powinniśmy protestować jeszcze dobitniej.

Pan Zły odwrócił się do niego gwałtownie.

– Ty byś tak pewnie zrobił.

Obaj popatrzyli na siebie z nienawiścią; Francis dostrzegł, że niewiele brakuje, żeby doszło do czegoś poważniejszego. Potem, niemal tak samo nagle, wrażenie to zniknęło, bo pan Zły znów się odwrócił.

– Powinieneś zachować swoje opinie dla siebie. Tam, gdzie ich miejsce – powiedział z wyższością i lekceważeniem.

Cała grupa zamarła.

Peter zastanawiał się nad odpowiedzią, ale w tej chwili od strony drzwi dobiegł jakiś dźwięk.

Wszyscy popatrzyli w tamtą stronę. Do sali powoli wtoczył swoje cielsko Duży Czarny. Przez chwilę zasłaniał sobą wejście. Potem za nim weszła kobieta, którą Francis widział przez okno na początku sesji. Za nią z kolei pojawił się Piguła i, na końcu, Mały Czarny. Obaj pielęgniarze stanęli jak wartownicy przy drzwiach.

– Panie Evans – odezwał się Gulptilil. – Przepraszam, że przerywamy sesję...

– To nic – odparł Zły. – I tak mieliśmy właśnie kończyć.

Francisowi przeszło przez myśl, że coś dopiero się właśnie zaczynało. Tak naprawdę jednak nie słuchał rozmowy dwóch mężczyzn. Wpatrywał się w kobietę stojącą między braćmi Moses.

Miał wrażenie, że zauważa wiele rzeczy jednocześnie: była szczupła i wyjątkowo wysoka, miała z metr osiemdziesiąt pięć wzrostu; jej wiek oceniał na trzydzieści lat. Skóra w odcieniu jasnego, kakaowego brązu przypominała kolorem jesienne liście dębu, a oczy sprawiały wrażenie nieco orientalnych. Włosy opadały jej lśniącą, czarną falą za ramiona. Rozpięty beżowy płaszcz ukazywał niebieski kostium. W smukłych delikatnych dłoniach trzymała skórzaną teczkę i patrzyła przed siebie ze stanowczością, która musiała uciszyć nawet najbardziej rozkojarzonego pacjenta. Francisowi zdawało się, że jej obecność wygasiła omamy i obawy zajmujące wszystkie krzesła.

W pierwszej chwili pomyślał, że to najpiękniejsza kobieta, jaką w życiu widział; potem odwróciła się lekko i zobaczył, że bok jej twarzy znaczy długa, biała blizna. Szrama przecinała brew, przeskakiwała nad okiem, a potem zbiegała zygzakiem po policzku i kończyła się na linii szczęki. Znamię podziałało na niego jak zegarek hipnotyzera: nie mógł oderwać wzroku od poszarpanej linii, dzielącej twarz kobiety na dwie części. Przez chwilę zastanawiał się, czy nie przypomina to oglądania dzieła jakiegoś szalonego artysty, który przerażony nieoczekiwaną doskonałością swojego obrazu, chwycił nóż i rzucił się na własną sztukę z niespodziewanym okrucieństwem.

Kobieta podeszła bliżej.

– Którzy to dwaj mężczyźni znaleźli ciało pielęgniarki? – zapytała. Lekka chrypka jej głosu przeszyła Francisa na wskroś.

– Peter. Francis – zawołał żywo doktor Gulptilil. – Ta młoda dama przyjechała tu aż z Bostonu, żeby zadać wam kilka pytań. Chodźcie z nami do biura.

Francis wstał i w tej samej chwili zdał sobie sprawę, że Peter Strażak patrzy na kobietę wzrokiem równie ostrym, jak jej.

– Znam cię – mruknął pod nosem.

Kobieta spojrzała na Petera, a jej czoło przelotnie zmarszczyło się w wyrazie rozpoznania. Potem, niemal tak samo szybko, na jej twarz powróciło niewzruszone, okaleczone piękno.

Obaj mężczyźni wyszli z kręgu krzeseł.

– Uważajcie – ostrzegła nagle Kleo. Potem zacytowała swoją ulubioną sztukę: – „Dzień jasny minął i dążymy w mroki"... – W sali zapadła cisza, a Kleo dodała ochrypłym, przepalonym głosem: – Uważajcie na drani. Oni zawsze coś knują.

Odsunąłem się od ściany i wszystkich zgromadzonych na niej słów, i pomyślałem: Proszę. Właśnie tak. Wszyscy znaleźliśmy się na swoich miejscach. Śmierć, myślę sobie, czasem jest jak algebraiczne równanie, długi ciąg czynników x i wartości y, mnożonych, dzielonych, dodawanych i odejmowanych, aż dochodzi się do prostej, lecz strasznej odpowiedzi. Zero.

Kiedy trafiłem do szpitala, miałem dwadzieścia jeden lat i nigdy nie byłem zakochany. Nigdy nie całowałem się z dziewczyną, nie czułem miękkości jej skóry pod palcami. *Kobiety pozostawały dla mnie tajemnicą, szczytami gór tak samo nieosiągalnymi jak normalność. Mimo to przepełniały moją wyobraźnię. Tyle było sekretów: łuk piersi, kąciki ust uniesione w uśmiechu, dół pleców wygięty w zmysłowym ruchu. Nie wiedziałem nic, wyobrażałem sobie wszystko.*

Tak wiele w moim obłąkanym życiu istniało poza moim zasięgiem. Przypuszczalnie powinienem się spodziewać, że zakocham się w najbardziej egzotycznej kobiecie, jaką miałem kiedykolwiek poznać. Powinienem też chyba rozumieć, że w tamtej jednej chwili, kiedy Peter Strażak i Lucy Kyoto Jones wymienili spojrzenia, nie wszystko zostało wypowiedziane, a porozumienie między nimi było głębsze, niż później to okazywali. Ale widziałem tylko ją; pojawiła się nagle w mojej namiastce życia i była najbardziej niezwykłą osobą, jaką widziałem. Wydawało się, że jarzy jak świeca – nieustannie się roztapiająca, skręcająca forma, przepływająca od jednego kształtu do drugiego.

Lucy Kyoto Jones była owocem porozumienia między czarnym amerykańskim żołnierzem a japońsko-amerykańską kobietą. Drugie imię nadano jej na część rodzinnego miasta matki. Stąd oczy w kształcie migdałów i kakaowa karnacja. O dyplomie ze Stanford i prawie ukończonym na Harvardzie miałem się dowiedzieć później.

O bliźnie na twarzy również miałem się dowiedzieć, bo człowiek, który ją po sobie zostawił – tę i drugą, niewidoczną, schowaną głęboko we wnętrzu – pchnął Lucy na drogę, która zaprowadziła ją do Szpitala Western State z pytaniami bardzo niepopularnymi.

Podczas lat największego szaleństwa zrozumiałem, że można było znajdować się w pomieszczeniu, za ścianami, zakratowanymi oknami i zamkami w drzwiach, w otoczeniu innych wariatów albo nawet być wciśniętym samotnie do izolatki, ale tak naprawdę przebywało się gdzie indziej. Prawdziwe otoczenie tworzyły wspomnienia, związki, wydarzenia, wszelkiego rodzaju niewidoczne siły. Czasem omamy. Czasem halucynacje. Pragnienia. Sny i nadzieje albo ambicje. Czasem gniew. To bardzo ważne: zawsze rozpoznawać, z czego wzniesione są prawdziwe mury.

I tak właśnie było wtedy, kiedy siedzieliśmy w gabinecie Piguły.

Wyjrzałem za okno mojego mieszkania i zobaczyłem, że jest późno. Światło dnia umknęło, ustępując miejsca gęstej, małomiasteczkowej nocy. W kawalerce miałem kilka zegarów, wszystkie od sióstr, które z nieznanej mi przyczyny najwyraźniej uważały, że kieruje mną ciągła i głęboko zakorzeniona potrzeba kontrolowania godziny. Pomyślałem, że słowa to jedyny czas, jakiego mi teraz trzeba, więc zrobiłem sobie przerwę. Zapaliłem papierosa i zebrałem zegary, *odłączyłem je od kontaktów albo wyjąłem baterie, tak że wszystkie stanęły. Zauważyłem, że zatrzymały się mniej więcej w tej samej chwili – dziesięć po dziesiątej, jedenaście po dziesiątej, trzynaście po dziesiątej. Pozmieniałem ustawienie wskazówek na każdym z nich, żeby zatrzeć nawet sugestię podobieństwa. Każdy stał teraz na innej chwili. Roześmiałem się na głos. Czułem się tak, jakbym zapanował nad czasem i uwolnił się z jego oków.*

Przypomniałem sobie, jak Lucy nachyliła się, przeszywając najpierw Petera, potem mnie, potem znów Petera surowym spojrzeniem, pozbawionym wszelkiej wesołości. Przypuszczam, że zamierzała zrobić na nas wrażenie swoją determinacją. Może myślała, że tak należy postępować z wariatami – zdecydowanie, jak z krnąbrnym szczeniakiem.

– Chcę wiedzieć o wszystkim, co widzieliście wczoraj w nocy – oznajmiła.

Peter Strażak zawahał się przed odpowiedzią.

– Może najpierw powiedziałaby nam pani, dlaczego interesuje panią to, co pamiętamy? W końcu obaj złożyliśmy zeznania miejscowej policji.

– Dlaczego interesuje mnie ten przypadek? – powtórzyła żywo. – Niedługo po tym, jak znaleziono ciało, zwrócono moją uwagę na pewne szczegóły, a po paru telefonach do tutejszych władz uznałam, że powinnam sprawdzić je osobiście.

– Ale to nic nie mówi – stwierdził Peter, lekceważąco wzruszając ramionami. Nachylił się do młodej kobiety. – Chce pani wiedzieć, co widzieliśmy, ale Mewa i ja leczymy już siniaki po pierwszym spotkaniu ze szpitalną ochroną i miejscowymi gliniarzami z wydziału zabójstw. Podejrzewam, że obaj mamy szczęście, że nie wepchnięto nas do izolatek w tutejszym areszcie, mylnie oskarżonych o poważną zbrodnię. A więc zanim zgodzimy się pani pomóc, proszę nam powiedzieć, dlaczego to panią interesuje. Tym razem bardziej szczegółowo, jeśli łaska.

Doktor Gulptilil miał na twarzy wyraz lekkiego szoku, jakby sama myśl, że pacjent może wypytywać kogoś zdrowego na umyśle, była wykroczeniem przeciw regulaminowi.

– Daj spokój, Peter – upomniał go sztywno. – Panna Jones jest prokuratorem w hrabstwie Suffolk. Myślę, że to ona powinna zadawać pytania.

Strażak kiwnął głową.

– Wiedziałem, że już gdzieś się spotkaliśmy – powiedział cicho do młodej kobiety. – Prawdopodobnie na sali sądowej.

Lucy przyglądała mu się przez chwilę.

– Siedzieliśmy naprzeciwko siebie na kilku rozprawach. Zeznawał pan w sprawie pożaru Andersona, może dwa lata temu. Byłam wtedy jeszcze zastępcą prokuratora, zajmowałam się wykroczeniami i jazdą po pijanemu. Wysłali nas, żebyśmy obejrzeli pana przesłuchanie.

Peter się uśmiechnął.

– Przypominam sobie, że obroniłem się całkiem nieźle – powiedział. – To ja odkryłem, jak podpalacz podłożył ogień. Zrobił to bardzo sprytnie, wie pani? Rozgrzebał gniazdko elektryczne obok miejsca, gdzie w magazynie były składowane materiały łatwopalne, tak że ich własny produkt podsycił ogień. Wymagało to planowania. Ale z drugiej strony właśnie planowanie jest w podpalaniu najważniejsze. Podpalaczy najbardziej ekscytuje sam proces przygotowywania pożaru. Po tym poznaje się najlepszych.

– Dlatego kazali nam tam przyjść i patrzeć – powiedziała Lucy. – Bo uważali, że zostanie pan najlepszym inspektorem pożarowym w bostońskiej straży. Ale nic z tego nie wyszło, prawda?

– Och. – Peter uśmiechnął się szerzej, jakby w słowach Lucy Jones krył się żart, którego Francis nie usłyszał. – Można by się co do tego spierać. Wszystko zależy, jak się postrzega pewne rzeczy. Na przykład sprawiedliwość, co jest słuszne i tak dalej. Ale to nie moja historia tu panią ściągnęła, prawda, panno Jones?

– Owszem. Chodzi mi o morderstwo stażystki.

Peter popatrzył na panią prokurator. Potem zerknął na Francisa, na Dużego i Małego Czarnego, którzy stali pod ścianą, w końcu na Gulptilila siedzącego niespokojnie za biurkiem.

– Dlaczegóż to – zwrócił się wolno do Francisa – dlaczegóż to, Mewo, prokurator z Bostonu miałaby rzucać wszystko i jechać taki kawał do Szpitala Western State, żeby przepytać dwóch wariatów o śmierć, do której doszło poza jej jurysdykcją, skoro już aresztowano i oskarżono podejrzanego? Coś musiało wzbudzić jej zainteresowanie, Mewo. Ale co? Co mogło skłonić pannę Jones, żeby przybyła tu w pośpiechu i zażądała rozmowy z dwójką świrów?

Francis spojrzał na Lucy Jones, która patrzyła na Petera Strażaka, wyraźnie zaintrygowana. Po długiej chwili odwróciła się do Francisa i z lekkim uśmieszkiem, przekrzywionym trochę w stronę blizny na twarzy, zapytała:

– Cóż, panie Petrel... Może pan odpowiedzieć na to pytanie?

Francis przez moment się zastanawiał. Wyobraził sobie Krótką Blond taką, jak ją znaleźli.

– Ciało – odparł.

Lucy się uśmiechnęła.

– Tak, istotnie. Panie Petrel... Mogę mówić Francis?

Chłopak kiwnął głową.

– Co w związku z tym ciałem?

– Było w nim coś wyjątkowego.

– To prawdopodobne – podjęła Lucy. Spojrzała na Petera Strażaka. – Może pan zechce się włączyć?

– Nie – odparł Peter, krzyżując ramiona na piersi. – Mewie świetnie idzie. Niech mówi dalej.

Lucy wróciła spojrzeniem do Francisa.

– A więc...?

Francis opadł na chwilę na oparcie i równie szybko się wyprostował. Zastanawiał się, do czego mogła zmierzać. Zalewały go fale wspomnień Krótkiej Blond, jej skurczonych zwłok, poszarpanego ubrania. Uświadomił sobie, że to wszystko było układanką, a siedząca naprzeciw niego piękna kobieta stanowiła jeden z elementów.

– Brakujące części palców u dłoni – dodał.

Lucy kiwnęła głową i nachyliła się do niego.

– Opowiedz mi o dłoni – poprosiła. – Jak, według ciebie, wyglądała?

Doktor Gulptilil niespodziewanie się wtrącił.

– Policja robiła zdjęcia, panno Jones. Na pewno może je pani obejrzeć. Nie rozumiem, co...

Ucichł, bo kobieta gestem zachęciła Francisa do dalszej wypowiedzi.

– Wyglądały, jakby ktoś, ten morderca, je odciął – powiedział.

Lucy znów kiwnęła głową.

– Dobrze. Czy możesz mi powiedzieć, dlaczego ten oskarżony, jak on się nazywa...

– Chudy – podsunął Peter Strażak. Jego głos nabrał głębszego, solidniejszego tonu.

– Tak... dlaczego Chudy, którego obaj znaliście, miałby zrobić coś takiego?

– Nie. Nie było powodu.

– Nie przychodzi ci do głowy żaden motyw, dla którego zapragnąłby tak naznaczyć tę młodą kobietę? Nic wcześniej nie mówił? A może zauważyłeś coś w jego zachowaniu?

– Nie – odparł Francis. – Nic, co wiem o Chudym, nie pasuje do tego, jak zginęła Krótka Blond.

– Rozumiem. – Lucy pokiwała głową. – Czy zgodziłby się pan z tym stwierdzeniem, doktorze? – Odwróciła się do Gulptilila.

– Absolutnie nie! – zaprzeczył z mocą. – Wcześniej ten mężczyzna zachowywał się bardzo gwałtownie. Próbował zaatakować stażystkę. Miał wyraźną skłonność do grożenia przemocą w wielu przypadkach w przeszłości, a w swoim stanie pobudzenia przekroczył granicę zahamowań, tak jak się tego obawiał personel.

– A więc nie zgadza się pan z oceną pacjentów?

– Nie. Policja znalazła dowody rzeczowe przy jego łóżku. A na nocnej koszuli miał krew zamordowanej pielęgniarki.

– Znam te szczegóły – powiedziała Lucy zimno. Odwróciła się do Francisa. – Moglibyśmy wrócić do odciętych palców, Francis? – spytała, wyraźnie uprzejmiej. – Opisz dokładnie, co widziałeś.

– Opuszki czterech palców, prawdopodobnie odcięte. Dłoń leżała w kałuży krwi. – Francis podniósł rękę przed twarz, próbując sobie wyobrazić, jak jego własna dłoń by wyglądała bez palców.

– Jeśli Chudy, wasz przyjaciel, to zrobił...

Peter jej przerwał.

– Mógł zrobić wiele rzeczy. Ale nie to. Na pewno też nie napastował tej dziewczyny seksualnie.

– Skąd wiesz?! – warknął ze złością doktor Gulptilil. – To czyste gdybanie. Widywałem tego rodzaju okaleczenia i zapewniam panią, że mogły zostać dokonane wieloma metodami. Nawet przypadkiem. Stwierdzenie, że Chudy nie byłby zdolny okaleczyć dłoni pielęgniarki, to tylko domysły! Widzę, do czego pani zmierza, panno Jones, i uważam, że to myślenie nie tylko do niczego nie prowadzi, ale też grozi zakłóceniem pracy całego szpitala!

– Naprawdę? – Lucy znów odwróciła się do lekarza. Zamilkła, potem spojrzała na pacjentów. Otworzyła usta, żeby zadać kolejne pytanie, ale Peter nie dopuścił jej do głosu.

– Wiesz, Mewo – zwrócił się do Francisa, ale patrzył na Lucy Jones – domyślam się, że nasza młoda pani prokurator widziała już niejedne podobnie okaleczone zwłoki.

Lucy Jones uśmiechnęła się, lecz bez cienia wesołości. To był, pomyślał Francis, jeden z tych uśmiechów, którymi maskuje się najróżniejsze uczucia.

– Zgadł pan, Peter – powiedziała.

Peter zmrużył oczy jeszcze bardziej i opadł na oparcie krzesła, jakby intensywnie się nad czymś zastanawiał. Potem znów się odezwał. Mówił do Francisa, ale jego słowa były tak naprawdę przeznaczone dla siedzącej naprzeciw niego kobiety.

– Myślę sobie też, Mewo, że nasz gość jest obarczony zadaniem znalezienia człowieka, który obciął palce innym kobietom. I dlatego pani prokurator tak szybko tu przyjechała i tak bardzo chce z nami porozmawiać. I wiesz, co jeszcze, Mewo?

– Co, Peter? – spytał Francis, chociaż już przeczuwał odpowiedź.

– Założę się, że nocą, w zupełnej ciemności swojej sypialni w Bostonie, leżąc samotnie w łóżku, w splątanej i przepoconej pościeli, panna Jones śni koszmary o każdym z tych okaleczeń i tym, co mogą oznaczać.

Francis nic nie powiedział, a Lucy Jones powoli kiwnęła głową.

Rozdział 9

*O*dsunąłem się od ściany, upuszczając ołówek na podłogę.

Brzuch bolał mnie od stresu przypominania. W gardle mi zaschło, czułem serce tłukące się w piersi. Odwróciłem się od słów zawieszonych na brudnobiałej farbie i poszedłem do małej łazienki. Odkręciłem gorącą wodę w umywalce, potem też prysznic. Ogarnęło mnie lepkie, wilgotne ciepło, a świat dookoła zaczął zamieniać się w mgłę. Tak zapamiętałem tamte chwile w gabinecie Piguły, kiedy prawda o naszej sytuacji zaczynała nabierać formy. Łazienka zaparowała i poczułem astmatyczną krótkość oddechu, taką samą jak tamtego dnia. Spojrzałem na swoje odbicie w lustrze. Coraz trudniej było stwierdzić, czy wyglądam tak jak teraz, starzejący się, łysiejący, z zaczątkami zmarszczek, czy tak, jak wyglądałem wtedy, kiedy miałem swoją młodość i swoje problemy, jedno przemieszane z drugim, a skórę i mięśnie napięte tak samo jak wyobraźnię. Za moim lustrzanym odbiciem były półki z lekarstwami. Czułem drżenie rąk, ale też, co gorsza, grzmiący, przypominający trzęsienie ziemi dygot gdzieś w środku, jakby na równinach mojego serca zachodził właśnie potężny sejsmiczny wstrząs. Wiedziałem, że powinienem wziąć leki. Uspokoić się. Odzyskać panowanie nad emocjami. Uciszyć wszystkie siły, które czaiły się pod skórą. Czułem szaleństwo, próbujące przejąć myśli. Jak wspinacz, rozpaczliwie szukający palcami zaczepienia na urwisku, który wie, że jeśli czegoś się nie chwyci, runie w otchłań.

Odetchnąłem przegrzanym powietrzem. Umysł miałem wypalony.

Usłyszałem głos Lucy Jones, kiedy pochylała się do mnie i do Petera.

– Z sennego koszmaru można się obudzić, Peter – powiedziała. – Ale myśli, które pozostają, kiedy groza już minie, to coś o wiele gorszego.

Peter przytaknął.

– Bardzo dobrze znam takie przebudzenia – powiedział cicho, ze sztywną oficjalnością, która w jakiś dziwny sposób stworzyła między nimi nić porozumienia.

To doktor Gulptilil rozpędził zbierające się w pomieszczeniu myśli.

– Proszę posłuchać – zaczął szorstkim, rzeczowym tonem. – Nie podoba mi się kierunek, w jakim zmierza ta rozmowa, panno Jones. Sugeruje pani coś, co bardzo trudno przyjąć do wiadomości.

Lucy Jones odwróciła się do niego.

– A co takiego, według pana, sugeruję? – spytała.

Odezwał się w niej prokurator, pomyślał Francis. Zamiast zaprzeczyć, zaprotestować albo udzielić wykrętnej odpowiedzi, odbiła pytanie z powrotem do doktora. Piguła, który nie był głupi, chociaż często mogło się wydawać inaczej, też musiał to spostrzec, tę technikę znaną również psychiatrom, bo niespokojnie poruszył się na krześle. Był ostrożny, z jego głosu zniknęło wysoko brzmiące napięcie, za to obłudne tony powróciły z pełną siłą.

– Uważam, że nie chce pani dostrzec okoliczności świadczących o czymś wręcz przeciwnym do tego, na co ma pani nadzieję. Doszło do nieszczęśliwego wypadku. Bezzwłocznie wezwano odpowiednie służby. Miejsce zbrodni zostało profesjonalnie zabezpieczone. Świadków dokładnie przesłuchano. Zebrano dowody. Chyba pora pozwolić, by proces sądowy ustalił resztę.

Lucy kiwnęła głową, zastanawiając się nad odpowiedzią.

– Panie doktorze, czy słyszał pan o Fredericku Abberlinie i sir Robercie Andersonie?

Piguła zawahał się. Francis niemal widział, jak doktor przerzuca w głowie indeks nazwisk, ale nic nie znajduje. Gulptilil nienawidził takich porażek. Był człowiekiem, który nie umiał okazywać żadnych słabości, nieważne jak drobnych czy mało znaczących. Przelotnie zmarszczył czoło, wydął wargi, poruszył się na krześle, raz czy dwa razy odchrząknął, potem pokręcił głową.

– Nie, przykro mi. Nic mi nie mówią te nazwiska. Ale, na Boga, jaki one mają związek z tą dyskusją?

Lucy nie odpowiedziała bezpośrednio.

– Być może, doktorze, wie pan coś o człowieku im współczesnym. O dżentelmenie znanym jako Kuba Rozpruwacz?

Gulptilil zmrużył oczy.

– Oczywiście. Pojawia się w przypisach wielu tekstów psychiatrycznych, głównie z powodu okrucieństwa zbrodni, jakich dokonywał. Tamte dwa nazwiska...

– Abberline to detektyw przydzielony do sprawy morderstw w dzielnicy Whitechapel w 1888 roku. Anderson był jego przełożonym. Zna pan wydarzenia z tamtego okresu?

Doktor wzruszył ramionami.

– Nawet dzieci w szkole wiedzą coś o Rozpruwaczu. Napisano o nim powieści, nakręcono filmy.

– Morderstwa zdominowały wiadomości. Napełniły ludzi strachem. Stały się modelem, do którego nawet dzisiaj przykłada się wiele podobnych zbrodni, chociaż w rzeczywistości były ograniczone do określonego obszaru i bardzo specyficznego rodzaju ofiar. Wywołany przez zabójstwa strach był nieproporcjonalnie wielki w stosunku do ich rzeczywistego znaczenia i wpływu na historię. Dzisiaj w Londynie można pojechać na wycieczkę z przewodnikiem po miejscach morderstw. Grupy dyskusyjne wciąż zajmują się rozpracowywaniem tamtych zbrodni. Takich ludzi nazywa się rozpruwaczologami. Minęło prawie sto lat, a ludzie wciąż są tym chorobliwie zafascynowani. Nadal pragną wiedzieć, kim Jack był naprawdę...

– Czemu ma służyć ta lekcja historii, panno Jones? Do czegoś pani zmierza, ale nikt z nas, jak sądzę, nie wie do czego.

Cięta odzywka nie zrobiła na Lucy żadnego widocznego wrażenia.

– Wie pan, co zawsze intrygowało kryminologów w zbrodniach Rozpruwacza, doktorze?

– Nie.

– Skończyły się tak samo nagle, jak się zaczęły.

– Tak?

– Jak kurek z grozą, odkręcony, a potem zakręcony. Pstryk! Ot, tak.

– Interesujące, ale...

– Niech mi pan powie, doktorze, z własnego doświadczenia, czy ludzie cierpiący na schorzenia kompulsywne, zwłaszcza popełniający seryjne zbrodnie, straszne, coraz brutalniejsze i okrutniejsze, czerpią ze swoich czynów satysfakcję, a potem nagle przestają je popełniać?

– Nie jestem psychiatrą sądowym, panno Jones – odparł żywo Gulptilil.

– Doktorze, z pana doświadczenia...

Gulptilil pokręcił głową.

– Podejrzewam, panno Jones – powiedział tonem wyższości – że tak samo dobrze jak ja, wie pani, że odpowiedź brzmi „nie". To zbrodnie bez końca. Psychopatyczny morderca nie dochodzi do momentu krańcowego. Przynajmniej nie wewnętrznie, chociaż literatura zna przypadki, kiedy takie osoby, ogarnięte przemożnym poczuciem winy, odbierały sobie życie. Niestety, tak zdarza się niezwykle rzadko. Nie, ogólnie rzecz biorąc, seryjnych morderców można powstrzymać tylko środkami zewnętrznymi.

– To prawda. Anderson i Abberline wysnuli na własny użytek teorię, że są trzy możliwości, tłumaczące kres zbrodni Rozpruwacza w Londynie. Być może morderca wyemigrował do Ameryki; to mało prawdopodobne, ale możliwe, chociaż nie ma żadnych danych o podobnych morderstwach w Stanach w następnych latach. Druga teoria: zginął albo z własnej ręki, albo z cudzej, co też nie było zbyt przekonujące. Nawet w epoce wiktoriańskiej ludzie rzadko popełniali samobójstwa, do tego musielibyśmy założyć, że Rozpruwacza dręczyły jego skłonności, a nic o tym nie świadczy. Pozostaje trzecia możliwość, o wiele bardziej realna.

– Jaka?

– Że człowiek znany jako Rozpruwacz został zamknięty w szpitalu dla umysłowo chorych. A potem, nie mogąc się z niego wydostać, zniknął na zawsze w jego grubych murach. – Lucy przerwała. – Jak grube są tutaj mury, doktorze? – zapytała.

Piguła zareagował od razu. Zerwał się z fotela. Twarz wykrzywił mu grymas gniewu.

– To, co pani sugeruje, panno Jones, jest po prostu okropne! Niemożliwe! Że tutaj, w tym szpitalu, przebywa jakiś współczesny Rozpruwacz...!

– A gdzie znalazłby lepszą kryjówkę? – spytała Lucy cicho.

Piguła z trudem się opanował.

– Sugestia, że morderca, nawet sprytny, zdołałby ukryć swoje prawdziwe uczucia przed całym tutejszym personelem, jest niedorzeczna! Może byłoby to do pomyślenia w XIX wieku, kiedy psychiatria jeszcze raczkowała. Ale nie dziś! Wymagałoby to nieustannego wysiłku woli, wyrachowania i znajomości ludzkiej natury przekraczających możliwości każdego pacjenta. To, co pani sugeruje, jest po prostu niemożliwe.

Ostatnie słowa podkreślił z mocą maskującą jego własne obawy.

Lucy już miała coś odpowiedzieć, ale się powstrzymała. Sięgnęła po swoją skórzaną teczkę. Przetrząsała przez chwilę jej zawartość, potem odwróciła się do Francisa.

– Jak nazywaliście tę zamordowaną stażystkę? – spytała cicho.

– Krótka Blond – odparł Francis.

Lucy pokiwała głową.

– Tak. To by się zgadzało. Włosy miała krótko przystrzyżone...

Mówiąc, jakby do siebie, wyjęła z teczki brązową kopertę, a z niej duże, kolorowe zdjęcia. Lucy przejrzała je na kolanach, wybrała jedno i rzuciła na biurko przed Pigułą.

– Osiemnaście miesięcy temu – powiedziała, kiedy zdjęcie sunęło po drewnianym blacie.

Z pliku wysunęła następne.

– Czternaście miesięcy temu.

Wyjęła trzecie.

– Dziesięć miesięcy temu.

Francis nachylił się do przodu i zobaczył, że każde zdjęcie przedstawiało młodą kobietę. Lśniące, czerwone strumienie krwi znaczyły gardła ofiar. Ubrania były porozrywane. Szeroko otwarte oczy wyrażały zgrozę. Wszystkie wyglądały jak Krótka Blond, a Krótka Blond wyglądała jak każda z nich. Były różne, a zarazem takie same. Francis przyjrzał się uważniej, kiedy na blat wjechały trzy następne zdjęcia – zbliżenia prawych dłoni ofiar. Potem zauważył: pierwszej brakowało jednego palca, drugiej dwóch, trzeciej trzech.

Zmusił się do oderwania wzroku i spojrzał na Lucy Jones. Miała zmrużone oczy i zacięty wyraz twarzy. Przez chwilę, pomyślał, emanowała jednocześnie żarem i lodowatym chłodem.

Powoli odetchnęła.

– Znajdę tego człowieka, doktorze – oznajmiła cichym, twardym głosem.

Piguła bezradnie patrzył na zdjęcia. Francis widział, że doktor ocenia powagę sytuacji. Po chwili Gulptilil sięgnął, zebrał wszystkie fotografie jak karciarz, który składa talię po przetasowaniu, ale dobrze wie, gdzie jest as pik. Ułożył je w stosik i postukał nim o biurko, żeby wyrównać krawędzie. Potem podał zdjęcia Lucy.

– Tak – powiedział wolno. – Wierzę, że go pani znajdzie. A przynajmniej będzie pani próbować.

Francis nie sądził, by Piguła naprawdę tak myślał. Potem zmienił zdanie: może niektóre rzeczy mówił poważnie, a inne nie. Ustalenie tego wydawało się bardzo trudne.

Doktor wrócił na swój fotel i odzyskał spokój. Przez chwilę bębnił palcami o blat biurka. Spojrzał na młodą prokurator i uniósł krzaczaste, czarne brwi, jakby spodziewając się następnego pytania.

– Będę potrzebowała pana pomocy – powiedziała w końcu Lucy.

Doktor Gulptilil wzruszył ramionami.

– Oczywiście. To nie ulega wątpliwości. Mojej i innych. Ale mimo dramatycznych podobieństw między zabójstwem w szpitalu a tymi, które tak teatralnie nam pani pokazała, uważam, że jest pani w błędzie. Sądzę, że na naszą stażystkę napadł pacjent, który został już aresztowany i oskarżony. Jednak aby sprawiedliwości stało się zadość, pomogę pani w każdy dostępny mi sposób, choćby po to, żeby panią uspokoić, panno Jones.

Francis znów miał wrażenie, że każde słowo wyrażało jedno, a znaczyło coś zupełnie innego.

– Zostanę tutaj, aż uzyskam jakieś odpowiedzi – oznajmiła Lucy.

Doktor Gulptilil wolno pokiwał głową. Uśmiechnął się niewesoło.

– Znajdowanie odpowiedzi chyba nie jest naszą specjalnością – stwierdził ponuro. – Pytań mamy aż w nadmiarze, ale odpowiedzi znaleźć tu o wiele trudniej. A już na pewno nie tak prawniczo precyzyjne, na jakich chyba pani zależy, panno Jones. Tak czy inaczej – ciągnął – pozostajemy do pani dyspozycji, w ramach naszych możliwości.

– Żeby przeprowadzić odpowiednie dochodzenie – odparła szorstko Lucy – jak pan słusznie zauważył, będę potrzebowała pomocy. I dostępu.

– Pozwolę sobie przypomnieć pani raz jeszcze: to szpital psychiatryczny, panno Jones – wytrajkotał doktor. – Nasze cele są zupełnie inne niż pani. I, jak sądzę, mogą być sprzeczne. A przynajmniej istnieje takie prawdopodobieństwo. Pani obecność tutaj nie może zakłócać sprawnego działania ośrodka. Nie wolno też pani działać tak obcesowo, by naruszać delikatny spokój wielu osób, które leczymy. – Przerwał, potem podjął ze śpiewną pewnością siebie. – Udostępnimy pani akta, jak pani sobie życzy. Ale co do wizyt na oddziale i przesłuchiwania potencjalnych świadków czy podejrzanych... cóż, musimy odmówić. Codziennie zajmujemy się pomaganiem ludziom dotkniętym poważnymi, czasem wyniszczającymi chorobami. Mamy podejście terapeutyczne, nie dochodzeniowe. Chyba nikt tu nie ma doświadczenia i umiejętności, których, jak sądzę, będzie pani potrzebować...

– Nieprawda – mruknął pod nosem Peter Strażak. W pomieszczeniu zapanowała niebezpieczna i niespokojna cisza. Wtedy Peter dodał mocnym, pewnym głosem: – Ja je mam.

Część 2

ŚWIAT OPOWIEŚCI

Rozdział 10

Rękę miałem przykurczoną i obolałą jak całość mojego istnienia. Mocno ściskałem ogryzek ołówka, jakby to była lina ratunkowa, łącząca mnie z normalnością. A może szaleństwem? Coraz trudniej było mi odróżnić jedno od drugiego. Słowa, które wypisałem na ścianach, falowały jak rozgrzane powietrze nad czarną wstęgą autostrady w bezchmurne letnie południe. Czasem myślałem o szpitalu jak o innym wszechświecie, samoistnym, w którym wszyscy byliśmy maleńkimi planetami, utrzymywanymi na swoich orbitach przez potężne siły grawitacyjne, przemierzającymi przestrzeń własnymi drogami, a mimo to zależnymi od siebie, połączonymi, lecz niezależnymi. Uważałem, że jeśli zbierze się ze sobą ileś osób, nieważne po co, w więzieniu, w wojsku, na meczu koszykówki, klubowym spotkaniu, hollywoodzkiej premierze, zebraniu związkowym albo radzie nauczycielskiej, pojawia się wspólnota celu, łączące ogniwo. Ale w naszym przypadku to nie była prawda, bo jedyną rzeczą, która nas wszystkich łączyła, było pragnienie bycia kimś innym niż w rzeczywistości, a dla wielu z nas pozostawało to marzeniem niemożliwym do spełnienia. A dla wieloletnich pensjonariuszy nie była to nawet opcja pożądana. Baliśmy się otaczającego świata i jego tajemnic tak bardzo, że woleliśmy zaryzykować i narażać się na niebezpieczeństwa czyhające w murach ośrodka. Wszyscy byliśmy wyspami, każdy z własną historią, ciśnięci przez los w miejsce, które bardzo szybko stawało się coraz mniej bezpieczne.

Duży Czarny opowiedział mi kiedyś, kiedy staliśmy bezczynnie na korytarzu – po prostu czekając, aż coś się wydarzy, chociaż rzadko cokolwiek się

117

wydarzało – że nastoletnie dzieci pracowników Szpitala Western State, miesz-
kających na terenie kompleksu, zawsze umawiały się na randkę w kampusie
sąsiedniego college'u i mówiły, że ich rodzice tu pracują. Ale zawsze wska-
zywały szkołę, a nie szczyt wzgórza, gdzie spędzaliśmy dnie i noce. Nasze
szaleństwo było ich stygmatem. Trochę tak, jakby bały się zarazić choroba-
mi psychicznymi. Kto chciałby być taki jak my? Identyfikować się z naszym
światem?

Odpowiedź na to pytanie przejmowała chłodem: jeden człowiek.

Anioł.

Wziąłem głęboki oddech, wciągnąłem i wypuściłem gorące powietrze.
Minęło wiele lat, odkąd ostatni raz pozwoliłem sobie o nim pomyśleć. Spoj-
rzałem na to, co napisałem, i zrozumiałem, że nie mogę opowiedzieć tych
wszystkich historii, nie przedstawiając jego własnej, i było to odkrycie bar-
dzo niepokojące. W mojej wyobraźni pojawiły się dawna nerwowość i pra-
stary strach.

A wraz z nimi do pokoju wszedł on.

Nie jak sąsiad czy przyjaciel, czy nawet jak nieproszony gość, z pukaniem
i uprzejmym, choćby wymuszonym, powitaniem. Nie skrzypnęły otwierane
drzwi, nie odsunęło się krzesło, nikt się nie przedstawił. Ale mimo to on tu
był. Odwróciłem się gwałtownie, najpierw w jedną, potem w drugą stronę,
próbując wypatrzyć go w nieruchomym powietrzu dookoła, ale nie umia-
łem. Miał kolor wiatru. Głosy, których nie słyszałem od miesięcy, które we
mnie uciszono, nagle zaczęły wykrzykiwać ostrzeżenia, nieść się echem w mo-
ich uszach, pędzić przez głowę. Czułem się jednak prawie tak, jakby wykrzy-
kiwana przez nie wiadomość była w obcym języku; nie wiedziałem już, jak
ich słuchać. Miałem straszne wrażenie, że coś ulotnego, ale ogromnie waż-
nego nagle przestało się zgadzać, a gdzieś bardzo blisko czai się niebezpie-
czeństwo. Czułem jego oddech na karku.

W gabinecie zapadła cisza. Zza zamkniętych drzwi dobiegł nagły stukot
klawiszy maszyny do pisania. Gdzieś w głębi budynku administracji przerażony pacjent wydał z siebie długie, pełne skargi wycie; po chwili ucichło.
Peter Strażak przesunął się do przodu na krześle jak dziecko, które zna odpowiedź na pytanie nauczyciela i bardzo chce jej udzielić.

– Zgadza się – powiedziała Lucy Jones cicho.

Wydawało się, że jej słowa tylko wzmogły intensywność ciszy.

Jak na człowieka uczonego w psychiatrii, doktor Gulptilil chlubił się pewną polityczną przebiegłością, wykraczającą być może poza decyzje medyczne.

Posiadał niezwykłą zdolność wycofania się i zanalizowania danej chwili z emocjonalnego dystansu, prawie tak, jakby stał na wieży strażniczej i patrzył w dół, na dziedziniec. Obok siebie widział młodą kobietę, stanowczo obstającą przy swoich przekonaniach i planach, zupełnie innych niż jego własne. Nosiła blizny, które lśniły z gorąca. Po drugiej stronie siedział pacjent o wiele mniej szalony niż większość przebywających w szpitalu, a zarazem o wiele bardziej zagubiony niż oni, za wyjątkiem może człowieka, na którego młoda kobieta tak zawzięcie polowała – o ile człowiek ten naprawdę istniał, w co doktor Gulptilil poważnie wątpił. Pomyślał, że ta dwójka może okazać się przyczyną poważnych kłopotów. Zerknął też na Francisa i nagle przyszło mu do głowy, że ten najprawdopodobniej zostanie wciągnięty w całą sprawę przez pozostałych dwoje, co, jak podejrzewał, niekoniecznie musi wyjść chłopakowi na dobre.

Doktor Gulptilil kilka razy odchrząknął i poruszył się w fotelu. Za każdym zakrętem widział nadchodzące kłopoty. Miały one w sobie pewną wybuchowość, której ujarzmienie wymagało dużych nakładów czasu i energii. Nie w tym rzecz, że doktor wyjątkowo cenił sobie pracę dyrektora szpitala, ale kultywował rodową tradycję wywiązywania się z obowiązków połączoną z niemal religijnym poświęceniem stałemu rytmowi pracy, a etat w budżetówce łączył kilka ważnych dla niego cech. Nie najmniej istotną z nich były regularne, cotygodniowe wypłaty oraz płynące z tego korzyści, pozbawione zarazem sporego ryzyka, jakie wiązało się z otwarciem własnego gabinetu i życiem nadzieją, że okoliczni neurotycy zaczną zapisywać się na wizyty w odpowiedniej liczbie.

Już miał się odezwać, kiedy jego wzrok padł na zdjęcie stojące w rogu biurka. Była to studyjna fotografia żony i ich dwojga dzieci, syna w pierwszej klasie podstawówki i córki, która właśnie skończyła czternaście lat. Na zdjęciu, zrobionym niecały rok wcześniej, dziewczynka miała długie czarne włosy, opadające falą na ramiona i sięgające do połowy pleców. Dla jego ludu była to tradycyjna oznaka wielkiej urody, nieważne, jak daleko mieszkaliby od rodzinnego kraju. Dawniej często siadał i przyglądał się, jak jej matka przeciągała grzebieniem przez kaskady czarnych lśniących włosów. Tamte chwile minęły. W porywie buntu, tydzień wcześniej, córka wymknęła się do miejscowego fryzjera i obcięła się na chłopczycę, wyłamując się z rodzinnej tradycji i obowiązującej w tym roku mody. Żona Gulptilila płakała przez bite dwa dni, a on został zmuszony do wygłoszenia surowego kazania – generalnie zignorowanego – oraz wymierzenia kary, polegającej na położeniu szlabanu na wszystkie zajęcia pozaszkolne na dwa miesiące i ograniczeniu przywilejów telefonicznych do spraw związanych z odrabianiem lekcji. Córka wybuchnęła gniewem i rzuciła kilka przekleństw, których sama znajomość u dziewczynki mocno ojca zaskoczyła. Wzdrygnął się, kiedy dotarło do niego, że wszystkie ofiary miały krótkie włosy. Chłopięce fryzury. Były szczupłe, jakby nie do końca przekonane do własnej kobiecości. Jego córka wyglądała bardzo podobnie – wciąż chuda i kanciasta, z ledwie zaznaczającymi się krągłościami. Dłoń lekko mu zadrżała, kiedy o tym pomyślał. Wiedział też, że stawiała zacięty opór wszelkim próbom ograniczenia jej swobody poruszania się po terenie szpitala. Przygryzł wargę. Strach, pomyślał niespodziewanie, nie jest właściwością psychiatrów; jest przypisany pacjentom. Strach jest irracjonalny i pasożytuje na nieznanym. Zawód doktora polegał na gromadzeniu wiedzy, badaniach i spokojnym wykorzystywaniu obu tych rzeczy w najróżniejszych sytuacjach. Spróbował pozbyć się nagłego lęku, ale ten opuścił go bardzo niechętnie.

– Panno Jones, co konkretnie pani proponuje? – zapytał sztywno.

Lucy wzięła głęboki oddech, zanim odpowiedziała, dając sobie chwilę na zebranie myśli.

– Znaleźć człowieka, który według mnie jest odpowiedzialny za te zbrodnie. To morderstwa w trzech różnych jurysdykcjach we wschodniej części stanu, po nich nastąpiło to w szpitalu. Uważam, że morderca pozostaje na wolności mimo aresztowania podejrzanego. Żeby tego dowieść, muszę mieć dostęp do akt pacjentów. Chcę też przeprowadzać przesłuchania na oddziałach. Poza tym... – W jej głosie po raz pierwszy pojawiło się wahanie – ...będę potrzebowała kogoś, kto zajmie się identyfikowaniem tego człowieka od środka. – Zerknęła na Francisa. – Bo myślę, że ten ktoś przewidział mój przyjazd. I że zmieni swoje zachowanie, kiedy się dowie, że prowadzę śledztwo. Musi być ktoś, kto zdoła to zauważyć.

– Co dokładnie ma pani na myśli, mówiąc o przewidywaniu? – spytał Piguła.

– Podejrzewam, że morderca zabił stażystkę w taki, a nie inny sposób, ponieważ wiedział o dwóch rzeczach: że z łatwością może zwalić winę na kogoś innego, nieszczęśnika, którego nazywacie Chudym, i że ktoś taki jak ja mimo to zacznie go tu szukać.

– Przepraszam, ale...

– Musiał wiedzieć, że jeśli śledczy w poprzednich sprawach go tropili, to tutaj też przyjadą.

W pomieszczeniu znów zaległa cisza.

Lucy wbiła wzrok we Francisa i Petera Strażaka, przyglądając się obu mężczyznom nieobecnym spojrzeniem. Pomyślała, że mogła trafić na wiele gorszych kandydatów do zrobienia tego, co zamierzała, chociaż martwiła ją nieco zmienność jednego z nich i delikatność drugiego. Popatrzyła też na braci Moses. Duży Czarny i Mały Czarny stali w głębi pokoju. Domyślała się, że pielęgniarzy mogłaby wtajemniczyć także w swój plan, chociaż nie miała pewności, czy potrafiłaby kontrolować ich równie skutecznie jak obu pacjentów.

Doktor Gulptilil pokręcił głową.

– Myślę, że przypisuje pani temu człowiekowi, którego istnienia wciąż nie jesteśmy pewni, zbrodnicze wyrachowanie wykraczające daleko poza to, czego mamy prawo się spodziewać. Jeśli ktoś chce, żeby zbrodnia uszła mu płazem, dlaczego miałby zapraszać kogoś, żeby go szukał? To tylko zwiększa możliwość, że zostanie złapany i postawiony przed sądem.

– Ponieważ dla niego zabijanie jest tylko jednym z elementów przygody. A przynajmniej tak podejrzewam.

Lucy nie rozwinęła tej myśli, bo nie chciała, by ktoś ją zapytał, jakie były pozostałe elementy tego, co nazywała „przygodą".

W tym momencie dla Francisa sytuacja nabrała głębi. Czuł, że w gabinecie pojawiają się silne prądy, i przez chwilę miał wrażenie, że wciąga go niewidzialny wir. Mimowolnie rozprostował palce stóp, jak pływak w falach przyboju, szukający dna w pianie pod sobą.

Wiedział, że Piguła nie życzy sobie obecności pani prokurator w swoim szpitalu. Szpital – mimo tego że wszyscy byli tu szaleni – wciąż pozostawał jednostką biurokratyczną, podległą gryzipiórkom i krytykantom samorządu stanowego. Nikt, kogo utrzymanie zależy od chwiejnych machinacji stanowej legislatury, nie chce, by cokolwiek zakłócało jego spokój. Francis widział, że lekarz wierci się niespokojnie na krześle, próbując wytyczyć drogę przez potencjalnie ciernisty polityczny gąszcz. Gdyby Lucy Jones miała rację, a Gulptilil odmówił jej dostępu do szpitalnych akt, wtedy sam Piguła ryzykował katastrofą, gdyby morderca znów kogoś zabił, a prasa to zwęszyła.

Francis się uśmiechnął. Cieszył się, że nie jest w sytuacji dyrektora. Gdy doktor Gulptilil rozważał swój problem, chłopak zerknął na Petera Strażaka. Mężczyzna wydawał się spięty. Naładowany. Jakby ktoś podłączył go do prądu i wcisnął włącznik. Kiedy się odezwał, mówił cicho, choć wyjątkowo ostrym tonem.

– Doktorze Gulptilil – powiedział powoli. – Jeśli zrobi pan to, co proponuje panna Jones, a jej uda się znaleźć tego człowieka, praktycznie cała zasługa przypadnie w udziale panu. Jeśli ona i pomocnicy zawiodą, mało prawdopodobne, by choć część winy spadła na pana. Porażka zostanie przypisana wyłącznie pannie Jones i tym wariatom, którzy próbowali jej pomóc.

Doktor rozważył to i kiwnął głową.

– Tak, Peter... – Odkaszlnął raz czy dwa. – ...Chyba masz rację. Być może nie jest to do końca sprawiedliwy układ, ale mimo wszystko to prawda. – Powiódł wzrokiem po zebranych. – Oto, na co pozwalam – ciągnął z namysłem, ale z każdym słowem nabierając pewności siebie. – Panno Jones, oczywiście będzie pani miała dostęp do wszystkich akt, o ile zachowa pani bezwzględną poufność danych pacjentów. Może pani także wyizolować z wybranej przez siebie grupy podejrzanych, których należy przesłuchać. Podczas przesłuchań będę obecny albo ja, albo pan Evans. To jedyna sprawiedliwa możliwość. Pacjenci, nawet ci podejrzani o przestępstwa, mają swoje prawa. A jeśli któryś sprzeciwi się przesłuchaniu, nie będę go zmuszać. Albo będę nalegał, by towarzyszył mu adwokat. Wszelkie decyzje o charakterze medycznym, które mogą okazać się konieczne podczas tych rozmów, podejmuje personel. Zgadza się pani?

– Oczywiście, doktorze – odparła Lucy, może nieco zbyt pospiesznie.

– Poza tym – ciągnął Gulptilil – nalegam, by działała pani szybko. Chociaż wielu naszych pacjentów, właściwie większość z nich, to przypadki chroniczne, i szansa, że zostaną zwolnieni szybciej niż za kilka czy kilkanaście lat, jest niewielka, znaczna część innych odzyskuje równowagę, zostaje wyleczona i wraca do domów. Nie jestem w stanie stwierdzić, w której z tych grup znajduje się pani podejrzany, chociaż mogę mieć pewne przypuszczenia.

Lucy znów kiwnęła głową.

– Innymi słowy – ciągnął doktor – trudno stwierdzić, czy zostanie tu choćby chwilę dłużej, skoro pani przyjechała. Nie przestanę też wypuszczać pacjentów, którzy się kwalifikują do wypisu, tylko dlatego że prokurator przeszukuje szpital. Rozumie pani? Nie wolno nam zakłócać codziennych działań ośrodka.

Lucy chyba znów chciała coś powiedzieć, ale się nie odezwała.

– Dobrze, co do pomocy innych pacjentów w pani... – Przyjrzał się przeciągle Peterowi Strażakowi, potem Francisowi. – ...Dochodzeniu... Cóż, nie wolno mi oficjalnie na coś takiego przystać, nawet gdybym dostrzegał pożyteczność tego rozwiązania. Może pani jednak robić, co uważa za stosowne, oczywiście nieoficjalnie. Nie będę stawał na drodze. Ani im, skoro o tym mowa. Ale nie mogę przyznać tym pacjentom żadnej władzy ani specjalnego statusu, rozumie pani? Nie przerwę też ich leczenia. – Spojrzał na Strażaka, potem zatrzymał wzrok na Francisie. – Sytuacja każdego z tych panów jest inna – powiedział. – Trafili do szpitala w różnych okolicznościach i przebywają tu na różnych zasadach. Korzystanie z ich pomocy raczej przysporzy pani kłopotów.

Lucy machnęła ręką, jakby chciała skomentować tę uwagę, ale zawahała się. Kiedy się odezwała, w jej głosie pobrzmiewała sztywna oficjalność, podkreślająca zgodę.

– Oczywiście. Całkowicie to rozumiem.

Znów na chwilę zapadła cisza.

– Nie muszę chyba mówić – podjęła Lucy – że powód mojego pobytu tutaj, to, co mam nadzieję osiągnąć i jak chcę to osiągnąć, pozostaje tajemnicą.

– Myśli pani, że ogłosiłbym publicznie, że w szpitalu chodzi sobie groźny morderca? – spytał Gulptilil. – Bez wątpienia wywołałoby to panikę, a w niektórych przypadkach mogłoby cofnąć proces leczenia o całe lata. Musi pani prowadzić śledztwo najdyskretniej, jak to możliwe, choć obawiam się, że plotki i domysły pojawią się niemal natychmiast. Wywoła je sama pani obecność w tych murach. Zadawanie pytań zrodzi niepewność. To nieuniknione. Oczywiście, część personelu trzeba poinformować, w mniejszym czy większym stopniu. To niestety również nieuniknione i nie umiem przewidzieć, jak może wpłynąć na pani dochodzenie. Mimo to życzę szczęścia. Wydzielę jedną z sal terapeutycznych w budynku Amherst, niedaleko miejsca zbrodni, gdzie będzie pani mogła przeprowadzać przesłuchania. Wystarczy, że przed każdą rozmową powiadomi pani przez pager z dyżurki pielęgniarek mnie lub pana Evansa. W porządku?

Lucy kiwnęła głową.

– Brzmi rozsądnie. Dziękuję, doktorze – dodała. – Doskonale rozumiem pana obawy i będę się bardzo starała zachować swoje działania w tajemnicy. – Przerwała, bo uświadomiła sobie, że nie minie wiele czasu, zanim cały szpital zrozumie, dlaczego się tu znalazła. A przynajmniej ci jego mieszkańcy, którzy pozostawali w wystarczającym kontakcie z rzeczywistością, by w ogóle się tym przejąć. Uświadomiła sobie również, że musi się przez to jeszcze bardziej spieszyć. – Myślę też, że choćby dla wygody, powinnam przez ten czas zamieszkać tu, w szpitalu.

Doktor przez krótką chwilę to rozważał. Na jego ustach pojawił się paskudny uśmieszek, jednak zaraz zniknął. Francis podejrzewał, że jako jedyny to zauważył.

– Oczywiście – powiedział Gulptilil. – Mamy wolną sypialnię w budynku stażystów.

Francis zrozumiał, że doktor nie musi precyzować, kto był jej dotychczasowym mieszkańcem.

Kiedy wrócili, na korytarzu budynku Amherst stał Gazeciarz. Uśmiechnął się na ich widok.

– Nauczyciele z Holyoke rozważają nowy układ związkowy – oznajmił z ożywieniem. – „Springfield Union-News", strona B-1. Cześć, Mewa, co robisz? Soksi stawiają w weekend czoło Jankesom; problem z miotającymi, „Boston Globe", strona D-1. Idziesz na spotkanie z panem Złym? Szukał cię i nie wyglądał na zadowolonego. Kim jest twoja przyjaciółka? Bardzo ładna babka. Chciałbym ją poznać.

Pomachał ręką i uśmiechnął się nieśmiało do Lucy Jones, potem wyjął spod pachy gazetę, rozłożył ją i ruszył przed siebie korytarzem, trochę jak pijany, ze wzrokiem wbitym w druk, skupiony na zapamiętywaniu każdego słowa. Minął dwóch mężczyzn, jednego starego, drugiego w średnim wieku, ubranych w luźne, szpitalne piżamy; żaden z nich w obecnym dziesięcioleciu nie czesał włosów. Obaj stali na środku korytarza, niedaleko siebie, i cicho mówili. Wyglądali, jakby rozmawiali ze sobą, dopóki człowiek nie przyjrzał się ich oczom; wtedy okazywało się, że nie rozmawiali z nikim, a już na pewno nie ze sobą nawzajem, i że każdy z nich jest zupełnie nieświadomy obecności drugiego. Francisowi przeszło przez myśl, że tacy ludzie są częścią architektury szpitala tak samo jak meble, ściany czy drzwi. Kleo nazywała katatoników katonami; Francis uznał to określenie za równie dobre, jak każde inne. Zobaczył, jak idąca korytarzem kobieta nagle się zatrzymuje. Potem rusza. Zatrzymuje się. Rusza. Zachichotała i poszła swoją drogą, ciągnąc za sobą długą, różową podomkę.

– To nie jest świat, jakiego mogła się pani spodziewać. – Francis usłyszał słowa Petera Strażaka.

Lucy miała wielkie oczy.

– Wie pani coś o szaleństwie? – spytał Peter.

Pokręciła głową.

– Nie miała pani w rodzinie żadnej szurniętej ciotki Marty ani wujka Freda? Dziwaka kuzyna Timmy'ego, który lubił męczyć małe zwierzątka? Może sąsiada, który mówił do siebie albo wierzył, że prezydent jest kosmitą?

Pytania Petera sprawiły, że Lucy się rozluźniła. Pokręciła głową.

– Chyba mam szczęście – powiedziała.

– No, Mewa może panią nauczyć wszystkiego, co musi pani wiedzieć o szaleństwie – stwierdził Peter i się zaśmiał. – Jest ekspertem, prawda, Mewa?

Francis nie wiedział, co powiedzieć, więc tylko przytaknął bez słowa. Na twarzy prokurator zobaczył niekontrolowane uczucia i pomyślał, że wpaść do Western State z pomysłami to jedno, ale zrobić z nimi cokolwiek to już coś zupełnie innego. Lucy miała wyraz twarzy kogoś, kto mierzy wzrokiem wznoszący się przed nim szczyt z mieszaniną powątpiewania i pewności siebie.

– A więc – ciągnął Peter – skąd zaczniemy, panno Jones?

– Stąd – powiedziała energicznie. – Od miejsca zbrodni. Muszę się rozejrzeć tam, gdzie popełniono morderstwo. Potem przyjrzę się całemu szpitalowi.

– Wycieczka? – spytał Francis.

– Dwie wycieczki – odparł Peter. – Jedna, podczas której obejrzymy budynek – zatoczył ręką duże koło – i druga, która zacznie badać to. – Postukał się w czoło.

Mały Czarny i jego brat odprowadzili ich z powrotem do Amherst, ale tam ich zostawili i pogrążyli się w rozmowie przy dyżurce pielęgniarek. Duży Czarny zniknął potem w jednej z przyległych sal sesyjnych, a Mały z uśmiechem podszedł do grupy.

– To cholernie niezwykła sytuacja – zagaił przyjaznym tonem.

Lucy nie odpowiedziała, a Francis próbował wyczytać z twarzy małego mężczyzny, co ten naprawdę myślał o bieżących wydarzeniach. Okazało się to, przynajmniej na początku, niemożliwe.

– Mój brat poszedł przygotować pani nowe biuro, panno Jones – oznajmił Mały Czarny. – A ja uprzedziłem dyżurne pielęgniarki, że zostanie tu pani co najmniej kilka dni. Jedna z nich pokaże pani później drogę do budynku stażystów. Domyślam się też, że pan Evans przeprowadza właśnie długą i ponurą rozmowę z dyrektorem i że niedługo będzie chciał porozmawiać z panią.

– Pan Evans jest psychologiem?

– Tego budynku. Zgadza się.

– I sądzi pan, że nie będzie zachwycony moją obecnością? – Lucy uśmiechnęła się kpiąco.

Mały Czarny pokiwał głową.

– Musi pani coś zrozumieć...

– Co takiego?

– No, Peter i Mewa mogliby opowiedzieć o tym tak samo dobrze jak ja, ale żeby nie przedłużać: w szpitalu najważniejsze jest, żeby wszystko toczyło się gładko i bez problemów. Wszystko co inne, niezwykłe, denerwuje ludzi.

– Pacjentów?

– Tak, pacjentów. A jeśli pacjenci są zdenerwowani, zdenerwowany jest personel medyczny. Personel się denerwuje, to denerwują się administratorzy. Rozumie pani? Ludzie nie lubią problemów. I dotyczy to wszystkich. Stukniętych. Starych. Młodych. Normalnych. A jakoś mi się nie wydaje, żeby zamierzała pani omijać kłopoty, panno Jones. Myślę nawet, że będzie wręcz odwrotnie. – Mały Czarny powiedział to z szerokim uśmiechem, jak dobry żart.

Lucy Jones zauważyła to i uniosła lekko ramiona.

– A pan? I pana wielki brat? Co wy dwaj o tym myślicie?

Mały Czarny zaśmiał się krótko.

– To, że on jest duży, a ja mały, nie znaczy, że nie przychodzi nam to samo do głowy. Nie, proszę pani. Myślenie nie ma nic wspólnego z wyglądem. – Wskazał grupki pacjentów chodzących po korytarzu, a Lucy Jones dostrzegła prawdę w jego słowach. Pielęgniarz odetchnął i popatrzył na prokurator. Kiedy się odezwał, mówił cicho, żeby nikt inny nie słyszał. – Może obaj myślimy, że stało się tu coś złego, i wcale nam się to nie podoba, bo jeśli tak rzeczywiście było, to w pewien sposób my jesteśmy temu winni. A więc może nie byłoby źle, jeśli zrobi tu pani mały kipisz.

– Dziękuję – powiedziała Lucy.

– Niech mi pani jeszcze nie dziękuje – odparł Mały Czarny. – I proszę pamiętać: kiedy to wszystko się skończy, ja, mój brat, pielęgniarki, lekarze i większość pacjentów, ale nie wszyscy, ciągle tu będziemy, a pani nie. Więc niech pani na razie nikomu za nic nie dziękuje. Bardzo dużo zależy jeszcze od tego, komu konkretnie zrobi pani ten kipisz, jasne?

Kiwnęła głową.

– Zrozumiałam aluzję – odparła i podniosła wzrok. – Domyślam się, że to pewnie pan Evans? – dodała pod nosem.

Francis odwrócił się i zobaczył pana Złego, idącego szybkim krokiem w ich kierunku. Psycholog emanował przyjacielskością, uśmiechał się i szeroko rozkładał ramiona. Francis nie ufał mu ani przez chwilę.

– Panno Jones – powiedział Evans szybko. – Pani pozwoli, że się przedstawię.

Uścisnęli sobie dłonie.

– Czy doktor Gulptilil powiadomił pana o powodzie mojej obecności? – spytała Lucy.

– Wyjaśnił, że podejrzewa pani, iż w sprawie zamordowania pielęgniarki aresztowano być może niewłaściwą osobę, co osobiście uważam za podejrzenie śmiechu warte. Tak czy inaczej, jednak już tu pani jest. Podobno chodzi o swego rodzaju śledztwo uzupełniające.

Lucy przyjrzała się uważnie psychologowi. Jego odpowiedź, choć w sensie szczegółowym nieco odbiegała od prawdy, w szerszym zarysie była jednak trafna.

– A więc mogę liczyć na pana pomoc? – spytała.

– Jak najbardziej.

– Dziękuję – powiedziała.

– Chciałaby pani przejrzeć akta pacjentów budynku Amherst? Możemy zacząć w tej chwili. Mamy jeszcze trochę czasu do kolacji i wieczornych zajęć.

– Najpierw wolałabym zrobić obchód – powiedziała.

– Jestem gotów.

– Miałam nadzieję, że oprowadzi mnie tych dwóch pacjentów.

Pan Zły pokręcił głową.

– Wydaje mi się, że to nie najlepszy pomysł.

Lucy nie odpowiedziała.

– Cóż – podjął Evans, przerywając milczenie. – Peterowi i Francisowi nie wolno, niestety, opuszczać tego piętra. A wszyscy pacjenci, niezależnie od ich statusu, mają zakaz wychodzenia na zewnątrz, dopóki nie zniknie niepokój wywołany morderstwem i aresztowaniem Chudego. Sprawę dodatkowo komplikuje pani obecność na oddziale; cóż, przykro mi to mówić, ale przedłuża ona mały kryzys, który przeżywamy. Dlatego na razie pozostajemy w stanie podwyższonej gotowości. Nie jest to do końca to samo, co więzienne zabezpieczenia, ale ich złagodzona, nasza wersja. Poruszanie się po terenie szpitala zostało ograniczone. Do czasu, aż uda nam się opanować stan pobudzonych pacjentów.

Lucy zaczęła odpowiadać, ale umilkła. W końcu spytała:

– Cóż, na pewno mogą pokazać mi miejsce zbrodni i całe to piętro, opowiedzieć, co widzieli i zrobili, tak samo, jak opowiedzieli policji. To chyba nie wykracza poza ustalone zasady, prawda? A potem być może pan albo któryś z braci Moses oprowadzi mnie po całym terenie i sąsiednich oddziałach?

– Oczywiście – odparł pan Zły. – Krótki obchód, potem długi. Wszystko ustalę.

Lucy odwróciła się do Petera i Francisa.

– Opowiedzcie mi jeszcze raz o tamtej nocy – poprosiła.

– Mewa – powiedział Peter, zastępując drogę panu Złemu. – Prowadź.

Miejsce zbrodni w schowku zostało skrupulatnie wyczyszczone, a kiedy Lucy otworzyła drzwi, ze środka buchnął ostry zapach niedawno użytego środka dezynfekującego; nie było już tam śladu zła, które zapamiętał Francis. Przedsionek piekła przywrócono do normalności; nagle stał się zupełnie niegroźny. Płyny czyszczące, mopy, wiadra, żarówki, miotły, stosy pościeli i zwinięty gumowy wąż poukładano równo na półkach. W świetle lampy pod sufitem podłoga błyszczała. Nie było na niej żadnych śladów krwi Krótkiej Blond. Francisa odrzuciło trochę to, jak czysto i zwyczajnie wszystko wyglądało. Przeszło mu przez myśl, że zamiana schowka z powrotem w schowek była niemal równie obsceniczna jak czyn, który został tu dokonany.

Lucy przesunęła palcem po podłodze w miejscu, gdzie leżały zwłoki, jakby dotykając zimnego linoleum, mogła nawiązać kontakt z życiem, które wysączyło się z ciała.

– A więc tu umarła? – spytała, odwracając się do Petera.

Nachylił się obok prokurator i szepnął sekretnym tonem:

– Tak. Ale chyba była już nieprzytomna.

– Dlaczego?

– Bo nic nie wskazywało, że doszło tu do szamotaniny. Myślę, że środki odkażające zostały rozchlapane specjalnie, żeby wprowadzić wszystkich w błąd.

– Po co ktoś miałby oblewać zwłoki środkami odkażającymi?

– Żeby zatrzeć swoje ślady.

Lucy kiwnęła głową.

– To brzmi rozsądnie.

Peter spojrzał na nią, potarł dłonią podbródek i wstał, lekko kręcąc głową.

– A w pozostałych sprawach, którymi się pani zajmowała... Jak tam wyglądały miejsca zbrodni?

Lucy Jones uśmiechnęła się ponuro.

– Dobre pytanie – przyznała. – Ulewny deszcz – ciągnęła cicho. – Burza. Wszystkie morderstwa popełniono na dworze, w czasie deszczu. O ile dało się ustalić, dokonano ich w jednym miejscu, potem przenoszono zwłoki w inne, ukryte, ale łatwe do znalezienia. Przypuszczalnie wcześniej wybrane. To bardzo utrudniło pracę analityków. Deszcz zmył prawie wszystkie ślady. A przynajmniej tak mi powiedziano.

Peter rozejrzał się po schowku, potem wycofał.

– Tutaj morderca sam zrobił sobie deszcz.

Lucy też wyszła z pomieszczenia. Spojrzała w kierunku dyżurki pielęgniarek.

– A więc, jeśli była walka...

– Doszło do niej tam.

Lucy obejrzała się na wszystkie strony.

– A hałas?

Francis do tej pory milczał. Ale po pytaniu Lucy Peter odwrócił się do niego.

– Mewa, ty powiedz.

Francis się zaczerwienił, nagle wyróżniony, i w pierwszej chwili pomyślał, że nie ma bladego pojęcia; otworzył usta, żeby to powiedzieć, i zamknął je z powrotem. Zastanowił się i dostrzegł odpowiedź.

– Dwie rzeczy, panno Jones. Po pierwsze, ściany są grubo izolowane, a drzwi stalowe. Wszelkie dźwięki z trudem się przez nie przedostają. W szpitalu jest zazwyczaj dużo hałasu, ale w większości jest wytłumiony. Ale, co ważniejsze, na co by się zdało wołanie o pomoc? – W głębi ducha usłyszał rumor własnych głosów. *Powiedz jej!* – krzyczały. *Powiedz jej, jak to jest!* – Ludzie krzyczą tu bez przerwy – ciągnął. – Mają koszmary. Boją się. Widzą i słyszą, a czasem tylko czują różne rzeczy. Wszyscy są tu już chyba przyzwyczajeni do hałasów. A więc gdyby ktoś zawołał „na pomoc!"... – Przerwał na chwilę. – Pewnie nikt nie zwróciłby na to uwagi. Gdyby wrzasnął „morderstwo!" albo po prostu krzyknął, nie byłoby to nic niezwykłego. A nikt nigdy nie przychodzi, panno Jones. Nieważne, jak człowiek się boi ani jak mu źle. Tutaj każdy sam radzi sobie z własnymi koszmarami.

Pani prokurator zrozumiała, że chłopak mówił z własnego doświadczenia. Uśmiechnęła się do niego i zobaczyła, że Francis pociera ręce, trochę ze zdenerwowania, ale też z podniecenia wywołanego chęcią pomocy. Nagle pomyślała, że w Szpitalu Western State musi być bardzo dużo różnych strachów, nie tylko ten jeden, na który polowała. Zastanawiała się, czy będzie musiała poznać je wszystkie.

– Chyba masz talent do poezji, Francis – powiedziała. – Mimo to musi ci być ciężko.

Głosy, które w ostatnich dniach były tak ciche, teraz wrzeszczały; ich słowa odbijały się echem w przestrzeni za oczami Francisa.

– Pomogłoby pewnie, panno Jones – niemal krzyknął, żeby je uciszyć – gdyby pani zrozumiała, że chociaż siedzimy tu wszyscy razem, każdy z nas jest naprawdę samotny. Chyba o wiele bardziej niż ktokolwiek inny.

Tak naprawdę chciał powiedzieć: „bardziej, niż ktokolwiek na całym świecie".

Lucy przyjrzała mu się uważnie. Zrozumiała jedno: w zewnętrznym świecie, kiedy ktoś wzywa pomocy, świadek zdarzenia reaguje. To zwykły ludzki odruch. Ale w Szpitalu Western State wszyscy bez przerwy wzywali pomocy. Każdy ciągle jej potrzebował. Ignorowanie tych wołań, nieważne, jak rozpaczliwych czy przejmujących, było tak naprawdę szpitalną rutyną.

Otrząsnęła się z klaustrofobii, która ją nagle ogarnęła. Odwróciła się do Petera i zobaczyła, że stoi z ramionami skrzyżowanymi na piersi, ale i uśmiechem na twarzy.

– Powinna pani zobaczyć dormitorium, w którym spaliśmy, kiedy to się stało – odezwał się po chwili.

Poprowadził ją korytarzem, zatrzymując się tylko po to, by wskazać miejsca, gdzie zebrały się kałuże krwi. Ale te ślady też usunięto.

– Policja uważała, że te plamy krwi zostawił za sobą Chudy – poinformował cicho. – Do tego były rozchlapane, bo idiota z ochrony po nich łaził. Pośliznął się nawet w jednej, upadł i rozmazał ją po całym korytarzu.

– Co pan pomyślał? – spytała Lucy.

– Że to trop. Prowadzący do Chudego, ale nie przez niego zostawiony.

– Miał krew pielęgniarki na piżamie.

– Anioł go objął.

– Anioł?

– Tak go nazwał. Anioł, który pojawił się przy jego łóżku i powiedział mu, że zło zostało zniszczone.

– Myśli pan...

– To chyba oczywiste, co myślę, panno Jones.

Weszli do dormitorium. Francis pokazał, gdzie stoi jego łóżko, Petera Strażaka też. Pokazali też Lucy łóżko Chudego, z którego zdjęto pościel i materac, tak że została tylko stalowa rama ze sprężynami. Małą skrzynką na ubrania i rzeczy osobiste również zabrano – skromna przestrzeń osobista Chudego w dormitorium została obrana do szkieletu. Francis zobaczył, że Lucy zapisuje odległości, mierzy wzrokiem odstępy między łóżkami, drogę do wejścia, drzwi do przyległej łazienki. Przez chwilę było mu trochę wstyd, kiedy pokazywał pani prokurator, gdzie mieszkają. Uświadomił sobie boleśnie, jak niewiele mają prywatności w zatłoczonym pomieszczeniu i jak bardzo odarto ich z człowieczeństwa. Rozgniewało go to i speszyło, gdy patrzył, jak młoda kobieta rozgląda się po sali.

Jak zwykle kilku mężczyzn leżało na łóżkach, gapiąc się w sufit. Jeden mamrotał coś do siebie, jakby prowadził ożywioną rozmowę. Drugi przekręcił się na bok, żeby popatrzeć na Lucy. Inni po prostu ją zignorowali, zatopieni w myślach. Francis zauważył jednak, że Napoleon wstaje i z chrząknięciem toczy swoje korpulentne ciało w ich stronę najszybciej, jak mógł.

Podszedł do Lucy, potem ukłonił się z nieco groteskowym wdziękiem.

– Tak rzadko mamy tu gości – zaczął. – Zwłaszcza tak pięknych. Witam.

– Dziękuję – odparła.

– Czy ci dwaj dżentelmeni dobrze się panią opiekują?

Lucy się uśmiechnęła.

– Tak. Jak dotąd byli bardzo uprzejmi.

Napoleon zrobił zawiedzioną minę.

– Cóż, to dobrze – stwierdził. – Ale gdyby tylko czegoś pani potrzebowała, niech się pani nie waha poprosić. – Poklepał kieszenie piżamy. – Wygląda na to, że zapomniałem swoich wizytówek – powiedział. – Czy studiowała może pani historię?

Lucy wzruszyła ramionami.

– Raczej nie. Chociaż chodziłam na zajęcia z historii Europy.

Napoleon uniósł brwi.

– Wolno zapytać, gdzie?

– W Stanford.

– W takim razie powinna pani zrozumieć... – Zatoczył szeroki łuk jedną ręką, drugą zaś przycisnął nagle do boku. – Zaczęły działać potężne siły. Równowaga świata wisi na włosku. Chwile zamierają, olbrzymie, sejsmiczne konwulsje wstrząsają ludzkością. Historia wstrzymuje oddech; bogowie zmagają się w polu. Żyjemy w czasach wielkich zmian. Drżę na myśl o ich znaczeniu.

– Wszyscy robimy, co w naszej mocy – odparła Lucy.

– Oczywiście. – Napoleon skłonił się w pas. – Każdy z nas gra swoją rolę na wielkiej scenie historii. Mały człowiek może się stać wielki. Drobna chwila przytłacza swoim ogromem. Pozornie nieistotna decyzja czasem zawraca prądy czasu. – Nachylił się do panny Jones i zniżył głos do szeptu. – Czy zapadnie noc? Czy Prusacy zdążą uratować Żelaznego Księcia?

– Myślę, że Blücher przybędzie na czas – odparła Lucy z pewnością siebie.

– Tak – powiedział Napoleon, mrugając okiem. – Pod Waterloo tak było. Ale dzisiaj? – Uśmiechnął się tajemniczo, pomachał Peterowi i Francisowi, potem odwrócił się i odszedł.

Peter odetchnął z ulgą, a na jego twarzy pojawił się kpiący uśmiech.

– Założę się, że pan Zły słyszał każde słowo – szepnął do Francisa. – Że Napcio dostanie dzisiaj zwiększoną dawkę leków.

Mówił cicho, ale dość głośno, by słyszała go Lucy Jones i, jak podejrzewał Francis, pan Evans, który przyszedł za nimi do sali sypialnej.

– Wydaje się całkiem przyjazny – oceniła Lucy. – I nieszkodliwy.

Pan Zły podszedł bliżej.

– Słuszne spostrzeżenie, panno Jones – przyznał z ożywieniem. – Tak właśnie jest z większością leczonych tu osób. Są niebezpieczni dla samych siebie. Dla nas, personelu, problem polega na tym: kto z nich jest zdolny do przemocy. W kim kołatają się gwałtowne skłonności. Czasami tego właśnie szukamy.

– Ja również tego właśnie szukam – powiedziała Lucy.

– Oczywiście – zgodził się pan Evans, zerkając na Petera Strażaka. – W niektórych przypadkach odpowiedzi już znamy.

Obaj mężczyźni popatrzyli na siebie wrogo, jak zawsze. Potem pan Zły wyciągnął rękę i delikatnie wziął Lucy Jones pod ramię, ze staroświecką galanterią, która – zważywszy na okoliczności – znaczyła coś zupełnie innego.

– Proszę – zachęcił. – Pozwoli pani, że oprowadzę ją po pozostałej części szpitala, chociaż niewiele się ona różni od tego, co jest tutaj. Po południu mamy sesje grupowe i kolację, zostało niewiele czasu.

Przez chwilę Lucy sprawiała wrażenie, jakby zamierzała wysunąć rękę z uścisku psychologa. Potem pokiwała głową.

– Oczywiście – powiedziała. Zanim jednak wyszła, odwróciła się do Francisa i Petera Strażaka. – Będę miała do panów jeszcze kilka pytań. Może jutro rano. Dobrze?

Obaj przytaknęli.

– Nie jestem pewien, czy tych dwóch może pani w ogóle pomóc – stwierdził pan Evans, kręcąc głową.

– Może tak, może nie – odparła. – To się okaże. Jedno jest pewne, panie Evans.

– Co takiego?

– W tej chwili tylko ich dwóch o nic nie podejrzewam.

Francis miał tej nocy trudności z zaśnięciem. Zwyczajne odgłosy chrapania i skomlenia, nocne akordy dormitorium, wytrącały go z równowagi. A przynajmniej tak myślał, aż – leżąc na plecach i gapiąc się w sufit – zdał sobie sprawę, że to nie zwyczajność nocy mu przeszkadza, tylko to, co zaszło w ciągu dnia. Jego własne głosy były spokojne, ale miały mnóstwo pytań. Zastanawiał się, czy poradzi sobie z tym, co go czeka. Nigdy nie uważał się za człowieka, który zwraca uwagę na szczegóły, dostrzega prawdziwe znaczenia słów i czynów, tak jak Peter i Lucy Jones. Robili na nim wrażenie osób panujących nad swoimi pomysłami, czego on mógł im tylko zazdrościć. Jego własne myśli były jak wiewiórki, bezustannie zmieniały kierunek, zawsze czmychały w tę czy inną stronę, pędzone wewnętrznymi, niezrozumiałymi dla niego siłami.

Westchnął i obrócił się na bok. Wtedy zobaczył, że nie tylko on nie śpi. Peter Strażak siedział na swoim łóżku, oparty plecami o ścianę; ramionami obejmował podciągnięte pod brodę kolana. Wpatrywał się przed siebie. Francis dostrzegł, że wzrok Petera jest utkwiony w rzędzie okien; Strażak wyglądał przez żelazne kraty i mleczne szkło na niewyraźne snopy księżycowego światła i czarną noc. Francis chciał coś powiedzieć, ale nie zrobił tego, bo wyobraził sobie, że cokolwiek wyrwało Petera tej nocy ze snu, musiało być siłą, której lepiej nie stawać na drodze.

Rozdział 11

*C*zułem, że anioł czyta każde słowo, ale cisza pozostawała niezmącona. *Kiedy jest się wariatem, czasem cisza przypomina mglę – skrywa zwyczajne, codzienne rzeczy, znajome widoki i dźwięki, rozmywa i znieksztalca kontury. Przypomina często przejeżdżaną drogę, która wydaje się nagle skręca w prawo, podczas gdy mózg krzyczy, że w rzeczywistości trasa biegnie prosto. Szaleństwo to chwila wątpliwości, kiedy nie wiedziałem, czy mam ufać swoim oczom, czy swojej pamięci, bo jedno i drugie mogło popełniać groźne błędy. Czułem pot na czole. Otrząsnąłem się jak mokry pies, próbując pozbyć się lepkiego, rozpaczliwego wrażenia, które anioł przyniósł do mojego mieszkania wraz ze swoją obecnością.*

– Zostaw mnie – powiedziałem, tracąc nagle wszelką siłę i pewność siebie. – Zostaw mnie! Już raz z tobą walczyłem! – krzyknąłem. – Nie muszę walczyć znowu!

Trzęsły mi się ręce i miałem ochotę zawołać Petera Strażaka. Ale wiedziałem, że jest zbyt daleko. Zacisnąłem dłonie w pięści, żeby ukryć ich dygot.

Kiedy wziąłem głęboki oddech, ktoś załomotał do drzwi. Uderzenia przypominające wystrzały wyrwały mnie ze szponów iluzji, więc wstałem; zakręciło mi się w głowie; przez chwilę musiałem łapać równowagę. Kilkoma szybkimi krokami przeszedłem przez pokój.

Znów ktoś załomotał.

– Panie Petrel! – usłyszałem głos. – Panie Petrel! Wszystko w porządku?

Przycisnąłem czoło do drewnianych drzwi. Były chłodne w dotyku, jakbym miał gorączkę. Powoli przejrzałem katalog znanych mi głosów. Którąś z sióstr poznałbym od razu. Wiedziałem, że to nie rodzice, bo oni nigdy mnie nie odwiedzali.

– Panie Petrel! Panie Petrel! Wszystko okej?

Uśmiechnąłem się. Usłyszałem drobne „h" przed ostatnim słowem.

Moim sąsiadem z naprzeciwka jest Ramon Santiago. Pracuje w miejskim przedsiębiorstwie oczyszczania. Ma żonę Rosalitę i śliczną córeczkę Esperanzę, która wydaje się bardzo mądrym dzieckiem, bo ze swojej grzędy matczynych ramion przygląda się światu z iście profesorską uwagą.

– Panie Petrel?

– Wszystko w porządku, panie Santiago, dziękuję.

– Na pewno?

Rozmawialiśmy przez zamknięte drzwi i czułem, że Ramon jest tuż po drugiej stronie, oddalony ode mnie o kilka centymetrów.

– Proszę, niech pan otworzy. Chcę tylko sprawdzić, czy wszystko w porządku.

Znów zapukał. Odrobinę uchyliłem drzwi. Napotkałem jego wzrok. Mężczyzna dokładnie mi się przyjrzał.

– Dotarły do nas krzyki – wyjaśnił. – Jakby ktoś szykował się do bójki.

– Jestem sam – odparłem.

– Słyszałem, jak pan mówi. Jakby się pan z kimś kłócił. Na pewno wszystko w porządku?

Ramon Santiago był szczupłym mężczyzną, ale kilka lat codziennego dźwigania ciężkich pojemników na śmieci tuż przed świtem sprawiło, że rozrosły mu się barki i ręce. Byłby groźnym przeciwnikiem i podejrzewałem, że rzadko musiał uciekać się do konfrontacji, żeby zostać wysłuchany.

– Tak. Dziękuję.

– Nie za dobrze pan wygląda, panie Petrel.

– Miałem ostatnio trochę stresu. Przepadło mi kilka posiłków.

– Mam do kogoś zadzwonić? Może do pana sióstr?

Pokręciłem głową.

– Proszę, panie Santiago, to ostatnie osoby, jakie chciałbym oglądać.

Uśmiechnął się do mnie.

– Wiem. Krewni. Czasami można przez nich oszaleć. – Kiedy tylko to słowo padło z jego ust, zrobił przerażoną minę, jakby właśnie mnie obraził.

Zaśmiałem się.

– Ma pan rację. Można. A w moim przypadku tak właśnie było. Myślę, że któregoś dnia znów do tego doprowadzą. Ale na razie wszystko w porządku.

W dalszym ciągu uważnie mi się przyglądał.

– A jednak trochę mnie pan martwi. Bierze pan leki?

Wzruszyłem ramionami.

– Tak – skłamałem.

Widziałem, że mi nie uwierzył. Dalej na mnie patrzył, utkwił wzrok w mojej twarzy, jakby w każdej zmarszczce szukał czegoś, co by zdradzało chorobę. Nie odrywając ode mnie spojrzenia, rzucił przez ramię kilka słów po hiszpańsku. W drzwiach naprzeciwko zobaczyłem jego żonę z dzieckiem. Rosalita wyglądała na trochę wystraszoną; pomachała mi niepewnie. Dziecko odwzajemniło mój uśmiech. Potem pan Santiago znów zaczął mówić po angielsku.

– Rosie – odezwał się stanowczo, ale bez złości. – Przynieś panu Petrelowi ryż i kurczaka. Naszemu sąsiadowi przyda się solidny posiłek.

Kiwnęła głową, uśmiechnęła się do mnie nieśmiało i zniknęła w mieszkaniu.

– Naprawdę, panie Santiago, to bardzo miło z pana strony, ale nie trzeba...

– Nie ma problemu. Arroz con pollo. *Tam, skąd pochodzę, panie Petrel, to lekarstwo na wszystko. Jesteś chory, dostajesz kurczaka z ryżem. Wywalili cię z roboty, dostajesz kurczaka z ryżem. Masz pęknięte serce?*

– ...*kurczak z ryżem – dokończyłem za niego.*

– *Właśnie, sto procent racji.*

Obaj się zaśmialiśmy.

Rosie wróciła kilka chwil później z parującym kurczakiem i górą żółtego ryżu. Wziąłem papierowy talerz, lekko ocierając dłonią o jej dłoń; pomyślałem, że minęło sporo czasu, odkąd czułem dotyk innego człowieka.

– *Nie musicie państwo... – zacząłem, ale sąsiedzi zgodnie pokręcili głowami.*

– *Na pewno nie chce pan, żebym do kogoś zadzwonił? Jeśli nie do rodziny, to może do opieki społecznej? Do przyjaciela?*

– *Nie mam już zbyt wielu przyjaciół, panie Santiago.*

– *O, panie Petrel, troszczy się o pana więcej ludzi, niż się panu wydaje – powiedział.*

Znów pokręciłem głową.

– *Może do kogoś innego? – dopytywał nieustępliwie.*

– *Nie. Naprawdę.*

– *Na pewno nikt się panu nie naprzykrzał? Słyszałem podniesione głosy. Jakby zaczynała się bójka...*

Uśmiechnąłem się, bo rzeczywiście ktoś mnie dręczył. Tyle tylko, że ten ktoś nie istniał. Uchyliłem drzwi szerzej i pozwoliłem Ramonowi zajrzeć do środka.

– *Jestem całkiem sam, przysięgam – powiedziałem.*

Wzrok mężczyzny przemierzył pokój i zatrzymał się na zapisanej ścianie. Myślałem, że Santiago coś powie, ale się rozmyślił. Położył mi dłoń na ramieniu.

– *Jeśli będzie pan potrzebował pomocy, panie Petrel, niech pan tylko zapuka do moich drzwi. O dowolnej porze. W dzień czy w nocy. Jasne?*

– *Dziękuję, panie Santiago. – Kiwnąłem głową. – I dziękuję za obiad.*

Zamknąłem drzwi i wziąłem głęboki oddech, wciągając w nozdrza zapach jedzenia. Nagle wydało mi się, że minęło kilka dni, odkąd ostatnio jadłem. Może tak było naprawdę, chociaż pamiętałem kanapki z serem. Ale kiedy to było? Znalazłem w szufladzie widelec i zabrałem się do specjalności Rosality. Zastanawiałem się, czy arroz con pollo, *cudowny lek na tyle duchowych przypadłości, może pomóc i mnie. Ku mojemu zaskoczeniu, każdy kęs dodawał mi sił. Jedząc, dostrzegłem postępy, jakie poczyniłem na ścianie. Kolumny opowieści.*

I uświadomiłem sobie, że znów jestem całkiem sam.
On wróci. Nie miałem co do tego żadnych wątpliwości. Czaił się, bezcielesny, w przestrzeni tuż poza zasięgiem mojej świadomości. Unikając mnie.
Kryjąc się przed rodziną Santiago i arroz con pollo. *Chował się przed moją pamięcią. Ale w tej chwili, na szczęście, miałem tylko ryż, kurczaka i słowa.*
Pomyślałem: cała ta gadka w gabinecie Piguły o utrzymaniu wszystkiego w tajemnicy była niczym więcej jak pustką na pokaz.

Nie potrwało długo, a wszyscy pacjenci i personel dowiedzieli się o obecności Lucy Jones w budynku Amherst. Nie chodziło tylko o jej wygląd; ubierała się w luźnie, ciemne spodnie i sweter, nosiła elegancką skórzaną teczkę, która mocno kontrastowała z niechlujnym charakterem szpitala. Nie chodziło też o wzrost i posturę ani charakterystyczną bliznę na twarzy, co wyróżniało ją spośród innych. To była raczej kwestia tego, jak poruszała się korytarzami, stukając obcasami o wyłożoną linoleum podłogę, z czujnością w oczach, wypatrując znaku, który mógłby ją poprowadzić w żądanym kierunku. Czujność Lucy nie wynikała z paranoi, zwidów czy głosów. Nawet katoni, stojący w kątach lub podpierający ściany, albo zniedołężniali starcy, przykuci do wózków, wszyscy pozornie pogrążeni we własnych światach, albo umysłowo niedorozwinięci, którzy tępo patrzyli na otoczenie, w dziwny sposób zauważali, że Lucy działała pod wpływem sił równie potężnych jak te, z którymi zmagali się oni sami, ale jakoś bardziej właściwych. Należących do świata rzeczywistego. Kiedy więc przechodziła obok, pacjenci odprowadzali kobietę wzrokiem, nie przerywając mamrotania i bełkotu, ale obserwując ją z uwagą, kontrastującą z ich chorobami. Nawet podczas posiłków, które Lucy spożywała w stołówce razem z pacjentami i personelem, czekając ze wszystkimi w kolejce na talerz byle jakiego, taśmowego jedzenia, była kimś z zewnątrz. Siadała przy stoliku w rogu, skąd mogła obserwować pozostałych, plecami do żółto-zielonej ściany z pustaków. Czasami ktoś się do niej dosiadał, na przykład pan Zły, wykazujący duże zainteresowanie wszystkim, co robiła, albo Mały Czarny czy Duży Czarny, którzy każdą rozmowę natychmiast sprowadzali na sport. Czasami dosiadała się do jednej z pielęgniarek, ale ich nakrochmalone białe mundurki i spiczaste czepki wyróżniały Lucy jeszcze bardziej. A gdy rozmawiała z którymś ze swoich towarzyszy, bezustannie rzucała ukradkowe spojrzenia na resztę sali. Francisowi kojarzyła się wtedy z jastrzębiem, wysoko krążącym na powietrznych prądach, patrzącym w dół i próbującym wypatrzyć jakieś poruszenie wśród zwiędłych, brązowych łodyg wczesnej, nowoangielskiej wiosny.

Nie dołączał do niej nikt z pacjentów, w tym, na początku, Francis i Peter Strażak. To był pomysł Petera. Powiedział jej, że nie ma powodu ujawniać od razu, że ze sobą współpracują, chociaż wszyscy i tak mieli niedługo się o tym dowiedzieć. Dlatego, przynajmniej przez pierwszych kilka dni, Francis i Peter na stołówce nie zwracali na Lucy uwagi.

W odróżnieniu od Kleo.

Kiedy Lucy niosła tackę do punktu zwrotu naczyń, wielka pacjentka ją zaczepiła.

– Wiem, po co tu przyjechałaś! – oznajmiła głośnym i wyraźnie oskarży-cielskim tonem i gdyby nie była to zwykła, obiadowa pora szczęku talerzy, tacek i sztućców, jej głos mógłby zwrócić uwagę całej sali.

– Wiesz? – odparła Lucy spokojnie. Minęła Kleo i zaczęła zeskrobywać do kosza resztki jedzenia z grubego, białego talerza.

– Tak – ciągnęła Kleo pewnym siebie głosem. – To oczywiste.

– Naprawdę?

– Jasne. – Kleo zaczęła nabierać opryskliwości i brawury, które czasem daje szaleństwo, wyłączające wszystkie hamulce.

– W takim razie może powinnaś mi powiedzieć, co myślisz.

– Aha! Oczywiście. Chcesz przejąć władzę nad Egiptem!

– Egiptem?

– Egiptem! – Kleo machnięciem ręki wskazała całą salę; gest był pełen zniecierpliwienia nad oczywistością sytuacji, co początkowo zmyliło Lucy. – Moim Egiptem. A potem szybko uwieść Marka Antoniusza i Cezara, bez wątpienia. – Chrząknęła głośno, skrzyżowała ramiona na piersi, stojąc jak blok skalny na drodze Lucy, a potem dodała, jak niemal zawsze: – Dranie. Przeklęte bydlaki.

Lucy Jones popatrzyła na nią ze zdziwieniem i pokręciła głową.

– Nie, w tym się zdecydowanie mylisz. Egipt jest bezpieczny w twoich rękach. Nigdy nie przeszłoby mi nawet przez myśl rywalizować z kimkol-wiek o koronę ani o miłości czyjegoś życia.

Kleo opuściła ręce na biodra i przyjrzała się Lucy.

– Dlaczego miałabym ci wierzyć? – spytała.

– Musisz przyjąć moje słowo.

Wielka kobieta zawahała się, potem podrapała w kołtuny na głowie.

– Jesteś człowiekiem godnym i prawym? – spytała znienacka.

– Podobno tak – odparła Lucy.

– Piguła i pan Zły powiedzieliby to samo, ale im nie ufam.

– Ja też nie – szepnęła Lucy, nachylając się lekko do Kleo. – W tym się zgadzamy.

– W takim razie, skoro nie chcesz podbijać Egiptu, po co tu jesteś? – spytała Kleo znów agresywnym tonem, biorąc się pod boki.

– W twoim królestwie jest zdrajca – oznajmiła Lucy powoli.

– Jakiego rodzaju zdrajca?

– Najgorszego.

Kleo kiwnęła głową.

– To ma coś wspólnego z aresztowaniem Chudego i zamordowaniem Krótkiej Blond, prawda?

– Tak.

– Widziałam go – oznajmiła Kleo. – Niezbyt dobrze, ale widziałam. Tamtej nocy.

– Kogo? Kogo widziałaś? – spytała Lucy, nagle czujna.

Kleo uśmiechnęła się porozumiewawczo, potem wzruszyła ramionami.

– Jeśli potrzebujesz mojej pomocy – zaczęła, stając się nagle uosobieniem wyniosłości; jej głos ociekał królewską dumą – musisz poprosić o nią we właściwy sposób, w odpowiednim czasie, we właściwym miejscu. – Kleo cofnęła się, zamaszystym gestem zapaliła papierosa i odwróciła się na pięcie z satysfakcją na twarzy.

Lucy wydawała się nieco zdezorientowana, dała krok w jej stronę, ale Peter Strażak zatrzymał panią prokurator. Właśnie w tej chwili przyniósł swoją tackę do kosza, chociaż Francis widział, że przyjaciel prawie nie tknął jedzenia. Peter zaczął skrobać talerz, a potem wrzucił sztućce przez otwór do pojemnika.

– To prawda – usłyszał Francis jego słowa. – Widziała anioła tamtej nocy. Opowiedziała nam, że wszedł do dormitorium kobiet, stał tam przez chwilę, potem wyszedł, zamykając za sobą drzwi na klucz.

Lucy Jones kiwnęła głową.

– Dziwne zachowanie – powiedziała, chociaż nawet ona zdawała sobie sprawę, że takie spostrzeżenie jest bezużyteczne w szpitalu dla umysłowo chorych, gdzie każde zachowanie było w najlepszym wypadku dziwne, a w najgorszym okropne. Spojrzała na Francisa, który do nich podszedł.

– Mewa, powiedz mi: dlaczego ktoś, kto właśnie popełnił brutalną zbrodnię, zadał sobie tyle trudu, żeby zatrzeć ślady i zwalić winę na kogoś innego; dlaczego ktoś, kto powinien chcieć jak najszybciej zniknąć i się ukryć, wchodzi do sali pełnej kobiet i ryzykuje, że mogłyby go zapamiętać?

Francis pokręcił głową. Czy rzeczywiście mogły go zapamiętać? – zapytał się w myślach. Słyszał kilka swoich głosów, zachęcających go, żeby odpowiedział na pytanie, ale zignorował je i spojrzał Lucy w oczy. Wzruszyła ramionami.

– Zagadka – mruknęła pod nosem. – Ale wcześniej czy później trzeba ją wyjaśnić. Myślisz, że umiałbyś znaleźć dla mnie odpowiedź, Francis?

Kiwnął głową.

Zaśmiała się lekko.

– Mewa jest pewny siebie. To dobrze – powiedziała.

Potem wyprowadziła ich na korytarz.

Zaczęła znów coś mówić, ale Peter podniósł dłoń.

– Mewa, nie powtarzaj nikomu, co widziała Kleo. – Odwrócił się do Lucy. – Kiedy Francis pierwszy raz z nią rozmawiał, a ona wspomniała, że człowiek, którego szukamy, był w damskim dormitorium, nie potrafiła opisać anioła. Wszyscy byli mocno podenerwowani. Może teraz, skoro miała trochę czasu, żeby przemyśleć tamtą noc, mogłaby powiedzieć nam coś ważnego. Lubi Francisa. Myślę, że byłoby mądrze, gdyby poszedł i porozmawiał z nią raz jeszcze. Poza tym pacjenci nie zwracaliby na nią uwagi, bo kiedy tylko zacznie ją pani przesłuchiwać, wszyscy się domyślą, że Kleo może mieć z tym wszystkim jakiś związek.

Lucy przemyślała słowa Petera i kiwnęła głową.

– Racja. Francis, dasz sobie radę sam?

– Tak – odparł chłopak, ale wcale nie był pewny siebie, wbrew temu, co powiedziała Lucy. Nie potrafił sobie przypomnieć, czy kiedykolwiek próbował wydobyć z kogoś jakieś informacje.

W tym momencie przeszedł obok nich Gazeciarz. Zatrzymał się, zrobił piruet – jego buty zaskrzypiały na linoleum – i powiedział:

– „Union-News”: załamanie rynku po niepomyślnych prognozach gospodarczych.

Potem znów zamaszyście obrócił się na pięcie i ruszył dalej przed siebie, halsując korytarzem z gazetą rozpiętą przed sobą jak żagiel.

– Jeśli pójdę porozmawiać z Kleo, co ty będziesz robił, Peter? – spytał Francis.

– Co ja będę robił? Raczej „czego bym sobie życzył”. Chciałbym, Mewa, zerknąć na dokumenty, które przywiozła ze sobą panna Jones.

Lucy nie odpowiedziała. Peter odwrócił się do pani prokurator.

– Byłoby nam łatwiej, gdybyśmy poznali szczegóły tej dokumentacji. Jeśli w ogóle mamy się pani na coś przydać.

Lucy znów się zawahała.

– Dlaczego pan myśli... – zaczęła, ale Peter nie dał jej dokończyć.

Uśmiechał się niedbale, co oznaczało – przynajmniej dla Francisa – że uznał coś za zabawne, a zarazem trochę niezwykłe.

– Przywiozła pani ze sobą akta z tego samego powodu, z którego ja bym je przywiózł. Albo ktokolwiek, kto pracowałby nad sprawą opierającą się prawie na samych przypuszczeniach. Dlatego że musi pani upewniać się na nowo co do podobieństw, niemal na każdym etapie. I dlatego że pani szef, panno Jones, będzie chciał szybko zobaczyć postępy. Prawdopodobnie to szef jak wszyscy przełożeni: niezbyt cierpliwi i z bardzo konkretnym wyobrażeniem na temat tego, na co jego asystenci powinni z pożytkiem poświęcać czas. Dlatego też najpierw powinna pani ustalić wszelkie wspólne wątki poprzednich morderstw i tego, do którego doszło tutaj. Dlatego właśnie uważam, że powinienem zobaczyć te dokumenty.

Lucy wzięła głęboki oddech.

– Ciekawe, pan Evans dzisiaj rano poprosił mnie o to samo, używając niemal identycznych argumentów.

– Wielkie umysły myślą podobnie – skwitował Peter z nieskrywanym sarkazmem.

– Odmówiłam jego prośbie.

Peter się zawahał.

– To dlatego że nie jest pani jeszcze przekonana, czy można mu zaufać. – Na końcu zdania prawie się roześmiał.

Lucy też wydawała się rozbawiona.

– Mniej więcej to właśnie powiedziałam pani Kleo.

– Ale Mewa i ja należymy, no, do innej kategorii, prawda?

– Tak. Dwóch niewinnych. Jeśli jednak pokażę wam te...

– Rozzłości pani Evansa. Trudno.

Na twarzy Lucy pojawiła się ciekawość.

– Tak mało pana obchodzi, kogo pan wkurza, Peter? – spytała powoli. – Zwłaszcza że to człowiek, którego opinia o pana stanie psychicznym może zaważyć na pana przyszłości...

Peter zrobił minę, jakby miał się głośno roześmiać. Przeczesał dłonią włosy, wzruszył ramionami i pokręcił głową z tym samym, krzywym uśmiechem.

– Krótka odpowiedź na to pytanie brzmi „tak". Zupełnie mnie nie obchodzi, kogo wkurzam. Evans mnie nienawidzi. I zawsze będzie mnie nienawidził. Nie za to, kim jestem, tylko za to, co zrobiłem. Więc nie mam większych nadziei, że się zmieni. I chyba nie mam nawet prawa tego oczekiwać. Do tego prawdopodobnie nie jest jedynym członkiem klubu Wrogów Petera, tylko najbardziej oczywistym i, jeśli wolno dodać, najbardziej wrednym.

Nic, co mógłbym zrobić, tego nie zmieni. A więc dlaczego miałbym się nim przejmować?

Lekki uśmiech wykrzywił bliznę na twarzy Lucy. Francis niespodziewanie pomyślał, że najciekawsze w skazie jej urody jest to, jak tę urodę skaza podkreśla.

– Za dużo gadam? – spytał Peter, wciąż szeroko uśmiechnięty.

– Co takiego mówią o Irlandczykach?

– Wiele rzeczy. Ale głównie to, że lubimy słuchać własnego głosu. To najgorsza ze wszystkich oklepanych opinii. Niestety, oparta na stuleciach prawdy.

– Zgoda – powiedziała Lucy. – Francis, idź porozmawiać z panną Kleo, a Peter pójdzie ze mną do mojego małego biura.

Francis się zawahał.

– Oczywiście, jeśli nie masz nic przeciwko temu – dodała Lucy.

Pokiwał głową. Dziwne uczucie, pomyślał. Naprawdę chciał jej pomóc, bo za każdym razem, kiedy na nią patrzył, wydawała mu się jeszcze piękniejsza. Ale był trochę zazdrosny, że Peter będzie mógł pójść z panią prokurator, a on sam musi szukać Kleo. Zawrzały w nim głosy, wciąż stłumione. Zignorował je jednak i po chwili wahania ruszył korytarzem w stronę świetlicy, gdzie za stołem do ping-ponga spodziewał się znaleźć Kleo, jak zwykle szukającą ofiar do ogrania.

Francis miał rację. Kleo stała w głębi sali, za stołem. Naprzeciw siebie, po drugiej stronie, ustawiła trójkę pacjentów, dała im paletki i wydzieliła obszar, za który każdy z nich miał być odpowiedzialny. Pokazała też, jak mają przykucnąć, trzymać paletki i przenosić ciężar ciała na pięty w oczekiwaniu na zagranie. Był to, jak zauważył Francis, skrócony kurs gry w tenisa stołowego. Do tego, jak się domyślał, zupełnie niepotrzebny. Przeciwnikami Kleo byli starsi mężczyźni, z tłustymi, rzadkimi włosami i obwisłą skórą, poznaczoną brązowymi plamami wieku. Każdy z nich z nieszczęśliwą miną skupiał się na instrukcjach, przytłoczony odpowiedzialnością. Proste zadania stały się niemal niewykonalne tuż przed rozpoczęciem gry i widać było, że im bardziej mężczyźni chcą sprostać wymaganiom Kleo, tym mniej są do tego zdolni, nieważne, jak dobrze ich przyuczyła.

– Gotowy? – spytała Kleo trzykrotnie, zaglądając każdemu z przeciwników w oczy i szykując się do ataku.

Mężczyźni niechętnie kiwnęli głowami.

Płynnym ruchem nadgarstka Kleo wyrzuciła piłeczkę do góry. Potem jej paletka wystrzeliła do przodu z prędkością atakującej żmii; piłka uderzyła o blat z głośnym trzaskiem, przeskoczyła siatkę, odbiła się znów po drugiej stronie, zakręciła i przemknęła dokładnie między dwoma przeciwnikami, którzy nawet nie drgnęli.

Francis pomyślał, że Kleo eksploduje. Poczerwieniała, a jej górna warga podwinęła się z wściekłości. Po chwili jednak huragan gniewu zniknął. Jeden z mężczyzn przyniósł małą białą piłeczkę i rzucił nad stołem do Kleo. Złapała ją, położyła na zielonym blacie i przykryła paletką.

– Dzięki za grę. – Westchnęła, a złość na jej twarzy zastąpiła rezygnacja.
– Do waszej pracy nóg wrócimy innym razem.

Wszyscy trzej starsi panowie odetchnęli z ulgą i rozeszli się po sali.

Świetlica była zatłoczona i działo się w niej jak zwykle mnóstwo dziwnych rzeczy. Zakratowane okna na jednej ze ścian wpuszczały do jasnego, przestrzennego pomieszczenia promienie słońca i, od czasu do czasu, łagodny powiew wiatru. Lśniące bielą ściany odbijały w przestrzeń światło i energię. Pacjenci w najróżniejszych ubraniach, od wszechobecnych piżam i kapci, po dżinsy i płaszcze, kręcili się po całej sali. Wszędzie stały tandetne kanapy i fotele z czerwonej i zielonej imitacji skóry; zajmowali je mężczyźni i kobiety, którzy po cichu czytali mimo panującego wokół gwaru. A przynajmniej wyglądali, jakby czytali, bo z rzadka tylko przewracali kartki. Na solidnych drewnianych stolikach leżały stare numery pism i postrzępione powieści w miękkich okładkach. W dwóch rogach sali wisiały telewizory; wokół każdego utworzył się wianuszek regularnych widzów, pochłaniających opery mydlane. Oba odbiorniki zagłuszały się wzajemnie, nastawione na inne kanały, jakby bohaterowie każdego z seriali konkurowali z drugim programem. Taki układ wprowadzono po niemal codziennych awanturach między zwolennikami obu filmów.

Francis się rozglądał. Niektórzy pacjenci grali w gry planszowe jak monopol czy ryzyko, kilkoro w szachy i warcaby, a jeszcze inni w karty. Ulubioną grą karcianą w świetlicy były kierki. Piguła zabronił pokera, bo za często jako żetonów używano papierosów i niektórzy pacjenci zaczęli je gromadzić. To musieli być ci mniej szaleni, pomyślał Francis, albo tacy, którzy przyjeżdżając do szpitala, nie zostawili za drzwiami wszystkiego, co łączyło ich ze światem zewnętrznym. On sam należał do tej kategorii; chór jego wewnętrznych głosów zgodził się z tą klasyfikacją. Dalej, oczywiście, byli katoni, włóczący się dookoła, rozmawiający z nikim i ze wszystkimi jednocześnie. Niektórzy tańczyli. Inni powłóczyli nogami. Jeszcze inni chodzili szybkim krokiem w tę i z powrotem. Ale wszyscy żyli we własnym świecie i podążali za wizjami tak odległymi, tak nierzeczywistymi, że Francis mógł jedynie zgadywać, co takiego widzieli. Kiedy na nich patrzył, robiło mu się smutno. Trochę też go przerażali, bo bał się, że może się stać taki sam jak oni. Czasami, myślał, waga jego życia przechylała się bardziej w ich stronę niż w stronę normalności. Uważał współmieszkańców za zgubionych.

Nad wszystkim unosiła się niebieskawa mgiełka papierosowego dymu. Francis nie znosił świetlicy i starał się jej unikać.

Tu wszystkie niekontrolowane myśli puszczano luzem.

Kleo oczywiście rządziła przy stole do ping-ponga i w jego bezpośredniej okolicy.

Żywiołowość i groźny wygląd potężnej kobiety odstraszały większość pacjentów. Francisa zresztą również, do pewnego stopnia. Jednocześnie jednak uważał, że Kleo ma w sobie żywotność, której innym brakowało i którą lubił; wiedział, że potrafiła być zabawna i często udawało się jej rozśmieszać innych, co w szpitalu stanowiło rzadką i cenną umiejętność. Wypatrzyła go i wyszczerzyła się w szerokim uśmiechu.

– Mewa! Spróbujesz się ze mną? – spytała.

– Tylko jeśli mnie zmusisz – odparł Francis.

– A więc nalegam. Zmuszam cię. Proszę...

Podszedł do stołu i podniósł paletkę.

– Muszę z tobą porozmawiać o tym, co widziałaś zeszłej nocy.

– W nocy morderstwa? Przysłała cię ta prokurator?

Kiwnął głową.

– To ma coś wspólnego ze zdrajcą, którego szuka?

– Zgadza się.

Kleo przez chwilę się namyślała, potem podniosła małą, pingpongową piłkę i przyjrzała się jej uważnie.

– Zrobimy tak – powiedziała. – Możesz mnie pytać w trakcie gry. Dopóki nie skusisz, ja będę odpowiadać. Taka mała gra w grze, rozumiesz?

– Sam nie wiem... – zaczął Francis, ale Kleo zbyła jego protest nonszalanckim machnięciem ręki.

– To będzie wyzwanie – dodała.

Z tymi słowami zaserwowała. Francis wychylił się nad zielonym stołem i odbił piłeczkę. Kleo bez trudu przyjęła podanie; rozległ się rytmiczny stukot.

– Myślałaś o tym, co wtedy widziałaś? – spytał Francis, wyciągając się nad stołem.

– Oczywiście – odparła Kleo. – I im więcej o tym myślę, tym bardziej mnie to intryguje. W naszym Egipcie wiele się dzieje. Rzym też ma tu swoje interesy, nieprawdaż?

– Jak to? – spytał Francis, tym razem chrząkając z wysiłku, ale nie wypadając z gry.

– To, co widziałam, trwało zaledwie kilka sekund – ciągnęła Kleo – ale myślę, że bardzo dużo powiedziało.

– Mów dalej.

Kleo odbiła następną piłkę trochę mocniej i pod mniejszym kątem, tak że Francis musiał przyjąć ją bekhendem, co zrobił, ku własnemu zaskoczeniu. Kleo zaśmiała się wesoło, bez trudu odparowując kontrę przeciwnika.

– To, jak wszedł, jak się rozejrzał, co zrobił – wysapała – powiedziało mi, że raczej się nie bał.

– Nie rozumiem.

– Oczywiście, że rozumiesz – stwierdziła Kleo, tym razem posyłając mu łatwo piłkę na środek stołu. – Wszyscy się tu czegoś boimy, prawda, Mewa? Albo tego, co tkwi w nas samych, albo tego, co tkwi w innych, albo tego, co jest na zewnątrz. Boimy się zmian. Boimy się, że nic się nie zmieni. Martwiejemy na każde odstępstwo od normy, przeraża nas zmiana codzienności. Każdy chce być inny, ale to zarazem zagrożenie największe ze wszystkich. A więc kim jesteśmy? Żyjemy w świecie tak niebezpiecznym, że się nas wyparł. Teraz pojmujesz?

Wszystko, co powiedziała Kleo, pomyślał Francis, to prawda.

– Chcesz powiedzieć, że jesteśmy jeńcami?

– Więźniami. Jasne – stwierdziła Kleo. – Wszystko nas więzi. Ściany. Lekarstwa. Własne myśli. – Tym razem uderzyła piłkę trochę mocniej, ale tak, by Francis mógł ją odebrać. – Ale człowiek, którego widziałam, nie był więźniem. A jeśli był, wtedy to, co sobie wyobraża, jest zupełnie inne niż w przypadku reszty.

Francis trafił piłką w siatkę. Potoczyła się z powrotem do niego.

– Punkt dla mnie – oznajmiła Kleo. – Serwuj.

Francis posłał piłeczkę nad stołem i znów przestrzeń wypełniło rytmiczne stukanie.

– Nie bał się, kiedy otwierał drzwi do waszego dormitorium... – myślał głośno.

Kleo złapała piłkę w powietrzu, przerywając grę. Nachyliła się do Francisa.

– Ma klucze – szepnęła. – Klucze do czego? Do drzwi w budynku Amherst? Czy dalej? Do innych dormitoriów? Schowków? Biura w budynku administracji? A mieszkania personelu? Czy jego klucze pasują do ich drzwi? Czy może otworzyć bramę wjazdową, Francis? I po prostu stąd wyjść, kiedy tylko chce? – Znów zaserwowała.

Francis przez chwilę się zastanawiał.

– Klucze to władza, prawda?

Klik, klik, odbijała się piłeczka od stołu.

– Dostęp zawsze oznacza władzę – oświadczyła Kleo stanowczym tonem.

– Klucze wiele mówią – dodała. – Zastanawiam się, skąd je wziął.

– Po co przyszedł do waszej sali, ryzykując, że ktoś go zobaczy?

Kleo nie odpowiadała przez kilka odbić piłki nad siatką.

– Może dlatego, że mógł.

Francis znów się zastanowił.

– Jesteś pewna, że nie poznałabyś go, gdyby znów się zjawił? – spytał. – Przypomniałaś sobie, jakiego był wzrostu, jakiej budowy? Pamiętasz cokolwiek, co go wyróżniało? Coś, czego moglibyśmy szukać...

Kleo pokręciła głową. Wzięła głęboki oddech i pozornie skupiła się na grze, z każdym uderzeniem nabierając szybkości. Francis był nieco zaskoczony, że dotrzymuje jej tempa, odbija strzały, zwinnie przesuwa się w lewo i w prawo, bekhend i forhend, za każdym razem pewnie trafiając w piłkę. Kleo z uśmiechem tańczyła na boki, z baletowym wdziękiem, kontrastującym z jej masą.

– Ale Francis, ty i ja nie musimy znać jego twarzy, żeby go rozpoznać – powiedziała po chwili. – Musimy tylko zauważyć jego nastawienie. To będzie coś tutaj niespotykanego. W tym miejscu. W naszym domu. Nikt inny tego nie wytropi, prawda, Mewa? Tylko my, kiedy już to zauważymy – dodała – będziemy dokładnie wiedzieli, na co patrzymy.

Francis wyciągnął rękę i odbił piłkę trochę za mocno. Poleciała za stół. Kleo błyskawicznie złapała ją w powietrzu.

– Trochę za mocno – oceniła. – Ale strzał był ambitny, Mewa.

W miejscu pełnym strachu, pomyślał Francis, szukali człowieka, który niczego się nie bał. W rogu sali nagle odezwały się podniesione głosy. Francis odwrócił się, słysząc ton wściekłości. Powietrze przeszył głośny szloch, a zaraz po nim pełen złości wrzask. Francis odłożył paletkę i odsunął się od stołu.

– Coraz lepiej sobie radzisz, Mewa – zachichotała Kleo; jej śmiech nałożył się na odgłosy awantury. – Powinniśmy jeszcze kiedyś pograć.

Kiedy Francis dotarł do gabinetu Lucy, zdążył się trochę zastanowić nad tym, czego się dowiedział. Zastał Lucy opartą o ścianę za prostym, szarym, metalowym biurkiem. Miała skrzyżowane na piersi ramiona i patrzyła na Petera. Strażak siedział pochylony nad rozłożonymi przed sobą trzema dużymi, brązowymi, tekturowymi teczkami. Na biurku leżały duże błyszczące zdjęcia, czarno-białe, wyraźne plany miejsc zbrodni, ze strzałkami, kółkami i notatkami, i formularze zapisane szczegółami. Raporty biura koronera i zdjęcia z powietrza. Kiedy Francis wszedł do pokoju, Peter z rozdrażnieniem podniósł wzrok.

– Cześć, Francis – powiedział. – Wskórałeś coś?

– Może trochę – odparł Francis. – Rozmawiałem z Kleo.

– Podała dokładniejszy opis?

Francis pokręcił głową. Wskazał stosy dokumentów i zdjęć.

– Sporo tego – powiedział. Nigdy wcześniej nie widział dokumentacji dochodzenia w sprawie morderstwa; zrobiła na nim duże wrażenie.

– Owszem, ale niewiele mówi – odparł Peter.

Lucy przytaknęła.

– Z drugiej strony, mówi całkiem dużo – dodał Strażak.

Lucy skrzywiła się, jakby ta uwaga uraziła ją albo zaniepokoiła.

– Nie rozumiem – powiedział Francis.

– Cóż – zaczął Peter powoli, ale z każdym słowem nabierał rozpędu. – Mamy tu trzy zbrodnie, popełnione w trzech różnych policyjnych jurysdykcjach, prawdopodobnie, bo ciała po śmierci zostały przeniesione, co oznacza, że nie wiadomo bezwzględnie, komu przydzielić sprawę, co z kolei zawsze oznacza biurokratyczny bałagan, nawet jeśli udział w dochodzeniu bierze policja stanowa. Ofiary zostały znalezione w różnym stadium rozkładu, zwłoki były wystawione na działanie warunków atmosferycznych, więc badania laboratoryjne są bardzo utrudnione albo po prostu niemożliwe. O ile można wywnioskować z raportów detektywów, mamy do czynienia z ofiarami wybranymi losowo, ponieważ zabitych kobiet nic nie łączy oprócz budowy ciała, fryzury i wieku. Krótkie włosy, szczupła sylwetka. Jedna była kelnerką, jedna studentką, jedna sekretarką. Nie znały się nawzajem. Nie mieszkały niedaleko siebie. Nie miały ze sobą nic wspólnego oprócz niefortunnego faktu, że wszystkie wracały samotnie do domu różnymi środkami komunikacji miejskiej, metrem albo autobusem, i że każda musiała od przystanku czy stacji iść do domu kilka przecznic ciemnymi uliczkami.

– Cierpliwemu człowiekowi – dodała Lucy – łatwo było je wyszukać i śledzić.

Peter zawahał się, jakby słowa pani prokurator obudziły w nim wątpliwość. Francis widział, że w jego przyjacielu kiełkuje jakiś pomysł, lecz Peter nie wie, czy wypowiedzieć go głośno. W końcu, po kilku chwilach, odchylił się do tyłu.

– Różne jurysdykcje. Lokalizacje. Agencje. Wszystko to razem...

– Zgadza się – wtrąciła ostrożnie Lucy, jakby nagle zaczęła uważać na słowa.

– Interesujące – odparł Peter. Potem znów nachylił się nad materiałami, powoli przyglądając się całości. Po chwili zamarł i wybrał trzy fotografie prawych dłoni ofiar. Przez moment przyglądał się zmasakrowanym palcom.

– Pamiątki – powiedział z ożywieniem. – Raczej klasyka.

– To znaczy? – spytał zdezorientowany Francis.

– Z badań nad wielokrotnymi mordercami wynika – wyjaśniła cicho Lucy – że jedną z ich charakterystycznych cech jest potrzeba zabrania czegoś ofierze, żeby później przeżywać to doświadczenie na nowo.

– Zabrania czegoś?

– Kosmyka włosów. Kawałka ubrania. Części ciała.

Francis zadrżał. Poczuł się nagle młody, młodszy niż kiedykolwiek, i zdziwił się, jak to możliwe, że tak niewiele wie o świecie, a Peter i Lucy, starsi od niego o osiem, najwyżej dziesięć lat, wiedzą tak dużo.

– Ale wspomniałeś, że mimo wszystko sporo się z tych dokumentów dowiedziałeś – powiedział. – Czego?

Peter spojrzał na Lucy i przez krótką chwilę patrzyli sobie w oczy. Francis przyjrzał się uważnie młodej prokurator i pomyślał, że swoim pytaniem zatarł jakiś podział. Wiedział, że są chwile, kiedy zebrane i wypowiedziane słowa nagle tworzą mosty i powiązania, i podejrzewał, że to właśnie jedna z takich chwil.

– Wszystko to mówi nam, Francis – zwrócił się Peter do chłopaka, ale nie odrywał wzroku od młodej kobiety – że anioł Chudego wie, jak popełniać zbrodnie, żeby stworzyć olbrzymie problemy ludziom, którzy chcieliby go powstrzymać. Oznacza to, że jest inteligentny. I nieźle wykształcony, a przynajmniej biegły w sprawach zabijania. Kiedy się nad tym zastanowić, są dwa sposoby rozwiązywania zagadki morderstwa, Mewa. Pierwszy, najlepszy i prowadzący do jedynego słusznego wniosku to duża liczba dowodów i śladów zebranych na miejscu zbrodni. Odciski palców, nitki z ubrania, krew i narzędzie zbrodni, może nawet zeznania naocznych świadków. Potem to wszystko się zestawia z wyraźnymi motywami, na przykład chęcią zdobycia pieniędzy z polisy, napadem albo kłótnią poróżnionej pary.

– A drugi sposób? – spytał Francis.

– To znalezienie podejrzanego, a potem odkrycie tego, co go łączy z wydarzeniami.

– Czyli na odwrót.

– Zgadza się – powiedziała Lucy.

– Czy to trudniejszy sposób?

Peter westchnął.

– Trudny? Tak. Niemożliwy? Nie.

– To dobrze. – Francis spojrzał na Lucy. – Zmartwiłbym się, gdyby nasz cel okazał się niemożliwy do osiągnięcia.

Peter wybuchnął śmiechem.

– Tak naprawdę, Mewa, musimy tylko znaleźć sposób, jak odkryć kim jest anioł. Spiszemy listę podejrzanych, potem będziemy ją zawężać, aż zdobędziemy mniejszą lub większą pewność, kto to jest. A przynajmniej dojdziemy do kilku nazwisk potencjalnych morderców. Następnie przyłożymy do każdego z nich to, co wiemy o zbrodni. Na pewno jeden będzie się spośród nich wyróżniał. Wszystkie elementy wskoczą na miejsce, nie wiemy tylko, jak i kiedy to nastąpi. Ale w tym stosie papierów, raportów i dowodów jest coś, co zapędzi go w pułapkę.

Francis wziął głęboki oddech.

– O jaki konkretnie sposób ci chodzi? – spytał.

Peter wyszczerzył się w uśmiechu.

– Widzisz, mój młody przyjacielu, to właśnie cała zagwozdka. To musimy ustalić. Jest tu gdzieś ktoś, kto nie jest tym, za kogo wszyscy go biorą. Czai się w nim szaleństwo zupełnie innego rodzaju, Mewa. A on cholernie dobrze je ukrywa. Musimy tylko odkryć, kto udaje.

Francis popatrzył na Lucy, która kiwała głową.

– To, oczywiście, o wiele łatwiej powiedzieć, niż zrobić – dodała powoli.

Rozdział 12

Czasami linia demarkacyjna między snem i jawą zaciera się. Ciężko mi je od siebie odróżnić. Podejrzewam, że dlatego właśnie muszę brać tyle leków, jakby rzeczywistość można było wzmocnić chemicznie. Wchłaniasz ileś tam miligramów tej czy tamtej pigułki i świat z powrotem staje się wyraźny. To smutna prawda; lekarstwa najczęściej robią to, co powinny. I tak sobie myślę, że generalnie to dobrze. Wszystko zależy od tego, na ile człowiek ceni sobie wyrazistość rzeczywistości.

W chwili obecnej nie ceniłem jej w ogóle.

Nie wiem, ile godzin spałem na podłodze w pokoju. Zabrałem z łóżka poduszkę i koc, a potem położyłem się obok moich słów, nie chcąc ich opuszczać, prawie tak jak rodzic boi się zostawić na noc chore dziecko. Podłoga była twarda jak deska i kiedy się obudziłem, stawy protestowały bólem przeciwko takiemu traktowaniu. Przez okna do mieszkania wpadało światło świtu, jak herold obwieszczający trąbką nowinę. Wstałem do pracy, może niezupełnie odświeżony, ale przynajmniej trochę mniej śpiący.

Przez chwilę rozglądałem się dookoła, upewniając się, że jestem sam. Anioł był gdzieś niedaleko, wiedziałem o tym. Nie uciekł. To nie było w jego stylu. Nie schował się też znów za moimi plecami. Wszystkie zmysły miałem wyostrzone mimo kilkugodzinnego snu. Znajdował się blisko. Obserwował. Czekał. Gdzieś niedaleko. Ale pokój był pusty, przynajmniej na razie, i poczułem ulgę. Jedyne echa, jakie słyszałem, to swoje własne.

Próbowałem przekonać samego siebie, że powinienem zachować bardzo dużą ostrożność. W Szpitalu Western State występowaliśmy przeciwko niemu we troje. A i tak szanse nie były wyrównane. Teraz, samotny w moim mieszkaniu, bałem się, że nie dam rady znów stawić mu czoło.

Odwróciłem się do ściany. Przypomniałem sobie, jak zadałem Peterowi pytanie, i jego odpowiedź, udzieloną pogodnym tonem. „Praca detektywa polega na spokojnym, uważnym badaniu faktów. Twórcze myślenie zawsze jest mile widziane, ale tylko w granicach wyznaczonych przez znane detale".

Roześmiałem się na głos. Tym razem nie udało mi się powstrzymać ironii.

– Ale nie to zadziałało, prawda? – spytałem.

Może w prawdziwym świecie, zwłaszcza dzisiaj, z testami DNA, mikroskopami elektronowymi i technikami analizy sądowej wspartymi nauką, technologią i nowoczesnymi możliwościami, odnalezienie anioła nie byłoby takie trudne. Pewnie okazałoby się nawet łatwe. Włóż odpowiednie substancje do probówki, dodaj trochę tego i trochę tamtego, przepuść całość przez gazowy chronometr, użyj technologii kosmicznej, idź po komputerowy wydruk i gotowe. Ale wtedy, w Szpitalu Western State, nie mieliśmy tych wszystkich rzeczy. Ani jednej.

Mieliśmy tylko siebie.

W samym budynku Amherst przebywało prawie trzystu pacjentów mężczyzn. W innych budynkach liczba ta była dwa razy większa, a całość męskiej populacji szpitala osiągała niemal dwa tysiące sto osób. Kobiet było mniej, sto dwadzieścia pięć w Amherst, trochę ponad dziewięćset w całym szpitalu. Pielęgniarki, stażystki, pielęgniarze, ochrona, psychologowie i psychiatrzy zwiększali liczbę przebywających w szpitalu do przeszło trzech tysięcy. Nie był to najludniejszy świat, pomyślał Francis, ale mimo wszystko spory.

Po przyjeździe Lucy Jones Francis nabrał zwyczaju przyglądania się spacerującym korytarzami mężczyznom z nowym rodzajem zainteresowania. Nie dawała mu spokoju myśl, że jeden z nich jest mordercą; zaczął się gwałtownie odwracać za każdym razem, kiedy ktoś zbliżył się do niego z tyłu.

Wiedział, że to bez sensu. Zdawał sobie też sprawę, że boi się nie tego, czego powinien. Ale ciężko było mu się pozbyć poczucia nieustannego zagrożenia.

Dużo czasu spędził, próbując nawiązać ze współmieszkańcami kontakt wzrokowy, choć wszelkie okoliczności zdecydowanie temu nie sprzyjały. Zewsząd otaczały go najróżniejsze przypadki chorób umysłowych, o różnych stopniach nasilenia, i nie miał pojęcia, jak zmienić swój sposób postrzegania tych chorób, by wypatrzyć tę jedną, zupełnie inną od pozostałych. Harmider, który robiły jego głosy, powiększał tylko rosnące podenerwowanie. Czuł się trochę tak, jakby strzelały w nim elektryczne impulsy, odbijały się chaotycznie, usiłując znaleźć sobie spokojne miejsce. Choć usilnie próbował, nie udawało mu się odpocząć i był coraz bardziej zmęczony.

Peter Strażak nie sprawiał wrażenia osoby równie spiętej. Właściwie, zauważył Francis, im gorzej czuł się on sam, tym Peter wyglądał lepiej. W jego głosie pojawiła się większa stanowczość, zaczął szybciej chodzić po korytarzu. Zniknął ulotny smutek, który miał w sobie, kiedy pojawił się w szpitalu. Peter był pełen energii, czego Francis mu zazdrościł, bo sam czuł jedynie strach.

Ale czas spędzony z Lucy i Peterem w małym gabinecie sprawił, że udało mu się nad tym zapanować. W niewielkim pomieszczeniu nawet jego głosy cichły i był w stanie słuchać tego, co miały mu do powiedzenia.

Najpierw, jak wyjaśniła Lucy, należało opracować metodę zawężenia liczby potencjalnych podejrzanych. Przejrzała historię choroby każdego pacjenta i ustaliła, kto miałby sposobność zabicia tamtych trzech kobiet, co, jak sądziła, było powiązane z zamordowaniem Krótkiej Blond. Lucy znała daty trzech pierwszych zabójstw. Każde nastąpiło kilka dni lub tygodni przed znalezieniem ciał. Przeważająca większość pacjentów w tym czasie przebywała w zamknięciu. Długoterminowych, zwłaszcza starych, łatwo było wyeliminować z procesu dochodzenia.

Lucy nie podzieliła się tą wiadomością ani z doktorem Gulptililem, ani z panem Evansem, chociaż Peter i Francis wiedzieli, co robiła. Wywołało to pewne napięcie, kiedy poprosiła pana Złego o dane pacjentów budynku Amherst.

– Oczywiście – powiedział. – Główne akta trzymam u siebie w szafkach. Może pani przyjść je przejrzeć w dowolnym momencie.

Lucy stała przed swoim gabinetem. Było wczesne popołudnie, a pan Zły od rana przychodził już dwa razy. Pukał głośno do drzwi i pytał, czy może w czymś pomóc. Przypominał od razu Francisowi i Peterowi, że ich sesje grupowe odbędą się jak zwykle i że mają się na nich pojawić.

– W takim razie chodźmy teraz – powiedziała Lucy. Ruszyła przed siebie korytarzem, ale pan Zły natychmiast ją zatrzymał.

– Tylko pani – zakomunikował sztywno. – Tamci dwaj nie.

– Pomagają mi – zaoponowała Lucy. – Wie pan o tym.

Pan Zły pokiwał głową, ale zaraz potem energicznie zaprzeczył.

– Tak, być może – powiedział powoli. – To się jeszcze okaże. Jak pani wie, mam pewne wątpliwości. Mimo to nie daje im to prawa wglądu w karty chorych. Zawierają one poufne dane osobiste, zebrane podczas sesji terapeutycznych, a nie mogę pozwolić, by czytali je inni pacjenci naszego małego szpitala. Byłoby to z mojej strony naruszenie zasad etyki zawodowej i pogwałcenie praw stanowych dotyczących ochrony danych osobowych. Powinna pani o tym wiedzieć, panno Jones.

Lucy zawahała się, rozważając jego słowa.

– Przepraszam. Ma pan oczywiście słuszność. Założyłam po prostu, że może ze względu na wyjątkowość sytuacji da nam pan taryfę ulgową.

Evans się uśmiechnął.

– Oczywiście. Chcę pani zapewnić jak największą swobodę w walce z wiatrakami. Ale nie wolno mi łamać prawa i nie może pani prosić o to mnie ani żadnego innego kierownika dormitorium.

Pan Zły miał długie ciemne włosy i okulary w drucianych oprawkach, nadające mu niechlujny wygląd. Żeby złagodzić to wrażenie, często nosił krawat i białą koszulę, chociaż buty zawsze miał brudne i zdarte. Zachowywał się trochę tak, pomyślał Francis, jakby nie chciał, by kojarzono go ani ze środowiskiem buntu, ani krainą statecznego spokoju. Niechęć przynależności do żadnego z tych światów stawiała pana Evansa w trudnym położeniu.

– Oczywiście, nie będę tego robić – powiedziała Lucy posłusznie.

– Zwłaszcza że wciąż czekam, aż wykaże mi pani, że ta poszukiwana mityczna persona rzeczywiście tu jest.

Lucy uśmiechnęła się lekko.

– A jakie dokładnie dowody chciałby pan zobaczyć? – spytała, kiedy milczenie zaczęło się robić niezręczne.

Evans również się uśmiechnął, jakby słowna szermierka sprawiała mu przyjemność. Pchnięcie. Parada. Cios.

– Coś więcej niż tylko przypuszczenie – odparował. – Może wiarygodnego świadka, chociaż skąd miałaby go pani wziąć w szpitalu dla umysłowo chorych, trudno mi sobie wyobrazić... – Zaśmiał się, jakby to był żart. – ...Albo może narzędzie zbrodni, którego jak dotąd nie odnaleziono. Coś konkretnego. Solidnego... – Znów zrobił wesołkowatą minę niczym uczestnik przedstawienia, urządzonego wyłącznie dla jego uciechy. – Oczywiście, jak pewnie już się pani zorientowała, panno Jones, „konkretny" i „solidny" nie są pojęciami pasującymi do naszego małego światka. Wie pani tak samo dobrze jak ja, że statystycznie rzecz biorąc, umysłowo chorzy są o wiele bardziej skłonni zrobić krzywdę sobie niż komuś innemu.

– Być może człowiek, którego szukam, nie jest umysłowo chory, według pana dokładnej definicji – powiedziała Lucy. – Należy do zupełnie innej kategorii.

– Cóż, może tak – odparł Evans żywo. – Właściwie to bardzo prawdopodobne. Ale tutaj mamy aż w nadmiarze ludzi i tej pierwszej kategorii, a nie z drugiej. – Ukłonił się lekko i zatoczył ręką krótki łuk, wskazując swój gabinet. – Wciąż ma pani ochotę przejrzeć karty? – spytał.

Lucy odwróciła się do Petera i Francisa.

– Muszę to zrobić. A przynajmniej zacząć. Spotkamy się później.

Peter spojrzał ze złością na pana Evansa, który nie popatrzył w jego stronę, lecz poprowadził Lucy Jones korytarzem, odpędzając podchodzących do niego pacjentów. Francisowi skojarzył się z człowiekiem wyrąbującym sobie maczetą drogę przez dżunglę.

– Byłoby miło, gdyby się okazało, że to tego sukinsyna szukamy – mruknął pod nosem Peter. – To by było naprawdę niezłe, zostałbym tu dla samej tej satysfakcji. – Wybuchnął krótkim śmiechem. – Cóż, Mewa. W życiu nigdy nie ma aż tak dobrze. Wiesz, jak to mówią: „Uważaj, żeby twoje życzenia się nie spełniły". – Cały czas, kiedy to mówił, nie spuszczał oka z pana Evansa idącego korytarzem. Odczekał kilka chwil. – Porozmawiam z Napoleonem – dodał i westchnął. – Przynajmniej dowiem się, jak to wszystko wygląda z perspektywy XVIII wieku.

Francis poszedłby z nim, ale zawahał się, a Peter odwrócił się na pięcie i pomaszerował do świetlicy. W tym momencie chłopak zauważył Dużego Czarnego. Pielęgniarz stał oparty o ścianę i palił papierosa; jego biały uniform lśnił w promieniach słońca wpadającego przez okna. Skóra Dużego Czarnego wydawała się przez to jeszcze ciemniejsza; Francis zobaczył, że pielęgniarz im się przyglądał. Podszedł do niego, a olbrzym odepchnął się od ściany i rzucił papierosa na podłogę.

– Paskudny nałóg – parsknął. – Tak samo śmiertelny jak wszystko inne tutaj. Może. Więc lepiej nie zaczynaj i ty, tak jak zaczęli wszyscy, Mewa. Sporo tu paskudnych przyzwyczajeń. I nie bardzo można z nimi cokolwiek zrobić. Staraj się trzymać z dala od złych nawyków, Mewa, to wcześniej czy później stąd wyjdziesz.

Francis nie odpowiedział. Patrzył, jak pielęgniarz spogląda wzdłuż korytarza, zatrzymując wzrok najpierw na jednym pacjencie, potem na drugim, ale tak naprawdę skupiał się na czymś zupełnie innym.

– Dlaczego oni się nienawidzą, panie Moses? – spytał po chwili Francis. Duży Czarny nie odpowiedział wprost.

– Wiesz, czasami, na południu, gdzie się urodziłem, trafiały się staruszki, które potrafiły przeczuwać zmiany pogody. Wiedziały, kiedy nad wodą rozpęta się sztorm. Zwłaszcza w porze huraganów chodziły, węszyły w powietrzu, śpiewały albo recytowały zaklęcia, czasami rzucały kawałki kości i muszelki na szmatki. Trochę jak wiedźmy. Teraz, kiedy jestem wykształconym człowiekiem, żyjącym we współczesnym świecie, Mewa, wiem, że nie należy wierzyć w te czary i inkantacje. Ale sęk w tym, że one się nigdy nie myliły. Jeśli nadciągał sztorm, wiedziały o tym pierwsze. To one kazały ludziom zaganiać bydło do obór, wzmacniać dachy, przygotować trochę wody w butelkach na wypadek nieszczęścia, którego nikt inny nie dostrzegał. A nadchodziło, zawsze, bez wyjątku. To absurd, kiedy się nad tym zastanowić; to zupełnie logiczne, kiedy się nie zastanawiasz. – Uśmiechnął się i położył dłoń na ramieniu Francisa. – Jak myślisz, Mewa? Patrzysz na tych dwóch, na to, jak się zachowują, i też przeczuwasz nadchodzącą burzę?

– Dalej nie rozumiem, panie Moses.

Olbrzym pokręcił głową.

– Powiem tak: Evans ma brata. I być może to, co zrobił Peter, ma coś wspólnego z tym bratem. Dlatego, kiedy Peter tu trafił, Evans załatwił wszystko tak, żeby to on odpowiadał za jego ocenę. Dopilnował, żeby Peter wiedział, że cokolwiek by chciał, on, Evans, postara się, żeby tego nie dostał.

– Ale to niesprawiedliwe – zaprotestował Francis.

– Nie mówiłem, że coś tu jest sprawiedliwe, Mewa. W ogóle nie wspominałem o sprawiedliwości. Powiedziałem tylko, że być może ma to jakiś związek z tymi paskudnymi kłopotami, które nas czekają, prawda?

Duży Czarny wsadził dłoń do kieszeni. Kiedy to zrobił, zadzwonił pęk kluczy przy jego pasku.

– Panie Moses, te klucze... Są do wszystkich drzwi?

Moses kiwnął głową.

– Tak. Do Amherst. Do innych dormitoriów też. Do ochrony. Sal sypialnych. Nawet do izolatek. Chcesz otworzyć frontową bramę, Francis? Tego właśnie potrzebujesz.

– Kto ma takie klucze?

– Przełożone pielęgniarki. Ochrona. Pielęgniarze, tacy jak ja i mój brat. Główny personel.

– Zawsze wiadomo, gdzie są wszystkie komplety?

– Teoretycznie. Ale wiesz, to, co ludzie powinni robić, i to, co dzieje się naprawdę, to czasem dwie różne rzeczy. Zwłaszcza tutaj. – Zaśmiał się. – Zaczynasz zadawać pytania jak panna Jones i Peter. On wie, jak zadawać pytania. A ty się uczysz.

Francis uśmiechnął się na ten komplement.

– Zastanawiam się, czy żadnych kluczy nigdy nie brakuje – powiedział. Duży Czarny pokręcił głową.

– Źle sformułowałeś pytanie, Mewa. Spróbuj jeszcze raz.

– Czy jakichś kluczy brakuje?

– O, to właściwe pytanie. Tak. Jednego kompletu brakuje.

– Ktoś ich szukał?

– Owszem. Ale może „szukał" to złe słowo. Ludzie zajrzeli w miejsca, które przyszły im do głowy, potem dali sobie spokój.

– Kto je zgubił?

– Ależ nikt inny jak nasz dobry przyjaciel, pan Evans. – Olbrzymi pielęgniarz roześmiał się głośno, a kiedy odrzucił głowę w tył, spostrzegł zbliżającego się do nich swojego brata. – Hej – zawołał. – Mewa zaczął się wszystkiego domyślać.

Francis zobaczył, że pielęgniarki za siatką dyżurki na środku korytarza podniosły wzrok i uśmiechnęły się, jakby usłyszały żart. Mały Czarny też się wyszczerzył.

– Wiesz co, Francis? – powiedział.

– Co takiego, panie Moses?

– Spróbuj pojąć, jak ten świat działa. – Pielęgniarz szerokim machnięciem ręki wskazał cały szpital. – Zrozum to wszystko porządnie i do końca, a uwierz mi, zrozumienie świata na zewnątrz, za tymi murami, nie będzie dla ciebie wcale takie trudne. Jeśli będziesz miał szansę.

– A co powinienem zrobić, żeby dostać szansę, panie Moses?

– To najważniejsze pytanie, no nie, braciszku? Wszyscy tutaj zadają je sobie bez przerwy, każdej minuty, każdego dnia. Co zrobić, żeby dostać szansę. Są na to sposoby, Mewa. Więcej niż jeden. Ale nie ma żadnych zasad, prostych „tak" i „nie". Musisz znaleźć własną drogę. Znajdziesz ją, Mewa. A wtedy po prostu nią pójdź. To największy problem, prawda?

Francis nie wiedział, jak odpowiedzieć, ale pomyślał, że starszy pielęgniarz na pewno się myli. Nie uważał też, by zdołał pojąć jakikolwiek świat. Usłyszał kilka swoich głosów, głęboko w duchu, i spróbował dosłyszeć, co mówią, bo podejrzewał, że mają coś do powiedzenia. Ale kiedy się skupił, zauważył, że obaj pielęgniarze mu się przyglądają, widzą na jego twarzy to, co dzieje się w duszy, i przez chwilę poczuł się nagi. Uśmiechnął się więc najuprzejmiej, jak potrafił, i poszedł przed siebie korytarzem, szybkim krokiem, do wtóru werbla tłukących się w nim wątpliwości.

Lucy siedziała za biurkiem w gabinecie pana Evansa, a on przeszukiwał jedną z czterech szafek z aktami, ustawionych pod ścianą. Patrzyła na ślubne zdjęcie w rogu. Zobaczyła Evansa, z krócej przyciętymi i uczesanymi włosami, w granatowym prążkowanym garniturze, podkreślającym chudą sylwetkę. Stał obok młodej kobiety w białej sukience, ledwie skrywającej zaawansowaną ciążę. Panna młoda miała na potarganych ciemnych włosach wianek z kwiatów. Oboje tkwili pośrodku grupy ludzi w różnym wieku, od bardzo starych do bardzo młodych; wszyscy mieli usta wykrzywione w uśmiechu, który, jak uznała Lucy, można było nazwać jedynie wymuszonym. Wśród nich stał mężczyzna w powłóczystych szatach księdza, odbijających swoim złotym brokatem światło lampy błyskowej fotografa. Trzymał dłoń na ramieniu Evansa; Lucy spostrzegła jego uderzające podobieństwo do psychologa.

– Ma pan brata bliźniaka? – spytała.

Evans podniósł wzrok, zobaczył, że Lucy patrzy na zdjęcie, i odwrócił się do niej z naręczem żółtych teczek.

– Rodzinna cecha – powiedział. – Moje córki to też bliźniaczki.

Lucy rozejrzała się, ale nie zobaczyła nigdzie fotografii. Evans spostrzegł pytające spojrzenie pani prokurator.

– Mieszkają ze swoją matką. Powiem tylko, że przechodzimy ciężki okres.

– Przykro mi – mruknęła; nie dodała, że to nie jest powód, by nie powiesić na ścianie zdjęcia córek.

Evans wzruszył ramionami. Rzucił teczki na biurko. Upadły z głuchym łomotem.

– Kiedy dorasta się jako bliźniak, człowiek przyzwyczaja się do wszystkich dowcipów. Nigdy się nie zmieniają. Dwie krople wody. Jak ich państwo rozróżniacie? Macie obaj te same pomysły? Kiedy przez całe życie się wie, że na górze piętrowego łóżka śpi ktoś, kto jest lustrzanym odbiciem, zaczyna się inaczej patrzeć na świat. I lepiej, i gorzej, panno Jones.

– Byliście panowie identyczni? – spytała, właściwie tylko dla podtrzymania rozmowy, bo jeden rzut oka na zdjęcie dawał odpowiedź.

Pan Evans zawahał się, zmrużył oczy, a w jego głosie pojawił się wyraźny chłód.

– Kiedyś tak. Teraz już nie.

Lucy uniosła pytająco brwi.

Evans odkaszlnął.

– Niech pani spyta swojego nowego kolegę detektywa. Zna odpowiedź o wiele lepiej niż ja. Peter Strażak, ten, co zaczyna od gaszenia pożarów, ale potem sam je rozniecza, wszystko pani wyjaśni.

Lucy nie wiedziała, co powiedzieć, więc po prostu przysunęła do siebie akta. Pan Evans usiadł naprzeciw pani prokurator. Odchylił się na krześle, swobodnie skrzyżował nogi i przyglądał się młodej kobiecie. Jego spojrzenia przeszywały powietrze jak pociski. Intensywność wzroku psychologa zaczęła przeszkadzać Lucy.

– A może by mi pan pomógł? – zaproponowała nagle. – To nie będzie trudne zadanie. Na początek chciałabym wyeliminować mężczyzn, którzy przebywali w szpitalu, kiedy popełniano pierwsze trzy morderstwa. Innymi słowy, jeżeli tu byli...

– To nie mogli być gdzie indziej – wtrącił obcesowo. – Teoretycznie wystarczyłoby porównać daty.

– Tak.

– Tyle tylko że pewne aspekty sytuacji mogą to nieco utrudnić.

Lucy przez chwilę milczała.

– Jakie aspekty?

Evans potarł podbródek.

– Niektórzy pacjenci zgłosili się do szpitala dobrowolnie. Mogą go opuszczać, na przykład na weekendy, za zgodą odpowiedzialnych za nich członków rodziny. Właściwie nawet coś takiego popieramy. Dlatego niewykluczone, że ktoś, kto według papierów jest tu na stałe, w rzeczywistości spędził jakiś czas na zewnątrz. Oczywiście pod nadzorem. Przynajmniej teoretycznie. Na pewno nie ma takiej możliwości w przypadku ludzi odesłanych tu z wyroku sądu. Ani tych, których personel uznał za niebezpiecznych. Jeśli trafiło się tu przez akt przemocy, nie można wyjść, nawet na wizytę do domu. Chyba że, oczywiście, ktoś z personelu uzna, że to dopuszczalny element terapii. Ale to też zależy od tego, jakie leki pacjent akurat przyjmuje. Można posłać na noc do domu kogoś, kto bierze pigułki. Z zastrzykiem już nie. Rozumie pani?

– Chyba tak.

– Do tego regularnie przeprowadzamy niby-sądowe posiedzenia, żeby oficjalnie usprawiedliwić czyjeś dalsze zatrzymanie lub zwolnienie – ciągnął Evans, trochę się rozkręcając. – Ze Springfield przyjeżdża publiczny obrońca, który razem z doktorem Gulptililem i przedstawicielem stanowego oddziału Służby Zdrowia Psychicznego zasiada w komisji, trochę jak w przypadku komisji zwolnień warunkowych. Takie też odbywają się od czasu do czasu i mają bardzo nieregularne efekty.

– Co to znaczy „nieregularne"?

– Wypuszczamy ludzi, bo ich stan się stabilizuje, a potem, za kilka miesięcy, są u nas z powrotem, kiedy tracą kompensację. Leczenie chorób umysłowych przypomina trochę chodzenie w obrotowych drzwiach. Albo na automatycznej bieżni.

– Ale pacjenci z budynku Amherst...

– Nie wiem, czy mamy w chwili obecnej pacjentów, których stan społeczny i umysłowy pozwalałby wypuścić na przepustkę. Może paru, w najlepszym wypadku. Musiałbym sprawdzić, czy ktoś ma teraz wyznaczony termin posiedzenia. Nie orientuję się też, jak to jest w przypadku mieszkańców pozostałych budynków. Proszę spytać innych psychologów.

– Myślę, że powinniśmy się skupić na tym budynku – powiedziała Lucy z ożywieniem. – W końcu morderstwo popełniono w Amherst i podejrzewam, że też tutaj jest najprawdopodobniej morderca.

Pan Evans uśmiechnął się nieprzyjemnie, jakby dostrzegł w słowach pani prokurator żart, którego ona nie była świadoma.

– Dlaczego tak pani zakłada?

– Sądziłam po prostu...

Evans nie dał jej dokończyć.

– Jeśli ta mityczna persona jest tak sprytna, jak pani uważa, przemieszczanie się z budynku do budynku późno w nocy nie powinno stanowić dla niej problemu.

– Ale teren szpitala patroluje ochrona. Chyba zauważyłaby kogoś, kto chodziłby między budynkami?

– Podobnie jak wiele instytucji państwowych borykamy się, niestety, z brakami kadrowymi. A ochrona patroluje teren o regularnych porach i nie tak znów trudno byłoby jej uniknąć, jeśli komuś by właśnie na tym zależało. Poza tym są inne sposoby przemieszczania się tak, żeby nikt tego nie widział.

Lucy znów się zawahała, uświadamiając sobie, że powinna w tym momencie zadać pytanie; Evans wykorzystał milczenie pani prokurator, żeby wygłosić własną opinię.

– Chudy... – Lekko, niemal nonszalancko machnął ręką. – Chudy miał motyw, sposobność i chęć, cały był we krwi pielęgniarki. Nie rozumiem, dlaczego tak bardzo upiera się pani przy szukaniu kogoś innego. Zgadzam się, że Chudy to pod wieloma względami sympatyczny człowiek. Ale też paranoidalny schizofrenik, a w przeszłości dopuszczał się już przemocy. Zwłaszcza wobec kobiet, w których widział sługi szatana. W dniach bezpośrednio poprzedzających zbrodnię dostawał niewystarczające dawki leków. Gdyby mogła pani przejrzeć jego akta medyczne, które zabrała policja, znalazłaby tam pani mój wpis, sugerujący, że Chudy mógł jakoś ukryć fakt, że nie otrzymuje odpowiednich dawek. Poleciłem, żeby podawać mu leki dożylnie, bo doustne się nie sprawdzają.

Lucy znów nie odpowiedziała. Chciała powiedzieć Evansowi, że samo okaleczenie dłoni pielęgniarki w jej oczach oczyszczało Chudego z zarzutów. Ale nie podzieliła się z nim tą uwagą.

Evans przysunął teczki w stronę pani prokurator.

– Mimo to – powiedział – jeśli przejrzy pani te akta... i tysiąc innych w pozostałych budynkach... może pani wyeliminować pewne osoby. Na pani miejscu przyłożyłbym mniejszą wagę do dat, a większą do diagnoz. Wykluczyłbym umysłowo upośledzonych. I katatoników, którzy nie reagują ani na leki, ani na elektrowstrząsy. Po prostu nie są fizycznie zdolni do tego, co pani podejrzewa. Tak samo pewne zaburzenia osobowości wykluczają to, czego pani szuka. Z przyjemnością odpowiem na wszystkie pytania. Ale najtrudniejsze... cóż, tu musi pani radzić sobie sama. – Odchylił się do tyłu i zaczął obserwować Lucy, kiedy przysunęła pierwszą teczkę, otworzyła ją i przeglądała zawartość.

Francis stał oparty o ścianę pod gabinetem pana Złego, nie wiedząc, co ma robić. Nie minęło dużo czasu, kiedy zobaczył Petera Strażaka. Peter podszedł, też oparł się o ścianę i wbił spojrzenie w drzwi, które dzieliły ich od Lucy ślęczącej nad dokumentacją. Odetchnął wolno, z cichym gwizdem.

– Rozmawiałeś z Napoleonem? – spytał Francis.

– Chciał zagrać w szachy. No to zagrałem, i skopał mi tyłek. Ale detektyw powinien umieć grać w szachy.

– Dlaczego?

– Bo zwycięska strategia ma nieskończoną liczbę wariacji, a mimo to dostępność ruchów jest ograniczona przez bardzo konkretne możliwości każdej figury. Skoczek może tak... – Poruszył ręką do przodu i w bok. – A goniec tak... – Machnął dłonią na ukos. – Grasz w szachy, Mewa?

Francis pokręcił głową.

– Powinieneś się nauczyć.

Kiedy tak rozmawiali, zatrzymał się obok nich potężny, mocno zbudowany mężczyzna, który mieszkał w dormitorium na drugim piętrze. Miał wyraz twarzy charakterystyczny dla upośledzonych umysłowo; łączył w sobie pustkę i zdziwienie, jakby mężczyzna chciał dostać odpowiedź na jakieś pytanie, ale wiedział, że nie zdoła jej pojąć. W budynku Amherst i całym Szpitalu Western State było sporo takich ludzi; Francis się ich bał, bo znajdowali się w stanie chwiejnej równowagi: łagodni, a zarazem zdolni do nagłej, niewytłumaczalnej agresji. Szybko nauczył się omijać ich szerokim łukiem. Teraz niedorozwinięty mężczyzna otworzył szeroko oczy i wykrzywił się w gniewnym grymasie, jakby był wściekły, że świat w tak wielkim stopniu pozostaje poza jego możliwościami pojmowania. Zagulgotał cicho, wpatrując się intensywnie we Francisa i Petera.

Peter popatrzył równie przenikliwie.

– Na co się gapisz? – zapytał.

Mężczyzna wymamrotał coś trochę głośniej.

– Czego chcesz? – powtórzył Peter. Odsunął się od ściany, napinając mięśnie.

Niedorozwinięty chrząknął przeciągle jak dzikie zwierzę stające naprzeciw rywala. Dał krok do przodu, garbiąc ramiona. Jego twarz wykrzywiła się; Francis pomyślał, że ograniczenia wyobraźni upośledzonego atlety czynią go jeszcze bardziej przerażającym, bo wszystko, co posiadał, w miarę swoich skromnych możliwości, to gniew. I nie było sposobu ustalić, co go spowodowało. Po prostu wybuchł w tej chwili, w tym miejscu. Niedorozwinięty zacisnął dłonie i wściekle zamachał pięściami, jakby okładał niewidzialną zjawę.

Peter dał jeszcze krok do przodu i zatrzymał się.

– Nie rób tego, kolego – ostrzegł.

Mężczyzna najwyraźniej szykował się do ataku.

– Nie warto – dodał Peter, ale przygotował się do walki.

Niedorozwinięty podszedł o krok bliżej, potem stanął. Wciąż pochrząkując z wściekłości, nagle rąbnął się pięścią w bok głowy. Odgłos uderzenia poniósł się echem po całym korytarzu. Mężczyzna uderzył się jeszcze raz i kolejny. Z jego ucha pociekła wąska strużka krwi.

Peter ani Francis nie drgnęli.

Upośledzony krzyknął. W jego głosie była nuta tryumfu, ale też udręki. Francis nie wiedział, czy to wyzwanie, czy sygnał.

Gdy echa krzyku ucichły, mężczyzna znieruchomiał. Westchnął i wyprostował się. Spojrzał na Francisa i Petera. Potrząsnął głową, jakby chciał przejrzeć wyraźnie na oczy. Nagle zmarszczył w zdziwieniu czoło. Pewnie w jego głowie pojawiło się jakieś niezwykle ważne pytanie i, w tym samym olśnieniu, rozbłysła odpowiedź. Potem ni to prychnął, ni się uśmiechnął i niespodziewanie poszedł swoją drogą, coś do siebie mamrocząc.

Francis i Peter odprowadzili go wzrokiem.

– O co mu chodziło? – spytał Francis drżącym głosem.

Peter pokręcił głową.

– O nic – powiedział cicho. – Tutaj nigdy nic nie wiadomo. Trudno stwierdzić, dlaczego ktoś dostał ataku szału. Jezusie, Mario, Józefie święty, Mewa. To najdziwniejsze miejsce, w jakie można mieć nieszczęście kiedykolwiek trafić. Niech je szlag.

Obaj znów oparli się o ścianę. Peter wyglądał na wzburzonego napaścią, do której nie doszło.

– Wiesz, Mewa, kiedy byłem w Wietnamie, myślałem, że to nieźle pokręcone miejsce. Właściwie w każdej chwili mogło się wydarzyć coś dziwnego. I śmiertelnie niebezpiecznego. Ale tam przynajmniej miało to sens. My byliśmy po to, żeby zabijać ich, a oni, żeby zabijać nas. Logiczne, chociaż zboczone. A kiedy wróciłem do domu i wstąpiłem do straży, wiesz, czasem w pożarze różnie to bywa. Walą się ściany. Zapadają podłogi. Wszędzie żar i dym. Ale jest w tym jakiś kosmiczny porządek. Ogień płonie według pewnego wzorca, podsycają go określone rzeczy i jeśli znasz reguły działania, najczęściej możesz się przygotować. Ale tu jest zupełnie inaczej. Tutaj wszystko pali się bez przerwy. Pozostaje jednak zamaskowane i zaminowane.

– Biłbyś się z nim?

– A miałbym wyjście?

Peter rozejrzał się po pacjentach chodzących po budynku.

– Jak tu w ogóle można przeżyć? – zapytał.

Francis nie umiał odpowiedzieć.

– Nie wiem, co tak naprawdę mamy robić – szepnął.

Peter pokiwał głową; na jego usta powrócił nagle krzywy uśmiech.

– To, mój młody, stuknięty przyjacielu, może być najtrafniejsze zdanie, jakie kiedykolwiek wypowiedziałeś.

Rozdział 13

Lucy wyszła z gabinetu pana Evansa. W prawej ręce niosła żółty notes. Miała wyraźnie niezadowoloną minę. Na pierwszej stronie notesu widniała długa, pospiesznie spisana lista nazwisk. Lucy szła szybkim krokiem, jakby poganiał ją niepokój. Podniosła wzrok, kiedy zauważyła czekających na nią Francisa i Petera Strażaka. Podeszła do nich, smutno kręcąc głową.

– Wydawało mi się, głupio, jak się okazuje, że wystarczy porównać daty z danymi szpitalnego archiwum. A to nie takie proste. W szpitalnym archiwum panuje kosmiczny bałagan, a poza tym cała dokumentacja nie znajduje się w jednym miejscu. Czyli czeka mnie dużo nudnej roboty. Cholera.

– Pan Zły nie okazał się tak pomocny, jak twierdził? – zapytał z rozbawieniem Peter; ton jego głosu sprawił, że w pytaniu była już zawarta odpowiedź.

– Chyba tak – odparła Lucy.

– Cóż – powiedział Peter, żartobliwie naśladując brytyjski akcent Piguły. – Jestem wstrząśnięty. Po prostu wstrząśnięty...

Lucy szła dalej korytarzem, krokiem równie pospiesznym jak tempo jej myśli.

– A więc – ciągnął Peter – czego udało się pani dowiedzieć?

– Że będę musiała sprawdzić wszystkie pozostałe budynki, nie tylko Amherst. Poza tym trzeba znaleźć akta pacjentów, którzy mogli wyjść na weekendową przepustkę w naszym przedziale czasowym. Żeby skomplikować sprawę jeszcze bardziej, nie jestem wcale pewna, czy istnieje jedna, główna lista, która by mi to ułatwiła. Spisałam za to podejrzane osoby z tego budynku. Czterdzieści trzy nazwiska.

– Wyeliminowała pani kogoś z powodu wieku? – spytał Peter, głosem już pozbawionym wesołości.

Lucy kiwnęła głową.

– Tak. Dziadków nie ma sensu przepytywać.

– Myślę... – powiedział wolno Peter, pocierając prawą dłonią policzek, jakby tarciem mógł uwolnić tkwiące w głowie pomysły – że powinniśmy wziąć pod uwagę jeszcze jeden ważny czynnik.

Lucy spojrzała na niego z zaciekawieniem.

– Budowa fizyczna – wyjaśnił krótko.

– To znaczy? – spytał Francis.

– Chodzi mi o to, że do popełnienia zbrodni, z jaką mamy tu do czynienia, potrzeba trochę siły. Napastnik musiał obezwładnić Krótką Blond, potem zawlec ją do schowka. W dyżurce były ślady walki, więc wiemy, że nie podkradł się do pielęgniarki od tyłu i nie ogłuszył jej jednym ciosem. Właściwie chyba zależało mu na szamotaninie.

Lucy westchnęła.

– To prawda. Im bardziej się z nią szarpał, tym bardziej się podniecał. To by się zgadzało z tym, co wiemy o tego typu osobowościach.

Francis zadrżał. Miał nadzieję, że nikt tego nie zauważył. Nie potrafił tak zimno i swobodnie rozmawiać o rzeczach rodem z najgorszego koszmaru.

– A więc wiemy, że szukamy kogoś dość silnego – ciągnął Peter. – Wobec tego od razu odpada sporo ludzi stąd, bo chociaż Gulptilil pewnie by się z tym nie zgodził, raczej nie trafiają tu fizycznie sprawni. Nie za wielu mamy tu kulturystów i maratończyków. Powinniśmy też ograniczyć liczbę kandydatów do jakiegoś przedziału wiekowego. Poza tym, jak sądzę, jeszcze jeden czynnik mógłby skrócić listę. Diagnoza. Kto trafił tu za akty przemocy. Kto cierpi na schorzenie, które wywołałoby chęć lub potrzebę popełnienia morderstwa.

– Też o tym pomyślałam – wtrąciła Lucy. – Kiedy stworzymy portret człowieka, którego szukamy, wszystko się nam wyklaruje. – Odwróciła się do Francisa. – Mewa, będę potrzebowała twojej pomocy.

Francis nachylił się do pani prokurator.

– Jakiej?

– Chyba nie pojmuję szaleństwa – powiedziała.

Francis musiał zrobić zmieszaną minę, bo Lucy się uśmiechnęła.

– Och, nie zrozum mnie źle. Nie mam problemu z językiem psychiatrii, kryteria diagnozy, planami leczenia i tekstami medycznymi. Ale nie wiem, jak to wygląda od środka, z pozycji patrzącego. Myślę, że ty w tym mi pomożesz. Muszę wiedzieć, kto byłby w stanie popełnić te zbrodnie.

– Jak pani chce... – mruknął Francis niepewnie.

Peter za to kiwał głową, jakby widział coś, co było oczywiste dla niego i powinno być oczywiste dla Lucy, ale co wciąż umykało Francisowi.

– Na pewno da sobie radę. Ma wrodzony talent. Prawda, Mewa?

– Postaram się.

Gdzieś w głębi siebie Francis usłyszał stłumiony gwar, jakby jego mieszkańcy prowadzili gwałtowny spór. Potem odezwał się jeden z głosów. *Powiedz im. Możesz. Powiedz im, co wiesz.* Zawahał się, ale po chwili zaczął mówić, a słowa pochodziły z jakiegoś wewnętrznego źródła.

– Musi pani zdać sobie sprawę z jednej rzeczy – zaczął powoli, ostrożnie.

Lucy i Peter popatrzyli na niego, jakby trochę zaskoczeni faktem, że włączył się do rozmowy.

– Z jakiej? – spytała Lucy.

Francis kiwnął głową w stronę Petera.

– Peter ma chyba rację. Napastnik musi być silny, a tu nie ma za dużo ludzi, którzy wyglądaliby na dość krzepkich, żeby pokonać kogoś takiego jak Krótka Blond. To znaczy, tak pewnie jest. Ale nie do końca. Jeśli anioł słyszał głosy rozkazujące mu zaatakować Krótką Blond i tamte inne kobiety, no, to nieprawda, że musiał być tak silny, jak sugeruje Peter. Kiedy słyszy się głosy i one każą coś zrobić, to znaczy, naprawdę krzyczą, kategorycznie nakazują, no to ból, trudności, siła, to wszystko schodzi na drugi plan. Po prostu robi się to, co każą. Nie ma żadnych przeszkód. Gdyby głos kazał pani podnieść samochód albo głaz, no to zrobiłaby to pani albo zabiła się, próbując. A więc nie musi być tak, jak sugeruje Peter. To może być ktokolwiek, bo znalazłby potrzebną siłę. Głosy powiedziałyby mu, gdzie jej szukać.

Przerwał i usłyszał w sobie dudniące echo: *Zgadza się. Dobrze powiedziane, Francis.*

Peter spojrzał na przyjaciela uważnie, potem uśmiechnął się szeroko. Stuknął Francisa w ramię.

Lucy też się uśmiechnęła.

– Będę o tym pamiętać, Francis. – Westchnęła głęboko. – Dzięki. Myślę, że możesz mieć rację. To tylko potwierdza fakt, że nie prowadzimy zwyczajnego śledztwa. Zasady są tu trochę inne, prawda?

Francis poczuł ulgę i zadowolenie, że na coś się przydał. Wskazał swoje czoło.

– Tutaj też są inne – powiedział.

Lucy dotknęła jego ramienia.

– Będę pamiętać – powtórzyła i pokręciła głową. – Musicie się dla mnie dowiedzieć czegoś jeszcze.

– Proszę mówić – rzucił Peter pospiesznie.

– Evans dał do zrozumienia, że są sposoby, żeby poruszać się nocą między budynkami bez zwracania na siebie uwagi ochrony. Mogę zapytać go wprost, co miał na myśli, ale wolałabym ograniczyć jego udział do minimum...

– Rozumiem – powiedział szybko Peter. Może trochę za szybko.

Lucy spojrzała na niego ostro.

– Cały czas się zastanawiam, czy nie moglibyście zbadać tego z punktu widzenia pacjentów. Kto wie, jak niepostrzeżenie się przemieszczać po terenie? Co się ryzykuje? I komu by na tym zależało?

– Uważa pani, że anioł przyszedł z innego budynku?

– Chcę się dowiedzieć, czy mógł.

Peter znów kiwnął głową.

– Rozumiem – powtórzył. Zaczął mówić coś jeszcze, przerwał. – Dowiemy się, czego damy radę – obiecał po chwili.

– To dobrze – odparła energicznie Lucy. – Idę do doktora Gulptilila. Zamierzam dokładniej przyjrzeć się różnym datom. Każę się oprowadzić po innych oddziałach, zobaczę, czy zdołam stworzyć listę nazwisk podejrzanych pacjentów.

– Można wyeliminować mężczyzn ze zdiagnozowanym upośledzeniem – poradził Peter. – Zawęzi pani pole działania. Ale tylko z ciężkim upośledzeniem.

Lucy znów kiwnęła głową.

– Słusznie. Spotkajmy się w moim gabinecie przed obiadem, zobaczymy, co uda się nam wskórać.

Odwróciła się i odeszła szybkim krokiem. Francis zauważył, że pacjenci schodzili pani prokurator z drogi. W pierwszej chwili pomyślał, że ludzie muszą się bać Lucy, czego nie rozumiał, potem jednak uświadomił sobie, że raczej płoszyła ich jej obcość. Ona była normalna, oni nie. Chodziło o to, co sobą reprezentowała – egzystencja tej kobiety sięgała poza mury szpitala. Obecność Lucy, pomyślał, podważała logikę istnienia świata, w którym wszyscy tu żyli. I to wydawało się najbardziej niepokojące.

Francis przyjrzał się uważnie twarzom niektórych pacjentów i zrozumiał, że w budynku bardzo niewiele osób naprawdę pragnęło zburzenia spokoju ich świata, co przynosiła ze sobą Lucy. W Szpitalu Western State pacjenci i personel kurczowo trzymali się codziennej rutyny, bo tylko w ten sposób można było zapanować nad siłami, które zmagały się we wnętrzu każdego z chorych. Dlatego właśnie tak wielu ludzi tkwiło tu przez tyle lat – bo bardzo szybko pojmowali, co jest niebezpieczne. Pokręcił głową. Wszystko tu stało do góry nogami, pomyślał. Szpital był miejscem pełnym zagrożeń, nieustannie bulgoczącym kotłem konfliktów, wściekłości i szaleństwa; a mimo to stwarzał pozory otoczenia mniej niebezpiecznego niż świat zewnętrzny. Lucy należała do świata zewnętrznego. Francis odwrócił się i zobaczył, że Peter Strażak też odprowadza ją wzrokiem. Jego twarz wyrażała poczucie frustracji, zrodzonej przez uwięzienie. Oboje byli tacy sami, pomyślał Francis. Żyli w innym świecie.

Zastanawiał się, czy on sam też pasuje do tej kategorii.

Po chwili Peter odwrócił się i lekko pokręcił głową.

– Będzie ciężko, Mewa – powiedział.

– Co masz na myśli?

– Lucy się wydaje, że to zupełnie prosta sprawa. Dała nam zadanie, żebyśmy mieli zajęcie i mogli się skupić. Ale tu chodzi o coś więcej.

Francis wyczekująco spojrzał na Petera.

– Kiedy tylko zaczniemy wypytywać ludzi, rozejdą się słuchy i wcześniej czy później dotrą do kogoś, kto rzeczywiście wie, jak przechodzić z budynku do budynku po zmroku, kiedy wszyscy teoretycznie są zamknięci, nafaszerowani lekami i śpią. To ktoś, kogo szukamy. Wtedy będziemy narażeni na atak. – Peter wziął głęboki oddech i wolno wypuścił powietrze z płuc. – Pomyśl tylko – mruknął cicho, pod nosem. – Wszyscy mieszkamy w budynkach rozsianych po całym terenie szpitala. Tu jemy. Chodzimy na sesje. Spędzamy wolny czas. Śpimy. A każdy budynek jest taki sam.

Jeden w drugi. Małe, zamknięte światy w większym zamkniętym świecie. Kontakty między nimi są ograniczone do minimum. Cholera jasna, twój rodzony brat mógłby siedzieć w budynku obok, a ty byś o tym nie wiedział. Więc po co ktokolwiek miałby przechodzić do innego budynku, który jest dokładnie taki sam, z jakiego wyszedł? Przecież nie jesteśmy gangsterami odsiadującymi dożywocie bez prawa łaski i kombinującymi, jak by tu zwiać. Tutaj nikt nie myśli o ucieczce. Dlatego ktoś ewentualnie chciałby przejść z jednego budynku do drugiego wyłącznie z takiego powodu, którym się właśnie zajmujemy. A za każdym razem, kiedy zadamy komuś pytanie, zasugerujemy aniołowi, że dążymy do zawężenia liczby podejrzanych. A wtedy, cóż... – Peter się zawahał. – Nie wiem, czy anioł kiedykolwiek zabił mężczyznę. Prawdopodobnie tylko te kobiety, o których wiemy.

Duży Czarny i siostra Błąd urządzili tego popołudnia w świetlicy warsztaty malarskie zamiast regularnej sesji grupowej pana Złego. Nie wyjaśniono, gdzie się podział Evans. Lucy też nie było w budynku. Tuzinowi członków grupy rozdano duże, białe płachty grubego, szorstkiego papieru. Potem usadzono ich w luźnym kręgu i dano do wyboru akwarele albo kredki świecowe.

Peter przyglądał się całemu przedsięwzięciu podejrzliwie, ale Francis uznał to za przyjemną odmianę po wysiadywaniu na spotkaniach, których jedynym celem – jak zaczął przypuszczać – było podkreślanie szaleństwa pacjentów na tle normalności pana Evansa. Kleo się niecierpliwiła, jakby już wiedziała, co zamierza narysować, a Napoleon nucił pod nosem marszową melodię, przyglądając się czystej karcie na swoich kolanach i pocierając palcami jej krawędzie.

Siostra Błąd stanęła na środku kręgu. Wszystkich pacjentów traktowała jak dzieci, czego Francis nie znosił.

– Pan Evans chciałby, żebyście spędzili ten czas na rysowaniu autoportretu – oznajmiła z ożywieniem. – Czegoś, co mówiłoby, jak widzicie siebie samych.

– Nie mogę narysować drzewa? – spytała Kleo. Wskazała rząd okien świetlicy, pełnych rozszczepionego blasku popołudniowego słońca.

Za szybą i drucianą siatką Francis widział jedno z drzew rosnących na dziedzińcu. Kołysało się w lekkiej bryzie; wiosenny powiew poruszał młodymi zielonymi liśćmi.

– Nie, chyba że uważasz się za drzewo – odparła siostra Błąd, stwierdzając coś tak oczywistego, że aż przytłaczającego.

– Drzewo kleowe? – spytała Kleo. Uniosła pulchne ramię i napięła mięśnie jak kulturysta. – Bardzo mocne drzewo.

Francis wybrał paletę akwarelek. Niebieski. Czerwony. Czarny. Zielony. Pomarańczowy. Brązowy. Mały, papierowy kubek z wodą postawił przy sobie na podłodze. Zerknął jeszcze na Petera, który niespodziewanie nachylił się nad swoim papierem i zawzięcie nad czymś pracował. Wreszcie Francis zajął się własną czystą kartką. Umoczył pędzelek w wodzie, potem w czarnej farbie. Gdy narysował podłużny owal, zajął się domalowywaniem rysów.

W głębi świetlicy jakiś mężczyzna stał twarzą do ściany i mamrotał coś monotonnie, przerywając tylko co kilka minut, żeby zerknąć na grupę i zaraz wrócić do swojej dziwnej modlitwy. Francis dostrzegł tego samego upośledzonego, który wcześniej w korytarzu przymierzał się do bójki. Atleta przeszedł przez salę, pochrząkując. Co jakiś czas zerkał w stronę wyimaginowanych wrogów, raz za razem uderzając pięścią w otwartą dłoń. Francis odwrócił się z powrotem do swojego rysunku; delikatnie przesuwał pędzelek po papierze, z satysfakcją obserwując, jak na środku karty pojawia się postać.

Pracował w skupieniu. Starał się namalować sobie uśmiech, ale wyszedł mu przekrzywiony, jakby połowa twarzy z czegoś się cieszyła, a druga była pogrążona w żalu. Oczy patrzyły na niego uważnie; pomyślał, że wie, co się w nich kryje. Francis uznał, że namalował Francisa może trochę za bardzo zgarbionego, zbyt zrezygnowanego. Ale to było mniej ważne niż próba pokazania, że Francis na papierze miał uczucia, marzenia i pragnienia, wszystkie emocje, które wiązał ze światem zewnętrznym.

Nie odrywał wzroku od obrazu, dopóki siostra Błąd nie oznajmiła, że do końca zajęć zostało tylko kilka minut.

Zerknął w bok. Peter z uwagą kończył swoje dzieło. Przedstawiało parę dłoni zaciśniętych na kratach ciągnących się przez całą wysokość karty. Nie było twarzy, ciała, żadnego śladu całego człowieka. Tylko palce owinięte na grubych czarnych prętach, dominujących na papierze.

Siostra Błąd wzięła autoportret Francisa i przez chwilę go oglądała.

Duży Czarny podszedł do pielęgniarki i zajrzał jej przez ramię. Uśmiechnął się.

– Cholera, Mewa – mruknął. – Niezła robota. Chłopak ma talent, o którym nikomu nie mówił.

Pielęgniarka i pielęgniarz przeszli dalej, zbierając prace. Francis stanął obok Napoleona.

– Napciu, jak długo tu jesteś? – spytał.

– W szpitalu?

– Tak. I w Amherst. – Gestem wskazał świetlicę.

Napoleon zastanawiał się przez chwilę.

– Dwa lata, Mewa. Chyba że trzy. Nie jestem pewien. Długo – dodał smutno. – Bardzo długo. Traci się poczucie czasu. A może tutaj tego właśnie chcą. Nie wiem.

– Pewnie dobrze się orientujesz, jak tu wszystko działa, prawda?

Napoleon ukłonił się lekko, niemal wdzięcznie.

– Niestety, to biegłość, której wolałbym nie posiadać. Ale masz rację.

– Gdybym chciał przedostać się z tego budynku do innych, jak musiałbym się do tego zabrać?

Pytanie trochę spłoszyło Napoleona. Cofnął się o krok i pokręcił głową. Otworzył usta i zaczerwienił się.

– Nie podoba ci się tu, z nami?

Francis gwałtownie zaprzeczył.

– Nie o to chodzi. Późno w nocy. Po lekach, po zgaszeniu świateł. Gdybym na przykład chciał się dostać do innego budynku... Tak, żeby mnie nikt nie widział... Mógłbym to zrobić?

Napoleon rozważył pytanie.

– Chyba nie – odparł powoli. – Zawsze jesteśmy zamykani.

– Ale gdybym nie był zamknięty...

– Zawsze jesteśmy zamknięci.

– Ale gdyby... – upierał się Francis, trochę już zirytowany.

– To ma coś wspólnego z Krótką Blond, prawda? I z Chudym. Ale Chudy nie mógł się wydostać z dormitorium. Oprócz tej nocy, kiedy zginęła Krótka Blond, bo wtedy drzwi były otwarte. Nigdy przedtem nie słyszałem, żeby były otwarte. Nie, nie da rady wyjść. Nikt nie może. Zresztą, kto by chciał?

– Ktoś mógł. Ktoś wyszedł. I ktoś chciał. Ktoś ma klucze.

Napoleon zrobił przerażoną minę.

– Pacjent ma klucze? – wyszeptał. – Pierwsze słyszę.

– Tak myślę – powiedział Francis.

– Niemożliwe. Nie wolno nam mieć kluczy. – Napoleon przestąpił z nogi na nogę, jakby ziemia pod podeszwami jego wytartych kapci zrobiła się gorąca. – Gdybyś jednak wyszedł na zewnątrz, to znaczy z budynku, uniknięcie patroli ochrony byłoby raczej łatwe. Nie wyglądają przecież na najbystrzejszych na świecie, prawda? Muszą też chyba meldować się w tych samych miejscach, o tej samej porze co noc. No, nawet ktoś tak obłąkany jak my dałby sobie z tym radę, gdyby miał jakikolwiek plan... – Zachichotał cicho, niemal tracąc panowanie nad sobą, rozbawiony radykalnym stwierdzeniem, że strażnicy ochrony są niekompetentni. Ale potem ściągnął mocno brwi. – Ale nie w tym byłby problem, prawda, Mewa?

– A w czym? – spytał Francis.

– Główne wejście jest na wprost dyżurki pielęgniarek. Tak samo we wszystkich innych budynkach, prawda? A nawet gdyby dyżurny pielęgniarz albo pielęgniarka spali, odgłos otwieranych drzwi by ich obudził.

– A wyjścia awaryjne?

– Chyba są zabite na głucho. – Pokręcił głową. – Chociaż to pewnie wbrew przepisom przeciwpożarowym – dodał. – Powinniśmy zapytać Petera. Założę się, że on wie.

– Raczej tak. Ale mimo to, nawet gdyby ktoś chciał, uważasz, że to niemożliwe?

– Może jest jakaś inna droga. Tylko po prostu nic o niej nie słyszałem. I nigdy nie obiło mi się o uszy, że ktoś chciałby przechodzić z jednego miejsca do drugiego, Mewa. Bo po co, skoro wszystko, czego potrzebujemy i z czego moglibyśmy skorzystać jest tu, na miejscu?

To przygnębiające pytanie, pomyślał Francis. A także nieprawdziwe. Był ktoś, czyje potrzeby wykraczały poza te, o których mówił Napoleon. Francis zapytał sam siebie, prawdopodobnie po raz pierwszy: czego potrzebuje anioł?

To Peter zauważył człowieka od napraw, kiedy wychodziliśmy ze świetlicy. Później często się zastanawiałem, czy wszystko potoczyłoby się inaczej, gdybyśmy mogli przyjrzeć się dobrze temu, co tamten człowiek robił, ale szliśmy na spotkanie z Lucy, a to zawsze miało najwyższy priorytet. Później całymi godzinami, może dniami, po prostu rozmyślałem nad zawiłością tamtych wydarzeń – jakby jedna czy druga rzecz mogła wyjść inaczej, gdyby któreś z naszej trójki umiało dostrzec tę tak ważną złożoność. Czasem szaleństwo polega na fiksacji, skupianiu się na jednej myśli. Obsesja Chudego na punkcie zła. Potrzeba rozgrzeszenia u Petera. Pragnienie sprawiedliwości Lucy. Ci dwoje oczywiście nie byli szaleni, a przynajmniej nie w sposób znany mi albo Pigule, albo nawet panu Złemu. Ale to ciekawe, jak potrzeby tak potężne potrafią przeobrazić się w obłęd. Różnica polega na tym, że niełatwo je zdiagnozować jak moje szaleństwo. Mimo to widok człowieka od napraw, faceta w średnim wieku, z podkrążonymi oczami, w szarej koszuli i spodniach, grubych, roboczych buciorach, z kurzem na ciemnych włosach i poplamionym olejem ubraniu powinien do nas jakoś w przemówić. Mężczyzna w brudnej dłoni niósł drewnianą skrzynkę na narzędzia, a zza paska zwieszała mu się wytytłana szmata. Podzwaniał cicho kluczami uderzającymi o plastikową żółtą latarkę, zawieszoną przy pasku. Miał zadowolony wyraz twarzy jak człowiek, który dostrzega nagle koniec długiej i mozolnej pracy. Odwrócił się do Dużego i Małego Czarnego, zapalając papierosa.

– Już niedługo – usłyszeliśmy jego słowa. – Prawie skończyłem. Cholera, co za draństwo.

Potem poszedł do schowka w drugim końcu korytarza niż ten, z którego zabrano zwłoki Krótkiej Blond.

Kiedy wracam myślą do tamtych chwil, widzę tyle różnych znaczących drobiazgów. Małych chwil, które powinny być dużymi momentami. Człowiek od napraw. Upośledzony mężczyzna. Nieobecny administrator. Człowiek mówiący do siebie. Inny, pozornie śpiący w fotelu. Kobieta, która uważała się za wcielenie starożytnej egipskiej władczyni. Byłem młody i nie rozumiałem, że tego rodzaju zbrodnia jest jak mechaniczny pas transmisyjny. Nity i nakrętki, śruby i bolce, wszystko zazębia się razem i tworzy pęd, posuwa się naprzód pod kontrolą sił przypominających trochę wiatr; niewidzialnych, a mimo to pozostawiających ślady – zmięta kartka papieru nagle wznosi się i opada na chodnik; gałąź sunie najpierw w jedną stronę, potem w drugą stronę, dalekie, ciemne chmury burzowe gnają przez złowrogie niebo. Długo trwało, zanim to spostrzegłem.

Peter to wiedział, tak samo Lucy. Może to ich właśnie ze sobą łączyło, przynajmniej z początku. Byli czujni i bezustannie wypatrywali wszystkich sygnałów, które mogłyby im powiedzieć, gdzie szukać anioła. Ale później, już po wszystkim, pomyślałem, że tak naprawdę łączyło ich coś bardziej złożonego. To, że przybyli do Western State niemal w tej samej chwili, nieświadomi, czego potrzebowali. Oboje mieli w sobie wielką wyrwę, a anioł ją wyzwolił.

Siedziałem po turecku na środku swojego pokoju.

Świat wokół mnie wydawał się wyciszony i spokojny. Nie dobiegał nawet płacz dziecka z mieszkania Santiagów. Za oknem panowała smolista czerń. Noc była gęsta jak teatralna kurtyna. Nasłuchiwałem odgłosów ruchu na ulicy, ale nawet one pozostawały stłumione. Znikły dieslowskie porykiwania przejeżdżających ciężarówek. Spojrzałem na swoje dłonie i pomyślałem, że za parę godzin zacznie świtać. Peter powiedział mi kiedyś, że ostatnie ciemności nocy przed rankiem to pora, w jakiej najczęściej umierali ludzie.

To była pora anioła.

Wstałem, wziąłem ołówek i zacząłem rysować. Po kilku minutach miałem gotowego Petera, takiego, jakim go zapamiętałem. Potem zabrałem się do portretu Lucy. Chciałem widzieć w niej czyste piękno, więc trochę oszukiwałem, kiedy przyszło do rysowania blizny. Zrobiłem ją trochę mniejszą niż w rzeczywistości. Po kilku chwilach byli ze mną dokładnie tacy, jakimi ich *pamiętałem z tamtych pierwszych dni. Nie takimi, jakimi się wszyscy staliśmy.*

Lucy Jones nie dostrzegała żadnego skrótu, który mógłby ją zbliżyć do poszukiwanego mężczyzny. A przynajmniej niczego prostego i oczywistego jak lista pacjentów zdolnych popełnić wszystkie cztery morderstwa. Pozwoliła więc doktorowi Gulptililowi oprowadzać się po terenie szpitala i w każdym z budynków przeglądała akta pacjentów. Eliminowała wszystkich cierpiących na starczą demencję i uważnie badała listę mężczyzn zdiagnozowanych jako głęboko upośledzeni. Wykreślała też każdego, kto przebywał w szpitalu dłużej niż pięć lat. Przyznawała w duchu, że w tym wypadku tylko zgaduje. Ale uznała, że każdy, kto spędził tyle czasu w murach szpitala, był prawdopodobnie tak przesycony antypsychotykami i spętany szaleństwem, że raczej nie potrafiłby funkcjonować w zewnętrznym świecie z choćby skromnym powodzeniem. Anioł natomiast działał sprawnie w obu środowiskach. Im więcej o tym myślała, tym bardziej była przekonana, że musi znaleźć kogoś, kto mógłby dobrze sobie radzić w obu światach.

Z pewną konsternacją doszła do przekonania, że nie może wyeliminować członków personelu. W tym przypadku problemem miało być przekonanie dyrektora, żeby udostępnił jej dane pracowników; wątpiła, żeby się na to zgodził bez dowodów sugerujących, że ktoś z lekarzy, pielęgniarek albo pielęgniarzy jest powiązany ze sprawą. Idąc obok niskiego, hinduskiego psychiatry, nie słuchała tak naprawdę jego monotonnego buczenia o zaletach zamkniętych ośrodków dla umysłowo chorych. Zamiast tego zastanawia się, co dalej.

Późną wiosną w Nowej Anglii wieczorami pojawia się ponury, ciężki mrok, jakby świat nie był przekonany do przejścia z ciemnych miesięcy zimy w lato. Ciepłe, południowe powiewy, unoszone przez prądy powietrza mieszają się z falami chłodu napływającymi z Kanady. Jedno i drugie przypominało niemile widzianych imigrantów, szukających nowego domu. Po terenie szpitala rozpełzały się cienie, nieuchronnie ogarniając wszystkie budynki. Lucy zrobiło się jednocześnie zimno i gorąco, trochę tak, jakby miała gorączkę.

Na listach z kolejnych budynków miała ponad dwustu pięćdziesięciu potencjalnych podejrzanych i martwiła się, że około setki nazwisk mogła odrzucić zbyt pochopnie. Domyślała się, że dojdzie do tego jeszcze około trzydziestu osób z personelu, ale nie była gotowa, żeby się do tego zabrać. Wiedziała, że zniechęci to do niej dyrektora, którego pomocy wciąż potrzebowała.

Kiedy zbliżyli się do Amherst, Lucy zdała sobie nagle sprawę, że nie słyszała żadnych nawoływań ani krzyków z mijanych budynków. A może słyszała je, ale nie zareagowała. Zapisała to sobie w pamięci i pomyślała, że szpitalny świat bardzo szybko sprowadził dziwaczność do rutyny.

– Poczytałem co nieco o typie człowieka, którego pani ściga – powiedział doktor Gulptilil, kiedy przechodzili przez dziedziniec.

Ich buty stukały o czarny asfalt ścieżki; Lucy zobaczyła, jak strażnik ochrony zasuwa na noc szpitalną bramę.

– To ciekawe – ciągnął Gulptilil – jak mało uwagi literatura medyczna poświęca temu morderczemu fenomenowi. Jest na ten temat niewiele opracowań. Policja podjęła pewne wysiłki w kierunku tworzenia profili charakterologicznych, ale ogólnie rzecz biorąc, diagnozy i plany leczenia seryjnych morderców do tej pory były ignorowane. Społeczność psychiatrów, musi pani to zrozumieć, panno Jones, nie lubi tracić czasu na psychopatów.

– Dlaczego, doktorze?

– Bo nie da się ich leczyć.

– W ogóle?

– Tak. A przynajmniej klasycznych psychopatów. Nie reagują na antypsychotyki tak jak schizofrenicy. Ani, skoro o tym mowa, jak pacjenci ze schorzeniem bipolarnym, obsesyjno-kompulsywnym, kliniczną depresją albo jakąkolwiek inną zdiagnozowaną chorobą, na którą wynaleziono lekarstwa. Nie, proszę nie myśleć, że psychopata nie cierpi na żadne dające się zdiagnozować choroby umysłu. Nic podobnego. Jednak brak ludzkich cech, tak chyba najlepiej to określić, umieszcza ich w innej kategorii, mało znanej. Nie poddają się planom leczenia, panno Jones. Bywają nieszczerzy, manipulują, zwodzą, często cierpią na manię wielkości. Ich impulsy nie podlegają ograniczeniom przyjętych norm społecznych i moralnych. Muszę przyznać, są przerażający. Bardzo niepokoją jako przypadki kliniczne. Psychiatra Hervey Cleckley napisał na ten temat interesujące opracowanie, które z przyjemnością pani pożyczę. To chyba rozstrzygająca i najdokładniejsza pozycja o tego typu ludziach. Ale bardzo nieprzyjemna w czytaniu, panno Jones, bo Cleckley sugeruje, że nie można nic zrobić. Klinicznie, ma się rozumieć.

Lucy zatrzymała się pod budynkiem Amherst. Niski doktor odwrócił się do niej, lekko przekrzywiając głowę, jakby czegoś nasłuchiwał. Powietrze przeszył samotny, piskliwy krzyk, dobiegający z jednego z sąsiednich budynków, ale oboje go zignorowali.

– Ilu pacjentów zdiagnozowano jako psychopatów? – spytała nagle Lucy.

Doktor pokręcił głową.

– Ach, spodziewałem się tego pytania.

– A jak brzmi odpowiedź?

– Niektórzy zdiagnozowani psychopaci nie nadawaliby się do leczenia metodami, jakie tu stosujemy. Nie pomaga im też pobyt w zamkniętym ośrodku, długotrwałe podawanie psychotropów ani nawet niektóre bardziej radykalne metody terapii, do jakich czasami się uciekamy, na przykład elektrowstrząsy. Nie reagują też na tradycyjne formy leczenia, psychoterapię czy nawet... – Zachichotał cicho w charakterystyczny dla siebie, pełen wyższości sposób, który Lucy zdążyła już uznać za irytujący. – ...Czy nawet psychoanalizę. Nie, panno Jones, psychopaci nie nadają się do Szpitala Western State. Ich miejsce jest raczej w więzieniach.

Lucy się zawahała.

– Ale nie twierdzi pan, że żadnych tu nie ma, prawda?

Gulptilil uśmiechnął się przebiegle.

– Nikomu czarno na białym nie wpisano takiej diagnozy, panno Jones – odparł. – Są przypadki, gdzie stwierdzono skłonności psychopatologiczne, ale drugorzędne w stosunku do wiele poważniejszych schorzeń psychicznych.

Lucy się skrzywiła, rozzłoszczona wykrętami doktora.

Gulptilil odkaszlnął.

– Ale, oczywiście, jeśli pani podejrzenia są słuszne, w co wiele osób wątpi, wtedy najwyraźniej jest tu jeden pacjent, w którego przypadku popełniono poważny błąd w diagnozie.

Otworzył kluczem frontowe drzwi i przepuścił Lucy z nieznacznym ukłonem i nieco wymuszoną galanterią.

Rozdział 14

Późnym wieczorem Lucy poszła do swojego małego pokoiku na pierwszym piętrze dormitorium stażystów. Każdy jej krok spowijała ciemność. Dormitorium było niepozornym budynkiem; stało samotnie w ocienionym rogu, niedaleko siłowni, skąd bezustannie dobiegało buczenie i unosiły się pióropusze dymu, tuż obok szpitalnego cmentarzyka. Wydawało się, że pogrzebani tam zmarli sprawiali, iż wszystkie dźwięki wokół rozbrzmiewały jakby ciszej. Budynek był ceglany, kwadratowy i pozbawiony wdzięku, dwupiętrowy, ze ścianami porośniętymi bluszczem i z wysokimi, białymi doryckimi kolumnami przed głównym wejściem. Przebudowano go pięćdziesiąt lat wcześniej, potem znów, pod koniec lat czterdziestych i na początku pięćdziesiątych, tak więc wszystko, co pozostało z oryginalnej architektury – czyjejś wspaniałej posiadłości na wzgórzu – było już tylko wspomnieniem.

Lucy niosła kartonowe pudło z kilkudziesięcioma teczkami z danymi pacjentów, wyselekcjonowanych z listy, którą systematycznie spisywała. Wśród nich były akta Petera Strażaka i Francisa. Zabrała je, korzystając z nieuwagi Evansa. Miała nadzieję, że zaspokoi swoją ciekawość przyczyn, które zaprowadziły jej dwóch partnerów do szpitala dla umysłowo chorych.

Ogólnie rzecz biorąc, zamierzała zapoznać się z tym, co zazwyczaj trafiało do akt, a dopiero potem przesłuchiwać pacjentów. Nie widziała na razie innej możliwości. Nie miała żadnych dowodów – chociaż wiedziała, że gdzieś muszą być. Nóż albo jakiś inny bardzo ostry przedmiot, pomyślała. Narzędzie zbrodni na pewno zostało dobrze ukryte. Tak jak zakrwawione ubrania lub but ze śladami krwi. I cztery czubki palców.

Lucy zadzwoniła z pytaniem o nie do detektywów, którzy aresztowali Chudego. Żaden z nich jej nie pomógł. Jeden twierdził, że Chudy odciął palce, a potem spuścił w toalecie. Dużo wysiłku bez żadnego wyraźnego powodu, dziwiła się. Drugi, unikając wyrażenia swoich myśli wprost, tańczył wokół sugestii, że Chudy być może zjadł odcięte fragmenty ciała.

– W końcu facet jest kompletnie szurnięty – skwitował.

Żaden z nich nawet nie próbował zastanawiać się nad innymi możliwościami.

– Da pani spokój, panno Jones – powiedział pierwszy. – Mamy drania. Poszedłby pod sąd, gdyby nie fakt, że to świr.

Karton z teczkami był ciężki; Lucy oparła go na kolanie, otwierając drzwi do budynku. Jak dotąd, nie spotkała się jeszcze z żadnymi przypadkami zachowania, które należałoby bliżej zbadać. W szpitalu wszyscy byli dziwni. Przestawały tu działać zwyczajne prawa rozsądku. W świecie poza szpitalem znalazłby się jakiś sąsiad, który zauważył coś dziwnego. Albo kolega z pracy. Może krewny, kryjący dręczące go wątpliwości.

Nic z tego. Tutaj musiała odkryć nowe szlaki, przechytrzyć mordercę, który – wierzyła w to – krył się w szpitalu. Była pewna, że w tej grze odniesie sukces. To nie powinno okazać się zbyt trudne, myślała, przechytrzyć wariata. Albo kogoś, kto udaje psychicznie chorego. Problemem, uświadomiła sobie ze zniechęceniem, było ustalenie zasad tej gry.

Kiedy tylko zasady staną się jasne, wygram, myślała, wspinając się po schodach, wolno, stopień po stopniu. Czuła narastające wyczerpanie tak jak po długiej i wyniszczającej chorobie. Nauczono ją, że wszystkie śledztwa sprowadzały się do tego samego – przewidywalnej rozgrywki w ściśle określonych ramach. I tak było, kiedy przeglądała księgi rachunkowe korporacji migającej się od płacenia podatków albo szukała rabusia napadającego na banki, handlarza dziecięcą pornografią czy oszusta. Jedno prowadziło do drugiego, potem do trzeciego, aż wszystkie elementy układanki wskakiwały na swoje miejsca. Nieudane śledztwa brały się stąd, że któreś z tych ogniw było ukryte, a ktoś wykorzystał jego brak. Lucy westchnęła i wzruszyła ramionami. Najważniejsze, powiedziała sobie, to stworzyć wrażenie presji, tak żeby anioł popełnił błąd.

Popełni na pewno, pomyślała zimno.

Postanowiła najpierw poszukać w kartach informacji o drobnych aktach przemocy. Nie sądziła, by ktoś zdolny do zamordowania człowieka potrafił całkowicie ukryć swoją skłonność do gniewu, nawet w szpitalu. Musi być jakiś ślad. Wybuch. Groźba. Trzeba tylko rozpoznać ten znak, kiedy się na niego natrafi, powiedziała sobie. Nawet w wypaczonym świecie szpitala dla umysłowo chorych ktoś musiał zauważyć coś, co nie pasowało do akceptowanych tu wzorców zachowania.

Była też całkowicie przekonana, że wpadnie na trop, kiedy zacznie zadawać pytania. Ufała w swoją umiejętność docierania pytaniami do prawdy. Nie zastanawiała się nad różnicą między przesłuchiwaniem osoby normalnej i szaleńca.

Klatka schodowa trochę przypominała Lucy niektóre dormitoria na Harvardzie. Echo jej kroków odbijało się od betonowych stopni; Lucy nagle uświadomiła sobie, że jest sama, w zamkniętej przestrzeni. Przeszył ją grot strasznych wspomnień. Gwałtownie wstrzymała oddech. Wolno wypuściła powietrze z płuc, jakby w ten sposób mogła wyrzucić z pamięci chwile, które skuły lodem jej serce. Rozejrzała się gorączkowo dookoła, myśląc „już tu byłam", jednocześnie, niemal w tej samej chwili, odrzucając to skojarzenie. Do wnętrza pozbawionego okien nie dochodził żaden szmer spoza budynku. Już drugi raz tego dnia zaskoczył ją jakiś dźwięk. Za pierwszym razem uświadomiła sobie, że w szpitalu panuje nieustanna kakofonia odgłosów. Jęki, wrzaski, nawoływania i mamrotania. Po krótkim czasie przywykła do ciągłego gwaru. Stanęła jak wryta.

Dźwięk ciszy, pomyślała, jest równie niepokojący jak krzyk.

Wokół niej gasły echa; słyszała własny chrapliwy oddech. Zaczekała, aż ogarnie ją zupełna cisza. Wychyliła się za czarną, żelazną balustradę, spojrzała w górę i w dół, upewniając się, że jest sama. Nikogo nie widziała. Jasne oświetlenie schodów nie tworzyło żadnych cieni, w których można by się schować. Stała nieruchomo jeszcze chwilę, próbując pozbyć się ogarniającej ją klaustrofobii. Miała wrażenie, że ściany minimalnie się do siebie zbliżyły. Na klatce schodowej było chłodno; uznała, że nie dochodzi tu ogrzewanie z dormitorium. Zadrżała. Potem znów pomyślała, że zupełnie nie ma racji, bo nagle poczuła pot skraplający się pod pachami.

Potrząsnęła głową, jakby tym gwałtownym ruchem mogła się pozbyć dręczącego ją wrażenia. Czułą lepkość dłoni. Pocieszyła się, że bycie jedną z nielicznych w okolicy rozsądnych osób bez wątpienia mogło wywołać nerwowość i że po prostu wróciło do niej to wszystko, co widziała i czego doświadczyła przez pierwsze dni w szpitalu.

Znów wypuściła wolno powietrze i zaszurała stopą, jakby chcąc przywołać wrażenie normalności i codzienności.

Ale szelest, jaki wywołała, zmroził ją niczym powiew arktycznego powietrza.

Pamięć paliła jak kwas.

Z trudem przełknęła ślinę, upominając się w duchu, że miała zasadę nie wracać do tego, co wydarzyło się wiele lat temu. Nie było sensu rozdrapywać ran, przypominać sobie strachu ani na nowo przeżywać głębokiego upokorzenia. Powtórzyła sobie mantrę, którą wymyśliła po tym, jak została napadnięta: „Jesteś ofiarą tylko wtedy, gdy na to pozwolisz". Bezwiednie zaczęła podnosić rękę do blizny na policzku. Czuła miejsce, w którym ją zraniono; przypomniała sobie ucisk szwów zakładanych na ostrym dyżurze, ściągających rozcięte płaty skóry. Pielęgniarka cicho dodawała jej otuchy. Po drugiej stronie białej kotary stała dwójka detektywów, mężczyzna i kobieta. Czekali, aż lekarze zajmą się najpierw oczywistymi, krwawiącymi ranami, a potem tymi o wiele gorszymi, wewnętrznymi. Wtedy po raz pierwszy usłyszała określenie „zestaw gwałciciela", ale nie po raz ostatni; w ciągu kilku lat poznała znaczenie tych słów osobiście i zawodowo. Znów wolno odetchnęła. Najgorsza noc jej życia też zaczęła się na takiej klatce schodowej. Natychmiast odpędziła tę myśl.

Jestem sama, powtórzyła sobie w duchu. Zupełnie sama.

Zgrzytając zębami, wciąż nerwowo nasłuchując każdego podejrzanego odgłosu, ruszyła do drzwi, otworzyła je barkiem i weszła na pierwsze piętro dormitorium. Jej pokój – przejęty po Krótkiej Blond – przylegał do klatki schodowej. Lucy postawiła pudło na podłodze i wyjęła z kieszeni klucz, który dostała od doktora Gulptilila.

Wsunęła klucz do zamka i zamarła.

Drzwi były otwarte. Uchyliły się na kilka centymetrów, ukazując wąski pasek ciemności wzdłuż krawędzi.

Lucy cofnęła się gwałtownie na środek korytarza.

Rozejrzała się i nachyliła lekko, próbując kogoś wypatrzyć albo wyłowić jakiś dźwięk. Ale nagle straciła wzrok i słuch. Wszystkie zmysły słały jej ostrzeżenia.

Lucy nie wiedziała, co robić.

Trzy lata w biurze prokuratora hrabstwa Suffolk oskarżania w sprawach przestępstw na tle seksualnym wiele ją nauczyły. Szybko wspinając się po szczeblach kariery, aż do zastępcy dyrektora wydziału, nieustępliwie rozpracowywała szczegóły kolejnych przypadków. Ciągła styczność ze zbrodnią uruchomiła w niej swego rodzaju codzienny mechanizm testujący. Każdą, najdrobniejszą nawet czynność przykładała do wewnętrznego standardu: „Czy to będzie ten mały błąd, który stworzy komuś sposobność do popełnienia przestępstwa?" Wiedziała więc, że nie powinna chodzić sama po ciemnym parkingu w nocy ani otwierać drzwi bez sprawdzenia, kto puka. Pamiętała, żeby zamykać okna i zachować ciągłą czujność, a czasem wyjąć służbowy pistolet. Chodziło również o niepowtarzanie tych drobnych błędów, które zrobiła tamtej strasznej nocy za czasów studenckich.

Przygryzła wargę. Broń była zamknięta w futerale, w torbie w pokoju.

Znów wytężyła słuch, wmawiając sobie, że wszystko w porządku, chociaż irracjonalny i przerażony wewnętrzny głos upierał się, że jest wręcz przeciwnie. Postawiła na podłodze pudło z teczkami i odsunęła je nogą na bok. Ostrzegawczy krzyk w jej głowie nie milkł.

Zignorowała go i wyciągnęła rękę do klamki.

Potem, z dłonią na mosiądzu, znieruchomiała.

Gdyby metal był rozgrzany do czerwoności, nie zwróciłaby na to uwagi.

Wolno odetchnęła i cofnęła się o krok.

Drzwi były zamknięte, teraz są otwarte, analizowała w duchu. Co robić?

Znów się cofnęła. Potem nagle się odwróciła i ruszyła przed siebie korytarzem. Rozglądała się na lewo i prawo, wytężała słuch. Przyspieszyła kroku, już prawie biegła. Wykładzina tłumiła tupot. Wszystkie pozostałe pokoje na piętrze były zamknięte i ciche. Dotarła do końca korytarza, zdyszana, potem zbiegła po schodach, wybijając obcasami szybki rytm na stopniach. Klatka schodowa była identyczna z tą na drugim końcu, którą weszła kilka minut temu, pusta i pełna ech. Lucy pchnęła ciężkie drzwi i po raz pierwszy usłyszała czyjeś głosy. Ruszyła w ich stronę, przeskakując po dwa stopnie naraz. Przy frontowym wejściu na parterze stały trzy młode kobiety. Wszystkie pod kolorowymi rozpinanymi swetrami miały białe mundurki pielęgniarek; zaskoczone podniosły wzrok, kiedy Lucy do nich podbiegła.

Uspokoiła trochę oddech, wachlując się dłońmi.

– Przepraszam...

Kobiety patrzyły na nią bez słowa.

– Przepraszam, że przeszkadzam w rozmowie – wysapała. – Jestem Lucy Jones, prokurator przysłana tu, żeby...

– Wiemy, kim pani jest, panno Jones, i co pani tu robi – przerwała jej jedna z pielęgniarek. Była wysoka, czarnoskóra, miała szerokie, muskularne ramiona i ciemne włosy. – Coś się stało?

Lucy kiwnęła głową i wzięła głęboki oddech, próbując zapanować nad sobą.

– Nie jestem pewna – powiedziała. – Wróciłam tu i zastałam otwarte drzwi do swojego pokoju. Rano na pewno je zamykałam, kiedy szłam do budynku Amherst...

– To niedopuszczalne – stwierdziła jedna z pielęgniarek. – Nawet jeśli wchodziła tam sprzątaczka albo ktoś od napraw, powinni zamknąć za sobą drzwi.

– Panie wybaczą – powiedziała Lucy – ale byłam tam sama i...

Wysoka, czarna pielęgniarka ze zrozumieniem pokiwała głową.

– Wszyscy jesteśmy trochę nerwowi, panno Jones, nawet po aresztowaniu Chudego. Takie rzeczy nie powinny się zdarzać w szpitalu. Może pójdziemy z panią na górę i sprawdzimy, co się stało?

Nikt nie musiał rozwijać sformułowania „takie rzeczy", żeby było zrozumiałe.

Lucy westchnęła.

– Dziękuję. To bardzo uprzejme z pań strony. Naprawdę będę wdzięczna.

Wszystkie cztery weszły na górę, maszerując razem jak stadko ptaków. Pielęgniarki dalej rozmawiały, właściwie plotkowały, o parze pracujących w szpitalu lekarzy, i żartowały o ośliżłości adwokatów, którzy przyjechali w tym tygodniu na posiedzenia komisji zwolnień. Lucy szła przodem, szybkim krokiem zmierzając wprost do swoich drzwi.

– Naprawdę jestem wdzięczna – powtórzyła. Nacisnęła klamkę i pchnęła drzwi.

Osłupiała; były zamknięte. Załomotały w futrynie, ale się nie otworzyły.

Znów pchnęła.

Pielęgniarki popatrzyły na nią trochę dziwnie.

– Były otwarte – wymamrotała Lucy. – Na pewno.

– Teraz są zamknięte – stwierdziła czarna pielęgniarka.

– Ale jestem pewna, że... Nacisnęłam klamkę i zanim przekręciłam klucz w zamku, drzwi się uchyliły – wyjaśniła Lucy, ale bez przekonania. Nagle ogarnęły ją wątpliwości.

Zapadło niezręczne milczenie. Lucy wsunęła klucz do zamka i otworzyła drzwi. Trzy pielęgniarki stanęły za panią prokurator.

– Może wejdźmy do środka i rozejrzyjmy się? – zaproponowała jedna z nich.

Lucy pchnęła drzwi i weszła do pokoju. W środku było ciemno; pstryknęła przełącznik na ścianie. Światło natychmiast zalało małe pomieszczenie. Był to wąski, skromnie urządzony pokoik, przypominający mnisią celę: gołe ściany, ciężka komoda, pojedyncze łóżko, małe, brązowe, drewniane biurko i krzesło z twardym oparciem. Walizka Lucy leżała otwarta na środku łóżka, na czerwonej, sztruksowej narzucie – jedynej plamie żywszego koloru w całym wnętrzu. Wszystko inne było albo brązowe, albo białe jak ściany. Pod okiem trzech pielęgniarek Lucy zajrzała do środka pustej szafy. Potem przeszła do łazienki i sprawdziła kabinę prysznica. Przyklękła nawet i zajrzała pod łóżko, chociaż wszystkie cztery widziały, że nikt się tam nie schował. Lucy wstała, otrzepała się i odwróciła do trzech pielęgniarek.

– Przepraszam – powiedziała. – Jestem pewna, że drzwi były otwarte, i miałam wrażenie, że ktoś czeka na mnie w pokoju. Niepotrzebnie panie tu ciągnęłam...

Ale wszystkie trzy pokręciły głowami.

– Nie ma pani za co przepraszać – odezwała się czarna.

– Nie, przepraszam – zaprotestowała uparcie Lucy. – Ale drzwi były otwarte. A teraz są zamknięte. – W głębi ducha nie miała pewności, czy to prawda.

Pielęgniarki milczały. Czarna wzruszyła ramionami.

– Tak, wszyscy jesteśmy trochę nerwowi. Zawsze lepiej się upewnić, niż później żałować.

Pozostałe zamruczały coś zgodnie.

– Już w porządku? – zapytała pielęgniarka.

– Tak. Dzięki za troskę – odparła Lucy nieco sztywno.

– Jeżeli będzie pani jeszcze kiedyś potrzebować pomocy, niech pani po prostu kogoś znajdzie. Proszę się nie wahać. W takich przypadkach najlepiej ufać własnym przeczuciom.

Pielęgniarka nie wyjaśniła, co miała na myśli, mówiąc o „takich przypadkach”.

Kobiety wyszły. Lucy zamknęła się w pokoju. Było jej trochę wstyd; odwróciła się i oparła plecami o drzwi. Popatrzyła dookoła. Nie myliłaś się, pomyślała. Ktoś tu był. Czekał. Albo się rozglądał.

Zerknęła na swoją torbę. Podeszła do niewielkiego stosiku ubrań i przyborów toaletowych, które ze sobą przywiozła. W tej samej sekundzie uświadomiła sobie, że czegoś brakuje. Nie wiedziała czego, ale była pewna, że z pokoju coś zabrano.

To byłeś ty, prawda?

Właśnie wtedy próbowałeś powiedzieć Lucy coś ważnego o sobie, a ona tego nie zauważyła. To było coś najwyższej wagi i przerażającego, o wiele bardziej niż wszystko, co czuła, kiedy zatrzaskiwała za sobą drzwi. Cały czas myślała jak człowiek normalny, i to była jej największa słabość.

Peter Strażak patrzył na przeciwległą ścianę sali sypialnej, z całych sił próbując oddzielić ból odległego wspomnienia od zadania, którym miał się zająć. Jego myśli mąciła niepewność. Uważał się za człowieka zdecydowanego i stanowczego, więc wątpliwości bardzo go drażniły. On i Mewa spontanicznie zaproponowali Lucy pomoc, ale zastanawiał się, czy postąpił właściwie. W swoim entuzjazmie nie brał pod uwagę porażki i z całych sił próbował odnaleźć drogę, która mogła dać im sukces. Gdzie tylko sięgnął myślą, napotykał ograniczenia i utrudnienia, a nie wiedział, jak mieliby je pokonać.

Uważał się za jedynego pragmatyka w szpitalnym świecie.

Westchnął. Była późna noc, a on siedział oparty o ścianę, z nogami wyciągniętymi na łóżku, słuchając otaczających go odgłosów snu. Nawet noc nie daje wytchnienia w cierpieniu, pomyślał. Mieszkańcy szpitala nie byli w stanie uciec od swoich problemów, nieważne, jak duże dawki narkotyków przepisywał im Piguła. Peter pomyślał, że to właśnie jest najbardziej zdradzieckie w chorobie umysłowej: osiągnięcie stanu, w którym można w ogóle zacząć myśleć o wyzdrowieniu, wymagało tak dużo siły woli i gruntownego leczenia, że stawało się dla większości iście herkulesowym wyzwaniem, a dla niektórych czystą niemożliwością. Usłyszał przeciągły jęk i już miał spojrzeć w tamtą stronę, ale powstrzymał się, bo rozpoznał jęczącego. Smuciło go czasem, kiedy Francis rzucał się we śnie. Chłopak nie zasługiwał na cierpienia, które czyhały na niego w mroku.

Samego siebie nie zaliczał do tej kategorii.

Próbował się rozluźnić, ale nie potrafił. Zastanawiał się przez chwilę, czy gdyby zamknął oczy, z dźwięków wydawanych przez niego przez sen biłaby taka sama męka. Różnica, mówił sobie, między nim a pozostałymi polegała na tym, że on był winny, a oni prawdopodobnie nie.

Nagle, nie wiadomo skąd, poczuł słodkawy, ciężki zapach jakiegoś środka zapalającego. W pierwszej chwili pomyślał, że to benzyna, potem że płyn do zapalniczek.

Wrażenie było tak silne, że niewiele brakowało, a zerwałby się z łóżka. W pierwszym odruchu chciał podnieść alarm, zorganizować ludzi i wyprowadzić ich, zanim wybuchnie pożar. Oczyma wyobraźni zobaczył nagle czerwone i żółte języki płomieni, szukające paliwa na łóżku, ścianach, podłodze. Wyobraził sobie rozpaczliwe charczenie w sali zasnutej gęstymi kłębami dymu. Drzwi były zamknięte na klucz, jak co noc; słyszał ogarniętych paniką mężczyzn, wrzeszczących, wzywających pomocy i tłukących o ściany. Wszystkie mięśnie w jego ciele napięły się, a potem, tak samo nagle, rozluźniły, kiedy wciągnął powietrze do płuc i zdał sobie sprawę, że zapach jest halucynacją. Tak jak te, które dręczyły Francisa i Napcia, czy nawet jak te wyjątkowo okropne, nękające Chudego.

Czasami Peterowi wydawało się, że całe jego życie określały zapachy. Odór piwa i whiskey, ciągnący się za ojcem, wymieszany ze smrodem zaschniętego potu i brudu po ciężkiej pracy na budowie. Czasem od ojca czuć było gęstym zapachem ropy, kiedy naprawiał jakieś maszyny. A wtulenie się w jego potężną pierś oznaczało nos pełen stęchłej woni papierosów, które w końcu go zabiły. Matka z kolei zawsze pachniała rumiankiem, bo z całych sił zwalczała ostry odór detergentów, używanych do prania. Czasami, pod ciężkim zapachem jej ulubionych mydeł Peter wychwytywał lekką nutę bielinki. Matka pachniała o wiele lepiej w niedziele, kiedy kąpała się rano, potem piekła ciasta w kuchni, tak że do kościoła szła osnuta ziemistym, chlebowym zapachem, natarczywie czystym, jakby tego właśnie chciał Bóg. Kościół kojarzył się Peterowi też ze sztywnym ubraniem pod biało-złotą szatą ministranta i kadzidłem, od którego czasem kichał. Przypominał sobie te wszystkie zapachy, jakby przyszły razem z nim do szpitala.

Z wojny zapamiętał zupełnie nowy zestaw. Ciężki odór dżungli, roślin i mięsa, kordytu i fosforu po strzelaninach. Lepki smród dymu i napalmu w oddali, wymieszany z przyprawiającym o klaustrofobię zapachem wszechobecnych zarośli. Przyzwyczaił się do smrodu krwi, wymiocin i odchodów, tak często towarzyszącego umieraniu. W wioskach, przez które przechodzili, napotykał aromaty egzotycznej kuchni, a na zalanych polach zapachy bagiennego niebezpieczeństwa. Nad bazami unosił się ostry, znajomy zapach marihuany i szczypiący w oczy smród środków do czyszczenia broni.

Był to świat zapachów nieznanych i niepokojących.

Kiedy wrócił do kraju, odkrył, że ogień też ma dziesiątki różnych zapachów. Palące się drewno pachniało inaczej niż płonące chemikalia czy topiący się w żarze beton. Pierwsze liźnięcia płomieni wydobywały inny zapach niż ogień, który rósł i rozkwitał. A wszystko to z kolei było odmienne od ciężkiego smrodu zwęglonych belek i poskręcanego metalu, który pozostawał, kiedy ogień pokonano i zduszono. Peter znał też specyficzny zapach wyczerpania. Kiedy zapisał się na kurs inspektora pożarowego, najpierw nauczono go korzystać z własnego nosa, bo benzyna, którą często stosowano do podpaleń, pachniała inaczej niż nafta, a ta z kolei różniła się wonią od wszystkich pozostałych środków używanych do siania zniszczenia. Niektóre z tych zapachów były delikatne, z nieuchwytnym, subtelnym bukietem; inne oczywiste i amatorskie, zwracające na siebie uwagę już w pierwszych chwilach, kiedy tylko weszło się na gruzy pogorzeliska.

Peter użył zwykłej benzyny, kupionej na stacji kilometr od kościoła. Zapłacił kartą kredytową na swoje nazwisko. Zależało mu, by nikt nie miał żadnych wątpliwości, kto jest autorem tego konkretnego pożaru.

W półmroku dormitorium domu wariatów Peter Strażak pokręcił głową, chociaż sam nie miał pewności, czemu przeczy. Tamtej nocy zapanował nad swoim morderczym szałem i zignorował wszystko, co wiedział na temat ukrywania źródła pożaru, wszystko, czego nauczył się o ostrożności i subtelności. Zostawił po sobie trop tak wyraźny, że nawet najbardziej niedoświadczony inspektor nie miałby problemu ze znalezieniem sprawcy. Podłożył ogień, potem przeszedł przez nawę za zakrystię, wykrzykując ostrzeżenia, ale przekonany, że jest sam. Zatrzymał się, gdy usłyszał, że ogień zachodzi go od tyłu, i spojrzał w górę, na witraż w oknie, który nagle rozbłysnął życiem, odbijając płomienie. Peter się przeżegnał, jak robił to już tysiące razy, i wyszedł na zewnątrz. Na trawniku przed kościołem stał chwilę, aż pożar wybuchł z pełną siłą. Później. W ciemności, na schodach wejściowych domu swojej matki czekał na przybycie policji. Wiedział, że zrobił dobrą robotę i że nawet najlepsza brygada strażaków nie ugasi pożaru, dopóki nie będzie po wszystkim.

Nie przypuszczał jednak, że ksiądz, którego tak znienawidził, był w środku. Na polówce w kancelarii, a nie w domu, we własnym łóżku, gdzie powinien być, jak zwykle. Spał w objęciach mocnego środka nasennego, bez wątpienia przepisanego mu przez lekarza parafianina, martwiącego się, że ojczulek chodzi blady i mizerny, a jego kazania są pełne niepokoju. Nic dziwnego, że takie były. Peter Strażak wiedział, co ksiądz zrobił jego małemu bratankowi, i ze wszystkich parafian tylko on mógł pociągnąć tego człowieka do odpowiedzialności. To właśnie nigdy nie dawało Peterowi spokoju: dlaczego ksiądz nie wybrał sobie innej ofiary, niespokrewnionej z nikim, kto by zareagował. Peter zastanawiał się też, czy środek, który nie pozwolił księdzu się obudzić, kiedy wokół niego szalała rycząca śmierć, nie był tym samym środkiem, który Piguła zwykł przepisywać swoim pacjentom. Przypuszczał, że tak – symetria tego faktu wydawała mu się przyjemnie, prawie zabawnie ironiczna.

– Co się stało, to się nie odstanie – wyszeptał.

Rozejrzał się, żeby sprawdzić, czy nikogo nie obudził.

Spróbował zamknąć oczy. Wiedział, że musi się przespać, a mimo to nie miał nadziei, że sen przyniesie mu odpoczynek.

Westchnął i zsunął nogi z łóżka. Postanowił pójść do łazienki i napić się wody. Potarł dłońmi twarz, jakby w ten sposób mógł zetrzeć część wspomnień.

A kiedy to zrobił, nagle odniósł wrażenie, że jest obserwowany.

Wyprostował się gwałtownie i rozejrzał uważnie po sali.

Większość mężczyzn spowijała ciemność. Światło padające z okien rozjaśniło jeden kąt sali. Peter wodził wzrokiem w tę i z powrotem po łóżkach śpiących niespokojnie szaleńców, ale nie widział żadnego, który by nie spał, a z całą pewnością żadnego, który patrzyłby w jego stronę. Usiłował zlekceważyć dziwne wrażenie, ale nie mógł. Wypełniło jego żołądek nerwową energią. Wszystkie zmysły nagle zaczęły wywrzaskiwać ostrzeżenia. Próbował się uspokoić, bo zaczynał podejrzewać u siebie zaczątki paranoi takiej samej jak u otaczających go mężczyzn, ale wtedy kątem oka dostrzegł drobne poruszenie.

Obejrzał się i zobaczył twarz, zaglądającą do środka przez małe okienko w drzwiach wejściowych. Ich oczy się spotkały. Potem, tak samo nagle, twarz zniknęła.

Peter zerwał się z łóżka i podbiegł slalomem do drzwi w półmroku między łóżkami. Przycisnął twarz do grubego szkła i wyjrzał na korytarz. Widział tylko kilka metrów w każdą stronę; zobaczył pustkę.

Pociągnął za klamkę. Drzwi były zamknięte.

Poczuł ogarniającą go potężną falę gniewu i frustracji. Zacisnął zęby i pomyślał, że to, na czym mu zależało, zawsze pozostawało poza jego zasięgiem, za zamkniętymi drzwiami.

Słabe światło, cienisty mrok, grube szkło – to wszystko nie pozwalało Peterowi dostrzec choć drobnego szczegółu nieznajomej twarzy. Zachował tylko wrażenie wściekłości w oczach, które na niego spoglądały. Bezlitosny i zły wzrok; chyba po raz pierwszy Peter pomyślał, że może Chudy nie mylił się we wszystkich swoich protestach i odezwach. Coś złego dostało się nieproszone do szpitala; Peter zdawał sobie sprawę, że to zło wie o nim wszystko. Próbował sobie wmówić, że świadomość tego oznacza siłę. Ale podejrzewał, że to wcale nie musi być prawda.

Rozdział 15

Kiedy nadeszło południe, byłem wyczerpany. Za mało snu. Za dużo naelektryzowanych myśli, rykoszetujących w mojej wyobraźni. Zrobiłem sobie krótką przerwę; siedziałem po turecku na podłodze, paląc papierosa. Byłem przekonany, że promienie słońca wpadające przez okna i niosące ze sobą codzienną dawkę dokuczliwego upału odpędziły anioła. Niczym stwór z gotyckiej powieści, był istotą nocy. Odgłosy dnia, gwar przechodniów, dieslowski ryk silnika ciężarówki albo autobusu, syrena radiowozu w oddali, pacnięcie o chodnik gazety ciśniętej przez gazeciarza, głośne rozmowy dzieci idących do szkoły, wszystko to razem go odpędziło. Obaj wiedzieliśmy, że byłem o wiele słabszy w ciszy godzin nocnych. Noc przynosi ze sobą zwątpienie. Ciemność rodzi strach. Spodziewałem się, że anioł wróci, kiedy tylko zajdzie słońce. Nie wymyślono jeszcze pigułki, która potrafiłaby usunąć objawy samotności i odosobnienia nadchodzące z końcem dnia. Na razie jednak byłem bezpieczny, przynajmniej na tyle, na ile mogłem się spodziewać. Nieważne, ile zamków i kłódek zamontowałbym w drzwiach, nie powstrzymałyby moich najgorszych obaw. Kiedy to sobie uświadomiłem, roześmiałem się na głos.

Przejrzałem tekst na ścianie i pomyślałem: pozwoliłem sobie na stanowczo zbyt dużo dopowiedzeń. Peter Strażak wziął mnie na bok, następnego dnia zaraz po śniadaniu, i szepnął mi do ucha:

– Widziałem kogoś. W okienku głównego wejścia. Zaglądał do środka, jakby wypatrywał któregoś z nas. Nie mogłem zasnąć, leżałem na łóżku i nagle wydało mi się, że jestem obserwowany. Podniosłem wzrok. Wtedy go zobaczyłem.

– Poznałeś go? – spytałem.

– Nie miałem szans. – Peter powoli pokręcił głową. – W jednej chwili tam był, a kiedy zerwałem się z łóżka, zniknął. Podszedłem do okienka i wyjrzałem na zewnątrz, ale nikogo nie zobaczyłem.

– A dyżurna pielęgniarka?

– Jej też nie widziałem.

– Gdzie była?

– Nie wiem. W łazience? Na spacerze? Może u dyżurnej piętro wyżej? Zasnęła przy biurku?

– I co o tym myślisz? – spytałem; w mój głos zaczęło się wkradać zdenerwowanie.

– Chciałbym, żeby to była halucynacja.

– A była?

Peter uśmiechnął się i potrząsnął głową.

– Nie ma tak dobrze.

– Jak sądzisz, kto to był?

Zaśmiał się, ale bez wesołości.

– Mewa, przecież wiesz, kto to według mnie był.

Zatrzymałem się, wziąłem głęboki oddech i przemocą uciszyłem wewnętrzne głosy.

– Po co przyszedł do drzwi?

– Chciał nas zobaczyć.

To zapamiętałem zupełnie wyraźnie. Pamiętałem, gdzie staliśmy, w co byli-śmy ubrani. Peter miał na głowie czapkę z logo Red Soksów, zsuniętą lekko na tył głowy. Przypominałem sobie, co tego ranka jedliśmy: naleśniki, które smakowały jak tektura polana gęstym, słodkim syropem, mającym więcej wspólnego z laboratorium chemika żywienia niż z nowoangielskim klonem. Zgasiłem papierosa na podłodze mieszkania i zacząłem przeżuwać wspo-mnienia, zamiast jedzenia, którego bez wątpienia potrzebowałem. To mi wtedy powiedział. Całą resztę wymyśliłem. Nie mógłbym przysiąc na Biblię, że tam-tej nocy Peter tkwił uwięziony w pajęczynie bezsenności przez to, co zrobił tyle miesięcy wcześniej. Nie powiedział mi wprost, że z tego właśnie powodu nie mógł zasnąć, więc kiedy zaczął mieć wrażenie, że ktoś mu się przygląda, stał się czujny. Nie wiem, czy w ogóle wtedy o tym myślał. Ale teraz, wiele lat później, doszedłem do wniosku, że tak po prostu musiało być. I mogło, bo przecież Peter tkwił spętany wspomnieniami. Nie minęło wiele czasu i wszyst-ko to się ze sobą powiązało, więc uświadomiłem sobie, że chcąc opowie-dzieć jego historię, moją i Lucy, muszę dopuszczać się pewnych dowolnych dopowiedzeń. Prawda to śliska rzecz i wcale nie potrafię się nią sprawnie posługiwać. Nikt szalony nie potrafi. A więc jeśli zapiszę coś dobrze, może się okazać, że jest źle. Że wyolbrzymiam. Może wydarzyło się to trochę ina-czej, niż zapamiętałem. Niewykluczone że moja pamięć jest do tego stopnia rozciągnięta i umęczona lekami, że nigdy już nie uda mi się uchwycić praw-dy.

Myślę, że tylko romantyczni poeci twierdzą, że szaleństwo wyzwala. W rze-czywistości jest odwrotnie. Każdy głos, jaki słyszałem, strach, który czułem, każde złudzenie, każdy przymus tworzą moją smutną osobę, wygnaną z ro-dzinnego domu i wysłaną w pętach do Szpitala Western State – żadna z tych rzeczy nie miała nic wspólnego z wolnością, wyzwoleniem czy choćby pozy-tywną wyjątkowością. Szpital Western State był po prostu miejscem, w któ-rym nas zatrzymywano na czas, kiedy tworzyliśmy własne, wewnętrzne miej-sce odosobnienia.

Nie była to prawda w przypadku Petera, bo jego nigdy nie ogarnęło takie szaleństwo jak resztę z nas.

Nie była to też prawda w przypadku anioła.

A Lucy, na swój sposób, stanowiła łącznik między nimi dwoma.

Staliśmy przed stołówką, czekając na Lucy. Peter wyglądał, jakby się intensywnie zastanawiał, odtwarzał w myślach to, co widział i co się wydarzyło poprzedniej nocy. Patrzyłem na niego, jak brał każdy odłamek tych kilku chwil, podnosił do światła i powoli obracał. Postępował niczym archeolog, który natrafił na relikt i delikatnie zdmuchuje z niego kurz czasu. Myślał, że ustawiając przedmiot swoich rozwiązań pod odpowiednim kątem, mógłby dostrzec, czym on naprawdę jest.

Odwrócił się do mnie.

– Wiemy teraz jedno: anioł nie mieszka z nami w dormitorium. Może być z którejś z sal na górze. Może przychodzić z innego budynku, chociaż jeszcze nie wiem, jak. Ale przynajmniej wykluczamy ludzi od nas. Poza tym dowiedział się jakoś, że jesteśmy w to wszystko zamieszani, ale nas nie zna, więc obserwuje.

Odwróciłem się na pięcie.

Za nami, oparty o ścianę, ze wzrokiem wbitym w sufit stał katon. Mógł słuchać Petera, ale równie dobrze jakiegoś wewnętrznego głosu. Nie dało się tego stwierdzić. Niedołężny staruszek, któremu opadły spodnie od piżamy, przeszedł obok nas, śliniąc się trochę i potykając, jakby nie pojmował, że problemy z chodzeniem sprawiają mu spuszczone do kostek spodnie. Wielki, niedorozwinięty mężczyzna, który groził nam poprzedniego dnia, nadszedł ciężkim krokiem za starcem, ale kiedy spojrzał na nas z ukosa, w jego oczach widniał strach; po gniewie i agresji nie było już śladu. Pewnie zwiększyli mu dawki leków, pomyślałem.

– Skąd mamy wiedzieć, kto nas obserwuje? – spytałem. Obracałem głową na prawo i lewo; poczułem przeszywające mnie ostrze chłodu, kiedy uświadomiłem sobie, że dowolny z setek zapatrzonych tępo przed siebie mężczyzn może tak naprawdę mierzyć swoje siły i brać mnie za cel.

Peter wzruszył ramionami.

– No, to dopiero sztuka, co? My szukamy, ale to anioł obserwuje. Po prostu bądź czujny. Coś się wydarzy.

Podniosłem wzrok i zobaczyłem Lucy Jones. Wchodziła frontowym wejściem do Amherst. Zatrzymała się, żeby porozmawiać z jedną z pielęgniarek; podszedł do nich Duży Czarny. Lucy podała mu parę teczek z wierzchu przepełnionego pudła, które ze sobą przyniosła, i postawiła na błyszczącej podłodze. Peter i ja ruszyliśmy w jej stronę, ale zostaliśmy zatrzymani przez

Gazeciarza. Zbliżył się w podskokach i zagrodził nam drogę. Okulary miał trochę przekrzywione, kosmyk włosów sterczał mu z głowy jak antena statku kosmicznego. Uśmiechał się tak samo dziwacznie, jak wyglądał.

– Złe wieści, Peter – oznajmił, chociaż się uśmiechał, jakby w ten sposób chciał trochę złagodzić informację. – Jak zwykle złe wieści.

Peter nie odpowiedział, a Gazeciarz zrobił zawiedzioną minę i przekrzywił głowę.

– Dobra – powiedział powoli. Potem spojrzał na Lucy Jones i zaczął się mocno koncentrować. Wyglądało to tak, jakby przypominanie wymagało wysiłku fizycznego. Po kilku chwilach natężania się jego twarz wykrzywił uśmiech.

– „Boston Globe", dwudziesty września 1977. Dział wiadomości lokalnych, strona 2B: Nie chce być ofiarą; absolwentka prawa z Harvardu mianowana szefem wydziału przestępstw na tle seksualnym.

Peter znieruchomiał, potem odwrócił się do Gazeciarza.

– Co jeszcze pamiętasz?

Gazeciarz znów się zawahał, podnosząc ciężary swojej pamięci, potem wyrecytował:

– Lucy K. Jones, lat dwadzieścia osiem, pracownik wydziału wykroczeń drogowych i drobnych przestępstw z trzyletnim stażem, została mianowana szefem nowo utworzonego wydziału przestępstw na tle seksualnym biura prokuratora hrabstwa Suffolk, oznajmił dzisiaj jego rzecznik. Panna Jones, która w roku 1974 ukończyła wydział prawa na Harvardzie, będzie odpowiadać za ściganie przestępców seksualnych i współdziałać z wydziałem zabójstw w sprawach morderstw wynikłych z gwałtów, dodał rzecznik. – Gazeciarz wziął głęboki oddech. – Podczas konferencji prasowej panna Jones oznajmiła, że ma wyjątkowe kwalifikacje do objęcia tego stanowiska, ponieważ została ofiarą takiej napaści na pierwszym roku studiów. Zaczęła pracę w biurze prokuratora, wyjaśniła, mimo licznych propozycji ze strony firm prawniczych, ponieważ mężczyzna, który ją zaatakował, nigdy nie został aresztowany. Jej spojrzenie na przestępstwa na tle seksualnym, powiedziała, wynika ze znajomości emocjonalnych szkód, jakie może spowodować gwałt, oraz rozczarowania działaniami wymiaru sprawiedliwości, który nie potrafi radzić sobie z takimi przypadkami. Stwierdziła, że chce stworzyć wydział, który stanie się wzorem dla innych biur prokuratorskich w całym stanie i kraju... – Gazeciarz zawahał się. – Było tam też zdjęcie. I jeszcze coś. Próbuję sobie przypomnieć.

Peter kiwnął głową.

– Nie było dalszego ciągu w dziale Styl Życia ani niczego takiego? – spytał.

Gazeciarz znów przeszukał pamięć.

– Nie... – odparł powoli. Uśmiechnął się szeroko, potem, jak zwykle, pospiesznie się oddalił, szukając egzemplarza codziennej gazety.

Peter odprowadził mężczyznę wzrokiem, potem odwrócił się do mnie.

– No, to wyjaśnia jedno i zaczyna tłumaczyć drugie, prawda, Mewa?

Też tak uważałem, ale zamiast odpowiedzieć, zapytałem:

– Co?

– No, po pierwsze, bliznę na policzku – odparł Peter.

Blizna, oczywiście.

Powinienem pamiętać o bliźnie.

Siedząc w swoim mieszkaniu, wyobrażając sobie białą krechę na twarzy Lucy Jones, powtórzyłem ten sam błąd, który popełniłem lata temu. Widziałem skazę na idealnej cerze i zacząłem się zastanawiać, jak to okaleczenie zmieniło życie Lucy. Pomyślałem, że chciałbym choć raz dotknąć błyszczącej szramy.

Zapaliłem następnego papierosa. Szczypiący dym unosił się spiralą w powietrzu. Mógłbym tak siedzieć jeszcze długo, zatopiony we wspomnieniach, gdyby ktoś nie załomotał do drzwi.

Zerwałem się na równe nogi. Moje myśli się rozpierzchły zastąpione zdenerwowaniem. Ruszyłem w stronę wejścia i usłyszałem swoje imię, wykrzyczane ostrym tonem.

– Francis! – I znów seria uderzeń o grube drewno. – Francis! Otwieraj! Jesteś tam?

Zatrzymałem się, rozważając interesujące zestawienie żądania: ,,Otwieraj!" i następującego zaraz po nim pytania: ,,Jesteś tam?" W najlepszym wypadku powinno być na odwrót.

Oczywiście rozpoznałem głos. Zaczekałem chwilę, bo podejrzewałem, że w ciągu kilku sekund usłyszę drugi, również znajomy.

– Francis, proszę. Otwórz drzwi.

Siostra Numer Jeden i Siostra Numer Dwa. Megan, która jako dziecko była szczupła i wymagająca, ale wyrosła na kogoś o posturze zawodowego futbolisty i rozwinęła taki sam temperament, i Colleen, o połowę od niej mniejsza i nieśmiała, z rodzaju tych, co łączą w sobie lękliwość i oszałamiającą nieporadność, przejawiającą się nawet w najprostszych życiowych czynnościach. Nie miałem cierpliwości do żadnej z nich.

– Francis, wiemy, że tam jesteś, masz natychmiast otworzyć!

I znów łup, łup, łup w drzwi.

Oparłem czoło o twarde drewno, potem się odwróciłem i przywarłem do niego plecami, jakbym w ten sposób mógł powstrzymać siostry od wejścia. Po chwili znów się odwróciłem.

– Czego chcecie? – zapytałem głośno.

Siostra Numer Jeden:

– Żebyś otworzył!

Siostra Numer Dwa:

– Sprawdzić, czy wszystko w porządku.

Do przewidzenia.

– Wszystko w porządku – skłamałem z łatwością. – Jestem zajęty. Przyjdźcie kiedy indziej.

– Francis, bierzesz lekarstwa? Otwieraj natychmiast! – W głosie Megan było tyle władczości i stanowczości, ile w głosie sierżanta musztry piechoty morskiej w wyjątkowo upalny dzień w bazie Parris Island.

– Francis, martwimy się o ciebie!

Colleen martwiła się chyba o wszystkich. Martwiła się nieustannie o mnie, o swoją rodzinę, o rodziców i siostrę, ludzi, o których czytała w porannej gazecie albo oglądała w wieczornych wiadomościach, o burmistrza i gubernatora, i pewnie o prezydenta też, i sąsiadów albo rodzinę mieszkającą kilka domów dalej, dla której przyszły ciężkie czasy. Taki miała styl – zamartwianie się. To ona była najbliżej moich rodziców. Zawsze zabiegała o ich aprobatę dla wszystkiego, co zrobiła, i pewnie wszystkiego, o czym pomyślała.

– Mówiłem już – odparłem ostrożnie, nie podnosząc głosu, ale też nie otwierając drzwi. – Nic mi nie jest. Jestem po prostu zajęty.

– Czym? – spytała Megan.

– Swoim projektem. – Przygryzłem wargi. To się nie uda, pomyślałem. Nic z tego. Na pewno zacznie naciskać jeszcze bardziej, bo obudziłem jej ciekawość.

– Projektem? Jakim projektem? Twój opiekun powiedział ci, że możesz zająć się jakimś projektem? Francis, otwieraj natychmiast! Przejechałyśmy taki kawał, bo się o ciebie martwimy, i jak nie otworzysz...

Nie musiała kończyć groźby. Nie wiedziałem, co mogła zrobić, ale podejrzewałem, że cokolwiek planowała, musiało być najgorszym wariantem w tej sytuacji. Uchyliłem więc drzwi i ustawiłem się w szparze, żeby nie wpuścić ich do środka, z ręką na klamce, gotów w każdej chwili zatrzasnąć drzwi.

– Widzicie? Jestem, we własnej osobie. Taki sam jak zwykle. Taki byłem wczoraj i taki będę jutro.

Siostry uważnie mi się przyjrzały. Żałowałem, że nie doprowadziłem się trochę do porządku, zanim poszedłem otworzyć. Nieogolona twarz, pozlepiane, brudne włosy i żółte od nikotyny palce musiały robić złe wrażenie. Spróbowałem poprawić koszulę, ale uświadomiłem sobie, że w ten sposób tylko zwracam uwagę na swój niechlujny wygląd. Colleen zachłysnęła się na mój widok. Zły znak, pomyślałem. Megan tymczasem próbowała zajrzeć mi nad ramieniem i domyśliłem się, że zobaczyła pismo na ścianach. Zaczęła otwierać usta, znieruchomiała, rozważyła to, co zamierzała powiedzieć, i zaczęła od nowa.

– Bierzesz lekarstwa?

– Oczywiście.

– Wszystkie? – wysylabizowała, jakby mówiła do wyjątkowo opóźnionego dziecka.

– Tak. – Dla podkreślenia kiwnąłem jeszcze głową. Tej kobiecie łatwo było kłamać. Nie czułem nawet wyrzutów.

– Chyba ci nie wierzę, Francis.

– Wierz, w co chcesz.

Zła odpowiedź. W myślach kopnąłem się w kostkę.

– Znów słyszysz głosy?

– Nie. W ogóle. Skąd ci to przyszło do głowy?

– Jesz coś? Wysypiasz się? – To mówiła Colleen. Mniej natarczywie, ale bardziej sondująco.

– Trzy posiłki dziennie, pełne osiem godzin co noc. Pani Santiago przygotowała mi wczoraj talerz kurczaka z ryżem – mówiłem rześkim tonem.

– Co ty tam robisz? – chciała wiedzieć Megan.

– Spisuję historię swojego życia. Nic specjalnego.

Pokręciła głową. Nie uwierzyła mi, dalej wyciągała szyję.

– Dlaczego nie chcesz nas wpuścić? – spytała Colleen.

– Potrzebuję trochę prywatności.

– Znów słyszysz głosy – stwierdziła Megan z przekonaniem. – Po prostu to wiem.

Zawahałem się.

– Skąd? – spytałem. – Też je słyszysz?

To oczywiście rozeźliło ją jeszcze bardziej.

– Masz nas natychmiast wpuścić!

Pokręciłem głową.

– Chcę być sam – odparłem, na co Colleen wyglądała, jakby miała się za chwilę rozpłakać. – Chcę, żebyście zostawiły mnie w spokoju. Właściwie po co przyjechałyście?

– Mówiłyśmy. Martwiłyśmy się o ciebie – powiedziała Colleen.

– Dlaczego? Ktoś wam kazał?

Siostry spojrzały na siebie, potem odwróciły się do mnie.

– Nie. – Megan starała się włoczyć w swój głos przekonanie. – Po prostu tak długo się nie odzywałeś...

Uśmiechnąłem się. Teraz kłamaliśmy już wszyscy troje.

– Byłem zajęty. Jeśli chcecie się ze mną spotkać, niech wasi ludzie zadzwonią do mojej sekretarki, spróbuję was wcisnąć przed Świętem Pracy.

Nawet się nie roześmiały na mój żart. Zacząłem zamykać drzwi, ale Megan podeszła bliżej i zatrzymała je ręką.

– Co to jest? – spytała, wskazując ścianę. – Co ty tam piszesz?

– To moja sprawa, nie wasza – odparłem.

– Piszesz o matce i ojcu? O nas? To niesprawiedliwe!

Trochę mnie zatkało. Pierwsza diagnoza – siostra miała większą paranoję niż ja.

– Dlaczego uważasz – zapytałem powoli – że jesteście na tyle interesujący, żeby o was pisać?

A potem zamknąłem drzwi, pewnie trochę za mocno, bo huk zabrzmiał w małym mieszkaniu jak wystrzał.

Znów zaczęły się dobijać, ale je zignorowałem. Kiedy wracałem do ściany, słyszałem w głowie mruczenie znajomych głosów, gratulujących mi tego, co zrobiłem. Zawsze lubiły, kiedy okazywałem niezależność i sprzeciw. Ale zaraz potem rozległ się odległy, niosący się echem drwiący śmiech, coraz wyższy, wymazujący znajome dźwięki. Przypominał trochę krakanie wrony, niesione silnym wiatrem, przelatujące nad moją głową. Zadrżałem i skuliłem się prawie tak, jakbym mógł uchylić się przed dźwiękiem.

Wiedziałem, kto to był.

– Możesz się śmiać! – krzyknąłem na anioła. – Ale kto inny jeszcze wie, co się stało?

Francis usiadł naprzeciwko Lucy przy biurku, a Peter krążył w głębi małego gabinetu.

– A więc, pani prokurator – odezwał się Strażak z odrobiną niecierpliwości w głosie – co teraz?

Lucy wskazała kilka teczek.

– Myślę, że pora zacząć rozmowy z pacjentami. Tymi, którzy w przeszłości dopuszczali się przemocy.

Peter kiwnął głową, ale wyglądał na skonsternowanego.

– Na pewno, kiedy zaczęła pani czytać te rzeczy, uświadomiła sobie, że pod to kryterium podchodzą niemal wszyscy, oprócz niedołężnych i niedorozwiniętych, a oni też mogą mieć jakieś wpisy. Musimy znaleźć cechy dyskwalifikujące. Myślę, panno Jones... – zaczął, ale przerwała mu, podnosząc rękę.

– Peter, od tej pory mów mi po prostu Lucy – zaproponowała. – W ten sposób nie będę musiała się zwracać do ciebie po nazwisku, bo wiem z akt, że twoja tożsamość ma pozostać nie tyle ukryta, ile, powiedzmy... zawoalowana, zgadza się? Z powodu złej sławy w dużej części wielkiej Wspólnoty Massachusetts. Wiem też, że po przybyciu tutaj powiedziałeś Gulptililowi, że nie masz już nazwiska, co on zinterpretował jako chęć nieprzynoszenia twojej dużej rodzinie bliżej nieokreślonego wstydu.

Peter zatrzymał się i przez chwilę Francis miał wrażenie, że jego przyjaciel się rozgniewa. Jeden z głosów zawołał: *Teraz uważaj!*; Francis bez słowa przyglądał się pozostałej dwójce. Lucy uśmiechała się, jakby wiedziała, że zawstydziła Petera, a on wyglądał jak ktoś, kto próbuje wymyślić właściwą ripostę. Po chwili oparł się o ścianę i uśmiechnął, niemal identycznie jak pani prokurator.

– Dobrze, Lucy – odparł powoli. – Niech będzie po imieniu. Ale powiedz mi jedno. Nie sądzisz, że przesłuchiwanie pacjentów ze skłonnościami do przemocy czy nawet takich, którzy zachowywali się agresywnie po przybyciu do szpitala, będzie bezowocne? Inaczej: ile masz czasu, Lucy? Ile czasu możesz poświęcić na szukanie tu odpowiedzi?

Uśmiech Lucy nagle zniknął.

– Dlaczego o to pytasz?

– Bo zastanawiam się, czy twój szef w Bostonie wie, co ty tu tak naprawdę robisz.

W małym pokoiku zapadła cisza. Francis uważał pilnie na każdy ruch swoich towarzyszy: na wyraz ich oczu i to, co się za nimi kryło, na układ ramion i barków, mogący wskazywać, że myślą coś innego, niż mówią.

– Dlaczego uważasz, że nie mam pełnego poparcia mojego biura?

– A masz? – zapytał Peter wprost.

Francis zobaczył, że Lucy zamierza odpowiedzieć najpierw tak, potem inaczej, potem jeszcze inaczej.

– Mam i nie mam – powiedziała w końcu.

– To dwa różne wyjaśnienia, Lucy.

Kiwnęła głową.

– Moja obecność tutaj nie jest jeszcze wynikiem oficjalnego dochodzenia. Uważam, że należy je rozpocząć. Inni nie są przekonani. A ściślej rzecz biorąc, nie są pewni, czy sięga tu nasza jurysdykcja. Dlatego, kiedy chciałam wybrać się do szpitala, w moim biurze wybuchł spór. Skończyło się na tym, że pozwolono mi jechać, ale nieoficjalnie.

– Domyślam się, że nie przedstawiłaś tych okoliczności Gulptililowi.

– Dobrze się domyślasz, Peter.

Peter znów zaczął krążyć po pokoju, jakby ruch mógł dodać rozpędu jego myślom.

– Ile czasu potrzebujesz, zanim szpitalna administracja się tobą zmęczy albo twoje biuro cię odwoła?

– Niewiele.

Peter znów jakby się zawahał, przebierając wśród możliwych reakcji. Francis pomyślał, że Peter widział fakty i jak przewodnik górski w przeszkodach dostrzegał możliwości, a postęp mierzył czasami pojedynczymi krokami.

– A więc – mruknął Peter, jakby do siebie – Lucy przyjechała do szpitala przekonana, że jest tu przestępca. I chce go znaleźć, bo... jest nim zainteresowana. Tak?

Lucy przytaknęła. Z jej twarzy zniknęło wszelkie rozbawienie.

– Czas spędzony w Western State nie wpłynął na twoje umiejętności detektywistyczne.

– Och, myślę, że wpłynął. – Nie rozwinął: poprawił czy pogorszył. – A dlaczego jesteś nim tak zainteresowana?

Po dłuższej chwili milczenia Lucy opuściła głowę.

– Peter, nie znamy się chyba dość dobrze. Ale ujmę to tak: osobnik, który popełnił tamte trzy morderstwa, zakpił z mojego biura.

– Zakpił?

– Tak. Na zasadzie „nie złapiecie mnie".

– Nie powiesz nic więcej?

– Nie teraz. To szczegóły, których chciałabym użyć w ewentualnym akcie oskarżenia. A więc...

Peter nie dał jej dokończyć.

– Nie chcesz zdradzać szczegółów dwóm wariatom.

Lucy wzięła głęboki oddech.

– A ty chciałbyś opowiadać, jak rozlałeś benzynę w kościele? I po co?

Oboje znów przez chwilę milczeli. Potem Peter odwrócił się do Francisa.

– Mewa, co łączy ze sobą te zbrodnie?

Francis zdał sobie sprawę, że to test.

– Po pierwsze, wygląd ofiar – powiedział szybko. – Wiek i to, że były same: wszystkie chodziły tymi samymi trasami, o tej samej porze, w pojedynkę. Były młode, miały krótkie włosy i szczupłą budowę ciała. Znaleziono je w innym miejscu niż popełniono zbrodnię, wystawionym na działanie pogody, co komplikuje sprawę dla policji. I w różnych jurysdykcjach, a to

kolejny problem. I wszystkie były tak samo okaleczone. Brakowało im części palców. – Wziął głęboki oddech. – Mam rację?

Lucy Jones kiwnęła głową, a Peter Strażak się uśmiechnął.

– W każdym calu – przyznał. – Musimy być czujni, Lucy, bo młody Mewa
ma o wiele lepszą pamięć do szczegółów i zmysł obserwacji, niż wszyscy mu
przypisują. – Przerwał i zamyślił się na chwilę. Znów zaczął coś mówić, jednak
rozmyślił się w ostatniej chwili. – W porządku, Lucy. Powinnaś zachować dla
siebie informacje, które mogłyby nam pomóc. Na razie. Wobec tego, co dalej?

– Musimy wpaść na sposób, jak znaleźć tego człowieka – powiedziała
sztywno, ale z lekką ulgą, jakby zrozumiała w tej chwili, że Peter zamierzał
zadać jeszcze jedno czy dwa pytania, które poprowadziłyby rozmowę w innym kierunku.

Francis nie wiedział, czy w jej słowach była wdzięczność. Zauważył natomiast, że dwójka jego towarzyszy przyglądała się sobie, rozmawiając bez
słów, jakby oboje rozumieli coś, co jemu akurat umykało. Poza tym dostrzegł
jeszcze ważną rzecz: Peter i Lucy poczynili jakieś ustalenia, które w jego
oczach umieściły ich oboje na tym samym planie egzystencji. Peter był trochę mniej pacjentem domu wariatów, a Lucy trochę mniej prokuratorem.
Oboje nagle stali się partnerami.

– Problem w tym – zaczął ostrożnie Peter – że on znalazł nas pierwszy.

Rozdział 16

Jeśli Lucy była zaskoczona słowami Petera, nie od razu dała to po sobie
poznać.

– Co konkretnie masz na myśli? – zapytała.

– Anioł chyba już wie, że tu jesteś. I zorientował się nawet, po co przyjechałaś. W szpitalu nie ma wielu tajemnic. Dokładniej mówiąc, tu trochę inaczej brzmi definicja tajemnicy. Dlatego podejrzewam, że anioł jest absolutnie świadom, że na niego polujesz, mimo obietnic poufności Gulptilila
i Evansa. Jak sądzisz, ile te obietnice wytrzymały? Dzień? Dwa? Założę się,
że każdy, kto może wiedzieć, już wie. Podejrzewam też, że nasz przyjaciel
anioł zdaje sobie sprawę, że Mewa i ja pomagamy ci w śledztwie.

– Jak doszedłeś do tych wniosków? – spytała powoli Lucy z podejrzliwo-
ścią, którą Francis zauważył, ale Peter zignorował.

– No, to oczywiście głównie przypuszczenia – odparł. – Ale jedna rzecz
prowadzi do drugiej...

– A jaka jest ta pierwsza „rzecz"? – spytała Lucy.

Peter szybko opowiedział Lucy o twarzy, którą zobaczył w okienku. Opisując nocne wydarzenia, uważnie przyglądał się Lucy, jakby chciał dobrze uchwycić jej reakcję.

– Dlatego też, jeśli wie o Mewie i o mnie, wie też o tobie – zakończył. – Trudno powiedzieć, ale... no, to by było na tyle.

Wzruszył lekko ramionami, ale w oczach miał pewność przeciwstawiającą się mowie jego ciała.

– O której to się stało? – spytała Lucy.

– Późno. Dobrze po północy. – Peter zauważył jej wahanie. – Chcesz się podzielić z nami jakimiś szczegółami?

Lucy milczała przez chwilę.

– Ja też chyba miałam wizytę wczoraj wieczorem.

Peter wyprostował się, jakby trochę zaniepokojony.

– Jak to?

Lucy wzięła głęboki oddech. Opowiedziała, jak poszła do budynku stażystek i zastała swoje drzwi otwarte, potem zamknięte, kiedy wróciła. Była przekonana, że coś zostało zabrane, choć wyglądało na to, że wszystko leży nietknięte na swoim miejscu. Dokładnie przejrzała swoje rzeczy. Niczego nie brakowało.

– Wszystko wydawało się w porządku – powiedziała żywo. – A mimo to nie mogę się pozbyć wrażenia, że czegoś nie ma.

Peter kiwnął głową.

– Powinnaś sprawdzić raz jeszcze. Kradzież ubrania byłaby oczywista. A może zniknęło coś bardziej subtelnego, na przykład... – zamyślił się na chwilę – ...włosy z grzebienia. Albo wziął twoją szminkę i przejechał ją sobie po piersi. Albo psiknął na grzbiet dłoni perfumami. Coś w tym rodzaju.

Lucy wyglądała na trochę wstrząśniętą tą sugestią; poruszyła się niespokojnie na krześle, jakby nagle zrobiło się gorące, ale zanim odpowiedziała, Francis energicznie pokręcił głową.

– O co chodzi, Mewa? – spytał Peter.

Chłopak lekko się zająknął.

– Chyba nie masz racji, Peter – powiedział cicho. – On nie musi niczego wykradać. Ani ubrań, ani szczoteczki do zębów, włosów, bielizny, perfum, niczego, co Lucy ze sobą przywiozła, bo już zabrał jej coś większego i o wiele ważniejszego. Po prostu na razie tego nie zauważyła. Może dlatego że nie chce.

Peter się uśmiechnął.

– A co to takiego, Mewa? – spytał powoli, niezbyt głośno, ale z dziwnym zadowoleniem w głosie.

– Zabrał jej prywatność – odparł Francis lekko drżącym głosem.

Wszyscy troje milczeli przez chwilę, przyswajając jego słowa.

– A potem coś jeszcze – dodał ostrożnie.

– Co? – zapytała ostro Lucy. Poczerwieniała lekko na twarzy i zaczęła stukać ołówkiem o blat biurka.

– Może też twoje bezpieczeństwo.

Cisza w małym pokoju zrobiła się przytłaczająca. Francis miał wrażenie, że tym, co powiedział, przekroczył jakąś granicę. Peter i Lucy byli zawodowymi śledczymi, a on nie, i zaskoczyło go, że w ogóle znalazł w sobie odwagę, żeby się odezwać, a co dopiero wypowiedzieć tak prowokującą sugestię. *Cicho!* – krzyknął gdzieś z głębi umysłu jeden z jego bardziej natarczywych głosów. *Zamknij się! Nie wychylaj się! Siedź w ukryciu! Uważaj!* Nie wiedział, czy ma go słuchać, czy nie. Po chwili pokręcił głową.

– Pewnie nie mam racji. Tak mi po prostu nagle przyszło do głowy, nie zastanawiałem się nad tym...

Lucy podniosła rękę.

– Myślę, że to bardzo słuszna uwaga, Mewa – oznajmiła tonem wykładowcy, w jaki czasem wpadała. – Powinnam ją sobie zapamiętać. Ale co z tą drugą wizytą, z twarzą w okienku, patrzącą na ciebie i Petera? Co o tym sądzisz?

Francis zerknął z ukosa na przyjaciela, który kiwnął głową i zrobił zachęcający gest.

– Mógł się nam przyjrzeć w każdej innej chwili, Francis. W świetlicy albo przy jedzeniu, albo nawet w drodze na sesje grupowe. Co tam, bez przerwy włóczymy się po korytarzach. Miał wiele okazji, żeby nas obserwować. Pewnie nawet to robił. Tyle tylko, że o tym nie wiemy. Po co ryzykować wizytę w nocy?

– Pewnie oglądał nas za dnia, Peter, masz rację – rozważał dalej Francis. – Ale dla niego to nie to samo.

– Dlaczego?

– Bo w ciągu dnia jest tylko jeszcze jednym pacjentem.

– Tak? Jasne, ale...

– Ale w nocy może być znów sobą.

Peter odezwał się pierwszy, głosem pełnym podziwu.

– Wychodzi na to, że tak jak się spodziewałem, Mewa rozumie. – Uśmiechnął się lekko.

Francis wzruszył ramionami. Właśnie usłyszał komplement i uświadomił sobie, że w ciągu dwudziestu jeden lat, jakie spędził na tej planecie, bardzo rzadko ktoś go chwalił. Aż do tej chwili spotykał się tylko z krytyką, narzekaniami i podkreślaniem jego oczywistych niedociągnięć. Peter nachylił się i szturchnął go żartobliwie w ramię.

– Będzie jeszcze z ciebie świetny glina, Francis – powiedział. – Może trochę dziwny z wyglądu, ale niemal doskonały. Brakuje ci irlandzkiego akcentu, o wiele większego brzucha, pucołowatych, czerwonych policzków, pałki do wymachiwania i ciągoty do pączków. Nie, uzależnienia od pączków. Ale wcześniej czy później do tego dojdziesz. – Odwrócił się do Lucy. – To mi podsuwa pewien pomysł.

Lucy też się uśmiechała, bo trudno było nie uznać za zabawny obrazu żałośnie chudego Francisa w roli krzepkiego „krawężnika".

– Przydałby nam się jakiś pomysł – powiedziała. – Bardzo by się przydał.

Peter milczał, ale przez chwilę poruszał przed sobą dłonią jak dyrygent albo matematyk, wypróbowujący w powietrzu nowy wzór, z braku tablicy, na której mógłby zapisać liczby i równania. Potem przysunął sobie krzesło i usiadł przodem do oparcia; podkreślił w ten sposób, pomyślał Francis, ważność tego, co zamierzał powiedzieć.

– Nie mamy żadnych dowodów rzeczowych, tak? A więc nie tędy droga. Nie możemy też liczyć na pomoc, zwłaszcza ze strony miejscowej policji, która zbadała miejsce zbrodni i aresztowała Chudego, tak?

– Zgadza się – mruknęła Lucy.

– I nie wierzymy też, mimo zapewnień Piguły i pana Złego, że nam pomogą.

– Tak. Myślę, że to jasne: próbują zdecydować, jakie podejście stworzy najmniej problemów.

– Właśnie. Nietrudno ich wyobrazić sobie obu siedzących w gabinecie Piguły, z panną Laską robiącą notatki, obmyślających sposoby, jak ochronić własne tyłki we wszystkich ewentualnościach. Dlatego jak na razie niewiele przemawia na naszą korzyść. Nie wiemy nawet, od czego zacząć, żeby nie zabrnąć w ślepą uliczkę.

Peter był pełen pomysłów. Francis widział iskrzącą od przyjaciela energię.

– Czym jest dochodzenie? – zapytał retorycznie Peter, patrząc Lucy w oczy. – Ja je prowadziłem, ty też. Rozpoczynamy od solidnego, konkretnego, zdecydowanego podejścia. Zbieramy kolejno dowody. Cegiełka po cegiełce budujemy obraz przestępstwa. Każdy jego szczegół, od zamysłu do wykonania, zostaje wtłoczony w racjonalną ramę, co w efekcie daje odpowiedź. Czy nie tego nauczyli cię w biurze prokuratora? Że zgromadzenie możliwych do udowodnienia faktów eliminuje wszystkich z wyjątkiem podejrzanego? Takie są zasady, prawda?

– Wiem i ty to wiesz. Ale do czego konkretnie zmierzasz?

– Dlaczego sądzisz, że anioł o tym nie wie?

– Dobrze. Tak. Prawdopodobnie. I?

– A więc musimy odwrócić wszystko do góry nogami.

Lucy spojrzała na niego z ukosa. Ale Francis wyczuł, do czego zmierza Peter.

– On chce powiedzieć, że nie powinniśmy trzymać się żadnych zasad – stwierdził ostrożnie.

Peter kiwnął głową.

– Jesteśmy w domu wariatów, Lucy. Wiesz, co się tu nie uda?

Nie odpowiedziała.

– Zastosować rozsądku i organizacji pracy, jaka sprawdza się w zewnętrznym świecie – wyjaśnił. – Tutaj rządzi szaleństwo, więc potrzebne nam śledztwo, które odbija szpitalne realia. Takie, które będzie pasować do Western State. Musimy dostosować to, co robimy, do miejsca, w którym jesteśmy. Innymi słowy, kiedy wejdziesz między wrony...

– A jaki ma być nasz pierwszy krok? – spytała Lucy. Było jasne, że jest gotowa wysłuchać, ale niekoniecznie od razu się na wszystko godzić.

– Dokładnie taki, jak wymyśliłaś – odparł Peter. – Przesłuchamy ludzi. Będziesz ich przepytywać. Zaczniesz miło, oficjalnie i zgodnie z przepisami. A potem zwiększysz ciśnienie. Zaczniesz oskarżać ludzi bez powodu. Przekręcać wypowiedzi. Odwracać paranoję pacjentów przeciwko nim. Zachowywać się tak nieodpowiedzialnie i oburzająco, jak się da. Zasiej niepokój. Wszystko stanie na głowie. A im bardziej zakłócimy zwykłe funkcjonowanie szpitala, tym mniej bezpiecznie będzie się czuł anioł.

Lucy kiwnęła głową.

– To już jakiś plan. Chociaż nie wyobrażam sobie, żeby Gulptilil się na to zgodził.

– Pieprzyć doktorka – warknął Peter. – Oczywiście, że się nie zgodzi. I pan Zły też nie. Ale to nie może ci przeszkodzić.

Lucy przez chwilę mocno się nad czymś zastanawiała, potem parsknęła śmiechem.

– Dlaczego nie?

Odwróciła się do Francisa.

– Nie pozwolą Peterowi brać udziału w przesłuchaniach. Ale ty, to co innego, Francis. Myślę, że powinieneś mi towarzyszyć. Będziesz ty i Evans albo gruby pan doktor we własnej osobie, bo zażądał, żeby ktoś kontrolował sytuację, takie są zasady ustalone przez Gulptilila. Jeśli narobimy dość dymu, to może zobaczymy ogień.

Nikt, oczywiście, nie dostrzegał tego, co widział Francis, czyli niebezpieczeństw wiążących się z takim podejściem. Ale nic nie powiedział; uciszył swoje wewnętrzne głosy, zdenerwowane i pełne wątpliwości, i nagiął się do tego, co wymyślono.

Czasami wiosną – kiedy już wypuszczono mnie ze Szpitala Western State i kiedy osiadłem w moim małym miasteczku – gdy szedłem do jazu liczyć powracające łososie dla agencji ochrony przyrody, zauważałem srebrzyste, połyskujące sylwetki ryb i zastanawiałem się, czy wiedziały, że akt powrotu do miejsca, w którym się urodziły, by odnowić cykl istnienia, będzie je kosztował życie. Z notesem w ręku liczyłem ryby, często zwalczając chęć, by jakoś je ostrzec. Zastanawiałem się, czy jakiś głęboki, genetyczny impuls mówił im, że powrót do domu oznacza śmierć. Czy raczej to wszystko stanowiło podstęp, na który się godziły? Czy pragnienie rozrodu okazywało się tak silne, że nie dopuszczało do ich świadomości dramatycznego finału? A może były jak żołnierze, którym wydano niemożliwy do wykonania i prowadzący ich na śmierć rozkaz, a jednak postanowili, że ofiara jest ważniejsza od życia?

Czasami drżała mi ręka, kiedy stawiałem kolejne znaczki na arkuszu. Przepływało przede mną tyle śmierci. Czasami wszystko nam się myli. To, co wydaje się olbrzymim niebezpieczeństwem jak wielki ocean, jest tak naprawdę bezpieczne. A to, co znamy, nasz dom, bywa o wiele groźniejsze.

Wydawało się, że światło wokół mnie przygasa. Odsunąłem się od ściany i podszedłem do okna. Czułem, że pokój za mną zaczynają wypełniać wspomnienia. Wiała wieczorna bryza, delikatny podmuch ciepła. Jesteśmy definiowani przez ciemność, pomyślałem. Każdy może sportretować wszystko w świetle dnia. Ale dopiero w nocy, kiedy świat zasypia, wychodzi na wolność nasze prawdziwe „ja".

Nie wiedziałem już, czy jestem wyczerpany, czy nie. Podniosłem wzrok i rozejrzałem się po pokoju. Byłem sam, ale to nie miało potrwać długo. Wcześniej czy później wszyscy oni się tu stłoczą. A anioł wróci. Pokręciłem głową.

Lucy, przypomniałem sobie nagle, sporządziła listę prawie siedemdziesięciu pięciu nazwisk. Z tymi właśnie mężczyznami chciała porozmawiać.

Lucy sporządziła listę prawie siedemdziesięciu pięciu pacjentów całego Szpitala Western State, którzy mogli być zdolni do popełnienia morderstwa. Kandydaci do przesłuchania wykazywali wrogość wobec kobiet: zadawali ciosy w domowych awanturach, grozili lub napastowali. Za cel swoich ataków wybierali sąsiadkę albo krewną i winili ją za swoje szaleństwo. Lucy wciąż po cichu uważała, że morderstwa były dokonane na tle seksualnym. Obowiązująca w kryminalistyce teza głosiła, że wszystkie przestępstwa na tle seksualnym wynikały w pierwszym rzędzie ze skłonności do przemocy, a dopiero potem z folgowania żądzom. Lucy uważała, że nie ma sensu odrzucać wszystkiego, czego nauczyła się od chwili, kiedy sama została ofiarą, a później przeprowadziła dziesiątki rozpraw. W salach sądowych stawała naprzeciw różnych mężczyzn, a każdy z nich mniej lub bardziej przypominał tego, który ją napadł. Miała na koncie wyjątkową liczbę skazań i spodziewała się, że mimo przeszkód, jakie tworzył szpital, znów odniesie sukces. Pewność siebie była jej kartą przetargową.

Idąc do budynku administracji, zaczęła rysować sobie w myślach portret człowieka, na którego polowała. Szczegóły, takie jak siła fizyczna, pozwalająca obezwładnić Krótką Blond, i wiek – dość młody, by pałać morderczym entuzjazmem, dość dojrzały, by nie popełniać głupich błędów. Była przekonana, że zabójca miał doświadczenie i wrodzoną inteligencję. Takich przestępców trudno przyprzeć do muru. Umysł Lucy analizował wszystkie elementy dręczących ją zbrodni; powtarzała sobie, że jeśli stanie twarzą w twarz z tym właściwym człowiekiem, natychmiast go rozpozna.

Tym bardziej że anioł chce, by go rozpoznano. Będzie zarozumiały, myślała, i arogancki; zależy mu, by pokonać ją w intelektualnym pojedynku.

Była o tym przekonana o wiele dogłębniej, niż domyślali się Peter czy Francis, czy w ogóle ktokolwiek inny w całym szpitalu. Kilka tygodni po drugim morderstwie biuro prokuratora otrzymało dwa odcięte palce – w najbardziej przyziemny sposób, codzienną pocztą. Morderca włożył je do zwykłej, foliowej torebki i zapakował do bąbelkowej koperty, jaką można kupić w każdym sklepie papierniczym w Nowej Anglii. Adres odbiorcy został napisany na maszynie: SZEF WYDZIAŁU PRZESTĘPSTW SEKSUALNYCH.

Do makabrycznych szczątków dołączona była kartka. Z maszynowo wypisanym pytaniem: Tego szukasz?, i nic więcej.

Na początku Lucy była pełna optymizmu, kiedy krwawe pamiątki przekazano do laboratorium. Po niedługim czasie ustalono, że należały do drugiej ofiary i zostały usunięte po jej śmierci. Zidentyfikowano typ elektrycznej maszyny do pisania, sears 1132, model z 1975 roku. Dużo nadziei dawał stempel pocztowy, ponieważ należał do głównej poczty południowego Bostonu. Z nieustępliwością i systematycznością, które mniej lub bardziej dokładnie opisał Peter Strażak, Lucy i dwójka śledczych z biura namierzyli wszystkie searsy 1132 sprzedane w Massachusetts, New Hampshire, Rhode Island i Vermont w ciągu sześciu miesięcy przed datą morderstwa. Przepytali też pracowników poczty, żeby sprawdzić, czy któryś z nich pamięta, jak przyjmował tę konkretną paczkę. Ani jedno, ani drugie śledztwo nie zaowocowało żadnymi tropami.

Pocztowcy niewiele pomogli. Jeśli za maszynę zapłacono czekiem lub kartą kredytową, Sears miał to gdzieś zapisane. Ale 1132 był niedrogim modelem, a ponad jedna czwarta maszyn sprzedanych w badanym okresie została kupiona za gotówkę. Poza tym śledczy dowiedzieli się, że praktycznie wszystkie z pięćdziesięciu punktów sprzedaży w Nowej Anglii miały nowy model 1132 na wystawie, gdzie można było go sobie wypróbować. Wystarczyłoby podejść do maszyny w ruchliwe, sobotnie popołudnie, włożyć kartkę w wałek i napisać, co się chce, nie zwracając na siebie niczyjej uwagi, nawet sprzedawcy.

Lucy miała nadzieję, że człowiek, który przysłał palce, zrobi to znów z pierwszą ofiarą albo trzecią. Nic z tego.

Uznała to za najgorszy rodzaj drwiny: wiadomością nie były słowa ani nawet szczątki – lecz była nią przesyłka, której nie dało się wyśledzić.

W efekcie Lucy zagłębiła się w literaturę dotyczącą Kuby Rozpruwacza, który wyciął fragment nerki zabitej przez siebie prostytutce Catherine Eddowes, znanej też jako Kate Kelly, i wysłał ją do londyńskiej Metropolitan Police z kpiącym liścikiem, zamaszyście podpisanym. Lucy zaniepokoił fakt, że obecnie poszukiwany morderca znał ten przypadek. Sporo jej to powiedziało, ale odcisnęło też piętno na wyobraźni. Lucy nie podobała się myśl, że ściga człowieka znającego historię, bo to sugerowało sporą inteligencję. Większość przestępców, których z zimną krwią posłała do więzienia, wyróżniała się głupotą. W wydziale przestępstw seksualnych przyjęto regułę, że to, co pchało mężczyznę do popełnienia takiego czynu, czyniło go jednocześnie niechlujnym i nieostrożnym.

Te cztery morderstwa, pomyślała Lucy, w pewien dziwny sposób wymykały się ustalonej zasadzie. Francis miał rację, kiedy Peter zapytał go, co je ze sobą łączyło. Ale Lucy nie mogła się pozbyć wrażenia, że nie chodziło tylko o włosy, budowę ciała czy okrucieństwo, choć na to wskazywał zdrowy rozsądek.

Szła jedną ze ścieżek łączących szpitalne budynki, pogrążona w rozmyślaniach o człowieku, którego Peter i Francis nazywali aniołem. Nie zwracała uwagi na piękny dzień, na jasne promienie słońca, które odnajdywały pączki na gałęziach drzew, ogrzewając świat obietnicą lepszej pogody. Jej umysł lubił sortować i szufladkować, rygorystycznie wyszukiwać detale; w tej chwili nie postrzegał temperatury, słońca i budzącego się nowego życia, zamiast tego analizował i rozpracowywał stojące przed Lucy przeszkody. Logika, zasady, regulaminy i prawa prowadziły pannę Jones przez całe dorosłe życie. Propozycja Petera przeraziła ją, chociaż Lucy bardzo uważała, żeby tego nie okazać. W duchu przyznawała, że pomysł nie był pozbawiony sensu, bo nie wiedziała, co robić dalej. Uważała, że przedstawiony plan odzwierciedla własną pasję Petera i nie wynika z racjonalnych przesłanek.

Ale siebie samą uważała za szachistkę, a lepszego gambitu na otwarcie nie umiała wymyślić. Powtórzyła sobie, żeby pozostać niezależną, bo tylko w ten sposób, jak sądziła, mogła panować nad biegiem wypadków.

Kiedy tak szła ze spuszczoną głową, zatopiona w rozmyślaniach, nagle wydało jej się, że słyszy swoje imię.

Długie, przeciągłe wołanie: „Luuuuuucccyyyyyy...", niesione łagodnym, wiosennym wiatrem, wijące się wśród koron drzew rosnących na terenie szpitala.

Zatrzymała się gwałtownie i obróciła. Na ścieżce za nią nie było nikogo. Spojrzała w prawo, w lewo, wyciągnęła szyję, nasłuchując, ale dźwięk ucichł.

Cóż, była spięta, więc pewnie się przesłyszała. To mógł być po prostu krzyk wewnętrznej męki, niczym się nieróżniący od setek innych, niesionych codziennie z wiatrem przez szpitalny świat.

Potem powiedziała sobie, że to nieprawda.

To było jej imię.

Spojrzała w okna najbliższego budynku. Zobaczyła pacjentów patrzących tępo w jej stronę. Powoli odwróciła się do innych dormitoriów. Amherst było daleko. Williams, Princeton i Yale bliżej. Na niewzruszonych ceglanych murach wypatrywała jakichś wskazówek. Ale wszystkie budynki milczały, jakby jej uwaga zakręciła kurek strachu i zwidów.

Lucy stała jak wryta. Po chwili rozbrzmiały przekleństwa, potem czyjeś rozgniewane głosy i wysokie wrzaski. To właśnie spodziewała się usłyszeć; wcześniejsza cisza, której tak naprawdę nie było, prawdopodobnie zrównywała ją z większością populacji szpitala, zauważyła z ironią. Ruszyła dalej, odwracając się plecami do wszystkich okien i par oczu, które mogły ponuro śledzić jej każdy krok albo wpatrywać się pustym wzrokiem w zachęcający błękit nieba. Nie było sposobu, by ją odróżnić.

Rozdział 17

Peter Strażak stał z tacą na środku stołówki i przyglądał się otaczającej go, bulgoczącej, wulkanicznej aktywności. Posiłki w szpitalu były ciągiem drobnych potyczek, te zaś – odbiciem wielkich, wewnętrznych wojen, które toczył każdy pacjent. Żadne śniadanie, obiad ani kolacja nie mijały bez incydentu. Awantury zdarzały się równie regularnie, jak niedosmażona jajecznica czy pozbawiona smaku sałatka z tuńczyka.

Po prawej widział zniedołężniałego starca, szczerzącego się szaleńczo i zapluwającego mlekiem. Pielęgniarka bezustannie wkładała wiele wysiłku, żeby mężczyzna się zakrztusił. Po lewej dwie kobiety kłóciły się o miskę zielonej galaretki. Mały Czarny cierpliwie próbował rozstrzygnąć, dlaczego miska była tylko jedna, a chętne dwie, i nie dopuścić, żeby obie kobiety – z wyglądu prawie identyczne, z poskręcanymi strąkami siwych włosów, w niebiesko-różowych podomkach – skoczyły sobie do gardeł. Żadna nie chciała cofnąć się dziesięć czy dwadzieścia kroków do kuchni i wziąć drugą miskę galaretki. Ich wysokie, piskliwe krzyki mieszały się ze szczękiem talerzy i sztućców; z kuchni, gdzie przygotowywano posiłek, bił parny gorąc. Po chwili jedna z kobiet niespodziewanie wyciągnęła rękę i cisnęła miską galaretki o podłogę. Naczynie roztrzaskało się z hukiem przypominającym wystrzał.

Peter przeszedł do swojego stolika w rogu, gdzie mógł siedzieć plecami do ściany. Napoleon już tam był; Peter podejrzewał, że Francis też niedługo się pojawi, chociaż nie wiedział, gdzie chłopak się podziewa. Usiadł i podejrzliwie popatrzył na porcję zapiekanki z makaronem. Miał pewne wątpliwości co do jej pochodzenia.

– Napciu, powiedz mi coś – zagadnął, szturchając jedzenie widelcem. – Co w taki piękny dzień jak dzisiaj jadłby żołnierz Wielkiej Armii Republiki?

Napoleon z entuzjazmem szturmował zapiekankę, jak maszyna pakując kolejne porcje brei do ust. Na pytanie Petera zwolnił, potem przestał jeść, żeby się zastanowić.

– Mięso z puszki – odparł po chwili. – Niebezpieczne świństwo, zważywszy na warunki sanitarne tamtych czasów. Albo soloną wieprzowinę. Na pewno chleb. To była podstawa ich wyżywienia, razem z twardym serem, który żołnierze nosili w plecakach. Popijaliby pewnie czerwonym winem albo wodą, ze strumienia lub studni. Jeśli plądrowali okolicę, co robili często, mogli ukraść z pobliskiej farmy kurczaka albo gęś, upiec ją na rożnie albo ugotować.

– A jeśli mieli iść do bitwy? Dostawali specjalny posiłek?

– Nie. Raczej nie. Zazwyczaj chodzili z pustymi brzuchami, a często, jak w Rosji, przymierali głodem. Zaopatrzenie armii zawsze było problemem.

Peter podniósł do oczu bezkształtny kawałek czegoś, co serwowano jako kurczaka. Zastanawiał się, czy mógłby iść do bitwy, gdyby jego siłą napędową miała być taka zapiekanka.

– Powiedz mi, Napciu, uważasz, że jesteś wariatem? – spytał niespodziewanie.

Mały człowieczek znieruchomiał. Spora porcja klusek ociekających sosem zatrzymała się tuż przed jego ustami. Napoleon zastanowił się. Po chwili odłożył widelec i westchnął.

– Chyba tak, Peter – powiedział trochę smutno. – W niektóre dni bardziej niż w inne.

– Opowiedz mi coś o tym – poprosił Peter.

Napoleon pokręcił głową; zniknęły resztki jego entuzjazmu.

– Lekarstwa kontrolują omamy. Na przykład dzisiaj. Zdaję sobie sprawę, że nie jestem cesarzem. Wiem tylko dużo o człowieku, który nim był. I o tym, jak dowodzić armią. I co się stało w 1812 roku. Dzisiaj jestem tylko zwykłym historykiem amatorem. Ale jutro... nie wiem. Bo na przykład wieczorem schowam lekarstwa pod językiem, a potem wypluję. Wszyscy tu się uczą takich sztuczek. A może dawka będzie trochę za mała. To też się zdarza. Pielęgniarki mają tak dużo pigułek do rozdania, że czasem nie pilnują dobrze, kto co dostaje. I już naprawdę potężne złudzenie nie potrzebuje dużo gleby, żeby się zakorzenić i zakwitnąć.

Peter przez chwilę się nad tym zastanawiał.

– Brakuje ci tego?

– Czego?

– Złudzeń. Czujesz się kimś wyjątkowym, kiedy je masz, i zwykłym, kiedy mijają?

Napoleon się uśmiechnął.

– Tak. Czasami. Ale czasem też bolą, i to nie tylko dlatego, że widzisz, jakie są straszne dla wszystkich dookoła. Fiksacja staje się tak potężna, że zaczyna nad tobą panować. Czujesz, jakby w środku rozciągała ci się gumka. Wiesz, że w końcu musi pęknąć, ale za każdym razem, kiedy jesteś przekonany, że trzaśnie i wszystko ci się w środku wysypie, ona rozciąga się jeszcze trochę. Powinieneś zapytać Mewę. On chyba lepiej to rozumie.

– Zapytam. – Peter znów się zawahał. Zobaczył idącego w ich stronę Francisa. Chłopak poruszał się jak żołnierz z patrolu w Wietnamie – jakby nie był pewny, czy ziemia, po której stąpa, nie jest zaminowana. Francis halsował między kłótniami i złością, odrzucany trochę w prawo, trochę w lewo przez gniew i halucynacje, unikając mielizn demencji i niedorozwoju. W końcu dotarł do stolika i usiadł ciężko z westchnieniem ulgi. Stołówka była niebezpiecznym polem minowym kłopotów, pomyślał Peter.

Francis dźgnął widelcem szybko tężejącą masę na talerzu.

– Chyba nie chcą, żebyśmy się roztyli – mruknął.

– Ktoś mi mówił, że spryskują jedzenie torazyną – oznajmił Napoleon konspiracyjnym szeptem, nachylając się do Petera i Mewy. – W ten sposób mają pewność, że będziemy spokojni i pod kontrolą.

Francis spojrzał na dwie kobiety pozbawione galaretki. Wciąż na siebie wrzeszczały.

– Wątpię – odparł. – Wystarczy popatrzeć, co się dzieje.

– Mewa, jak myślisz, o co one się kłócą? – zapytał Peter, dyskretnie wskazując dwie pacjentki.

Francis podniósł wzrok, zawahał się i wzruszył ramionami.

– O galaretkę?

Peter się uśmiechnął. Potem pokręcił głową.

– Naprawdę sądzisz, że warto się pobić o miseczkę głupiej zielonej galaretki?

Francis uświadomił sobie, że Peter pyta na poważnie. Przyjaciel zwykł obudowywać duże pytania małymi. Francis podziwiał tę cechę, bo świadczyła o umiejętności wychodzenia myślą poza mury budynku Amherst.

– Chodzi o to, żeby coś mieć, Peter – powiedział powoli. – Coś namacalnego, tutaj, gdzie tak niewiele rzeczy należy do pacjenta. Nie chodzi o galaretkę, lecz jej posiadanie. O coś, co przypomina o świecie, który na nas czeka, jeśli tylko zdołamy posiąść dość drobiazgów, by zamienić się z powrotem w ludzi. Cóż, o to chyba warto walczyć, prawda?

Peter milczał, rozważając słowa Francisa. Obie kobiety nagle zalały się łzami.

Peter nie odrywał od nich wzroku i Francis pomyślał, że każdy taki incydent musiał ranić Strażaka na wskroś, bo on tu nie pasował. Zerknął na Napoleona, który wzruszył ramionami, uśmiechnął się i wesoło wrócił do jedzenia. On tu pasuje. Ja pasuję. Wszyscy tu pasujemy, za wyjątkiem Petera, rozważał Francis. Głęboko w duchu Strażak musi się bardzo bać, że im dłużej zostaje w szpitalu, tym bliższy jest temu, że się do nas upodobni. Francis usłyszał w głowie chór przytakiwań.

Gulptilil spojrzał z powątpiewaniem na listę nazwisk, którą Lucy rzuciła mu na biurko.

– To wygląda jak przekrój przez dużą część naszej populacji, panno Jones. Czy wolno zapytać, jakie kryteria selekcji pani przyjęła, wybierając akurat tych pacjentów?

Mówił sztywnym, nieprzyjaznym tonem; w zestawieniu z jego świergoczącym, śpiewnym głosem ta pretensjonalność brzmiała śmiesznie.

– Oczywiście – odparła Lucy. – Ponieważ nie przyszedł mi do głowy żaden czynnik determinujący natury psychologicznej, na przykład jakieś konkretne schorzenie. Oparłam się więc na przypadkach przemocy wobec kobiet. Każdy z siedemdziesięciu pięciu mężczyzn z tej listy zrobił coś, co można uznać za wrogie wobec płci przeciwnej. Niektórzy, rzecz jasna, posunęli się dalej niż inni, ale wszystkich łączy ten jeden wspólny czynnik.

Lucy mówiła tonem tak samo nadętym, jak przedtem doktor; wyćwiczyła tę umiejętność podczas pracy w biurze prokuratora i często korzystała z niej w sytuacjach oficjalnych. Bardzo niewielu biurokratów nie jest onieśmielonych przez kogoś, kto potrafi mówić ich językiem lepiej niż oni sami.

Gulptilil jeszcze raz przejrzał kolumny nazwisk. Lucy zastanawiała się, czy doktor potrafi przypisać każdemu teczkę i twarz. Takie sprawiał wrażenie, ale wątpiła, by aż tak bardzo interesowały go detale działania szpitala. Po chwili westchnął.

– Oczywiście, pani stwierdzenie dotyczy także dżentelmena już aresztowanego i podejrzanego o morderstwo – powiedział. – Mimo to, panno Jones, spełnię pani prośbę. Ale po raz kolejny muszę zauważyć, że to walka z wiatrakami.

– Zawsze to coś, od czego można zacząć, doktorze.

– Można też na tym skończyć, moim zdaniem – odparł Gulptilil. – Co, obawiam się, szybko nastąpi, kiedy zacznie pani szukać u tych ludzi informacji. Spodziewam się, że będzie to dla pani frustrujące zajęcie. – Uśmiechnął się, dość nieprzyjemnie. – Cóż, panno Jones, jak mniemam, chciałaby pani rozpocząć przesłuchania jak najszybciej? Pomówię z panem Evansem, może też z braćmi Moses, którzy zaczną przyprowadzać pacjentów. W ten sposób zaoszczędzimy pani wielu przeszkód, na jakie tu pani trafi.

Lucy wiedziała, że doktor Gulptilil mówił o chorobach psychicznych, ale jego słowa można było odebrać na wiele różnych sposobów. Uśmiechnęła się i pokiwała głową.

Kiedy wróciła do Amherst, Duży Czarny i Mały Czarny czekali na nią na korytarzu pod dyżurką na parterze. Obok nich stali Peter i Francis. Niedbale oparci o ścianę sprawiali wrażenie dwóch znudzonych nastolatków, szukających kłopotów na rogu ulicy. Ale to, jak Peter rzucał spojrzenia na boki, obserwując najmniejszy ruch i mierząc wzrokiem każdego przechodzącego pacjenta, kontrastowało z ich swobodną pozą. Nie zobaczyła nigdzie pana Evansa, co, pomyślała, było pomyślną okolicznością, zważywszy na prośbę, jaką miała do dwóch pielęgniarzy.

– Gdzie Evans? – spytała najpierw.

Duży Czarny odchrząknął.

– Idzie tu z innego budynku. Zebranie kadry pomocniczej. Powinien być w każdej chwili. Szef polecił, żebyśmy przyprowadzali pani ludzi.

– Zgadza się.

– A jeśli nie będą mieli ochoty się z panią widzieć, co wtedy? – spytał Mały Czarny.

– Proszę nie dawać im takiej możliwości. Ale jeśli zaczną się rzucać albo tracić panowanie nad sobą... no, ja mogę przyjść do nich.

– A gdyby nadal odmawiali?

– Nie przewidujmy problemów, dopóki ich nie mamy, co?

Potężny pielęgniarz przewrócił oczami, ale nic nie powiedział, chociaż dla Francisa było jasne, że obecność Dużego Czarnego w szpitalu służyła w głównej mierze właśnie temu: przewidywaniu problemów, zanim do nich doszło.

– Spróbujemy. – Brat olbrzyma westchnął przeciągle. – Trudno powiedzieć, jak ludzie zareagują. Nigdy tu niczego takiego nie robiliśmy. Może nie napotkamy żadnych kłopotów.

– Jeśli się nie zgodzą, trudno, wymyślimy coś innego. – Lucy wzruszyła ramionami. Potem nachyliła się lekko i zniżyła głos. – Mam pomysł. Zastanawiam się, czy możecie mi panowie pomóc i zachować to w tajemnicy.

Obaj bracia natychmiast na siebie spojrzeli. Mały Czarny odpowiedział za nich obu.

– Brzmi to tak, jakby chciała nas pani prosić o przysługę, która mogłaby nas wpakować w kłopoty.

Lucy kiwnęła głową.

– Mam nadzieję, że niezbyt wielkie.

Mały Czarny wyszczerzył się szeroko, jakby usłyszał dowcip.

– Temu, kto prosi, zawsze się wydaje, że nie chce zbyt wiele. Ale, panno Jones, słuchamy dalej. Nie mówimy tak. Nie mówimy nie. Słuchamy.

– Zamiast przyprowadzać mi każdą osobę we dwóch, chciałabym, żeby poszedł tylko jeden z panów.

– Generalnie ochrona uważa, że eskorta musi być dwuosobowa. Po jednym z każdej strony. Takie są szpitalne zasady.

– Zaraz wyjaśnię, o co mi chodzi. – Lucy podeszła krok bliżej, tak że tylko oni mogli ją słyszeć, co było prawdopodobnie niepotrzebnym w szpitalu, lecz naturalnym zachowaniem w przypadku niewielkiego spisku, który uknuła. – Nie mam wielkich nadziei, że te przesłuchania cokolwiek dadzą, i tak naprawdę zamierzam skorzystać ze wsparcia Francisa bardziej, niż sobie z tego zdaje sprawę – powiedziała powoli, a pozostali spojrzeli szybko na chłopaka; Francis się zaczerwienił, jakby wyróżniła go nauczycielka, w której się podkochiwał. – Ale jak wczoraj zauważył Peter, tak naprawdę nie mamy żadnych konkretnych dowodów. Chciałabym spróbować coś w tej sprawie zrobić.

Obaj Czarni słuchali już uważnie. Peter też przysunął się bliżej, jeszcze bardziej zacieśniając ich krąg.

– Prosiłabym – ciągnęła Lucy – żebyście panowie podczas mojej rozmowy z tymi pacjentami sprawdzili dokładnie ich łóżka i szafki. Robiliście już takie przeszukania?

Mały Czarny kiwnął głową.

– Oczywiście, panno Jones. Na tym, między innymi, polega nasza urocza praca.

Lucy zerknęła na Petera, który z wyraźnym trudem powstrzymywał się od komentarza.

– Poza tym – dodała powoli – bardzo bym sobie życzyła, żeby w tych przeszukaniach brał udział Peter. To znaczy, żeby nimi kierował.

Pielęgniarze popatrzyli po sobie.

– Peter na swojej teczce ma plakietkę „zakaz wychodzenia", panno Jones – oznajmił Mały Czarny. – Nie może opuszczać budynku Amherst, chyba że w wyjątkowych okolicznościach. A co to są wyjątkowe okoliczności, określają doktor Gulptilil albo Evans. A Evans nie pozwolił mu nawet ani razu wyjść na dwór.

– Podejrzewają, że może próbować uciec? – spytała Lucy trochę tak, jakby ustalała wysokość kaucji przed sądem.

Mały Czarny pokręcił głową.

– To bardziej kara, bo Peterowi postawiono poważne oskarżenia w tej części naszego wspaniałego stanu, która podlega pani jurysdykcji. Trafił tu z wyroku sądu na ocenę psychologiczną, a ten „zakaz wychodzenia" to moim zdaniem część zarządzonej procedury.

– Da się to jakoś obejść?

– Wszystko da się obejść, panno Jones, jeśli bardzo komuś zależy.

Francis znów zauważył, że jego przyjaciel chciałby się odezwać, ale z rozsądku woli nic nie mówić. Spostrzegł też, że ani Duży Czarny, ani jego brat nie odmówili jeszcze prośbie Lucy.

– Dlaczego uważa pani, że musi w tym brać udział Peter, panno Jones? Dlaczego nie mogę to być tylko ja albo mój brat? – spytał cicho Mały Czarny.

– Z kilku powodów – powiedziała Lucy, być może trochę zbyt pospiesznie. – Po pierwsze, jak panowie wiecie, Peter był dobrym śledczym. Wie jak, gdzie i czego szukać. Zna sposoby zabezpieczenia dowodów, gdybyśmy na jakieś trafili. A ponieważ jest wyszkolony w zbieraniu materiału dowodowego, mam nadzieję, że wypatrzy coś, co pan albo pana brat moglibyście przeoczyć...

Mały Czarny wydął wargi. Wyglądało, że zgadza się tym, co mówiła pani prokurator. Lucy potraktowała to jako zachętę i mówiła dalej.

– Następny powód: wolałabym panów na nic nie narażać. Powiedzmy, że coś znajdziecie. Macie obowiązek poinformować o tym Gulptilila, który wtedy przejmie kontrolę nad dowodami. Najprawdopodobniej więc zginą lub zostaną zniszczone. Jeśli Peter coś znajdzie, no cóż, to zwykły wariat, jakich tu pełno. Może to zostawić, dać mi sygnał, a potem załatwimy legalny nakaz rewizji. Pamiętajcie panowie, mam nadzieję, że dojdziemy do punktu, w którym wkroczy policja i dokona aresztowania. Muszę przestrzegać pewnych zasad prowadzenia śledztwa. Rozumiecie panowie, do czego zmierzam?

Duży Czarny roześmiał się na głos, chociaż nie było w tym nic śmiesznego, może oprócz „zasad prowadzenia śledztwa" w domu wariatów. Jego brat złapał się za głowę.

– Rany, panno Jones, mam wrażenie, że zanim się to wszystko skończy, wpakuje nas pani w kłopoty po same uszy.

Lucy tylko się do nich szeroko uśmiechnęła, a w jej oczach pojawił się przyjazny, zachęcający błysk. Francis po raz pierwszy zauważył, jak trudno odmówić prośbie pięknej kobiety.

Dwaj pielęgniarze popatrzyli po sobie. Po chwili Mały Czarny wzruszył ramionami i odwrócił się do Lucy.

– Powiem tak, panno Jones. Mój brat i ja zrobimy, co się da. Evans ani Piguła nie mogą się o tym dowiedzieć. – Przerwał, pozwalając na chwilę wymownego milczenia. – Peter, przyjdź do nas porozmawiać na osobności. Wpadł mi do głowy pewien pomysł...

Peter kiwnął głową.

– A właściwie czego mamy szukać? – spytał Duży Czarny.

Na jego pytanie odpowiedział Peter.

– Przede wszystkim zakrwawionych ubrań albo butów. Dalej noża albo jakiejś broni ręcznej roboty. Cokolwiek to jest, będzie ostre jak diabli, bo przecięło ciało i kość. I brakującego kompletu kluczy, bo nasz anioł potrafi przechodzić przez zamknięte drzwi, kiedy tylko chce. Poza tym wszystkiego, co może powiedzieć nam o zbrodni, za którą biedny Chudy poszedł siedzieć. Albo co nakierowałoby nas na poprzednie morderstwa, na które zwróciła uwagę Lucy, w innej części stanu. Na przykład wycinki z gazet. Część ubrania kobiety. Nie wiem. Ale jest gdzieś tam jeszcze jedna rzecz, której brakuje – powiedział. – A właściwie kilka rzeczy.

– Co to takiego? – spytał Duży Czarny.

– Cztery odcięte czubki palców – odparł Peter chłodno.

Francis wiercił się zakłopotany w małym gabinecie Lucy, starając się unikać nieprzyjaznego spojrzenia pana Evansa. W pokoju zalegała ciężka cisza, jakby ktoś zostawił włączony grzejnik, podczas gdy na zewnątrz było ciepło, a w środku zrobił się lepki, niezdrowy upał. Francis spojrzał na Lucy: była zaprzątnięta jedną z teczek pacjentów; przerzucała kartki z odręcznymi notatkami i zapisywała coś w żółtym notesie.

– Nie powinno go tu być, panno Jones. Mimo pani przekonania, że mógłby pomóc, i pozwolenia doktora Gulptilila, cały czas uważam, że to wysoce niewłaściwe włączać pacjenta do takiego przedsięwzięcia. Z całą pewnością wszelkie wnioski, jakie wyciągnie, będą mniej wartościowe niż te, które ja czy inny członek personelu szpitala mógłby wnieść do przesłuchań.

Evansowi udało się popaść w nadęty ton, który nie był zwyczajny w jego sposobie wyrażania się. Pan Zły zazwyczaj mówił z irytującym sarkazmem, podkreślającym różnice między nim a pacjentami. Francis podejrzewał, że Evans używa pretensjonalnie dużych słów i klinicznej terminologii na zebraniach personelu szpitala. Sprawianie wrażenia ważnego, uświadomił sobie, to nie to samo, co bycie ważnym. Jak zwykle w głowie zaszemrał mu chór głosów aprobaty.

Lucy podniosła wzrok znad papierów.

– Zobaczmy, jak pójdzie – powiedziała po prostu. – Jeśli wynikną jakieś problemy, zawsze możemy coś zmienić.

Potem znów nachyliła się nad teczką.

Evans jednak nie dał się zbyć.

– A kiedy ten siedzi tu z nami, gdzie jest drugi?

– Peter? – spytał Francis.

Lucy znów podniosła głowę.

– Wysłałam go, żeby zajął się bardziej przyziemnymi i nudnymi aspektami dochodzenia – wyjaśniła. – Mimo tego, że działamy trochę nieoficjalnie, zawsze jest do zrobienia wiele nużących, ale koniecznych rzeczy. Zważywszy na jego doświadczenie, uznałam, że nada się do tego doskonale.

Evans jakby się uspokoił. Bardzo sprytna odpowiedź, pomyślał Francis. Zrozumiał, że kiedy będzie trochę starszy, może nauczy się, jak mówić nie do końca prawdę, a zarazem nie kłamać.

Minęło jeszcze kilka sekund nieprzyjemnej ciszy, potem ktoś zapukał do drzwi i szeroko je otworzył. Duży Czarny wyglądał niczym gigant przy mężczyźnie, którego Francis rozpoznawał z jednego z dormitoriów na górze.

– Pan Griggs – oznajmił, szeroko się uśmiechając. – Na samej górze listy.

Wielką dłonią lekko pchnął mężczyznę, kierując go do środka, a potem ze skrzyżowanymi na piersiach rękami stanął pod ścianą, skąd mógł obserwować przebieg wydarzeń.

Griggs stanął na środku pokoju i zawahał się. Lucy wskazała mu krzesło, stojące tak, że Francis i pan Zły mogli przyglądać się reakcjom mężczyzny na zadawane mu pytania. Griggs był żylastym, muskularnym, łysiejącym człowiekiem w średnim wieku, z długimi palcami i zapadniętą klatką piersiową. Jego słowom często towarzyszył astmatyczny poświst. Pacjent rozglądał się ukradkiem po pokoju, co nadawało mu wygląd płochliwej wiewiórki wypatrującej niebezpieczeństwa. Griggs zmierzył Lucy przeszywającym spojrzeniem, potem się rozluźnił. Z wyrazem irytacji na twarzy wyciągnął przed siebie nogi.

– Dlaczego tu jestem? – zapytał.

– Jak pewnie pan wie – odpowiedziała Lucy szybko – pojawiło się kilka niewyjaśnionych kwestii w sprawie zamordowania pielęgniarki stażystki w tym budynku. Miałam nadzieję, że będzie pan mógł rzucić jakieś światło na ten incydent.

Mówiła głosem rzeczowym, rutynowym, ale Francis widział w jej postawie i wzroku, że nie bez powodu wybrano tego pacjenta jako pierwszego. Lucy musiała znaleźć w jego aktach coś dla siebie ważnego.

– Nic nie wiem – odparł Griggs. Poruszył się nerwowo i machnął ręką. – Mogę już iść?

Na karcie pacjenta Lucy widziała takie określenia, jak „dwubiegunowy" i „depresja", „skłonności antyspołeczne" i „problem z panowaniem nad gniewem". Griggs był pęczkiem kłopotów, pomyślała. Pociął kobietę brzytwą w barze po tym, jak zafundował jej kilka drinków, a ona odmówiła jego niedwuznacznej propozycji. Potem stawiał zacięty opór aresztującym go policjantom. Po przybyciu do szpitala groził Krótkiej Blond i kilku innym pielęgniarkom niepewną i niesprecyzowaną, ale niezaprzeczalnie straszliwą zemstą za każdym razem, kiedy próbowały go zmusić do wzięcia lekarstw, przełączenia telewizora w świetlicy na inny program czy zaprzestania dręczenia innych pacjentów, co robił niemal codziennie. Każdy z tych przypadków został sumiennie wpisany w jego akta. Znajdowała się tam również informacja, że Griggs wmawiał swojemu obrońcy z urzędu, że bliżej nieokreślone głosy kazały mu pociąć wspomnianą kobietę. To twierdzenie zaprowadziło go do Western State zamiast do miejscowego więzienia. Dodatkowy wpis, odręcznym pismem Gulptilila, kwestionował prawdziwość oświadczeń pacjenta. Griggs był, krótko mówiąc, człowiekiem pełnym gniewu i kłamstw, co w oczach Lucy czyniło go pierwszorzędnym kandydatem.

Uśmiechnęła się.

– Oczywiście – powiedziała. – A więc w noc zabójstwa...

Griggs nie dał jej dokończyć.

– Spałem na górze. Pod kołderką. Ogłuszony tym gównem, które nam tu dają.

Lucy zerknęła na żółty notes, potem utkwiła wzrok w pacjencie.

– Tamtej nocy odmówił pan przyjęcia leków. Zapisano to w aktach.

Griggs otworzył usta, zaczął coś mówić, potem się rozmyślił.

– To nie znaczy, że nie wziąłem – odezwał się w końcu. – Oprychy, takie jak... ten tu – machnął na Dużego Czarnego – nie dają człowiekowi spokoju. – Griggs pewnie użyłby innego określenia na wielkiego pielęgniarza, gdyby się go nie bał. – Zmuszają do łykania piguł. Więc wziąłem. Kilka minut później byłem już w krainie snów.

– Nie lubił pan tej pielęgniarki.

Griggs wyszczerzył zęby.

– Żadnej nie lubię. To nie sekret.

– Dlaczego?

– Bo nami pomiatają. Każą robić różne rzeczy. Jakbyśmy byli nikim.

Griggs mówił w liczbie mnogiej, ale Francis był przekonany, że chodziło mu tylko o niego samego.

– Kobietę łatwiej pobić, prawda? – spytała Lucy.

Pacjent wzruszył ramionami.

– Myśli pani, że dałbym radę pobić jego? – Znów wskazał Dużego Czarnego.

Lucy nie odpowiedziała, zamiast tego lekko się nachyliła.

– W ogóle nie przepada pan za kobietami.

Griggs prychnął.

– Za panią na pewno – powiedział cichym, nienawistnym głosem.

– Lubi pan krzywdzić kobiety, prawda?

Tylko roześmiał się świszcząco.

Utrzymując spokojny, rzeczowy ton, Lucy zmieniła kierunek.

– Gdzie był pan w listopadzie? – zapytała niespodziewanie. – Jakieś szesnaście miesięcy temu?

– Co?

– Słyszał pan.

– Myśli pani, że pamiętam, co było tak dawno?

– To dla pana problem? Bo mogę to cholernie szybko sprawdzić.

Griggs poruszył się niespokojnie na krześle, próbując zyskać trochę czasu. Francis widział, że żylasty mężczyzna mocno się koncentruje, jakby próbował dostrzec za mgłą jakieś niebezpieczeństwo.

– Pracowałem na budowie w Springfield – odparł. – W ekipie drogowców. Naprawa mostu. Paskudna robota.

– Był pan kiedyś w Concord?

– Concord?

– Słyszał pan.

– Nie, nigdy. To w drugim końcu stanu.

– Kiedy zadzwonię do szefa tamtej brygady, nie dowiem się, że miał pan dostęp do firmowej ciężarówki, prawda? I nie powie mi, że wysyłał pana w okolice Bostonu?

Griggs wyglądał na trochę przestraszonego i zmieszanego, jakby napadły go wątpliwości.

– Nie – warknął. – Łatwe roboty dostawali inni. Ja harowałem w wykopach.

Pani prokurator nagle wyjęła jedno ze zdjęć zamordowanych kobiet. Francis zobaczył, że fotografia przedstawia drugą ofiarę. Lucy wstała, nachyliła się nad biurkiem i podsunęła zdjęcie Griggsowi pod nos.

– Pamięta pan to? – zapytała. – Przypomina pan sobie, jak to robił?

– Nie – odparł już mniej pewnie i odważnie. – Kto to?

– Pan mi powie.

– Nigdy jej nie widziałem.

– Myślę, że pan widział.

– Nie.

– Cóż, szef brygady skrupulatnie wpisywał miejsca pobytu swoich pracowników. A więc z łatwością udowodnimy, że był pan w Concord. Tak samo jak to, że nie wziął pan żadnych leków tego wieczoru, kiedy została zabita pielęgniarka. Trochę papierkowej roboty i wypełniamy puste miejsca. Spróbujmy jeszcze raz: pan to zrobił?

Griggs pokręcił głową.

– Ale gdyby pan mógł, to by zrobił.

Znów zaprzeczył.

– Pan kłamie.

Griggs powoli wziął głęboki oddech, ze świstem napełniając płuca powietrzem. Kiedy się odezwał, w jego głosie słychać było piskliwy ton z trudem powstrzymywanego gniewu.

– Nie zabiłem żadnej dziewczyny; nigdy jej nie widziałem; a jeśli pani twierdzi, że jestem mordercą, to pani kłamie.

– Co pan robi kobietom, których pan nie lubi?

Uśmiechnął się obrzydliwie.

– Po prostu je chlastam.

Lucy opadła na oparcie krzesła i kiwnęła głową.

– Jak tę pielęgniarkę?

Griggs znów pokręcił głową. Potem rozejrzał się po pokoju, przyjrzał najpierw Evansowi, potem Francisowi.

– Nie odpowiem już na żadne pytania – oznajmił. – Chcecie mnie o coś oskarżyć, proszę bardzo.

– Dobrze – powiedziała Lucy. – Na razie jest pan wolny. Ale może znów się spotkamy.

Griggs się nie odezwał. Wstał, zebrał w ustach trochę śliny, jakby zamierzał splunąć na Lucy Jones. Duży Czarny od razu to wychwycił, bo kiedy Griggs dał krok do przodu, złapał go za ramię z siłą imadła.

– Jesteś wolny – powtórzył Duży Czarny spokojnie. – Nie rób niczego, co rozzłościłoby mnie jeszcze bardziej.

Griggs strząsnął jego rękę i odwrócił się. Francis pomyślał, że pacjent coś jeszcze powie, ale mężczyzna tylko popchnął krzesło, aż zaszurało po podłodze, i wyszedł.

Lucy zignorowała tę drobną manifestację buntu i zaczęła pisać w żółtym notesie. Pan Evans też notował coś w swoim. Lucy to zauważyła.

– Nie da się całkiem wykluczyć. Co pan pisze?

Francis milczał, a Evans podniósł wzrok. Miał na twarzy wyraz zadowolenia z siebie.

– Co piszę? – spytał. – No, na początek notatkę, żeby zwiększyć Griggsowi dawki na najbliższych kilka dni. Pani pytania wyraźnie go pobudziły i moim zdaniem pewnie się agresywnie odegra, prawdopodobnie na słabszym pacjencie. Na przykład jednej ze starszych kobiet. Albo kimś z personelu. To równie możliwe. Mogę mu na krótki czas zwiększyć dawki, tak aby gniew się nie ujawnił.

Lucy przestała pisać.

– Co pan zamierza?

– Uspokoić go na jakiś tydzień. Może dłużej.

Pan Zły się zawahał.

– Wie pani – dodał, wciąż pewnym siebie i zadowolonym głosem – mogłem pani zaoszczędzić pracy. Owszem, Griggs odmówił przyjęcia leków w noc morderstwa. Ale ta odmowa oznacza, że dostał tego samego wieczoru zastrzyk dożylny. Widzi pani drugą notatkę w karcie? Ja ją zrobiłem, nadzorowałem procedurę. A więc kiedy mówi, że spał, gdy doszło do morderstwa, zapewniam, że nie kłamie. Był uśpiony. – Znów przerwał. – Może są jacyś inni pacjenci do przesłuchania, przy których mógłbym pani z góry pomóc?

Lucy podniosła wzrok znad papierów. Francis widział po jej minie, że nie tylko nie znosiła tracić czasu, lecz też nie cierpiała panującej w szpitalu sytuacji. Pomyślał, że to musi być dla niej trudne, bo nigdy wcześniej nie była w tego typu miejscu. Potem uświadomił sobie, że bardzo niewielu tak zwanych normalnych ludzi odwiedziło kiedykolwiek szpital dla umysłowo chorych.

Przygryzł wargę, powstrzymując się, żeby nic nie powiedzieć. W głowie mu huczało, przewalały się tam wyraziste obrazy dopiero co zakończonego przesłuchania. Nawet jego głosy milczały, bo – kiedy słuchał tamtego pacjenta – zaczął widzieć różne rzeczy. To nie były halucynacje ani złudzenia. Zobaczył furię i nienawiść, pogardliwe zadowolenie w oczach tamtego, kiedy pokazano mu zdjęcie trupa. Dostrzegł człowieka zdolnego do wielkiego zła. Jednocześnie jednak ujrzał człowieka o wielkiej, strasznej słabości, który zawsze chciał, ale rzadko robił. Nie tego, którego szukali, bo rozpierający Griggsa gniew był oczywisty. Francis podczas tego pierwszego przesłuchania zrozumiał, że w aniele nic nie będzie oczywiste.

W tej samej chwili, kiedy Francis siedział porażony tym, co zobaczył, rzeczami wykraczającymi daleko poza mały gabinet, w którym Lucy, pan Zły i on przeprowadzili przesłuchanie, Peter Strażak i Mały Czarny kończyli przeszukiwanie skromnego dobytku pacjenta Griggsa. Peter zmienił swoje zwykłe ubranie, włącznie ze sponiewieraną czapką bostońskich Red Soksów, na śnieżnobiałe spodnie i kurtkę szpitalnego pielęgniarza. To Mały Czarny zaproponował Peterowi kamuflaż. Każdy musiałby się dokładnie przyjrzeć, żeby spostrzec, że osoba w uniformie to tak naprawdę Peter, a nie pielęgniarz. W świecie pełnym halucynacji i przywidzeń spowodowałoby to pewne wątpliwości. Peter miał nadzieję, że dzięki przebraniu jest wystarczająco kryty, by wykonać zadanie, które przydzieliła mu Lucy. Wiedział jednak, że jeśli zostanie zauważony przez Pigułę, pana Złego albo ktokolwiek innego, kto dobrze go zna, natychmiast wyląduje w izolatce, a Mały Czarny dostanie surową naganę. Chudy pielęgniarz nie przejął się tym zbytnio. Stwierdził, że „niezwykłe okoliczności wymagają niezwykłych rozwiązań". Peter dostrzegł w nim większą głębię charakteru, niż początkowo przypuszczał. Mały Czarny przypomniał także, że jest mężem zaufania tutejszego związku zawodowego, a jego brat sekretarzem, co dawało im pewne szanse, gdyby zostali przyłapani.

Samo przeszukanie okazało się bezowocne.

Przetrząśnięcie rzeczy osobistych pacjenta, zebranych w otwartej walizce pod łóżkiem, nie trwało długo. Peter przesunął też rękami po posłaniu, sprawdzając, czy w pościeli i materacu nie ma czegoś, co wiązałoby mężczyznę ze zbrodnią. Sprawnie przeszukał całe otoczenie, wypatrując innych miejsc, w których można było schować na przykład nóż. To również nie nastręczyło żadnych trudności, ale też nie przyniosło rezultatów.

Peter wstał i pokręcił głową. Mały Czarny bez słowa dał znak, żeby wracali do miejsca, w którym byli umówieni z jego bratem.

Peter przytaknął, dał krok do przodu, potem nagle się odwrócił i rozejrzał po sali. Jak zwykle kilku mężczyzn leżało na łóżkach ze wzrokiem utkwionym w suficie, pogrążonych w marzeniach, których mógł się tylko domyślać. Jakiś starzec kołysał się w przód i w tył, płacząc. Inny wyglądał, jakby ktoś opowiedział mu właśnie kawał, bo obejmował się rękami i chichotał. Jeszcze inny, potężny, niedorozwinięty mężczyzna, którego Peter spotkał już na korytarzu, siedział na skraju łóżka, w odległym rogu sali, zgięty wpół, ze wzrokiem wbitym w podłogę. Nagle się wyprostował, rozejrzał tępo dookoła i odwrócił. Peter nie wiedział, czy mężczyzna się zorientował, że przeszukują czyjeś łóżko, czy nie. Nie było sposobu ustalić, co docierało do niedorozwiniętego. Możliwe że to, co robili, zostało po prostu zignorowane, zagubiło się w niemal całkowitej niewzruszoności, która nim owładnęła. Ale, uświadomił sobie Peter, równie niewykluczone że mężczyzna, w głębi otępionego umysłu, powiązał jakoś nieobecność pacjenta wyprowadzonego do pokoju przesłuchań z przeszukaniem jego łóżka. Peter nie wiedział, czy pacjent podzieliłby się swoim spostrzeżeniem z innymi, czy nie. Obawiał się jednak, że gdyby dotarło to do człowieka, na którego polowali, ich zadanie stałoby się o wiele trudniejsze. Gdyby mieszkańcy szpitala dowiedzieli się, że różne miejsca są przeszukiwane, jakoś by się to na nich odbiło. Jak bardzo, nie był pewny. Peter nie przeszedł do następnego w tym ciągu rozumowania bardzo ważnego wniosku: że gdyby anioł dowiedział się, co Peter robi, mógłby podjąć próbę ingerencji w te działania.

Ogarnął wzrokiem grupę mężczyzn w sali. Zastanawiał się, czy wieści rozejdą się po szpitalu szybko, czy wcale.

– Chodź, Peter – mruknął Mały Czarny. – Zabieramy się stąd.

Peter kiwnął głową i szybkim krokiem poszedł za pielęgniarzem.

Rozdział 18

Później tego samego dnia, a może następnego, w każdym razie w którymś
momencie procesji obłąkańców doprowadzanych do gabinetu Lucy Jones,
dotarło do mnie, że nigdy wcześniej tak naprawdę nie brałem w niczym udziału.

Kiedy się nad tym zastanowiłem, uznałem, że wokół istnieje mnóstwo najróżniejszych powiązań – a mimo to na zawsze pozostawałem z nich wyłączony. Dla dziecka wykluczenie go ze wszystkiego to straszna rzecz. Może nawet najgorsza.

Kiedyś mieszkałem na typowej, podmiejskiej ulicy: dużo parterowych i jednopiętrowych, pomalowanych na biało domków, z równo przystrzyżonymi trawnikami, może grządką kwiatów pod oknem i małym basenem na podwórku. Autobus szkolny zatrzymywał się w naszej okolicy dwa razy, żeby wszystkie dzieci miały blisko. Popołudniami cała ulica rozbrzmiewała gwarem, głośnym przypływem młodości chłopców i dziewczynek w dżinsach przetartych na kolanach. Tylko w niedziele chłopcy wychodzili z domów w niebieskich swetrach, białych, wykrochmalonych koszulach i poliestrowych krawatach, a dziewczynki w sukienkach z falbankami i zakładkami. Potem wszyscy zbieraliśmy się, wraz z rodzicami, w jednym z pobliskich kościołów. To była typowa mieszanka zachodniego Massachusetts: głównie katolicy, którzy poświęcali czas na rozważania, czy jedzenie mięsa w piątek to grzech, do tego trochę baptystów i episkopalian. W naszej okolicy mieszkało nawet kilka rodzin żydowskich, ale oni musieli jechać na drugi koniec miasta do synagogi.

Wszystko to było niewiarygodnie, przytłaczająco, kosmicznie typowe. Typowa dzielnica zamieszkana przez typowe rodziny, które głosowały na demokratów, zachwycały się Kennedymi i chadzały w ciepłe, wiosenne wieczory na mecze ligowe, nie tyle żeby popatrzeć, ile żeby porozmawiać. Typowe marzenia. Typowe aspiracje. Typowość w każdym względzie, od pierwszych godzin poranka, po ostatnie godziny nocy. Typowe obawy, typowe zmartwienia. Rozmowy jak przykute łańcuchami do normalności. Nawet typowe tajemnice skrywane za typowymi fasadami pozorów. Alkoholik. Damski bokser. Ukryty homoseksualista. Wszystko typowe, bez przerwy.

Za wyjątkiem, oczywiście, mnie.

O mnie rozmawiano przyciszonymi głosami, takim samym tonem, jaki zwykle rezerwowano dla przekazywania wstrząsających wiadomości: że dwie ulice dalej wprowadziła się rodzina czarnych, że widziano burmistrza wychodzącego z motelu z kobietą, z całą pewnością nie żoną.

Przez te wszystkie lata ani razu nie zaproszono mnie na urodzinowe przyjęcie. Nigdy nie poproszono, żebym został na noc. Nie zabrano na rodzinny wypad na lody. Nikt do mnie wieczorem nie dzwonił, żeby pogadać o szkole, sporcie albo o tym, kto kogo pocałował na potańcówce w siódmej klasie. Nigdy nie grałem w zespole, nie śpiewałem w chórze ani nie maszerowałem w orkiestrze. Jesienią nie kibicowałem na piątkowych meczach, nigdy też nie włożyłem źle leżącego smokingu i nie poszedłem na bal maturalny. Moje życie było niezwykłe przez nieobecność wszystkich tych drobiazgów, które składają się na normalność u innych.

Nie byłem w stanie powiedzieć, czego nienawidziłem bardziej – nieuchwytnego świata, z którego wyszedłem i do którego nigdy nie mogłem wrócić, czy samotnego świata, w którym kazano mi żyć: liczba mieszkańców jeden, nie licząc głosów.

Przez tyle lat słyszałem, jak wołają moje imię: Francis! Francis! Francis! Wyjdź! Wyobrażałem sobie, że tak mniej więcej wołałyby mnie dzieci z okolicy w ciepłe, lipcowe wieczory, kiedy słońce powoli zachodzi, a upał unosi się w powietrzu aż do kolacji. Nigdy tak nie zrobiły. Cóż, w sumie trudno mieć do nich pretensje. Nie wiem, czy na ich miejscu bym chciał, żebym wyszedł się pobawić. A w miarę jak dorastałem, dojrzewały też moje głosy; zmieniały się, jakby dotrzymywały mi kroku z każdym mijającym rokiem.

Wszystkie te myśli rodziły się gdzieś w przezroczystym świecie między snem a jawą, bo nagle otworzyłem oczy w swoim mieszkaniu. Musiałem przysnąć, oparty plecami o niezapisany fragment ściany. Zwykle te wszystkie myśli były tłumione przez leki. Zdrętwiał mi kark. Wstałem niepewnie. Dzień wokół mnie zblakł i znów byłem sam, nie licząc wspomnień, duchów i znajomego mamrotania dawno niesłyszanych głosów. Wszystkie zdawały się rozradowane tym, że odzyskały władzę nad moją wyobraźnią. To było trochę tak, jakby ocknęły się razem ze mną; wyobrażałem sobie, że tak budziłaby się obok mnie prawdziwa kochanka, gdybym kiedykolwiek miał prawdziwą kochankę. W uszach mojej wyobraźni głośno domagały się uwagi, trochę jak rozentuzjazmowany tłum na aukcji.

Przeciągnąłem się niespokojnie i podszedłem do okna. Wyjrzałem na pełznące przez miasto strzępy nocy tak samo, jak robiłem to już dziesiątki razy, tyle tylko, że teraz skupiłem się na jednym cieniu, za przysadzistym, ceglanym budynkiem sklepu z częściami samochodowymi. Patrzyłem, jak skraj ciemności się przesuwa. Pomyślałem, że to straszne, iż każdy cień był tylko minimalnie podobny do budynku, drzewa czy idącego szybkim krokiem człowieka, który go zrodził. Nabiera własnego kształtu, nawiązującego do oryginału, ale niezależnego. Taki sam, a inny. Cienie, stwierdziłem, mogą mi *powiedzieć bardzo dużo o moim świecie. Może bliżej mi było do bycia jednym z nich, niż do bycia żywym. Potem, kątem oka, zauważyłem radiowóz. Sunął powoli moją ulicą.*

Nagle przestraszyłem się, że jadą mnie sprawdzić. Czułem, że dwie pary oczu w zaciemnionym samochodzie unoszą się, omiatają wzrokiem fasadę budynku jak dwa zestawy reflektorów, potem nieruchomieją dokładnie na moim oknie. Rzuciłem się w bok i skuliłem przy ścianie.

Jechali po mnie. Byłem pewny, tak samo jak tego, że po dniu przychodzi noc, a po nocy dzień. Przeszukałem wzrokiem mieszkanie, próbując znaleźć sobie jakąś kryjówkę. Wstrzymałem oddech. Miałem wrażenie, że każde uderzenie mojego serca dudni jak róg przeciwmgielny. Próbowałem mocniej wcisnąć się w ścianę, jakby mogła mnie zamaskować. Czułem obecność policjantów za drzwiami.

A potem nic.

Nie rozległo się niecierpliwe łomotanie do drzwi.

Nie usłyszałem głośnego „Policja!", pojedynczego słowa, które mówi wszystko od razu.

Otoczyła mnie cisza. Po chwili dyskretnie wyjrzałem przez okno i zobaczyłem pustą ulicę.

Nie było samochodu. Ani policjantów. Tylko jeszcze więcej cieni.

Na chwilę znieruchomiałem. Czy radiowóz w ogóle się tam pojawił?

Wolno odetchnąłem. Wmawiałem sobie, że nic się nie stało, nie ma się czym przejmować. Dokładnie to samo próbowałem sobie wmówić tyle lat temu w szpitalu.

Wciąż miałem w pamięci twarze, nawet jeśli bez nazwisk. Powoli, przez tamten dzień i następny, Lucy przesłuchiwała mężczyzn posiadających według niej elementy profilu, który budowała głęboko w głowie. Mężczyzn pełnych gniewu. Był to na swój sposób przyspieszony kurs poznawczy jednego plastra naszej szpitalnej klienteli, odciętego z krawędzi. Do tamtego gabinetu spędzano najróżniejsze przypadki psychicznych chorób, sadzano je na krześle, czasem przy udziale lekkiego szturchnięcia ze strony Dużego Czarnego, przy wtórze drobnego gestu Lucy i kiwnięcia głową przez pana Evansa.

Co do mnie – ja zawsze siedziałem cicho i słuchałem.

Obserwowałem paradę niemożliwości. Niektórzy pacjenci byli ostrożni, bezustannie zerkali na boki, udzielali wymijających odpowiedzi. Inni wydawali się przerażeni, kulili się na krześle, z potem na czole, z drżeniem w głosie, a każde pytanie Lucy uderzało w nich jak młot, nieważne, jak było rutynowe, łagodne czy nieznaczące. Jeszcze inni zachowywali się agresywnie, ciągle podnosili głos, krzyczeli w złości i, w niejednym przypadku, walili pięściami w biurko, unosząc się urażoną godnością i niewinnością. Kilku nic nie mówiło, patrzyło tępo przed siebie, jakby każde stwierdzenie czy pytanie Lucy pochodziło z zupełnie innego planu egzystencji, jakby nie znaczyło nic w żadnym znanym im języku, więc odpowiedź była niemożliwa. Niektórzy reagowali bełkotem, inni zmyślaniem, jedni złością, drudzy strachem. Kilku gapiło się w sufit albo naśladowało rękami gest duszenia kogoś. Jedni patrzyli na zdjęcia zwłok ze strachem, inni z niepokojącą fascynacją. Ktoś natychmiast się przyznał: „To ja, to ja", bez przerwy bełkotał, nie pozwalając Lucy zadać choćby jednego z pytań, mogących wskazywać, że to rzeczywiście on popełnił zbrodnię. Inny nic nie powiedział, wyszczerzył się tylko i włożył sobie rękę w spodnie, żeby się podniecić; dopiero zniechęcający ucisk wielkiej dłoni Dużego Czarnego na ramieniu zmusił go, żeby przestał. Przez cały ten czas pan Zły siedział obok Lucy. Kiedy tylko Duży Czarny wyprowadzał kolejnego pacjenta za drzwi, psycholog podawał argumenty wykluczające danego pacjenta. W jego podejściu widoczna była irytująca wyrazistość; miał być pomocny i udzielać informacji, a w rzeczywistości przeszkadzał i mącił. Pan Zły, pomyślałem, był prawie tak sprytny, jak mu się zdawało, i nie tak głupi, jak uważali niektórzy z nas, co, jak myślę teraz, po tylu latach, stanowiło bardzo niebezpieczną kombinację.

Podczas kolejnych przesłuchań ogarnęło mnie dziwne przeświadczenie: zacząłem widzieć. To było tak, jakbym potrafił uzmysłowić sobie, wyobrazić, skąd bierze się każde cierpienie. I jak wszystkie te nawarstwiające się cierpienia z biegiem lat przekształciły się w obłęd.

Poczułem, że nad moim sercem zalega ciemność.

Każde włókno ciała krzyczało, żebym wstał i uciekał, wydostał się z tego pokoju, że wszystko, co widziałem, słyszałem i pojmowałem, było straszne, że nie miałem prawa ani chęci gromadzić tych informacji. Ale pozostałem nieruchomy. Nie mogłem nawet drgnąć, bojąc się w tej chwili siebie samego tak bardzo, jak bardzo bałem się tamtych przesłuchiwanych mężczyzn, z których każdy zrobił kiedyś coś strasznego.

Nie byłem taki jak oni. A mimo to byłem podobny.

Za pierwszym razem, kiedy Peter Strażak wyszedł z budynku Amherst, zakręciło mu się w głowie i musiał chwycić się poręczy, żeby nie upaść. Oblało go jasne światło słońca, ciepły, późnowiosenny wiatr zmierzwił mu włosy, zapach hibiskusów kwitnących wzdłuż ścieżek wypełnił jego nozdrza. Zatrzymał się niepewnie na szczycie schodów prowadzących do bocznych drzwi, trochę jak pijany albo jakby przez wszystkie tygodnie spędzone w budynku obracano go wokół własnej osi i dopiero teraz przestano nim kręcić. Słyszał warkot samochodów przejeżdżających drogą za murem szpitala, a z drugiej strony pokrzykiwania dzieci bawiących się na trawniku przed budynkami personelu. Wytężył słuch. Spoza wesołych głosów dobiegła go muzyka z radia. Motown, pomyślał. Coś z uwodzicielsko wyraźnym rytmem i przypominającymi syreny harmoniami w refrenie.

Po obu stronach Petera stali Mały Czarny i jego wielki brat.

– Peter, pochyl się – szepnął ponaglająco mniejszy z pielęgniarzy. – Nikt nie może ci się dobrze przyjrzeć.

Strażak był ubrany w białe spodnie i krótki fartuch laboratoryjny tak samo jak dwaj pielęgniarze, chociaż oni mieli na nogach przepisowe, czarne buty na grubej podeszwie, a on wysokie, płócienne adidasy do koszykówki, i każdy biegły w przebierankach by to zauważył. Peter kiwnął głową i trochę się zgarbił, ale trudno mu było długo wpatrywać się w ziemię. Minęło za wiele tygodni, odkąd przebywał na dworze, a jeszcze dłużej, odkąd mógł gdziekolwiek pójść bez kajdanek krępujących każdy krok.

Po prawej widział grupkę pacjentów pracujących w ogródku. Na zapuszczonym asfalcie dawnego boiska pół tuzina innych chodziło w tę i z powrotem wokół resztek siatki do siatkówki. Dwaj pielęgniarze palili papierosy, niedbale pilnując szurających nogami ludzi, którzy unosili twarze do ciepłego, popołudniowego słońca. Jedna chuda kobieta w średnim wieku tańczyła, zataczając szerokie łuki rękami, dając krok to w prawo, to w lewo, w walcu bez rytmu ani celu, ale z elegancją godną renesansowego dworu.

System przeszukiwania opracowali sobie wcześniej. Mały Czarny uprzedzał inne budynki przez wewnątrzszpitalny interkom, potem wchodzili przez boczne wejście. Duży Czarny szedł po kolejnego podejrzanego z listy Lucy, a Peter i Mały Czarny przetrząsali łóżko i rzeczy osobiste pacjenta. Ustalił się następujący podział ról: Mały Czarny wypatrywał innych pielęgniarzy albo pielęgniarek, którzy mogliby się nimi zainteresować, a Peter szybko przeglądał żałośnie skromny zbiór rzeczy, jakie udało się zebrać przesłuchiwanemu mężczyźnie. Był w tym bardzo dobry, działał szybko i potrafił wymacać ubrania, papiery i pościel, prawie w ogóle nie robiąc bałaganu. Podczas pierwszych przeszukań we własnym budynku przekonał się, że nie da rady utrzymać tego w sekrecie przed wszystkimi – jakiś pacjent zawsze stał w kącie, siedział na łóżku albo tkwił przyklejony do ściany, skąd mógł widzieć całą salę i sprawdzać przez okno, czy przypadkiem ktoś się nie podkrada. Szpitalna paranoja nie zna granic, myślał Peter. Problem polegał na tym, że podejrzliwość w kontekście szpitala dla umysłowo chorych nie była tym samym, czym w prawdziwym świecie. W Western State paranoja stanowiła normę i akceptowaną przez wszystkich część codzienności, tak samo regularną i spodziewaną, jak posiłki, bójki i łzy.

Duży Czarny zobaczył, że Peter podnosi oczy do słońca, i uśmiechnął się.

– Zapomina się, co? – powiedział cicho. – W taki ładny dzień jak ten.

Peter kiwnął głową.

– W taki dzień jak ten – ciągnął olbrzym – to nie fair być chorym.

– Wiesz, Peter – włączył się nieoczekiwanie Mały Czarny – w taki dzień jak ten jest tu jeszcze gorzej niż zwykle. Wszyscy czują smak namiastki tego, czego im brakuje. Zimny dzień. Deszczowy. Wietrzny i śnieżny. Wtedy pacjenci wstają rano i nie robią problemów. Nigdy nie zwracają na nic uwagi. Ale w piękny dzień każdemu jest ciężko.

Peter nie odpowiedział.

– A zwłaszcza takim, jak twój młody przyjaciel – dodał Mały Czarny. – Mewa cały czas ma nadzieję, marzy. I nie, że daleko mu jeszcze do normalnego świata.

– On wyjdzie – powiedział Peter. – I to prędko. Niemożliwe, żeby trzymano go tu aż tak długo.

Duży Czarny westchnął.

– Chciałbym, żeby to była prawda. Mewa ma ogromne kłopoty.

– Francis? – spytał Peter z niedowierzaniem. – Ależ on jest nieszkodliwy! Każdy głupi to widzi. Przecież ten chłopak w ogóle nie powinien tu trafić...

Mały Czarny pokręcił głową, jakby żadne słowo Petera nie było prawdą, a on sam nie mógł pojąć tego, co rozumieją pielęgniarze, ale nic nie powiedział. Peter zerknął na główne wejście do szpitala, na bramę z kutego żelaza i gruby, ceglany mur. W więzieniu, pomyślał, odosobnienie zawsze było kwestią czasu. Czyn określał jak długiego. Mógł to być rok albo dwa, dwadzieścia albo trzydzieści lat, ale zawsze chodziło o skończony okres, nawet dla tych skazanych na dożywocie, bo w końcu, nieodwołalnie, nadchodziła komisja zwolnień warunkowych albo śmierć. W szpitalu tak nie było. Długość pobytu tutaj określało coś o wiele bardziej nieuchwytnego i trudniejszego do uzyskania.

Duży Czarny chyba odgadł myśli Petera, ponieważ znów się odezwał, głosem, w którym wciąż pobrzmiewał smutek.

– Nawet jeśli załatwi sobie rozmowę, ma przed sobą długą drogę, zanim go stąd wypuszczą.

– To bez sensu – stwierdził Peter. – Francis jest bystry i nie skrzywdziłby nawet muchy...

– Tak – przerwał Mały Czarny. – I cały czas słyszy głosy, mimo leków, i nie rozumie, dlaczego tu trafił, a pan Zły bardzo go nie lubi, chociaż nie wiem dlaczego. Wszystko to razem, Peter, oznacza, że twój przyjaciel tu zostanie i że nie wyznaczą mu żadnego terminu rozmowy. W przeciwieństwie do niektórych innych pacjentów. A na pewno do ciebie.

Peter zaczął coś mówić, potem zacisnął usta. Przez chwilę szli przed siebie w milczeniu; Strażak próbował wygnać ciepłem dnia chłodne myśli, które zasiali w nim dwaj pielęgniarze.

– Mylicie się – powiedział w końcu. – Obaj się mylicie. On wyjdzie. Wróci do domu. Ja to wiem.

– W domu nikt go nie chce – zauważył Duży Czarny.

– W przeciwieństwie do ciebie – powtórzył Mały Czarny. – Każdy chce Strażaka dla siebie. Gdzieś w końcu trafisz, ale nie tutaj.

– Aha – odparł Peter gorzko. – Z powrotem do więzienia. Tam, gdzie moje miejsce. Na dwadzieścia lat albo dożywocie.

Mały Czarny wzruszył ramionami, jakby chciał dać do zrozumienia, że Peter może nie tyle coś pokręcił, ile minął się z prawdą. Przeszli jeszcze kilka kroków w stronę budynku Williams.

– Pochyl się – rozkazał Mały Czarny, kiedy zbliżyli się do bocznego wejścia.

Peter znów opuścił głowę i wbił wzrok w zakurzoną ścieżkę. Nie było to łatwe, bo każdy promień słońca na plecach przypominał mu o innych miejscach, a każdy powiew ciepłego wiatru – o szczęśliwych czasach. Szedł i powtarzał sobie, że niczemu nie służyło wspominanie, kim kiedyś był i kim się stał, że powinien teraz tylko wyglądać tego, co go czekało. Było to trudne, bo za każdym razem, kiedy patrzył na Lucy, widział życie, które mogło być jego udziałem, ale wymknęło mu się z rąk. Pomyślał, nie pierwszy raz, że każdy kolejny krok zbliżał go tylko do jakiegoś napawającego grozą urwiska.

Mężczyzna siedzący naprzeciwko Lucy uśmiechnął się pusto.

– Pamięta pan pielęgniarkę, którą nazywano Krótką Blond? – spytała po raz drugi.

Mężczyzna zakołysał się i cicho jęknął. Nie był to jęk potakujący ani przeczący, lecz po prostu sygnalizujący słuchanie. A przynajmniej Francis nazwałby ten dźwięk jękiem, ale tylko z braku lepszego słowa, bo przesłuchiwany pacjent w najmniejszym stopniu nie sprawiał wrażenia przejętego czymkolwiek, ani pytaniem, ani twardym krzesłem, ani obecnością pani prokurator. Był potężny, barczysty, miał krótko przycięte włosy i szeroko otwarte oczy, nadające twarzy wyraz ciągłego zdziwienia. W kąciku ust zebrało mu się trochę śliny; kołysał się do rytmu, który rozbrzmiewał tylko w jego uszach.

– Odpowie pan na jakiekolwiek pytania? – spytała Lucy Jones ze zniecierpliwieniem.

Mężczyzna uparcie milczał; słychać było tylko ciche skrzypienie krzesła, na którym kołysał się w przód i w tył. Francis spojrzał na jego dłonie, wielkie i sękate jak u starca, co zupełnie nie pasowało, bo milczący człowiek był prawdopodobnie niewiele starszy od niego. Francis czasami myślał, że w szpitalu zmieniały się nawet normalne zasady starzenia. Młodzi ludzie wyglądali jak starzy. Starzy wyglądali jak wiekowi. Mężczyźni i kobiety, którzy powinni tryskać witalnością, włóczyli się, jakby ciążyło im brzemię lat, podczas gdy niektórzy, co stali już u kresu życia, mieli potrzeby i prostotę dzieci. Francis zerknął przelotnie na własne dłonie, żeby sprawdzić, czy wyglądają mniej więcej tak, jak powinny. Potem znów przeniósł wzrok na ręce przesłuchiwanego. Łączyły się z potężnymi przedramionami i węźlastymi, muskularnymi ramionami. Każda nabrzmiała żyła świadczyła o ledwie powstrzymywanej sile.

– Coś nie tak? – spytała Lucy.

Mężczyzna znów chrząknął, nisko, warcząco. Francis przywykł już do słuchania takich dźwięków w świetlicy. Zwierzęcy odgłos wyrażał coś prostego jak głód albo pragnienie. Był pozbawiony ostrości, którą mógłby mieć, gdyby zrodził się pod wpływem gniewu.

Evans nachylił się i wziął od Lucy teczkę. Szybko przebiegł oczami po kartkach.

– Przesłuchiwanie tego osobnika chyba nic nie da – oznajmił ze źle skrywanym zadowoleniem.

– Czemu? – zapytała Lucy ze złością, odwracając się do niego.

Evans wskazał róg teczki.

– Zdiagnozowane głębokie upośledzenie. Nie widziała tego pani?

– Widziałam akty przemocy wobec kobiet – odparła Lucy chłodno. – W tym incydent, kiedy powstrzymano go w samym środku seksualnej napaści na dziecko, i drugi, kiedy mocno uderzył kobietę.

Evans spojrzał na akta. Kiwnął głową.

– Tak, tak – powiedział pospiesznie. – Ale to, co zostaje zapisane w aktach, nie zawsze jest precyzyjnym odtworzeniem prawdziwych zdarzeń. W przypadku tego mężczyzny dziewczynka była jego sąsiadką. Często się z nim bawiła i go prowokowała. Niewątpliwie sama ma pewne problemy, a rodzina postanowiła nie składać żadnych skarg. W drugim przypadku chodziło o jego matkę. Popchnął ją podczas kłótni o to, że nie chciał wykonać jakiegoś domowego obowiązku. Kobieta uderzyła się o kant stołu i dlatego została odwieziona do szpitala. Nasz pacjent nie zdawał sobie sprawy z własnej siły. Myślę również, że brak mu przestępczej inteligencji, której pani szuka. Proszę mnie poprawić, jeśli się mylę, ale pani teoria morderstwa chyba zakłada, że zabójcą jest człowiek sprytny i wyrachowany.

Lucy wyjęła teczkę z rąk Evansa.

– Proszę odprowadzić pacjenta do sali – zwróciła się do Dużego Czarnego. – Pan Evans ma rację.

Duży Czarny podniósł mężczyznę za łokieć. Ten się uśmiechnął.

– Dzięki za pomoc – rzuciła Lucy.

Mężczyzna nie zrozumiał chyba ani słowa, ale ton głosu musiał być dla niego oczywisty, bo wyszczerzył się szeroko i pomachał ręką, potem posłuszne wyszedł za Dużym Czarnym na korytarz. Uśmiech nie zniknął z jego ust.

Lucy odchyliła się do tyłu.

– Wolno nam idzie – westchnęła.

– Od początku miałem wątpliwości – przypomniał Evans.

Francis zobaczył, że Lucy zamierza coś odpowiedzieć. W tym momencie usłyszał dwa, może trzy swoje głosy. Krzyczały jednocześnie: *Powiedz jej! Dalej, powiedz!* – więc nachylił się i odezwał po raz pierwszy od kilku godzin.

– To nic, Lucy – powiedział powoli, potem trochę przyspieszył. – Nie o to chodzi.

Pan Evans zrobił gniewną minę, jakby Francis mu przerwał. Lucy odwróciła się do chłopaka.

– Co masz na myśli?

– Nieważne co opowiadają – wyjaśnił Francis. – Tak naprawdę nie ma też znaczenia, o co pytasz: o noc morderstwa, czy gdzie byli, czy znali Krótką Blond, czy zachowywali się brutalnie w przeszłości. To nie o to chodzi. Cokolwiek powiedzą, usłyszą, jakkolwiek zareagują, powinnaś słuchać czegoś zupełnie innego niż słów.

Jak Francis mógł się domyślić, pan Evans machnął lekceważąco ręką.

– Uważasz, że nie jest ważne, co mają do powiedzenia, Mewa? Skoro tak, po co to całe przedstawienie?

Francis skulił się na krześle, obawiając się sprzeciwić panu Złemu. Wiedział, że istnieją ludzie, którzy zapamiętują wszystkie przykrości i afronty, potem za nie odpłacają; Evans był jednym z nich.

– Słowa nic nie będą znaczyły – powiedział Francis powoli, niezbyt głośno. – Żeby znaleźć anioła, musimy mówić innym językiem. To zupełnie różny sposób porozumiewania się i jeden z tych ludzi, którzy tu przychodzą, będzie się nim posługiwał. Musimy go tylko rozpoznać, kiedy się pojawi – ciągnął ostrożnie. – Ale to nie będzie coś, czego się spodziewamy.

Evans parsknął cicho, potem wyjął notes i zapisał coś na kartce w linię. Lucy Jones miała już odpowiedzieć Francisowi, ale odwróciła się do psychologa.

– Co pan zanotował? – spytała, wskazując notes.

– Nic takiego.

– Och, a jednak coś – nie dała za wygraną. – Przypomnienie, żeby po drodze do domu kupić mleko? Decyzja, żeby zmienić pracę? Maksyma, gra słów, kalambur albo wierszyk?

– Spostrzeżenie na temat naszego młodego przyjaciela – odparł obojętnie Evans. – Uwaga, że przywidzenia Francisa wciąż trwają. Czego dowodem była wypowiedź o tworzeniu nowego języka.

Lucy zdenerwowała się i już miała odpowiedzieć, że ona zrozumiała wszystko, co Francis powiedział, ale w ostatniej chwili się powstrzymała. Zerknęła na chłopaka i zobaczyła, że każde słowo Evansa wypaliło się w jego świecie lęków. Nic nie mów, upomniała się w duchu. Tylko wszystko pogorszysz.

Chociaż nie potrafiła sobie wyobrazić, co konkretnie musiałoby się stać, żeby położenie Francisa było jeszcze gorsze.

– Dobrze, kto następny? – zapytała.

– Hej, Strażak! – zawołał Mały Czarny cicho, ale ponaglającym tonem. – Pospiesz się. – Spojrzał na zegarek, potem podniósł wzrok i postukał palcem w tarczę. – Musimy się stąd zabierać.

Peter przeszukiwał posłanie jednego z potencjalnych podejrzanych Lucy; wyprostował się, trochę zaskoczony.

– Dlaczego tak szybko? – zapytał.

– Piguła – syknął Mały Czarny. – Niedługo zacznie obchód. Musimy cię zaprowadzić z powrotem do Amherst i zdjąć z ciebie te ciuchy, zanim doktor zacznie się włóczyć po szpitalu.

Peter kiwnął głową. Wsunął ręce pod krawędź łóżka i pomacał materac od spodu. Obawiał się między innymi, że aniołowi udało się wyciąć kawałek materaca i schować broń oraz trofea w środku. Sam by tak zrobił, pomyślał, gdyby miał coś do ukrycia przed pielęgniarzami, pielęgniarkami czy wścibskimi pacjentami.

Nic nie wymacał i pokręcił głową.

– Skończyłeś? – spytał Mały Czarny.

Peter dalej sprawdzał każde wybrzuszenie, żeby upewnić się, czy wypukłość materaca jest na pewno tym, czym powinna. Widział, że z drugiego końca sali przygląda mu się zwyczajowa zbieranina pacjentów. Część bała się Małego Czarnego, bo zbili się w kącie. Kilku siedziało bezczynnie na krawędziach łóżek, wpatrując się w pustkę, jakby zamieszkiwany przez nich świat był gdzieś indziej.

– Tak, już kończę – wymamrotał Peter do pielęgniarza, który znów postukał w zegarek.

Nic podejrzanego, pomyślał. Teraz pozostało tylko szybko przeszukać dobytek mężczyzny. Peter wyciągnął skrzynkę spod stalowej ramy łóżka. Przetrząsnął zawartość. Nie znalazł nic bardziej podejrzanego niż skarpetki, rozpaczliwie domagające się prania. Już miał wstać, kiedy coś przykuło jego wzrok.

Na dnie skrzynki leżała biała koszulka, złożona w kostkę. Na pierwszy rzut oka niczym nie różniła się od tanich ciuchów sprzedawanych w marketach całej Nowej Anglii. Wielu mężczyzn w szpitalu nosiło podobne pod grubszymi, zimowymi koszulami w chłodniejsze miesiące.

Ta koszulka miała jednak na piersi wielką ciemnoczerwoną plamę.

Peter widywał już takie zabrudzenia. Na szkoleniu inspektora pożarowego. Podczas służby w dżungli Wietnamu.

Przez chwilę pocierał materiał palcami, jakby dotyk mógł mu powiedzieć coś więcej. Mały Czarny stał tuż obok; w jego głosie pojawiło się napięcie.

– Peter, idziemy! Nie chcę się potem tłumaczyć szefowi.

– Panie Moses – powiedział wolno Peter. – Proszę spojrzeć.

Mały Czarny podszedł bliżej i zajrzał Strażakowi przez ramię. Zagwizdał cicho.

– To może być krew, Peter – szepnął. – Na pewno wygląda jak krew.

– Tak też pomyślałem.

– To nie jest jedna z tych rzeczy, których mieliśmy szukać? – spytał Mały Czarny.

– W rzeczy samej – odparł Peter cicho.

Potem ostrożnie poskładał koszulkę i ułożył ją w tym samym miejscu, w którym leżała, zanim ją wyciągnął. Wsunął skrzynkę pod łóżko, mając nadzieję, że stoi tak samo, jak przedtem. Potem wstał.

– Chodźmy – ponaglił.

Zerknął na małą grupkę mężczyzn po drugiej stronie sali, ale po pustych oczach, które odwzajemniły jego spojrzenie, nie potrafił stwierdzić, czy cokolwiek zauważyli.

Rozdział 19

Peter zrzucił z siebie biały uniform pielęgniarza tuż za drzwiami budynku Amherst. Mały Czarny wziął od niego workowate spodnie i luźną kurtkę, złożył je i wcisnął pod pachę, a Peter tymczasem wciągnął pogniecione dżinsy.

– Schowam to, dopóki nie będziemy mieli pewności, że Gulptilil skończył obchód i możemy wracać do roboty – poinformował pielęgniarz. Potem spojrzał uważnie na Petera. – Powiesz pannie Jones, co i gdzie widzieliśmy?

Peter kiwnął głową.

– Jak tylko pan Zły sobie pójdzie.

Mały Czarny się skrzywił.

– Dowie się. Tak czy inaczej. Zawsze się dowiaduje. Wcześniej czy później dowie o wszystkim, co się tu dzieje.

Peter pomyślał, że to intrygująca informacja, ale nie skomentował tego.

Przez chwilę Mały Czarny wyglądał na niezdecydowanego.

– A więc co zrobimy w sprawie człowieka, który ma schowaną koszulkę całą we krwi, raczej nie swoją?

– Myślę, że na razie powinniśmy siedzieć cicho – powiedział Peter. – Przynajmniej dopóki panna Jones nie zdecyduje, co dalej. Musimy być bardzo ostrożni. W końcu człowiek, pod którego łóżkiem to było, teraz właśnie z nią rozmawia.

– Sądzisz, że pani prokurator czegoś się z tej rozmowy dowie?

Strażak wzruszył ramionami.

– Musimy po prostu być ostrożni – powtórzył.

Mały Czarny pokiwał głową. Peter widział, że pielęgniarz rozumiał, jak bardzo niebezpieczna była wiedza, którą właśnie posiedli. Peter przeczesał dłonią włosy, zastanawiając się nad sytuacją. Jego pierwsza myśl dotyczyła kwestii technicznych: jak odosobnić i postępować dalej z mężczyzną śpiącym w łóżku, pod którym dokonano odkrycia. Było sporo do zrobienia, kiedy znalazł się już prawdziwy podejrzany. Ale całe doświadczenie Petera sugerowało ostrożność, nawet jeśli stała w sprzeczności z jego naturą. Uśmiechnął się, bo rozpoznał znajomy dylemat, z którym spotykał się przez całe życie, dotyczący równowagi między drobnymi kroczkami a skokiem na główkę. Zdawał sobie sprawę, że trafił do szpitala przynajmniej po części właśnie dlatego, że nie udało mu się zawahać.

Na korytarzu przed gabinetem przesłuchań stał większy z braci Moses. Pilnował pacjenta dorównującego mu wzrostem, a może i siłą, ale ten szczegół jakoś nie martwił Dużego Czarnego. Mężczyzna kołysał się w przód i w tył, trochę jak ciężarówka, która próbuje wyjechać z błota. Kiedy Duży Czarny spostrzegł Petera i swojego brata, szturchnął pacjenta.

– Musimy odprowadzić tego dżentelmena z powrotem do Williams – zwrócił się do Małego Czarnego. Spojrzał bratu w oczy i dodał: – Piguła jest na górze, robi obchód na drugim piętrze.

Peter nie czekał, aż pielęgniarze wyjaśnią mu, co ma robić.

– Zaczekam tu na pannę Jones – powiedział. Oparł się o ścianę, jednocześnie uważnie obserwując człowieka eskortowanego przez pielęgniarza. Chciał mu spojrzeć w oczy, zmierzyć jego postawę, wygląd, zajrzeć w serce. Ten mężczyzna mógł być mordercą.

Kiedy obstawa z pacjentem go mijała, Peter oparty swobodnie o ścianę nie zdołał się powstrzymać.

– Cześć, aniele – zawołał półgłosem. – Wiem, kim jesteś.

Żaden z braci Moses chyba tego nie usłyszał.

Pacjent też nawet nie drgnął. Szedł tuż za pielęgniarzami, najwyraźniej nieświadomy, że ktoś coś do niego powiedział. Szedł jak człowiek ze spętanymi nogami i rękami, stawiał małe kroczki, chociaż był przecież wolny.

Peter patrzył, jak szerokie plecy pacjenta znikają za drzwiami budynku, potem oderwał się od ściany i ruszył w stronę gabinetu, gdzie czekała Lucy Jones. Nie wiedział, co konkretnie ma myśleć o tym, co się właśnie wydarzyło.

Zanim jednak dotarł do drzwi, ze środka wyszła Lucy, a tuż za nią pan Zły. Najwyraźniej opowiadał jej coś z przejęciem. Francis trzymał się z tyłu, z dystansem od psychologa. Peter dostrzegł, że Mewa wygląda na zatroskanego, jakby skurczył się pod ciężarem jakiejś myśli. Wydawał się jeszcze szczuplejszy. Ale chłopak nagle podniósł głowę, zobaczył nadchodzącego Petera i nagle mu się poprawiło; natychmiast ruszył w stronę przyjaciela. W tej samej chwili Peter dostrzegł Gulptilila. Psychiatra wchodził na korytarz z dalszej klatki schodowej, prowadząc za sobą niewielką koterię pracowników szpitala. Wszyscy mieli w rękach długopisy i notesy, zapisywali swoje spostrzeżenia i robili notatki. Peter zauważył Kleo. Z papierosem przyklejonym do dolnej wargi zerwała się ze starego i niewygodnego krzesła i ruszyła wprost na spotkanie dyrektora medycznego. Zagrodziła mu drogę jak starożytny wojownik, broniący bram miasta.

– A, pan doktor! – Jej głos był niemal krzykiem. – Co pan zamierza zrobić z niewystarczającymi porcjami jedzenia podawanymi w porze posiłku? Nie wierzę, że stanowa legislatura miała na celu zagłodzenie nas na śmierć, kiedy zakładała ten szpital. Mam przyjaciół, którzy mają przyjaciół, którzy znają wysoko postawionych ludzi, a oni mogą szepnąć gubernatorowi słówko na temat kwestii zdrowia psychicznego...

Piguła zawahał się, potem odwrócił do Kleo. Towarzysząca mu grupa stażystów i rezydentów przystanęła i jak chór w broadwayowskim przedstawieniu odwróciła się razem z nim.

– Ach, pani Kleo – zaczął obłudnie doktor. – Nie wiedziałem, że jest jakiś problem ani że składała pani skargę. Ale nie sądzę, żeby konieczne było angażowanie w tę sprawę całych władz stanu. Porozmawiam z personelem kuchennym i dopilnuję, żeby wszyscy dostawali tyle jedzenia, ile potrzebują.

Kleo jednak dopiero się rozkręcała.

– Paletki do ping-ponga są zużyte – ciągnęła. – Trzeba je wymienić. Piłki często pękają, siatki są postrzępione i trzymają się na sznurku. Stół jest pokrzywiony i niestabilny. Niech mi pan powie, doktorze, jak człowiek ma rozwijać swoje umiejętności, dysponując marnej jakości sprzętem, który nie spełnia nawet minimalnych wymagań Amerykańskiego Związku Tenisa Stołowego?

– Cóż, nie byłem świadomy istnienia tych problemów. Przyjrzę się budżetowi na rekreację i sprawdzę, czy mamy fundusze na zakup nowych rzeczy.

Kogoś innego mogłoby to uspokoić, ale Kleo nie myślała kończyć.

– Nocą w dormitorium jest o wiele za głośno. Nie można się dobrze wyspać. Sen jest bardzo ważny dla dobrego samopoczucia i ogólnego postępu w powrocie do zdrowia. Minister zdrowia zaleca co najmniej osiem godzin nieprzerwanego snu na dobę. Poza tym potrzebujemy więcej miejsca. O wiele więcej miejsca. Więźniowie czekający w celi śmierci na wyrok mają więcej przestrzeni niż my. Tłok wymknął się spod kontroli. Potrzebujemy więcej papieru toaletowego w łazienkach. O wiele więcej papieru. I... – Wypowiedź Kleo stała się kaskadą skarg. – ...Dlaczego nie ma więcej pielęgniarzy, którzy pomagaliby ludziom w nocy, kiedy mamy koszmary? Ciągle ktoś woła o pomoc. Koszmary, koszmary, koszmary. Wołasz, wołasz i płaczesz, i nikt nigdy nie przychodzi. Tak nie można, tak się zwyczajnie, cholera jasna, nie robi.

– Podobnie jak wiele instytucji stanowych mamy problemy kadrowe, Kleo – odparł doktor tonem wyższości. – Zapamiętam sobie oczywiście twoje skargi i zobaczę, co się da zrobić. Ale jeśli personel z nocnej zmiany miałby reagować na każdy krzyk, zabiegałby się na śmierć po dwóch dniach, Kleo. Obawiam się, że czasami trzeba sobie samemu radzić z koszmarami.

– To nie w porządku. Przy takiej ilości leków, jakie w nas, dranie, pompujecie, powinniście umieć znaleźć środek na spokojny sen.

Kleo jakby puchła z każdym słowem, unoszona królewską godnością – Maria Antonina budynku Amherst.

– Poszukam w podręcznikach jakiegoś dodatkowego leku – skłamał doktor. – Czy są jeszcze jakieś sprawy, którymi trzeba się zająć?

Kleo wyglądała na trochę zdenerwowaną, trochę sfrustrowaną, ale w jej oczach nagle pojawiła się przebiegłość.

– Tak – odpowiedziała z ożywieniem. – Chcę wiedzieć, co się dzieje z biednym Chudym. – Wskazała Lucy, która czekała cierpliwie pod ścianą korytarza. – I chcę wiedzieć, czy udało się jej znaleźć prawdziwego mordercę!

Słowa kobiety odbiły się echem od ścian.

Gulptilil uśmiechnął się słabo.

– Chudy wciąż pozostaje w miejscu odosobnienia, oskarżony o morderstwo – odparł cicho. – Wydaje mi się, że już ci to tłumaczyłem. Stanął przed sądem, prosząc o wypuszczenie go za kaucją, ale, jak można było się spodziewać, sąd odrzucił wniosek. Chudemu przyznano obrońcę z urzędu i cały czas dostaje leki ze szpitala. Przebywa w areszcie hrabstwa do momentu kolejnej rozprawy. Powiedziano mi, że ma się dobrze...

– To kłamstwo – warknęła ze złością Kleo. – Chudy pewnie czuje się podle. Tutaj jest jego dom, jakikolwiek by on był, a my jesteśmy jego przyjaciółmi, lepszymi czy gorszymi. Powinien natychmiast wrócić do Western State! – Wzięła głęboki oddech. – Już to panu tłumaczyłam – powiedziała z sarkazmem, przedrzeźniając doktora. – Dlaczego mnie pan nie słucha?

– Co do drugiego pytania – ciągnął Gulptilil, ignorując oskarżenie Kleo. – Cóż, należy je postawić pannie Jones. Ale ona nie ma obowiązku informować kogokolwiek o postępach, jakie według siebie poczyniła. Albo nie poczyniła.

Ostatnie słowa Gulptilil podkreślił wyjątkowo kwaśnym tonem.

Kleo cofnęła się, coś do siebie mamrocząc. Gulptilil odsunął się od pacjentki jak skaut przewodnik na wyprawie w lesie i machnął na towarzyszących mu rezydentów. Udało mu się jednak przejść zaledwie kilka kroków, zanim Kleo wybuchła nieznoszącym sprzeciwu, oskarżycielskim głosem.

– Mam cię na oku, Gulptilil! Widzę, co się tu wyprawia! Możesz oszukiwać innych, ale nie mnie! – Przerwała. – Wszyscy jesteście skończone dranie – dodała ciszej, ale nie aż tak cicho, żeby lekarze jej nie usłyszeli.

Dyrektor medyczny stanął, zaczął się odwracać do Kleo, a potem wyraźnie się rozmyślił. Francis widział, że doktor bezskutecznie próbuje ukryć zakłopotanie.

– Wszyscy jesteśmy w niebezpieczeństwie, a wy, sukinsyny, macie to gdzieś! – ryknęła Kleo.

230

Potem krótko zachichotała, zaciągnęła się papierosem, cmoknęła językiem i opadła ciężko z powrotem na krzesło. Szczerząc zęby w uśmiechu, odprowadziła wzrokiem oddalającego się doktora. Zamachała papierosem jak dyrygent, usatysfakcjonowany ostatnimi nutami orkiestrowej aranżacji.

Wybuch Kleo dodał Francisowi otuchy. Wydawało mu się, że Kleopatra z Amherst zwróciła na siebie uwagę wszystkich pacjentów włóczących się po oddziale. Czy cokolwiek to dla nich znaczyło, tego nie wiedział, ale uśmiechnął się do siebie na ten skromny pokaz buntu i żałował, że sam nie ma dość odwagi, by zachować się tak samo. Kleo chyba czytała w jego myślach, bo wydmuchnęła w nieruchome powietrze korytarza duże, kształtne kółko dymu, potem mrugnęła porozumiewawczo do Francisa.

Peter, stojący obok przyjaciela, musiał pomyśleć o tym samym.

– Kiedy przyjdzie rewolucja – szepnął – ona stanie na barykadach. Cholera, pewnie nawet na czele buntu, a jest dość gruba, żeby sama robić za barykadę.

– Jaka rewolucja? – spytał Francis.

– Nie bądź taki dosłowny, Mewa – odparł Peter, śmiejąc się. – Myśl symbolicznie.

– To może być łatwe dla królowej Egiptu, ale chyba nie dla mnie – odparł Francis.

Obaj się wyszczerzyli.

Podszedł do nich Gulptilil, wciąż najwyraźniej w niezbyt wesołym nastroju.

– Ach, Peter i Francis – powiedział; w jego głosie znów pojawiły się śpiewne tony, ale pozbawione uprzejmości. – Moi dwaj detektywi. Jak wam idzie? – spytał.

– Powoli, ale do przodu – odparł Peter. – Tak bym to określił. Ale najwięcej ma na ten temat do powiedzenia panna Jones.

– Oczywiście. Z nią wiąże się jeden rodzaj postępów. Ja i pozostali członkowie personelu jesteśmy zainteresowani zupełnie innymi postępami, prawda?

Peter zawahał się, potem pokiwał głową.

– A tak na marginesie, dobrze, że się spotkaliśmy – dodał Gulptilil. – Obaj macie przyjść dzisiaj po południu do mojego gabinetu. Francis, pora, żebyśmy porozmawiali o twoim dostosowywaniu się. Peter, odwiedzi cię dziś dość ważna osoba. Bracia Moses zostaną poinformowani o jej przybyciu i odprowadzą cię do budynku administracji.

Gruszkowaty dyrektor medyczny uniósł brew w oczekiwaniu na reakcję obu mężczyzn. Patrzył im w oczy przez niezręczne pół minuty, potem podszedł do Lucy stojącej kilka kroków dalej.

– Dzień dobry, panno Jones. Udało się pani rozstrzygnąć choć kilka dylematów?

– Udało mi się wyeliminować pewną liczbę potencjalnych podejrzanych.

– Rozumiem, że to dla pani ważne osiągnięcie.

Lucy nie odpowiedziała.

– Cóż – ciągnął Gulptilil – proszę pracować dalej. Im szybciej dojdziemy do jakichś wniosków, tym lepiej dla wszystkich zainteresowanych. Czy pan Evans okazał się pomocny w dociekaniach?

– Jak najbardziej – odparła Lucy pospiesznie.

Gulptilil odwrócił się do pana Złego.

– Będzie mnie pan również informował na bieżąco o rozwoju wydarzeń? – spytał.

– Oczywiście – powiedział Evans.

Francis pomyślał, że to wszystko jest biurokratyczne przedstawienie. Był pewien, że Evans bez przerwy donosi Gulptililowi o wszystkim. Założył, że Lucy Jones też o tym wie.

Dyrektor medyczny westchnął i wyszedł głównymi drzwiami.

– Cóż, rozumiem, że robimy sobie teraz przerwę – zwrócił się Evans do Lucy. – Mam trochę papierkowej roboty – oświadczył, po czym również pospiesznie wyszedł.

Francis usłyszał, jak ktoś w świetlicy wybucha głośnym śmiechem. Wysokim i drwiącym, rozchodzącym się po całym budynku Amherst. Ale kiedy odwrócił się, żeby zobaczyć, skąd śmiech dobiega, ten ucichł, rozmywając się niewidzialnie w promieniach południowego słońca wpadających przez zakratowane okna.

Peter oderwał się od ściany.

– Chodź – szepnął do Francisa i podszedł do Lucy. Zmienił się nagle, w jednej chwili skupił się na czymś innym niż Kleo i jej żądania czy własne zadowolenie z zakłopotania Gulptilila. Francis zobaczył, że Strażak ma zacięty wyraz twarzy. Peter złapał Lucy Jones za łokieć i odwrócił ją do siebie.

– Znalazłem coś, o czym muszę ci powiedzieć – oznajmił.

Spojrzała na Petera i bez słowa kiwnęła głową. Cała trójka wróciła do jej małego gabinetu.

– Jakie odniosłaś wrażenie, kiedy rozmawiałaś z tym ostatnim mężczyzną? – spytał Peter, ustawiając krzesła wokół biurka.

Lucy uniosła brew.

– Mówiąc krótko: żadne – odparła i spojrzała na Francisa. – Zgadza się?

Chłopak kiwnął głową.

– Ten człowiek – ciągnęła – chociaż silny fizycznie i dość młody, żeby zrobić to, o co nam chodzi, jest poważnie upośledzony. Nie był w stanie się z nami porozumieć, właściwie tylko siedział, zupełnie na nic nie reagował, a Evans uznał, że należy wykluczyć tego pacjenta. Człowiek, którego szukamy, jest inteligentny. Przynajmniej na tyle, żeby planować zbrodnie i unikać wykrycia.

Peter wyglądał na nieco zaskoczonego.

– Evans uznał, że należy go wykluczyć jako podejrzanego? – spytał.

– Tak powiedział – odparła Lucy.

– Ciekawe, bo w rzeczach osobistych tego faceta znalazłem zakrwawioną białą koszulkę.

Lucy odchyliła się w tył, początkowo nic nie mówiąc. Francis patrzył, jak prokurator przyswaja informację; zauważył, że natychmiast nabrała czujności. Jego własna wyobraźnia też się przebudziła.

– Peter, możesz opisać, co znalazłeś? – zapytał. – Skąd pewność, że to było to, co mówisz?

Przedstawienie im obojgu obrazu sytuacji zajęło Peterowi zaledwie kilka chwil.

– Jesteś całkowicie pewny, że to była krew? – dociekała Lucy.

– Tak pewny jak mogę być bez testów laboratoryjnych.

– Wczoraj wieczorem podawali na kolację spaghetti. Zastanawiam się, czy ten facet nie ma problemu z posługiwaniem się sztućcami. Może wylał na siebie sos...

– Nie, ta plama była gęsta, bordowobrązowa i rozsmarowana. Bez śladów wycierania mokrą szmatką. Tak jakby ktoś chciał ją zachować.

– Na pamiątkę? – spytała Lucy wolno. – Szukamy kogoś, kto lubi zbierać trofea.

– Podejrzewam, że to coś w rodzaju pamiątkowego zdjęcia – odparł Peter. – To znaczy, dla mordercy. Wiesz, rodzina wyjeżdża na wakacje, potem wywołuje zdjęcia. Wszyscy się zbierają, oglądają i przeżywają piękne dni na nowo. Moim zdaniem naszemu aniołowi ta koszulka daje tyle samo satysfakcji i radości. Może ją podnosić, dotykać i wspominać. Myślę, że wspomnienie tamtej chwili oddziałuje na niego prawie tak samo mocno jak sama chwila – zakończył.

Francis usłyszał wzbierający gwar wewnętrznych głosów. Sprzeczne opinie, rady, strach i niepokój. Po chwili kiwnął głową na znak, że zgadza się z Peterem.

– Czy w poprzednich morderstwach ofiarom coś zabrano, oprócz czubków palców? – spytał.

Lucy, która już miała odpowiedzieć na to, co mówił Peter, zmieniła tok myślenia i odwróciła się do Francisa.

– O niczym takim nam nie wiadomo. Nie brakowało żadnych części ubrań, przynajmniej według inwentaryzacji, które sporządziliśmy. Ale to niczego nie wyklucza.

Francisa coś dręczyło, ale nie potrafił sprecyzować co, a żaden z jego głosów nie mówił wyraźnie i przekonująco. Wszystkie wykrzykiwały sprzeczne opinie, więc postarał się je uciszyć, żeby móc się skoncentrować.

Lucy nerwowo stukała ołówkiem o blat biurka.

– Znalazłeś coś jeszcze, co by go obciążało? – zwróciła się do Petera.

– Nie.

– Palce?

– Nie. Noża też nie. Ani kluczy.

– Myślę, że to, co mówiłem wcześniej, to prawda – odezwał się niespodziewanie Francis. Był trochę zaskoczony swoim przekonującym tonem. – Zanim wróciłeś, Peter. Kiedy siedział tu Evans. – Wydawało mu się, że słyszy własny głos, ale dobiegający od jakiegoś innego Francisa, nie tego, którym był, ale którym miał nadzieję stać się któregoś dnia. – Powiedziałem, że musimy odkryć język anioła.

Peter spojrzał na przyjaciela zaintrygowany, Lucy też słuchała z uwagą. Francis zawahał się, lecz zignorował przypływ wątpliwości.

– Zastanawiam się, czy to nie pierwsza lekcja tego języka – powiedział.

Pozostali milczeli.

– Musimy tylko się dowiedzieć, co nam mówi i po co.

Lucy przez chwilę zastanawiała się, czy ściganie mordercy w szpitalu może sprawić, że sama oszaleje. Ale szaleństwo postrzegała jako efekt frustracji, nie jakąś chorobę ciała. To był niebezpieczny sposób myślenia, uświadomiła sobie, i z odrobiną wysiłku wyrzuciła ten pomysł z głowy. Wysłała Petera i Francisa na obiad, a sama próbowała zaplanować dalszy kurs działania. Rozłożyła na biurku szpitalną teczkę mężczyzny, którego próbowała przesłuchać rano. Coś się tu powinno zgadzać, pomyślała. Jakieś powiązania powinny być oczywiste. Jakieś kroki wyraźne.

Pokręciła głową, jakby w ten sposób mogła pozbyć się ogarniającego ją wrażenia sprzeczności. Teraz miała nazwisko. Coś konkretnego. Zaczynała budować udane akty oskarżenia od drobniejszych rzeczy. A mimo to czuła się nieswojo. Z leżących przed nią dokumentów powinny wynikać przekonujące fakty, a jednak było wręcz przeciwnie. Głęboko upośledzony mężczyzna, niezdolny do odpowiedzi nawet na najprostsze pytania, patrzący tępo i pozornie całkowicie niezdolny do logicznego myślenia posiadał przedmiot, którym mógł dysponować tylko morderca. To nie miało sensu.

W pierwszym odruchu chciała wysłać Petera z powrotem, żeby przyniósł koszulkę ze skrzynki. Każde laboratorium kryminalistyczne byłoby w stanie porównać plamy krwi z krwią Krótkiej Blond. Możliwe, że na koszulce znaleziono by też włosy albo włókna, a badanie mikroskopowe mogłoby wykazać więcej związków między ofiarą a napastnikiem. Problem polegał na tym, że koszulka zabrana bez nakazu zostałaby odrzucona jako dowód już na pierwszej rozprawie. Do tego dochodziła ciekawa kwestia braku pozostałych przedmiotów, których szukali. Tego też Lucy nie potrafiła zrozumieć.

Bardzo dobrze umiała się koncentrować. W trakcie błyskawicznej kariery w biurze prokuratora wyróżniła się zdolnością postrzegania prowadzonych przez siebie przestępstw mniej więcej tak, jak się ogląda film. Na ekranie swojej wyobraźni składała razem wszystkie szczegóły, tak że wcześniej czy później miała przed oczami cały akt. To właśnie stanowiło źródło jej sukcesów. Kiedy Lucy stawała przed sądem, rozumiała – i to prawdopodobnie lepiej niż sam oskarżony – dlaczego i jak popełnił przestępstwo. Dzięki temu właśnie była tak groźna. Ale w szpitalu czuła się bezradna. Tu po prostu było inaczej niż w świecie kryminalistów, do którego przywykła.

Jęknęła. Spojrzała na teczkę po raz setny i miała właśnie ją zatrzasnąć, kiedy rozległo się ostrożne pukanie do drzwi. Podniosła głowę.

Do środka zza framugi zajrzał Francis.

– Cześć, Lucy – powiedział. – Mogę ci przeszkodzić?

– Wejdź, Mewa. Myślałam, że poszedłeś na obiad.

– Właśnie idę. Ale po drodze coś mi przyszło do głowy, a Peter kazał mi od razu ci o tym powiedzieć.

– Co takiego? – Gestem zaprosiła chłopaka, żeby wszedł i usiadł.

Francis wykonał niezgrabną serię ruchów, świadczących o tym, że chce skorzystać z propozycji, ale się waha.

– Ten upośledzony w ogóle nie wyglądał na typ człowieka, którego szukamy – zaczął wolno. – Niektórzy z przesłuchiwanych pacjentów wydawali się, choćby zewnętrznie, znacznie lepszymi kandydatami. A przynajmniej zachowywali się tak, jak według nas powinien zachowywać się kandydat.

Lucy kiwnęła głową.

– Też o tym pomyślałam. Ale skąd ten upośledzony ma koszulkę?

Francis zadrżał, zanim odpowiedział.

– Bo anioł chciał, żebyśmy ją znaleźli. I żebyśmy wpadli na trop tego człowieka. Wiedział, że przesłuchujemy i przeszukujemy, i powiązał jedno z drugim, więc przewidział, co zrobimy, i podrzucił koszulkę.

Lucy odetchnęła gwałtownie. Trafiło do niej takie wyjaśnienie.

– Dlaczego chciałby przyciągnąć nas do tego człowieka?

– Jeszcze nie wiem – mruknął Francis. – Nie wiem.

– Jeśli zamierza się wrobić kogoś w zbrodnię, lepiej wybrać człowieka, który rzeczywiście zachowywałby się podejrzanie – myślała głośno Lucy. – Jak zachowanie tego upośledzonego ma nas zainteresować?

Francis wzruszył ramionami.

– Ten mężczyzna jest inny. To najmniej prawdopodobny kandydat. A więc istnieje jakiś inny powód, dla którego został wybrany.

Wstał niespodziewanie, spłoszony, jakby gdzieś w pobliżu rozległ się niepokojący huk.

– Lucy – powiedział wolno. – W tym człowieku jest coś znaczącego. Musimy tylko się domyślić, co to takiego.

Lucy podniosła teczkę pacjenta.

– Myślisz, że tu znajduje się podpowiedź? – spytała.

Francis kiwnął głową.

– Może. Może. Nie wiem, co trafia do akt.

Lucy pchnęła dokumenty po biurku.

– Sam zobacz, bo ja nie widzę nic.

Francis sięgnął po teczkę. Nigdy przedtem nie zaglądał do szpitalnych akt i przez chwilę miał wrażenie, że robi coś nielegalnego, zaglądając w życie innego pacjenta. Egzystencja każdego z nich, o której wiedzieli pozostali, była do tego stopnia ograniczona murami szpitala i rutyną codzienności, że po krótkim czasie zapominało się, że pozostali mieli jakieś życie na zewnątrz. Człowiek w szpitalu jest odzierany ze wszystkich tych elementów: przeszłości, rodziny, przyszłości. Francis uświadomił sobie, że gdzieś tam leży też jego teczka i że zawiera wszelkiego rodzaju informacje, które w tym momencie wydawały się bardzo odległe, jakby to wszystko wydarzyło się w innym życiu, w innym czasie, innemu Francisowi.

Zagłębił się w akta upośledzonego.

Zostały napisane zwięzłym, nijakim szpitalnym stylem i podzielone na cztery działy. Pierwszy mówił o pochodzeniu, domu i rodzinie; w drugim zawarto dane kliniczne, w tym wzrost, wagę, ciśnienie krwi i tym podobne; w trzecim była historia leczenia, z wymienionymi różnymi lekami; w czwartym prognoza na przyszłość. W ostatnim dziale znajdowało się tylko pięć słów: *Zalecana ostrożność. Prawdopodobna terapia długoterminowa.*

Była tam też karta, z której wynikało, że upośledzony więcej niż raz wychodził na weekendy do rodziny.

Francis czytał o człowieku, który wychował się w małym miasteczku niedaleko Bostonu i przeniósł się do zachodniego Massachusetts dopiero na rok przed trafieniem do szpitala. Miał trzydzieści kilka lat, siostrę i dwóch braci – wszyscy byli normalni i wiedli nudne, wybitnie nijakie życie. Zdiagnozowano go jako upośledzonego w podstawówce i od tamtej pory brał udział w różnych programach przystosowawczych. Żaden z nich nic nie dał.

Francis odchylił się do tyłu i szybko wyobraził sobie prostą sytuację bez wyjścia: matka i ojciec coraz starsi. Syn z każdym rokiem coraz potężniejszy i coraz trudniejszy do kontrolowania. Nie potrafił zapanować nad swoimi impulsami czy gniewem. Popędem seksualnym. Siłą. Rodzeństwo chciało uciec jak najdalej i jak najszybciej, nieskore do pomocy.

W każdym słowie widział trochę siebie. Był inny, ale też taki sam.

Przeczytał akta raz, potem drugi, cały czas świadom, że Lucy uważnie przygląda się jego twarzy, badając reakcję na każde słowo.

Po chwili przygryzł wargę. Dłonie mu lekko drżały. Miał wrażenie, że wszystko wokół niego wiruje, jakby słowa na papierze połączyły się z jego myślami i wspólnymi siłami zakręciły mu w głowie. Poczuł nadciągające niebezpieczeństwo; odetchnął gwałtownie, potem odsunął się od teczki i pchnął ją po biurku do Lucy.

– I co, Francis? – spytała.

– Właściwie nic.

– Nic ci się nie rzuciło w oczy?

Chłopak pokręcił głową. Ale Lucy widziała, że kłamał. Uświadomiła sobie, że coś wymyślił. Nie chciał tylko powiedzieć, co.

Próbowałem sobie przypomnieć: co wystraszyło mnie najbardziej?

W gabinecie Lucy zaczynałem widzieć różne rzeczy. To nie były halucynacje jak te, które dzwoniły mi w uszach i rozbrzmiewały echem w głowie. Te znałem i chociaż bywały drażniące, trudne i przez nie nazwano mnie szalonym, byłem do nich przyzwyczajony, do ich żądań, obaw, rozkazów. W końcu towarzyszyły mi od dzieciństwa. Ale w tamtej chwili przeraziło mnie to, czego dowiedziałem się o aniele. Kim mógł być. Jak mógł myśleć. Peter i Lucy odbierali to inaczej. Rozumieli, że anioł był ich przeciwnikiem. Przestępcą. Celem. Kimś, kto się przed nimi ukrywał i kogo musieli odnaleźć. Polowali już wcześniej na ludzi, łapali ich i stawiali przed sądem, więc ich śledztwo stało w innym kontekście niż to, co nagle mnie otoczyło. W tamtych chwilach zacząłem widzieć w aniele kogoś podobnego do mnie. Tyle że o wiele gorszego. Poczynił pewne kroki i po raz pierwszy wtedy uwierzyłem, że jestem w stanie je powtórzyć.

Chciałem uciekać. Głośny chór we mnie wołał, że nie dzieje się nic dobrego. Ostrzegały, żebym zwiewał byle dalej i gdzieś się schował, bo zginę. Ale jak uciec? Szpital był zamknięty. Mury wysokie. Bramy mocne. Poza tym ucieczkę uniemożliwiała mi choroba.

Jak mogłem odwrócić się plecami do jedynych dwojga ludzi, którzy uznali mnie za kogoś wartościowego?

– Właśnie, Francis. Nie mogłeś.

Spełzłem po ścianie i skuliłem się w rogu pokoju, wpatrzony w swoje słowa, kiedy usłyszałem Petera. Zalała mnie fala ulgi; odwróciłem się, szukając przyjaciela.

– Peter? Wróciłeś?

– Nigdy stąd nie odszedłem.

– Anioł tu był. Czułem go.

– On wróci. Jest blisko, Francis. Będzie jeszcze bliżej.

– Robi to, co robił wtedy.

– Wiem, Mewa. Ale tym razem jesteś gotowy na jego przyjęcie. Wiem, że jesteś.

– Pomóż mi, Peter – szepnąłem. Czułem łzy rozkwitające w gardle.

– Och, Mewa, tym razem to twoja walka.

– Boję się, Peter.

– Oczywiście. Oczywiście – powiedział łagodnie. – To nie znaczy jednak, że sprawa jest beznadziejna. Musisz tylko być ostrożny. Tak jak wtedy. I nic się nie zmieniło. Za pierwszym razem to twoja ostrożność okazała się najważniejsza, prawda?

Siedziałem w rogu, rozglądając się po pokoju. Musiał mnie zobaczyć, bo kiedy go wypatrzyłem, opartego o ścianę naprzeciw mnie, pomachał mi ręką i wyszczerzył się w znajomym uśmiechu. Miał na sobie jaskrawopomarańczowy kombinezon, wyblakły od długiego używania, podarty i brudny. W rękach trzymał lśniący srebrny kask, a na twarzy widniały smugi sadzy, popiołu i strugi potu. Zaśmiał się krótko, machnął ręką i pokręcił głową.

– Przepraszam za swój wygląd, Mewa.

Wydawał się trochę starszy, niż go pamiętałem, a za jego uśmiechem zobaczyłem ostre ślady cierpienia i kłopotów.

– Wszystko w porządku, Peter? – spytałem.

– Oczywiście, Francis. Po prostu sporo przeszedłem. Ty też. Zawsze nosimy ubrania, w jakie ubiera nas los, prawda, Mewa? Nic się pod tym względem nie zmieniło.

Odwrócił się do ściany i przebiegł wzrokiem po kolumnach słów. Pokiwał głową.

– *Robisz postępy – zauważył.*

– *Nie wiem – odparłem. – Mam wrażenie, że od każdego zapisanego słowa w pokoju robi się ciemniej.*

Westchnął, jakby chciał powiedzieć, że to przewidział.

– *Mamy za sobą dużo ciemności, co, Francis? A przez część przechodziliśmy razem. O tym właśnie piszesz. Pamiętaj tylko, wtedy byliśmy z tobą i teraz też jesteśmy. Możesz o tym pamiętać, Mewa?*

– *Spróbuję.*

– *Tamtego dnia sprawy trochę się skomplikowały, co?*

– *Tak. Dla nas obu. A przez to też dla Lucy.*

– *Opowiedz to wszystko, Francis – zachęcił Peter.*

Spojrzałem na ścianę i zobaczyłem, w którym miejscu przerwałem. Kiedy się odwróciłem z powrotem do Petera, on już zniknął.

Rozdział 20

To Peter zaproponował, żeby Lucy ruszyła w dwie różne strony. Po pierwsze, nalegał, żeby dalej przesłuchiwać pacjentów. Było niezwykle ważne, powiedział, żeby nikt, ani pacjenci, ani personel, nie wiedział, że znaleziono jakieś dowody, bo na razie niewiele wskazywały. Gdyby jednak ta wiadomość wydostała się na zewnątrz, stracilibyśmy kontrolę nad sytuacją. To produkt uboczny niestabilności świata szpitala psychiatrycznego, dodał. Nie można było przewidzieć, jaki niepokój czy nawet panikę wywołałoby to wśród delikatnych osobowości pacjentów. A zatem zakrwawioną koszulkę należało zostawić pod łóżkiem i nie wolno było angażować żadnych sił zewnętrznych, zwłaszcza policji, która aresztowała Chudego, nawet jeśli w ten sposób ryzykowało się utratę cennego materiału dowodowego. Poza tym, zauważył Peter, mieszkańcy Amherst już przywykli do stałego napływu pacjentów z innych budynków, przyprowadzanych przez Dużego Czarnego na przesłuchania u Lucy, i to przyzwyczajenie można było obrócić na swoją korzyść. Druga propozycja Petera okazała się trochę trudniejsza do wykonania.

– Musimy – powiedział cicho do Lucy – przenieść tego wielkoluda razem z jego rzeczami do Amherst, i to tak, żeby za bardzo nie zwracać niczyjej uwagi.

Lucy się zgodziła. Stali nieruchomo na korytarzu wśród popołudniowego zamieszania oraz ruchu pacjentów spieszących na sesje terapeutyczne i zajęcia praktyczne. W powietrzu wisiała codzienna mgiełka papierosowego dymu, a tupot stóp mieszał się z gwarem. Peter, Lucy i Francis wydawali się jedynymi ludźmi, którzy się nie poruszali. Zamieszanie opływało ich jak szybki nurt strumienia kamienie.

– Dobrze – zgodziła się Lucy. – Należy obserwować tego mężczyznę. Co dalej?

– Nie wiem – odparł Peter. – To nasz jedyny podejrzany, zresztą Mewa nie uważa go nawet za takiego, pod czym ja się chyba podpisuję. Ale jego rolę w ogólnym układzie rzeczy musimy dopiero odkryć. A możemy to zrobić tylko...

– ...mając go pod ręką i na oku. Tak. Masz rację – powiedziała Lucy. Potem uniosła brew, jakby przyszedł jej do głowy jakiś pomysł. – Chyba już wiem, co dalej. Muszę załatwić kilka rzeczy.

– Ale po cichu – uprzedził Peter. – Niech nikt się nie zorientuje...

Uśmiechnęła się.

– Dam sobie radę. U prokuratora wszystko musi iść zgodnie z planem. Mniej więcej – dodała żartobliwie.

Podniosła wzrok i zobaczyła idących korytarzem braci Moses. Skinęła im głową.

– Panowie, myślę, że pora wracać do pracy. Czy mogłabym z panami zamienić po cichu słowo, zanim wróci Evans, gdziekolwiek jest...

– Rozmawia z doktorem – dokończył Mały Czarny ostrożnie. Spojrzał na Petera i machnął dłonią, co razem złożyło się na pytający gest.

Peter kiwnął głową.

– Ona wie – wyjaśnił. – Czy ktoś jeszcze...

– Powiedziałem bratu – odparł Mały Czarny. – Nikomu więcej.

Duży Czarny przysunął się bliżej.

– Nie widzi mi się, żeby tamten facet był mordercą – oznajmił z przekonaniem. – To znaczy, ledwie sam je. Lubi siedzieć i bawić się lalkami. Czasem gapi się w telewizję. On zbrodniarzem? Chyba że się bardzo wkurzy i komuś przyłoży. Silny z niego chłopak. Silniejszy niż sam wie.

– Francis powiedział mniej więcej to samo – poinformował Peter.

– Mewa ma instynkt – zaśmiał się Duży Czarny.

– A więc na razie nikomu ani słowa, dobrze? – wtrąciła Lucy.

Mały Czarny wzruszył ramionami, ale przewrócił oczami, jakby chciał powiedzieć, że tu, gdzie wszyscy ukrywali jakieś tajemnice przeszłości, utrzymanie w sekrecie teraźniejszości jest po prostu niewykonalne.

– Spróbujemy – powiedział. – Jeszcze jedno. Mewa, Piguła chce cię widzieć.

Większy pielęgniarz spojrzał na Petera.

– Ciebie mam zaprowadzić do niego trochę później.

Peter wyglądał na zaintrygowanego.

– Jak pan myśli... – zaczął.

– Nie snujemy domysłów. – Mały Czarny pokręcił głową. – Jeszcze nie.

Podczas gdy jego brat wyprowadził Francisa przez główne wejście Amherst, zmierzając do gabinetu doktora Gulptilila, Mały Czarny poszedł za Peterem i Lucy do pokoju przesłuchań. Prokurator natychmiast wyjęła z pudła teczkę upośledzonego mężczyzny. Potem pospiesznie przejrzała swoją ręcznie spisaną listę potencjalnych podejrzanych, aż znalazła nazwisko człowieka, który według niej powinien się nadać. Podała akta Małemu Czarnemu.

– Teraz z nim chcę porozmawiać.

Mały Czarny zerknął na nazwisko i kiwnął głową.

– Znam faceta. Wybuchowy sukinsyn – powiedział i zająknął się zawstydzony. – Pani wybaczy, panno Jones. Miałem z nim po prostu kilka starć. To jeden z miejscowych chuliganów.

– Tym lepiej – skomentowała Lucy. – Dla tego, co wymyśliłam.

Mały Czarny spojrzał na nią pytająco, a Peter opadł na krzesło i szeroko się uśmiechnął.

– Panna Jones najwyraźniej ma jakiś pomysł – mruknął.

Lucy wzięła ołówek i zaczęła przetaczać go w palcach, przeglądając teczkę pacjenta. Mężczyzna był stałym bywalcem różnych instytucji; większość życia spędził albo w więzieniu, odsiadując wyroki za imponującą kolekcję napadów, rabunków i włamań, albo w ośrodkach zdrowia psychicznego, skarżąc się na omamy słuchowe i cierpiąc na napady szału. Lucy podejrzewała, że obie dolegliwości były częściowo zmyślone. Prawdziwe było oczywiście to, że miał skłonności psychopatyczne, mniej lub bardziej odpowiednie do tego, co zamyślała. I wybuchowy temperament.

– W jaki sposób sprawiał kłopoty? – spytała Małego Czarnego.

– To jeden z tych, co zawsze przeginają pałę, wie pani, co mam na myśli? Prosi się go, żeby poszedł w tę stronę, on idzie w drugą. Każe mu się stać tu, on stoi tam. Jak się go trochę popchnie, krzyczy, że jest bity, i składa zażalenie do dyrektora. Lubi też stawiać się innym pacjentom. Zawsze któremuś dokucza. Moim zdaniem podkrada ludziom różne rzeczy. Żałosna kreatura, ot co.

– Cóż, zobaczmy, czy uda mi się go zmusić do tego, czego chcę.

Nic więcej jednak nie chciała powiedzieć, chociaż zauważyła, że Peter wysłuchał jej w skupieniu, a potem rozsiadł się swobodnie na krześle, jakby dostrzegł w planie coś w rodzaju mechanizmu z opóźnionym zapłonem. Lucy była pełna uznania dla jego zdolności analitycznych. Potem, kiedy zastanowiła się nad tym dokładniej, uświadomiła sobie, że Peter ma kilka cech, które zaczynała podziwiać, co tylko zwiększyło jej ciekawość tego, skąd się tu wziął i dlaczego zrobił to, co zrobił.

Panna Laska przejęła Francisa, kiedy tylko Duży Czarny wprowadził go do gabinetu dyrektora medycznego. Sekretarka jak zwykle była skrzywiona, jakby chciała dać do zrozumienia, że wszelkie zakłócenia skrupulatnie zaplanowanego rozkładu dnia, który wprowadziła żelazną ręką, odbiera jako osobistą urazę. Przekazała Dużemu Czarnemu wiadomość, że ma się spotkać ze swoim bratem w budynku Williams, a potem szybko wepchnęła Francisa do gabinetu.

– Spóźniłeś się – warknęła. – Pospiesz się.

Piguła stał przy oknie, obserwując dziedziniec. Francis usiadł na krześle naprzeciwko biurka i też wyjrzał za okno, próbując dojrzeć, co tak intrygującego widział tam doktor. Uświadomił sobie, że tylko tu może spoglądać przez okno, które nie jest zakratowane. Świat wydawał się o wiele łagodniejszy, niż był w rzeczywistości.

Doktor odwrócił się niespodziewanie.

– Piękny dzień, Francis, nie sądzisz? Wiosna zadomowiła się już chyba na dobre.

– Tutaj, w szpitalu, czasami trudno zauważyć zmianę pór roku – odparł Francis. – Okna są bardzo brudne. Gdyby je umyto, na pewno wszystkim poprawiłyby się nastroje.

Gulptilil kiwnął głową.

– Doskonała sugestia, Francis. Świadczy o głębszych przemyśleniach. Przekażę ją personelowi, zobaczę, czy będą mogli dodać do swoich obowiązków mycie okien, chociaż podejrzewam, że już są przepracowani.

Usiadł za biurkiem, oparł łokcie o blat, a brodę o splecione dłonie.

– A więc, Francis, wiesz, jaki dziś dzień? – spytał.

– Piątek – odparł szybko Francis.

– Skąd taka pewność?

– Na obiad był tuńczyk z makaronem. Jak zwykle w piątek.

– Tak, a dlaczego?

– Podejrzewam, że ze względu na pacjentów katolików – odparł Francis. – Niektórzy wciąż uważają, że w piątek powinni jeść rybę. Moja rodzina tak robi. Msza w niedzielę, ryba w piątek. To naturalny porządek rzeczy.

– A ty?

– Ja chyba nie jestem religijny – powiedział Francis.

Gulptilil uznał, że to interesujące, ale nie pociągnął tematu.

– Znasz dzisiejszą datę? – spytał.

Francis pokręcił głową.

– Jest chyba piąty albo szósty maja – odparł z wahaniem. – Przykro mi. W szpitalu dni zlewają się ze sobą. Poza tym zazwyczaj liczę, że z bieżącymi wydarzeniami zapozna mnie Gazeciarz, ale dzisiaj go nie widziałem.

– Jest piąty. Zapamiętaj to, proszę.

– Dobrze.

– Kto jest prezydentem Stanów Zjednoczonych?

– Carter.

Gulptilil się uśmiechnął, ale nie poruszył brodą opartą na czubkach palców.

– A więc – ciągnął, jakby to, co zamierzał powiedzieć, było logicznym dalszym ciągiem dotychczasowej rozmowy. – Pan Evans doniósł mi, że poczyniłeś pewne postępy w kontaktach z innymi i w rozumieniu swojej choroby oraz wpływu, jaki ma ona na ciebie i twoich bliskich. Mimo to wciąż uważa, że cały czas słyszysz głosy nakłaniające cię do konkretnych zachowań oraz masz silne złudzenia co do pewnych wydarzeń.

Francis nie odpowiedział, ponieważ nie usłyszał pytania. W jego głowie rozlegały się przemieszane szepty, ale ciche, ledwie słyszalne, jakby obawiały się, że doktor je wychwyci.

– I co, Francis? – odezwał się znów Gulptilil. – Uważasz, że ocena pana Evansa jest trafna?

– Trudno powiedzieć – odparł Francis. Poruszył się niepewnie na krześle, świadom, że wszystko, co teraz zrobi, może posłużyć doktorowi za podstawę do wydania opinii. – Myślę, że pan Evans każdą wypowiedź pacjenta, z którą się nie zgadza, automatycznie uznaje za złudzenie i omam, więc tak naprawdę nie wiadomo, co mu mówić.

Dyrektor medyczny uśmiechnął się i wreszcie odchylił na oparcie fotela.

– To przekonujące i dobrze sformułowane stwierdzenie, Francis. Świetnie.

Francis zaczął się odprężać, ale natychmiast upomniał się, żeby nie ufać doktorowi, zwłaszcza jeśli słyszy od niego komplementy. Głęboko w sobie usłyszał chóralny pomruk zgody. Za każdym razem, kiedy jego głosy zgadzały się z tym, co robił, czuł przypływ pewności siebie.

– Ale pan Evans jest profesjonalistą, Francis, więc nie powinniśmy zbyt szybko odrzucać jego opinii. Powiedz mi, jak ci się podoba życie w Amherst? Dogadujesz się z innymi pacjentami? Z resztą personelu? Podobają ci się sesje terapeutyczne pana Evansa? Uważasz, że jesteś bliższy powrotu do domu? Czy spędzony tu czas, jak by to ująć, wykorzystałeś z pożytkiem dla siebie?

Doktor nachylił się trochę drapieżnym ruchem, znanym Francisowi. Wiszące w powietrzu pytania były polem minowym, więc musiał bardzo uważać z odpowiedziami.

– Dormitorium jest w porządku, panie doktorze, chociaż zatłoczone. Mniej więcej dogaduję się ze wszystkimi. Niekiedy trudno dostrzec wartość sesji terapeutycznych pana Evansa, z wyjątkiem sytuacji, kiedy dyskusja schodzi na bieżące wydarzenia, bo czasami się boję, że jesteśmy tu zbyt odizolowani i że świat toczy się dalej bez naszego udziału. Bardzo chciałbym wrócić do domu, panie doktorze, ale nie wiem, co takiego musiałbym udowodnić panu i mojej rodzinie, żeby się stąd wydostać.

– Nikt z twojej rodziny – powiedział sztywno doktor – nie uznał za konieczne ani warte zachodu przyjechać do ciebie w odwiedziny, prawda?

Francis z trudem powstrzymał wybuch emocji.

– Jeszcze nie, panie doktorze.

– Może telefon? Jakiś list?

– Nie.

– To przykre, prawda, Francis?

Chłopak wziął głęboki oddech.

– Tak – przyznał.

– Ale nie czujesz się opuszczony?

Francis nie wiedział, co powinien odpowiedzieć.

– Czuję się dobrze – stwierdził.

Gulptilil uśmiechnął się podstępnie.

– Podejrzewam, że czujesz się dobrze, bo wciąż słyszysz głosy, które były z tobą przez tyle lat?

– Nie – skłamał Francis. – Lekarstwa je usunęły.

– Ale przyznajesz, że je kiedyś słyszałeś?

Nie, nie, nie, zahuczało Francisowi w głowie: *Nic nie mów, ukryj nas, Francis!*

– Nie jestem pewien, czy wiem, o co panu chodzi, doktorze – odparł. Ani przez chwilę nie łudził się, że zmyli tym Gulptilila.

Psychiatra milczał jeszcze kilka chwil, jakby czekał, aż Francis coś doda. Chłopak jednak nie zmącił ciszy.

– Powiedz, Francis. Czy wierzysz, że na terenie szpitala grasuje morderca?

Francis gwałtownie odetchnął. Nie spodziewał się tego pytania. Przez chwilę rozglądał się po gabinecie, jakby szukał drogi ucieczki. Serce mu waliło, a wszystkie głosy milczały, bo wiedziały, że w pytaniu doktora kryje się wiele ważnych podtekstów, a Francis nie miał pojęcia, jak brzmi właściwa odpowiedź. Zobaczył, że doktor pytająco unosi brew, i zrozumiał, że dalsza zwłoka jest niebezpieczna.

– Tak – powiedział wolno.

– Nie uważasz, że to omam, do tego paranoidalny?

– Nie – odparł, bezskutecznie starając się nie zdradzić wahania.

Doktor kiwnął głową.

– A dlaczego tak myślisz? – zapytał.

– Panna Jones wydaje się o tym przekonana. Peter też. I nie sądzę, żeby Chudy...

Gulptilil podniósł rękę.

– O tych szczegółach już rozmawialiśmy. Wyjaśnij mi, co takiego zmieniło się w... hm... śledztwie, co utwierdza cię, że jesteś na właściwej drodze.

Francis nie ośmielił się nawet drgnąć.

– Panna Jones wciąż przesłuchuje potencjalnych podejrzanych – powiedział. – Nie wydaje mi się, żeby wyciągnęła już jakieś wnioski. Tyle tylko, że niektórych oczyściła z podejrzeń. Pan Evans jej w tym pomógł.

Gulptilil przez chwilę milczał, oceniając tę odpowiedź.

– Powiedziałbyś mi, Francis, prawda?

– Co takiego, doktorze?

– Gdyby panna Jones powzięła jakieś postanowienie.

– Ja chyba nie...

– To byłby znak, przynajmniej dla mnie, że o wiele lepiej radzisz sobie z rzeczywistością. Świadczyłoby o poczynionych przez ciebie postępach, tak sądzę, gdybyś zdołał wyrazić się w tej materii. A kto wie, do czego by to mogło doprowadzić? Zapanowanie nad rzeczywistością jest przecież niezwykle istotne w procesie wracania do zdrowia. To bardzo ważny krok na bardzo ważnej drodze, która prowadzi do wszelkiego rodzaju zmian. Być może wizyty twojej rodziny. Przepustki na weekend do domu. A potem nawet do wolności. To droga dużych szans, Francis. – Doktor nachylił się do chłopaka. – Czy wyrażam się jasno? – spytał.

Francis pokiwał głową.

– Dobrze. W takim razie wrócimy do tych spraw znów za kilka dni. Oczywiście, gdybyś uznał za istotne porozmawiać ze mną wcześniej o jakichkolwiek szczegółach czy spostrzeżeniach, moje drzwi są dla ciebie otwarte. Zawsze będę miał dla ciebie czas. O każdej porze, rozumiesz?

– Tak.

– Cieszą mnie twoje postępy, Francis. Miło było sobie pogawędzić.

Francis znów nic nie powiedział.

Doktor wskazał drzwi.

– Na razie to wszystko, Francis. Muszę się przygotować na przyjęcie dość ważnego gościa. Możesz iść. Moja sekretarka wezwie kogoś, kto odprowadzi cię z powrotem do Amherst.

Francis wstał i przeszedł kilka niepewnych kroków w stronę drzwi, kiedy zatrzymał go głos Gulptilila.

– Ach, Francis, niemal zapomniałem. Zanim wyjdziesz, możesz mi powiedzieć, jaki dziś mamy dzień?

– Piątek.

– I datę.

– Piąty maja.

– Doskonale. A nazwisko naszego prezydenta?

– Carter.

– Wyśmienicie. Mam nadzieję, że już wkrótce będziemy mieli okazję porozmawiać trochę dłużej.

Francis wyszedł. Nie śmiał obejrzeć się i sprawdzić, czy doktor na niego patrzy. Ale czuł wzrok Gulptilila wwiercający mu się w plecy, w miejscu, gdzie szyja łączyła się z czaszką. *Wychodź!* – usłyszał głos w środku głowy i z ochotą go posłuchał.

Mężczyzna siedzący naprzeciw Lucy był żylasty i drobny, budową przypominał trochę zawodowego dżokeja. Na twarzy miał krzywy uśmiech; Lucy odnosiła wrażenie, że jego usta wyginały się w tę samą stronę co ramiona, w związku z czym pacjent przypominał przekrzywiony obraz. Miał tłuste, czarne włosy, które otaczały twarz splątaną masą, i niebieskie oczy, lśniące z niepokojącą intensywnością. Z jego płuc przy oddychaniu wydobywał się astmatyczny świst, co nie przeszkadzało mu zapalać jednego papierosa po drugim. Twarz mężczyzny spowijał kłąb dymu. Evans kaslnął raz czy dwa, a Duży Czarny wycofał się do kąta pokoju, nie za daleko i nie za blisko. Duży Czarny, pomyślała Lucy, niemal instynktownie wyczuwa odległość, automatycznie ustalając odpowiedni dystans dla każdego pacjenta.

Zerknęła na akta.

– Panie Harris – zaczęła. – Czy rozpoznaje pan któraś z tych osób?

Z tymi słowami rzuciła przed mężczyznę zdjęcia z miejsc zbrodni.

Harris ostrożnie je podniósł. Przyglądał się każdemu, być może o kilka sekund za długo. Potem pokręcił głową.

– Zamordowani ludzie – mruknął, przeciągając z naciskiem pierwsze słowo. – Martwi i zostawieni w lesie, z tego, co tu widać. Nie moja działka.

– To nie jest odpowiedź.

– Nie. Nie znam ich. – Jego przekrzywiony uśmiech stał się nieco szerszy.
– A nawet gdybym znał, spodziewa się pani, że bym się przyznał?

Lucy zignorowała zaczepkę.

– Jest pan notowany za akty przemocy – przypomniała.

– Bójka w barze to nie morderstwo.

Przyjrzała się mu uważnie.

– Ani jazda po pijaku – dodał. – Ani pobicie faceta, któremu się zdawało,
że może mnie wyzywać.

– Niech pan się uważnie przyjrzy trzeciej fotografii – powiedziała powoli
Lucy. – Widzi pan na dole datę?

– Tak.

– Proszę powiedzieć, gdzie pan wtedy był?

– Tutaj.

– Nie. Niech pan nie kłamie.

Harris poruszył się niespokojnie.

– W takim razie siedziałem w Walpole za jakieś wydumane zarzuty.

– Nie, nie siedział pan. Powtarzam: proszę nie kłamać.

Harris zaczął się wiercić na krześle.

– Byłem na Cape. Miałem tam robotę przy kryciu dachów.

Lucy zajrzała w akta.

– Ciekawa zbieżność, prawda? Siedzi pan sobie gdzieś na dachu, twierdzi, że słyszy głosy, a w tym samym czasie, po godzinach, zostaje obrobio-
nych kilka domów w okolicy.

– Nikt nigdy nie złożył skargi.

– Dlatego, że dał się pan wysłać tutaj.

Harris znów się uśmiechnął, pokazując rzędy nierównych zębów. Oślizły,
okropny człowiek, pomyślała Lucy. Ale nie ten, na którego polowała. Czuła,
że siedzący obok niej Evans robi się niespokojny.

– A więc nie miał pan nic wspólnego z żadnym z tych przypadków? –
spytała powoli.

– Właśnie – odparł Harris. – Mogę już iść?

– Tak – powiedziała Lucy. – Proszę tylko najpierw wyjaśnić, dlaczego
inny pacjent miałby nam mówić, że chwalił się pan tymi morderstwami.

– Co? – Głos Harrisa natychmiast skoczył w górę o oktawę. – Ktoś twierdzi, że to ja zrobiłem?

– Owszem. A więc dlaczego się pan tym chwalił w dormitorium... Williams, prawda? Dlaczego pan to powiedział?

– Nic takiego nie mówiłem! Odbiło pani!

– To dom wariatów – stwierdziła z przekąsem Lucy. – Dlaczego?

– Nie zrobiłem tego. Kto pani nagadał takich bzdur?

– Nie wolno mi zdradzać źródła informacji.

– Kto?

– Przypisywał pan sobie te morderstwa, co słyszano w dormitorium, w którym pan mieszka. Był pan niedyskretny, delikatnie mówiąc. Czekam na wyjaśnienie.

– Kiedy...

Lucy się uśmiechnęła.

– Niedawno. Ta informacja dotarła do nas niedawno. A więc twierdzi pan, że nic nie mówił?

– Tak. To obłęd! Dlaczego miałbym się chwalić czymś takim? Nie wiem, co pani chce osiągnąć, paniusiu, ale nikogo jeszcze nie zabiłem. To nie ma sensu...

– Uważa pan, że wszystko tu powinno mieć jakiś sens?

– Ktoś pani nakłamał. I chce mnie wpakować w kłopoty.

Lucy kiwnęła głową.

– Wezmę to pod uwagę – obiecała. – Dobrze. Jest pan już wolny. Ale być może będziemy musieli znów porozmawiać.

Harris wyskoczył z krzesła i dał krok do przodu. Duży Czarny wysunął się z kąta. Mężczyzna natychmiast to zauważył. Zatrzymał się.

– Sukinsyn – warknął. Potem odwrócił się i wyszedł, rozdeptując po drodze niedopałek papierosa na podłodze.

Evans był czerwony na twarzy.

– Czy zdaje sobie pani sprawę, jakie kłopoty mogą spowodować te pytania? – wybuchnął oskarżycielskim tonem. Postukał palcem w akta z diagnozą Harrisa. – Niech pani zobaczy, co tu jest napisane. Impulsywny. Problem z panowaniem nad sobą. A pani prowokuje go jakimiś wydumanymi sugestiami, które nie mogą wywołać żadnej innej reakcji oprócz furii. Założę się, że zanim dzień się skończy, Harris wyląduje w izolatce, a ja będę musiał podać mu środki uspokajające. Cholera! To było po prostu nieodpowiedzialne, panno Jones. Jeśli zamierza pani dalej upierać się przy pytaniach, które służą tylko mąceniu spokoju na oddziałach, będę zmuszony porozmawiać o tym z doktorem Gulptililem!

Lucy odwróciła się do psychologa.

– Przepraszam – powiedziała. – Nie pomyślałam. Przy następnych przesłuchaniach postaram się być bardziej przewidująca.

– Potrzebuję chwili przerwy – Evans wstał ze złością. Wypadł z pokoju.

Lucy czuła jednak sporą satysfakcję.

Również wstała i wyszła na korytarz. Czekał tam Peter, z nieznacznym, nieuchwytnym uśmiechem na ustach, jakby wiedział o wszystkim, co wydarzyło się w pokoiku pod jego nieobecność. Skinął Lucy głową, dając znać, że widział i słyszał wystarczająco dużo i że jest pod wrażeniem planu, który ułożyła i wprowadziła w życie w tak krótkim czasie. Nie zdążył jednak jej nic powiedzieć, ponieważ w tej właśnie chwili zza krat dyżurki wyłonił się Duży Czarny, niosąc zestaw kajdan na ręce i nogi. Grzechotanie łańcucha rozbrzmiało echem po korytarzu. Pacjenci spacerujący w okolicy zobaczyli pielęgniarza z kajdanami i niczym spłoszone stado ptaków zaczęli czym prędzej usuwać mu się z drogi.

Peter jednak czekał bez ruchu.

Kilka metrów od niego z krzesła podniosła się Kleo, kołysząc swoim potężnym ciałem jak okręt szarpany huraganem.

Lucy patrzyła, jak Duży Czarny podchodzi do Petera, przeprasza go szeptem, a potem zakłada mu pęta na nadgarstki i kostki. Nic nie powiedziała.

Ale kiedy z trzaskiem zamknął się ostatni zamek, Kleo poczerwieniała z wściekłości.

– Dranie! Bydlaki! Nie pozwól im się stąd zabrać, Peter! Potrzebujemy cię!

Cisza załomotała w korytarzu.

– Niech to szlag – zaśpiewała Kleo. – Potrzebujemy cię!

Lucy zobaczyła, że Peter spoważniał, a z jego twarzy zniknął nonszalancki uśmiech. Podniósł ręce, jakby sprawdzał wytrzymałość więzów, a Lucy pomyślała, że widzi przenikające go wielkie cierpienie, zanim odwrócił się i pozwolił Dużemu Czarnemu poprowadzić się korytarzem, truchtając jak spętane dzikie zwierzę.

Rozdział 21

Peter ostrożnie truchtał szpitalną ścieżką obok Dużego Czarnego. Olbrzymi pielęgniarz milczał, jakby wstydził się swoich obowiązków. Przeprosił Petera, kiedy wyszli z budynku Amherst, potem się zamknął. Szedł jednak szybkim krokiem, przez co Strażak musiał prawie biec i bardzo uważać, żeby się nie potknąć.

Peter czuł na karku ciepło późnego, popołudniowego słońca; kilka razy podniósł głowę i zobaczył snopy światła przesączające się między budynkami. Zachód słońca zawładnął końcówką dnia. W powietrzu pojawił się już lekki chłodek, znajome ostrzeżenie, że z nadejściem wiosny w Nowej Anglii nie należy spodziewać się rychłego lata. Biała farba lśniła na framugach okien, sprawiając, że zakratowane szkło wyglądało jak oczy spod ciężkich powiek obserwujące marsz Petera przez dziedziniec. Kajdanki na rękach wpijały się boleśnie w ciało. Peter uświadomił sobie, że cały entuzjazm, który czuł, kiedy po raz pierwszy opuścił Amherst w towarzystwie dwóch braci, żeby szukać anioła, podniecenie, które ogarniało go z każdym zapachem i wrażeniem, wszystko to uciekło, ustępując miejsca ponuremu uczuciu uwięzienia. Nie wiedział, na jakie spotkanie jest prowadzony, ale podejrzewał, że chodzi o coś ważnego.

Przeczucie to wzmocnił jeszcze widok dwóch czarnych limuzyn, zaparkowanych na okrągłym placyku przed budynkiem administracji szpitala. Samochody były wypolerowane do połysku.

– Co tu się dzieje? – spytał szeptem Dużego Czarnego.

Pielęgniarz pokręcił głową.

– Kazali mi tylko założyć ci kajdanki i jak najszybciej przyprowadzić. A więc wiesz tyle samo, co ja.

– Czyli nic – odparł Peter, a olbrzym przytaknął.

Peter wspiął się za nim na schody i pospieszył korytarzem do gabinetu Gulptilila. Panna Laska czekała za swoim biurkiem. Peter zauważył, że jej zwykły, skrzywiony wyraz twarzy zastąpiło zakłopotanie i że ukryła obcisłą bluzkę pod luźnym swetrem.

– Szybciej – ponagliła. – Czekają.

Nie powiedziała, kto taki czeka.

Łańcuchy wydzwaniały melodię zniewolenia, kiedy Peter pokuśtykał do drzwi, które otworzył mu Duży Czarny. Wszedł do pokoju.

Najpierw zobaczył Gulptilila za biurkiem. Kiedy Peter przestąpił próg, dyrektor wstał. Przed biurkiem jak zwykle stało puste krzesło. W gabinecie było także trzech innych mężczyzn. Wszyscy nosili czarne garnitury i białe koloratki. Peter dwóch z nich nie znał, ale twarz trzeciego była znana każdemu bostońskiemu katolikowi. Kardynał siedział z boku, na samym środku kanapy stojącej pod ścianą. Założył nogę na nogę i wydawał się rozluźniony. Jeden z pozostałych księży zajmował miejsce obok niego, trzymając w rękach skórzaną brązową teczkę, żółty notes i duże czarne pióro, które nerwowo obracał w palcach. Trzeci ksiądz siedział za biurkiem, tuż obok dyrektora. Przed nim leżał stos papierów.

– Dziękuję, panie Moses. Jeśli byłby pan tak uprzejmy, proszę jeszcze zdjąć więzy z rąk i nóg Petera – odezwał się Gulptilil.

Pielęgniarz sprawnie wykonał polecenie, potem wycofał się i zerknął na doktora, który dał mu znak ręką.

– Niech pan poczeka na zewnątrz, panie Moses. Jestem pewien, że podczas tego spotkania nie będzie nam potrzebna dodatkowa ochrona. – Doktor spojrzał na Petera. – Wszyscy jesteśmy kulturalnymi ludźmi, nieprawdaż?

Peter nie odpowiedział. Nie czuł się w tej chwili jak kulturalny człowiek. Duży Czarny odwrócił się bez słowa i zostawił Petera samego. Gulptilil wskazał krzesło.

– Siadaj, Peter – powiedział. – Panowie chcieliby ci zadać kilka pytań.

Peter kiwnął głową i ciężko usiadł, ale na samym skraju krzesła, nachylony do przodu. Starał się robić wrażenie pewnego siebie, ale wiedział, że raczej mu to nie wyjdzie. Czuł w sobie wzbierającą falę emocji, sięgających od zaciekłej nienawiści do ciekawości; upomniał się, żeby mówić zwięźle i bezpośrednio.

– Poznaję kardynała – powiedział, patrząc wprost na doktora. – Przy wielu okazjach widziałem jego zdjęcie. Ale obawiam się, że pozostałych dwóch panów nie znam. Mają jakieś nazwiska?

Gulptilil kiwnął głową.

– Ojciec Callahan jest osobistym asystentem kardynała. – Wskazał łysiejącego mężczyznę w średnim wieku, w grubych okularach, wciśniętych mocno na nos, ściskającego tłustymi palcami pióro, którym stukał o notes. Ksiądz skinął głową Peterowi, ale nie wstał, żeby wymienić z nim uścisk ręki. – Drugi dżentelmen to ojciec Grozdik, który ma do ciebie kilka pytań.

Peter skłonił się lekko. Ksiądz ze słowiańskim nazwiskiem był mniej więcej w wieku Petera; szczupły, dobrze zbudowany, miał ponad metr osiemdziesiąt wzrostu. Czarny garnitur szyty na miarę nadawał księdzu leniwy, koci wygląd. Duchowny miał dłuższe, czarne włosy, zaczesane w tył, i niebieskie oczy. Utkwił w Peterze spojrzenie i nie odrywał wzroku, odkąd pacjenta wprowadzono do pokoju. On też nie wstał, nie podał ręki ani nic nie powiedział, ale niepokojąco drapieżnie nachylił tułów. Peter spojrzał mu w oczy.

– Domyślam się, że ojciec Grozdik ma również tytuł. Może byłby skłonny mi go zdradzić.

– Pracuję dla biura prawnego archidiecezji – odparł ksiądz. Mówił spokojnym, pozbawionym emocji i niczego niezdradzającym głosem.

– W takim razie, skoro pytania ojca będą miały charakter prawny, może powinien tu być mój adwokat? – zasugerował Peter. Rozmyślnie nadał temu zdaniu formę pytania, żeby odczytać coś z reakcji księdza.

– Wszyscy mieliśmy nadzieję, że zgodzi się pan spotkać z nami nieoficjalnie – odparł duchowny.

– To oczywiście zależy od tego, co chcielibyście ojcowie wiedzieć – powiedział Peter. – Zwłaszcza że jak widzę, ojciec Callahan już zaczął robić notatki.

Starszy ksiądz przerwał pisanie w pół zdania. Spojrzał na młodszego, który skinął mu głową. Kardynał siedział bez ruchu na kanapie, uważnie przyglądając się Peterowi.

– Ma pan coś przeciwko temu? – spytał ojciec Grozdik. – W późniejszym czasie może się okazać istotne, byśmy mieli zapis tego spotkania. Tak samo dla pana bezpieczeństwa jak też naszego. A jeśli nic z tego nie wyjdzie, cóż, zawsze możemy się umówić, że zniszczymy notatki. Ale jeśli się pan nie zgadza...

Zawiesił głos.

– Jeszcze nie. Może później – powiedział Peter.

– Dobrze. W takim razie możemy zaczynać.

– Proszę uprzejmie.

Ojciec Grozdik spojrzał na swoje papiery, nie spiesząc się z zabraniem głosu. Peter natychmiast zdał sobie sprawę, że ksiądz przeszedł szkolenie z technik przesłuchiwania. Widać to było w jego cierpliwości i spokoju, w tym, jak układał sobie każde pytanie w głowie, zanim zadał je głośno. Peter domyślał się, że ksiądz ma za sobą służbę wojskową, i wyobraził sobie prostą karierę: liceum – Święty Ignacy, potem licencjat w Boston College. Jednocześnie kurs szkolenia oficerów rezerwy, tura służby za granicą w żandarmerii wojskowej, powrót na Wydział Prawa i dalsze nauki u jezuitów, a potem szybki awans w archidiecezji. W młodości znał kilku podobnych do ojca Grozdika, których inteligencja i ambicja umieściły wysoko w kościelnej hierarchii. Nie zgadzało się tylko to, pomyślał Peter, że ksiądz miał słowiańskie nazwisko. Nie irlandzkie, co wydawało się interesujące. W tej samej chwili jednak zdał sobie sprawę, że on sam był irlandzkim katolikiem, tak samo jak kardynał i jego asystent, więc sprowadzenie obcokrajowca stanowiło jakiś znak. Nie wiedział, jaką konkretnie przewagę dawało to trzem księżom. Domyślał się, że niedługo się tego dowie.

– A więc, Peter – zaczął duchowny – ...mogę ci mówić po imieniu? Chciałbym, żeby to spotkanie pozostało nieoficjalne.

– Oczywiście, ojcze – zgodził się Peter. Kiwnął głową. Sprytne, pomyślał. Wszyscy pozostali mieli tu autorytet i status dorosłych. On miał tylko imię. To samo podejście stosował w niejednej rozmowie z przesłuchiwanym podpalaczem.

– A więc, Peter – zaczął jeszcze raz ksiądz. – Jesteś tu, w szpitalu, z wyroku sądu. Chodzi o ocenę twojego stanu psychicznego przed dalszym postępowaniem przeciwko tobie, zgadza się?

– Tak. Próbują tu ustalić, czy cierpię na chorobę psychiczną. Czy nie jestem zbyt szurnięty, żeby stawać przed sądem.

– To dlatego że wiele osób, które cię zna, uznało twoje czyny za... jak to ująć? Niepodobne do ciebie? Można tak powiedzieć?

– Strażak, który podkłada ogień. Dobry chłopak, katolik, który pali kościół. Jasne. Niech będzie, że niepodobne.

– A jesteś chory psychicznie, Peter?

– Nie. Ale na takie pytanie to samo odpowiedziałaby większość przebywających tu ludzi, więc wątpię, czy moje zdanie cokolwiek znaczy.

– Jak sądzisz, do jakich wniosków doszedł do tej pory personel?

– Podejrzewam, że wciąż są na etapie gromadzenia opinii, ojcze, ale że mniej lub bardziej przychylają się do mojego wniosku. Oczywiście, ujęliby to trochę bardziej naukowo. Powiedzieliby, że kipi we mnie dużo gniewu, który szuka ujścia. Że jestem neurotykiem. Kompulsywnym. Może nawet aspołecznym. Ale że byłem świadom swoich czynów i wiedziałem, że robię źle, a tyle mniej więcej wymaga prawo, prawda, ojcze? Musieli tego uczyć na Wydziale Prawa Boston College?

Ojciec Grozdik uśmiechnął się i poruszył lekko na krześle.

– Tak – odparł bez wesołości w głosie. – Zgadłeś, Peter. Zauważyłeś sygnet? – Podniósł rękę i pokazał duży złoty pierścień, odbijający promienie słońca wpadające przez okno.

Peter uświadomił sobie, że ksiądz usiadł tak, by kardynał mógł obserwować reakcje Petera na pytania, a Peter nie mógł się obejrzeć i zobaczyć, jak reaguje na nie sam kardynał.

– Ciekawa sprawa, co, Peter? – zapytał ojciec Grozdik zimnym i poważnym głosem.

– Ciekawa, ojcze?

– Cóż, może to nieodpowiednie słowo. Intelektualnie intrygujący, tak chyba lepiej określić twój dylemat. Niemal egzystencjalny. Studiowałeś psychologię, Peter? Może filozofię?

– Nie. Studiowałem zabijanie. Kiedy byłem w wojsku. Uczyłem się, jak zabijać i ratować ludzi przed śmiercią. A kiedy wróciłem do domu, zdobywałem wiedzę o pożarach. Jak je gasić. I rozpalać. Zaskakujące, że oba te kursy okazały się od siebie nieodległe.

Ojciec Grozdik uśmiechnął się i kiwnął głową.

– Tak. Peter Strażak, rozumiem... Ale na pewno jesteś świadom, że pewne aspekty twojej sytuacji wymykają się prostej ocenie.

– Owszem. – Powiedział Peter. – Jestem świadom.

Ksiądz nachylił się jeszcze bardziej.

– Często myślisz o złu, Peter?

– O złu, ojcze?

– Tak. O obecności na ziemi sił, które można wyjaśnić jedynie złem.
Peter zawahał się, potem kiwnął głową.

– Spędziłem sporo czasu, zastanawiając się nad tym. Nie da się odwiedzić miejsc, w których byłem, i nie wiedzieć, że na świecie jest dużo zła.

– Wojna i zniszczenie. To z całą pewnością pola, na których zło ma wolną rękę. Interesuje cię to? Intelektualnie?

Peter wzruszył ramionami, chcąc okazać nonszalanckie podejście do tych pytań, ale w duchu zbierał siły i starał się jak najmocniej skoncentrować. Nie wiedział, w którym kierunku ksiądz poprowadzi rozmowę, ale pozostawał czujny. Milczał.

Ojciec Grozdik zawahał się.

– Powiedz mi, Peter, czy uważasz to, co zrobiłeś, za zło? – zapytał.

Strażak milczał przez chwilę.

– Chodzi ojcu o spowiedź? Mam na myśli ten rodzaj spowiedzi, który wymaga uprzedniego odczytania praw. Nie spowiedź w konfesjonale, bo jestem pewien, że nie da się zmówić dość *Ojcze nasz* i *Zdrowaś Mario*, nie ma aktu skruchy, który byłby adekwatną pokutą za moje zachowanie.

Ojciec Grozdik nie uśmiechnął się ani nie sprawiał wrażenia zbitego z tropu. Wyrachowany, bardzo zimny i bezpośredni typ, pomyślał Peter. To jednak kontrastowało z dwuznacznością zadawanych przez niego pytań. Niebezpieczny człowiek i trudny przeciwnik. Największy problem polegał na tym, że Peter nie był pewny, czy ksiądz rzeczywiście jest jego przeciwnikiem. Najpewniej tak. Ale to nie wyjaśniało jego obecności w szpitalu.

– Nie, Peter – odezwał się ksiądz poważnym tonem. – Nie chodzi mi o żaden z tych rodzajów wyznania. Pozwól, że uspokoję twoje obawy co do jednego... – Powiedział to w sposób, który miał wywołać zupełnie odwrotny efekt. – ...Nic, co dzisiaj tu powiesz, nie zostanie użyte przeciwko tobie w sądzie.

– Chyba że na Sądzie Ostatecznym – zakpił Peter.

Ksiądz nie złapał przynęty.

– Wszyscy zostaniemy osądzeni, nieprawdaż, Peter?

– To się dopiero okaże, nieprawdaż, ojcze?

– Podobnie jak poznamy odpowiedzi na wszelkiego rodzaju tajemnice. Ale zło, Peter...

– W porządku, ojcze – przerwał mu Strażak. – W takim razie odpowiedź na pierwsze pytanie brzmi „tak”. Uważam, że wiele z tego, co zrobiłem, to zło. Kiedy się temu przyjrzeć z pewnej perspektywy, czyli z perspektywy

Kościoła, to zupełnie jasne. Dlatego tu jestem i niedługo pójdę do więzienia. Prawdopodobnie na resztę życia. Albo niewiele krócej.

Ojciec Grozdik jakby zastanowił się nad tą odpowiedzią.

– Wiesz co, Peter? Podejrzewam, że nie mówisz mi prawdy. W głębi ducha wcale nie uważasz tego, co zrobiłeś, za zło. Albo że podkładając ogień, zamierzałeś jednym złem zniszczyć inne. Może to stwierdzenie jest bliższe prawdy?

Peter nie zamierzał odpowiadać. Pozwolił, żeby w pokoju zapadło milczenie.

– Czy nie należałoby stwierdzić – podjął po chwili ksiądz – że uważasz, iż twoje czyny były złe na jednej płaszczyźnie moralnej. Ale na innej?

Peter poczuł, że poci się pod pachami i na karku.

– Nie mam ochoty o tym rozmawiać – oznajmił.

Ksiądz spojrzał na papiery, przerzucił pospiesznie kilka kartek, aż znalazł to, czego szukał. Uważnie przeczytał tekst, potem znów popatrzył na Petera i zaserwował następne pytanie.

– Przypominasz sobie, co powiedziałeś policjantom, kiedy przyjechali pod dom twojej matki? I, dodam, znaleźli cię siedzącego na schodach z puszką po benzynie i zapałkami w rękach?

– Użyłem zapalniczki.

– Oczywiście. Przepraszam. Co im powiedziałeś?

– Chyba ma ojciec przed sobą raport policji.

– Pamiętasz, jak powiedziałeś, że „to wyrównuje rachunki", zanim cię aresztowali?

– Pamiętam.

– Mógłbyś mi to wyjaśnić.

– Ojcze Grozdik – odezwał się Peter szorstko. – Podejrzewam, że nie byłoby tu ojca, gdyby nie znał ojciec odpowiedzi na to pytanie.

Ksiądz zerknął w bok, na kardynała, ale Peter nie widział reakcji starszego duchownego. Domyślił się, że kardynał dał jakiś drobny znak ręką albo skinął głową. To była zaledwie chwila, ale coś się podczas niej zmieniło.

– Znam, Peter. A przynajmniej tak mi się wydaje. Powiedz w takim razie, czy znałeś księdza, który zginął w tym pożarze?

– Ojca Connolly'ego? Nie. Nigdy się z nim nie spotkałem. Właściwie nawet niewiele o nim słyszałem. Oprócz, oczywiście, jednego, istotnego szczegółu. Odkąd wróciłem z Wietnamu, częstotliwość moich wizyt w kościele była, powiedzmy, ograniczona. Rozumie ojciec, człowiek widzi tyle okrucieństwa, umierania i nieczułości i zaczyna się zastanawiać, gdzie jest Bóg. Trudno nie mieć kryzysu wiary.

– A więc spaliłeś kościół, a razem z nim księdza...

– Nie wiedziałem, że on tam był – wpadł mu w słowo Peter. – Czy ktokolwiek inny. Myślałem, że w kościele nikogo nie ma. Wołałem, stukałem do drzwi. Cóż, to zwykły pech. Jak już powiedziałem, sądziłem, że kościół jest pusty.

– Nie był. I szczerze mówiąc, Peter, chyba ci nie wierzę. Jak mocno pukałeś? Jak głośno ostrzegałeś? Jeden człowiek ginie, trzech odnosi rany. Poparzenia.

– Tak. A ja pójdę do więzienia, kiedy tylko skończy się mój pobyt tutaj.

– I twierdzisz, że nie znałeś księdza...

– Ale sporo o nim słyszałem.

– Co takiego?

– Może przesłuchuje ojciec niewłaściwą osobę. Radzę porozmawiać z moim bratankiem. Z ministrantem. A może z kilkoma jego kolegami...

Ojciec Grozdik podniósł rękę, przerywając Peterowi w pół zdania.

– Rozmawialiśmy z wieloma parafianami. Po pożarze dotarło do nas sporo informacji.

– W takim razie wiecie już, że jeśli wylewano łzy po śmierci ojca Connolly'ego, było ich o wiele mniej niż tych, które wylali i jeszcze wyleją mój bratanek i jego koledzy.

– A więc wziąłeś na siebie...

Peter poczuł w końcu przypływ wściekłości, znajomej, zaniedbywanej, ale bardzo podobnej do tej, która go ogarnęła, kiedy usłyszał, jak jego bratanek drżącym głosem opowiada, co mu się przydarzyło. Nachylił się i spojrzał ostro na ojca Grozdika.

– Nikt by nic nie zrobił. Wiedziałem to, ojcze, tak jak wiem, że wiosna przychodzi po zimie, a jesień po lecie. Z całkowitą pewnością. Dlatego zrobiłem, co zrobiłem, bo nikt inny by tego nie zrobił. A już na pewno nie ojciec i nie siedzący tu kardynał. A policja? Nie ma mowy. Zastanawia ojca zło. Teraz na świecie jest go trochę mniej, bo podłożyłem ogień. I może, kiedy wszystko to się doda razem, okazuje się, że zrobiłem źle. Ale niekoniecznie. A więc niech ojciec idzie do diabła, bo ja mam to gdzieś. Wychodzę stąd. A kiedy lekarze dojdą do wniosku, że nie jestem wariatem, zamknijcie mnie w więzieniu i wyrzućcie klucz. Wszystko wróci do równowagi, prawda? Doskonałej równowagi, ojcze. Ginie człowiek. Ten, co go zabił, idzie do więzienia. Opada kurtyna. Wszyscy inni mogą spokojnie żyć dalej.

Ojciec Grozdik wysłuchał Petera, potem powiedział bardzo spokojnie:

– Być może nie musisz iść do więzienia, Peter.

Często zastanawiałem się, co działo się w sercu i głowie Petera, kiedy usłyszał te słowa. Nadzieja? Ulga? A może strach? Nie chciał mi powiedzieć, chociaż później, tego samego wieczoru, powtórzył mi ze szczegółami swoją rozmowę z trójką księży. Myślę, że chciał, żebym sam się tego domyślił, bo taki właśnie był. Jeśli nie doszło się do jakiegoś wniosku samemu, nie warto było do niego dochodzić w ogóle. Dlatego kiedy go zapytałem, pokręcił głową i zapytał:

– A jak myślisz, Mewa?

Peter przyjechał do szpitala, żeby zostać ocenionym, wiedząc, że jedyna ocena, która cokolwiek znaczy, to ta, którą nosi w sobie. Zamordowanie Krótkiej Blond i przyjazd Lucy Jones wzbudziły w nim poczucie, że może wyrównać rachunki jeszcze bardziej. Peter siedział na huśtawce konfliktów i emocji, wywołanych tym, co usłyszał i co zrobił, a jego całe życie sprowadziło się do niezłomnego przekonania, że może to wszystko naprawić. Wyrównać jedno zło jednym dobrem. Tylko dzięki temu mógł w nocy spać i budzić się rano, pochłonięty zadaniem naprawiania szkód. Gnało go do przodu, bezustannie starał się odnaleźć spokój ducha, a ten wciąż się mu wymykał. Ale później, kiedy się nad tym zastanowiłem, zrozumiałem, że ani jego sen, ani jawa nie mogły już nigdy być wolne od koszmarów.

W moim przypadku wszystko wydawało się o wiele prostsze. Ja chciałem tylko wrócić do domu. Stojący przede mną problem w mniejszym stopniu stanowiły głosy, które słyszałem, niż to, co widziałem. Anioł nie był złudzeniem jak one. Był istotą z krwi, kości i gniewu, a ja zaczynałem to wszystko dostrzegać jak zarys wyłaniającej się z mgły linii brzegu, ku któremu płynąłem. Próbowałem powiedzieć to Peterowi, ale nie mogłem. Nie wiem, dlaczego. Miałem wrażenie, że w ten sposób wyznałbym coś o sobie, czego wolałem nie zdradzać, więc milczałem. Przynajmniej na razie.

– Nie rozumiem – mruknął Peter, powściągając szalejące uczucia.
– Archidiecezja ma wiele zmartwień związanych z tym incydentem.

Peter nie odpowiedział od razu, chociaż na usta cisnęło mu się wiele sarkastycznych słów. Ojciec Grozdik próbował odczytać reakcję Petera z tego, jak Strażak balansował na krześle, przechylał ciało, ze spojrzenia jego oczu. Peter pomyślał, że niespodziewanie zaczął rozgrywać najtrudniejszą w życiu partię pokera.

– Zmartwień, ojcze?
– Tak, właśnie tak. Chcemy zrobić to, co w tej sytuacji jest najwłaściwsze, Peter.

Ksiądz w dalszym ciągu uważnie obserwował pacjenta.

– To, co najwłaściwsze... – powtórzył Peter powoli.

– To skomplikowana sytuacja, z wieloma sprzecznymi aspektami.

– Nie jestem pewien, czy mogę się z tym zgodzić, ojcze. Człowiek popełniał czyny, nazwijmy to, świadczące o jego zdeprawowaniu. Nie groziła mu żadna odpowiedzialność. A więc ja, gorącogłowy, przepełniony słusznym gniewem, wziąłem na siebie ciężar zrobienia z tym porządku. Zupełnie sam. Jednoosobowy samosąd, tak można by to nazwać, ojcze. Popełniono zbrodnie. Zapłacono cenę. A teraz ja jestem skłonny ponieść karę.

– Myślę, że sprawa jest o wiele bardziej złożona, Peter.

– Może ksiądz myśleć, co chce.

– Pozwól, że zapytam, czy ktokolwiek prosił cię, żebyś podłożył ogień?

– Nie. Działałem sam. Nawet mój bratanek tego nie proponował, chociaż to on będzie nosił blizny do końca życia.

– Myślisz, że twój czyn mu to wynagrodzi?

Peter pokręcił głową.

– Nie. Co mnie smuci.

– Oczywiście – powiedział szybko ojciec Grozdik. – Czy po fakcie mówiłeś komukolwiek, dlaczego to zrobiłeś?

– Na przykład policjantom, którzy mnie aresztowali?

– Właśnie.

– Nie.

– A tutaj, w szpitalu, wyjawiłeś komukolwiek powody twojego działania?

Peter przez chwilę intensywnie się zastanawiał.

– Nie. Ale mam wrażenie, że sporo osób wie, dlaczego to zrobiłem. Może nie do końca, ale wie. Wariaci często dostrzegają różne rzeczy bardzo dokładnie, ojcze. Z precyzją, która nam, na ulicach, jest niedostępna.

Ojciec Grozdik nachylił się lekko do przodu. Peter miał wrażenie, że widzi drapieżnego ptaka krążącego nad rozjechaną na drodze padliną.

– Dużo czasu spędziłeś na wojnie, prawda?

– Trochę.

– Z twojego przebiegu służby wynika, że niemal całą turę przebywałeś w rejonach ogarniętych walkami. I że niejeden raz zostałeś odznaczony za swoje czyny. Także Purpurowym Sercem za odniesione rany.

– To prawda.

– Widziałeś, jak umierają ludzie?

– Byłem sanitariuszem. Oczywiście.

– A jak umierali? Założę się, że niejednokrotnie na twoich rękach.

– Wygrałby ojciec ten zakład.

– A więc wróciłeś i uważasz, że nie miało to na ciebie wpływu. Emocjonalnego.

– Tego nie powiedziałem.

– Wiesz coś o chorobie zwanej zespołem stresu pourazowego?

– Nie.

– Doktor Gulptilil mógłby ci o niej opowiedzieć. Kiedyś nazywano to po prostu zmęczeniem walką, teraz dano temu o wiele bardziej uczoną nazwę.

– Do czegoś ksiądz zmierza?

– Choroba ta potrafi sprawić, że ludzie zachowują się, jak to nazwaliśmy na początku naszej rozmowy, niepodobnie do siebie. Zwłaszcza jeśli znajdą się pod wpływem nagłego i dużego stresu.

– Zrobiłem, co zrobiłem. Koniec opowieści.

– Nie, Peter. – Ojciec Grozdik pokręcił głową. – Początek opowieści.

Obaj mężczyźni przez chwilę milczeli. Ksiądz pewnie miał nadzieję, że Peter pchnie rozmowę do przodu, ale Strażak nie zamierzał tego robić.

– Czy ktoś ci mówił, co się wydarzyło po twoim aresztowaniu?

– W jakim sensie, ojcze?

– Kościół, który spaliłeś, został zburzony. Zgliszcza uprzątnięto i zabezpieczono. Przyszły darowizny. Bardzo dużo pieniędzy. Hojność wprost niespotykana. Społeczność parafialna stanęła na wysokości zadania. Sporządzono plany. W tym samym miejscu ma powstać większy, piękniejszy kościół, taki, który odda istotę chwały i prawości, Peter. Ustanowiono stypendium imienia ojca Connolly'ego. Mówi się nawet, żeby do planów dodać dom kultury, oczywiście ku jego pamięci.

Peter otworzył lekko usta. Odebrało mu mowę.

– Nie co dzień widuje się tyle miłości i uczucia – dodał Grozdik.

– Nie wiem, co powiedzieć.

– Niezbadane są wyroki boskie, prawda, Peter?

– Nie jestem pewien, czy Bóg ma z tym cokolwiek wspólnego, ojcze. Byłbym spokojniejszy, gdybyśmy nie mieszali do tego Jego imienia. A więc, do czego ksiądz zmierza?

– Otóż, jak widzisz, rodzi się dużo dobrego. Z popiołów, że tak powiem. Tych, które ty stworzyłeś.

Więc o to chodzi, uświadomił sobie Peter. Dlatego kardynał siedział na kanapie, obserwując każdy ruch podpalacza. Prawda o ojcu Connollym i jego słabości do małego ministranta była o wiele mniejszą prawdą niż to, co zyskiwał na tym Kościół. Peter odwrócił się na krześle i spojrzał wprost na kardynała.

Duchowny skinął mu głową.

– Wielkie dobro, Peter – odezwał się po raz pierwszy. – Ale może być w niebezpieczeństwie.

Peter natychmiast to zrozumiał. Domów kultury nie wznosi się ku pamięci pedofilów.

A człowiekiem, który mógł temu wszystkiemu zagrozić, był właśnie on.

Odwrócił się z powrotem do ojca Grozdika.

– Chce mnie ojciec o coś prosić, prawda?

– Nie do końca, Peter.

– W takim razie czego chcecie?

Ojciec Grozdik uśmiechnął się, wydymając wargi, a Peter natychmiast uzmysłowił sobie, że zadał niewłaściwe pytanie, ponieważ zasugerował, że zrobi to, o co ksiądz go poprosi.

– Ach, Peter – powiedział wolno ojciec Grozdik, z chłodem, który zaskoczył nawet Strażaka. – Pragniemy... my wszyscy: szpital, twoja rodzina, Kościół, żebyś wrócił do zdrowia.

– Do zdrowia?

– I chcemy ci w tym pomóc.

– Pomóc?

– Tak. Jest klinika, ośrodek, najlepszy w dziedzinie leczenia zespołu stresu pourazowego. Uważamy, Kościół uważa, nawet twoja rodzina uważa, że właśnie tam powinieneś się znaleźć.

– Moja rodzina?

– Wydaje się, że z całego serca pragną, żebyś otrzymał tę pomoc.

Peter zastanawiał się, co im obiecano. Albo czym zagrożono. Przez chwilę czuł złość, poruszył się na krześle, potem posmutniał, kiedy uświadomił sobie, że prawdopodobnie nic dla nich nie zrobił, zwłaszcza dla poszkodowanego bratanka. Chciał to wszystko powiedzieć, ale powstrzymał się i zdusił niepokojące myśli.

– Gdzie jest ten ośrodek? – zapytał.

– W Oregonie. Możesz tam trafić za kilka dni.

– W Oregonie?

– W bardzo pięknej części stanu, jak informują wiarygodne źródła.

– A zarzuty przeciwko mnie?

– Po pomyślnym zakończeniu leczenia zarzuty zostaną wycofane.

Peter przez chwilę się zastanawiał.

– Co mam zrobić w zamian?

Ojciec Grozdik znów nachylił się do przodu. Peter miał wrażenie, że ksiądz na długo przed przybyciem do Szpitala Western State przedyskutował, jak dokładnie ma odpowiedzieć na to pytanie.

– Oczekiwalibyśmy – zaczął ojciec Grozdik cicho, wyraźnie i bardzo wolno – że nie zrobisz ani nie powiesz teraz ani w przyszłości absolutnie niczego, co mogłoby zniweczyć to wielkie i wspaniałe dzieło, budowane z takim entuzjazmem.

Słowa księdza zmroziły Petera i w pierwszej chwili napełniły gniewem. Poczuł w sobie lód i ogień. Furię zmieszaną z mrozem. Udało mu się opanować z wielkim wysiłkiem.

– Twierdzi ksiądz, że omówiliście to z moją rodziną? – zapytał beznamiętnie.

– Nie uważasz, że twój powrót do tego stanu byłby powodem ich wielkiej udręki, przypomniałby, co przeszli? Nie sądzisz, że lepiej, gdyby Peter Strażak zaczął wszystko od początku gdzieś daleko stąd? Nie uważasz, że jesteś im winien możliwość spokojnego życia dalej, bez okropnych wspomnień?

Peter nie odpowiedział.

Ojciec Grozdik przełożył papiery na biurku.

– Możesz zacząć nowe życie, Peter – dodał. – Ale musisz się zgodzić. I to szybko, bo nasza oferta niedługo przestanie być aktualna. Wielu ludzi dokonało znacznych ofiar i zawarło trudne układy, żebyśmy mogli ci to zaproponować.

Peterowi zaschło w gardle. Kiedy się odezwał, miał wrażenie, że słowa z trudem przeciskają się przez jego usta.

– Mówi ksiądz „szybko". Chodzi o minuty? Dni? Tydzień, miesiąc, rok?

Ojciec Grozdik znów się uśmiechnął.

– Chcielibyśmy, żebyś zaczął właściwe leczenie w ciągu kilku dni. Po co przedłużać czas odgradzający cię od zdrowia emocjonalnego?

Pytanie nie wymagało odpowiedzi.

Ksiądz wstał.

– Musisz niedługo powiadomić doktora Gulptilila o swojej decyzji, Peter. Nie wymagamy oczywiście, żebyś podejmował ją tu i teraz. Jestem pewien, że masz dużo do przemyślenia. Ale to dobra propozycja, do tego taka, która z tego strasznego ciągu wydarzeń może wykrzesać dużo dobrego.

Peter też wstał. Spojrzał na doktora Gulptilila. Okrągły Hindus przez całą rozmowę milczał. Teraz wskazał drzwi.

– Możesz poprosić pana Mosesa, żeby zaprowadził cię z powrotem do Amherst. Bez kajdanek.

Peter cofnął się o krok.

– Aha, Peter – dodał doktor – kiedy podejmiesz już jedyną oczywistą decyzję w tej sprawie, poinformuj po prostu pana Evansa, że chcesz ze mną porozmawiać, a potem przygotujemy wszystkie dokumenty niezbędne do twojego przeniesienia.

Ojciec Grozdik zesztywniał lekko i pokręcił głową.

– Umówmy się inaczej, doktorze – powiedział ostrożnie. – Niech Peter w tej sprawie kontaktuje się tylko z panem. Myślę, że zwłaszcza pan Evans nie powinien być w to, powiedzmy, włączony w żaden sposób.

Piguła spojrzał dziwnie na księdza, który dodał, gwoli wyjaśnienia:

– To jego brat, doktorze, był jedną z osób, które zostały ranne, wbiegając do kościoła w daremnej próbie ratowania ojca Connolly'ego. Brat Evansa wciąż przechodzi długą i dość bolesną terapię. Odniósł głębokie poparzenia tamtej tragicznej nocy. Obawiam się, że pana współpracownik może żywić wrogie uczucia wobec Petera.

Peter zawahał się; przyszła mu do głowy jedna, dwie, a może tuzin rzeczy, które mógłby powiedzieć, ale nie powiedział żadnej. Skinął głową kardynałowi. Dostojnik odkłonił się, ale bez uśmiechu; zaczerwieniona twarz kapłana zastygła w zaciętym grymasie, który powiedział Peterowi, że stąpa po bardzo wąskim skraju głębokiej przepaści.

Korytarz na parterze budynku Amherst był pełen pacjentów i gwaru ludzi mówiących do innych i do siebie. Tylko kiedy działo się coś niecodziennego, wszyscy milkli albo wydawali mimowolne odgłosy. Każda zmiana zawsze była niebezpieczna, pomyślał Francis. Przerażała go świadomość, że coraz bardziej przyzwyczajają się do egzystencji w Western State. Normalny człowiek, mówił sobie, przystosowuje się do zmian i lubi oryginalność. Przyrzekł sobie, że z radością będzie witał każdą nową rzecz i postara się zwalczać rutynę. Nawet jego głosy wtórowały mu w duchu, jakby one też dostrzegały niebezpieczeństwo stopienia się w jedną masę z innymi na korytarzu.

Kiedy jednak Francis to sobie obiecywał, zapadła nagła cisza. Gwar milkł jak fala cofająca się od plaży. Kiedy chłopak podniósł głowę, dostrzegł powód: Mały Czarny prowadził środkiem korytarza trzech mężczyzn, prosto do sali sypialnej. Francis rozpoznał potężnego niedorozwiniętego, który bez trudu niósł w obu rękach swoją skrzynkę spod łóżka, a pod pachą szmacianą lalkę. Miał otarcie na czole i lekko spuchniętą wargę, ale uśmiechał się krzywo do każdego, kto napotkał jego spojrzenie. Pochrząkiwał, jakby pozdrawiał mijanych ludzi, i truchtał za Małym Czarnym.

Drugi mężczyzna był szczupły i o wiele starszy, miał okulary i rzadkie, cienkie siwe włosy. Stąpał lekko jak tancerz; idąc, kręcił piruety, jakby występował w balecie. Trzeci, z ciężkimi powiekami, tuż przed wiekiem średnim i tuż za młodością, miał szerokie ramiona, ciemne włosy i krępą budowę ciała. Szedł ciężko, z trudem nadążając za upośledzonym i Tancerzem. Katon, pomyślał w pierwszej chwili Francis. Albo prawie. Ale potem, kiedy przyjrzał się uważniej, zobaczył, że mężczyzna ostrożnie rozgląda się na boki, przepatrując morze pacjentów rozstępujące się przed Małym Czarnym. Zmrużył czarne oczy, jakby nie zadowalało go to, co widział, a kąciki jego ust uniosły się jak u warczącego psa. Francis natychmiast zmienił swoją diagnozę. Stwierdził, że tego człowieka należy obchodzić szerokim łukiem. Mężczyzna niósł kartonowe pudło ze skromnym dobytkiem.

Francis zobaczył, że Lucy wychodzi ze swojego gabinetu i zatrzymuje się, obserwując idącą do dormitorium grupkę. Zauważył, że Mały Czarny skinął jej lekko głową, jakby na znak, że sprowokowane przez nią zamieszanie się powiodło i wymusiło przeniesienie kilku mężczyzn z jednego dormitorium do drugiego.

Lucy podeszła do Francisa.

– Mewa – szepnęła pospiesznie. – Idź za nimi i dopilnuj, żeby nasz chłopak dostał łóżko, na którym ty i Peter będziecie mogli mieć na niego oko.

Francis kiwnął głową; chciał powiedzieć, że upośledzony nie był człowiekiem, którego powinni obserwować, ale tego nie zrobił. Oderwał się od ściany i ruszył korytarzem, gdzie z powrotem rozległ się gwar stłumionych rozmów.

Kleo stała przy dyżurce i uważnie przyglądała się każdemu z trzech mijających ją mężczyzn. Widać było, że jej mózg intensywnie pracuje; zmarszczyła czoło i wskazała ręką oddalających się obcych. Wyglądała, jakby w nich mierzyła, potem nagle krzyknęła głośno, niemal histerycznie:

– Nie chcemy was tu!

Ale żaden z mężczyzn się nie obejrzał, nie zmylił kroku ani nie okazał nawet przez sekundę, że usłyszał i zrozumiał jej słowa.

Kleo sapnęła z oburzeniem i machnęła lekceważąco ręką. Francis minął ją pospiesznie, starając się nadążyć za Małym Czarnym.

Kiedy wszedł do sali sypialnej, zobaczył, że upośledzony mężczyzna dostał dawne łóżko Chudego, a pozostałym przydzielono posłania pod ścianą. Mały Czarny nadzorował słanie łóżek i chowanie rzeczy osobistych, potem oprowadził całą trójkę po ich nowym domu, czyli pokazał łazienkę, szpitalny regulamin – pewnie taki sam, pomyślał Francis, jak w dormitorium, z którego przyszli – i poinformował, że za kilka minut będzie obiad. Wzruszył ramionami i wyszedł, zatrzymując się tylko na chwilę przy Francisie.

– Przekaż pannie Jones, że w Williams była cholerna bijatyka. Facet, którego wkurzyła, rzucił się na tego dużego. Z trudem go odciągnęliśmy, tamta dwójka załapała się przypadkiem. Sukinsyn posiedzi kilka dni w izolatce, pod obserwacją. Pewnie dostanie zastrzyki na uspokojenie. Powiedz jej, że wszystko poszło tak, jak podejrzewała, tyle tylko że pacjenci z Williams są wytrąceni z równowagi i pewnie minie kilka dni, zanim na dobre się uspokoją. – Cmoknął, pokręcił głową i zostawił Francisa samego z trójką nowych.

Wielki, upośledzony mężczyzna usiadł na łóżku i przytulił lalkę. Potem zaczął się kołysać w przód i w tył z uśmiechem na twarzy, jakby powoli przyswajał nowe otoczenie. Tancerz wykonał krótki obrót, podszedł do zakratowanego okna i zapatrzył się w dogasające popołudnie.

Ale trzeci mężczyzna, ten krępy, wypatrzył Francisa i natychmiast zesztywniał. Wzdrygnął się. Potem wstał, oskarżycielsko wycelował we Francisa palec i szybko ruszył w stronę chłopaka, wymijając łóżka. Stanął z Francisem twarzą w twarz, sycząc z wściekłości.

– To musisz być ty – wykrztusił szeptem, ale przepełnionym okropnym, cichym trzaskiem gniewu. – To musisz być ty! To ty mnie szukasz, tak?

Francis nie odpowiedział, tylko przywarł do ściany. Mężczyzna podniósł pięść i wcisnął mu ją pod brodę. Jego oczy błyszczały furią, wężowy syk wypowiadanych słów wypełniał przestrzeń jak ostrzegawczy grzechot grzechotnika.

– Bo to ja jestem tym, którego szukasz – wysylabizował. Potem, z nonszalanckim uśmiechem, odepchnął Francisa i wyszedł na korytarz.

Rozdział 22

A le ja wiedziałem, prawda?
Może nie od razu w tamtej chwili, ale już niedługo potem. Początkowo byłem zaskoczony tym, z jaką pasją ciśnięto mi w twarz to wyznanie. Czułem, że coś we mnie drży, a wszystkie głosy wykrzykiwały ostrzeżenia i obawy, sprzeczne polecenia, żeby się schować i żeby za nim iść, ale przede wszystkim, żeby zwracać uwagę na to, co rozumiałem. Czyli oczywiście na to, że to nie miało sensu. Dlaczego anioł miałby po prostu do mnie podejść i zdradzić swoją obecność, skoro zrobił tak dużo, żeby ukryć własną tożsamość? A jeśli krępy mężczyzna nie był aniołem, dlaczego powiedział, że jest?

Pełen złych przeczuć, targany pytaniami i wątpliwościami, wziąłem głęboki oddech, uspokoiłem nerwy i wyszedłem szybkim krokiem z dormitorium, zamierzając śledzić krępego mężczyznę na korytarzu. Obserwowałem go, jak przystaje, zamaszyście zapala papierosa, potem podnosi wzrok i ocenia nowy świat, do którego go przeniesiono. Doszedłem do wniosku, że bu-

dynki znacznie się od siebie różniły. Co prawda architektura była podobna, korytarze i gabinety, świetlica, stołówka, sale sypialne, schowki, klatki schodowe, izolatki na górze, wszystko to rozmieszczono według jednego wzoru, może z niewielkimi różnicami w projekcie. Ale to nie był prawdziwy teren każdego budynku. Kontury i topografię określała różnorodność zawartego w nim szaleństwa. I to właśnie oceniał nowo przybyły. Zauważyłem jeszcze jeden błysk jego oczu i zrozumiałem, że ten mężczyzna zawsze znajduje się na skraju wybuchu. Nie panował nad wściekłością, krążącą w jego żyłach i walczącą o lepsze z haldolem, proliksyną czy tym, co mu akurat podawano. Nasze ciała były polami bitew między armiami psychoz i narkotyków, ścierających się o każdy centymetrów powierzchni, a krępy mężczyzna wydawał się ofiarą tej wojny tak samo jak my wszyscy.

Nie sądziłem, by był nią anioł.

Zobaczyłem, że krępy odpycha niedołężnego starca. Chudy i słaby pacjent zatoczył się, prawie upadł i zalał się łzami. Agresywny mężczyzna szedł dalej przed siebie, przystając tylko po to, żeby skrzywić się na widok dwóch kobiet w kącie, kołyszących na rękach lalki i śpiewających im kołysanki. Kiedy rozczochrany, potargany katon w luźnej piżamie i długim, rozwianym szlafroku zaszedł mu drogę, krępy wrzasnął na patrzącego niewidzącym wzrokiem mężczyznę, potem poszedł dalej, przyspieszając kroku, jakby nie chciał zgubić rytmu wybijanego przez wewnętrzną wściekłość. A każdy krok, który przebył, oddalał go, pomyślałem, od poszukiwanego przez nas mężczyzny. Nie umiałbym chyba wyjaśnić, dlaczego, ale byłem o tym coraz bardziej przekonany, im dalej szedłem za tamtym brutalem. Oczyma wyobraźni widziałem dokładnie, jak krępy mężczyzna, kiedy wybuchła zaaranżowana przez Lucy bijatyka w Williams, natychmiast włączył się do wymiany ciosów i za to został przeniesiony do Amherst, jako załącznik do całego zajścia. Nie był typem człowieka, który siedziałby skulony pod ścianą i patrzył na rozwój konfliktu. On reagował odruchowo, natychmiast rzucał się w sam środek starcia, nieważne, jaka była jego przyczyna ani kto walczył z kim. Po prostu lubił się bić, bo dzięki temu mógł rozładować dręczące go impulsy i zatracić się we wściekłej wymianie razów. A potem, kiedy wstawał zakrwawiony, jego szaleństwo nie pozwalało mu zastanawiać się, dlaczego postąpił tak, a nie inaczej.

Zrozumiałem, że częścią jego choroby było nieustanne zwracanie na siebie uwagi.

Ale dlaczego rzucił mi w twarz: „To ja jestem tym, którego szukacie"?

Przytknąłem czoło do słów, które napisałem na ścianie w moim mieszkaniu, i pogrążyłem się we wspomnieniach. Dotyk gładkiej powierzchni przypominał

mi trochę zimne okłady stosowane do zbicia dziecięcej gorączki. Zamkną-
łem oczy z nadzieją na odpoczynek.

Ale powietrze przeszył szept, syczący tuż za mną.

– Nie sądziłeś chyba, że będę wam ułatwiał?

Nie odwróciłem się. Wiedziałem, że anioł jednocześnie tam jest i go nie ma.

– Nie – powiedziałem na głos. – Nie sądziłem, że będziesz nam ułatwiał.
Ale dotarcie do prawdy zabrało mi trochę czasu.

Lucy zobaczyła Francisa, który wychodzi z dormitorium, śledząc jakiegoś
mężczyznę, nie tego, na którego powinien mieć oko. Widziała, że chłopak
jest blady i wyraźnie skupiony, nie zwracał uwagi na przedobiedni taniec
pacjentów, pełne oczekiwania i niecierpliwości stepowanie na korytarzu.
Ruszyła w jego stronę, potem się zatrzymała. Wiedząc, że Mewa raczej wie,
co robi.

Straciła obu mężczyzn z oczu, kiedy weszli do świetlicy. Zaczęła iść w tamtym kierunku, kiedy zobaczyła wściekłego pana Evansa. Prawie biegł korytarzem w jej stronę. Miał wyraz twarzy psa, któremu ktoś ukradł ulubioną
kość.

– I co, jest pani zadowolona? – warknął ze złością. – Jeden pielęgniarz
trafił do izby przyjęć z pękniętym nadgarstkiem, musiałem przenieść trzech
pacjentów z Williams, a jednego zamknąć w izolatce, w kaftanie bezpieczeństwa, na dwadzieścia cztery godziny, może dłużej. Cały Williams stoi
na głowie, a jeden z przeniesionych znalazł się w bardzo trudnej sytuacji, bo
zmienił miejsce pobytu po kilku latach. I to nie ze swojej winy. Po prostu
przypadkiem wmieszał się w bijatykę, ale potem zaczęto mu grozić. Cholera! Mam nadzieję, że zdaje sobie pani sprawę, jak to nam utrudnia pracę i jak
jest niebezpieczne. Pacjenci przyzwyczajają się do swojego otoczenia, a potem nagle są przerzucani do innego budynku.

Lucy spojrzała na niego chłodno.

– Uważa pan, że to wszystko moje dzieło?

– Tak.

– Widać jestem o wiele sprytniejsza, niż myślałam – skomentowała Lucy
z sarkazmem.

Pan Zły prychnął i zaczerwienił się. Sprawiał wrażenie człowieka niezno-
szącego zamieszania w starannie wyważonym świecie, który kontroluje. Zaczął coś odpowiadać, gniewnie, porywczo, ale potem – Lucy poczuła się na
ten widok nieswojo – zapanował nad sobą i powściągnął język.

– O ile sobie przypominam – wycedził przez zęby – zgoda na pani dochodzenie w tym ośrodku była uzależniona od sposobu postępowania. Chodziło

o niewywoływanie żadnego zamieszania. Wydaje mi się, że zgodziła się pani działać dyskretnie i nie ingerować w przebieg niczyjego leczenia.

Lucy nie odpowiedziała, ale wiedziała, do czego Evans zmierza.

– Takie odniosłem wrażenie – ciągnął pan Zły. – Ale proszę mnie poprawić, jeśli się mylę.

– Nie, nie myli się pan – odparła Lucy. – Przepraszam. To się już nie powtórzy – skłamała.

– Uwierzę, kiedy zobaczę – odparł. – Rozumiem, że zamierza pani kontynuować przesłuchiwanie pacjentów jutro rano.

– Tak.

– Cóż, przekonamy się – rzucił ledwie zawoalowaną groźbę, odwrócił się i ruszył do frontowych drzwi. Zatrzymał się jednak po kilku krokach, kiedy zauważył Dużego Czarnego, towarzyszącego Peterowi Strażakowi. Psycholog natychmiast dostrzegł, że Peter nie ma kajdanek.

– Hej! – zawołał, machając do nich ręką. – Stać!

Wielki pielęgniarz odwrócił się do kierownika budynku.

– Dlaczego ten człowiek nie jest skuty?! – krzyknął ze złością Evans. – Nie wolno mu opuszczać ośrodka bez kajdanek na rękach i nogach. Takie są przepisy!

Duży Czarny pokręcił głową.

– Doktor Gulptilil powiedział, że można.

– Co?

– Doktor Gulptilil... – powtórzył Duży Czarny, ale nie zdołał dokończyć.

– Nie wierzę. Ten człowiek przebywa tu z nakazu sądu. Postawiono mu poważne zarzuty, jest oskarżony o czynną napaść i zabójstwo. Mamy obowiązek...

– Tak powiedział.

– Zaraz to sprawdzę.

Evans odwrócił się na pięcie, zostawiając obu mężczyzn na korytarzu, i runął do frontowych drzwi. Zaczął się szarpać z kluczami; zaklął głośno, kiedy pierwszy nie chciał wejść do zamka, zaklął jeszcze głośniej, kiedy nie udało mu się z drugim, w końcu poddał się i pobiegł korytarzem do swojego gabinetu, roztrącając po drodze pacjentów.

Francis szedł za krępym człowiekiem. To, jak mężczyzna przekrzywiał lekko głowę, unosił górną wargę, ukazując białe zęby, jak garbił do przodu ramiona i machał wytatuowanymi rękami, było jasnym ostrzeżeniem dla innych pacjentów, żeby schodzić mu z drogi. Krępy szedł stanowczym krokiem. Zmierzył wzrokiem świetlicę. Kilkoro przebywających tam pacjentów skuliło się w kątach albo schowało za starymi czasopismami, unikając kontaktu wzrokowego. Krępemu się to spodobało, chyba był zadowolony, że bez trudu zdoła ustalić swój status miejscowego osiłka. Wyszedł na środek sali. Wydawał się nieświadom, że Francis za nim idzie, dopóki się nie zatrzymał.

– No dobra – powiedział głośno. – Jestem. Niech nikt nie próbuje mi tu fikać.

Francis pomyślał, że przez krępego przemawia głupota. I może tchórzostwo. W świetlicy znajdowali się tylko ludzie starzy i wyraźnie niedołężni albo zagubieni w odległych, osobistych światach. Nie było tam nikogo, kto mógłby rzucić mężczyźnie wyzwanie.

Mimo ostrzegawczego wołania swoich głosów Francis ruszył w stronę krępego, który w końcu go zauważył.

– Ty! – ryknął. – Wydawało mi się, że już cię ustawiłem.

– Chcę wiedzieć, o co ci chodziło – powiedział Francis ostrożnie.

– O co mi chodziło? – zakpił mężczyzna. – O co mi chodziło? Chodziło mi o to, co powiedziałem, a powiedziałem to, o co mi chodziło. Jasne?

– Nie rozumiem – stwierdził Francis, trochę zbyt szybko. – Kiedy powiedziałeś: „Jestem tym, kogo szukacie", co miałeś na myśli?

– To chyba oczywiste, nie? – huknął mężczyzna.

– Nie – wymamrotał Francis, kręcąc głową. – Kogo według ciebie szukam? Krępy wyszczerzył się w uśmiechu.

– Wrednego sukinsyna. I go znalazłeś. Co? Zdaje ci się, że nie jestem dość wredny?

Ruszył w stronę Francisa, zaciskając dłonie w pięści i napinając ciało.

– Skąd wiedziałeś, że cię szukam? – nie ustępował Francis, chociaż w uszach rozbrzmiewało mu chóralne nawoływanie do ucieczki.

– Wszyscy wiedzą. Ty, ten drugi i ta babka z zewnątrz. Wszyscy wiedzą – powtórzył krępy.

Nie ma żadnych tajemnic, pomyślał Francis. Potem uświadomił sobie, że to nieprawda.

– Kto ci powiedział? – zapytał niespodziewanie.

– Co?

– Kto ci powiedział?

– O czym ty mówisz, do cholery?

– Kto ci powiedział, że szukam? – powtórzył Francis, podnosząc głos i nabierając rozpędu, naglony czymś zupełnie innym niż głosy, do których był przyzwyczajony, siłą wyrzucając z ust pytania, chociaż każde słowo zwiększało grożące mu niebezpieczeństwo. – Kto ci powiedział, jak wyglądam, kim jestem, jak mam na imię? Kto.

Krępy podniósł rękę do szczęki Francisa i lekko trącił ją kłykciami, jakby składał obietnicę.

– To moja sprawa – burknął. – Nie twoja. Co cię obchodzi, z kim rozmawiam i co robię.

Francis zobaczył, że jego oczy się rozszerzają, jakby dostrzegły jakąś ulotną myśl. Wyczuwał, że w wyobraźni osiłka zaczynają się mieszać różne lotne substancje, a gdzieś w tej wybuchowej miksturze znajdują się informacje, na których mu zależało.

– Jasne, to twoja sprawa – nie ustępował. Zaczął jednak mówić trochę wolniej i spokojniej. – Ale może też trochę moja. Po prostu chciałbym wiedzieć, kto ci kazał mnie znaleźć i powiedzieć to, co powiedziałeś.

– Nikt – skłamał krępy.

– Tak, ktoś – odparł Francis.

Mężczyzna opuścił rękę, a w jego oczach pojawił się elektryzujący strach, ukryty pod zasłoną wściekłości. Francisowi przypomniał się w tej chwili Chudy, kiedy atakował Krótką Blond, albo wcześniej, kiedy rzucił się na Francisa. Ta jedna myśl, uwolniona z głębi ducha, z jakiejś głębokiej jaskini, do której dostępu nie miały nawet najsilniejsze leki, całkowicie go pochłonęła.

– To moja sprawa – powtórzył krępy z uporem.

– Człowiek, który ci to powiedział, może być tym, kogo szukam – wyjaśnił Francis.

Krępy pokręcił głową.

– Pieprz się – warknął. – W niczym ci nie pomogę.

Przez kilka sekund Francis stał dokładnie na wprost mężczyzny, nie chciał się odsunąć; myślał tylko o tym, że jest bardzo blisko czegoś ważnego, konkretnego i że musi to odkryć. Nagle jednak zobaczył, że maszyneria krępego mężczyzny kręci się i wiruje coraz szybciej, gniew, frustracja, cała zwykła groza szaleństwa wzbierają. W tej wulkanicznej chwili Francis uświadomił sobie, że naciskał za mocno, przekroczył jakąś granicę. Cofnął się, ale krępy ruszył za nim.

– Nie podobają mi się twoje pytania – syknął zimnym głosem.

– Dobra, już skończyłem. – Francis próbował się wymknąć.

– Ty też mi się nie podobasz. Po co tu za mną przylazłeś? Co zamierzasz ze mnie wyciągnąć? Co chcesz mi zrobić?

Każde pytanie uderzało jak cios pięścią. Francis zerkał na prawo i lewo, szukając drogi ucieczki lub kryjówki, ale nic takiego nie widział. Kilka pozostałych osób skuliło się, schowało w kątach albo patrzyło na ściany i w sufit; robiło wszystko, żeby umysłem przenieść się gdzieś indziej. Krępy mężczyzna pchnął Francisa pięścią w pierś. Francis zatoczył się w tył.

– Nie podoba mi się, że za mną łazisz – ciągnął osiłek. – W ogóle nic mi się w tobie nie podoba.

Popchnął jeszcze raz, mocniej.

– Dobrze. – Francis podniósł rękę. – Zostawię cię w spokoju.

Mężczyzna jakby stężał, całe jego ciało się napięło.

– O, tak – wycharczał. – Już ja się o to postaram.

Francis przeczuł cios i zdążył tylko podnieść rękę na tyle, żeby osłabić impet, zanim pięść krępego wylądowała na jego policzku. Zobaczył gwiazdy i poleciał w tył, potykając się o krzesło. Wyszło mu to na dobre, bo drugi cios mężczyzny trafił w próżnię; lewy hak zagwizdał tuż nad nosem Francisa tak blisko, że chłopak poczuł jego żar. Chłopak znów rzucił się w tył, z hukiem wywracając krzesło. Krępy skoczył za nim, tym razem waląc go na oślep w bark. Twarz olbrzyma była czerwona z furii, a szał sprawiał, że jego ciosy nie trafiały w cel. Francis runął na plecy; uderzenie o podłogę odebrało mu oddech. Napastnik rzucił się na niego i usiadł mu na piersi. Francisowi udało się uwolnić ręce; zasłonił się i zaczął bezskutecznie kopać; przeciwnik zasypał go gradem ciosów.

– Zabiję cię! – wrzeszczał. – Zabiję!

Francis szamotał się na prawo i lewo, z całych sił próbując uchylać się przed lawiną wymierzanych na oślep uderzeń. Niejasno zdawał sobie sprawę, że tak naprawdę jeszcze mocno nie dostał i że gdyby krępy mężczyzna wstrzymał się choćby na ułamek sekundy i zastanowił nad efektami swojego ataku, byłby dwa razy groźniejszy.

– Zostaw mnie! – wrzasnął Francis.

Przez wąską szparę między rękami, którymi zasłaniał się od ciosów, zobaczył, że napastnik unosi się trochę i opanowuje, jakby zdał sobie sprawę, że musi zorganizować atak. Wciąż był czerwony na twarzy, ale nagle jego spojrzenie nabrało celowości. Jakby cała zebrana w nim furia została skanalizowana w jedno. Francis zamknął oczy.

– Przestań! – zawył po raz ostatni i zrozumiał, że za chwilę stanie mu się poważna krzywda. Skulił się, nieświadom już, jakie słowa wywrzaskuje. Wiedział tylko, że nie znaczą nic w obliczu skierowanej przeciw niemu furii.

– Zabiję cię! – powtórzył mężczyzna.

Francis nie wątpił, że facet mówił poważnie.

Krępy krzyknął gardłowo; Francis spróbował się uchylić, ale w tej sekundzie wszystko się zmieniło. Uderzyła w nich obu jakaś huraganowa siła. Pięści, mięśnie, ciosy i krzyki zlały się w jedno, a Francis odleciał w bok, nagle świadom, że ciężar krępego zniknął z jego piersi, a on sam jest wolny.

Przetoczył się i odczołgał pod ścianę. Zobaczył krępego i Petera. Szamotali się, spleceni. Peter obejmował tamtego nogami i przytrzymywał jedną jego rękę za nadgarstek. Słowa niknęły w kakofonii krzyków; obaj kręcili się po podłodze jak bąk. Twarz Petera zastygła w grymasie wściekłości, gdy wykręcał swojemu przeciwnikowi rękę. W tej samej chwili w pole widzenia Francisa wpadły dwa następne pociski; bracia Moses w białych kitlach rzucili się w wir walki. Słychać było chór wrzasków. Po chwili Dużemu Czarnemu udało się złapać krępego za drugą rękę, jednocześnie zaciskając mu potężne ramię na szyi. Mały Czarny odciągnął Petera, rzucając go niezgrabnie o kanapę. Większy z dwóch braci obezwładnił krępego.

Mężczyzna wywrzaskiwał przekleństwa i epitety, krztusząc się i plując.

– Zasrane czarnuchy! Zostawcie mnie! Nic nie zrobiłem!

Peter odczołgał się w tył. Mały Czarny puścił go i skoczył do boku brata. We dwóch sprawnie okiełznali krępego i usiedli na nim, przygważdżając mu ręce. Przez chwilę kopał, potem przestał.

– Trzymajcie go – usłyszał Francis z boku. W drzwiach stał Evans. – Po prostu go przytrzymajcie! – powtórzył pan Zły, podchodząc ze strzykawką w jednej ręce i zmoczoną w spirytusie gazą w drugiej.

Rozhisteryzowany krępy znów zaczął się szamotać i wyrywać.

– Odwal się! – wrzeszczał. – Odwal się! Odwal się!

Pan Zły przetarł mu skrawek skóry gazą, potem wbił w nią igłę jednym, wyćwiczonym ruchem.

– Odwal się! – krzyknął mężczyzna po raz ostatni.

Środek uspokajający działał szybko. Francis nie był pewny, ile minęło minut, bo pod wpływem strachu i adrenaliny stracił poczucie czasu. Ale po kilku chwilach krępy się rozluźnił. Jego rozszalałe oczy uciekły pod czaszkę, a ciałem zawładnęła nieprzytomna bezwładność. Bracia Moses też się uspokoili, poluzowali uchwyt i cofnęli, pozostawiając leżącego na ziemi mężczyznę.

– Będą nam potrzebne nosze, żeby zabrać go do izolatki – poinformował spokojnie pan Zły. – Za chwilę zupełnie straci przytomność.

Mężczyzna na ziemi jęknął; poruszył stopami jak pies, któremu śni się, że biegnie. Evans pokręcił głową.

– Co za bałagan – mruknął. Podniósł wzrok i zobaczył Petera Strażaka, wciąż siedzącego na podłodze, łapiącego oddech i masującego rękę; na nadgarstku miał ślad po ugryzieniu. – Ty też – powiedział sztywno Evans.

– Też co? – spytał Peter.

– Izolatka. Dwadzieścia cztery godziny.

– Nic nie zrobiłem, ściągnąłem tylko tego sukinsyna z Mewy.

Mały Czarny wrócił ze składanymi noszami i pielęgniarką. Podszedł do krępego i zaczął zakładać nieprzytomnemu kaftan bezpieczeństwa. Pracując, podniósł wzrok, spojrzał na Petera i lekko pokręcił głową.

– Co miałem zrobić? Pozwolić, żeby zatłukł Mewę?

– Izolatka. Dwadzieścia cztery godziny – powtórzył Evans.

– Ja nie... – zaczął Peter.

Evans uniósł brwi.

– Bo co? Grozisz mi?

Peter wziął głęboki oddech.

– Nie. Po prostu protestuję.

– Wiesz, jaka jest kara za bójki.

– To on się bił. Ja tylko próbowałem go powstrzymać.

Evans stanął nad Peterem i pokręcił głową.

– Intrygujące rozróżnienie. Izolatka. Dwadzieścia cztery godziny. Pójdziesz po dobroci, czy mało ci kłopotów?

Podsunął Peterowi strzykawkę pod nos. Francis zobaczył, że Evansowi bardzo zależy, by Peter podjął złą decyzję.

Strażak z wielkim trudem opanował wściekłość. Zazgrzytał zębami.

– Dobra – powiedział. – Jak sobie chcesz. Niech będzie cholerna izolatka.

Wstał i posłusznie poszedł za Dużym Czarnym, który razem z bratem załadował krępego na nosze i wyprowadził je z sali.

Evans odwrócił się do Francisa.

– Masz siniaka na policzku – powiedział. – Idź do pielęgniarki, niech rzuci na to okiem.

Potem też wyszedł. Nawet nie spojrzał na Lucy, która stała przy drzwiach i nie spuszczała z Francisa palącego, pytającego wzroku.

Później, tego wieczoru, w maleńkim pokoiku w dormitorium stażystek, Lucy siedziała sama w ciemności. Próbowała dostrzec postępy, jakie zrobiła w dochodzeniu. Nie mogła zasnąć, więc usiadła na łóżku, plecami do ściany, wpatrując się w mrok. Po chwili mogła już odróżnić charakterystyczny zarys biurka, mały stolik, komodę, szafkę przy łóżku i lampę. Nie przerywała koncentracji; zobaczyła stos ubrań, które rzuciła byle jak na twarde, drewniane krzesło, kiedy kładła się wcześnie do łóżka.

Różne rzeczy wyglądały znajomo, a mimo to pozostawały ukryte, niewyraźne, spowite panującą w szpitalu ciemnością. W swoim dochodzeniu też musiała odkryć dowody, podejrzanych i teorie. Nie wiedziała tylko, jak to zrobić.

Odchyliła głowę i pomyślała, że zamiast rozjaśnić, wszystko zabagniła. Jednocześnie, mimo braku konkretów, była bardziej niż kiedykolwiek przekonana, że znalazła się niebezpiecznie blisko osiągnięcia tego, po co przyjechała do szpitala.

Próbowała wyobrazić sobie człowieka, którego ścigała, ale odkryła, że tak samo jak kształty w pokoju, jego sylwetka była niewyraźna i rozmyta. Szpitalny świat po prostu nie dawał się nagiąć do prostych reguł, pomyślała. Przypomniała sobie dziesiątki chwil, kiedy siedziała naprzeciwko podejrzanego albo w policyjnym pokoju przesłuchań, albo później, na sali sądowej, i zauważała wszystkie drobne szczegóły: zmarszczki, ostrożne spojrzenie, gesty, które tworzyły portret człowieka ściśle zdefiniowanego winą i zbrodnią. Zawsze to było takie oczywiste. Mężczyźni, których aresztowała i oskarżała, nosili prawdę o swoich czynach jak tanie garnitury. Nie do pomylenia z niczym innym.

Wciąż wpatrując się w ciemność, powiedziała sobie, że musi myśleć bardziej twórczo, podstępnie, bardziej subtelnie. W świecie, z którego pochodziła, nie miała wątpliwości, kiedy stawała twarzą w twarz ze swoją ofiarą. Świat Western State był tego dokładnym przeciwieństwem. Tu istniały tylko wątpliwości. A może, pomyślała Lucy i poczuła nagły chłód, stała już twarzą w twarz z człowiekiem, którego ścigała. Ale tutaj to on panował nad rzeczywistością.

Dotknęła blizny. Człowiek, przez którego została zaatakowana, pozostawał idealnie anonimowy. Twarz miał zasłoniętą wełnianą kominiarką, tak że widziała tylko jego ciemne oczy. Był ubrany w czarne skórzane rękawiczki, dżinsy i pospolitą bluzę, dostępną w każdym sklepie turystycznym. Na nogach miał nike do biegania. Kilka słów wymówił gardłowo, ochryple, tak żeby ukryć jakikolwiek akcent. Przypomniała sobie, że właściwie nie musiał nic mówić. Lśniący myśliwski nóż wyrażał wszystko.

To było coś, co intensywnie analizowała. Przetwarzając w myślach całe zajście, skupiała się na tym szczególe, bo wydawał się jej dziwny i kazał się zastanawiać, czy celem napaści był sam gwałt, czy okaleczenie twarzy.

Odchyliła się i stuknęła lekko głową o ścianę, jakby mogła w ten sposób uwolnić jakąś myśl, przyklejoną do ram wyobraźni. Zastanawiała się czasami, jak to się stało, że całe jej życie się zmieniło, kiedy została napadnięta na schodach w akademiku. Ile to trwało, pomyślała. Trzy minuty? Pięć minut od początku do końca, od pierwszego ukłucia przerażenia, kiedy poczuła chwytające ją ręce, do oddalającego się tupotu stóp?

Na pewno nie więcej. A mimo to od tamtej chwili wszystko się zmieniło. Pod palcami czuła nierówności blizny. Wygładziły się z upływem lat.

Zastanawiała się, czy kiedykolwiek jeszcze pokocha. Bardzo w to wątpiła. Nie chodziło o nic tak prostego jak nienawiść do wszystkich mężczyzn za czyny jednego. Albo o to, że nie umiała rozróżnić mężczyzn, których poznała, od tego, który ją skrzywdził. Było bardziej tak, pomyślała, jakby jakieś miejsce w jej duszy spowiła ciemność i skuł lód. Wiedziała, że napad stał się motorem większości jej działań i że za każdym razem, kiedy na sali rozpraw oskarżycielsko wskazywała palcem jakiegoś szarego na twarzy człowieka, wysyłanego do więzienia, odcinała dla siebie kawałki zemsty. Ale wątpiła, czy ziejąca w niej dziura kiedykolwiek się nimi wypełni.

Peter Strażak. Pomyślała, jak bardzo byli do siebie podobni. Zasmuciło ją to i zaniepokoiło; nie umiała docenić faktu, że oboje byli podobnie skrzywdzeni i że to powinno ich połączyć. Zamiast tego spróbowała wyobrazić sobie Petera w izolatce, pomieszczeniu najbliższemu więziennej celi, a na swój sposób nawet gorszemu. Jedynym celem istnienia izolatki było wyeliminowanie zewnętrznych myśli, jakie mogłyby zburzyć równowagę świata pacjenta. Szare ściany, obite miękką wykładziną. Łóżko przynitowane do podłogi. Cienki materac i wytarty koc. Nie ma poduszki. Sznurowadeł. Paska. Sedes z niewielką ilością wody, żeby nikt nie próbował się utopić. Lucy nie wiedziała, czy Petera wsadzono w kaftan bezpieczeństwa. Taka była procedura, a domyślała się, że pan Zły chciałby w tym przypadku się do niej zastosować. Przez chwilę zastanawiała się, jak Peter w ogóle pozostawał przy zdrowych zmysłach, kiedy wszystko dookoła niego tętniło obłąkaniem. Zgadywała, że wymagało to siły woli i ciągłego przypominania sobie, że on tu nie należy.

To musiało boleć, pomyślała.

W tym sensie, uświadomiła sobie, byli jeszcze bardziej podobni do siebie.

Lucy wzięła głęboki oddech i postanowiła spróbować usnąć. Rano musiała być czujna. Coś kazało Francisowi stanąć naprzeciwko krępego mężczyzny, a ona nie wiedziała co, chociaż podejrzewała, że coś istotnego. Uśmiechnęła się. Francis okazywał się bardziej pomocny, niż przypuszczała.

Zamknęła oczy, a kiedy zastąpiła jedną ciemność drugą, nagle usłyszała dziwny dźwięk, znajomy, lecz niepokojący. Otworzyła gwałtownie oczy i rozpoznała ten odgłos: to było ciche tupanie stóp na wykładzinie korytarza pod jej pokojem. Gwizdnęła przeciągle, serce zaczęło jej szybciej bić; natychmiast powiedziała sobie, że to błąd. Kroki nie były niczym niezwykłym w dormitorium pielęgniarek. Personel pracował na różne zmiany.

Ale kiedy tak nasłuchiwała, wydało jej się, że idący przystanął pod jej drzwiami.

Zesztywniała w łóżku, wyciągając głowę w kierunku słabego, charakterystycznego odgłosu.

Powtarzała sobie, że się pomyliła. Wtedy wydało jej się, że słyszy, jak ktoś powoli obraca klamkę.

Natychmiast rzuciła się do nocnej szafki. Hałaśliwie macając, zdołała zapalić lampkę. Pokój zalało światło; zamrugała kilka razy. Wyskoczyła z łóżka i ruszyła przed siebie, potykając się o metalowy kosz na śmieci, który potoczył się po podłodze z głośnym brzękiem. Drzwi miały zasuwkę; wciąż była zasunięta. Lucy pospiesznie przebiegła przez pokój i przytknęła ucho do grubych drewnianych drzwi.

Nic nie usłyszała.

Nasłuchiwała jakiegokolwiek dźwięku. Wszystkiego, co mogłoby wskazać, że ktoś stoi po drugiej stronie lub ucieka, że jest sama albo nie sama.

Cisza ścisnęła jej serce równie mocno i strasznie jak hałas, który zbudził jej czujność.

Czekała.

Przyciśnięta do drzwi, pozwalała mijać kolejnym sekundom.

Minuta. Może dwie.

Z tyłu, zza otwartego okna dobiegły ją nagle głosy przechodzących dołem ludzi. Ktoś się zaśmiał, ktoś mu zawtórował.

Odwróciła się z powrotem. Odsunęła zasuwkę i nagłym, szybkim ruchem otworzyła drzwi.

Korytarz był pusty.

Wyszła za próg i obejrzała się na prawo i lewo.

Nikogo.

Lucy wzięła jeszcze jeden głęboki oddech, pozwalając, żeby chłód powietrza w płucach uspokoił jej walące serce. Pokręciła głową. Cały czas byłaś sama, powiedziała sobie. Zaczynają ci puszczać nerwy. Przebywanie w otoczeniu takiego natężenia szaleństwa i dziwactwa sprawiło, że zrobiła się nerwowa. Jeśli powinna się czegoś bać, ten, kto to był, powinien się bać jeszcze bardziej jej samej. Ta myśl dodała Lucy otuchy.

Wróciła do pokoju. Zamknęła drzwi na klucz, a zanim położyła się do łóżka, oparła o drzwi drewniane krzesło. Nie tyle jako dodatkową zaporę, bo nie sądziła, żeby to coś dało. Ale krzesło przewróciłoby się na podłogę, gdyby ktoś otworzył drzwi. Na siedzeniu postawiła metalowy kosz na śmieci, a na szczycie tej wieży położyła swoją małą walizkę. Uznała, że huk spadających przedmiotów byłby wystarczająco wczesnym ostrzeżeniem, żeby zdążyła się obudzić, choćby spała nie wiadomo jak głęboko.

Rozdział 23

To byłeś ty?

— To nigdy nie byłem ja. To zawsze byłem ja.

— Ryzykowałeś — powiedziałem sztywno, napastliwie. — Mogłeś rozegrać to na spokojnie, ale zrobiłeś inaczej, i to był błąd. Z początku tego nie widziałem, ale w końcu zrozumiałem, jak jest naprawdę.

— Wielu rzeczy nie dostrzegłeś, Mewa.

— Nie ma cię tu — wymamrotałem powoli; ton moich słów zdradzał brak pewności, który czułem. — Jesteś tylko wspomnieniem.

— Nie tylko tu jestem — syknął anioł — ale tym razem przyszedłem po ciebie.

Odwróciłem się gwałtownie, jakbym mógł stanąć twarzą w twarz z dręczącym mnie głosem. Ale on był jak cień, przeskakujący z jednego ciemnego kąta pokoju do drugiego, wciąż nieuchwytny, tuż poza moim zasięgiem. Złapałem popielniczkę pełną niedopałków i cisnąłem ją z całej siły w niewyraźny kształt. Jego śmiech zlał się z hukiem eksplozji szkła, kiedy popielniczka rozbiła się o ścianę. Obracałem się na wszystkie strony, próbując go namierzyć, ale anioł ruszał się zbyt szybko. Krzyknąłem, żeby się zatrzymał, że się go nie boję, żeby walczył uczciwie, a wszystko to brzmiało jak krzyki zapłakanego dziecka na placu zabaw, próbującego stawić czoło dręczącemu go starszemu chłopcu. Z każdą chwilą było gorzej, z każdą mijającą sekundą czułem się mniejszy, słabszy. Z furią chwyciłem drewniany taboret i rzuciłem nim przez pokój. Uderzył o framugę drzwi, odłupując kawałek pomalowanego drewna, potem upadł z łomotem na podłogę.

Wzbierała we mnie rozpacz. Rozejrzałem się za Peterem, który mógłby mi pomóc, ale nigdzie go nie było. Próbowałem wyobrazić sobie Lucy, Dużego Czarnego, Małego Czarnego albo kogokolwiek innego ze szpitala, w nadziei że ktoś przywołany z pamięci stanie przy moim boku i pomoże mi walczyć.

Byłem sam, a to samotność wbiła się ostrzem prosto w serce.

Przez chwilę myślałem, że jestem zgubiony, potem, przez mgłę jazgotu przeszłego i przyszłego szaleństwa usłyszałem dźwięk, który wydał mi się nie na miejscu. Uporczywe łomotanie. Niby zwykłe, ale jakieś inne. Zabrało mi kilka chwil, zanim się opanowałem i zrozumiałem, co to takiego. Ktoś dobijał się do moich drzwi.

Anioł znów dmuchnął chłodem na mój kark.

Stukanie nie ustawało. Przybierało na sile.

Ostrożnie podszedłem do drzwi.

– Kto tam? – spytałem. Nie orientowałem się już, czy ten odgłos ze świata zewnętrznego był bardziej rzeczywisty niż wężowy szept anioła, czy choćby dodająca otuchy obecność Petera podczas którejś z jego nieregularnych wizyt. Wszystko się zlewało.

– Francis Petrel?

– Kto tam? – powtórzyłem.

– Klein z Centrum Zdrowia.

Nazwisko wydało mi się mgliście znajome, jakby należało do wspomnień z dzieciństwa, a nie bieżących wydarzeń. Nachyliłem głowę do drzwi, próbując przypisać nazwisku twarz. Powoli w mojej wyobraźni rysy nabrały kształtu. Szczupły, łysiejący mężczyzna, w grubych okularach, lekko sepleniący, który nerwowo pocierał podbródek późnym popołudniem, kiedy robił się zmęczony albo kiedy któryś z jego pacjentów nie czynił postępów. Nie wiedziałem, czy w ogóle tam jest, czy w ogóle go słyszę. Ale docierało do mnie, że gdzieś tam istniał jakiś pan Klein, że często rozmawiałem z nim w jego zbyt jasno oświetlonym, skąpo urządzonym gabinecie, i że istnieje niewielka możliwość, że to rzeczywiście on.

– Czego pan chce? – spytałem, wciąż stojąc pod drzwiami.

– Opuścił pan dwie ostatnie wizyty. Martwimy się o pana.

– Opuściłem wizyty?

– Tak. Bierze pan leki, które trzeba monitorować. Prawdopodobnie musimy wypisać kilka recept. Może pan otworzyć?

– Po co pan tu przyszedł?

– Już mówiłem – ciągnął Klein. – Miał pan wyznaczone regularne wizyty w klinice. Przestał się pan pojawiać. Nigdy przedtem, od wyjścia z Western State żadnej pan nie opuścił. Martwimy się o pana.

Pokręciłem głową. Wiedziałem, że nie wolno mi otwierać drzwi.

– Nic mi nie jest – skłamałem. – Proszę mnie zostawić w spokoju.

– Wydaje się pan zestresowany, Francis. Słyszałem krzyki, kiedy wchodziłem po schodach. Brzmiało to, jakby w pana mieszkaniu toczyła się bójka. Jest tam z panem ktoś?

– Nie. – Ani nie skłamałem, ani nie powiedziałem prawdy.

– Niech pan otworzy, łatwiej się nam będzie rozmawiało.

– Nie.

– Francis, nie ma się czego bać.

Było się czego bać. Wszystkiego.

– Nie chcę waszej pomocy. Zostawcie mnie w spokoju.

– Jeśli tak zrobię, obieca pan, że przyjdzie do kliniki sam?

– Kiedy?

– Dzisiaj. Najpóźniej jutro.

– Może.

– Marna obietnica, Francis.

– Postaram się.

– Muszę mieć pana słowo, że pojawił się pan w klinice dziś albo jutro i da się dokładnie przebadać.

– Bo co?

– Francis – westchnął Klein. – Naprawdę musi pan zadawać to pytanie?

Znów oparłem głowę o drzwi, uderzyłem w nie czołem, raz, dwa, jakbym mógł w ten sposób przegnać złe myśli i obawy.

– Wyślecie mnie z powrotem do szpitala – powiedziałem ostrożnie. Bardzo cicho.

– Słucham? Nie słyszę.

– Nie chcę tam wracać – ciągnąłem. – Nienawidziłem szpitala. Prawie zginąłem. Nie chcę wracać do szpitala.

– Francis, szpital jest zamknięty. Na dobre. Nie będzie pan musiał tam wracać. Nikt nie musi.

– Po prostu nie mogę tam wrócić.

– Francis, dlaczego nie chce pan otworzyć?

– Nie ma cię tam – szepnąłem. – Jesteś tylko snem.

Klein się zawahał.

– Francis, siostry się o pana martwią. I wiele innych osób. Niech mi pan pozwoli zabrać się do kliniki.

– Klinika nie istnieje.

– Istnieje. Wie pan o tym. Był pan tam wiele razy.

– Idź sobie.

– Proszę mi obiecać, że przyjdzie pan sam.

Wziąłem głęboki oddech.

– Dobrze. Obiecuję.

– Całym zdaniem – nalegał pan Klein.

– Obiecuję, że przyjdę do kliniki.

– Kiedy?

– Dzisiaj. Albo jutro.

– Daje pan słowo?

– Tak.

Wyczułem, że pan Klein znów się zawahał, jakby się zastanawiał, czy może mi uwierzyć.

– Dobrze – powiedział w końcu, po chwili milczenia. – Niech będzie. Ale proszę mnie nie zawieść, Francis.

– *Nie zawiodę.*

– *Jeśli mnie pan oszukał, ja tu wrócę.*

Zabrzmiało to jak groźba. Westchnąłem głęboko.

– *Przyjdę – stęknąłem.*

Usłyszałem odgłos oddalających się korytarzem kroków.

Dobrze, powiedziałem sobie w duchu, zataczając się z powrotem do zapisanej ściany. Wypędziłem pana Kleina z pamięci, razem z głodem, pragnieniem, snem i wszystkim innym, co mogłoby mi przeszkodzić w opowiadaniu.

Było grubo po północy. Francis czuł się samotny pośród chrapliwych oddechów wypełniających salę sypialną Amherst. Trwał w niespokojnym półśnie, w tym stanie między jawą a snem, gdzie świat wokoło traci wyrazistość, jakby poluzowały się cumy łączące go z rzeczywistością i kołysał się na niewidzialnych falach.

Francis martwił się o Petera, zamkniętego w wyściełanej izolatce z polecenia pana Złego i prawdopodobnie zmagającego się z najróżniejszymi lękami tak samo jak z kaftanem bezpieczeństwa. Francis przypomniał sobie własne godziny spędzone w izolatce i zadrżał. Skrępowany, samotny tkwił w szponach grozy. Nawet nienafaszerowany narkotykami. Peter wiele razy mówił, że nie bał się iść do więzienia, ale Francis nie sądził, by więzienie, choćby najostrzejsze, mogło się równać z izolatką w Western State. W izolatkach każdą sekundę spędzało się w towarzystwie duchów niewypowiedzianego cierpienia.

Jakie to szczęście, że wszyscy jesteśmy wariatami, pomyślał. Bo gdybyśmy nie byli, to miejsce szybko doprowadziłby nas do szaleństwa.

Francis poczuł, że przeszywa go strzała rozpaczy, kiedy zrozumiał, że w taki czy inny sposób panowanie Petera nad rzeczywistością otworzy mu bramy szpitala. Jednocześnie wiedział, jak jemu samemu ciężko będzie znaleźć wystarczająco mocny uchwyt na śliskiej, kruchej skale własnej wyobraźni, żeby przekonać Gulptilila, Evansa czy kogokolwiek innego w Western State, żeby go wypuścili. Nawet gdyby zaczął donosić na Lucy Jones i informować Pigułę o jej postępach w dochodzeniu, wątpił, czy doprowadziłoby go to do czegoś innego niż kolejnych nocy wysłuchiwania jęków umęczonych mężczyzn, śniących o strasznych rzeczach.

Dręczony przez wszystko, co nie dawało mu spokoju we śnie, zmagając się ze wszystkim, co otaczało go na jawie, Francis zamknął oczy i odciął się od wszechobecnych dźwięków. Modlił się o kilka godzin pozbawionego snów odpoczynku, zanim nastanie ranek.

Na prawo od niego, kilka łóżek dalej, nagle dała się słyszeć jakaś szamotanina, kiedy jeden z pacjentów zaczął się rzucać przez sen. Francis nie otwierał oczu, jakby mógł w ten sposób odizolować się od osobistego cierpienia tamtego człowieka.

Po chwili hałas ustał. Francis zacisnął mocno powieki, mrucząc coś do siebie, a może dyskutując z głosem mówiącym: *Idź spać.*

Ale następny dźwięk, jaki usłyszał, wydał mu się nieznajomy. Był to odgłos drapania.

Potem syk.

Potem głos i nagły ucisk dłoni zakrywającej mu oczy.

– Nie otwieraj oczu, Francis. Słuchaj, ale miej oczy zamknięte.

Francis gwałtownie wciągnął powietrze, bardzo gorące. W pierwszym odruchu chciał wrzasnąć, ale zagryzł usta. Szarpnął się i zaczął wstawać, ale jakaś siła wepchnęła jego głowę z powrotem w poduszkę. Podniósł rękę, żeby złapać anioła za nadgarstek, ale znieruchomiał na dźwięk jego głosu.

– Nie ruszaj się, Francis. Nie otwieraj oczu, dopóki ci nie powiem. Wiem, że nie śpisz. Wiem, że słyszysz każde moje słowo, ale zaczekaj na polecenie.

Francis zesztywniał. Po drugiej stronie ciemności wyczuwał stojącego nad sobą człowieka. Grozę i mrok.

– Wiesz, kim jestem, prawda?

Chłopak powoli kiwnął głową.

– Francis, jeśli się poruszysz, umrzesz. Jeśli otworzysz oczy, umrzesz. Jeśli spróbujesz krzyknąć, umrzesz. Rozumiesz, na czym będzie polegała nasza dzisiejsza rozmowa?

Anioł mówił cicho, prawie szeptem, ale jego głos uderzał Francisa jak pięść. Chłopak nie śmiał nawet drgnąć, chociaż jego głosy krzyczały, żeby uciekał; leżał bez ruchu, szarpany wątpliwościami i niepewnością. Dłoń zakrywająca mu oczy nagle się cofnęła, zastąpiona czymś o wiele gorszym.

– Czujesz? – spytał anioł.

Francis czuł coś zimnego na policzku. Płaski, lodowaty nacisk. Nie ruszał się.

– Wiesz, co to jest?

– Nóż – szepnął.

Zapadła chwila milczenia.

– Wiesz coś o tym nożu? – spytał cichy, straszny głos.

Francis znów kiwnął głową, chociaż nie rozumiał pytania.

– Co wiesz?

Chłopak z trudem przełknął ślinę. Zaschło mu w gardle. Bał się, że jeśli drgnie, ostrze przetnie mu skórę. Zaciskał oczy, ale próbował wyczuć rozmiary stojącego nad nim człowieka.

– Wiem, że jest ostry – powiedział słabo.

– Ale jak ostry?

Francis nie mógł wykrztusić odpowiedzi. Jęknął cicho.

– Pozwól, że odpowiem na własne pytanie – powiedział anioł, głosem niewiele głośniejszym od szeptu, ale z echem, które rozbrzmiało w głowie Francisa wyraźniej niż krzyk. – Jest bardzo ostry. Jak żyletka, więc jeśli ruszysz się choćby odrobinę, rozetnie ci ciało. I jest też mocny na tyle, żeby bez trudu przeciąć skórę, mięśnie, a nawet kość. Ale ty to wiesz, bo znasz już niektóre miejsca, które ten nóż odwiedził, prawda?

– Tak – wychrypiał Francis.

– Myślisz, że Krótka Blond rozumiała, co ten nóż oznacza, kiedy wbijał się w jej gardło?

Francis nie wiedział, o co chodzi, więc milczał.

Usłyszał cichy, szyderczy śmiech.

– Zastanów się nad tym pytaniem. Chciałbym usłyszeć odpowiedź.

Francis wciąż mocno zaciskał oczy. Przez moment miał nadzieję, że ten głos jest tylko sennym koszmarem i że to wszystko tak naprawdę wcale się nie dzieje, ale kiedy tak pomyślał, nacisk ostrza na jego policzek jakby się zwiększył. W świecie pełnym zwidów nóż był ostry i prawdziwy.

– Nie wiem – wykrztusił Francis.

– Nie wysilasz wyobraźni. Tutaj to wszystko, co tak naprawdę mamy, zgodzisz się? Wyobraźnia. Może zaprowadzić nas w wyjątkowe i straszne miejsca, zmusić do podążania w paskudne i mordercze kierunki, ale tylko ona należy do nas.

Francis pomyślał, że to prawda. Kiwnąłby głową, ale bał się, że jakikolwiek ruch na zawsze napiętnuje jego twarz blizną, taką jak u Lucy, więc leżał sztywno i nieruchomo. Ledwie oddychał, walczył z mięśniami, które chciały kurczyć się ze zgrozy.

– Tak – szepnął, prawie nie poruszając wargami.

– Jesteś w stanie zrozumieć, ile ja mam wyobraźni?

I znów słowa, które próbował wymówić w odpowiedzi, opuściły jego usta jako cichy skrzek.

– A więc co poznała Krótka Blond? Tylko ból? A może coś głębszego, o wiele bardziej przerażającego? Czy powiązała wrażenie cięcia nożem z wylewającą się krwią i była w stanie uświadomić sobie, że to jej własne życie znika i jej własna bezradność sprawiła, że to było takie żałosne?

– Nie wiem – wymamrotał chłopak.

– A ty? Czujesz, jak blisko jesteś śmierci?

Francis nie mógł wykształcić ani słowa. Jego zamknięte oczy widziały tylko czerwoną płachtę grozy.

– Czujesz, że twoje własne życie wisi na włosku?

Chłopak wiedział, że nie musi odpowiadać na to pytanie.

– Rozumiesz, że mogę odebrać ci życie w każdej chwili?

– Tak. – Francis sam nie wiedział, skąd wziął siłę, żeby wymówić choćby to jedno słowo.

– Czy zdajesz sobie sprawę, że mogę odebrać ci życie za dziesięć sekund? Albo za trzydzieści, a może zaczekam całą minutę, zależnie od tego, jak długo zechcę rozkoszować się tą chwilą. A może to nie stanie się dziś. Może jutro będzie bardziej odpowiadało moim planom. Albo przyszły tydzień. Albo przyszły rok. Kiedy tylko zechcę. Będziesz leżał tu, w tym łóżku, w tym szpitalu co noc, niepewny, kiedy wrócę? A może powinienem to zrobić już teraz i oszczędzić sobie kłopotu...

Płaska powierzchnia ostrza obróciła się i przez sekundę skóry Francisa dotykało ostrze.

– Twoje życie należy do mnie – ciągnął anioł. – Jest moje i mogę je zabrać, kiedy tylko mi się spodoba.

– Czego chcesz? – spytał Francis. Czuł, że pod mocno zaciśniętymi powiekami wzbierają mu łzy; strach wyrwał się wreszcie spod kontroli i ręce, wyciągnięte wzdłuż boków, i nogi zatrzęsły się w spazmach grozy.

– Czego chcę? – zaśmiał się sycząco mężczyzna, wciąż niewiele głośniej od szeptu. – Mam to, czego chciałem na dzisiaj, i jestem bliższy dostania wszystkiego, czego chcę. O wiele bliższy.

Francis wyczuł, że anioł nachyla się do jego twarzy, tak że ich usta dzieliło zaledwie kilka centymetrów jak usta kochanków.

– Jestem bliski tego wszystkiego, co dla mnie ważne, Francis. Jestem jak cień, depczący wam wszystkim po piętach. Jak zapach, który może wyczuć na was tylko pies. Jak rozwiązanie zagadki, troszkę za skomplikowanej dla takich jak wy.

– Co mam zrobić? – Francis niemal błagał. Prawie pragnął dostać jakieś zadanie do wykonania, które uwolniłoby go od obecności anioła.

– Ależ nic, Francis. Masz tylko pamiętać o naszej pogawędce, kiedy będziesz się zajmował swoimi codziennymi sprawami – odparł anioł. Przerwał na chwilę. – Teraz policz do dziesięciu – podjął – a potem otwórz oczy. Pamiętaj, co ci powiedziałem. Ach, byłbym zapomniał... – Anioł wydawał się w tej chwili zarazem rozradowany i straszliwy. – ...Zostawiłem mały prezent dla twojego przyjaciela Strażaka i tej suki prokurator.

– Co?

Anioł nachylił się tak, że Francis poczuł jego oddech na skórze.

– Lubię przekazywać wiadomości. Czasami są w tym, co zabieram. Ale tym razem to coś, co zostawiłem.

Nacisk stali na policzek Francisa nagle zniknął; chłopak wyczuł, że mężczyzna odsuwa się od łóżka. Wciąż wstrzymywał oddech. Zaczął liczyć. Powoli, od jednego do dziesięciu. Otworzył oczy.

Minęło jeszcze kilka sekund, zanim wzrok przyzwyczaił się do ciemności. Francis podniósł głowę i odwrócił się do drzwi dormitorium. Przez chwilę widział zarys sylwetki anioła, jaśniejącej niemal własnym blaskiem. Mężczyzna patrzył na Francisa, ale chłopak nie był w stanie rozróżnić jego rysów, dostrzegał tylko parę gorejących oczu, oślepiającą, białą aurę, otaczającą postać jak światło z zaświatów. Potem zjawa zniknęła, drzwi zamknęły się ze stłumionym stuknięciem, a po chwili dał się słyszeć odgłos przekręcanego w zamku klucza; dla Francisa zabrzmiało to jak zamykanie drzwi do jakiejkolwiek nadziei i drogi wyjścia. Zadrżał; całe jego ciało ogarnął niekontrolowany dygot, jakby wpadł do lodowatej wody i był teraz na skraju wychłodzenia. Leżał, spadając w otchłań grozy i strachu, które drążyły go i rozprzestrzeniały się po ciele jak zakażenie; nie wiedział, czy będzie w stanie się poruszyć, kiedy salę wypełni światło poranka. Jego głosy milczały, jakby też się bały, że Francis nagle znalazł się na skraju przepastnego urwiska strachu i jeśli pośliźnie się i spadnie, nigdy już nie zdoła się wydostać.

Przeleżał całą noc, nie śpiąc i nie poruszając się.

Oddychał krótko i spazmatycznie. Czuł, że mimowolnie kurczą mu się palce.

Nie robił niczego oprócz nasłuchiwania dźwięków dookoła i łomotu własnego serca. Kiedy nastał świt, Francis nagle stracił pewność, czy uda mu się zmusić swoje członki do ruchu. Nie był nawet pewien, czy da radę oderwać wzrok od punktu, w którym go utkwił; wpatrywał się w sufit dormitorium, ale widział tylko strach. Czuł w sobie skłębione emocje. Ślizgały się, ścigały, uciekały, poza wszelką kontrolą. Nie wiedział już, czy w ogóle potrafi nad nimi zapanować; przez głowę przemknęła mu myśl, że może w rzeczywistości nie przeżył tej nocy, że anioł poderżnął mu gardło jak Krótkiej Blond i że wszystko, co teraz myślał, słyszał i widział, było tylko złudzeniem ostatnich sekund życia, że tak naprawdę dookoła wciąż panowała noc, a jego krew wypływa równym strumieniem z ciała, z każdym uderzeniem serca.

– Dobra, ludziska – usłyszał od strony drzwi. – Pora wstawać. Śniadanko czeka.

To był Duży Czarny. Witał mieszkańców dormitorium na swój zwykły sposób.

Dookoła ludzie zaczęli jękiem torować sobie drogę ze snu, pozostawiając za sobą wszelkie dręczące koszmary, nieświadomi, że prawdziwy, żywy koszmar znajdował się wśród nich.

Francis dalej leżał sztywny jak przyklejony do łóżka. Jego członki odmawiały posłuszeństwa.

Kilku mężczyzn spojrzało na niego, kiedy przechodzili obok.

– Chodź, Francis – zawołał Napoleon. – Idziemy na śniadanie...

Okrągły człowieczek urwał, kiedy zobaczył wyraz twarzy chłopaka.

– Francis? Mewa, wszystko w porządku?

Znów poczuł wewnętrzny konflikt. Odezwały się jego głosy. Prosiły, namawiały, nalegały, bez przerwy: *Wstawaj, Francis! Dalej, Francis! Wstawaj! Obudź się! Proszę, Francis, wstań!*

Nie wiedział, czy ma dość sił. Czy kiedykolwiek będzie je miał.

– Mewa? Co się stało? – Głos Napoleona stał się zatroskany, prawie żałosny.

Chłopak nie odpowiedział, dalej wpatrywał się w sufit, coraz bardziej przekonany, że umiera, a każde słyszane słowo to ostatnie echa życia, towarzyszące słabnącym uderzeniom serca.

– Panie Moses! Niech pan tu przyjdzie! Potrzebujemy pomocy! – Napoleon nagle znalazł się chyba na skraju łez.

Francis czuł, jakby obracał się w dwóch różnych kierunkach jednocześnie. Opadał spiralą w dół, a zarazem wznosił się. Obie te siły walczyły w nim o lepsze.

Duży Czarny przepchnął się do jego łóżka; rozkazał pozostałym pacjentom wyjść na korytarz. Nachylił się nad Francisem i zajrzał mu głęboko w oczy, mamrocząc pod nosem przekleństwa z prędkością karabinu maszynowego.

– Dalej, cholera, Francis, wstawaj. Co się dzieje?

– Niech mu pan pomoże – poprosił Napoleon.

– Próbuję – odparł Duży Czarny. – Francis, powiedz, co się stało?

Klasnął w dłonie tuż przed twarzą chłopaka, żeby wywołać w nim jakąś reakcję. Złapał go za ramiona i mocno nim potrząsnął, ale Francis wciąż leżał sztywny na łóżku.

Chłopak pomyślał, że nie zna już żadnych słów. Zwątpił w swoją umiejętność mówienia. Wszystko w nim zaczynało pokrywać się przezroczystą skorupą jak lodem skuwającym powierzchnię stawu.

Zniekształcone głosy zdwoiły wysiłki. Wykrzykiwały polecenia, prosiły, nalegały, żeby zareagował.

Jedyną myślą, która przebijała się przez strach Francisa, była ta, że jeśli się nie poruszy, z całą pewnością umrze. Że koszmar stanie się prawdą. Tak jak dzień nie różnił się już od nocy, tak zlały się w jedno sen i jawa. Francis znów zachwiał się na krawędzi przytomności; częścią duszy pragnął zostawić to wszystko, znaleźć schronienie w odmowie życia, inna część błagała, żeby nie słuchał syreniego śpiewu pustego, martwego świata, który zaczął go wzywać.

Nie umieraj, Francis!

W pierwszej chwili myślał, że to jeden z jego znajomych głosów. Potem zdał sobie sprawę, że to on sam.

I tak, mobilizując każdą drobinę siły, Francis wychrypiał słowa, które jeszcze chwilę temu wydawały się mu na zawsze stracone.

– On tu był... – powiedział głosem podobnym do ostatniego tchnienia umierającego, tyle że samo jego brzmienie dodało mu energii.

– Kto? – spytał Duży Czarny.

– Anioł. Rozmawiał ze mną.

Pielęgniarz zakołysał się w tył i w przód.

– Zrobił ci coś?

– Nie. Tak. Nie wiem. – Każde słowo dodawało Francisowi sił. Czuł się jak człowiek, któremu nagle zaczęła spadać śmiertelna gorączka.

– Możesz wstać? – spytał Duży Czarny.

– Spróbuję – odparł Francis. Z pomocą pielęgniarza i Napoleona chłopak usiadł i zsunął nogi z łóżka. Zakręciło mu się w głowie. Potem wstał.

– Bardzo dobrze – szepnął Duży Czarny. – Musiałeś się nieźle najeść strachu.

Francis nie odpowiedział. To było oczywiste.

– Dasz radę, Mewa?

– Mam nadzieję.

– Zachowajmy to wszystko dla siebie, co? Pogadamy z panną Jones i Peterem, kiedy wyjdzie z izolatki.

Francis kiwnął głową. Wciąż był roztrzęsiony. Uświadomił sobie, że wielki czarny pielęgniarz zdawał sobie sprawę, jak niewiele brakowało, żeby chłopak nigdy już nie podniósł się z łóżka. Albo żeby wpadł w jedną z czarnych dziur, które zazwyczaj zajmowali katatonicy, i pogrążył się w sobie tylko znanym świecie. Dał niepewny krok do przodu, potem drugi; poczuł krążącą w żyłach krew i znikające ryzyko popadnięcia w większy obłęd niż dotychczasowy. Czuł pracujące mięśnie i serce. Jego głosy wiwatowały, a potem ucichły, jakby czerpały satysfakcję z każdego jego ruchu. Wolno odetchnął jak człowiek, którego chybił spadający głaz. Uśmiechnął się, odzyskując trochę dawnego animuszu.

– Dobrze – powiedział do Napoleona, wciąż trzymając się potężnego ramienia Dużego Czarnego. – Chyba coś bym zjadł.

Obaj mężczyźni kiwnęli głowami i dali krok do przodu, ale Napoleon się zawahał.

– Kto to? – zapytał nagle.

Francis i Duży Czarny odwrócili się i podążyli wzrokiem za spojrzeniem Napcia.

Obaj zobaczyli to samo, w tej samej chwili. Jeszcze jeden mężczyzna nie wstał rano z łóżka. Pozostał niezauważony w zamieszaniu, jakiego Napoleon narobił wokół Francisa. Leżał bez ruchu jak zmięty gałgan na stalowej pryczy.

– Co to, do cholery – warknął olbrzymi pielęgniarz, bardziej zirytowany, niż przejęty.

Francis podszedł kilka kroków i rozpoznał mężczyznę.

– Hej – zawołał głośno Duży Czarny, ale nie usłyszał odpowiedzi.

Francis wziął głęboki oddech. Na łóżku leżał Tancerz. Starszy człowiek, którego przeniesiono do Amherst dzień wcześniej. Kolega upośledzonego.

Francis spojrzał w dół i zobaczył jego sztywne kończyny. Nie będzie już poruszał się płynnie i wdzięcznie w takt muzyki, którą słyszał tylko on sam, pomyślał.

Twarz Tancerza zastygła, zmieniła się niemal w porcelanową maskę. Jego skóra była biała, jakby upudrowano go do wyjścia na scenę. Oczy i usta miał szeroko otwarte. Wyglądał na zaskoczonego, może nawet zszokowanego czy raczej przerażonego śmiercią, która przyszła po niego tej nocy.

Rozdział 24

Peter Strażak siedział po turecku na stalowej pryczy w izolatce jak młody i niecierpliwy Budda, który nie może się doczekać oświecenia. Poprzedniej nocy niewiele spał, chociaż wykładzina ścian i sufitu wytłumiła większość hałasów budynku, oprócz rzadkich wysokich krzyków czy wrzasków gniewu, dobiegających z któregoś z pomieszczeń takich samych jak to, w którym zamknięto jego samego. Okazjonalne krzyki przypominały mu nawoływania zwierząt w lesie po zmroku; nie było w nich żadnej wyraźnej logiki ani celowości dla nikogo oprócz człowieka, który je wydawał. W połowie długiej nocy Peter zaczął się zastanawiać, czy dobiegające wrzaski są prawdziwe, czy raczej zostały wydane kiedyś, w przeszłości, przez dawno nieżyjących pacjentów, i zawsze już mają rozbrzmiewać w mroku. Poczuł się zaszczuty.

Kiedy światło dnia nieśmiało zajrzało do celi przez judasz w ciężkich drzwiach, Peter zaczął się zastanawiać nad swoją sytuacją. Nie miał wątpliwości, że oferta kardynała była szczera, jeśli tak to można określić w warunkach pozbawionych szczerości. Wymagano po prostu, żeby zniknął. Zostawił wszystkie splątane ścieżki swojego życia i zaczął nowe. Rodzina i przeszłość, żyłaby dalej tylko jego pamięć. Gdyby przyjął ofertę, stanął na drodze bez odwrotu. Peter Strażak, jego czyny i motywy miały zniknąć ze zbiorowej świadomości bostońskiej archidiecezji, zastąpione nowym i lśniącym monumentem, z jasnymi wieżycami sięgającymi nieba. Dla własnej rodziny zginąłby w wyciszonych okolicznościach. Z upływem lat wszyscy bliscy uwierzyliby w mit stworzony przez Kościół, a prawda o Peterze rozpadłaby się w proch.

Rozważył alternatywy: więzienie, maksymalne zabezpieczenia, karcery i pobicia. Prawdopodobnie do końca życia, bo znaczący wpływ archidiecezji – która teraz naciskała na prokuratorów, by pozwolili mu zniknąć w Oregonie – odwróciłby się, gdyby Peter odrzucił propozycję. Nie byłoby więcej układów.

Peter wyobraził sobie szczęk zamykanych wrót więzienia i syk hydraulicznych zamków. Uśmiechnął się, bo pomyślał, że to prawie to samo, co halucynacje Mewy.

Przypomniał sobie biednego Chudego, pełnego strachu i omamów, siłą wyrwanego z namiastki życia, którą dał mu szpital. Chudy odwrócił się i błagał Petera i Francisa, żeby mu pomogli. Peter żałował, że Lucy nie słyszała tych wołań. Miał wrażenie, że przez całe życie ludzie prosili go o pomoc, a za każdym razem, kiedy próbował jej udzielić, nieważne, jak dobre miałby zamiary, wynikało z tego coś złego.

Dobiegały go odgłosy z korytarza; usłyszał huk otwieranych, potem zatrzaskiwanych innych drzwi. Nie mógł odrzucić oferty kardynała. I nie mógł zostawić Francisa i Lucy samych przeciwko aniołowi.

Zrozumiał, że jakkolwiek by to rozegrał, musi jak najszybciej pchnąć śledztwo do przodu. Czas nie był już jego sprzymierzeńcem.

Peter spojrzał na zamknięte drzwi, jakby się spodziewał, że ktoś właśnie w tej chwili je otworzy. Ale nie dobiegł go żaden dźwięk, więc nie wstawał. Starał się zapanować nad zniecierpliwieniem. Myślał, że obecna sytuacja w jakiś sposób trochę przypomina jego całe życie. Wszędzie i zawsze napotykał zamknięte drzwi, które nie pozwalały mu się swobodnie poruszać.

Czekał więc, zapadając się coraz głębiej w kanion sprzeczności, nie wiedząc, czy kiedykolwiek zdoła z niego wyjść.

– Nie widzę żadnych znaków nieczystej gry – powiedział dyrektor medyczny oficjalnym tonem.

Doktor Gulptilil stał nad ciałem Tancerza, białym jak porcelana i sztywnym sztywnością śmierci. Towarzyszyli mu pan Zły oraz dwóch psychiatrów i psychologów z innych budynków. Jeden z mężczyzn, jak dowiedział się Francis, pełnił również funkcję szpitalnego patologa; nachylał się nad Tancerzem, uważnie go badając. Lekarz był wysoki i szczupły, miał jastrzębi nos, okulary z grubymi szkłami i nerwowy zwyczaj odchrząkiwania, zanim cokolwiek powiedział; bezustannie kiwał lekko głową – przez co jego rozczochrana grzywa czarnych włosów podskakiwała w górę i w dół – niezależnie od tego, czy się z czymś zgadzał, czy nie. W ręku trzymał formularz, na którym od czasu do czasu pospiesznie coś notował.

– Nie ma śladów pobicia – mówił Gulptilil. – Żadnych zewnętrznych oznak urazów. Ani wyraźnych ran.

– Nagłe zaprzestanie akcji serca – powiedział doktor podobny do drapieżnego ptaka, szybko poruszając głową. – W jego karcie widzę, że w ciągu ostatnich paru miesięcy był leczony na serce.

Lucy Jones zaglądała lekarzom przez ramię.

– Spójrzcie panowie na jego ręce – wtrąciła się nagle. – Paznokcie są połamane i zakrwawione. To mogą być ślady po próbie obrony.

Wszyscy zgromadzeni odwrócili się do niej, ale to pan Zły wziął na siebie zadanie udzielenia wyjaśnień.

– Wczoraj brał udział w bójce, jak pani dobrze wie. To znaczy został w nią przypadkiem wciągnięty, kiedy wpadli na niego dwaj mężczyźni. Sam z siebie nie wmieszałby się w coś takiego, ale walczył, żeby się uwolnić. Podejrzewam, że wtedy właśnie poranił sobie palce.

– Przypuszczam, że to samo powie pan o zadrapaniach na jego przedramionach?

– Tak.

– A prześcieradło i koc? Są zaplątane wokół jego stóp.

– Atak serca bywa bardzo szybki i bolesny. Pacjent mógł się przez chwilę rzucać, zanim uległ.

Wszyscy lekarze mruknęli coś zgodnie. Piguła odwrócił się do Lucy.

– Panno Jones – powiedział powoli, cierpliwie, co tylko podkreślało jego zniecierpliwienie. – Śmierć nie jest w szpitalu niczym niezwykłym. Ten nieszczęsny jegomość był starszy wiekiem, przebywał tu od wielu lat. Miał już jeden atak serca; nie wątpię, że stres związany z przeniesieniem go z Williams do Amherst, pospołu z bójką, w którą został wciągnięty bez swojej winy, wszystko to razem jeszcze bardziej osłabiło jego układ sercowo-naczyniowy. To z pewnością zupełnie normalny i niczym niewyróżniający się jeden ze zgonów, jakie zdarzają się w Western State. Dziękuję za pani spostrzeżenia... – Przerwał znacząco, dając do zrozumienia, że w rzeczywistości za nic nie dziękuje. – ...Ale czy nie szuka pani kogoś, kto używa noża i rytualnie, nazwijmy to, okalecza dłonie ofiar? Kto, o ile pani wiadomo, atakuje tylko młode kobiety?

– Tak – odparła Lucy. – Ma pan słuszność.

– A więc ta śmierć nie pasuje do stworzonego przez panią wzorca, nieprawdaż?

– Tu również ma pan rację, doktorze.

– W takim razie proszę pozwolić nam zająć się tym wypadkiem w zwyczajny sposób.

– Nie wzywacie państwo policji?

Gulptilil westchnął, znów ledwie skrywając irytację.

– Jeśli pacjent umrze podczas operacji, czy neurochirurg wzywa policję? To analogiczna sytuacja, panno Jones. Spisujemy raport dla władz stanowych. Organizujemy zebranie personelu. Kontaktujemy się z kimś z rodziny, jeśli jest wymieniony w karcie pacjenta. W pewnych przypadkach, kiedy istnieją duże wątpliwości, przekazujemy ciało do autopsji. W pozostałych jednak nie. A często, panno Jones, ponieważ szpital jest jedynym domem niektórych pacjentów, do nas należy również pochówek.

Wzruszył ramionami, lecz znów gest wyrażający brak zainteresowania i nonszalancję skrywał coś, co Lucy wzięła za gniew.

W drzwiach zebrała się grupa pacjentów, próbując zajrzeć do sali. Gulptilil zerknął na pana Złego.

– Co za makabra. Panie Evans, wyrzućmy stąd tych ludzi i przenieśmy tego biedaka do kostnicy.

– Panie doktorze... – zaczęła znów Lucy, ale dyrektor przerwał jej i odwrócił się do pana Złego.

– Proszę mi powiedzieć, panie Evans, czy ktokolwiek w tej sali obudził się w nocy i zauważył szamotaninę? Czy doszło do jakiejś walki? Czy było słychać wrzaski, zadawane ciosy, wykrzykiwane przekleństwa i obelgi? Czy zaszło cokolwiek, co zazwyczaj łączy się z konfliktami, do jakich jesteśmy przyzwyczajeni?

– Nie, panie doktorze – odparł Evans. – Nic takiego.

– Może odbyła się walka na śmierć i życie?

– Nie.

Gulptilil odwrócił się do Lucy.

– Z całą pewnością, panno Jones, gdyby doszło tu do morderstwa, ktoś w sali obudziłby się i zobaczył coś albo usłyszał. Skoro jednak nic takiego się nie zdarzyło...

Francis dał pół kroku do przodu. Już zamierzał zabrać głos, ale powstrzymał się.

Spojrzał na Dużego Czarnego, który nieznacznie pokręcił głową. Francis uświadomił sobie, że pielęgniarz daje mu dobrą radę. Gdyby chłopak opisał, co słyszał, gdyby opowiedział o obcym przy swoim łóżku, najprawdopodobniej zostałoby to uznane za kolejną halucynację przez lekarzy skłonnych do takich wniosków. *Coś słyszałem – ale nikt inny oprócz mnie. Coś czułem – ale nikt inny tego nie zauważył. Wiem, że doszło do morderstwa – ale wiem to tylko ja.* Francis natychmiast dostrzegł beznadziejność swojej sytuacji. Jego protest zostałby zanotowany w karcie jako kolejny dowód, jak długa droga dzieli go od powrotu do zdrowia i możliwości opuszczenia Western State.

Wstrzymał oddech. Obecność anioła w szpitalu wciąż nie była ani rzeczywistością, ani ułudą. Francis wiedział, że anioł to rozumie. Nic dziwnego, pomyślał przy wtórze zgodnego chóru swoich głosów, że morderca czuje się pewnie. Wszystko uchodzi mu bezkarnie.

Pytanie, powiedział sobie, brzmi: Z czym chce ujść bezkarnie?

Dlatego zamknął usta i zamiast się odezwać, popatrzył na Tancerza. Co go zabiło? – pomyślał. Nie było krwi. Żadnych śladów na szyi. Tylko maska śmierci wyryta w rysach. Prawdopodobnie poduszka przyciśnięta do twarzy. Cicha panika. Bezgłośna śmierć. Chwila szamotaniny, potem ciemność. Czy to słyszałem w nocy? – zapytał się Francis. Tak, pomyślał z bólem. Po prostu nie otworzyłem oczu.

Nóż, który zabił Krótką Blond, tym razem został zarezerwowany dla niego. Ale wiadomość na łóżku miała trafić do wszystkich. Francis zadrżał. Wciąż dochodził do siebie; jeszcze nie do końca rozumiał, jak blisko był tej nocy prawdziwej śmierci albo pogrążenia się w jeszcze głębszym szaleństwie. Jedno z drugim szło łeb w łeb – dobrany zestaw ponurej alternatywy.

– Nie znoszę tego typu zgonów – zwrócił się Gulptilil do Evansa tonem swobodnej konwersacji. – Wszyscy się denerwują. Proszę dopilnować, żeby zwiększono dawki leków każdemu, kto wracałby do tego wydarzenia – Zerknął na Francisa. – Nie chcę, żeby pacjenci rozpamiętywali tę śmierć, zwłaszcza że jeszcze w tym tygodniu ma się odbyć narada komisji zwolnień.

– Rozumiem – odparł Evans.

Francis jednak nadstawił uszu, słysząc słowa doktora. Nie sądził, żeby śmierć Tancerza była dla kogokolwiek z sali czymś więcej niż ciekawostką.

Przypuszczał za to, że wiadomość o komisji zwolnień w tym tygodniu dramatycznie wpłynie na wielu pacjentów. Ktoś mógł wyjść, a w Western State nadzieja była przyrodnią siostrą omamu.

Zerknął po raz ostatni na Tancerza i poczuł nieprawdopodobny smutek. Oto człowiek, który został nieoczekiwanie uwolniony, pomyślał.

Ale wśród fal strachu i przygnębienia Francis dostrzegał zestawienie wydarzeń, którego nie umiał do końca zidentyfikować, ale napawało go martwiącymi, zimnymi podejrzeniami.

Do sali sypialnej wprowadzono nosze. Pod okiem Gulptilila i pan Złego zwłoki Tancerza przetoczono z łóżka i przykryto przybrudzoną, białą płachtą. Lucy pokręciła głową na widok tak beztroskiego niwelowania tego, co uważała za miejsce zbrodni.

Gulptilil odwrócił się i odprowadzając wzrokiem ciało, spostrzegł Francisa.

– Ach, pan Petrel – powiedział. – Zastanawiam się, czy czasem nie zbliża się pora naszego kolejnego spotkania.

Francis doskonale się orientował, czego doktor chciał. Kiwnął głową, bo nie wiedział, co innego miałby zrobić. Potem jednak pod wpływem impulsu uniósł ręce nad głowę i obrócił się powoli wokół własnej osi, poruszając rękami i nogami z największym wdziękiem, na jaki go było stać. Świadomie naśladował Tancerza, kręcącego piruety do muzyki, którą słyszał tylko on sam.

Gulptilil stał oniemiały ze zdziwienia, po chwili jednak zareagował.

– Panie Petrel, dobrze się pan czuje? – zapytał.

Francis uznał pytanie za niewyobrażalnie wprost głupie.

Nie przerywając tańca, zszedł doktorowi z drogi.

Na codziennej sesji grupowej rozmowa zeszła na program lotów kosmicznych. Gazeciarz sypał nagłówkami z ostatnich kilku dni, ale pacjenci Western State w dużej części nie chcieli uwierzyć, że człowiek rzeczywiście stanął na Księżycu. Sprzeciwiała się temu zwłaszcza Kleo. Grzmiała o rządowych mistyfikacjach i nieznanych, pozaziemskich niebezpieczeństwach, w jednej chwili chichocząc, w drugiej zapadając w ponure milczenie. Jej huśtawka nastrojów była oczywista dla wszystkich oprócz pana Złego, który ignorował większość objawów szaleństwa. Takie miał podejście. Lubił słuchać, notować, a potem pacjent odkrywał, kiedy ustawiał się w kolejce po wieczorne lekarstwa, że zmieniono mu dawki. Krępowało to rozmowę, ponieważ wszyscy w szpitalu uważali leki za ogniwa łańcucha, który ich tu trzymał.

O śmierci Tancerza nie rozmawiano, chociaż wszyscy o niej myśleli. Morderstwo Krótkiej Blond fascynowało i przerażało; zgon Tancerza przypomniał ludziom o ich własnej śmiertelności, a tego bali się zupełnie inaczej. Nieraz któryś z pacjentów siedzących w luźnym kole wybuchał śmiechem albo zaczynał łkać, co nie miało nic wspólnego z tokiem rozmowy, lecz spontanicznie wynikało z jakichś wewnętrznych przemyśleń.

Francis odniósł wrażenie, że pan Zły przygląda mu się wyjątkowo uważnie. Przypisywał to swojemu dziwacznemu zachowaniu tego ranka.

– A ty, Francis? – spytał niespodziewanie Evans.

– Przepraszam, słucham? – odparł chłopak.

– Co sądzisz o kosmonautach?

Francis zastanawiał się przez chwilę, potem pokręcił głową.

– Trudno to sobie wyobrazić – odparł.

– Co takiego?

– Jak to jest być w kosmosie, mieć kontakt tylko przez komputery i radia. Nikt wcześniej nie dotarł tak daleko. To interesujące. Nie sama zależność od sprzętu, tylko to, że żadna wyprawa przedtem nie była taka jak ta.

Pan Zły kiwnął głową.

– A odkrywcy w Afryce i na biegunie północnym?

– Zmagali się z żywiołami. Z nieznanym. Ale kosmonauci stają przed czymś zupełnie innym.

– Przed czym?

– Przed mitami – powiedział Francis. Rozejrzał się po pozostałych. – Gdzie Peter?

Pan Zły poruszył się niespokojnie.

– Wciąż w izolatce – wyjaśnił. – Ale niedługo powinien wyjść. Wracajmy do kosmonautów.

– Kosmonauci nie istnieją – oznajmiła Kleo. – A Peter tak. – Pokręciła głową. – A może nie? – dodała. – Może to wszystko sen i za chwilę się obudzimy.

Po tych słowach wybuchł spór między Kleo i Napoleonem a kilkoma pozostałymi o to, co naprawdę istnieje, a co nie, i czy jeśli coś się dzieje poza nami, to czy dzieje się naprawdę. Cała grupa zaczęła prychać i w podnieceniu wymachiwać rękami. Evans tego nie przerywał. Francis przysłuchiwał się przez chwilę dyskusji, bo zauważał pewne podobieństwa między sytuacją jego w szpitalu i ludzi lecących w kosmos. Tamci dryfują w pustce, pomyślał, tak samo jak ja.

Już otrząsnął się z przerażenia poprzedniej nocy, ale nie był pewien, czy jest gotów powitać następną.

Wyszukiwał w pamięci słowa anioła, ale ciężko było mu je sobie przypomnieć z konieczną precyzją. Strach wszystko wypaczał. Tworzył zniekształcony obraz jak w gabinecie luster.

Nie próbuj zobaczyć anioła, powiedział sobie w pewnej chwili. Postaraj się zobaczyć to, co anioł widzi.

Przestań! – krzyknęły nagle ostrzegawczo jego głosy. *Nie rób tego!*

Poruszył się niespokojnie na krześle. Głosy nie ostrzegałyby go, gdyby nie chodziło o coś ważnego i niebezpiecznego. Potrząsnął lekko głową, jakby chciał nawiązać przerwane połączenie z wciąż kłócącą się grupą. Popatrzył na pozostałych.

– ...Po co w ogóle mamy lecieć w kosmos... – mówił właśnie Napoleon.

Francis zobaczył, że siedząca naprzeciwko niego Kleo przygląda mu się z trochę zdezorientowanym, trochę zaciekawionym wyrazem twarzy, z uwagą graniczącą niemal z podziwem. Nachyliła się, ignorując Napoleona, co rozwścieczyło małego człowieczka.

– Mewa coś widział, prawda? – spytała cicho.

Potem zachichotała. Całe jej ciało zatrzęsło się z rozbawienia jakimś żartem, który rozumiała tylko ona. W tej samej chwili do sali wszedł Peter.

Pomachał wszystkim, potem ukłonił się zamaszyście jak dworzanin króla na szesnastowiecznym dworze. Wziął metalowe, składane krzesło i przystawił je do koła.

– Może być – powiedział, jakby przewidując pytanie.

– Peter chyba lubi izolatkę – stwierdziła Kleo.

– Nikt nie chrapie – odparł Peter.

Część zebranych uśmiechnęła się, część parsknęła śmiechem.

– Rozmawialiśmy o kosmonautach – poinformował pan Zły. – Zostało nam niewiele czasu, więc pora podsumować dyskusję.

– Jasne – zgodził się Peter. – Nie będę w niczym przeszkadzać.

– Dobrze. W takim razie, czy ktoś chciałby coś dodać? – Pan Zły odwrócił się od Petera i przyjrzał zebranym pacjentom.

Odpowiedziała mu cisza.

Evans odczekał kilka sekund.

– No?

Cała grupa, tak rozgadana wcześniej, teraz milczała. Francis pomyślał, że to do nich podobne; słowa czasem wypływały bez żadnej kontroli, zalewając wszystko dookoła, a zaraz potem znikały i niemal z religijnym zapałem wszyscy zamykali się w sobie. Zmiany nastroju były tu chlebem codziennym.

– Dajcie spokój – powiedział Evans głosem, w który wkradało się zniecierpliwienie. – Jeszcze minutę temu robiliśmy duże postępy, zanim nam przerwano. Kleo?

Kobieta pokręciła głową.

– Gazeciarz?

Ten, dla odmiany, nie przypominał sobie żadnego nagłówka.

– Francis?

Chłopak milczał.

– Powiedz coś – polecił sztywno Evans.

Francis nie wiedział, co robić; widział, że Evans wierci się na krześle, coraz bardziej rozgniewany. Pan Zły lubił mieć pełną kontrolę nad wszystkim, co się działo w dormitorium, a Peter po raz kolejny podważył tę władzę. Żadne obłąkanie, choćby nie wiadomo jak głębokie, nie mogło równać się z evansowską potrzebą posiadania na własność każdej chwili każdego dnia i nocy w budynku Amherst.

– Powiedz coś – rozkazał Evans jeszcze zimniejszym tonem.

Francis ponaglił się w myślach, próbując sobie wyobrazić, co pan Zły chciałby usłyszeć, ale udało mu się tylko wykrztusić:

– Nigdy nie polecę w kosmos.

Evans wzruszył ramionami.

– No pewnie, że nie... – prychnął, jakby słowa Francisa były najgłupszą rzeczą, jaką słyszał.

Ale Peter, który uważnie obserwował całą scenę, nagle zabrał głos.

– Dlaczego nie? – spytał.

Francis odwrócił się do przyjaciela. Peter szczerzył się wesoło.

– Dlaczego nie? – powtórzył.

Evans wyglądał na zdenerwowanego.

– Peter, staramy się nie pobudzać złudzeń pacjentów – warknął.

Ale Peter zignorował terapeutę.

– Dlaczego nie, Francis? – spytał po raz trzeci.

Chłopak machnął ręką, jakby chciał wskazać cały szpital.

– Ależ Mewa – ciągnął Peter, z każdym słowem nabierając rozpędu. – Dlaczego miałbyś nie zostać kosmonautą? Jesteś młody, silny, bystry. Widzisz rzeczy, które umykają innym. Nie jesteś zarozumiały, masz odwagę. Myślę, że byłby z ciebie doskonały kosmonauta.

– Ale Peter... – zaczął Francis.

– Żadnych ale. Kto powiedział, że NASA nie postanowi wysłać w kosmos wariata? To znaczy, kto się nadaje lepiej niż jeden z nas? Ludzie na pewno uwierzyliby szalonemu kosmonaucie o wiele szybciej niż jakiemuś wojskowemu, prawda? Dlaczego mieliby nie wysłać w kosmos najróżniejszych ludzi, i dlaczego nie kogoś z nas? Może latanie w przestrzeni bez grawitacji, która trzyma nas na Ziemi, okaże się skuteczną terapią? To by był taki naukowy eksperyment. Może...

Peter nabrał tchu. Evans natychmiast zaczął coś mówić, ale przerwał mu Napoleon.

– Może rzeczywiście wariujemy od grawitacji...

– Ciążenie nas krępuje – dołączyła się Kleo.

– Cały ten ciężar na naszych barkach...

– Nie pozwala wznieść się myślom...

Pacjenci zaczęli potakiwać. Wszyscy nagle odzyskali mowę. Na początku rozległy się pomruki zgody, potem wybuchł entuzjazm.

– Moglibyśmy latać. Unosić się.

– Nikt by nas nie zatrzymywał.

– Kto lepiej nadaje się na odkrywców niż my?

Mężczyźni i kobiety uśmiechali się i zgodnie kiwali głowami. Tak, jakby w jednej chwili wszyscy zobaczyli siebie jako kosmonautów, którzy pozostawili za sobą ziemskie troski i mkną bez wysiłku przez wspaniałą, gwiaździstą pustkę kosmosu. To była niesamowicie atrakcyjna wizja i przez kilka chwil cała grupa bujała w obłokach; każdy wyobrażał sobie, że przestaje go więzić siła ciążenia, i doświadczał dziwnego, wymyślonego poczucia wolności.

Evans zapienił się z wściekłości. Zaczął coś mówić, przestał.

Spojrzał ze złością na Petera i bez słowa wypadł z sali.

Pacjenci uciszyli się, odprowadzając psychologa wzrokiem. W ciągu kilku chwil na wszystkich opadła z powrotem mgła kłopotów.

Kleo westchnęła głośno i pokręciła głową.

– Wychodzi na to, że zostałeś tylko ty, Mewa – oświadczyła z przekonaniem. – Ty będziesz musiał ruszyć do nieba za nas wszystkich.

Cała grupa posłusznie wstała, poskładała metalowe krzesła i ustawiła je na swoim miejscu pod ścianą, przy wtórze metalicznego szczęku. Potem, pogrążeni każdy we własnych myślach, pacjenci wyszli z sali na główny korytarz Amherst, znikając w strumieniu chodzących w tę i z powrotem ludzi.

Francis złapał Petera za ramię.

– On tu był, dzisiaj w nocy.

– Kto?

– Anioł.

– Wrócił?

– Tak. Zabił Tancerza, ale nikt nie chce w to uwierzyć, a potem przyłożył mi nóż do twarzy i powiedział, że może zabić mnie albo ciebie, albo kogo zechce, kiedy tylko będzie miał ochotę.

– Jezu! – sapnął Peter. Jeśli pozostało w nim jeszcze jakieś zadowolenie z pokonania pana Złego, całkowicie zniknęło w tej chwili. Strażak nachylił się do Francisa. – Co jeszcze? – spytał.

Chłopak, próbując przypomnieć sobie każdy szczegół, poczuł resztki czającego się w nim strachu. Z trudem przyszło mu opowiedzieć Peterowi o ucisku ostrza na twarzy. Z początku myślał, że te wyznania przegonią lęk. Niestety, jego wewnętrzny niepokój tylko się zwiększył.

– Jak go trzymał? – spytał Peter.

Francis zademonstrował.

– Jezu – powtórzył Strażak. – Musiał cię cholernie wystraszyć, Mewa.

Francis kiwnął głową. Nie chciał mówić na głos, jak bardzo był przerażony. Ale w tej samej chwili coś przyszło mu do głowy. Zamarł, ściągając brwi i próbując obejrzeć pytanie, które było mętne i niewyraźne. Peter zobaczył nagłą konsternację przyjaciela.

– Co się stało?

– Peter... – zaczął Francis – byłeś kiedyś detektywem. Po co anioł miałby przykładać mi nóż do twarzy w ten sposób?

Strażak się zamyślił.

– Czy nie powinien... – ciągnął Francis – przystawić mi go do gardła?

– Tak – odparł Peter.

– Wtedy, gdybym krzyknął...

– Gardło, tętnica, tchawica, to wrażliwe miejsca. Tak zabija się kogoś nożem.

– Ale on tego nie zrobił. Przystawił mi nóż do twarzy.

Peter kiwnął głową.

– Intrygujące – przyznał. – Wiedział, że nie będziesz krzyczał...

– Ludzie krzyczą tutaj bez przerwy. To nic nie znaczy.

– Prawda. Ale on chciał cię przerazić.

– Udało mu się – mruknął Francis.

– Widziałeś jego...

– Kazał mi zamknąć oczy.

– A głos?

– Mógłbym go rozpoznać, gdybym znów usłyszał. Zwłaszcza z bliska. Syczał jak wąż.

– Myślisz, że próbował go jakoś zamaskować?

– Nie. Dziwne. Chyba nie. Jakby się tym nie przejmował.

– Co jeszcze?

Francis pokręcił głową.

– Był... pewny siebie – powiedział ostrożnie.

Obaj wyszli z sali terapeutycznej. Lucy czekała na nich w korytarzu, niedaleko dyżurki pielęgniarek. Ruszyli w jej stronę, a kiedy wymijali grupki pacjentów, Peter zauważył Małego Czarnego, stojącego niedaleko dyżurki, przy Lucy Jones. Mniejszy z dwóch braci zapisywał coś w dużym czarnym notesie, przymocowanym do metalowej kraty cienkim srebrnym łańcuchem, przypominającym zabezpieczenia do dziecięcych rowerków. Peterowi w tej samej chwili przyszedł do głowy pewien pomysł; ruszył szybkim krokiem w stronę Małego Czarnego, ale Francis zatrzymał go, chwytając za ramię.

– Co? – spytał Peter.

Francis nagle zbladł, a w jego głosie pojawiło się nerwowe wahanie.

– Peter – wymamrotał. – Pomyślałem właśnie...

– Co takiego?

– Skoro się do mnie odezwał, to znaczy, nie martwił się, że mogę przypadkiem usłyszeć gdzieś jego głos. Nie bał się, że go rozpoznam, bo wie, że nigdzie indziej go nie usłyszę.

Peter zatrzymał się, pokiwał głową i wskazał Lucy.

– Interesujące – powiedział. – Bardzo interesujące.

Francis pomyślał, że Peter wcale nie miał na myśli słowa „interesujące". Odwrócił się i nakazał sobie w duchu: znajdź ciszę.

Zauważył, że kiedy to pomyślał, lekko zadrżała mu dłoń, a w ustach poczuł paskudny posmak; spróbował usunąć go śliną, ale zaschło mu w gardle. Spojrzał na Lucy, która miała na twarzy wyraz zniecierpliwienia; domyślał się, że nie ma to wiele wspólnego z nimi dwoma, za to dużo ze światem, w który wkroczyła z taką pewnością siebie, a teraz okazywał się bardziej niejednoznaczny, niż początkowo zakładała.

Kiedy prokurator do nich dołączyła, Peter podszedł do Małego Czarnego.

– Panie Moses, co pan robi? – zapytał ostrożnie.

Szczupły pielęgniarz spojrzał na Petera.

– Zwykła procedura – odparł.

– To znaczy?

– Rutyna – mruknął Mały Czarny. – Zapisuję kilka rzeczy w książce dziennej.

– Co jeszcze do niej trafia?

– Wszystkie zmiany zarządzone przez dyrektora albo pana Złego. To, co niezwyczajne, na przykład bójka, zgubione klucze albo śmierć, jak w przypadku Tancerza. Odstępstwa od szpitalnej normy. Sporo też drobiazgu. Na przykład, o której idzie się w nocy do kibla, kiedy sprawdza się drzwi, sale sypialne. Przychodzące telefony i w ogóle wszystko, co ktoś pracujący tutaj może uznać za niecodzienne. Albo, na przykład, kiedy zauważy się, że któryś z pacjentów robi znaczące postępy. Coś takiego też tu trafia. Kiedy przychodzi się do dyżurki na swoją zmianę, trzeba sprawdzić, co się działo na poprzedniej. A potem, zanim się wyjdzie, trzeba coś zanotować i złożyć podpis. Nawet jeśli to miałoby być tylko kilka słów. I tak codziennie. Książka jest po to, żeby było łatwiej następnej zmianie, żeby byli na bieżąco.

– Czy taka książka jest...

Mały Czarny mu przerwał.

– Jedna na każdym piętrze, przy dyżurce. Ochrona ma własną.

– A więc, gdyby się miało do nich dostęp, wiedziałoby się mniej więcej, kiedy co się dzieje. To znaczy, chodzi mi o rutynowe działania.

– Książka dzienna jest ważna – podkreślił Mały Czarny. – Trafiają do niej najróżniejsze sprawy. Musi być zapisane wszystko, co się tu dzieje.

– Kto archiwizuje książki?

Mały Czarny wzruszył ramionami.

– Leżą gdzieś w piwnicy, w kartonach.

– Ale gdyby udało mi się zajrzeć do którejś, dowiedziałbym się bardzo różnych rzeczy, prawda?

– Pacjentom nie wolno przeglądać książek dziennych. Nie o to chodzi, że są schowane czy coś. Po prostu to lektura wyłącznie dla personelu.

– Ale gdybym którąś przeczytał... nawet taką, którą wycofano do magazynu, miałbym niezłe wyobrażenie, kiedy dzieją się różne rzeczy i według jakiego rozkładu, prawda?

Mały Czarny wolno pokiwał głową.

– Na przykład – ciągnął Peter, ale teraz mówił już do Lucy Jones – orientowałbym się całkiem nieźle, kiedy mogę chodzić po szpitalu tak, żeby nikt mnie nie widział. I kiedy zastanę Krótką Blond samą w dyżurce w środku nocy, do tego śpiącą, bo raz na tydzień miała dwie zmiany, prawda? I wiedziałbym, że ktoś z ochrony dawno już sprawdził drzwi, może zatrzymał się, żeby chwilę pogadać, i że nikogo innego tu nie będzie, poza gromadą nafaszerowanych chemią pacjentów, prawda?

Mały Czarny nie musiał odpowiadać na to pytanie. Ani na żadne inne.

– To stąd on wszystko wie – wyszeptał Peter. – Nie ma stuprocentowej pewności, ale wiele może się domyślać, a jeśli jest choć trochę przewidujący, może czekać i wybierać dogodne chwile.

Francis poczuł w duszy chłód, bo nagle uświadomił sobie, że właśnie zbliżyli się o kolejny krok do anioła, a on był już raz bardzo blisko niego, i z jednej strony wolałby nie mieć z nim więcej do czynienia.

Lucy chwilę kiwała głową.

– Nie umiem tego dokładnie określić, ale coś się tu nie zgadza – odezwała się w końcu do Petera i Francisa. – Nie, to złe określenie; coś się zgadza i nie zgadza zarazem.

Peter wyszczerzył się w uśmiechu.

– Ależ, Lucy – zaintonował śpiewnie, przedrzeźniając sposób mówienia i akcent Gulptilila. – Ależ, Lucy – powtórzył. – Tu, w domu wariatów, to zupełnie normalne. Mów dalej, proszę.

– Ten szpital zaczyna dawać mi się we znaki – powiedziała cicho. – Wczoraj wieczorem byłam chyba śledzona, kiedy szłam do dormitorium stażystów. Słyszę szelesty pod swoimi drzwiami, które cichną, kiedy wstaję. Wyczuwam, że ktoś grzebał w moich rzeczach, chociaż nic nie zginęło. Cały czas myślę, że idziemy do przodu, a mimo to nie umiem wskazać, na czym ten postęp polega. Podejrzewam, że niedługo zacznę słyszeć głosy.

Odwróciła się i przez chwilę patrzyła na Francisa, pogrążonego w rozmyślaniach. Spojrzała wzdłuż korytarza i zobaczyła Kleo rozwodzącą się nad jakąś niesłychanie ważną sprawą. Potężna kobieta gestykulowała zamaszyście i grzmiała na pół budynku, chociaż nic, co mówiła, nie miało większego sensu.

– Albo zacznę sobie wyobrażać, że jestem wcieleniem egipskiej księżniczki – dodała Lucy, potrząsając głową.

– Może z tego wyniknąć poważny konflikt – zawyrokował Peter ze śmiechem.

– Ty dasz sobie radę – ciągnęła Lucy. – Nie jesteś wariatem jak reszta tych ludzi. Kiedy tylko wyjdziesz, wszystko będzie w porządku. Ale Mewa... Co z nim?

– Przed Francisem stoją większe wyzwania. – Peter w jednej chwili spochmurniał. – Musi udowodnić, że nie jest świrem, ale jak to zrobić w szpitalu? To miejsce jest zorganizowane tak, żeby robić z ludzi wariatów, a nie ich leczyć. Wszystkie choroby, na jakie pacjenci tu cierpią, stają się jakby zaraźliwe... – W głos Petera wkradła się gorycz. – To tak, jakby trafiało się tu z przeziębieniem, które zmienia się w zapalenie oskrzeli, potem płuc, na końcu w śmiertelną niewydolność dróg oddechowych, a wtedy mówią: „Cóż, robiliśmy wszystko, co w naszej mocy..."

– Muszę się stąd wydostać – stwierdziła Lucy stanowczo. – Ty też.

– Zgadza się – odparł Peter. – Ale osobą, która najbardziej potrzebuje się stąd wydostać, jest Mewa. W przeciwnym razie będzie zgubiony. – Znów się uśmiechnął, maskując głęboki smutek. – Ty i ja wybraliśmy własne kłopoty, idąc jakąś perwersyjną, neurotyczną drogą. Francis wszystkie dostał. Bez swojej winy. W odróżnieniu ode mnie.

Lucy dotknęła przedramienia Petera, podkreślając w ten sposób prawdziwość jego słów. Peter znieruchomiał jak pies myśliwski wystawiający zwierzynę, a dotyk dłoni Lucy prawie go palił. Potem cofnął się trochę, jakby nie mógł znieść nacisku. Uśmiechnął się jednak i głęboko westchnął.

– Musimy znaleźć anioła – powiedział. – I to jak najszybciej.

– Zgadzam się – przytaknęła Lucy. Potem spojrzała na Petera z zaciekawieniem, bo zrozumiała, że miał na myśli coś więcej niż zwykłą zachętę do działania. – O co chodzi?

Zanim jednak Peter zdołał odpowiedzieć, Francis, który roztrząsał coś w duchu i nie zwracał na nich oboje uwagi, wyprostował się i podszedł bliżej.

– Mam pomysł – oświadczył z wahaniem. – Nie wiem, ale...

– Mewa, muszę ci coś powiedzieć... – zaczął Peter, ale sam sobie przerwał. – Co to za pomysł?

– Co musisz mi powiedzieć?

– To może chwilę zaczekać. Twój pomysł?

– Tak bardzo się bałem – zaczął Francis. – Ciebie tam nie było, wokół tylko ciemność, a nóż leżał na mojej twarzy. Strach to zabawne zjawisko, Peter – ciągnął. – Przestawia ci myślenie tak bardzo, że nic innego nie widzisz. Założę się, że Lucy o tym wie, ale ja nie wiedziałem i nasunęło mi to pewien pomysł...

– Francis, spróbuj wyrażać się jaśniej – powiedział Peter, jakby mówił do ucznia podstawówki. Z uczuciem, ale i zainteresowaniem.

– Taki strach sprawia, że myśli się tylko o jednym: jak bardzo się boisz i co się stanie, i czy on wróci, i o tych strasznych rzeczach, które zrobił i jeszcze może zrobić, bo wiedziałem, że mógł mnie zabić, i chciałem zapaść się w jakieś bezpieczne miejsce, gdzie byłbym sam...

Lucy nachyliła się do Francisa, bo nagle dostrzegła przebłysk tego, do czego zmierzał.

– Mów dalej – zachęciła.

– Ale cały ten strach przysłonił coś, co powinienem zobaczyć.

Peter kiwnął głową.

– Co?

– Anioł wiedział, że tej nocy ciebie tam nie będzie.

– Czytał książkę dzienną. Albo widział bijatykę. Albo słyszał, że wysłali mnie do izolatki.

– A więc sytuacja była dla niego dogodna, bo raczej nie chciał zajmować się nami dwoma naraz. Miał doskonałą okazję, żeby mnie przerazić...

– Też tak sądzę – włączyła się Lucy.

– Ale po co zabił Tancerza.

– Żeby nam pokazać, że może zrobić wszystko, co zechce. Żeby podkreślić wagę swojej wiadomości. Nie jesteśmy bezpieczni. – Francis odetchnął ciężko, bo myśl, że Tancerz zginął tylko dlatego, żeby dać im coś do zrozumienia, bardzo go wzburzyła. Nie umiał sobie wyobrazić, co pchnęło anioła do tak dramatycznego czynu, a potem, niemal w tej samej chwili, uświadomił sobie, że może jednak umie. To przeraziło go jeszcze bardziej, ale znalazł otuchę w jasnym świetle korytarza i towarzystwie Petera i Lucy. Są mądrzy i silni, pomyślał, a nie szaleni i słabi jak on, dlatego anioł postępował z nimi ostrożnie. Francis wziął głęboki wdech. – Mimo wszystko ryzykował – podjął. – Jak sądzicie, czy istniał jeszcze inny powód, dla którego anioł musiał przyjść tej nocy do tej sali?

– Inny powód?

Francis prawie się jąkał, każda myśl rozbrzmiewała w nim echem, coraz głębiej, jakby stał na skraju olbrzymiej jamy, kuszącej obietnicą zapomnienia. Na chwilę zamknął oczy i pod powiekami rozbłysła mu czerwona, niemal oślepiająca błyskawica. Nie spieszył się, starannie formułował każde słowo, bo w tej właśnie chwili zrozumiał, co takiego było w sali, czego potrzebował anioł.

– Upośledzony mężczyzna... – zaczął Francis – miał coś, co należało do anioła...

– Zakrwawiona koszula.

– Zastanawiam się...

Nie dokończył. Spojrzał na Petera, który odwrócił się do Lucy Jones. Nie musieli nic mówić. Cała trójka przecięła korytarz i wpadła do dormitorium.

Mieli szczęście: potężny mężczyzna siedział na krawędzi łóżka, gaworząc coś cicho do szmacianej lalki. W głębi sali znajdowało się kilku innych pacjentów. W większości leżeli na łóżkach, wyglądali przez okna albo wpatrywali się w sufit, zupełnie nieobecni duchem. Upośledzony spojrzał na trójkę przybyszów i uśmiechnął się. Lucy podeszła do niego, przejmując inicjatywę.

– Cześć – powiedziała. – Pamiętasz mnie?

Kiwnął głową. .

– To twój przyjaciel? – spytała.

Znów przytaknął.

– I tutaj obaj śpicie?

Mężczyzna poklepał materac, a Lucy usiadła obok niego. Choć była wysoka, przy nim wyglądała jak karzełek. Przesunął się, robiąc jej miejsce.

– I tutaj obaj mieszkacie...

Uśmiechnął się szeroko. Przez chwilę mocno się skupiał, a potem wyjąkał:

– Mieszkam w dużym szpitalu.

Słowa wytaczały się z jego ust jak głazy. Każde było zniekształcone i twarde jak skała; Lucy pomyślała, że formowanie słów musiało być dla niego kolosalnym wysiłkiem.

– I tutaj trzymacie swoje rzeczy? – spytała.

Mężczyzna znów poruszył głową w górę i w dół.

– Czy ktoś próbował ci zrobić krzywdę?

– Tak – powiedział przeciągle, jakby w ten sposób chciał wyrazić coś więcej. – Biłem się.

Lucy wzięła głęboki oddech, ale zanim zadała następne pytanie, zobaczyła, że w oczach upośledzonego wezbrały łzy.

– Biłem się – powtórzył. – Nie lubię się bić – dodał. – Mama mówi: żadnych bójek. Nigdy.

– Twoja mama jest mądra – przyznała Lucy. Nie miała żadnych wątpliwości, że mężczyzna byłby zdolny wyrządzić komuś poważną krzywdę, gdyby się nie hamował.

– Jestem za duży – wyjaśnił. – Żadnych bójek.

– Jak twój przyjaciel ma na imię? – Lucy wskazała lalkę.

– Andy.

– Ja jestem Lucy. Czy też mogę być twoim przyjacielem?

Pokiwał głową i uśmiechnął się.

– Pomożesz mi w czymś?

Ściągnął brwi; Lucy pomyślała, że miał problemy ze zrozumieniem, więc dodała:

– Zgubiłam coś.

Mężczyzna chrząknął, jakby chciał powiedzieć, że też zdarzyło mu się kiedyś coś zgubić i nie lubił takich sytuacji.

– Zajrzysz dla mnie do swoich rzeczy?

Upośledzony zawahał się, wzruszył ramionami. Sięgnął pod łóżko i jedną ręką wyciągnął stamtąd zieloną, wojskową skrzynkę.

– Co? – spytał.

– Koszulę.

Ostrożnie podał jej Andy'ego, potem rozpiął zatrzask skrzynki. Lucy zauważyła, że skrzynka nie była zamknięta na klucz. Mężczyzna pokazał swój skromny dobytek. Na wierzchu leżały poskładane majtki i skarpetki, obok znajdowało się zdjęcie mężczyzny i jego matki. Fotografia miała kilka lat, była trochę pogięta i postrzępiona na krawędziach, jakby często trzymano ją w rękach. Głębiej leżały dżinsy i buty, sportowe koszule oraz trochę wytarty, ciemnozielony sweter.

Zakrwawionej koszuli nie było. Lucy spojrzała szybko na Petera, który pokręcił głową.

– Nie ma – powiedział cicho.

– Dziękuję – zwróciła się Lucy do upośledzonego. – Możesz już schować swoje rzeczy.

Mężczyzna zamknął skrzynkę i wsunął ją z powrotem pod łóżko. Lucy oddała mu lalkę.

– Masz tu jeszcze jakichś przyjaciół? – Wskazała salę.

Pokręcił głową.

– Całkiem sam – mruknął.

– Ja będę twoim przyjacielem – zadeklarowała Lucy, chociaż wiedziała, że to kłamstwo. Poczuła się winna, po części za beznadzieję sytuacji upośledzonego, a po części za siebie, że tak łatwo oszukała kogoś, kto był prawie dzieckiem i kto mógł z upływem lat stawać się coraz starszy, ale nigdy mądrzejszy.

Kiedy wrócili do jej gabinetu, Lucy westchnęła.

– Cóż, wygląda na to, że powinniśmy pożegnać się z myślą o dowodach rzeczowych.

W jej głosie brzmiała gorycz porażki, ale Peter był bardziej optymistycznie nastawiony.

– Nie, nie, czegoś się dowiedzieliśmy. To, że anioł coś komuś podrzucił, a potem zadał sobie spory trud, żeby to odzyskać, daje nam pewne informacje na temat jego osobowości.

Francisowi kręciło się w głowie. Czuł, że drżą mu lekko ręce, bo wszystkie ważne myśli, które ginęły w natłoku wrażeń, teraz nabierały wyrazistości.

– Bliskość – powiedział.

– Co?

– Wybrał tego upośledzonego nie bez powodu. Wiedział, że Lucy będzie go przepytywać. Znajdował się na tyle blisko, żeby mu coś podrzucić. Upośledzony nie mógłby też mu zagrozić. Wszystko, co robi anioł, ma jakiś cel.

– Racja – przyznała Lucy. – A o czym nam to mówi?

Głos Petera zabrzmiał nagle zimno.

– Że on się raczej nie ukrywa.

Francis jęknął, jakby dostał cios w pierś. Zakołysał się; Peter i Lucy spojrzeli na niego z troską. Strażak po raz pierwszy pomyślał, że to, co dla niego i Lucy było sprawdzianem inteligencji, próbą sił z przebiegłym mordercą, dla Francisa mogło być czymś o wiele trudniejszym i niebezpieczniejszym.

– On chce, żebyśmy go szukali – powiedział Francis; słowa wypływały z jego ust jak krew. – On się tym bawi.

– W takim razie musimy zakończyć tę zabawę – skwitował Peter.

Francis podniósł wzrok.

– Nie powinniśmy robić tego, czego on oczekuje. Nie wiem jak ani skąd, ale anioł wie o naszych planach.

Peter wziął głęboki oddech. Przez chwilę wszyscy troje milczeli, rozmyślając nad wnioskiem Francisa. Peter nie uważał, żeby to była właściwa chwila na przekazanie przyjaciołom ważnej informacji, a dalsza zwłoka mogła pogorszyć sytuację.

– Nie zostało mi wiele czasu – oznajmił cicho. – W ciągu kilku następnych dni zostanę stąd odesłany. Na zawsze.

Rozdział 25

Przetoczyłem się po podłodze i poczułem na policzku dotyk twardych desek. Walczyłem z łkaniem, które zaczęło wstrząsać moim ciałem. Przez całe życie wpadałem z jednej samotności w drugą i samo wspomnienie chwili, w której usłyszałem, jak Peter Strażak mówi, że zostawi mnie samego w Western State, wtrąciło w mnie w czarną rozpacz, jak wtedy w Amherst. Myślę, że od pierwszej sekundy naszej znajomości wiedziałem, że zostanę porzucony, ale mimo to po wyznaniu Petera czułem, jakby dostał cios w pierś. Jest taki rodzaj głębokiego smutku, który nigdy nie opuszcza serca, choćby nie wiadomo ile minęło godzin. I to był właśnie taki smutek. Zapisanie słów, które Peter wymówił tamtego popołudnia, obudziło całą rozpacz, latami tłumioną przez leki, terapie i sesje. Ból wybuchł jak wulkan, wypełniając mnie głębokim, szarym popiołem.

Zawodziłem jak zagłodzone dziecko, porzucone w ciemności. Targały mną konwulsje wspomnień. Ciśnięty na zimną podłogę jak rozbitek na odległy, obcy brzeg, poddałem się całkowitej daremności swoich dziejów i pozwoliłem, by każda porażka i wada znalazły głos w rozdzierającym szlochu, aż w końcu, wyczerpany, ucichłem.

Kiedy przestrzeń wokół mnie wypełniła okropna cisza zmęczenia, usłyszałem niewyraźny, kpiący śmiech, cichnący w ciemności. Anioł wciąż unosił się w pobliżu, radując się z każdej drobiny mojego cierpienia.

Podniosłem głowę i warknąłem. Był blisko. Dość blisko, by mnie dotknąć, dość daleko, żebym nie mógł go chwycić. Czułem, że ta odległość się zmniejsza z każdą sekundą o kolejne milimetry. To było w jego stylu. Robić uniki. Manipulować. Kontrolować. A potem, w odpowiedniej chwili, uderzać. Tym razem mnie wziął na cel.

Zebrałem się w sobie i wstałem, ocierając rękawem zalaną łzami twarz. Obróciłem się, przeszukując wzrokiem pokój.

— Tutaj, Mewa. Pod ścianą.

Ale to nie był morderczy syk anioła, to mówił Peter.

Siedział na podłodze, oparty o zapisaną ścianę.

Wyglądał na zmęczonego. Nie, to nie tak. Przebył już krainę wyczerpania i teraz znajdował się w zupełnie innym świecie. Kombinezon Petera gęsto przecinały smugi sadzy. Widziałem też brud na jego twarzy, rozmazany strugami potu. Ubranie miał miejscami podarte, a ciężkie brązowe buty oblepione błotem, liśćmi i igliwiem. Bawił się srebrnym stalowym hełmem. Przerzucał go z ręki do ręki i obracał jak bąka. Po chwili, kiedy odzyskał trochę dawnej siły i spokoju, chwycił hełm, podniósł go nad głowę i postukał w ścianę

— Jesteś coraz bliżej — powiedział. — Chyba nigdy do końca nie zrozumiałem, jak bardzo bałeś się anioła. Nigdy nie dostrzegałem tego, co ty. Dobrze, że jeden z nas był nienormalny. A przynajmniej wystarczająco szurnięty.

Nawet pomimo grubej warstwy brudu widać było bijącą od Petera beztroskę. Poczułem ogarniającą mnie ulgę. Przykucnąłem naprzeciwko Strażaka, tak blisko, że mógłbym go dotknąć, ale nie dotykałem.

— On tu jest — szepnąłem ostrożnie. — Słucha.

— Tak — powiedział Peter. — Do diabła z nim.

— Tym razem przyszedł po mnie. Jak wtedy obiecał.

— Tak — powtórzył Peter.

— Musisz mi pomóc, Peter. Nie wiem, jak z nim walczyć.

— Wtedy też nie wiedziałeś, a jednak wymyśliłeś — odparł Peter. Odrobina jego szerokiego, białego uśmiechu przebiła się przez wyczerpanie, nagromadzony brud i śmieci.

— Teraz jest inaczej — wyznałem. — Wtedy to było... — Zawahałem się.

— Naprawdę? — podpowiedział Peter.

Kiwnąłem głową.

— A teraz nie jest?

Nie miałem pojęcia, co odpowiedzieć.

— Pomożesz mi? — spytałem ponownie.

– Nie sądzę, żebyś naprawdę tego potrzebował. Ale spróbuję zrobić, co się da.

Peter ze znużeniem powoli wstał z podłogi. Po raz pierwszy zauważyłem, że grzbiety dłoni miał zakrwawione i spalone do mięsa. Skóra zwisała luźno z kości i ścięgien. Musiał zauważyć, na co patrzę, bo zerknął w dół i wzruszył ramionami.

– Nic na to nie poradzę – powiedział. – Jest coraz gorzej.

Nie prosiłem o wyjaśnienie, bo chyba rozumiałem, co miał na myśli. Zapadła chwila ciszy; Peter odwrócił się i spojrzał na ścianę. Pokręcił głową.

– Przepraszam, Mewa – wyszeptał. – Wiedziałem, że cię to zaboli, ale nie przypuszczałem, że okaże się dla ciebie takie ciężkie.

– Byłem sam – odparłem. – Zastanawiam się czasami, czy jest w ogóle coś gorszego niż samotność.

Peter się uśmiechnął.

– Jest – powiedział. – Ale wyczuwam, o co ci chodzi. Z drugiej strony, nie miałem wyboru, prawda?

Teraz z kolei ja pokręciłem głową.

– Nie. Musiałeś zrobić, czego chcieli. To była twoja jedyna szansa.

– Nie skończyło się to dla mnie najlepiej. – Peter zaśmiał się jak z żartu, potem pokręcił głową. – Przepraszam, Mewa. Nie chciałem cię opuszczać, ale gdybym został...

– Skończyłbyś tak samo jak ja. Rozumiem, Peter – powiedziałem.

– Ale byłem w najważniejszym momencie.

Przytaknąłem.

– I Lucy też.

Znów przytaknąłem.

– A więc wszyscy zapłaciliśmy cenę – podsumował.

Usłyszałem przeciągłe, wilcze wycie. Nieludzki odgłos, pełen gniewu i żądzy zemsty. Anioł.

Peter też wyłowił ten dźwięk. Ale nie przeraził się tak jak ja.

– On po mnie idzie – szepnąłem. – Nie wiem, czy dam mu radę sam.

– To prawda – odparł Peter. – Nigdy nie można być niczego pewnym. Ale ty go znasz, Mewa. Jego siłę, ograniczenia. Wszystko to wiedziałeś i tego właśnie wtedy potrzebowaliśmy. – Spojrzał na ścianę. – Zapisz to, Mewa. Każde pytanie. I każdą odpowiedź.

Cofnął się, odsłaniając mi kolejny pusty fragment tynku. Wziąłem głęboki oddech i podszedłem. Nie zdawałem sobie sprawy, że Peter zniknął, kiedy podniosłem ułamek ołówka, ale zauważyłem, że chłód oddechu anioła zmroził pokój dookoła mnie, więc zadrżałem, pisząc:

Pod koniec dnia Francisa ogarnęło przeświadczenie, że wszystko, co się
dzieje, ma jakiś sens, ale że on sam nie dostrzega do końca kształtu sceny...

Pod koniec dnia Francisa ogarnęło przeświadczenie, że wszystko, co się dzieje, ma jakiś sens, ale że on sam nie dostrzega do końca kształtu sceny. Przemykające przez jego wyobraźnię pomysły wciąż były dla niego zdumiewające; sytuację komplikował jeszcze powrót głosów, pełnych powątpiewania i niezgodnych jak nigdy dotąd. Zawiązały w jego głowie węzeł niezdecydowania, wykrzykując sprzeczne sugestie i żądania, każąc mu uciekać, chować się, walczyć. Wrzeszczały tak często i głośno, że ledwie słyszał inne rozmowy. Wciąż wierzył, że wszystko stanie się oczywiste, jeśli tylko przyjrzy się temu przez odpowiedni mikroskop.

– Peter, Piguła powiedział, że w tym tygodniu zaplanowane są posiedzenia komisji...

Strażak uniósł brwi.

– To na pewno zdenerwuje pacjentów.

– Dlaczego? – spytała Lucy.

– Nadzieja – odparł, jakby to jedno słowo wystarczyło za całe wyjaśnienie. Potem spojrzał z powrotem na Francisa. – O co chodzi, Mewa?

– Wydaje mi się, że to wszystko łączy się jakoś z dormitorium w Williams – powiedział Francis powoli. – Anioł wybrał upośledzonego. Musiał znać jego rozkład dnia, żeby podrzucić mu koszulę. Domyślił się też, że upośledzony będzie jednym z mężczyzn, których Lucy zamierzała przesłuchać.

– Bliskość – powiedział Peter. – Możliwość obserwacji. Słuszna uwaga, Francis.

Lucy skinęła głową.

– Zdobędę listę pacjentów z tamtego dormitorium – oznajmiła.

Francis zastanawiał się nad czymś przez chwilę.

– A możesz też postarać się o listę osób wyznaczonych na rozmowę z komisją zwolnień? – zapytał ledwo słyszalnym szeptem.

– Po co?

Wzruszył ramionami.

– Nie wiem – odparł. – Ale dzieje się dużo rzeczy naraz i próbuję zrozumieć, jaki mogą mieć ze sobą związek.

Lucy kiwnęła głową. Francis nie był pewien, czy mu uwierzyła.

– Zobaczę, co się da zrobić – powiedziała, ale chłopak miał wrażenie, że zgodziła się tylko dlatego, żeby zrobić mu przyjemność, i tak naprawdę nie widziała w tym żadnego sensu. Spojrzała na Petera. – Moglibyśmy zorganizować przeszukanie całej sypialni w Williams. Nie potrwałoby to długo, a jest szansa, że przyniosłoby efekty.

Lucy pomyślała, że trzeba trzymać się konkretniejszych aspektów dochodzenia. Listy i podejrzenia były intrygujące, ale czułaby się o wiele pewniej, dysponując dowodami, które można przedstawić na sali sądowej. Strata zakrwawionej koszuli martwiła ją o wiele bardziej, niż to po sobie pokazywała; zależało jej na znalezieniu innego dowodu rzeczowego.

Znów pomyślała: nóż, palce, zakrwawione ubrania i buty.

– Coś w tym może być – powiedział Peter. Spojrzał na prokurator i uświadomił sobie, jaka jest stawka.

Francis wątpił w tego typu rozwiązanie. Pomyślał, że anioł na pewno przewidział takie posunięcie. Musieli wymyślić coś podstępnego, co aniołowi nie przyszłoby do głowy. Coś dziwnego, innego i bardziej przystającego do miejsca, w którym byli. Cała trójka ruszyła do gabinetu Lucy, ale Francis spostrzegł Dużego Czarnego przy dyżurce i odłączył się od grupy, żeby porozmawiać z wielkim pielęgniarzem. Lucy i Peter poszli dalej, jakby nieświadomi, że Francis został.

Duży Czarny podniósł wzrok.

– Za wcześnie jeszcze na lekarstwa, Mewa – powiedział. – Ale domyślam się, że nie po to przyszedłeś, co?

Francis pokręcił głową.

– Pan mi uwierzył, prawda?

Pielęgniarz rozejrzał się, zanim odpowiedział.

– Jasne, Mewa. Problem w tym, że nie jest dobrze zgadzać się z pacjentem. Rozumiesz? Tu nie chodziło o prawdę. Tu chodziło o moją pracę.

– On może wrócić. Dzisiaj w nocy.

– Wątpię. Gdyby chciał cię zabić, Mewa, już by to zrobił.

Francis też tak sądził, chociaż to spostrzeżenie dodawało mu otuchy, a zarazem przerażało.

– Panie Moses – wychrypiał bez tchu. – Dlaczego nikt tutaj nie chce pomóc pannie Jones?

Duży Czarny zesztywniał i odwrócił się.

– Przecież ja pomagam, nie? Mój brat też.

– Wie pan, o co mi chodzi.

Duży Czarny kiwnął głową.

– Wiem, Mewa. Wiem.

Rozejrzał się, chociaż wiedział, że w pobliżu nie ma nikogo, kto mógłby podsłuchać. Mimo to mówił szeptem, bardzo ostrożnie.

– Musisz coś zrozumieć, Mewa. Narobienie tutaj dymu przy szukaniu tego gościa... wiesz: rozgłos, dochodzenie władz, nagłówki w gazetach i tłum reporterów z telewizji, no, oznaczało koniec kariery dla niektórych ludzi. Za dużo pytań. Prawdopodobnie trudnych. Może nawet doszłoby do przesłuchań w senacie stanu. Mnóstwo zamieszania, a nikt, kto pracuje na państwowym, zwłaszcza doktor albo psycholog, nie ma ochoty się tłumaczyć, dlaczego pozwolił mordercy mieszkać w szpitalu. Mówimy tu o skandalu, Mewa. O wiele łatwiej zatuszować sprawę, wymyślić jakieś wyjaśnienie jednej czy dwóch śmierci. Nikt nikogo nie oskarża, wszyscy dostają pensje, nikt nie traci pracy i życie toczy się dalej swoim dawnym torem. Tak samo jak w każdym innym szpitalu. Wszystko ma iść bez zmian, o to tu chodzi. Nie wpadłeś na to jeszcze sam?

Francis uświadomił sobie, że wpadł. Po prostu nie chciał się z tym pogodzić.

– Musisz pamiętać o jednym – dodał Duży Czarny, kręcąc głową. – Nikogo tak naprawdę nie obchodzą wariaci.

Panna Laska podniosła wzrok i skrzywiła się, kiedy Lucy weszła do sekretariatu. Ostentacyjnie nachyliła się nad jakimiś formularzami i zaczęła wściekle stukać w klawisze maszyny do pisania, kiedy tylko Lucy podeszła do jej biurka.

– Doktor jest zajęty – oznajmiła; jej palce śmigały nad klawiaturą, a stalowa kulka starego selectrica skakała po kartce. – Nie umówiła się pani na spotkanie – dodała.

– To zajmie tylko chwilkę.

– Zobaczę, czy uda mi się coś załatwić. Niech pani usiądzie.

Sekretarka nie odsunęła się od maszyny, nie podniosła nawet słuchawki telefonu, dopóki Lucy nie odsunęła się od biurka i nie usiadła na wygniecionej kanapie w poczekalni.

Nie odrywała wzroku od panny Laski. Wpatrywała się w nią tak intensywnie, że sekretarka w końcu przerwała stukanie, wykręciła wewnętrzny numer i powiedziała coś do słuchawki, odwracając się tyłem do Lucy. Nastąpiła krótka wymiana zdań.

– Doktor panią przyjmie – poinformowała po chwili sekretarka tonem, jakim recepcjonistka zwraca się do pacjenta w poczekalni.

Gulptilil stał za biurkiem, wpatrując się w drzewo rosnące tuż za oknem. Odchrząknął, kiedy pani prokurator weszła, ale nie poruszył się. Lucy czekała, aż lekarza zainteresuje jej obecność. Po chwili odwrócił się, nieznacznie pokręcił głową i opadł na fotel.

– Panna Jones – zaczął ostrożnie. – Dobrze się składa, że pani przyszła, już miałem sam panią wezwać.

– Wezwać?

– Właśnie tak – powiedział Gulptilil. – Dopiero co rozmawiałem z pani szefem, prokuratorem hrabstwa Suffolk. Powiedzmy, że bardzo ciekawiła go pani obecność tutaj i postępy w prowadzeniu sprawy. – Rozparł się w fotelu. Na twarzy miał krokodylowy uśmiech. – Ale chyba przyszła pani do mnie z jakąś prośbą, czyż nie?

– Tak – odparła powoli. – Chciałabym dostać nazwiska i karty wszystkich pacjentów z Williams, z dormitorium na pierwszym piętrze. A jeśli to możliwe, także plan rozmieszczenia łóżek, żebym mogła powiązać nazwiska z diagnozami i miejscem zajmowanym w sypialni.

Doktor Gulptilil kiwnął głową, wciąż się uśmiechając.

– Chodzi o dormitorium, w którym panuje teraz piekielne zamieszanie dzięki pani poprzednim dociekaniom?

– Tak.

– Rozgardiasz, jaki pani już stworzyła, prędko się nie uspokoi. Jeśli dam te informacje, czy obieca mi pani, że zanim rozpocznie jakiekolwiek działania w tej części szpitala, najpierw mnie poinformuje?

Lucy zacisnęła zęby.

– Dobrze. A zatem, skoro o tym mowa, chciałabym, żeby całą tę salę przeszukano.

– Przeszukano? Zamierza pani przetrząsnąć nieliczne osobiste rzeczy pacjentów?

– Owszem. Muszę odszukać ważne dowody rzeczowe, a jestem przekonana, że część z nich znajduje się właśnie w tamtym dormitorium, dlatego potrzebuję pana pozwolenia na przeszukanie.

– Dowody rzeczowe? Na jakich podstawach opiera pani to przekonanie?

Lucy się zawahała.

– Uzyskałam informacje z wiarygodnego źródła, że jeden z tamtejszych pacjentów posiadał zakrwawioną koszulę. Rodzaj ran Krótkiej Blond pozwala wnosić, że ten, kto popełnił zbrodnię, miałby ubranie wymazane jej krwią.

– Hm, to brzmi sensownie. Ale czy policja nie znalazła zakrwawionych ubrań na Chudym, kiedy go aresztowano?

– Jestem zdania, że tę niewielką ilość przeniosła na niego inna osoba.

Doktor Gulptilil się uśmiechnął.

– Ach, oczywiście. – Westchnął. – Nasz współczesny Kuba Rozpruwacz. Zbrodniczy geniusz, nie, proszę wybaczyć, to złe określenie. Mistrz zbrodni. W samym środku naszego szpitala. Cóż, mało prawdopodobne, ale pozwalam pani kontynuować śledztwo. A ta zakrwawiona koszula... mogę ją zobaczyć?

– Niestety, nie mam jej.

Gulptilil kiwnął głową.

– Nie wiedzieć czemu, panno Jones, spodziewałem się tej odpowiedzi. Dobrze. Ale czy moje pozwolenie na to przeszukanie nie stworzyłoby problemów prawnych, gdyby coś znaleziono?

– Nie. To szpital stanowy, macie państwo prawo go przeszukiwać w celu wykrycia jakichkolwiek niedozwolonych substancji albo przedmiotów. Ja proszę tylko o zrobienie tego w mojej obecności.

Gulptilil przez chwilę kołysał się w fotelu.

– A więc nagle doszła pani do wniosku, że ja i mój personel możemy się jednak przydać?

– Nie jestem pewna, czy rozumiem, co chce pan przez to powiedzieć – skłamała Lucy.

Gulptilil najwyraźniej wyczuł fałsz, ponieważ westchnął znacząco.

– Ach, panno Jones, bardzo mnie smuci pani brak zaufania do naszego personelu. Mimo to każę urządzić przeszukanie, choćby po to, by wyperswadować pani to szaleństwo. Nazwiska i rozkład łóżek w Williams też dam. A potem, być może, będziemy mogli podsumować pani pobyt tutaj.

Lucy przypomniała sobie, o co prosił Francis.

– Jeszcze jedno – powiedziała. – Czy mogłabym dostać listę pacjentów, którzy mają w tym tygodniu stanąć przed komisją zwolnień? Jeśli to nie kłopot...

Doktor spojrzał z ukosa.

– Tak. Jako część mojego wkładu we wspieranie pani dochodzenia, każę mojej sekretarce dostarczyć pani te dokumenty. – Gulptilil umiał bez trudu sprawić, że kłamstwo brzmiało jak prawda, co Lucy Jones uważała za niepokojącą zdolność. – Chociaż nie pojmuję, co nasze regularne posiedzenia komisji zwolnień mogą mieć wspólnego z pani dochodzeniem. Byłaby pani skłonna uchylić dla mnie rąbka tej tajemnicy?

– Wolałabym nie, jeszcze nie w tej chwili.

– Pani odpowiedź mnie nie zaskakuje – skomentował sztywno doktor. – Mimo to sporządzę dla pani tę listę.

Kiwnęła głową.

– Dziękuję. – Wstała do wyjścia.

Gulptilil podniósł rękę.

– Ale muszę panią o coś prosić, panno Jones.

– Tak, doktorze?

– Proszę zadzwonić do swojego przełożonego. Do tego pana, z którym nie tak dawno uciąłem sobie przyjemną pogawędkę. Powiedziałbym, że teraz jest dobra chwila, żeby wykonać ten telefon. Pani pozwoli.

Odwrócił stojący na jego biurku telefon tak, żeby mogła wykręcić numer. Nie udawał nawet, że zamierza wyjść.

Lucy wciąż dzwoniły w uszach upomnienia szefa. „Strata czasu" i „dreptanie w miejscu" były najlżejszymi z jego zarzutów. Z największym naciskiem powiedział „Pokaż mi szybko postępy albo wracaj natychmiast". Wysłuchała gniewnej litanii o rosnących na jej biurku stosach spraw wymagających szybkiego załatwienia. Próbowała wyjaśnić, że w szpitalu psychiatrycznym trudno prowadzić zwyczajne śledztwo, a panująca tu atmosfera nie sprzyja wypróbowanym i sprawdzonym technikom, ale nie interesowało go wysłuchiwanie wymówek. „Znajdź coś w ciągu kilku dni albo kończymy zabawę". To była ostatnia rzecz, jaką wykrzyczał. Lucy zastanawiała się, na ile jej szefa zatruła poprzednia rozmowa z Gulptililem, ale to nie miało tak naprawdę znaczenia. Szef był głośnym, zawziętym i porywczym bostońskim Irlandczykiem. Kiedy przekonało się go, że należy coś zrobić, poświęcał się temu bez reszty, dzięki czemu właśnie jego nieodmiennie wybierano na stanowisko prokuratora generalnego. Był jednak równie szybki do porzucania śledztw, kiedy tylko kończył mu się dość wąski margines tolerancji na niepowodzenia, co, pomyślała Lucy, okazywało się pewnie przydatne z politycznego punktu widzenia, ale jej nie pomagało.

Poza tym musiała przyznać, że nie miała postępów wyraźnych i oczywistych dla polityka. Nie mogła nawet udowodnić związku między sprawami, nie licząc podobieństwa sposobu popełnienia morderstwa. Nic, tylko oszaleć, pomyślała. Było dla niej jasne, że morderca Krótkiej Blond, anioł, który sterroryzował Francisa, i zabójca dwóch kobiet w jej rejonie, to jedna i ta sama osoba. I że jest tutaj, bardzo blisko, i kpi sobie z pani prokurator.

Śmierć Tancerza była jego dziełem. Lucy o tym wiedziała. Wszystko składało się w logiczną całość.

A jednocześnie nie miało sensu. Aresztowania i akty oskarżenia nie opierają się na tym, co się wie, tylko na tym, co można udowodnić, a jak dotąd Lucy nie mogła udowodnić niczego.

Na razie anioł pozostawał nietykalny.

Pogrążona w rozmyślaniach wracała do budynku Amherst. We wczesnowieczornym powietrzu pojawił się już chłód, a po terenie szpitala niosły się echem zagubione, samotne krzyki. Lucy nie zdawała sobie sprawy, że cierpienie, które ze sobą niosły te żałosne wołania, zacierało się w nadchodzącym chłodzie nocy. Gdyby nie była tak zaprzątnięta analizą swojej trudnej sytuacji, pewnie by zauważyła, że odgłosy, które bardzo ją niepokoiły, kiedy przybyła do Western State, teraz wniknęły w nią do tego stopnia, że sama zaczynała stawać się nieodłączną częścią szpitala, zaledwie dodatkiem do szaleństwa.

Peter podniósł wzrok i uświadomił sobie, że coś się nie zgadza, chociaż nie umiał powiedzieć co. Na tym polegał cały problem: w szpitalu wszystko było wypaczone, odwrócone albo zniekształcone. Dokładne postrzeganie wydawało się niemożliwe. Peter zatęsknił na chwilę za prostotą pożaru. Chodził po zwęglonych, mokrych i cuchnących zgliszczach i wyobrażał sobie powoli, jak ogień wybuchł, jak się rozprzestrzeniał od podłogi przez ściany po dach, podsycany takim czy innym paliwem. W przeprowadzaniu analizy pożaru tkwiła pewna matematyczna precyzja. Dochodzenie przyczyn i określanie rozwoju pożaru dawało Peterowi dużo satysfakcji. Trzymał w rękach spalone drewno czy spieczony kawał stali, czując przepływające przez dłonie resztki ciepła, i wiedział, że zdoła wyobrazić sobie, czym dane szczątki były, zanim dostały się w objęcia ognia. To przypominało zaglądanie w przeszłość, tyle że wyraźne, bez mgły uczuć i stresu. Wszystko znajdowało się na mapie wydarzenia; Peter tęsknił do łatwych czasów, kiedy mógł podążyć każdą z dróg do jasno określonego celu. Zawsze uważał się za kogoś podobnego do tych artystów, którzy pieczołowicie odtwarzają kolory i pociągnięcia pędzla dawnych mistrzów, naśladując Rembrandta albo Leonarda da Vinci – artystów mniejszego kalibru, ale też ważnych.

Po jego prawej stronie mężczyzna w luźnym szpitalnym ubraniu, rozczochrany i zaniedbany, wybuchnął oślim, ryczącym śmiechem, kiedy spojrzał w dół i spostrzegł, że zmoczył się w spodnie. Pacjenci ustawiali się po wieczorne dawki medykamentów; Peter zobaczył, że Duży i Mały Czarny starają się uporządkować kolejkę. Przypominało to próbę zapanowania nad sztormowymi falami, uderzającymi o brzeg; każdym pacjentem kierowały siły równie nieuchwytne jak wichry i prądy.

Peter zadygotał. Muszę się stąd wydostać, pomyślał. Nie uważał się jeszcze za wariata, ale wiedział, że wiele jego poczynań można uznać za obłąkane, a im dłużej pozostawał w szpitalu, tym bardziej dominowały one nad jego egzystencją. Spocił się na tę myśl i zrozumiał, że byli ludzie – na przykład pan Zły – którzy ucieszyliby się, gdyby jego tożsamość uległa dezintegracji w szpitalu. Miał szczęście; wciąż kurczowo trzymał się resztek normalności. Pozostali pacjenci traktowali go z pewnym szacunkiem, wiedząc, że nie jest tak szalony jak oni. Ale to nie trwałoby wiecznie. Mógł też zacząć słyszeć głosy, szurać nogami, bełkotać, moczyć spodnie i kłębić się w kolejce po leki. To wszystko było tuż-tuż i wiedział, że jeśli stąd nie ucieknie, zostanie wessany.

Cokolwiek Kościół mu proponował, Peter wiedział, że musi się na to zgodzić.

Przyjrzał się każdemu pacjentowi w napierającym tłumie, zbliżającym się do dyżurki i rzędów lekarstw, stojących za żelazną kratą.

Jeden z nich był mordercą.

A może któryś z tłoczących się w tym samym czasie w Williams, Princeton albo Harvardzie.

Ale jak go rozpoznać?

Próbował podejść do tej zagadki tak jak do podpalenia. Oparł się o ścianę, usiłując dostrzec punkt, od którego wszystko się zaczęło, bo to by mu powiedziało, jak żywioł nabrał pędu, rozkwitł i w końcu eksplodował. Tak właśnie postępował w przypadku każdego pożaru, do którego go wzywano: cofał się do pierwszego liźnięcia ognia i z tego wnioskował nie tylko, jak pożar wybuchł, ale też kto stał obok i przyglądał się szalejącym płomieniom. Peter uważał to za interesujący dar. W dawnych czasach królowie i książęta otaczali się ludźmi, którzy twierdzili, że umieją zajrzeć w przyszłość. Tracili czas i pieniądze, podczas gdy zrozumienie przeszłości było prawdopodobnie o wiele lepszym sposobem na zobaczenie tego, co miało nadejść.

Peter wolno odetchnął. Szpital sprawiał, że każdy zaczynał roztrząsać swoje rozbrzmiewające echem myśli. Strażak przerwał rozważania, uświadamiając sobie, że poruszał bezgłośnie ustami, mówił do siebie.

Jeszcze raz odetchnął. Był blisko obłędu.

Spojrzał na swoje dłonie tylko po to, by upewnić się, że wciąż trzeźwo odbiera rzeczywistość. Uciekaj stąd, powiedział sobie. Cokolwiek musisz zrobić, uciekaj.

Ale kiedy doszedł do tego wniosku, zobaczył, że na korytarzu pojawia się Lucy Jones. Szła ze spuszczoną głową i widać było, że sama jest pogrążona w myślach i zdenerwowana. I w tej sekundzie Peter zobaczył przyszłość, która go przerażała. Poczuł bezradność i pustkę. Opuściłby szpital i zniknął w jakimś ośrodku w Oregonie. Lucy wróciłaby do swojego biura, do spokojnego rozgryzania kolejnych przestępstw. Francis zostałby sam, z Napoleonem, Kleo i braćmi Moses.

Chudy poszedłby do więzienia.

A anioł znalazłby następne palce do odcięcia.

Rozdział 26

Francis spędził noc niespokojnie. Chwilami leżał sztywno na łóżku, nasłuchując wszelkich niezwykłych w dormitorium odgłosów, które sygnalizowałyby powrót anioła. Dziesiątki takich odgłosów przebijały się przez jego mocno zaciśnięte powieki i rozchodziły po nim echem tak samo głęboko, jak bicie własnego serca. Setki razy Francisowi zdawało się, że czuje na czole gorący oddech anioła, a wrażenie zimnego dotyku ostrza na policzku ani na chwilę nie zniknęło z pamięci. Nawet podczas kilku momentów, gdy zlany potem osuwał się pośród nocnych lęków w namiastkę snu, odpoczynek zakłócały mu przerażające obrazy. Wyobraził sobie Lucy, unoszącą własną dłoń, okaleczoną tak samo jak dłoń Krótkiej Blond. Potem zobaczył siebie samego; poczuł, że ma rozerżnięte gardło i balansuje na skraju śmierci, rozpaczliwie próbując zamknąć ziejącą ranę.

Z ulgą powitał pierwsze światło poranka, wkradające się przez kraty okien, choćby tylko jako znak, że godziny władzy anioła nad szpitalem właśnie się kończą. Przez chwilę leżał na pryczy, chwytając się najdziwniejszych myśli – przyszło mu do głowy, że pacjenci szpitala nie mogą tak samo bać się śmierci jak ludzie w zewnętrznym świecie. Tu, w murach Western State, życie wydawało się o wiele słabsze, nie miało takiego samego przelicznika jak tam. Jakby nie było równie cenne, więc nie należało przykładać do niego takiej wagi. Przypomniał sobie, jak kiedyś wyczytał w gazecie, że zsumowana wartość wszystkich części ludzkiego ciała wynosiła około dolara czy dwóch. Pomyślał, że pacjenci Western State byli pewnie warci po kilka centów. Jeśli nawet tyle.

Francis poszedł do łazienki, umył się i przygotował na powitanie nowego dnia. Znajome oznaki szpitalnego życia dodały mu trochę otuchy; Mały Czarny i jego wielki brat kręcili się po korytarzu, kierując pacjentów do stołówki na śniadanie, trochę jak para mechaników grzebiących w silniku, żeby zaczął działać. Zobaczył pana Złego, ignorującego zaczepki różnych ludzi, dotyczące tego czy innego problemu. Francis zapragnął rzucić się w objęcia rutyny.

A potem, równie szybko, jak o tym pomyślał, zląkł się tego.

To tak dni przeciekały przez palce. Szpital, zmuszający do biernego przedzierania się przez czas, był jak narkotyk, silniejszy nawet niż te, które podawano w pigułkach czy zastrzykach. Z uzależnieniem przychodziło zapomnienie.

Chłopak pokręcił głową, bo jedno stało się dla niego jasne. Anioł bardziej należał do zewnętrznego świata, a gdyby on sam, Francis, zapragnął tam wrócić, musiałby się wspiąć na wręcz niewyobrażalnie wielką górę. Odnalezienie mordercy Krótkiej Blond mogło być jedynym normalnym czynem, jaki mu pozostał.

Głosy w jego głowie jazgotały niezrozumiale. Wyraźnie chciały mu coś przekazać, ale brzmiało to tak, jakby same nie mogły uzgodnić treści komunikatu.

Jedno ostrzeżenie przebijało się jednak przez hałas. Wszystkie głosy zgadzały się, że jeśli Francis zostanie, by w pojedynkę stawić czoło aniołowi, bez Petera i Lucy, nie przeżyje. Nie wiedział, jak by umarł ani kiedy. Nastąpiłoby to według planu anioła. Zamordowany w łóżku. Uduszony jak Tancerz albo zarżnięty jak Krótka Blond, a może zabity w jeszcze inny sposób, którego dotąd nie rozważył.

Nie byłoby żadnej kryjówki. Pozostawałaby tylko ucieczka w jeszcze głębsze szaleństwo, które zmuszało personel szpitala do zamykania takiego nieszczęśnika w izolatce co dzień.

Rozejrzał się, szukając dwojga pozostałych detektywów, i po raz pierwszy pomyślał, że przyszła pora odpowiedzieć na te wszystkie pytania, które zadawał anioł.

Osunął się na ścianę korytarza. *Widzisz to. Masz przed oczami!* Podniósł wzrok i zobaczył Kleo. Kobieta wymachiwała rękami, parła przed siebie jak wielki, szary pancernik przez flotyllę małych żaglówek. Cokolwiek dręczyło ją tego ranka, ginęło w lawinie przekleństw, mamrotanych w rytm wymachów ramion, tak że każde: „niech to szlag!", „sukinsyny!", brzmiało jak wybijanie godziny przez zegar. Pacjenci schodzili jej z drogi i kulili się pod ścianami, a Francis coś w tej chwili zrozumiał. To nie jest tak, że anioł wie, jak się wyróżniać. On wie, jak być takim samym.

Kiedy podniósł wzrok, zobaczył Petera idącego za Kleo. Strażak żywo dyskutował z panem Złym, który odmownie kręcił głową. Po chwili Evans machnął ręką, zawrócił na pięcie i ruszył przed siebie korytarzem.

— Masz powiedzieć Gulptililowi! — krzyknął za nim Peter. — Dzisiaj!

Potem ucichł. Pan Zły nie odwrócił się, jakby nie chciał przyjąć do wiadomości tego, co usłyszał. Francis szybko podszedł do przyjaciela.

— Peter?

— Cześć, Mewa. — Strażak spojrzał na niego trochę jak ktoś, komu właśnie przerwano. — Co jest?

— Peter — szepnął Francis. — Kiedy patrzysz na nas, na pacjentów, co widzisz?

Strażak zawahał się przed odpowiedzią.

– Nie wiem, Francis. To trochę jak w Alicji w Krainie Czarów. Jest coraz dziwniej i dziwniej.

– Ale widziałeś tu wszystkie rodzaje szaleństwa, prawda?

Peter znów się zawahał i nagle nachylił do przodu. Korytarzem zbliżała się Lucy; Strażak pomachał do niej, przysuwając się do Francisa.

– Zauważyłeś, Mewa? – spytał cicho.

– Człowiek, którego szukamy – szepnął Francis, kiedy Lucy zatrzymała się obok nich – nie jest bardziej szalony niż ty. Ale to ukrywa. Udaje, że jest inaczej.

– Mów dalej – zachęcił półgłosem Peter.

– Cały jego obłęd, a przynajmniej morderczy zapał i chęć obcinania palców, nie wynika ze zwykłego szaleństwa, jakiego tu pełno. On planuje. Myśli. Tu chodzi o zło, dokładnie tak, jak zawsze mówił Chudy. Nie o słyszenie głosów czy omamy ani nic innego. Ale tutaj on się ukrywa, bo nikomu nie przychodzi do głowy popatrzeć na niego i zobaczyć nie wariata, tylko zło... – Francis machnął głową, jakby wypowiadanie na głos tłukących się w nim myśli sprawiało mu ból.

– Co ty mówisz, Mewa? O czym myślisz? – Peter jeszcze bardziej zniżył głos.

– Przeglądaliśmy karty, przeprowadziliśmy przesłuchania, bo staraliśmy się znaleźć ślad łączący kogoś stąd ze światem zewnętrznym. Ty i Lucy, czego szukaliście? Mężczyzn, którzy w przeszłości dopuszczali się przemocy. Psychopatów. Furiatów notowanych przez policję. Może kogoś, kto słyszy głosy, rozkazujące mu wyrządzać zło kobietom. Chcecie znaleźć człowieka, który jest jednocześnie wariatem i przestępcą, tak?

– To jedyne logiczne podejście... – odezwała się w końcu Lucy.

– Ale tutaj wszyscy mają jakieś obłąkane impulsy. Każdy z pacjentów mógłby być mordercą, prawda?

– Tak, ale... – Lucy przetrawiała to, co mówił Francis.

Chłopak odwrócił się do pani prokurator.

– Nie uważasz, że anioł też o tym wie?

Nie odpowiedziała.

Francis wziął głęboki oddech.

– Anioł to ktoś, kto w swojej karcie nie ma niczego podejrzanego. Na zewnątrz to jeden człowiek. Tutaj drugi, zupełnie inny. Jak kameleon. To ktoś, na kogo nigdy nie zwrócilibyśmy uwagi. Dlatego jest bezpieczny. I może robić, co chce.

Peter popatrzył na przyjaciela sceptycznie, Lucy też wydawała się nieprzekonana.

– A więc, Francis... – zaczęła z namysłem. – Uważasz, że anioł udaje swoją chorobę umysłową?

Przeciągnęła to pytanie, jakby słowem „udaje" sugerowała niemożliwość czegoś takiego.

Francis pokręcił głową, potem przytaknął. Sprzeczności, które dla niego były tak jasne, dla pozostałych dwojga okazywały się niezrozumiałe.

– Nie może udawać, że słyszy głosy. Albo ma omamy. Nie mógłby udawać kogoś... – Francis wziął głęboki oddech – takiego jak ja. Lekarze by go przejrzeli. Nawet pan Zły szybko by się zorientował.

– A więc? – spytał Peter.

– Rozejrzyj się – odparł Francis. Wskazał przeciwny koniec korytarza, gdzie pod ścianą stał wielki, upośledzony mężczyzna, przeniesiony z Williams; tulił swoją lalkę i nucił coś kolorowym szmatkom w wesołym kapelusiku i z krzywym uśmiechem. Potem Francis zobaczył katona stojącego bez ruchu na środku korytarza, ze wzniesionymi oczami, jakby wzrokiem przebijał okładzinę dźwiękoszczelną, krokwie, podłogę i meble piętra, wszystko aż po dach i dalej, w niebieskie niebo poranka. – Jak trudno byłoby udawać głupiego? – spytał chłopak cicho. – Albo milczącego? A gdybyś był jak jeden z nich, kto tutaj zwróciłby na ciebie uwagę?

Wycie, skrzeczenie i wrzaski, niczym setka wściekłych dzikich kotów, szarpały każde zakończenie nerwowe w moim ciele. Gęsty, lepki pot ściekał mi na oczy, oślepiał i szczypał. Ciężko oddychałem, rzężąc, jakbym był chory; trzęsły mi się ręce. Nie wiedziałem już, czy jestem w stanie wydać z siebie coś więcej niż tylko cichy, żałosny jęk.

Anioł unosił się nade mną, plując wściekłością.

Nie musiał mówić dlaczego. Wstrząsało nim każde zapisane przeze mnie słowo.

Wiłem się po podłodze, jakby raził mnie prąd. W Western State nigdy nie leczyli mnie elektrowstrząsami. Prawdopodobnie było to jedyne okrucieństwo, skryte za fasadą leczenia, którego nie doświadczyłem na sobie. Ale podejrzewałem, że ból, jaki czułem w tej chwili, niewiele się od tego różnił.

Widziałem.

To mnie właśnie bolało.

Kiedy odwróciłem się na korytarzu w szpitalu i powiedziałem, co powiedziałem, Peterowi i Lucy, to było tak, jakbym otworzył w sobie drzwi, których nigdy nie chciałem otwierać. Największe, zabarykadowane, zabite na głucho i uszczelnione drzwi, jakie we mnie były. Szaleniec nie jest zdolny do

niczego. Ale jest też zdolny do wszystkiego. Rozdarcie między dwiema prze-
ciwnościami to straszliwe cierpienie.

Przez całe życie jedno czego chciałem, to być normalny. Choćby udręczo-
ny jak Peter i Lucy, ale normalny. Zdolny skromnie funkcjonować w zewnętrz-
nym świecie, cieszyć się najprostszymi rzeczami. Pięknym porankiem. Po-
zdrowieniem od przyjaciela. Smacznym posiłkiem. Zwyczajową pogawędką.
Poczuciem przynależności. Ale nie mogłem, bo zrozumiałem – w tamtej wła-
śnie chwili – że moim przeznaczeniem jest zbliżać się duchem i uczynkami
do człowieka, którego nienawidziłem i którego się bałem. Anioł rozkoszował
się wszystkimi morderczymi myślami, jakie czaiły się w mojej głowie. Był
moim odbiciem w krzywym zwierciadle. Tkwił we mnie ten sam szał. Paliła
się ta sama żądza. Istniało to samo zło. Ja tylko je ukryłem, odepchnąłem,
wtłoczyłem do najgłębszej jamy, jaką zdołałem w sobie znaleźć, i przyrzuci-
łem obłąkanymi myślami jak głazami i ziemią, tak że spoczywały zagrzeba-
ne gdzieś, skąd – miałem nadzieję – nigdy się nie wydostaną.

W szpitalu anioł zrobił tylko jeden błąd.

Powinien mnie zabić, kiedy miał okazję.

– Dlatego – szepnął mi do ucha – teraz wróciłem, żeby ten błąd napra-
wić.

– Nie ma czasu – powiedziała Lucy. Patrzyła na teczki, rozrzucone na biurku w gabinecie, w którym prowadziła dochodzenie. Peter chodził w tę i z powrotem, najwyraźniej zmagając się z najróżniejszymi, sprzecznymi myślami. Kiedy Lucy się odezwała, spojrzał na nią, trochę nieprzytomnie.

– Jak to?

– Niedługo mnie stąd odwołają. Przypuszczalnie w ciągu następnych kilku dni. Rozmawiałam z szefem. Uważa, że drepczę w miejscu. Od początku nie podobał mu się pomysł, żebym tu przyjeżdżała, ale zgodził się, bo nalegałam. Teraz zmienił zdanie...

Peter kiwnął głową.

– Ja też wkrótce opuszczę szpital – mruknął. – Przynajmniej tak myślę. – Po chwili dodał: – Ale Francis zostanie.

– Nie tylko Francis – zauważyła Lucy.

– Zgadza się. Nie tylko on. – Zawahał się. – Myślisz, że ma rację? Na temat anioła. Że anioł jest kimś, na kogo byśmy nawet nie spojrzeli...

Lucy wzięła głęboki oddech. Zaciskała i rozluźniała dłonie, niemal w rytmie oddechu, jak ktoś na krawędzi furii, próbujący nad sobą zapanować. Teoria Francisa była niezwykła w szpitalu, gdzie tylu ludzi bezustannie dawało upust swoim emocjom. Powściągnięcie ich – bez pomocy antypsychotyków – było właściwie niemożliwe. Ale kiedy Lucy podniosła wzrok i spojrzała na Petera, w jej oczach zobaczył potężne fale zmartwienia.

– Nie mogę tego znieść – powiedziała bardzo cicho.

Peter w milczeniu czekał na wyjaśnienie.

Lucy usiadła ciężko na drewnianym krześle, potem szybko wstała. Nachyliła się i ścisnęła skraj biurka, jakby szukała oparcia przeciw targającymi nią wichrami męki. Gdy spojrzała na Petera, nie był pewien, czy to, co widzi w jej oczach, to mordercza surowość, czy coś innego.

– Sama myśl, że miałabym zostawić tu gwałciciela i mordercę, jest po prostu niewyobrażalna. Nieważne, czy anioł i człowiek, który zabił tamte trzy kobiety, to jedna i ta sama osoba. Ale na myśl o pozostawieniu go tutaj bezkarnego cierpnie mi skóra.

Peter znów nic nie powiedział.

– Nie zrobię tego – stwierdziła Lucy stanowczo. – Nie mogę.

– A jeśli cię zmuszą? – Równie dobrze mógł zadać to pytanie sobie.

Spojrzała na Strażaka ostro.

– Jak ty to robisz? – odparła pytaniem na pytanie.

W pokoju zapadła cisza, potem nagle Lucy zerknęła na stos teczek na biurku. Jednym gwałtownym ruchem zgarnęła je wszystkie i cisnęła o ścianę.

– Niech to szlag! – warknęła.

Tekturowe teczki załopotały w powietrzu, papiery rozsypały się po podłodze.

Peter wciąż milczał. Lucy cofnęła się, wzięła zamach nogą i celnym kopnięciem posłała metalowy kosz na śmieci na drugi koniec pokoju.

Popatrzyła na Petera.

– Nie zrobię tego – powtórzyła. – Powiedz, co jest większym złem? Zabijać samemu czy pozwalać, żeby morderca zabijał dalej?

Na to pytanie była odpowiedź, ale Peter chyba wolał nie wypowiadać jej na głos.

Lucy odetchnęła głęboko kilka razy, potem spojrzała mu w oczy.

– Rozumiesz to, Peter – szepnęła. – Jednego jestem pewna: jeśli odjadę stąd z pustymi rękami, ktoś zginie. Nie wiem, ile to potrwa, ale w końcu, za miesiąc, pół roku, rok, będę stała nad kolejnym ciałem i patrzyła na prawą dłoń, u której tym razem będzie brakowało czterech palców i kciuka. I wszystko, co wtedy zobaczę, to straconą tutaj możliwość. I nawet jeśli złapię tego człowieka, postawię przed sądem, odczytam listę zarzutów, cały czas będę wiedziała, że ktoś zginął, bo ja zawiodłam, tu, w tej chwili.

Peter w końcu opadł na krzesło i schował twarz w dłonie. Kiedy spojrzał na Lucy, nie nawiązał do tego, co powiedziała, chociaż może, na swój sposób jednak to zrobił.

– Wiesz, Lucy... – zaczął półgłosem, jakby ktoś mógł ich podsłuchiwać. – Zanim zostałem inspektorem pożarowym, przez jakiś czas byłem szeregowym strażakiem. Podobała mi się ta robota. W gaszeniu pożaru nie ma żadnych dwuznaczności. Albo go ugasisz, albo on coś zniszczy. Proste, prawda? Czasami, kiedy ogień był naprawdę paskudny i wielki, czuło się żar na twarzy i słyszało odgłos szalejącego żywiołu, który wymknął się spod kontroli. To okropny, wściekły dźwięk. Jak prosto z piekła. A potem jest taka sekunda, kiedy całe twoje ciało krzyczy: „nie idź tam!", ale ty idziesz. Bo ogień jest zły, bo reszta twojej brygady już jest w środku i po prostu wiesz, że musisz. To najtrudniejsza łatwa decyzja, jaką kiedykolwiek się podejmuje.

Lucy zastanowiła się nad słowami Petera.

– I co teraz? – spytała.

– Myślę, że musimy zaryzykować – odparł powoli.

– Zaryzykować?

– Tak.

– A to, co mówił Francis? – ciągnęła. – Też sądzisz, że tu wszystko jest postawione na głowie? Gdybyśmy prowadzili śledztwo na zewnątrz i przyszedł do nas jakiś detektyw, twierdząc, że powinniśmy szukać najmniej prawdopodobnego podejrzanego, kazałabym go odsunąć od sprawy. To zupełnie nie trzyma się kupy, a co jak co, śledztwa powinny mieć sens.

– Nie tutaj – odparł Peter.

– Dlatego Francis ma prawdopodobnie rację.

– A więc co robimy? Przejrzymy jeszcze raz wszystkie szpitalne akta, szukając... – Peter przerwał, potem dodał: – No właśnie, czego?

– A co innego nam pozostaje? – odpowiedziała Lucy pytaniem.

Znów się zawahał. Po chwili wzruszył ramionami i pokręcił głową.

– Nie wiem – powiedział wolno. – Nie bardzo mi się to podoba...

– To znaczy?

– Pamiętasz, co się stało, kiedy zrobiliśmy zamieszanie w Williams.

– Zginął człowiek.

– I co jeszcze? Anioł wyszedł z cienia. Żeby zabić Tancerza, być może. Nie wiemy tego na sto procent. Ale na pewno, że pojawił się w dormitorium, żeby postraszyć Francisa nożem.

Lucy wzięła głęboki oddech.

– Rozumiem, do czego zmierzasz.

– Musimy go zmusić, żeby znów się pojawił.

Kiwnęła głową.

– Pułapka.

– Pułapka – przytaknął Peter. – Ale czego użyjemy jako przynęty?

Lucy uśmiechnęła się jak ktoś, kto zdaje sobie sprawę, że jeśli chce dużo osiągnąć, musi dużo zaryzykować.

Wczesnym popołudniem Duży Czarny zabrał małą grupę mieszkańców Amherst na wycieczkę do ogródka. Minęło trochę czasu, odkąd Francis widział, co wyrosło z nasion, które zasiali w szpitalnym ogrodzie przed śmiercią Krótkiej Blond i aresztowaniem Chudego.

Popołudnie było przyjemne. Ciepłe, rozświetlone promieniami słońca odbijającymi się od bieli obramowań okien budynków szpitala. Lekki wiaterek pędził rzadkie, białe obłoki po przestworze błękitnego nieba. Francis uniósł twarz do słońca, pozwalając, żeby wypełniło go ciepło. W głowie słyszał pomruki satysfakcji, które mogły być jego głosami, ale równie dobrze drobnymi zalążkami nadziei, wkradającymi się w wyobraźnię. Przez kilka minut wierzył, że jest w stanie zapomnieć o wszystkim, co się wokół niego dzieje, i beztrosko rozkoszować się promieniami słońca. W takie popołudnia cały nagromadzony w nim mrok szaleństwa wydawał się trochę odleglejszy.

W wycieczce brało udział dziesięcioro pacjentów. Na przodzie kroczyła Kleo – zajęła to miejsce, kiedy tylko wyszli z budynku. Wciąż mamrotała, ale parła przed siebie z determinacją niepasującą do rozleniwiającej atmosfery dnia. Napoleon próbował z początku dotrzymywać jej kroku, ale nie dał rady i poskarżył się Dużemu Czarnemu, że Kleo każe im maszerować za szybko. Wszyscy stanęli na środku ścieżki i zaczęli się kłócić.

– Ja powinnam iść pierwsza! – krzyknęła ze złością Kleo. Wyprostowała się wyniośle, spoglądając na pozostałych z królewską wyższością zrodzoną z chorych myśli. – To moje miejsce. Moje prawo i mój obowiązek! – dodała.

– To nie pędź tak – odparował Napoleon, dysząc lekko i drżąc.

– Będziemy szli, jak każę – odparła Kleo.

Duży Czarny spojrzał na nią z rozpaczą.

– Kleo, proszę... – zaczął.

Ale kobieta odwróciła się do niego i oznajmiła:

– Wszystkie wnioski zostają odrzucone.

Duży Czarny wzruszył ramionami i spojrzał na Francisa.

– Ty prowadź – powiedział.

Kleo zastąpiła Francisowi drogę, ale popatrzył na nią z tak żałosnym wyrazem rezygnacji na twarzy, że po chwili parsknęła z władczą pogardą i odsunęła się. Kiedy mijał Kleo, spostrzegł, że oczy jej płonęły, jakby kryjące się za nimi myśli ogarnął niekontrolowany pożar. Miał nadzieję, że Duży Czarny też to spostrzegł, ale nie był pewien, bo pielęgniarz usiłował właśnie zorganizować grupę. Jeden mężczyzna już płakał, a jakaś kobieta zeszła ze ścieżki.

Francis stanął na przodzie.

– Idziemy – zawołał z nadzieją, że pozostali pójdą za nim.

Po chwili grupa zaakceptowała przewodnictwo Francisa, pewnie dlatego, że w ten sposób dało się uniknąć awantury, na którą nikt nie miał ochoty. Kleo zajęła miejsce za Francisem; kilka razy go ponagliła, żeby szedł szybciej, a potem zainteresowała się gwizdami i bezładnymi krzykami, które niosły się echem między budynkami.

Zatrzymali się na skraju ogrodu. Napięcie narastające w głowie Kleo na chwilę zniknęło.

– Kwiaty! – wymamrotała w osłupieniu. – Wyhodowaliśmy kwiaty!

Splątane kępki czerwieni i bieli, żółtych, niebieskich i zielonych kwiatów dziko zarastały cały błotnisty szpitalny ogródek. Peonie, gipsówki, fiołki i tulipany wystrzeliły z ciemnej ziemi. Ogród był chaotyczny jak ich umysły, pełen połaci i skrawków żywych barw, rozrzuconych we wszystkie strony, zasadzonych bez żadnego porządku, ale i tak kwitnących. Francis patrzył, trochę oszołomiony; zdał sobie sprawę, jak naprawdę szare jest ich życie. Ale nawet ta ponura myśl musiała ustąpić pola urokowi bujnie rozkwitających roślin.

Duży Czarny rozdał narzędzia. Były to plastikowe zabawki dla dzieci i nie nadawały się zbyt dobrze do prac ogródkowych. Mimo wszystko lepsze to niż nic, pomyślał Francis. Stanął na czworakach obok Kleo, która wydawała się nieświadoma jego obecności, i zaczął przesadzać kwiaty w rządki, próbując zaprowadzić jakiś porządek w otaczającej ich eksplozji kolorów.

Nie wiedział, jak długo pracowali. Nawet Kleo, wciąż mamrocząca pod nosem przekleństwa, zapanowała trochę nad stresem, chociaż co jakiś czas szlochała, kopiąc i ryjąc w błotnistej ziemi; Francis kilka razy widział, jak dotykała delikatnych pąków ze łzami w oczach. Prawie wszyscy pacjenci w którymś momencie przerywali pracę i pozwalali, by żyzna, wilgotna ziemia przesypywała się im między palcami. W powietrzu unosił się zapach odnowy i żywotności; Francisa napełniło to większym optymizmem niż którykolwiek z antypsychotyków, jakimi ich wiecznie karmiono.

Wstał, kiedy Duży Czarny oznajmił wreszcie, że wyprawa dobiegła końca. Popatrzył na ogród i musiał przyznać, że teren wygląda teraz lepiej. Prawie wszystkie chwasty zostały wypielone; grządki trochę uporządkowano.

Francis pomyślał, że przypomina to oglądanie niedokończonego obrazu – widać było formę i potencjał.

Otrzepał ziemię z rąk i ubrania. Zrobił to odruchowo, bo odkrył, że nie przeszkadza mu wrażenie bycia brudnym, przynajmniej nie tego popołudnia.

Duży Czarny ustawił grupę gęsiego i odłożył plastikowe narzędzia do zielonej drewnianej skrzynki, przeliczając je przy tym co najmniej trzy razy. Już miał dać sygnał do wymarszu z powrotem do Amherst, ale nagle zamarł; Francis zobaczył, że olbrzymi pielęgniarz skupia wzrok na małej grupce ludzi, która zbierała się pięćdziesiąt metrów dalej, na samym skraju terenu szpitala, za ogrodzeniem z siatki.

– To cmentarz – szepnął Napoleon. Potem, podobnie jak wszyscy, ucichł.

Francis widział doktora Gulptilila, pana Evansa i dwoje innych starszych członków personelu. Był tam też ksiądz z koloratką i kilku robotników w szarych szpitalnych uniformach. Trzymali szpadle albo opierali się na nich w oczekiwaniu na polecenie. Kiedy wszyscy się zebrali, Francis usłyszał warkot silnika i zobaczył małą koparkę. Za koparką jechał czarny cadillac kombi: zszokowany Francis rozpoznał karawan.

Samochód stanął, a koparka, chybocząc się, podjechała bliżej.

– Chyba powinniśmy iść – mruknął Duży Czarny, ale nie ruszył się z miejsca.

Pacjenci ustawili się tak, żeby lepiej widzieć.

Wystarczyło kilka minut, żeby koparka, przy wtórze mechanicznych pochrząkiwań pracującej maszynerii, wydrążyła dziurę, a obok niej usypała nieduży kopczyk ziemi. Szpitalni robotnicy pracowali z boku, przygotowując otwór. Francis zobaczył, że Piguła podchodzi do nich, przygląda się temu, co zrobili, i daje znak, żeby przestali. Potem machnął ręką i przywołał karawan. Samochód podjechał i zatrzymał się nad wykopem. Ze środka wysiadło dwóch mężczyzn w czarnych garniturach; otworzyli tylną klapę. Dołączyło do nich czterech robotników. Razem wyciągnęli z karawanu prostą, metalową trumnę. Późnopopołudniowe słońce odbijało się matowo w jej wieku.

– To Tancerz – szepnął Napoleon.

– Sukinsyny – powiedziała cicho Kleo. – Mordercy faszyści. Pochowajmy go na modłę Rzymu – dodała głośno teatralnym tonem.

Sześciu mężczyzn ruszyło ciężko z trumną w stronę wykopu, co Francis uznał za dziwne, bo Tancerz nie mógł wiele ważyć. Patrzył, jak opuszczają metalową skrzynię do grobu. Ksiądz wygłosił obowiązkową formułę. Żaden z mężczyzn nie pochylił nawet głowy w udawanej modlitwie.

Ksiądz odsunął się od grobu, lekarze zawrócili i ruszyli ścieżką, a pracownicy zakładu pogrzebowego podsunęli Gulptililowi jakieś papiery do podpisania, po czym wsiedli do karawanu i wolno odjechali. Za nimi z głośnym warkotem pojechała koparka. Dwaj robotnicy zaczęli zasypywać grób ziemią z kopca. Francis usłyszał łomot, z jakim grudy spadały na wieko trumny. Po chwili wszystko ucichło. .

– Chodźmy – powiedział Duży Czarny. – Francis?

Chłopak uświadomił sobie, że miał iść przodem. Poprowadził grupę, powoli, chociaż czuł obecność Kleo, poganiającą go z każdym krokiem. Oddychała krótko i szybko jak karabin maszynowy.

Nieszczęsna parada przeszła zaledwie kawałek drogi do Amherst, kiedy Kleo, z niewyraźnym pół przekleństwem, pół charkotem, przepchnęła się obok Francisa. Jej potężne ciało kołysało się i dygotało, gdy biegła przed siebie ścieżką w kierunku tylnej ściany budynku Williams. Zahamowała na trawniku, skąd mogła widzieć okna.

Późnopopołudniowe światło osuwało się szybko po ścianie, tak że Francis nie widział twarzy zebranych za szybami. Każde okno przypominało oko, wyzierające z pustego, gładkiego oblicza. Budynek był jak wielu pacjentów szpitala – patrzył przed siebie bez wyrazu, niewzruszony, kryjąc w sobie wybuchową elektryczność.

Kleo wzięła się pod boki.

– Widzę cię! – krzyknęła.

To było niemożliwe. Odbijające się w szybach słońce oślepiało ją tak samo jak Francisa. Podniosła głos.

– Wiem, kim jesteś! Zabiłeś go! Widziałam!

Duży Czarny odepchnął Francisa z drogi.

– Kleo! – krzyknął. – Co ty wygadujesz?!

Zignorowała pielęgniarza. Oskarżycielsko wymierzyła palec w okno na pierwszym piętrze budynku Williams.

– Mordercy! – wrzasnęła. – Mordercy!

– Kleo, do jasnej cholery! – Duży Czarny skoczył do jej boku. – Zamknij się!

– Bydlaki! Diabły! Pieprzeni faszystowscy mordercy!

Duży Czarny złapał kobietę za ramię i siłą odwrócił do siebie. Otworzył usta, jakby chciał jej krzyknąć w twarz, ale opanował się i szepnął:

– Kleo, proszę, co ty wyprawiasz?

Kleo sapnęła.

– Zabili go – powiedziała, jakby to było oczywiste.

– Kto? Kogo? – spytał Duży Czarny, obracając ją plecami do Williams. – O co ci chodzi?

Kleo zachichotała szaleńczo.

– Marka Antoniusza – wyjaśniła. – Akt czwarty, scena szesnasta.

Wciąż się śmiejąc, pozwoliła, żeby Duży Czarny ją odprowadził. Francis popatrzył na okna Williams. Nie wiedział, kto mógł usłyszeć ten wybuch. Ani co mógł z niego wywnioskować.

Nie widział Lucy Jones, która stała niedaleko, pod drzewem, na ścieżce prowadzącej obok budynku administracji do bramy wjazdowej. Ona też była świadkiem oskarżeń Kleo. Ale nie poświęciła im zbyt wiele uwagi, bo skupiała się na zadaniu, jakim właśnie miała się zająć i które po raz pierwszy od kilku dni miało ją zaprowadzić za bramę szpitala do pobliskiego miasteczka. Odprowadziła wzrokiem idących gęsiego pacjentów, potem odwróciła się i pospiesznie ruszyła dalej, przekonana, że znalezienie kilku potrzebnych przedmiotów nie zajmie dużo czasu.

Rozdział 27

Lucy siedziała w milczeniu na swoim łóżku w dormitorium stażystów, pozwalając, by głęboka noc wolno przepełzała obok niej. Rozłożyła na narzucie rzeczy, które kupiła po południu. Zamiast jednak przyglądać się im uważnie, wpatrywała się w otaczającą próżnię, i to już od kilku godzin. Kiedy wstała, poszła do małej łazienki, gdzie zaczęła dokładnie oglądać swoją twarz w lustrze wiszącym nad umywalką.

Jedną ręką odgarnęła włosy z czoła, drugą przesunęła po nierównościach blizny, zaczynającej się na linii włosów, rozdzielającej brew, skręcającej lekko w miejscu, gdzie ostrze o włos ominęło oko, potem schodzącej po policzku do podbródka. Tam, gdzie skóra się zrosła, była tylko trochę jaśniejsza od reszty cery. W kilku miejscach ledwie widoczna. W innych boleśnie rzucająca się w oczy. Lucy pomyślała, że jakoś przyzwyczaiła się do blizny. Fizycznie i psychicznie. Raz, kilka lat temu, na obiecującej randce pewien młody lekarz zaproponował, że umówi ją ze znanym chirurgiem plastycznym, który potrafiłby naprawić jej twarz tak, że nikt by się nie domyślił istnienia rany. Lucy nie skontaktowała się z chirurgiem ani nie umówiła więcej na randkę z tym i żadnym innym lekarzem.

Lucy uważała, że wciąż, każdego dnia, określa cel swojego istnienia. Człowiek, który zostawił tę bliznę na twarzy i ukradł część intymnego świata, myślał, że robi jej krzywdę, powtarzała sobie. A w rzeczywistości dał swojej ofierze cel i siłę, by do niego dążyć. Wielu mężczyzn trafiło za kraty przez to, co ten jeden zrobił jej tamtej nocy w studenckich czasach. Wiedziała, że minie dużo czasu, zanim dług – za gwałt zadany sercu i ciału – zostanie w pełni spłacony. Pojedyncze, wielkie chwile, pomyślała, kierują ludzkim życiem. W szpitalu czuła się nieswojo dlatego, że pacjentów niekoniecznie określał jeden czyn, lecz olbrzymia liczba nieskończenie drobnych incydentów, które strącały ich w depresje i schizofrenie, psychozy, schorzenia biegunowe i zachowania kompulsywno-obsesyjne. Peter był jej o wiele bliższy duchem i temperamentem. On też pozwolił, by jedna chwila ukształtowała całe jego życie. Oczywiście, był to porywczy impuls. Nawet jeśli uzasadniony w jakimś wymiarze, to wciąż wynikał z chwilowej utraty panowania nad sobą. Lucy działała z zimną krwią, z premedytacją; z braku lepszego słowa można to było nazwać zemstą.

Nawiedziło ją nagłe, brutalne wspomnienie; nieproszone pojawiło się w wyobraźni i niemal odebrało dech: w Szpitalu Massachusetts General, dokąd została zabrana łkająca i zakrwawiona z uczelnianego dziedzińca, policja dokładnie ją przesłuchała, podczas gdy doktor i pielęgniarka przeprowadzali badanie po gwałcie. Detektywi stali nad jej głową, a lekarz z pielęgniarką w milczeniu pracowali w zupełnie innym świecie, poniżej pasa. ,,Widziała go pani?" Nie. Właściwie nie. Miał kominiarkę. ,,Rozpoznałaby go pani?" Nie. ,,Dlaczego szła pani sama w nocy przez kampus?" Nie wiem. Byłam w bibliotece, uczyłam się, potem przyszła pora iść do domu. ,,Co takiego może pani powiedzieć, co pomogłoby nam w ujęciu sprawcy?" Cisza.

Z całej grozy tamtej nocy bez wątpienia pozostało jej jedno, pomyślała: blizna na twarzy. Była w szoku, jej umysł wyrywał się z ciała, uciekał od tego, co czuła, a wtedy on ją ciął. Nie zabił, choć mógł z łatwością to zrobić. Nie musiał też właściwie robić nic innego. Bez trudu uciekłby niezauważony. Ale zamiast tego nachylił się i naznaczył swoją ofiarę na zawsze. Potem, przez mgłę bólu i upokorzenia, usłyszała, jak wyszeptał: ,,Pamiętaj".

To jedno słowo zabolało ją bardziej niż okaleczenie.

Zapamiętała, ale nie tak, jak spodziewał się napastnik.

Skoro nie zdołała posłać go do więzienia, wsadziła tam dziesiątki jemu podobnych. Jeśli czegokolwiek żałowała, to tego, że gwałt zabrał jej resztki niewinności i beztroski. Śmiech przychodził jej od tamtej pory o wiele trudniej, a miłość wydawała się nieosiągalnym zjawiskiem. Z drugiej strony, powtarzała sobie często, i tak wcześniej czy później straciłaby te cechy. Upodobniła się do zakonnika w swoim polowaniu na zło.

Patrząc w lustro, powoli posegregowała i poodkładała wszystkie swoje wspomnienia do przegródek. Co się kiedyś wydarzyło, minęło, powiedziała sobie. Wiedziała, że morderca ze szpitala jest równie bliski temu, który jak duch nawiedzał całe jej życie, i każdemu innemu z sali sądowej. Uznała, że odnalezienie anioła dałoby coś więcej niż tylko powstrzymanie serii morderstw.

Poczuła się jak sportowiec, skupiony tylko na swoim celu.

– Pułapka – powiedziała na głos. – Do pułapki potrzebna jest przynęta.

Przeczesała dłonią kaskadę włosów okalających twarz; czarne pasemka przelatywały jej przez palce jak krople deszczu.

Krótkie włosy.

Blond.

Wszystkie cztery ofiary miały podobną fryzurę i budowę ciała. Zostały zabite w ten sam sposób; identycznym narzędziem. Pośmiertnie wszystkim tym kobietom sprawca okaleczył dłonie. Potem ciała zostawił w podobnych miejscach. Nawet tej ostatniej, tu, w szpitalu; Lucy dostrzegła, że morderca odtworzył w schowku dzikie, leśne warunki pozostałych miejsc mordu. I, przypomniała sobie, usunął ślady wodą i środkiem czyszczącym tak samo, jak natura bezwiednie zaciera wszelkie tropy.

On tu był, Lucy to wiedziała. Podejrzewała, że nawet patrzyła mu w oczy, kiedyś, któregoś dnia, ale nie wiedziała, że to morderca. Zadrżała na tę myśl, ale zarazem poczuła, że budzi się w niej furia.

Spojrzała na kosmyki czarnych włosów, oplatające jej palce delikatnie jak pajęcze sieci.

Niewysoka cena, pomyślała.

Odwróciła się gwałtownie i wróciła do pokoju. Wyjęła spod łóżka małą czarną walizkę. Otworzyła zamek szyfrowy. Z zamykanej na suwak, wewnętrzny kieszeń wyjęła ciemnobrązową, skórzaną kaburę z krótkim rewolwerem kaliber .38. Przez chwilę ważyła pistolet w dłoni. Przez kilka lat, od kiedy go miała, strzelała zaledwie kilka razy; był jej obcy, lecz groźny. Potem jednym zdecydowanym ruchem zgarnęła pozostałe przedmioty, rozłożone na narzucie: szczotkę do włosów, fryzjerskie nożyczki i pudełko farby.

Włosy odrosną, powiedziała sobie.

Niedługo wróci też ich wspaniała czerń, która towarzyszyła Lucy przez całe życie.

Powtarzała sobie, że w tym, co robi, nie ma nic trwałego, ale że trwały może być skutek nieznalezienia anioła już, w tej chwili. Zabrała wszystkie te akcesoria do łazienki i rozłożyła przed sobą na małej półce. Potem uniosła nożyczki i na poły spodziewając się widoku krwi, zaczęła obcinać sobie włosy.

Jedną ze sztuczek, których Francis nauczył się przez lata obcowania z głosami, było odnajdowanie tego, który mówił najspójniej z całej chaotycznej symfonii. Z czasem odkrył, że stopień jego obłędu zależy od zdolności sortowania wewnętrznych doznań i wybierania jak najlepszej drogi do przodu. Nie było to do końca logiczne, ale dość pragmatyczne.

Chłopak przekonywał się, że sytuacja w szpitalu niewiele się od tego różni. Detektyw zbiera ślady i poszlaki, potem składa je w jedną całość. Francis był pewien, że wszystko, czego potrzebował do stworzenia portretu anioła, już się wydarzyło, ale we wściekle niestałym, oszalałym świecie szpitala dla umysłowo chorych straciło swój kontekst.

Spojrzał na Petera, który ochlapywał sobie twarz zimną wodą przy umywalce. On nigdy nie zobaczy tego, co ja widzę, pomyślał. W głowie usłyszał zgodny chór.

Zanim jednak poszedł dalej w swoich rozważaniach, zobaczył, że Peter się prostuje, patrzy na swoje odbicie w lustrze i kręci głową, jakby nie był zadowolony z tego, co widzi. Strażak dostrzegł chłopaka za sobą i uśmiechnął się.

— A, Mewa. Dzień dobry. Przeżyliśmy kolejną noc, co należy uznać za niemałe osiągnięcie i wyczyn. Trzeba by to uczcić solidnym, jeśli nawet mało smacznym śniadaniem. Jak sądzisz, co nam przyniesie ten piękny dzień?

Francis pokręcił głową.

— Może jakiś postęp?

— Może.

— Może coś dobrego?

— Mało prawdopodobne.

Peter się roześmiał.

— Francis, stary, nie ma tu pigułki ani żadnego zastrzyku, żeby zmniejszyć albo usunąć twój cynizm.

Francis kiwnął głową.

— Ani żeby dodać optymizmu.

— Trafiony, zatopiony — przyznał Peter. Jego szeroki uśmiech znikł. Strażak nachylił się do Francisa. — Dzisiaj dokonamy przełomu, obiecuję. — Znów się uśmiechnął. — Pogłówkujemy — dodał. — To taki żart. Niedługo go załapiesz.

Francis nie miał pojęcia, o czym Peter mówił.

— Jak możesz obiecywać coś takiego?

— Bo Lucy uważa, że poskutkuje inne podejście.

— Inne podejście?

Peter rozejrzał się dookoła.

– Jeśli nie możesz podejść człowieka, na którego polujesz, spróbuj go skłonić, żeby przyszedł do ciebie – szepnął.

Francis wzdrygnął się, jakby szarpnął nim nagły wrzask wszystkich wewnętrznych głosów, ostrzegających o niebezpieczeństwie. Peter nie zauważył nagłej zmiany w wyglądzie przyjaciela, podobnej do pojawienia się chmury burzowej w dali, na horyzoncie. Klepnął Francisa w plecy.

– Chodź – powiedział sardonicznie. – Zjedzmy rozmiękłe naleśniki albo niedogotowane jajka i zobaczmy, co się zacznie dziać. Dzisiaj będzie wielki dzień, przekonasz się, Mewa. Miej oczy i uszy otwarte.

Obaj wyszli z łazienki. Mężczyźni opuszczali salę sypialną, potykając się i powłócząc nogami. Zaczynała się szara codzienność. Francis zupełnie nie wiedział, czego miałby wypatrywać i nasłuchiwać, ale wszelkie nasuwające się mu pytania zostały w jednej chwili wymazane przez piskliwy, rozpaczliwy wrzask. Krzyk rozległ się w korytarzu, a całkowita bezradność, którą ze sobą niósł, zmroziła wszystkich.

Łatwo przypomnieć sobie tamten krzyk.

Często o nim myślałem, przez wiele lat. Są krzyki strachu, szoku, zdradzające niepokój, napięcie, czasem nawet rozpacz. W tym wszystko to mieszało się ze sobą w coś tak beznadziejnego i przerażającego, że aż zaprzeczającego rozsądkowi, wzmocnionego całą skumulowaną grozą szpitala psychiatrycznego. Krzyki matki, ku której dziecku zbliża się niebezpieczeństwo. Krzyk bólu żołnierza, który widzi swoją ranę i wie, że oznacza ona śmierć. Coś pradawnego i zwierzęcego, co wychodzi z nas w najrzadszych, najbardziej przerażających momentach.

Nigdy się nie dowiedziałem, kto krzyczał, ale ten wrzask stał się częścią nas wszystkich. I został w nas na zawsze.

Wypadłem na korytarz tuż za Peterem, który biegł szybko w stronę przerażającego odgłosu. Podświadomie zaledwie zdawałem sobie sprawę z obecności innych, którzy kulili się pod ścianami. Zobaczyłem Napoleona, wciskającego się w róg, i Gazeciarza, nagle zupełnie pozbawionego ciekawości doniesień ze świata. Kucał i zasłaniał się rękami, jakby mógł się ochronić przed krzykiem. Odgłos kroków niósł się korytarzem, kiedy Peter przyspieszał, biegnąc śladem echa do źródła wrzasku. W przelocie mignęła mi jego twarz, zastygła w nagłym ostrym wyrazie skupienia, niezwykłym w szpitalu. Jakby odgłos krzyku uruchomił w nim olbrzymią troskę.

Krzyk dobiegł z drugiego końca korytarza, zza wejścia do sali sypialnej kobiet. Ale jego wspomnienie było wciąż żywe w moim umyśle, tak samo jak tamtego poranka w budynku Amherst. Owijało się wokół mnie jak dym z ogniska, więc ścisnąłem ołówek i zacząłem wściekle pisać po ścianie. Bałem się, że w każdej chwili moje wspomnienie może zostać wyparte przez kpiący śmiech anioła, a ja musiałem je zapisać. W wyobraźni zobaczyłem Petera, pędzącego przed siebie, jakby mógł wyprzedzić echo.

Peter gnał przed siebie korytarzem budynku Amherst, wiedząc, że tylko jedna rzecz na świecie może wywołać taką rozpacz w człowieku, nawet szalonym: śmierć. Wymijał innych pacjentów, którzy kulili się przed krzykiem, spanikowani, wstrząśnięci, pełni strachu i niepokoju, próbując ujść przed przerażającym dźwiękiem. Nawet katoni i upośledzeni, tak rzadko świadomi całego otaczającego ich świata, z lękiem przyciskali się do ścian. Jeden kołysał się na piętach, przykucnięty, z rękami na uszach. Peter słyszał żałobny werbel własnych stóp uderzających o podłogę i zrozumiał, że było w nim coś, co zawsze pchało go do umierania.

Francis biegł tuż za nim, zwalczając chęć ucieczki w przeciwnym kierunku, porwany i niesiony pędem Petera. Słyszał tubalny głos Dużego Czarnego. Pielęgniarz wykrzykiwał polecenia:

– Wracajcie! Wracajcie! Puśćcie nas przodem!

Bracia Moses biegli korytarzem. Z dyżurki wyszła pielęgniarka w białym mundurku. Nazywała się siostra Richards, ale oczywiście mówiono na nią Skarb*; elegancję tego przezwiska burzył niezwykły dla niej wyraz przerażenia na twarzy i nieskrywana groza w oczach.

Przy drzwiach do sali sypialnej rozchełstana kobieta ze sztywnymi, siwymi włosami kołysała się i zawodziła bezgłośnie. Inna kręciła w miejscu piruety. Trzecia oparła się czołem o ścianę i mamrotała coś, co dla Francisa mogło być obcym językiem, ale równie dobrze czystym bełkotem. Dwie kolejne łkały i szlochały, wijąc się po podłodze i jęcząc jak opętane przez demony. Francis nie wiedział, czy to któraś z nich wydała tamten krzyk, czy ktokolwiek inny. Ale wrzask rozpaczy wciąż rozbrzmiewał dookoła jak nieustający, przyzywający zew syreny. Głosy w głowie Francisa wykrzykiwały ostrzeżenia, starały się go zmusić, żeby stanął, zawrócił, uciekł przed niebezpieczeństwem. Uciszenie ich wymagało dużego wysiłku; chłopak bardzo się starał dotrzymać kroku Peterowi, jakby rozsądek i rozum Strażaka mogły udzielić się też jemu.

Peter zawahał się tylko przez moment w drzwiach; odwrócił się do rozchełstanej kobiety.

---

* W oryginale „Riches" – bogactwa, kosztowności (przyp. tłum.).

– Gdzie? – ryknął głosem nieznoszącym sprzeciwu.

Kobieta wskazała koniec korytarza i klatkę schodową za drzwiami, które powinny być zamknięte na klucz, a potem zachichotała, roześmiała się i niemal od razu zaczęła wstrząsająco szlochać.

Peter dobiegł do drzwi, Francis tuż za nim. Złapał za klamkę. Pchnął stalową przeszkodę jednym, odważnym ruchem, potem zamarł.

– Święta Mario, Matko Boska! – wykrztusił. Zachłysnął się, odetchnął i wyszeptał drugą część modlitwy. – ...Módl się za nami grzesznymi w godzinę śmierci naszej...

Zaczął unosić rękę, żeby się przeżegnać – całe katolickie wychowanie w jednej chwili do niego wróciło – ale powstrzymał się i opuścił ramiona.

Francis wyjrzał zza niego, poczuł, że traci dech w piersi, i gwałtownie odskoczył w tył. Nagle zakręciło mu się w głowie; rozstawił szerzej nogi, jakby chciał odzyskać równowagę. Przelotnie pomyślał, że w jego sercu nie ma krwi, i przestraszył się, że zemdleje.

– Nie podchodź, Mewa – wymamrotał Peter.

Duży Czarny i Mały Czarny wyhamowali za dwoma pacjentami, spojrzeli, nagle umilkli.

– Jasna cholera, cholera... – szepnął po chwili mniejszy z braci, ale nie powiedział nic więcej.

Duży Czarny odwrócił wzrok do ściany.

Francis zmusił się, żeby spojrzeć na wprost.

Na prowizorycznym sznurze z poskręcanego, szarego prześcieradła, przywiązanego do balustrady drugiego piętra, wisiała Kleo.

Jej pulchna twarz była zniekształcona, rozdęta, wykrzywiona w gargulczym grymasie śmierci. Pętla zaciśnięta wokół szyi wrzynała się w fałdy skóry jak węzeł na dziecięcym baloniku. Włosy Kleo spadały splątaną masą na ramiona, puste oczy były otwarte, wpatrzone przed siebie. Krzywo rozchylone usta nadawały twarzy zszokowanego wyrazu. Miała na sobie prostą, szarą koszulę nocną, wiszącą na jej okrągłych ramionach jak worek; jeden jaskrawy różowy klapek zsunął się na podłogę. Francis zobaczył, że paznokcie u stóp miała pomalowane na czerwono.

Zdało mu się, że ma problemy z oddychaniem, chciał się odwrócić, ale wiszący przed nim wizerunek śmierci w jakiś chory, przewrotny sposób nie pozwalał od siebie oderwać wzroku. Francis stał więc jak wryty, wpatrzony w postać zwisającą nad schodami. Próbował jakoś połączyć nieprzerwany potok przekleństw, skoczne, energiczne niszczenie przeciwników przy ping-pongowym stole z groteskową, opuchniętą postacią, którą miał przed sobą. Na schodach panował półmrok, jakby pojedyncza żarówka na każdym piętrze nie radziła sobie z powstrzymywaniem wkradających się tam ciemności. Powietrze wydawało się zatęchłe i gorące, zastałe jak na opuszczonym strychu.

Francis jeszcze raz przesunął wzrokiem po Kleo i coś zauważył.

– Peter – szepnął powoli. – Spójrz na jej rękę.

Strażak przeniósł wzrok z twarzy na dłoń kobiety i przez chwilę milczał.

– A niech mnie – powiedział w końcu.

Prawy kciuk Kleo został odcięty. Struga czerwieni płynęła po koszuli nocnej i po gołej nodze, skapując w czarną kałużę pod ciałem. Francis spojrzał na krew i zakrztusił się.

– Cholera – zaklął Peter.

Odcięty kciuk leżał na podłodze, tuż przy małym, bordowym kręgu lepkiej krwi, prawie tak, jakby został tam porzucony niczym nieistotna myśl.

Francisowi przyszło coś do głowy; rozejrzał się pospiesznie, szukając pewnej rzeczy. Skakał wzrokiem na lewo i prawo, najszybciej jak umiał, ale nie widział tego, o co mu chodziło. Chciał coś powiedzieć, ale nie odezwał się. Peter też milczał.

Tym, który w końcu przerwał ciszę, był Mały Czarny.

– Będą przez to cholerne kłopoty – zawyrokował ponuro.

Francis czekał pod ścianą, siedząc na podłodze. Miał dziwne wrażenie, że chciałby, żeby wszystko okazało się zwykłym omamem albo snem i że w każdej chwili mógłby się obudzić, a dzień w Szpitalu Western State zacząłby się po prostu od nowa.

Duży Czarny zostawił Petera, Francisa i swojego brata na klatce schodowej, patrzących na zwłoki Kleo, a sam wrócił do dyżurki i wezwał ochronę. Potem zadzwonił po doktora Gulptilila, a na końcu do mieszkania pana Złego. Zapanowała chwilowa cisza. Peter obszedł powoli martwą postać Kleo, oceniając, zapamiętując, starając się trwale wbić sobie wszystko do głowy. Francis podziwiał dokładność i profesjonalizm Strażaka, ale w duchu wątpił, czy sam kiedykolwiek będzie w stanie zapomnieć szczegóły śmierci, którą widział. Mimo to obaj postępowali tak jak wtedy, kiedy znaleźli ciało Krótkiej Blond. Przepatrywali miejsce zbrodni, mierzyli i fotografowali niczym technicy laboratoryjni, tyle tylko że tutaj nie było żadnych taśm ani aparatów fotograficznych, musieli więc stworzyć własne, wewnętrzne specyfikacje.

Duży i Mały Czarny próbowali zaprowadzić spokój na korytarzu. Pacjenci byli spłoszeni, płakali, śmiali się, niektórzy chichotali, inni szlochali, jeszcze inni próbowali się zachowywać, jakby nic się nie stało, albo kryli się po kątach. Radio nie wiadomo gdzie grało przeboje z lat sześćdziesiątych; Francis słyszał znajome melodie *In the midnight hour* i *Don't walk away, Renee*. Muzyka sprawiała, że cała sytuacja zdawała się jeszcze bardziej obłąkana – gitara i harmonie śpiewu mieszały się z chaosem. Potem usłyszał, jak jakiś pacjent głośno domaga się, żeby natychmiast podano śniadanie, a drugi pyta, czy mogliby wyjść na dwór i nazbierać kwiatów na grób.

Nie trwało długo, zanim pojawiła się ochrona, a zaraz potem nadciągnęli Piguła i pan Zły. Obaj prawie biegli, co sprawiało wrażenie, jakby trochę tracili panowanie nad sobą. Pan Zły odpychał z drogi pacjentów, a Gulptilil po prostu sunął korytarzem, nie zwracając uwagi na zaczepki i prośby zdenerwowanego tłumu mieszkańców budynku.

– Gdzie?! – warknął do Dużego Czarnego.

W drzwiach stało trzech pracowników ochrony w szarych koszulach; czekali, aż ktoś im powie, co mają robić, i zasłaniali dyrektorowi widok. Odkąd przybyli, żaden z nich nawet nie kiwnął palcem, tylko gapili się na zwłoki; teraz się odsunęli i wpuścili Gulptilila i Evansa na ponurą klatkę schodową.

Dyrektor szpitala zachłysnął się głośno.

– Mój Boże! – wymamrotał osłupiały. – To straszne. – Potrząsnął głową.

Evans wyjrzał nad jego ramieniem. Jego pierwsza reakcja ograniczała się do wybełkotania jednego słowa: „Cholera!"

Lekarz i psycholog dalej się rozglądali. Francis zobaczył, że obaj patrzą na odcięty kciuk i pętlę z prześcieradła przywiązanego do balustrady na piętrze. Odniósł jednak ciekawe wrażenie, że widzieli coś innego niż on sam. Nie to, że nie dostrzegali martwej, powieszonej Kleo. Ale inaczej reagowali. Czuł się tak, jakby stał przed słynnym dziełem sztuki w muzeum, a ktoś obok niego inaczej je odbierał, śmiejąc się, zamiast westchnąć, albo jęcząc, zamiast się uśmiechać.

– Co za pech – powiedział cicho Gulptilil. Potem odwrócił się do pana Evansa. – Czy coś wskazywało... – zaczął, ale nie musiał kończyć.

Evans już kiwał głową.

– Wczoraj zapisałem w książce dziennej, że jej poczucie zagrożenia wzrasta. W ciągu ostatniego tygodnia były też inne oznaki, że się dekompensowała. Wysłałem panu w zeszłym tygodniu listę kilkorga pacjentów, których należy na nowo rozpatrzyć pod kątem wydawanych leków, a ona była w pierwszej trójce. Może powinienem zadziałać bardziej zdecydowanie, ale nie wydawało się, że Kleo przechodzi aż tak poważny kryzys. Najwyraźniej popełniłem błąd.

Gulptilil kiwnął głową.

– Przypominam sobie tę listę. Niestety, czasem nawet najlepsze intencje... Cóż, trudno przewidzieć coś takiego, nieprawdaż? – Zachowywał się, jakby nie oczekiwał odpowiedzi na to pytanie. Skoro jej nie usłyszał, wzruszył ramionami. – Sporządzi pan dokładne notatki, prawda?

– Oczywiście – odparł Evans.

Piguła odwrócił się do trzech ochroniarzy.

– Dobrze, panowie. Pan Moses pokaże wam, jak zdjąć Kleo. Przynieście worek na zwłoki i nosze. Przewieźmy ją jak najszybciej do kostnicy...

– Proszę zaczekać!

Sprzeciw dobiegł z tyłu. Wszyscy się odwrócili. To była Lucy Jones. Stała kawałek dalej i ponad głowami zebranych patrzyła na ciało Kleo.

– Mój Boże! – Gulptilila aż zatkało. – Panna Jones? Boże drogi, co pani zrobiła?

Ale odpowiedź na to pytanie, pomyślał Francis, była oczywista. Jej długie, czarne włosy zniknęły. Pojawiły się za to rozjaśnione na blond kosmyki, przycięte krótko i byle jak. Chłopak patrzył na Lucy i kręciło mu się w głowie. Czuł się tak, jakby oglądał sprofanowane dzieło sztuki.

Odepchnąłem się od słów na ścianie, umykając po podłodze mieszkania jak spłoszony pająk, uciekający przed ciężkim butem. Zatrzymałem się pod przeciwległą ścianą. Zapaliłem papierosa, potem zamarłem na chwilę z głową opartą na kolanach. Papierosa trzymałem w dłoni; cienka smużka dymu wznosiła się do mojego nosa. Nasłuchiwałem głosu anioła, czekałem na jego oddech, poruszający włoskami na moim karku. Jeśli go tu nie było, wiedziałem, że nie jest daleko. Nie widziałem Petera ani nikogo innego, chociaż przez chwilę zastanawiałem się, czy nie mogłaby mnie odwiedzić Kleo.

Wszystkie moje duchy krążyły blisko.

Przez moment myślałem o sobie jak o średniowiecznym nekromancie, stojącym nad kotłem bulgoczącego wywaru z nietoperzych oczu i korzeni mandragory, zdolnym przywołać każdą złą zjawę.

– Kleo? Co się stało? – zapytałem, kiedy otworzyłem oczy na otaczający mnie mały świat. – Nie musiałaś umierać.

Kręciłem głową. Zamknąłem oczy, ale w ciemności usłyszałem ją, jak mówi szorstkim, rubasznym głosem, do którego zdążyłem się przyzwyczaić.

– Ależ, Mewa, musiałam. Przeklęte bydlaki. Musiałam umrzeć. Wykończyli mnie, sukinsyny. Wiedziałam, że tak będzie, od samego początku.

Rozejrzałem się, ale z początku wychwytywałem tylko głos. Potem powoli, jak wyłaniający się z mgły żaglowiec, Kleo nabrała kształtu. Opierała się o zapisaną ścianę. Też paliła papierosa. Miała na sobie zwiewną, pastelową podomkę i te same różowe klapki, które zapamiętałem z miejsca jej śmierci. W jednym ręku trzymała papierosa, w drugim, jak mogłem się spodziewać, pingpongową paletkę. Oczy rozświetlało jej jakieś maniakalne zadowolenie, jakby uwolniła się od czegoś trudnego i dręczącego.

— *Kto cię zabił, Kleo?*

— *Bydlaki.*

— *Ale konkretnie, Kleo?*

— *Przecież wiesz, Mewa. Wiedziałeś od chwili, kiedy wbiegłeś na te schody, gdzie czekałam. Widziałeś to, prawda?*

— *Nie. – Pokręciłem głową. – To było takie niejasne. Nie miałem pewności.*

— *Ale to było to, Mewa. Właśnie to. W tej sprzeczności dostrzegłeś prawdę, nie?*

Chciałem powiedzieć „tak", ale wciąż się wahałem. Byłem wtedy młody i niepewny. Teraz niewiele się zmieniło.

— *On tam był, prawda?*

— *Oczywiście. Zawsze był. A może nie. Zależy, jak na to spojrzeć, Mewa. Ale ty widziałeś, prawda?*

Wciąż targały mną sprzeczne odczucia.

— *Co się stało, Kleo? Tak naprawdę?*

— *Jak to, Mewa, umarłam. Wiesz przecież.*

— *Ale jak?*

— *To powinna być żmija, przystawiona do mojej piersi.*

— *Ale nie była.*

— *Nie, niestety, to prawda. Nie była. Ale jak dla mnie, niewielka różnica. Zdołałam nawet powiedzieć słowa „Umieram, Egipcie. Umieram...", i to mi wystarczyło.*

— *Kto je słyszał?*

— *Wiesz.*

Spróbowałem inaczej.

— *Walczyłaś, Kleo?*

— *Zawsze, Mewa. Całe moje żałosne, zasrane życie to była walka.*

— *Ale czy walczyłaś z aniołem?*

Wyszczerzyła się w uśmiechu i machnęła paletką, rozwiewając dym z papierosa.

— *Oczywiście, Mewa. Nie uległam bez walki.*

— *Zabił cię?*

— *Nie. Niezupełnie. Ale też, w pewnym sensie. To było takie jak wszystko inne w szpitalu: obłąkane, skomplikowane i szalone.*

– Zgadza się – odparłem.

Parsknęła śmiechem.

– Wiedziałam, że to dostrzegłeś. Powiedz im to teraz, tak jak próbowałeś powiedzieć wtedy. Byłoby łatwiej, gdyby cię posłuchali. Ale kto zwraca uwagę na wariatów?

Na tę uwagę, jakże prawdziwą, oboje się uśmiechnęliśmy.

Wziąłem głęboki oddech. Czułem olbrzymią, wsysającą stratę jak wewnętrzną próżnię.

– Brakuje mi cię, Kleo.

– Mnie ciebie też, Mewa. Tęsknię za życiem. Zagramy w ping-ponga? Dam ci nawet małe fory.

Uśmiechnęła się, zanim zniknęła.

Westchnąłem i znów odwróciłem się do ściany. Przemknął przez nią jakiś cień i następnym dźwiękiem, jaki usłyszałem, był głos, o którym chciałem zapomnieć.

– Mała Mewa chce poznać odpowiedzi, zanim umrze, tak?

Każde słowo siało zamęt, jak łupiący ból głowy, jakby ktoś dobijał się do drzwi mojej wyobraźni. Zakołysałem się i pomyślałem nagle, że może ktoś rzeczywiście próbuje się włamać, więc uciekłem przed ciemnością pełznącą przez pokój. W sercu szukałem odważnych słów, którymi mógłbym odpowiedzieć, ale mi umykały. Czułem drżenie rąk. Przypuszczałem, że drży mi ręka, i pomyślałem, że jestem na krawędzi jakiegoś wielkiego cierpienia, i nagle, w głębiach siebie, znalazłem to, czego potrzebowałem.

– Znam wszystkie odpowiedzi – odparłem. – Zawsze znałem.

Uświadomienie sobie tego zabolało mnie jak nic dotąd. Przeraziło niemal tak samo, jak głos anioła. Wcisnąłem się jeszcze mocniej w kąt, a kiedy to zrobiłem, usłyszałem telefon. Dzwonił w drugim pokoju. Zdenerwowałem się jeszcze bardziej. Po chwili brzęczenie umilkło. Włączyła się automatyczna sekretarka, prezent od sióstr.

– Panie Petrel? Jest pan tam? – Głos wydawał się odległy, ale znajomy. – Mówi Klein z Centrum Zdrowia. Nie przyszedł pan na umówioną wizytę. Mimo obietnicy. Panie Petrel? Francis? Proszę skontaktować się z nami, kiedy tylko odbierze pan tę wiadomość, w przeciwnym razie będę musiał podjąć pewne kroki...

Tkwiłem w kącie jak skamieniały.

– Przyjdą po ciebie – usłyszałem głos anioła. – Nie rozumiesz, Mewa? Jesteś w potrzasku. Nie uciekniesz.

Zamknąłem oczy, ale to nic nie pomogło. Słowa anioła stały się tylko głośniejsze.

– Przyjdą po ciebie, Francis, i tym razem będą chcieli cię zabrać na zawsze. Pomyśl: koniec z małym mieszkankiem. Koniec z liczeniem ryb dla agencji ochrony przyrody. Koniec z chodzeniem po ulicach i przeszkadzaniem ludziom w codziennym życiu. Koniec ciężaru dla twoich sióstr i podstarzałych rodziców, którzy i tak nigdy za bardzo nie kochali syna wariata. Tak, będą chcieli zamknąć Francisa na resztę jego dni. Uwięziony, zapakowany w kaftan bezpieczeństwa, zaśliniony wrak. Tym się staniesz, Francis. Na pewno to widzisz...

Anioł się zaśmiał.

– ...Chyba że, oczywiście, ja cię prędzej zabiję – dodał.

Słowa cięły jak nóż.

Chciałem powiedzieć: „Na co czekasz?", ale zamiast tego odwróciłem się i jak dziecko, z łzami skapującymi z twarzy, poczołgałem się po podłodze do ściany słów. On był cały czas przy mnie, z każdym krokiem, i nie rozumiałem, dlaczego jeszcze mnie nie chwycił. Próbowałem odciąć się od niego, jakby pamięć była moim jedynym ratunkiem. Przypomniałem sobie władcze słowa Lucy, które zabrzmiały tak samo stanowczo, jak wtedy, tyle lat temu.

Lucy ruszyła do przodu.

– Niech nikt niczego nie dotyka – nakazała. – To jest miejsce zbrodni!

Evans wydawał się zmieszany obecnością panny Jones i wyjąkał coś bez sensu. Doktor Gulptilil, nadal zaskoczony zmianą wyglądu pani prokurator, pokręcił głową i przesunął się w kierunku Lucy, jakby mógł ją spowolnić, tarasując drogę. Ochroniarze, Duży Czarny i Mały Czarny przestąpili z zakłopotaniem z nogi na nogę.

– Ona ma rację – powiedział z naciskiem Peter. – Trzeba wezwać policję.

Głos Strażaka wyrwał Evansa z osłupienia. Psycholog odwrócił się gwałtownie w stronę Petera.

– Co ty tam, do cholery, wiesz!

Gulptilil podniósł rękę, lecz ani nie przytaknął, ani nie zaprzeczył. Zamiast tego zakołysał się nerwowo, przelewając swoje gruszkowate ciało niczym ameba.

– Nie byłbym taki pewny – oznajmił spokojnie. – Czy nie rozmawialiśmy już na ten temat przy okazji poprzedniego zgonu na oddziale?

– Tak, chyba tak – prychnęła Lucy Jones.

– Ach, oczywiście. Starszy pacjent, który zmarł na atak serca. Ten przypadek, jak pamiętam, również chciała pani badać jako zabójstwo.

Lucy wskazała zniekształcone ciało Kleo, wciąż zwisające groteskowo z poręczy.

– Wątpię, żeby to można było przypisać atakowi serca.

– Nie ma tu też znaków szczególnych morderstwa – odparował Piguła.

– Są – wtrącił z ożywieniem Peter. – Ucięty kciuk.

Doktor odwrócił się i przez kilka chwil patrzył na dłoń Kleo oraz na makabryczny widok na podłodze. Pokręcił głową.

– Być może. Ale z drugiej strony, panno Jones, przed wezwaniem policji i wszystkimi kłopotami, jakie się z tym wiążą, powinniśmy sami zbadać tę sprawę i zobaczyć, czy nie dojdziemy do jakiegoś wspólnego wniosku. Bo moja wstępna ocena w najmniejszym stopniu nie skłania mnie do przypuszczeń, że to było zabójstwo.

Lucy Jones spojrzała na psychiatrę z ukosa, zaczęła coś mówić, przerwała.

– Jak pan sobie życzy, doktorze – powiedziała w końcu. – Rozejrzyjmy się.

Weszła za lekarzem na klatkę schodową. Peter i Francis odsunęli się na bok. Pan Zły obrzucił Petera wściekłym spojrzeniem i również ruszył za doktorem. Pozostali jednak zatrzymali się w okolicach drzwi, jakby podchodząc bliżej, mogli zwiększyć oczywistość tego, czemu się przyglądali. Francis widział w niejednych oczach zdenerwowanie i strach. Pomyślał, że śmiertelny wizerunek Kleo przekroczył zwykłe granice normalności i szaleństwa – był jednakowo wstrząsający dla normalnych i obłąkanych.

Przez blisko dziesięć minut Lucy i Gulptilil krążyli powoli po klatce schodowej, zaglądając do każdego kąta, badając wzrokiem każdy centymetr podłogi. Peter uważnie się im przyglądał; Francis sam też podążył za wzrokiem Lucy i doktora, jakby chciał przenieść ich myśli do własnej głowy. Wtedy zaczął widzieć. Przypominało to nieostre zdjęcie, gdzie wszystko ma rozmyte i niewyraźne kształty. Po chwili jednak obraz się wyostrzył. Francis zaczął sobie wyobrażać ostatnie chwile Kleo.

W końcu doktor Gulptilil odwrócił się do Lucy.

– A więc proszę mi powiedzieć, pani prokurator, gdzie tu pani widzi ślady zabójstwa?

Lucy wskazała odcięty kciuk.

– Sprawca zawsze obcinał palce. Ona byłaby piąta. Dlatego nie ma kciuka.

Doktor pokręcił głową.

– Niech się pani rozejrzy – powiedział wolno. – Nie ma tu żadnych śladów walki. Nikt jak dotąd nie zgłosił, że w nocy coś się tu działo. Trudno mi sobie wyobrazić, że morderca zdołałby siłą powiesić kobietę o takiej masie i sile fizycznej, nie zwracając przy tym niczyjej uwagi. A ofiara... cóż, co w jej śmierci kojarzy się pani z pozostałymi?

– Na razie nic – odparła Lucy.

– Wydaje się pani, panno Jones, że samobójstwo tu, w tym szpitalu, to coś niespotykanego? – spytał ostrożnie doktor Gulptilil.

Właśnie, pomyślał Francis.

– Oczywiście, że nie – odparła Lucy.

– A czy kobieta, o której mówimy, nie była zbyt skupiona na morderstwie stażystki?

– Nie wiem tego na pewno.

– Może pan Evans mógłby nas oświecić?

Evans przestąpił próg drzwi.

– Wydawała się zainteresowana tą sprawą o wiele bardziej niż ktokolwiek inny. Twierdziła, że wie coś na temat śmierci pielęgniarki. Jeśli kogoś można winić, to mnie, bo nie dostrzegłem, jak niebezpieczna stała się ta obsesja...

Tę ekspiację wygłosił tonem, który sugerował coś wręcz przeciwnego. Innymi słowy, Evans sam uważał się za najmniej winnego. Francis spojrzał na napuchniętą twarz Kleo i dostrzegł surrealizm całej sytuacji. Ludzie wykłócali się o to, co tak naprawdę zaszło, dosłownie u stóp martwej kobiety. Chciał przypomnieć ją sobie żywą, ale miał z tym kłopoty. Próbował odnaleźć w sobie smutek, ale zamiast tego czuł się przede wszystkim wyczerpany, jakby emocje związane z odkryciem były głazem, który musiał toczyć na wysoką górę. Rozejrzał się i w duchu zadał sobie pytanie: co tu się stało?

– Panno Jones – ciągnął Gulptilil – śmierć nie jest w szpitalu czymś niespotykanym. Ten akt pasuje do smutnego schematu, z którym mamy do czynienia. Dzięki Bogu nie tak często, jak można by sobie wyobrażać, ale mimo to czasem się zdarza, że zbyt późno rozpoznamy stresy gnębiące niektórych pacjentów. Pani rzekomy morderca jest seksualnym drapieżcą. Ale tutaj nie dostrzegam żadnych śladów tego typu działań. Widzę za to kobietę, która najprawdopodobniej okaleczyła własną dłoń, kiedy omamy wiążące się z poprzednim morderstwem wymknęły się jej spod kontroli. Domyślam się, że w rzeczach osobistych Kleo znajdziemy nożyczki albo brzytwę. Okaże się też, moim zdaniem, że prześcieradło, z którego zrobiła pętlę, pochodzi z jej własnego łóżka. Taka jest właśnie przemyślność psychotyka, który postanawia targnąć się na własne życie. Przykro mi... – Wskazał czekających ochroniarzy. – Musimy jakoś uporządkować to miejsce.

Francis spodziewał się, że Peter coś powie, ale Strażak nie otworzył ust.

– Poza tym, panno Jones – dodał Piguła – chciałbym przy najbliższej sposobności omówić z panią efekt tej, nazwijmy to, fryzury. – Przez chwilę wpatrywał się w czubek głowy Lucy, potem odwrócił się do pana Złego. – Podajcie śniadanie. Zacznijcie poranne zajęcia.

Evans spojrzał na Petera i Francisa i machnął na nich ręką.

– Wracajcie na stołówkę, proszę. – Jego słowa wydawały się uprzejme, ale były stanowcze jak rozkaz więziennego strażnika.

Peter się najeżył, jakby nie mógł znieść, że Evans wydaje mu jakieś polecenia. Spojrzał na Gulptilila.

– Muszę z panem pomówić – powiedział.

Evans prychnął, ale Piguła kiwnął głową.

– Oczywiście, Peter – odparł. – Czekałem na tę rozmowę.

Lucy westchnęła i po raz ostatni spojrzała na ciało Kleo. Francis nie umiał określić, czy w jej oczach dostrzega zniechęcenie, czy inny rodzaj rezygnacji. Odniósł jednak wrażenie, że widział, co myślała, że to wszystko źle się skończy, cokolwiek by zrobiła. Miała wzrok człowieka, który uważa, że coś jest tuż poza jego zasięgiem.

Francis odwrócił się i też spojrzał na Kleo. Po raz ostatni omiótł wzrokiem miejsce jej śmierci. Ochrona zaczęła zdejmować ciało.

Morderstwo czy samobójstwo, pomyślał. Dla Lucy jedna z tych opcji była prawdopodobna. Dyrektorowi szpitala druga wydawała się oczywista. Każdemu z nich ze swoich powodów zależało na takim czy innym wyniku.

Francis jednak czuł w głębi serca zimną pustkę, bo zobaczył coś odmiennego.

Odsunął się od drzwi na klatkę i zajrzał do dormitorium kobiet. Wiedział, że łóżko Kleo stoi tuż przy wejściu. Zauważył, że prześcieradła na nim były nietknięte i że nie ma śladu krwi ani noża. Słyszał echa własnych głosów, krzykiem obwieszczających różne wizje, ale uciszył je wszystkie prawie tak, jakby mógł przykryć ich skargi pokrywkami. Morderstwo czy samobójstwo? A może jedno i drugie? – szepnął do siebie, potem odwrócił się i poszedł korytarzem za Peterem.

Rozdział 28

Ciało Kleo ochrona wywiozła z Amherst w tym samym czasie, kiedy Duży Czarny i jego brat spędzali wystraszonych pacjentów do stołówki na śniadanie. Francis zobaczył nie tak dawną księżniczkę Egiptu jako wielką, bezkształtną bryłę w lśniącym czarnym worku na zwłoki. Znikała za frontowymi drzwiami, kiedy jego samego ustawiano w kolejce do lady. Po kilku chwilach miał przed sobą talerz z grzanką ociekającą lepkim, pozbawionym smaku syropem. Próbował ocenić, co się działo w godzinach, kiedy większość z nich spała. Przy stole dołączył do niego Peter, wyraźnie w bardzo podłym nastroju. Z ponurą miną przesuwał jedzenie po talerzu. Skądś przybłąkał się Gazeciarz, zaczął coś mówić, ale Peter mu przerwał.

– Wiem, jaki dzisiaj jest nagłówek. „Pacjentka ginie. Wszyscy mają to gdzieś".

Gazeciarz spojrzał na niego, bliski płaczu, potem szybko oddalił się do pustego stolika. Francis pomyślał, że Peter nie ma racji, bo śmierć Kleo wstrząsnęła wieloma osobami; rozejrzał się, chcąc wskazać je Strażakowi, ale najpierw zobaczył upośledzonego. Wielki mężczyzna miał kłopoty z pokrojeniem grzanki na kawałki mieszczące się do ust. Potem spojrzenie Francisa trafiło na trzy kobiety przy jednym stoliku. Nie zwracając uwagi na jedzenie ani na siebie nawzajem, mówiły coś pod nosem.

Inny upośledzony spojrzał wściekle na Francisa, rozzłoszczony nie wiadomo czym, więc chłopak szybko się odwrócił i popatrzył znów na Strażaka.

– Peter? Co, według ciebie, stało się z Kleo? – zapytał powoli.

Strażak pokręcił głową.

– Poszło źle wszystko, co mogło pójść źle – powiedział. – Coś się spięło albo zerwało, nikt tego nie widział ani nic w tej sprawie nie zrobił. No i nie ma jej. Puf! Jak w magicznej sztuczce na scenie. Evans powinien zauważyć, co się dzieje. Albo Duży Czarny, albo Mały Czarny, siostra Błąd, siostra Skarb, a może nawet ja. Tak samo jak z Chudym, tuż przed morderstwem Krótkiej Blond. Działy mu się w głowie najróżniejsze rzeczy. Łomotały młoty, buldożery, koparki, jak na budowie przy autostradzie, tyle tylko że nikt tego nie widział. A potem było już za późno.

– Myślisz, że sama się zabiła?

– Oczywiście – mruknął Peter.

– Ale Lucy powiedziała...

– Myliła się. Piguła miał rację. Nie było śladów walki. A odcięty kciuk... cóż, pewnie dało znać o sobie jej szaleństwo. Jakiś zupełnie pokręcony omam. W ostatniej chwili odcięcie sobie palca uznała za wariacko logiczne. Nie wiemy, jaka kierowała nią logika, i nigdy się tego nie dowiemy.

Francis z trudem przełknął ślinę.

– Naprawdę przyjrzałeś się temu kciukowi, Peter?

Strażak pokręcił głową.

– Lubiłem Kleo – wymamrotał. – Miała osobowość. Charakter. Nie była czystą kartą jak wielu ludzi tutaj. Żałuję, że nie mogłem choćby na sekundę zajrzeć do jej głowy, żeby zobaczyć, jak ona to wszystko widziała. Musiała w tym być jakaś pokręcona logika. I pewnie mająca coś wspólnego z Szekspirem, Egiptem i całą resztą. Kleo była swoim własnym teatrem. Wszystko dookoła zmieniała w scenę. Może to dla niej najlepsze epitafium.

Francis widział w przyjacielu wielką burzę myśli, prących w przód i w tył jak targane dzikimi wichrami. W tym momencie nie dostrzegał nigdzie Petera, inspektora pożarowego. Dalej zadawał pytania, trochę pod nosem.

– Nie wyglądała na kogoś, kto by się zabił, a zwłaszcza najpierw okaleczył.

– Prawda. – Peter westchnął głęboko. – Ale chyba nikt nie wygląda na kogoś, kto by się zabił, dopóki się nie zabije, a wtedy nagle wszyscy dookoła kiwają głowami i mówią: „No tak, oczywiście...", bo to się wydaje tak cholernie jasne. – Pokręcił głową. – Mewa, muszę się stąd wydostać. – Wziął kolejny głęboki oddech, potem sprostował: – Musimy się stąd wydostać. – Podniósł wzrok i zobaczył coś na twarzy Francisa, bo przerwał i przez następnych kilka sekund po prostu przypatrywał się młodemu mężczyźnie. – O co chodzi? – spytał po dłuższej chwili milczenia.

– On tam był – szepnął Francis.

Peter ściągnął brwi i nachylił się do przodu.

– Kto?

– Anioł.

Peter pokręcił głową.

– Nie sądzę...

– Był – szepnął Francis. – Stał przy moim łóżku tamtej nocy, opowiadał, jak łatwo mógłby mnie zabić, a dzisiaj w nocy odwiedził Kleo. Jest wszędzie, tylko go nie widzimy. Stoi za wszystkim, co się wydarzyło tu, w Amherst, i będzie stał za wszystkim, co się tu jeszcze wydarzy. Kleo się zabiła? Jasne. Pewnie tak. Ale kto inny otworzyłby dla niej drzwi?

– Otworzył drzwi...

– Tak, do dormitorium kobiet, na klatkę schodową. Pomógł Kleo niepostrzeżenie przejść obok dyżurki...

– Słuszna uwaga – stwierdził Peter. – Właściwie kilka słusznych uwag... – Przetrawiał to przez chwilę. – Masz rację, Mewa, co do jednej. Ktoś otworzył jakieś drzwi. Ale dlaczego jesteś taki pewny, że zrobił to anioł?

– Widzę to – odparł Francis cicho.

Peter spojrzał na niego nieco zbity z tropu, z powątpiewaniem.

– Dobra – powiedział. – Co takiego widzisz?

– Jak to się stało. Mniej więcej.

– Mów dalej, Mewa. – Peter zniżył trochę głos.

– Prześcieradło. To, z którego była pętla...

– Tak?

– Pościel na łóżku Kleo leżała nietknięta.

Peter milczał.

– Kciuk...

Strażak kiwnął zachęcająco głową.

– Kciuk nie znajdował się bezpośrednio pod ciałem. Wyglądało to tak, jakby ktoś go przeniósł kawałek dalej. Gdyby Kleo sama odcięła sobie palec, porzuciłaby gdzieś w pobliżu nożyczki albo nóż. Ale niczego takiego tam nie było. A gdyby odcięła go gdzieś indziej, no to leciałaby krew. Ślad wiódłby na klatkę. A ja zauważyłem tylko jedną czerwoną plamę pod jej ciałem. – Francis wziął głęboki oddech, a potem szepnął jeszcze raz: – Widzę to.

Peter siedział z rozchylonymi ustami. Zamierzał zadać nasuwające się pytania, kiedy do stolika podszedł Mały Czarny. Wycelował w Petera palec wskazujący, dźgnął nim powietrze i przerwał rozmowę.

– Idziemy – powiedział zniecierpliwionym tonem. – Doktor cię wzywa.

Peter zawahał się między chęcią zadania Francisowi jeszcze kilku pytań a odejściem.

– Mewa – powiedział w końcu. – Zatrzymaj swoje przemyślenia dla siebie, dopóki nie wrócę, dobra?

Francis zaczął odpowiadać, ale Peter nachylił się do niego.

– Niech nikt tu nie pomyśli, że odbiło ci jeszcze bardziej – sapnął. – Po prostu na mnie zaczekaj, w porządku?

Miał sporo racji; Francis kiwnął głową. Peter odstawił swoją tackę przy punkcie zwrotu naczyń i posłusznie wyszedł za pielęgniarzem. Francis przez chwilę siedział jeszcze na swoim miejscu, na środku stołówki. Panował tu jednostajny hałas – szczęk talerzy i sztućców, śmiechy, krzyki, ktoś fałszował jakąś nierozpoznawalną piosenkę, zakłócając odgłos radia grającego w głębi kuchni. Zwyczajny poranek, pomyślał Francis. Ale kiedy się podniósł niezdolny już przełknąć ani kawałka grzanki więcej, zobaczył, że pan Zły stoi w kącie i uważnie mu się przygląda. Kiedy szedł przez salę, odniósł wrażenie, że obserwują go też inne oczy. Przez chwilę miał ochotę się odwrócić, sprawdzić, czy uda mu się wypatrzyć tych, którzy odprowadzają go wzrokiem, ale potem postanowił tego nie robić. Nie był wcale przekonany, czy chce wiedzieć, kogo interesuje jego przemieszczanie się po stołówce. Przez sekundę zastanawiał się też, czy śmierć Kleo nie zapobiegła czemuś innemu. Przyspieszył kroku, bo przyszło mu na myśl, że na zeszłą noc mogło być zaplanowane zamordowanie jego samego, ale tylko przypadkiem nadarzyła się inna sposobność do wykorzystania.

Kiedy Peter, w towarzystwie Małego Czarnego, wszedł do poczekalni doktora Gulptilila, usłyszał dobiegający z gabinetu piskliwy, podniesiony głos psychiatry, ledwo powstrzymujący wybuch gniewu. Pielęgniarz założył Peterowi kajdanki tylko na ręce, nogi pozostawił wolne, tak że podczas podróży przez teren szpitala Strażak był, przynajmniej w swoim mniemaniu, tylko częściowo więźniem. Panna Laska siedziała za biurkiem. Kiedy pacjent pojawił się w drzwiach, skinieniem głowy wskazała mu ławkę. Peter wytężał słuch, żeby usłyszeć dokładnie, co tak zdenerwowało Pigułę – bo uważał, że spokojny dyrektor byłby o wiele skłonniejszy mu pomóc niż rozwścieczony. Po kilku minutach uświadomił sobie, że furię doktora wywołała Lucy. To go zaskoczyło.

W pierwszej chwili chciał zerwać się i wpaść do gabinetu.

Ale powstrzymał się, biorąc głęboki oddech.

Potem usłyszał przez grubą ścianę i drewno drzwi:

– Panno Jones, będzie pani osobiście odpowiedzialna za całe zamieszanie w szpitalu. Kto wie, jacy jeszcze pacjenci mogą znaleźć się w niebezpieczeństwie przez pani wyczyny!

Do cholery z tym, pomyślał Peter i gwałtownie wstał. Był już pod drzwiami gabinetu, zanim Mały Czarny albo panna Laska zdołali zareagować.

– Hej! – zawołała piersiasta sekretarka. – Nie możesz...!

– Właśnie, że mogę. – Peter sięgnął po klamkę obiema skutymi dłońmi.

– Panie Moses! – wrzasnęła Laska.

Ale chudy pielęgniarz poruszał się leniwie, niemal nonszalancko, jakby wtargnięcie Petera do gabinetu doktora Gulptilila było najzwyklejszą rzeczą na świecie.

Piguła podniósł wzrok, czerwony na twarzy i spłoszony. Lucy siedziała na krześle przed biurkiem, trochę blada, ale też lodowato niewzruszona, jakby przywdziała pancerz, i słowa dyrektora, choćby nie wiadomo jak wściekłe, po prostu się od niej odbijały. Nie zmieniła wyrazu twarzy, kiedy przez drzwi wpadł Peter, a za nim Mały Czarny.

Gulptilil wziął głęboki oddech, opanował się i spojrzał na nich zimno.

– Peter, za chwilę cię poproszę. Zaczekaj na zewnątrz. Panie Moses, gdyby pan mógł...

Ale Peter nie dał mu dokończyć.

– To tak samo moja wina – powiedział.

Doktor Gulptilil machał właśnie ręką, wypraszając go, ale zatrzymał się w pół ruchu.

– Wina? – spytał. – Jak to, Peter?

– Zgadzałem się z każdym krokiem, jaki ona do tej pory zrobiła. A jest oczywiste, że należało podjąć kroki wyjątkowe, żeby wykluczyć mordercę.

Nalegałem na to od początku, więc wszelkie zamieszanie jest tak samo moją winą.

Doktor Gulptilil zawahał się.

– Wiele przypisujesz swoim wyborom, Peter.

Stwierdzenie to ogłuszyło trochę Strażaka. Odetchnął gwałtownie.

– To zwykły fakt każdego kryminalnego dochodzenia – powiedział. – Po prostu w pewnym momencie należy zastosować radykalne środki, żeby zmusić cel do zachowań, które go wyizolują i sprawią, że będzie odsłonięty.

Peter pomyślał, że zabrzmiało to przemądrzale i nie było do końca prawdą, ale nie wiedział, co innego powiedzieć w tej chwili, wygłosił jednak tę kwestię z wystarczającym przekonaniem w głosie, żeby chociaż to, co mówił, wydawało się prawdą.

Gulptilil odchylił się na swoim fotelu, odetchnął, zamilkł. Lucy i Peter patrzyli na niego i oboje myśleli mniej więcej to samo: tym, co czyniło doktora w ciekawy sposób groźnym człowiekiem, była jego zdolność zdystansowania się, powstrzymania oburzenia, urazy czy gniewu i przejścia w tryb cichej obserwacji. Niepokoiło to Lucy, bo czuła się pewniej, kiedy ludzie wyładowywali swoją złość. Peter uznał, że to niezwykle przydatna umiejętność. Miał wrażenie, że każda rozmowa z psychiatrą była tak naprawdę partią pokera o wysoką stawkę, gdzie Gulptilil miał większość żetonów, a siedzący naprzeciw niego człowiek stawiał pieniądze, których nie posiadał. Oboje pomyśleli, że doktor przelicza coś w głowie. Mały Czarny złapał Petera za ramię, żeby wyciągnąć go z powrotem do poczekalni, ale doktor nagle zmienił zdanie.

– Ach, panie Moses – odezwał się łagodnym tonem; gniew, który przebijał ściany, teraz niespodziewanie zniknął. – Może jednak to nie będzie konieczne. Siadaj, Peter. – Wskazał mu krzesło. – Odsłonięty, powiadasz?

– Tak – odparł Peter. Co innego mógł powiedzieć?

– Bardziej odsłonięty niż, powiedzmy, panna Jones, która ucharakteryzowała się w dziecinnie oczywistej próbie naśladowania fizycznych cech ofiar?

– Trudno powiedzieć – stwierdził Peter.

Doktor uśmiechnął się blado.

– Oczywiście. Ale nie sądzisz, że zrobiła coś, co natychmiast przyciągnie uwagę mordercy, jeśli on rzeczywiście, w co wątpię, znajduje się tu, w tych murach?

– Tak myślę.

– Bardzo dobrze. Przynajmniej w jednym się zgadzamy. A więc jeśli nic by się nie stało pannie Jones w najbliższym czasie, to moglibyśmy spokojnie uznać, że ten jej rzekomy morderca jednak nie był obecny w szpitalu? Że nieszczęsna pielęgniarka została zabita przez Chudego w napadzie morderczych omamów, jak na to wskazują dowody rzeczowe?

– To by była duża nadinterpretacja, doktorze – odparł Peter. – Mężczyzna, którego panna Jones i ja ścigamy, może mieć więcej dyscypliny, niż nam się wydaje.

– Ach, tak. Zdyscyplinowanie. To bardzo niezwykła cecha u mordercy psychopaty, prawda? Ścigacie, jak już ustaliliśmy, człowieka zdominowanego przez mordercze impulsy, ale teraz ta diagnoza wydaje się wam nie na rękę? Albo, jeśli jest on, jak panna Jones sugerowała po swoim przyjeździe, domniemanym naśladowcą Kuby Rozpruwacza, to mogłoby pewne rzeczy wyjaśniać. Ale z drugiej strony, z tego, co przeczytałem na temat tej historycznej postaci, wynika, że zdyscyplinowaniem raczej się nie wykazywał. Kompulsywni mordercy działają pod wpływem potężnych sił, Peter, i nie są w stanie się pohamować. Ale to zagadnienie dla historyków, zajmujących się tymi rzeczami, tu i teraz mało nas to interesuje. Mogę zapytać was o jedno: gdyby grasujący w szpitalu morderca był w stanie nad sobą zapanować, czy nie oznaczałoby to, że wasze szanse na złapanie go są bardzo nikłe? Choćbyście nie wiem ile dni, tygodni czy nawet lat go szukali?

– Nie potrafię przewidywać przyszłości tak samo jak pan, doktorze.

Gulptilil się uśmiechnął.

– Ach, Peter, bardzo mądra odpowiedź. Widać, że masz możliwość powrotu do zdrowia, jeśli weźmiesz udział w owym niezwykle postępowym programie, zaproponowanym przez twoich przyjaciół z Kościoła. Domyślam się, że to był prawdziwy powód, dla którego tak gwałtownie tu dziś wpadłeś? Chciałeś zasygnalizować swoją chęć skorzystania z ich niezwykle hojnej i przemyślanej propozycji?

Peter się zawahał. Gulptilil przyjrzał mu się uważnie.

– To był oczywiście ten powód? – zapytał po raz drugi, głosem wykluczającym wszystkie odpowiedzi, oprócz tej oczywistej.

– Tak – powiedział Peter. Zrobiło na nim wrażenie to, jak Gulptililowi udało się połączyć dwa tematy: ten dotyczący nieznanego mordercy i ten związany z jego własnymi problemami prawnymi.

– A więc Peter zamierza opuścić szpital, zacząć nowe leczenie i nowe życie, a panna Jones zrobiła coś, co według niej zaprowadzi domniemanego mordercę przed sąd. Czy to nie sprawiedliwe podsumowanie sytuacji, w której się znajdujemy?

Lucy i Peter w milczeniu pokiwali głowami.

Doktor Gulptilil pozwolił sobie na mały uśmieszek, samymi kącikami ust.

– W takim razie, jak sądzę, możemy bezpiecznie założyć, że krótki, ale wystarczający okres pozwoli nam odpowiedzieć na oba te pytania i pozbyć się wszelkich wątpliwości. Jest piątek. Myślę, że w poniedziałek rano będę mógł powiedzieć „do widzenia" wam obojgu. To aż nadto czasu, by przekonać się, czy podejście panny Jones da efekty. I żeby sytuacja Petera została, powiedzmy, załatwiona.

Lucy poruszyła się na krześle. Przyszło jej do głowy kilka rzeczy, które mogła powiedzieć, żeby przesunąć ostateczny termin wyznaczony przez doktora. Ale wiercąc się lekko, zauważyła, że Gulptilil intensywnie się zastanawia, rozważa w głowie jedną rzecz po drugiej. Pomyślała sobie, że w szachach biurokracji zawsze musiała przegrać z psychiatrą, zwłaszcza że grał na własnym terenie.

– Poniedziałek rano – zgodziła się.

– I, oczywiście, stawiając się w tej ryzykownej sytuacji, bez wątpienia podpisze pani dokument zwalniający administrację szpitala z wszelkiej odpowiedzialności za dopilnowanie pani bezpieczeństwa?

Lucy zmrużyła oczy, a jej głos przekazał jedno słowo odpowiedzi z całym ładunkiem pogardy, jaki zdołała w nim zawrzeć.

– Tak.

– Cudownie. Tę część mamy więc za sobą. Teraz, Peter, pozwól, że zadzwonię...

Wyjął mały notes z górnej szuflady biurka i znalazł odpowiednią wizytówkę w kolorze kości słoniowej. Wykręcił numer. Opadł na oparcie fotela, czekając na połączenie.

– Z księdzem Grozdikiem proszę – odezwał się po chwili do słuchawki. – Mówi doktor Gulptilil ze Szpitala Western State. – Odczekał chwilę. – Ojciec Grozdik? – powiedział po krótkim milczeniu. – Dzień dobry. Na pewno się ojciec ucieszy na wiadomość, że jest u mnie w gabinecie Peter, który zgodził się na ustalenia, o których niedawno dyskutowaliśmy. We wszystkich aspektach. Teraz będziemy musieli podpisać kilka dokumentów, żeby doprowadzić tę niefortunną sprawę do szybkiego zakończenia.

Peter opadł ciężko na krzesło, uświadamiając sobie, że całe jego życie właśnie się zmieniło. Czuł się niemal tak, jakby obserwował to gdzieś z zewnątrz siebie samego. Nie śmiał zerknąć na Lucy, która również stała na krawędzi, bo sukces i porażka zlały się w jej głowie w jedno.

Francis przeszedł korytarzem do świetlicy, gdzie spojrzał między rozrzuconymi grupkami pacjentów na stół do ping-ponga. Starszy mężczyzna w pasiastej piżamie i swetrze zapiętym pod szyję, mimo duchoty w sali, wymachiwał paletką, jakby rozgrywał mecz. Ale po drugie stronie nie było nikogo, nie miał też piłeczki, więc grał w ciszy. Wydawał się skupiony, koncentrował się na każdym punkcie, przewidywał kontry wymyślonego przeciwnika. Miał zdeterminowany wyraz twarzy, jakby szala zwycięstwa była wyrównana.

W świetlicy panowała cisza, nie licząc stłumionych odgłosów dobiegających z dwóch telewizorów, gdzie słowa spikerów i aktorów oper mydlanych zlewały się z mamrotaniem pacjentów, rozmawiających głównie ze sobą. Czasami ktoś rzucał na stół gazetę albo czasopismo, czasami ktoś wchodził nieświadomie w przestrzeń zajmowaną przez kogoś innego i słyszał kilka słów. Ale jak na miejsce, w którym dochodziło do wybuchów, świetlica była spokojna. Trochę tak jakby utrata masy i obecności Kleo zdławiła panujący tu zwykle niepokój. Śmierć jako środek uspokajający. To wszystko iluzja, pomyślał, bo wyczuwał napięcie i strach. Wydarzyło się coś, co sprawiło, że wszyscy poczuli się zagrożeni.

Francis opadł na nierówny, guzowaty fotel i zaczął się zastanawiać, jak dotarł do miejsca, w którym był. Serce waliło mu jak młotem, bo chyba tylko on jeden rozumiał, co stało się poprzedniej nocy. Miał nadzieję, że wkrótce podzieli się z Peterem swoimi spostrzeżeniami, ale nie był już pewien, czy przyjaciel w nie uwierzy.

Jesteś całkiem sam, szepnął któryś z jego głosów. *Zawsze byłeś. Zawsze będziesz.* A Francis nie zadał sobie trudu, żeby próbować się z tym w myślach kłócić albo temu zaprzeczać.

A potem drugi głos, równie cichy i dyskretny dodał: *Nie, ktoś cię szuka, Francis.*

Wiedział, kto.

Tak przypuszczał. Nie, był przekonany, że anioł go śledzi. Rozglądał się przez chwilę, chcąc sprawdzić, czy ktoś mu się przygląda, ale problem w szpitalu psychiatrycznym polegał na tym, że wszyscy bezustannie się obserwowali, a jednocześnie ignorowali.

Francis nagle wstał. Musiał znaleźć anioła, zanim ten po niego przyjdzie. Ruszył do drzwi świetlicy, kiedy zobaczył Dużego Czarnego. Przyszło mu coś do głowy.

– Panie Moses? – zawołał.

Olbrzym się odwrócił.

– O co chodzi, Mewa? Dzisiaj jest zły dzień. O nic mnie nie proś.

– Panie Moses, kiedy mają się zacząć rozmowy z komisją zwolnień?

Duży Czarny spojrzał na chłopaka z ukosa.

– Dzisiaj po południu. Zaraz po obiedzie.

– Muszę tam iść.

– Co?

– Muszę zobaczyć te rozmowy.

– Dlaczego?

Francis nie mógł wyartykułować tego, co naprawdę myślał.

– Bo chcę się stąd wydostać – odparł. – I może coś z tych rozmów wywnioskuję. Nie popełniałbym tych samych błędów.

Duży Czarny uniósł brew.

– No, Mewa, to brzmi logicznie – stwierdził. – Nie wiem, czy ktoś mnie już o coś takiego prosił.

– Pomogłoby mi to, na pewno.

Pielęgniarz spojrzał na Francisa z powątpiewaniem, potem wzruszył ramionami. Zniżył głos.

– Nie wiem, czy ci do końca wierzę, Mewa. Ale słuchaj, obiecasz, że nie narobisz żadnych kłopotów, a ja cię ze sobą zabiorę i będziesz mógł ze mną popatrzeć. To może wbrew zasadom. Nie wiem. Ale mam wrażenie, że dzisiaj zostało złamanych wiele różnych zasad.

Francis odetchnął.

W jego wyobraźni powstawał portret, a to było ważne pociągnięcie pędzla.

Jasnoszare chmury zbierały się na niebie. Panował nieprzyjemny, duszny upał. Lucy Jones, Peter w kajdankach i Mały Czarny szli wolno przez teren szpitala. Lucy czuła deszcz, który miał spaść za godzinę lub dwie. Przez pierwszych kilka metrów wszyscy milczeli; nawet odgłos ich kroków na czarnym asfalcie wydawał się stłumiony w gęstniejącym upale, pod ciemniejącym niebem. Mały Czarny otarł z potu czoło.

– Cholera, czuć, że idzie lato – mruknął.

Przeszli jeszcze kilka kroków, wtedy Peter Strażak nagle się zatrzymał.

– Lato? – powiedział. Spojrzał w górę, jakby szukając na niebie słońca i błękitu, ale jedno i drugie było zasłonięte. Cokolwiek chciał znaleźć, nie było tego w otaczającym ich parnym powietrzu. – Panie Moses, co się dzieje?

Mały Czarny też się zatrzymał i popatrzył na pacjenta z zaciekawieniem.

– Jak to: „co się dzieje”? – zapytał.

– No, na świecie. W Stanach Zjednoczonych. W Bostonie czy Springfield. Czy Red Soksom dobrze idzie? Czy zakładnicy wciąż są w Iranie? Trwają demonstracje? A gospodarka? Co się dzieje na rynku? Jaki jest ostatni kinowy hit?

Mały Czarny pokręcił głową.

– Powinieneś o to zapytać Gazeciarza. To on zna wszystkie nagłówki.

Peter się rozejrzał. Utkwił wzrok na murach szpitala.

– Ludzie myślą, że zabezpieczenia są po to, żebyśmy się nie wydostali – powiedział wolno. – Ale wcale nie o to chodzi. Te mury nie wpuszczają tu świata zewnętrznego. – Potrząsnął głową. – To jak życie na wyspie. Albo bycie jednym z tych japońskich żołnierzy w dżungli, którym nikt nie powiedział, że wojna się skończyła, więc rok po roku myśleli, że wykonują tylko swój obowiązek, walczą za cesarza. Tkwimy w jakimś załomie czasowym, strefie cienia, gdzie wszystko po prostu mija nas bokiem. Trzęsienia ziemi. Huragany. Katastrofy, naturalne i spowodowane przez człowieka.

Lucy pomyślała, że Peter ma rację, ale mimo to zawahała się, zanim powiedziała:

– Do czegoś zmierzasz?

– Tak. Oczywiście. W krainie zamkniętych drzwi kto byłby królem?

Lucy kiwnęła głową.

– Ten, który ma klucze.

– A więc, jak zastawić pułapkę na kogoś, kto może otworzyć każde drzwi? – spytał.

Lucy przez chwilę myślała.

– Trzeba go skłonić, żeby otworzył odpowiednie drzwi, i tam na niego czekać.

– Właśnie – powiedział Peter. – A więc które to będą?

Mały Czarny wzruszył ramionami. Ale Lucy zamyśliła się głęboko, potem zrobiła raptowny, głęboki wdech, jakby oszołomiła ją nagła myśl, może nawet zaszokowała.

– Wiemy, które drzwi otwierał – stwierdziła.

– To znaczy?

– Gdzie była Krótka Blond, kiedy po nią przyszedł?

– Sama, późno w nocy, w dyżurce budynku Amherst.

– A więc tam muszę być ja – wywnioskowała Lucy.

Rozdział 29

Po południu pojawiła się mżawka, przerywana mocniejszymi ulewami; co jakiś czas spomiędzy chmur wyglądało zbyt optymistyczne słońce, zapowiadające przejaśnienie, ale szybko ścierał je kolejny front ciemnego deszczu.

Francis szedł szybko obok Dużego Czarnego prawie z nadzieją, że pielęgniarz swoim wielkim ciałem przetrze drogę i ochroni go przed lepką wilgocią powietrza. Taki dzień kojarzył się z malaryczną chorobą: był gorący, przytłaczający, duszny i parny. Jakby zwykły, konserwatywnie suchy nowoangielski świat szpitala stanowego zaraził się niespodziewanie klimatem lasu tropikalnego. Taka pogoda, pomyślał Francis, była równie dziwna i szalona, jak oni wszyscy. Nawet lekki wiatr, który zwiewał kałuże z asfaltowych chodników, wydawał się nieziemsko gęsty.

Posiedzenia komisji zwolnień jak zawsze odbywały się w budynku administracji, w niezbyt dużej stołówce dla personelu, którą na tę okazję upodobniono do sali sądowej. W oczy biła prowizorka. Stały tam stoły dla komisji i adwokatów. W rzędy ustawiono niewygodne, metalowe składane krzesła dla pacjentów i ich rodzin. Przyniesiono biurko dla stenotypistki i krzesło dla świadków. Sala była prawie pełna. Jeśli coś mówiono, to szeptem. Francis i Duży Czarny usiedli w tylnym rzędzie. W pierwszej chwili Francis miał wrażenie, że powietrze dookoła jest gęste i duszne, potem jednak stwierdził, że to raczej opary nadziei i bezradności.

Komisji przewodniczył emerytowany sędzia okręgowy ze Springfield. Był siwowłosy, otyły i rumiany na twarzy, miał skłonność do zamaszystego gestykulowania. Co rusz stukał młotkiem bez żadnego wyraźnego powodu. Jego trochę wytarta czarna toga prawdopodobnie widziała lepsze dni i ważniejsze sprawy wiele lat temu. Po prawej stronie sędziego zasiadała psychiatra ze stanowego Wydziału Zdrowia Psychicznego, młoda kobieta w grubych okularach, która bez przerwy przekładała jakieś papiery, jakby nie mogła znaleźć tego właściwego. Po lewej zaś na krześle rozwalił się prawnik z biura miejscowego prokuratora okręgowego. Miał młode, znudzone oczy. Mężczyzna najwyraźniej przegrał jakąś biurową rozgrywkę i w efekcie został wysłany na rozprawę do szpitala. Przy drugim stole siedział inny młody prawnik, ze sztywnymi włosami, w źle leżącym garniturze, trochę żywszy niż pierwszy – on reprezentował pacjentów. Naprzeciwko niego zasiadali różni członkowie personelu szpitala. Wszystko to miało nadać posiedzeniom oficjalny posmak, a decyzjom, oprawionym terminologią prawniczą i medyczną, naukową powagę. Stwarzało się pozory autentyczności i odpowiedzialności, jakby każdy kolejny przypadek był dogłębnie badany, odpowiednio weryfikowany i dokładnie oceniany przed wydaniem decyzji. Francis natychmiast zrozumiał, że prawdą tego było dokładne przeciwieństwo.

Poczuł bezbrzeżną rozpacz. Rozglądając się po sali, pojął, że najważniejszym elementem posiedzeń komisji była siedząca w milczeniu rodzina, czekająca na wywołanie nazwiska syna, córki, siostrzenicy, bratanka czy nawet matki albo ojca. Bez niej nie wypuszczano nikogo. Nawet jeśli pierwotne nakazy sądu, które skierowały kogoś do Western State, dawno straciły ważność, bez kogoś, kto byłby gotów wziąć na siebie odpowiedzialność za chorego, pacjent nie miał szans przekroczyć bram szpitala. Francis nie mógł się powstrzymać od rozmyślań, jak ma przekonać rodziców, żeby znów otworzyli dla niego swoje drzwi, skoro nie przyjeżdżali go nawet odwiedzać.

Usłyszał głos w swojej głowie, mówiący z naciskiem: *Nigdy nie pokochają cię aż tak, żeby dopominać się tu o ciebie...*

A potem drugi, pospieszny, nalegający: *Francis, musisz znaleźć inny sposób, żeby udowodnić, że nie jesteś wariatem.*

Sam sobie przytaknął, rozumiejąc, że najważniejsze było to, co udawało mu się ukryć przed panem Złym i Pigułą. Poruszył się na krześle i wolno zaczął przyglądać się zgromadzonym ludziom. Widział najróżniejsze typy. Niektórzy mężczyźni nosili marynarki i krawaty, strój zupełnie nieprzystający do szpitalnych realiów. Wiedział, że ubrali się tak, żeby zrobić dobre wrażenie, podczas gdy o wiele bardziej prawdopodobne było, że wywoła to efekt odwrotny. Kobiety miały na sobie proste sukienki i ściskały w dłoniach jednorazowe chusteczki, czasem ocierając łzy. Francis pomyślał, że atmosferę sali wypełniło w równej mierze poczucie porażki i winy. Na wielu twarzach widniało piętno wstydu; przez chwilę miał ochotę zawołać: „To nie wasza wina, że wyszło nam tak, a nie inaczej...", ale sam nie był pewien, czy to prawda.

– Idźmy dalej – prychnął sędzia czerwony na twarzy i łupnął młotkiem. Francis odwrócił się, żeby pooglądać posiedzenie.

Zanim jednak sędzia odchrząknął, a pani psychiatra grzebiąca w papierach ze zmieszaniem odczytała nazwisko, Francis usłyszał kilka swoich głosów naraz. *Co my tu robimy, Francis? Nie powinno nas tu być. Trzeba uciekać, i to szybko. Wydostać się stąd. Wracać do Amherst. Tam jest bezpiecznie...*

Francis obejrzał się najpierw w prawo, potem w lewo. Żaden z pacjentów nie zauważył jego wejścia, nikt się mu nie przypatrywał, nikt nie spoglądał ze złą wolą, nienawiścią czy wściekłością.

Francis podejrzewał, że to się mogło zmienić.

Wziął głęboki oddech, bo uświadomił sobie, że jeśli ma rację, to jest w ogromnym niebezpieczeństwie. Mimo że siedział otoczony przez pacjentów i personel szpitala, w cieniu Dużego Czarnego. A jednak groziło mu niebezpieczeństwo z powodu konkretnego człowieka, który też był na tej sali i właśnie uwalniał swoje emocje.

Francis przygryzł wargę i spróbował oczyścić umysł. Postanowił zamienić się w pustą kartę i zaczekać, aż coś zostanie na niej zapisane. Pomyślał, że Duży Czarny może zauważyć jego płytki oddech i pot na czole albo lepkość rąk, którą nagle poczuł. Wytężając siłę woli, nakazał sobie spokój.

Potem odetchnął głęboko i powiedział w duchu do wszystkich swoich głosów: każdy potrzebuje wyjścia.

Wiercił się, mając nadzieję, że nikt, zwłaszcza Duży Czarny albo pan Zły, albo inny pracownik szpitala, nie dostrzeże, co się z nim dzieje. Siedział na skraju krzesła, zdenerwowany i przestraszony. Ale musiał tu być, bo spodziewał się usłyszeć tego dnia coś ważnego. Żałował, że nie ma przy nim Petera albo Lucy, chociaż nie sądził, by udało się mu przekonać panią prokurator, że słuchanie jest takie ważne. Był w tym momencie sam i zgadywał, że jest bliższy odpowiedzi, niż komukolwiek mogłoby się wydawać.

Lucy weszła do szpitalnej kostnicy i poczuła chłód źle ustawionej klimatyzacji. Kostnica znajdowała się w małym pomieszczeniu w piwnicy, w jednym z dalej stojących budynków szpitala, używanym generalnie do przechowywania starego sprzętu i zapomnianych zapasów. Posiadał on tę wątpliwą zaletę, że stał blisko prowizorycznego cmentarza. Na środku pomieszczenia lśnił metalowy stół sekcyjny, w jedną ścianę wbudowane było pół tuzina chłodni. W przeszklonej szafce z polerowanej stali znajdował się skromny zbiór skalpeli i innych narzędzi chirurgicznych. W kąt wciśnięto szafkę na akta i biurko z poobijaną maszyną do pisania IBM Selectric. Jedyne okno, umieszczone wysoko na ścianie, na poziomie gruntu, wpuszczało przez skorupę brudu tylko wąski, szary snop światła. Dwie jaskrawo świecące lampy pod sufitem buczały jak para wielkich owadów.

Panowała tu atmosfera pustki i opuszczenia, nie licząc unoszącego się w powietrzu lekkiego odoru ludzkich odchodów. Na stole sekcyjnym leżał plik formularzy złączonych spinaczem biurowym. Lucy rozejrzała się w poszukiwaniu pracownika kostnicy, ale nikogo nie zobaczyła. Weszła dalej. Na stole zauważyła kanaliki odprowadzające płyny, a w podłodze kratkę odpływu. Na jednym i drugim były ciemne plamy. Wzięła spinacz i przeczytała wstępny raport z autopsji, zawierający oczywiste: kobieta umarła wskutek uduszenia prześcieradłem. Lucy zatrzymała wzrok na drugim wpisie. Dotyczył samookaleczenia i opisywał odcięty kciuk. Niżej wisiała diagnoza: niezróżnicowana schizofrenia paranoidalna z omamami i skłonnościami samobójczymi. Lucy podejrzewała, że ostatnią uwagę, jak wiele innych rzeczy, dodano pośmiertnie. Kiedy ktoś się wiesza, jego uprzedni pęd do samozagłady zawsze staje się bardziej oczywisty, pomyślała.

Czytała dalej: brak krewnych. W rubryce W przypadku śmierci lub zranienia proszę poinformować... postawiono długą krechę.

Pewien lekarz patolog, sławny w kręgach medycyny sądowej, prowadził na ostatnim roku studiów Lucy wykład dotyczący dowodów rzeczowych. Powiedział studentom prawa, używając pretensjonalnych sformułowań, że martwi bardzo wiele mówią o przyczynach swojego odejścia, często bezpośrednio wskazując osobę, która pomogła im udać się w ostatnią podróż. Wykład cieszył się dużą popularnością, ale w tej chwili Lucy odnosiła wrażenie, że był niedorzeczne abstrakcyjny i odległy. Miała milczące zwłoki w chłodni, w kącie zapuszczonego, zapomnianego pokoiku, oraz protokół z autopsji, ściśnięty na pojedynczej kartce żółtego papieru, i nie uważała, żeby cokolwiek jej to mówiło, a już na pewno nic, co pomogłoby w ściganiu mordercy.

Odłożyła spinacz na stół i podeszła do chłodni. Drzwiczki nie były oznaczone, więc otworzyła pierwsze, potem drugie. Znalazła tam sześciopak coca-coli, zostawiony, żeby się chłodził. Trzecie jednak nie chciały się całkiem otworzyć, jakby się lekko przycięły, więc domyśliła się, że w tej szufladzie leżą zwłoki. Wzięła głęboki oddech i uchyliła drzwiczki na kilkanaście centymetrów.

W środku spoczywało wtłoczone ciało Kleo.

Była tam wciśnięta na styk; kiedy Lucy pociągnęła wysuwaną paletę, ta ani drgnęła.

Lucy zacisnęła zęby i zaparła się, żeby pociągnąć mocniej, kiedy usłyszała, że za nią otwierają się drzwi. Odwróciła się i zobaczyła w wejściu doktora Gulptilila.

Przez moment wyglądał na zaskoczonego. Ukrył to jednak szybko i pokręcił głową.

– Panna Jones – powiedział wolno. – Nie spodziewałem się tu pani. Nie jestem pewien, czy powinna pani tu być.

Lucy nie odpowiedziała.

– Czasami – ciągnął dyrektor – nawet tak publiczny zgon jak Kleo powinien zachować pewną prywatność.

– Słuszna zasada, ale nie zawsze praktyczna – powiedziała Lucy wyniośle. Jej początkowe zaskoczenie pojawieniem się doktora natychmiast przeobraziło się w wojowniczość, którą nosiła jak zbroję.

– Czego spodziewa się pani tu dowiedzieć? – spytał doktor.

– Nie wiem.

– Uważa pani, że ta śmierć może coś nowego wnieść do sprawy?

– Nie wiem – powtórzyła. Była trochę zawstydzona, że nie umiała wymyślić lepszej odpowiedzi.

Doktor wszedł do pomieszczenia; jego ciemna skóra lśniła w świetle lamp. Poruszał się zadziwiająco szybko, biorąc pod uwagę jego gruszkowatą sylwetkę. Przez chwilę Lucy miała wrażenie, że doktor zatrzaśnie drzwiczki do tymczasowego grobowca Kleo. Zamiast tego jednak szarpnął za paletę; w końcu martwa kobieta wysunęła się tak, że jej tors znalazł się między nimi.

Lucy spojrzała na czerwone ślady otarć wokół szyi. Ginęły w fałdach skóry, która już zrobiła się porcelanowo biała. Kleo miała na ustach słaby, groteskowy uśmiech, jakby jej śmierć była żartem. Lucy wolno odetchnęła.

– Chce pani, żeby coś było proste, wyraźne, oczywiste – odezwał się Gulptilil. – Ale, panno Jones, odpowiedzi nigdy takie nie są. A przynajmniej nie tutaj.

Lucy spojrzała na niego i kiwnęła głową. Doktor uśmiechnął się kpiąco, co przypominało trochę uśmiech Kleo.

– Zewnętrzne ślady uduszenia są widoczne – stwierdził. – Ale prawdziwe siły, które pchnęły ją do takiego końca, pozostają ukryte. I podejrzewam, że właściwa przyczyna śmierci pozostałaby tajemnicą nawet po najbardziej drobiazgowym badaniu, przeprowadzonym przez najlepszego patologa w kraju, bo przyczyny tkwiły w jej szaleństwie. – Doktor dotknął skóry Kleo. Patrzył na martwą kobietę, ale jego słowa były skierowane do Lucy. – Nie rozumie pani tego miejsca – powiedział. – Nie zrobiła pani nic, żeby je zrozumieć, bo przyjechała tu pani z tymi samymi obawami i uprzedzeniami, które żywi większość ludzi niezaznajomiona z umysłowo chorymi. Tutaj anormalne jest normalne, a to, co dziwne, jest codziennością. Podeszła pani do swojego dochodzenia, jakby było prowadzone w świecie na zewnątrz. Szukała pani dowodów rzeczowych i poszlak. Przeglądała karty pacjentów i przemierzała korytarze, tak jak robiłaby pani gdzieś indziej. To oczywiście, jak próbowałem wykazać, bezcelowe. I dlatego, obawiam się, pani wysiłki są skazane na niepowodzenie. Jak podejrzewałem od samego początku.

– Zostało mi jeszcze trochę czasu.

– Tak. I prowokuje pani domniemanego mordercę. Być może to byłoby stosowne posunięcie w świecie, do którego pani przywykła, panno Jones. Ale tu?

Lucy przesunęła dłonią po swoich krótkich włosach.

– Nie sądzi pan, że to posunięcie nieoczekiwane i że może nie zadziałać?

– Tak – zgodził się doktor. – Tylko na kogo? I jak?

Lucy znów nic nie odpowiedziała. Gulptilil spojrzał na zastygłą twarz Kleo i pokręcił głową.

– Ach, biedna Kleo. Tak często bawiły mnie jej wyczyny, bo miała w sobie jakąś szaleńczą energię, która utrzymywana pod pewną kontrolą była bardzo zabawna. Czy wiedziała pani, że Kleo umiała wyrecytować z pamięci cały wielki dramat Szekspira, wers w wers, słowo w słowo? Niestety, dziś po południu trafi na nasz mały cmentarz. Niedługo zjawi się tu grabarz, żeby przygotować ciało. To było życie spędzone w cierpieniu, zagubieniu i anonimowości, panno Jones. Jeśli komuś kiedyś na niej zależało, zniknął z danych i z pamięci naszej instytucji. Dlatego po latach spędzonych na tej planecie zostawiła po sobie bardzo niewiele. To niesprawiedliwe, prawda? Miała bogatą osobowość, zdecydowane poglądy, silne przekonania. To, że wszystkie te rzeczy były ze swojej natury obłąkane, w niczym nie umniejsza jej pasji. Żałuję, że nie możemy postawić Kleo pomnika, bo zasłużyła na większe i lepsze epitafium niż notatka w szpitalnych aktach, która zostanie sporządzona. Nie będzie nagrobka. Kwiatów. Tylko następne łóżko w tym szpitalu, tym razem dwa metry pod ziemią. Zasłużyła na pogrzeb z trąbami, fajerwerkami, słoniami, lwami, tygrysami i konnym orszakiem, odpowiednim dla jej królewskości. – Doktor westchnął. Spojrzał na Lucy, odrywając wzrok od martwego ciała. – Co pani teraz zamierza?

– Dalej szukać, doktorze. Szukać aż do końca.

Gulptilil popatrzył na nią przebiegle.

– Ach, obsesja. Parcie do celu, nie zważając na przeszkody. Cecha, która, jak pani może przyzna, jest bliższa mojej profesji niż pani.

– Może wytrwałość byłaby tu lepszym słowem.

Doktor wzruszył ramionami.

– Jak pani sobie życzy. Ale proszę mi powiedzieć, panno Jones: przyjechała tu pani szukać szaleńca? Czy człowieka zdrowego na umyśle?

Nie zaczekał na odpowiedź, której i tak szybko by nie usłyszał. Wsunął ciało Kleo z powrotem do chłodni z chrząknięciem wysiłku, przy wtórze jęku prowadnic uginających się pod ciężarem.

– Muszę iść po grabarza – poinformował. – Czeka go pracowity dzień. Do widzenia, panno Jones.

Lucy patrzyła, jak doktor wychodzi. Jego pulchne ciało kołysało się lekko w ostrym świetle lamp. Pomyślała, że czuje mimowolny podziw dla mordercy, któremu udało się znaleźć w szpitalu schronienie. Mimo jej wszystkich wysiłków wciąż pozostawał ukryty w jego murach i prawdopodobnie całkowicie bezpieczny, nietykalny.

Tak ci się wydawało, co?

Zamknąłem oczy. Wiedziałem, że anioł zbliża się nieuchronnie i za kilka chwil znajdzie się przy mnie. Próbowałem uspokoić oddech, zwolnić tempo

bicia serca, bo zdawało mi się, że od tej chwili każde słowo będzie niebez-
pieczne, zarówno dla mnie, jak i dla niego.

  – Nie, tylko mi się wydawało. Tak właśnie było.

  Odwróciłem się, najpierw w prawo, potem w lewo, szukając źródła słów,
które słyszałem w mieszkaniu. Opary, duchy, blade światła chwiały się i mi-
gotały po obu stronach.

  – Byłem całkowicie bezpieczny, w każdej chwili, sekundzie, wszystko jed-
no, co robiłem. Przecież to widzisz, Mewa, prawda? – Jego głos brzmiał
ochryple, przepełniony arogancją i gniewem, a każde słowo wstrząsało mną
jak pocałunek umarłego. – Nie rozumieli nawet prawa – pochwalił się. – Ich
własne zasady okazały się zupełnie bezużyteczne.

  – Ale nie mogłeś schować się przede mną – odparłem wojowniczo.

  – A myślisz, że teraz ty możesz ukryć się przede mną? – spytał anioł ostro.
– Przed samym sobą?

  Nie odpowiedziałem. Nastąpiła chwila ciszy, potem eksplozja jak wystrzał
i brzęk szkła rozbijanego na tysiąc odłamków. Popielniczka pełna niedopał-
ków roztrzaskała się o ścianę, rzucona z siłą i szybkością błyskawicy. Skuli-
łem się. Jak pijanemu kręciło mi się w głowie. Wyczerpanie, napięcie i strach
walczyły we mnie o lepsze. Poczułem zatęchły zapach dymu i zobaczyłem
pył popiołu, wciąż unoszący się w powietrzu obok ciemnej smugi na białej
ścianie.

  – Zbliżamy się do końca. Nie wyczuwasz tego? – zakpił anioł. – Nie rozu-
miesz, że to już prawie koniec?

  Głos anioła dokuczał i bolał.

  – Nadchodzi pora umierania – powiedział gorzko.

  Spojrzałem na swoją dłoń. Czy to ja rzuciłem popielniczką na dźwięk jego
słów? Czy on to zrobił, żeby pokazać, że nabiera ciała, substancji, powoli
wraca do swojej postaci? Znów staje się rzeczywisty? Widziałem, że moja
dłoń drży.

  – Zdechniesz tu, Francis. Powinieneś zdechnąć wtedy, ale teraz zdech-
niesz tu. Sam. Zapomniany. Niekochany. I nieżywy. Minie wiele dni, zanim
ktoś znajdzie twojego trupa, więcej niż trzeba, żeby robaki zaległy się w two-
jej skórze, żołądek się wydął, a smród przesiąknął ściany.

  Pokręciłem głową, walcząc z całych sił.

  – O, tak – ciągnął. – Tak to będzie wyglądało. Ani słowa w gazecie, ani
jednej łzy na twoim pogrzebie, o ile w ogóle ktoś urządzi pogrzeb. Myślisz,
że ludzie się zbiorą, żeby cię opłakiwać? Zapełnią ławy uroczego kościoła?
Wygłoszą piękne mowy o twoich dokonaniach? O wszystkich wspaniałych
i znaczących rzeczach, które zrobiłeś, zanim umarłeś? Nie wydaje mi się,

żeby w scenariuszu znajdował się taki finał, Francis. Ani trochę. Po prostu zdechniesz i tyle. Ludzie, którzy zawsze mieli cię gdzieś, poczują tylko wielką ulgę. Będą się po cichu cieszyć, że nie jesteś już dla nich ciężarem. Zostanie po tobie jedynie smród, który następni lokatorzy pewnie zmyją środkiem dezynfekującym i ługiem.

Niezbornie machnąłem ręką w stronę zapisanej ściany.

Anioł się zaśmiał.

– Myślisz, że ktoś się przejmie twoimi głupimi bazgrołami? Znikną w kilka minut. Sekund. Ktoś tu przyjdzie, spojrzy raz na to, co ten wariat narobił, przyniesie pędzel i zamaluje każde słowo. I wszystko to, co wydarzyło się dawno temu, zostanie pogrzebane na zawsze.

Zamknąłem oczy. Jeśli biły mnie słowa, kiedy miałem spodziewać się pięści? Miałem wrażenie, że anioł rośnie w siłę z każdą sekundą, a ja słabnę. Odetchnąłem głęboko i zacząłem wlec się przez pokój z ołówkiem w ręku.

– Nie dożyjesz końca tej opowieści – powiedział. – Rozumiesz, Francis? Nie dożyjesz. Nie pozwolę na to. Myślisz, że możesz napisać zakończenie? Nie bądź śmieszny. Zakończenie należy do mnie, zawsze należało. I zawsze będzie należeć.

Nie wiedziałem, co myśleć. Jego groźba była tak samo rzeczywista jak wtedy, tyle lat temu. Ale brnąłem przed siebie, bo musiałem spróbować. Pragnąłem, żeby Peter przyszedł mi na pomoc. Anioł musiał jakoś wejrzeć w moje myśli. A może głośno wyjęczałem imię Strażaka i nie zdawałem sobie z tego sprawy, bo anioł znów się roześmiał.

– Tym razem on ci nie pomoże. Peter nie żyje.

Rozdział 30

Peter szedł korytarzem Amherst, zaglądając do świetlicy i stołówki, przystając przed salami badań, wymijając grupki pacjentów. Szukał Francisa albo Lucy. Ale żadnego z dwojga nie było w pobliżu. Miał dojmujące wrażenie, że dzieje się coś ważnego, a on nie może być tego świadkiem. Nagle przypomniało mu się, jak szedł przez wietnamską dżunglę. Niebo nad głową, wilgotna ziemia pod stopami, przegrzane powietrze i lepka roślinność pieszcząca ubrania, wszystko to wydawało się takie same jak co dnia, ale nie było jak się dowiedzieć, nie licząc szóstego zmysłu, czy za zakrętem na drzewie nie ma snajpera albo zasadzki. Może niewidoczny drut rozciągnięty nad ścieżką cierpliwie czekał na nieostrożny krok, który odpali zakopaną minę. Wszystko było rutynowe, na swoim miejscu i zwyczajne, oprócz tej jednej, ukrytej rzeczy, zwiastującej tragedię. Tak właśnie postrzegał otaczający go szpitalny świat.

Zatrzymał się na chwilę przed zakratowanym oknem, gdzie pozostawiono bez opieki starego człowieka na topornym, metalowym wózku inwalidzkim. Po podbródku starca, porośniętym siwą szczeciną, spływała strużka śliny. Mężczyzna wpatrywał się w widok na zewnątrz.

– Co tam widzisz, dziadku? – spytał Peter, ale nie usłyszał odpowiedzi. Krople deszczu zniekształcały świat za oknem, a za ich rozlanymi strużkami widział tylko szary, mokry, stłamszony dzień. Peter wziął z kolan starca kawałek brązowej, papierowej ściereczki i otarł mu brodę. Mężczyzna nie spojrzał na niego, ale kiwnął głową, jakby dziękując. Był jednak czystą kartą. Cokolwiek myślał o swojej teraźniejszości, wspominał z przeszłości albo planował na przyszłość, ginęło w mgle, która kłębiła się za jego oczami. Peter pomyślał, że czekające starca dni mają w sobie tyle samo trwałości, ile spływające po szybie krople.

Za nim kobieta z długimi, rozczochranymi i siwymi włosami, sterczącymi z głowy jak naelektryzowane, miotała się od ściany do ściany korytarza jak pijana. Nagle stanęła i spojrzała na sufit:

– Kleo nie ma. Odeszła na zawsze... – powiedziała, a po chwili poszła dalej.

Peter ruszył do sali sypialnej. Kiepska namiastka domu, pomyślał. Dzień, dwa – tyle to potrwa. Potem wypełnianie papierów, uścisk dłoni albo skinienie głowy. „Powodzenia” i tyle. Peter Strażak zostanie odesłany i jego życiem zawładnie nowe.

Nie wiedział, co o tym myśleć. W szpitalu bardzo szybko rodziło się niezdecydowanie. W prawdziwym świecie decyzje były jasne i miały przynajmniej jakiś potencjał uczciwości. Pewne rzeczy dało się zmierzyć, ocenić i zważyć. Dojść do jakichś wniosków. Ale za murami i zamkniętymi drzwiami nic nie było takie samo.

Lucy ścięła włosy i ufarbowała je na blond. Jeśli to by nie wystarczyło, żeby wywołać drapieżną żądzę u mężczyzny, na którego polowali, Peter nie wiedział, co mogłoby tego dokonać. Zgrzytnął zębami. Spojrzał na sufit jak kierowca czekający na zielone światło. Pomyślał, że Lucy podejmuje ryzyko. Francis też szedł po cienkiej linii. Z całej ich trójki on jeden ryzykował najmniej. Właściwie sam nie wiedział, czy w ogóle do tej pory coś zaryzykował. Na pewno nie naraził się na żadne wyraźnie widoczne niebezpieczeństwo.

Odwrócił się i wyszedł. Na korytarzu dostrzegł Lucy Jones. Kręciła się pod swoim małym gabinetem. Pospieszył w jej kierunku.

Posiedzenie komisji zwolnień przeciągnęło się do popołudnia. Wszystko było tu łatwo przewidywalne; Francis szybko zrozumiał, że jeśli ktoś spełnił wszystkie warunki, jakich wymagało dopuszczenie przed komisję, najprawdopodobniej mógł oczekiwać zwolnienia. To, co działo się na jego oczach, przypominało biurokratyczną operetkę, mającą stworzyć wrażenie, że wszystko jest pod kontrolą. Nikt nie chciał narażać swojej kariery i wypuścić kogoś, kto niedługo potem osunąłby się w psychotyczny szał.

Znudzony młody człowiek z biura prokuratora pobieżnie opiniował wszystkie prawne zarzuty stawiane pacjentom; temu, co mówił, sprzeciwiał się równie młody prawnik z adwokatury, odgrywający rolę obrońcy pacjentów i zachowujący się jak zagorzały społecznik. Dla komisji ważniejsza była opinia personelu szpitala i rekomendacja młodej kobiety ze stanowego Wydziału Zdrowia Psychicznego, wciąż szukającej czegoś w teczkach i notatkach, która wysławiała się z wahaniem i prawie jąkała. Na Francisie robiło to dziwne wrażenie, bo tak naprawdę pytano ją, czy można kogoś bezpiecznie wypisać ze szpitala, a ona nie miała pojęcia.

– Czy stanowi zagrożenie dla siebie lub innych?

To było jak kościelna litania. Jasne, że nie stanowi, pomyślał Francis, jeśli będzie brał leki i nie trafi znów w te same okoliczności, które doprowadziły go do szaleństwa. Oczywiście, na inne okoliczności żaden pacjent nie mógł liczyć, więc trudno było o optymizm przy osądzaniu czyichś rzeczywistych szans poza murami szpitala.

Chorych wypuszczano. Potem wracali. Bumerang obłędu.

Francis poruszył się na krześle. Wciąż nachylony, słuchał uważnie każdego słowa, przyglądał się twarzom pacjentów, lekarzy, rodziców, braci, sióstr i kuzynów, którzy wstawali, żeby zabrać głos. W sercu czuł tylko zamęt. Głosy groziły mu strąceniem w ciemną, pełną cierpienia otchłań. Krzyczały rozpaczliwie, żeby uciekał. Nalegały, wrzeszczały, prosiły, błagały, żądały – wszystkie jednakowo żarliwie, niemal histerycznie. Francis pomyślał, że to tak, jakby tkwił uwięziony w kanale z jakąś piekielną orkiestrą, w której każdy instrument grał coraz głośniej, natarczywiej i coraz bardziej fałszywie.

Rozumiał, dlaczego. Co jakiś czas zamykał oczy, próbując trochę odpocząć. Niewiele pomagało. Dalej się pocił, czuł, że napinają się wszystkie mięśnie w jego ciele. To, że nikt do tej pory nie zauważył jego wewnętrznej walki, bardzo go zaskakiwało, bo każdy, kto tylko lepiej by mu się przyjrzał, musiałby spostrzec, że Francis chwieje się na jakiejś krawędzi, wąskiej niczym ostrze brzytwy.

Oddychał głęboko, ale miał wrażenie, że na sali brakuje powietrza.

Czego oni nie widzą? – pytał sam siebie.

Szpital to kryjówka anioła. Żeby móc swobodnie zabijać, musi mieć możliwość przychodzenia tu i wychodzenia.

Spojrzał przez salę na komisję. To jest wyjście, przypomniał sobie.

Zerknął ukradkiem na rodziny i przyjaciół otaczających pacjentów. Wszyscy myślą, że anioł jest samotnym mordercą. Ale ja wiem coś, o czym oni nie mają pojęcia: ktoś tutaj, świadomie czy nie, pomaga aniołowi.

Dlaczego zabił Krótką Blond? Po co zwrócił na siebie uwagę w miejscu, gdzie jest bezpieczny?

Lucy ani Peter nie zadali sobie tego pytania, usłyszał Francis w głębi siebie. Przeraził się. To, że on o tym pomyślał, przyprawiło go o zawroty głowy; przestraszył się, że zwymiotuje. Głosy niosły się w nim echem, ostrzegały i upraszały, nalegając, żeby nie zapuszczał się w ciemność, którą przyzywał.

Myślą, że zabił Krótką Blond, bo musi zabijać, analizował dalej.

Odetchnął stęchłym powietrzem.

Może tak. Może nie.

W tej chwili nienawidził samego siebie bardziej niż kiedykolwiek. Też mógłbyś być mordercą, usłyszał własne słowa. Przestraszył się, że powiedział to na głos, ale nikt nie zwrócił na niego najmniejszej uwagi.

Duży Czarny gdzieś sobie poszedł, znudzony monotonią kolejnych przesłuchań. Kiedy wrócił na salę, Francis z olbrzymim wysiłkiem zapanował nad szarpiącym nim strachem. Wielki pielęgniarz opadł na krzesło.

– I jak, Mewa, połapałeś się w tym? Dość już zobaczyłeś? – szepnął.

– Nie – odparł Francis cicho. Tego, czego jeszcze nie widział, zarazem oczekiwał i bał się.

Duży Czarny nachylił się do chłopaka, żeby stłumić słowa.

– Musimy wracać do Amherst. Niedługo wieczór. Zaczną cię szukać. Masz wieczorem sesję?

– Nie – na poły skłamał Francis, bo nie znał odpowiedzi. – Pan Evans odwołał ją w tym zamieszaniu.

Duży Czarny pokręcił głową.

– Nie powinien tego robić. – Mówił do Francisa, ale bardziej do całego szpitala. Podniósł wzrok. – Chodź, Mewa. Trzeba wracać. Zostało tylko kilka przesłuchań. Nie będą się niczym różnić od poprzednich.

Francis nie wiedział, co powiedzieć, bo nie chciał wyjawiać Dużemu Czarnemu prawdy. A przecież jedno z tych przesłuchań miało być zupełnie inne. Spojrzał przez salę.

Na swoją kolej czekało jeszcze trzech mężczyzn. Wszystkich łatwo było wypatrzyć w tłumie ludzi. Nie wyglądali po prostu tak samo dobrze. Włosy mieli albo przylizane, albo nastroszone. Ubrania niezbyt świeże. Nosili spodnie w prążki i koszule w kratę albo sandały i skarpetki nie do pary. Nic w nich nie pasowało: ani to, w co byli ubrani, ani to, jak obserwowali przesłuchania. Sprawiali wrażenie trochę przekrzywionych. Trzęsły im się ręce, skakały kąciki ust – to efekty uboczne leków. Francis oceniłby ich wiek na trzydzieści do czterdziestu pięciu lat. Żaden niczym szczególnym się nie wyróżniał; nie byli grubi, wysocy, siwi, bliznowaci ani wytatuowani. Swoje emocje skrywali. Z zewnątrz wydawali się puści, jakby leki wymazały nie tylko ich szaleństwo, ale też imiona, nazwiska i przeszłość.

Żaden nie odwrócił się i nie spojrzał na niego, tego przynajmniej Francis był pewien. Siedzieli po stoicku, niemal niewzruszenie patrząc wprost przed siebie, przez cały długi dzień. Francis nie widział wyraźnie ich twarzy, najwyżej profile.

Jednego otaczało chyba ze czterech gości. Chłopak domyślił się, że starsza para to rodzice, pozostała dwójka zaś to siostra z mężem, który najwyraźniej źle się tu czuł. Drugi pacjent tkwił między dwoma kobietami, obiema o wiele starszymi od niego; Francis pomyślał, że to matka i ciotka. Obok trzeciego zajmował miejsce sztywny, starszy mężczyzna w niebieskim garniturze, z surowym wyrazem twarzy. Z drugiej strony siedziała o wiele młodsza kobieta. Siostra albo siostrzenica, pomyślał Francis. Niespeszona, uważnie słuchała wszystkiego, co mówiono. Od czasu do czasu zapisywała coś w żółtym notesie.

Gruby sędzia łupnął młotkiem.

– Co nam zostało? – spytał żywo. – Robi się późno.

Psychiatra spojrzała w dół.

– Trzy przypadki, Wysoki Sądzie – wyjąkała. – Nie powinny być trudne. Dwaj mężczyźni trafili tu ze zdiagnozowanym upośledzeniem, a trzeci wyszedł ze stanu katatonii i zrobił duże postępy za pomocą antypsychotyków. Żaden nie jest o nic oskarżony...

– Chodź, Mewa – szepnął Duży Czarny, z trochę większym naciskiem. – Wracajmy. Nic nowego się tu już nie wydarzy. Tych trzech szybko stąd wyrzucą. Na nas już pora.

Francis zerknął na młodą psychiatrę, która dalej mówiła do emerytowanego sędziego.

– Wszyscy ci panowie byli już kilka razy zwalniani, Wysoki Sądzie...

– Idziemy, Mewa – zakomunikował Duży Czarny tonem niedopuszczającym dalszej dyskusji.

Francis nie wiedział, jak powiedzieć, że na to, co się miało teraz stać, czekał cały dzień.

Wstał i uświadomił sobie, że nie ma wyboru. Duży Czarny pchnął go lekko w stronę drzwi. Chłopak nie spojrzał za siebie, chociaż miał wrażenie, że przynajmniej jeden z trzech mężczyzn obrócił się lekko na krześle i wbił spojrzenie w plecy Francisa. Chłopaka ogarnął żar i chłód zarazem. Zrozumiał, że to właśnie czuje morderca, kiedy nożem i grozą terroryzuje ofiarę.

Przez ułamek chwili zdawało mu się, że słyszy wołający za sobą głos: *Jesteśmy tacy sami, ja i ty!* – ale potem uświadomił sobie, że w sali szemrzą tylko zwykłe odzywki uczestników całodziennej szopki. To, co słyszał, było halucynacją.

Dźwiękiem prawdziwym i nieprawdziwym jednocześnie.

Uciekaj, Francis, uciekaj! – przekrzykiwały się jego głosy.

Ale on nie uciekał. Po prostu szedł wolno przed siebie, wyobrażając sobie, że człowiek, którego ścigali, jest tuż za nim, ale nikt, ani Lucy, ani Peter, bracia Moses, pan Zły, doktor Piguła nie uwierzyliby mu, gdyby to z siebie wyrzucił. W sali pozostało trzech pacjentów. Dwaj byli tym, czym byli. Trzeci nie. Francis miał wrażenie, że zza tej jednej fałszywej maski szaleństwa dobiega go śmiech anioła.

Zrozumiał jeszcze jedno: anioł lubił ryzyko, ale Francis mógł przekroczyć jego dopuszczalną granicę. Morderca nie zostawi go dłużej przy życiu.

Duży Czarny otworzył drzwi budynku administracji i obaj wyszli na rzadką mżawkę. Francis uniósł twarz i poczuł, jak obmywa go mgła, prawie tak, jakby niebo mogło spłukać obawy i wątpliwości. Szybko zapadał zmrok, szare chmury nabierały barwy spranej czerni, zwiastując nadejście nocy. W oddali Francis słyszał odgłos jakiejś dużej maszyny, pracującej szybko i głośno. Odwrócił się w tamtą stronę. Duży Czarny też spojrzał w kierunku hałasu. Obok ogrodu, na prowizorycznym cmentarzyku żółta koparka zrzucała właśnie ostatnie łyżki mokrej ziemi.

– Zaczekaj, Mewa – powiedział nagle Duży Czarny. Opuścił głowę i szeptem zaczął odmawiać krótką modlitwę.

Francis słuchał w milczeniu. Po chwili Duży Czarny się wyprostował.

– To chyba jedyna modlitwa odmówiona za biedną Kleo – powiedział i westchnął. – Może teraz będzie miała więcej spokoju. Bóg świadkiem, miała go mało, kiedy żyła. To smutna sprawa, Mewa. Bardzo smutna. Postaraj się, żebym nie musiał się modlić za ciebie. Trzymaj się dzielnie. Będzie lepiej, zobaczysz. Zaufaj mi, stary.

Francis kiwnął głową. Nie uwierzył w to, chociaż bardzo chciał. A kiedy znów spojrzał w ciemniejące niebo, wydawało mu się, że przy wtórze odgłosu zasypywania grobu Kleo słyszy uwerturę symfonii, nuty, takty i rytmy, które zwiastowały rychłe kolejne śmierci.

To był, pomyślała Lucy, najprostszy, najmniej skomplikowany plan, jaki mogli wymyślić, i prawdopodobnie jedyny, który dawał jakiekolwiek nadzieje ma powodzenie. Miała wziąć nocną zmianę pielęgniarską, zostać sama w dyżurce i czekać, aż pojawi się anioł.

Była kozą przywiązaną do palika. Anioł był tygrysem. Najstarszy podstęp na świecie. Bracia Moses zgodzili się czuwać w dyżurce na piętrze i nasłuchiwać sygnału z interkomu Lucy. W szpitalu wołanie „pomocy" było bardzo powszechne i często ignorowane, więc postanowiono, że jeśli usłyszą hasło „Apollo", pobiegną na pomoc. Lucy wybrała to słowo z przekory. Równie dobrze mogliby być kosmonautami, leżącymi na Księżyc. Bracia Moses uważali, że zbiegnięcie po schodach nie zajmie więcej niż kilka sekund, a dodatkowo w ten sposób odetną mordercy jedną z dróg ucieczki. Lucy musiała tylko przez chwilę zająć czymś anioła – i postarać się przy tym nie zginąć. Frontowe wejście do Amherst było zamknięte na dwa zamki, tak samo jak boczne. Wszyscy wyobrażali sobie, że zdołają obezwładnić mordercę, zanim zdąży pokroić Lucy albo kluczami otworzyć sobie drogę ucieczki na teren szpitala. Nawet gdyby jednak zwiał, zaalarmowana zostałaby ochrona i szanse anioła szybko by spadły. Co najważniejsze zaś, poznaliby jego twarz.

Peter nalegał jeszcze, żeby poznać tożsamość anioła, niezależnie od tego, co by się stało. Tylko w ten sposób można było oskarżyć go o popełnione zbrodnie.

Zażądał też, żeby drzwi do dormitorium mężczyzn na parterze pozostały otwarte, tak by on również mógł monitorować sytuację, nawet jeśli oznaczałoby to bezsenną noc. Przekonywał, że będzie nieco bliżej Lucy i że anioł nie przewidzi ataku od strony drzwi zazwyczaj zamkniętych na klucz. Bracia Moses zgadzali się z tym tokiem rozumowania, ale powiedzieli, że nie mogą sami otworzyć drzwi do dormitorium.

– To wbrew przepisom – oznajmił Mały Czarny. – Doktor wywaliłby nas z pracy, gdyby wywęszył, że...

– Ale... – zaczął Peter.

Mały Czarny nie dopuścił go do słowa, podnosząc rękę.

– Oczywiście, Lucy będzie miała własne klucze do wszystkich drzwi w okolicy. To, co z nimi robi, kiedy siedzi w dyżurce, to nie nasza sprawa... – powiedział. – Ale to nie ja ani nie mój brat zostawimy drzwi otwarte. Jak znajdziemy tego faceta, to bardzo dobrze. Ale nie będę się dopraszał o więcej kłopotów, niż już mam.

Lucy spojrzała na swoje łóżko. W dormitorium stażystów było cicho i miała wrażenie, że jest w budynku sama, chociaż wiedziała, że to nie może być prawda. Gdzieś tam ludzie rozmawiali, może nawet śmiali się z dowcipu albo dzielili się jakąś opowieścią. Ona nie. Rozłożyła na łóżku biały uniform pielęgniarki. Przebranie na dzisiejszą noc. W duchu słyszała cichy kpiący śmiech. Sukienka komunijna. Na bal maturalny. Suknia ślubna. Żałobna. Na specjalne okazje kobieta zawsze starannie dobiera ubranie.

W dłoni zważyła mały, tępo zakończony pistolet. Włożyła go do torebki. Nie zdradziła nikomu, że ma go ze sobą.

Nie oczekiwała, że anioł naprawdę się pojawi. Ale co innego mogłaby zrobić, mając tak niewiele czasu? Jej pobyt w szpitalu dobiegał końca, od dawna nie była już tu mile widziana, a w poniedziałek rano miał stąd też zniknąć Peter. Pozostawała ta jedna noc. Lucy zaczęła już planować, co zrobi, kiedy jej misja zakończy się niepowodzeniem, a ona sama opuści szpital. W końcu wiedziała, że anioł albo znów zabije kogoś w szpitalu, albo wydostanie się i zaatakuje na zewnątrz. Gdyby monitorowała wszystkie posiedzenia komisji zwolnień i badała każdy szpitalny zgon, wcześniej czy później popełniłby błąd, a ona mogłaby go oskarżyć. Naturalnie zdawała sobie sprawę z oczywistego w tej sytuacji problemu: ktoś jeszcze musiał umrzeć.

Wzięła głęboki oddech i sięgnęła po kostium pielęgniarki. Usiłowała nie wyobrażać sobie, jak tamta następna, pozbawiona na razie imienia i twarzy, ale zupełnie rzeczywista ofiara mogłaby wyglądać. Albo kim by była. Albo jakie pielęgnowałaby nadzieje, marzenia i pragnienia. Istniała w jakimś równoległym wszechświecie, tak samo prawdziwa, jak wszyscy inni, a zarazem niematerialna jak duch. Lucy przez chwilę zastanawiała się, czy tamta czekająca na śmierć kobieta nie stanowiła halucynacji, które miało tylu pacjentów szpitala. Po prostu gdzieś tam była, nieświadoma, że jest następna na liście anioła, jeśli ten nie zjawi się dziś w nocy w dyżurce na parterze budynku Amherst.

Z pełną świadomością, że trzyma w rękach los tej nieznanej kobiety, Lucy wolno zaczęła się ubierać.

Kiedy oderwałem wzrok od słów, żeby złapać oddech, Peter stał już w moim mieszkaniu, oparty nonszalancko o ścianę, ze skrzyżowanymi na piersi ramionami i zatroskanym wyrazem twarzy. Ale to było jedyne, co w nim rozpoznałem: ubranie miał w strzępach, skórę rąk popaloną do mięsa i zwęgloną. Policzki i gardło znaczyły mu smugi brudu i krwi. Pozostało w nim tak niewiele Petera, którego zapamiętałem, że nie byłem pewny, czy bym go poznał. Pokój wypełnił się ohydnym strasznym smrodem spalonego mięsa i rozkładu.

Otrząsnąłem się ze zgrozy i przywitałem mojego jedynego przyjaciela.

— Peter, przyszedłeś mi na pomoc — wyszeptałem z wielką ulgą.

Pokręcił głową, ale nie odpowiedział. Wskazał swoją szyję, potem usta, dając znak, że słowa są już dla niego niedostępne.

Przeniosłem wzrok na ścianę, na której zebrałem wspomnienia.

– Zaczynałem rozumieć – powiedziałem. – Byłem na przesłuchaniach. Wiedziałem. Nie wszystko, ale bardzo dużo. Kiedy szedłem przez szpital tamtego wieczoru, po raz pierwszy zobaczyłem coś innego. Ale gdzie ty byłeś? Gdzie podziewała się Lucy? Wszyscy układaliście plan, ale nikt nie chciał słuchać mnie, a to ja wiedziałem najwięcej.

Znów się uśmiechnął, jakby podkreślał, że to wszystko prawda.

– Dlaczego mnie wtedy nie słuchałeś? – zapytałem.

Peter smutno wzruszył ramionami. Potem wyciągnął odartą z ciała dłoń. Zawahałem się i nagle między szkieletowymi palcami pojawiła się mgła. Kiedy mrugnąłem, Petera już nie było. Zniknął bez słowa. Jak za dotknięciem różdżki czarodzieja. Pokręciłem głową, próbując rozjaśnić myśli, a kiedy znów podniosłem wzrok, tuż obok miejsca, gdzie przed chwilą stała zjawa Petera, zaczął się powoli materializować anioł.

Lśnił bielą, jakby biło od niego ostre światło. Oślepiło mnie, więc osłoniłem oczy, a kiedy znów spojrzałem, on tam wciąż był. Bezcielesny jak duch, ale nieprzejrzysty, jakby składał się po części z wody, po części z powietrza, po części z wyobraźni. Twarz miał niewyraźną, rozmytą wzdłuż krawędzi. Jedyne, co było ostre, to jego słowa.

– Witaj, Mewa – powiedział. – Nie ma już nikogo, kto by ci pomógł. Tu czy gdziekolwiek. Teraz zostaliśmy tylko ty i ja, i to, co się wydarzyło tamtej nocy.

Spojrzałem na niego i zrozumiałem, że ma rację.

– Nie chcesz przypominać sobie tamtej nocy, prawda, Francis?

Pokręciłem głową, nie ufając własnemu głosowi.

Anioł wskazał drugi koniec pokoju i rosnącą na ścianie opowieść.

– Zbliża się pora umierania, Francis – oznajmił zimno. – Tam i tu.

Rozdział 31

Francis zastał Petera pod dyżurką pielęgniarek na parterze. Była pora rozdawania pigułek i pacjenci ustawiali się w kolejce po odbiór swoich wieczornych lekarstw. Trochę się przepychali, narzekali na to czy na tamto, potrącali, ale ogólnie rzecz biorąc, było spokojnie; dla większości z nich po prostu nadchodziła kolejna noc kolejnego tygodnia, kolejnego miesiąca, kolejnego roku.

– Peter – odezwał się Francis cicho, ale z napięciem w głosie. – Muszę z tobą porozmawiać. I z Lucy. Chyba go widziałem. Wiem, jak możemy go znaleźć.

W rozognionej wyobraźni Francisa wystarczyło wyciągnąć karty trzech mężczyzn, których zostawił na posiedzeniu komisji zwolnień. Jeden z nich okazałby się aniołem. Francis nie miał żadnych wątpliwości i każde słowo zdradzało jego podniecenie.

Peter Strażak był jednak rozkojarzony i ledwie słyszał przyjaciela. Wpatrywał się w drugi koniec korytarza; Francis podążył spojrzeniem za jego wzrokiem. Popatrzył na kolejkę. Zobaczył Gazeciarza i Napoleona, olbrzymiego upośledzonego mężczyznę i drugiego, też upośledzonego, ale agresywnego, trzy kobiety z lalkami i wszystkie inne twarze, które nadawały korytarzom budynku Amherst znajomy wizerunek. Podświadomie czekał, aż usłyszy tubalny głos Kleo, skarżący się na jakąś wyimaginowaną krzywdę, wyrządzoną jej przez „przeklętych bydlaków", a potem charakterystyczny, rechoczący śmiech, odbijający się od metalowych krat dyżurki. Za ladą stał pan Zły, nadzorując wieczorne wydawanie leków przez siostrę Błąd i zapisując coś na kartce. Co jakiś czas podnosił wzrok i rzucał złe spojrzenie Peterowi. Po chwili wziął papierowy kubeczek ze stojącego przed sobą rządka i wyszedł z dyżurki. Pacjenci rozstąpili się jak wody rzeki. Evans podszedł do Petera i Francisa, zanim chłopak zdążył powiedzieć przyjacielowi coś więcej o swoich odkryciach.

– Proszę, panie Petrel – powiedział Evans sztywno, prawie oficjalnie. – Torazyna. Pięćdziesiąt mikrogramów. To powinno uciszyć głosy, których podobno wciąż pan nie słyszy. – Wcisnął Francisowi papierowy kubeczek. – Połykamy – zakomenderował.

Francis wziął pigułkę, wrzucił ją do ust i natychmiast przesunął językiem między zęby a policzek. Evans przyglądał mu się uważnie, potem gestem nakazał otworzyć usta. Francis usłuchał, a psycholog zajrzał pobieżnie do środka. Nie wiadomo było, czy zobaczył pigułkę, czy nie, ale powiedział szybko:

– Widzisz, Mewa, dla mnie tak naprawdę nie ma znaczenia, czy bierzesz leki. Jeśli tak, no to jest szansa, że któregoś dnia stąd wyjdziesz. Jeśli nie, cóż, rozejrzyj się... – Zatoczył ręką szeroki łuk i wskazał jednego z pacjentów, siwowłosego starca, kruchego, ze skórą przezroczystą i obwisłą jak papier. – Cień człowieka uwięziony w rozpadającym się, skrzypiącym przy każdym ruchu wózku inwalidzkim. I wyobraź sobie, że to będzie twój dom już na zawsze.

Francis odetchnął gwałtownie, ale nic nie odpowiedział. Evans dał mu sekundę, jakby oczekiwał riposty, potem wzruszył ramionami i odwrócił się do Petera.

– Strażak nie dostanie dziś wieczór pigułek – oznajmił sztywno. – Nie dostanie leków prawdziwy morderca. Nie ten zmyślony, którego ciągle szukacie. Prawdziwy. Ty. – Zmrużył oczy. – Nie mamy lekarstwa, które mogłoby zaradzić temu, co dolega tobie, Peter. Nic ci nie pomoże. Nic nie naprawi szkód, które wyrządziłeś. Wyjedziesz stąd, mimo że protestowałem. Mój sprzeciw został odrzucony przez Gulptilila i inne ważne persony. Nieźle się ustawiłeś. Pojedziesz sobie do eleganckiego szpitala, na luksusową terapię, daleko stąd, żeby leczyć nieistniejącą chorobę. Ale nikt nie zna pigułki ani terapii, ani nawet zaawansowanych metod neurochirurgicznych, które mogłyby naprawdę zaradzić temu, co dolega Strażakowi. Arogancji. Wyrzutom sumienia. Nie ma znaczenia, kim się staniesz, Peter, bo wewnątrz zawsze będziesz tym samym. Mordercą. – Przyjrzał się uważnie Peterowi, który stał bez ruchu na środku korytarza. – Kiedyś myślałem – powiedział z goryczą bijącą z każdego słowa – że to mój brat będzie nosił do końca życia blizny po pożarze. Myliłem się. On się wyleczy. Wróci do robienia dobrych i ważnych rzeczy. Ale ty, Peter, ty nigdy nie zapomnisz, prawda? To ty będziesz nosił blizny. Koszmary. Do końca życia.

Po tych słowach pan Zły odwrócił się na pięcie i wrócił do dyżurki. Nikt się do niego nie odezwał, kiedy szedł wzdłuż kolejki. Pacjenci być może nie dostrzegali wielu rzeczy, ale gniew rozpoznawali i ostrożnie usuwali się na bok.

Peter patrzył za nim ponuro.

– Myślę, że ma podstawy, żeby mnie nienawidzić – powiedział. – To, co zrobiłem, dla jednych było słuszne, a dla innych nie. – Nie rozwinął tej myśli. Odwrócił się do Francisa. – Co chciałeś mi powiedzieć?

Chłopak się rozejrzał, czy nie patrzy na niego nikt z personelu, potem wypluł pigułkę na dłoń i szybko schował ją do kieszeni spodni. Targały nim sprzeczne uczucia. Nie wiedział, od czego zacząć. W końcu wziął głęboki oddech.

– A więc odchodzisz... – powiedział. – A co z aniołem?

– Dopadniemy go dzisiaj w nocy. A jeśli nie dzisiaj, to wkrótce. Co z tą komisją?

– On tam był. Wiem na pewno. Czułem to...

– Co mówił?

– Nic.

– A więc co zrobił?

– Nic. Ale...

– W takim razie, skąd takie przekonanie, Mewa?

– Peter, czułem to. – Słowa wyrażały pewność, której nie dorównywał powątpiewający ton Francisa.

Strażak pokręcił głową.

– To trochę za mało, stary. Ale powiemy o tym Lucy, jeśli nadarzy się okazja.

Francis spojrzał na Petera i poczuł przypływ beznadziei, a może i trochę złości. Nie wysłuchano go do tej pory, nikt nie słuchał go teraz i nie posłucha w przyszłości. Chcieli mieć konkrety, coś solidnego. Ale w szpitalu psychiatrycznym takie rzeczy trafiały się rzadko.

– Ona wyjeżdża. Ty wyjeżdżasz...

Peter kiwnął głową.

– Cóż, Mewa. Nie chcę cię opuszczać. Ale jeśli zostanę...

– Ty i Lucy odjedziecie. Oboje się stąd wydostaniecie. Ja nigdy.

– Nie będzie tak źle, dasz sobie radę – powiedział Peter, ale nawet on wiedział, że to kłamstwo.

– Ja też nie chcę tu dłużej być. – Francisowi drżał głos.

– Wyjdziesz – pocieszał Peter. – Słuchaj, Mewa, coś ci obiecam. Kiedy przejdę już ten cholerny program, na który mnie wysyłają, kiedy już będę wolny, wydostanę cię stąd. Nie wiem jeszcze jak, ale to zrobię. Nie zostawię cię tu samego.

Francis chciał w to uwierzyć, ale nie śmiał sobie na to pozwolić. Pomyślał, że w jego krótkim życiu wielu ludzi składało mu obietnice i przepowiadało różne rzeczy – i bardzo niewiele z tego się spełniło. Uwięziony między dwoma filarami przyszłości, jednym opisanym przez Evansa, drugim obiecanym przez Petera, Francis nie wiedział, co myśleć, ale zdawał sobie sprawę, że znacznie bliżej mu do jednego z nich.

– Anioł – wyjąkał. – Co z aniołem, Peter?

– Mam nadzieję, że dziś jest ta noc, Mewa. To naprawdę nasza jedyna szansa. Ostatnia. Nieważne. Ale to rozsądne podejście. Myślę, że się uda.

W głowie Francisa rozbrzmiał wyraźny pomruk wszystkich głosów naraz. Chłopak musiał jednocześnie słuchać ich i Petera, który opisywał przygotowany na noc plan. Francis odniósł wrażenie, że Strażak nie chciał mu zdradzać za wielu szczegółów, jakby zamierzał odsunąć go na margines, z dala od centrum wydarzeń.

– Lucy będzie celem? – spytał Francis.

– Tak i nie – odparł Peter. – Odegra rolę przynęty. I tyle. Nic jej się nie stanie. Wszystko jest przygotowane. Bracia Moses będą ją kryli z jednej strony, ja z drugiej.

Francis pomyślał, że to nieprawda.

Przez chwilę się wahał. Miał wprost za dużo do powiedzenia.

Potem Peter przysunął się do niego i pochylił głowę, tak że ich słowa przepływały tylko między nimi dwoma.

– Mewa, co cię dręczy?

Chłopak potarł dłonie jak ktoś próbujący usunąć z palców coś lepkiego.

– Nie jestem pewien – skłamał. Łamał mu się głos; rozpaczliwie pragnął natchnąć go siłą, pasją i przekonaniem, ale kiedy zaczął mówić, każde słowo wypełniała słabość. – Na komisji czułem to samo, co wtedy, kiedy przyszedł do mojego łóżka i groził. Kiedy zabił Tancerza poduszką. Kiedy zobaczyłem wiszącą Kleo...

– Kleo się powiesiła.

– On tam był.

– Odebrała sobie życie.

– On tam był! – powtórzył Francis z naciskiem.

– Dlaczego tak myślisz?

– To anioł okaleczył jej dłoń. Kciuk nie mógł po prostu spaść tam, gdzie go widzieliśmy. Nigdzie nikt nie znalazł nożyczek ani własnej roboty noża. Krew była tylko na schodach, więc palec został odcięty tam. Ona tego nie zrobiła. To on.

– Ale po co?

Francis przyłożył dłoń do czoła. Wydawało mu się, że ma gorączkę, że jest rozpalony.

– Żeby połączyć ze sobą swoje ofiary. Pokazać nam, że jest wszędzie. Nie umiem tego do końca wyjaśnić, Peter, ale to była wiadomość. Tylko my jej nie rozumiemy.

Strażak przyjrzał się uważnie przyjacielowi. Tak, jakby jednocześnie mu wierzył i nie wierzył.

– A posiedzenie komisji? Powiedziałeś, że wyczułeś jego obecność? – Słowa Petera ociekały sceptycyzmem.

– Anioł musi mieć możliwość wychodzenia i wracania. Ma dostęp tu i tam. Do świata wewnętrznego i zewnętrznego.

– I co mu to daje?

Francis wziął głęboki oddech.

– Władzę. Bezpieczeństwo.

Peter kiwnął głową, jednocześnie wzruszając ramionami.

– Może i tak. Ale trzeba pamiętać, Mewa, że anioł to tylko zabójca ze szczególną skłonnością do mordowania blondynek o określonej budowie ciała i do okaleczania. Przypuszczam, że Gulptilil czy jakiś inny sądowy biegły umiałby dociec, dlaczego tak jest. Może wymyśliłby teorię, że anioł był maltretowany w dzieciństwie, ale to tak naprawdę bez znaczenia. Bo kiedy się nad tym zastanowić, on po prostu jest jeszcze jednym złym facetem, i moim zdaniem złapiemy go dziś w nocy. To typ kompulsywny, nie będzie umiał oprzeć się pułapce. Prawdopodobnie powinniśmy ją zastawić od razu, zamiast grzęznąć w miejscu z przesłuchaniami i kartami pacjentów. Tak czy inaczej, anioł się pojawi. I tyle.

Francis chciał dzielić pewność przyjaciela, ale nie umiał.

– Peter – zaczął ostrożnie. – Pewnie masz rację. Ale załóżmy, że nie. Przypuśćmy, że on nie jest tym, za kogo ty i Lucy go bierzecie, a wszystko, co się wydarzyło do tej pory, to coś innego.

– Mewa, nie nadążam.

Francis przełknął powietrze. Miał wyschnięte gardło i z trudem wydobywał z siebie głos.

– Nie wiem, nie wiem – powtórzył. – Ale wszystko, co ty i Lucy zrobiliście, było dla niego przewidywalne...

– Ale na tym polega każde śledztwo. Na spokojnym badaniu faktów i szczegółów.

Francis pokręcił głową. Chciał się rozzłościć, ale czuł tylko strach. W końcu wyprostował się i rozejrzał. Zobaczył Gazeciarza, który pilnie zapamiętywał nagłówki z rozłożonej przed sobą gazety. Dalej Napoleon jak zwykle pozował na francuskiego generała. Francis żałował, że nie widzi Kleo w jej królewskim wydumanym świecie. Spojrzał na starców, zagubionych we wspomnieniach, i na upośledzonych, uwięzionych w tępej dziecinności. Peter i Lucy używali logiki, żeby znaleźć mordercę. Ale to było najmniej logiczne podejście w świecie przesyconym wymysłami, omamami i zamętem.

Przestań! Uciekaj! – wrzeszczały głosy w jego głowie. *Nie myśl! Nie wyobrażaj sobie! Nie spekuluj! Nie próbuj niczego zrozumieć!*

Dokładnie w tej chwili Francis uświadomił sobie, że wie, co się stanie tej nocy. A on nie mógł temu zapobiec.

– Peter – wychrypiał. – Może anioł chce, żeby wszystko właśnie tak wyglądało.

– Cóż, możliwe. – Peter zaśmiał się lekko, jakby usłyszał niedorzeczny, abstrakcyjny żart. Był bardzo pewny siebie. – Ale wtedy popełniłby błąd, prawda?

Francis nie wiedział, co odpowiedzieć, ale na pewno się z Peterem nie zgadzał.

Anioł nachylił się nade mną tak blisko, że czułem każdy zimny oddech sczepiony z mrożącym słowem. Trząsłem się, pisząc twarzą do ściany, jakbym mógł zignorować jego obecność. Czułem, że czyta mi przez ramię; zaśmiał się tym samym okropnym śmiechem, który słyszałem wtedy, gdy stał przy moim łóżku w szpitalu i obiecywał, że zginę.

– *Mewa tyle rozumiał. Ale nie umiał poskładać tego do kupy* – prychnął.

Przestałem pisać, moja ręka znieruchomiała tuż przed ścianą. Nie spojrzałem w jego kierunku, ale odezwałem się głosem piskliwym, trochę spanikowanym, ale mimo to stanowczym.

– Miałem rację, prawda? Co do Kleo?

Znów zaśmiał się dysząco.

– Tak. Nie wiedziała, że tam jestem, ale byłem. A co najbardziej niezwykłe, Mewa, to że zamierzałem zabić ją przed nadejściem świtu. Chciałem po prostu poderżnąć jej gardło we śnie, a potem podrzucić jakieś dowody którejś z kobiet w dormitorium. Coś takiego udało mi się z Chudym. Udałoby się jeszcze raz. A może poduszka na twarz. Kleo miała astmę, za dużo paliła. Wyduszenie z niej tchu nie trwałoby długo. Z Tancerzem dałem sobie radę.

– Dlaczego Kleo?

– Wskazała budynek, w którym mieszkałem, i krzyknęła, że mnie zna. Nie uwierzyłem jej, oczywiście. Ale po co ryzykować? Cała reszta szła dokładnie tak, jak przewidywałem. Ale Mewa to wie, prawda? Bo jest taki sam jak ja. Chce zabijać. Wie, jak zabijać. Ma w sobie tyle nienawiści. Tak bardzo kocha śmierć. Dla mnie zabijanie to jedyna odpowiedź. I dla Mewy też.

– Nie – jęknąłem. – Nieprawda.

– Znasz jedyną odpowiedź, Francis – szepnął anioł.

– Ja chcę żyć – powiedziałem.

– Jak Kleo. Ale chciała też umrzeć. Życie i śmierć potrafią być tak podobne. Prawie identyczne, Francis. A czym ty się od niej różnisz?

Nie umiałem odpowiedzieć.

– Patrzyłeś, jak umierała? – spytałem zamiast tego.

– Oczywiście – syknął anioł. – Widziałem, jak wyjmowała prześcieradło spod łóżka. Musiała je chować na tę okazję. Bardzo cierpiała, a leki w ogóle nie pomagały. Przed sobą widziała tylko kolejne dni i lata cierpienia. Nie bała się śmierci, Mewa, nie tak jak ty. Była królową i rozumiała szlachetność odbierania sobie życia. Konieczność. Ja tylko ją zachęcałem i wykorzystałem jej śmierć dla swoich celów. Otworzyłem drzwi, potem poszedłem za nią i patrzyłem, jak wchodziła na schody...

– A gdzie była dyżurna pielęgniarka?

– Spała, Mewa. Kimała, z nogami na biurku, głową do tyłu, chrapała. Myślisz, że naprawdę kogoś obchodziliście aż tak?

– Ale po co ją potem pociąłeś?

– Żeby pokazać wam to, co później odgadłeś, Mewa. Że mogłem ją zabić. Ale głównie dlatego, że wiedziałem, iż wszyscy zaczną się kłócić, i że ci, co chcieli wierzyć, że tam byłem, uznają to za dowód, a ci, co nie chcieli wierzyć, uznają za argument przemawiający za swoim zdaniem. Wątpliwości i zamieszanie to bardzo sprzyjające okoliczności, Mewa, kiedy planuje się coś precyzyjnego i doskonałego.

– Oprócz jednej rzeczy – szepnąłem. – Nie wziąłeś pod uwagę mnie.

Zawarczał.

– Przecież po to właśnie jestem tu teraz, Mewa. Po ciebie.

Tuż przed dwudziestą drugą Lucy ruszyła szybkim krokiem przez teren szpitala do Amherst, żeby objąć nocną, samotną zmianę. To była okropna noc, burzliwa i upalna. Biały mundurek ciął gęste, czarne powietrze jak nóż.

W prawej dłoni Lucy niosła pęk kluczy, brzęczących w rytm jej szybkich kroków. Nad nią kołysał się i giął dąb, szeleszcząc liśćmi na wietrze, którego nie czuła. Kopertówkę z pistoletem zarzuciła na prawe ramię, ale nie czuła się przez to raźniej. Zignorowała krzyk, pełen rozpaczy i samotności, dobiegający z jednego z dormitoriów.

Otworzyła dwa zamki drzwi wejściowych do Amherst i naparła barkiem na lite drewno. Drzwi ustąpiły ze skrzypieniem. W pierwszym odruchu chciała się cofnąć. Za każdym razem, kiedy odwiedzała Amherst, budynek był pełen ludzi, światła i hałasu. Teraz, mimo niezbyt późnej pory, zmienił się całkowicie. Iskrzyły najróżniejsze bezkształtne obłędy i nieprawe myśli. Pojedyncze upiorne wrzaski czy krzyki czaiły się w pustych przestrzeniach. Korytarz przyoblekł się w czerń; przez okna sączył się słaby blask, przechodzący w nielicznych miejscach w znośną szarość. Tylko pośrodku widniał mały stożek jasności, za okratowanymi drzwiami dyżurki pielęgniarek, gdzie paliła się lampka na biurku.

Lucy zobaczyła poruszający się tam kształt. Wypuściła wolno powietrze, kiedy rozpoznała Małego Czarnego, wstającego zza biurka i otwierającego drzwi.

– W samą porę – powiedział.

– Nie przegapiłabym tego za nic w świecie – odparła z odpowiednią dawką fałszywej brawury w głosie.

Pielęgniarz pokręcił głową.

– Moim zdaniem czeka panią tylko długa, nudna noc – stwierdził. Wskazał interkom na biurku: staromodne, małe pudełko z przyciskiem i pokrętłem głośności. – Przez to będzie pani miała łączność z moim bratem i ze mną na górze. Ale musi pani podać hasło bardzo głośno, bo ten sprzęt ma dziesięć czy dwadzieścia lat i nie działa za dobrze. Telefon też ma połączenie z górą. Wystarczy wykręcić 202, i dzwoni. Po dwóch sygnałach przylecimy na pomoc.

– Dwieście dwa. Jasne.

– Ale pewnie nie będzie pani potrzebny – mruknął Mały Czarny. – Z mojego doświadczenia wynika, że tutaj żaden logiczny plan nie wychodzi. Facet, na którego pani poluje, na pewno wie, że pani tu jest. Wieści rozchodzą się szybko, jeśli szepnie się słówko komu trzeba. Błyskawicznie do wszystkich docierają. Ale jeśli ten gość jest taki cwany, jak się pani wydaje, wątpię, żeby wlazł prosto w pułapkę. Z drugiej strony, nigdy nic nie wiadomo.

– Właśnie – przyznała Lucy. – Nigdy nic nie wiadomo.

Mały Czarny kiwnął głową.

– Niech pani dzwoni, jeśli będzie się coś działo z pacjentami. Proszę nie zwracać uwagi na krzyki czy wołania o pomoc. Generalnie czekamy do rana z rozwiązywaniem nocnych problemów.

– Jasne.

Pokręcił głową.

– Zdenerwowana?

– Nie – odparła Lucy. Nie umiała dobrze określić swoich obecnych odczuć, ale słowo „zdenerwowana" raczej do nich nie pasowało.

– Kiedy zrobi się późno, przyślę kogoś, żeby do pani zajrzał. Może tak być?

– Towarzystwo zawsze będzie mile widziane. Tyle tylko, że nie chcę spłoszyć anioła.

– Nie sądzę, że to płochliwy typ – skomentował Mały Czarny. Spojrzał wzdłuż korytarza. – Sprawdziłem, czy drzwi do dormitoriów są zamknięte. Mężczyzn i kobiet. Zwłaszcza te tam, co Peter prosił, żebym je otworzył. Oczywiście wie pani, który to klucz, ten na samym końcu kółka... – Mrugnął porozumiewawczo. – Moim zdaniem wszyscy tu już dawno śpią.

Po tych słowach Mały Czarny odwrócił się i poszedł korytarzem. Raz się obejrzał i pomachał, ale przy klatce schodowej było już tak ciemno, że Lucy ledwie widziała zarys jego sylwetki w białym uniformie.

Usłyszała, że drzwi zatrzaskują się ze skrzypieniem. Położyła kopertówkę na biurku, obok telefonu. Zaczekała kilka sekund, tyle żeby cisza oblazła ją lepko, potem wzięła klucz i poszła do dormitorium mężczyzn. Najciszej jak mogła, włożyła klucz do zamka i przekręciła go raz. Usłyszała ciche pstryknięcie. Wzięła głęboki oddech. Po chwili wróciła do dyżurki i zaczęła czekać, aż coś się wydarzy.

Peter siedział po turecku na łóżku. Słyszał szczęknięcie odsuwanej zasuwy i wiedział, że Lucy otworzyła drzwi. Zobaczył ją oczyma wyobraźni, jak szybkim krokiem wraca do dyżurki. Wytężył słuch, bezskutecznie próbując dosłyszeć ciche stąpanie. Odgłosy sali pełnej śpiących mężczyzn, oplątanych pościelą i najróżniejszymi postaciami rozpaczy, zagłuszały wszystkie delikatne dźwięki dochodzące zza drzwi – za dużo było chrapania, ciężkich oddechów i mówienia przez sen. Peter pomyślał, że to może być problem, dlatego też, kiedy przekonał się, że wszyscy dookoła są pogrążeni w niespokojnym śnie, wstał i ostrożnie przeszedł do drzwi. Nie śmiał ich otwierać, bo obawiał się, że hałas może kogoś obudzić, choćby nie wiadomo jak nafaszerowano ich lekami. Osunął się po ścianie i usiadł, opierając się o nią plecami i czekając na jakiś niezwyczajny dźwięk albo słowo oznajmiające przybycie anioła.

Żałował, że nie ma broni. Pistolet, pomyślał, bardzo by się przydał. Nawet kij baseballowy albo policyjna pałka. Przypomniał sobie, że anioł będzie miał nóż. Peter musiał trzymać się poza jego zasięgiem, aż przybędą bracia Moses i wezwie się ochronę.

Lucy, domyślał się, nie zgodziłaby się na swój występ bez żadnej pomocy. Nie powiedziała, że weźmie broń, ale Peter podejrzewał, że to zrobiła.

Ich przewaga opierała się na zaskoczeniu i liczebności. To powinno wystarczyć.

Zerknął na Francisa i pokręcił głową. Chłopak spał; to dobrze. Peter żałował, że zostawia przyjaciela, ale czuł, że prawdopodobnie, w ogólnym rozrachunku, Mewie wyjdzie to na dobre. Od wizyty anioła przy łóżku – wydarzenia, co do którego Peter wciąż nie był przekonany, czy rzeczywiście zaistniało – Francis coraz bardziej się sypał, coraz mniej nad sobą panował. Staczał się po jakiejś równi, z którą Peter na pewno nie chciał mieć nic wspólnego. Strażaka smuciło, kiedy widział, co się dzieje z przyjacielem, ale nie mógł na to nic poradzić. Francis bardzo ciężko przeżył śmierć Kleo i bardziej niż którekolwiek z nich popadł w obsesję znalezienia anioła. Jakby jego potrzeba złapania mordercy oznaczała coś innego i o wiele ważniejszego. To przekraczało zwykłą determinację, a przy tym było niebezpieczne.

Tu Peter się mylił. Prawdziwą obsesję miała Lucy, ale nie chciał tego dostrzec.

Oparł głowę o ścianę zamknął na chwilę oczy. Czuł płynące w żyłach zmęczenie, razem z podnieceniem. Rozumiał, że w jego życiu wiele ma się zmienić tej nocy i następnego ranka. Odepchnął od siebie wspomnienia i pomyślał, jaki będzie następny rozdział jego historii. Jednocześnie uważnie słuchał, czekając na sygnał od Lucy.

Zastanawiał się, czy po tej nocy jeszcze kiedyś ją zobaczy.

Francis leżał sztywno na łóżku. Doskonale zdawał sobie sprawę, że Peter go minął i zajął pozycję przy drzwiach. Wiedział, że sen jest bardzo daleko, ale śmierć nie, więc oddychał powoli, równo, czekając na nieuniknione. Na coś, co zostało wyryte w kamieniu, zaplanowane i uknute, wymierzone, odszyfrowane i zaprojektowane. Czuł się, jakby porwał go prąd rzeki i niósł gdzieś, gdzie byłby bliższy temu, kim jest albo mógłby się stać, i że nie jest zdolny sprzeciwić się tej sile.

Byliśmy wszyscy dokładnie tam, gdzie spodziewał się nas anioł. Chciałem to zapisać, ale tego nie zrobiłem. Tu chodziło o coś więcej niż tylko stwierdzenie, że zajęliśmy swoje miejsca na scenie i czuliśmy ostatnie ukłucia tremy przed podniesieniem kurtyny, zastanawiając się, czy zapamiętaliśmy swoje role, czy mamy dobrze przećwiczone ruchy, czy będziemy wchodzić w odpowiednich momentach i reagować na sygnały. Anioł wiedział, gdzie jesteśmy fizycznie, ale nie tylko: wiedział, gdzie jesteśmy myślami.

Za wyjątkiem być może mnie, bo w mojej głowie panował wielki zamęt.

Kołysałem się w przód i w tył jak ranny na polu bitwy, który chce zawołać o pomoc, ale może wydać z siebie tylko niski jęk bólu. Klęczałem na podłodze, a ściany przede mną ubywało, tak samo jak słów, które mi jeszcze zostały.

Wokół mnie anioł ryczał głosem tornada, zagłuszając moje protesty.

– Wiedziałem. Wiedziałem! – wrzeszczał. – Byliście wszyscy tacy głupi... normalni... zdrowi! – Jego krzyk odbijał się od ścian, nabierał pędu w ciemności, a potem uderzał mnie jak ciosy pięści. – A ja nie byłem! Okazałem się o wiele potężniejszy!

Pochyliłem głowę i zacisnąłem mocno oczy.

– Nie ja... – zawołałem, co nie miało wiele sensu, ale dźwięk własnego głosu przebijającego się przez ryk anioła spowodował nagły przypływ adrenaliny. Odetchnąłem, czekając, aż anioł ześle na mnie ból, ale kiedy ten nie nadszedł, podniosłem wzrok i zobaczyłem, że pokój nagle wybucha światłem. Eksplozje, rozbłyski jak pociski fosforowe w oddali, smugowe, mknące przez ciemność, bitwa w mroku. – Powiedz! – zażądałem, unosząc głos ponad ferwor walki. Świat mojego małego mieszkania kołysał się i trząsł od gwałtownych starć. Anioł był dookoła, otaczał mnie ze wszystkich stron. Zazgrzytałem zębami. – Powiedz! – zawołałem jeszcze raz, najgłośniej jak mogłem.

Wtedy do ucha zaszeptał mi groźny, cichy głos.

– Znasz odpowiedzi, Mewa. Poznałeś je tamtej nocy. Po prostu się przed nimi bronisz.

– Nie – krzyknąłem.

– Nie chcesz przyznać, że Mewa wiedział, w tamtym łóżku, tamtej nocy, bo to by oznaczało, że Francis teraz musi się zabić, prawda?

Nie mogłem odpowiedzieć. Łzy i szloch wstrząsały moim ciałem.

– Będziesz musiał umrzeć. Bo poznałeś odpowiedzi tamtej nocy.

Czułem agonię cierpienia przeszywającą moje ciało, kiedy wyszeptałem jedyną myśl, która – wiedziałem to – mogła uciszyć anioła.

– Nie chodziło o Krótką Blond, prawda? – spytałem. – Nigdy o nią nie chodziło.

Zaśmiał się. Śmiechem prawdy. Okropnym, zgryźliwym, jakby psuło się coś, czego nigdy nie da się naprawić.

– Co jeszcze Mewa zrozumiał tamtej nocy? – zagrzmiał anioł.

Przypomniałem sobie, jak leżałem w łóżku. Bardziej niż nieruchomo, sztywno jak katatonik, zmrożony jakąś straszliwą wizją świata, niezdolny do ruchu, do mowy, do wszystkiego oprócz oddychania. Wtedy właśnie zobaczyłem cały świat śmierci, stworzony przez anioła. Peter czaił się pod drzwiami. Lucy siedziała w dyżurce. Bracia Moses czekali na górze. Wszyscy byli sami, odizolowani, rozdzieleni, narażeni na atak. A kto najbardziej? Lucy.

– Krótka Blond – wyjąkałem. – Ona była tylko...

– Częścią układanki. Zrozumiałeś to, Mewa. Teraz, tej nocy, jest tak samo jak wtedy. – Głos anioła grzmiał władczością.

Z trudem mówiłem. W głowie odnajdowałem te same słowa, które przyszły do mnie tamtej nocy, tyle lat wcześniej. Raz. Dwa. Trzy. Potem Krótka Blond. Czemu jeszcze służyły te wszystkie śmierci? W nieunikniony sposób sprowadziły Lucy do miejsca, gdzie siedziała sama, w ciemności, w środku świata rządzonego nie przez logikę, rozsądek czy organizację, cokolwiek Gulptilil, Evans, Peter, bracia Moses czy ktokolwiek z władz Szpitala Western State mógł myśleć. To była arktyczna strefa rządzona przez anioła.

Anioł warknął i kopnął mnie. Był jak opar, duch. Ale cios zabolał. Jęknąłem, potem z trudem podniosłem się na kolana i podpełzłem z powrotem do ściany. Ledwie trzymałem w dłoni ołówek. To właśnie zobaczyłem tamtej nocy w ciemności.

Północ była coraz bliżej. Godziny pełzły coraz wolniej. Noc zapanowała nad otaczającym go światem. Francis leżał sztywno, w myślach przetrząsając wszystko, co wiedział. Ciąg morderstw sprowadził Lucy do szpitala, a teraz siedziała tuż za drzwiami, z krótko przyciętymi włosami, ufarbowanymi na blond, czekając na mordercę. Tyle różnych śmierci i pytań, a jak brzmiała odpowiedź? Francisowi zdawało się, że ma ją w zasięgu ręki, a mimo to pozostawała nieuchwytna jak piórko niesione wiatrem.

Odwrócił się na łóżku i spojrzał na Petera, który siedział z głową opartą o ramiona założone na kolanach. Strażaka w końcu zmogło wyczerpanie. Chłopak miał nad przyjacielem przewagę. Panika i strach odpędzały z jego powiek sen.

Francis pomyślał, że niewiele brakuje, żeby wszystko stało się dla niego zupełnie jasne, i otworzył usta. W ciszy rozpaczy, dokładnie w tej chwili, usłyszał charakterystyczny zgrzyt klucza. Ktoś zamykał drzwi.

Rozdział 32

Peter poderwał głowę. Zerwał się na nogi, zdziwiony, jak to możliwe, że zasnął i nie usłyszał stłumionego odgłosu kroków tuż za ścianą. Wymacał klamkę i oparł się barkiem o drzwi. Miał nadzieję, że dźwięk, który go obudził, pochodził ze snu i nie był prawdziwy. Klamka się obróciła, ale drzwi ani drgnęły; czuł, że trzyma je zasuwka. Dał krok w tył. Kłębiły się w nim najróżniejsze uczucia, różne od strachu czy paniki, inne niż niepokój, szok czy zaskoczenie. Był pełen prostych oczekiwań opartych na zdroworozsądkowych podejrzeniach na temat tego, jak upłynie ta noc, i nagle uświadomił sobie, że wszystko, co sobie wyobraził, zniknęło, zastąpione jakąś straszną tajemnicą. Początkowo nie wiedział, co robić, więc wziął głęboki oddech. Już niejeden raz znajdował się w sytuacjach wymagających spokoju i opanowania, gdy najróżniejsze niebezpieczeństwa krążyły mu wokół głowy albo szarpały za rękawy. Strzelaniny, kiedy był żołnierzem. Pożary, kiedy pełnił funkcję strażaka. Przygryzł mocno wargę i upomniał się, żeby nie tracić rozsądku i nie hałasować. Potem przytknął twarz do małego okienka w drzwiach. Wyciągnął szyję, próbując wyjrzeć na korytarz. Nie stało się jeszcze nic, co odróżniałoby tę noc od wszystkich innych, powtarzał sobie w myślach.

Francis zsunął nogi z łóżka. Podniósł się, gnany siłami, których jeszcze nie rozpoznawał. Słyszał chóralny krzyk swoich głosów. *Zaczęło się!* – ale nie wiedział, co takiego się zaczęło. Stał jak posąg przy swoim łóżku, czekając na nadejście następnej chwili. Miał nadzieję, że w ciągu kilku sekund stanie się jasne, co powinien zrobić. I że kiedy będzie to już wiedział, znajdzie w sobie dość sił. Był pełen wątpliwości. Nie pamiętał, żeby kiedykolwiek coś mu się udało, choć raz, przez całe życie.

Lucy podniosła wzrok znad biurka i wyjrzała przez siatkę w czerń korytarza. Zobaczyła jakąś sylwetkę tam, gdzie kilka godzin wcześniej Mały Czarny pomachał jej ręką. Postać zmaterializowała się jakby z nicości. Lucy wychyliła się i zobaczyła, że pielęgniarz w białym uniformie przystaje przy drzwiach dormitorium mężczyzn, potem rusza dalej w jej stronę. Uniósł kciuk i chyba się uśmiechnął. Zachowywał się pewnie i nieskrępowanie. Szedł bez wahania, nie szurał, nie powłóczył nogami jak większość pacjentów. Im zawsze ciążyło jarzmo chorób. On poruszał się z lekkością, która umieszczała go w innej kategorii. Mimo to Lucy położyła dłoń na kopertówce, upewniając się, że pistolet ma przy sobie.

Pielęgniarz podszedł bliżej. Nie był zbyt potężny, prawdopodobnie nie przewyższał wzrostem Lucy, ale górował nad nią wagą szczupłego, atletycznego ciała. Idąc korytarzem, wyglądał trochę tak, jakby wyłaniał się z chmury, nabierał kształtu. Z każdym krokiem stawał się coraz wyraźniejszy. Zatrzymał się przy drzwiach od schowka. Sprawdził, czy są zamknięte, potem zrobił to samo przy zejściu do kotłowni w piwnicy. Poruszył drzwiami, potem wyjął skądś pęk kluczy bardzo podobny do tych, które dostała na noc Lucy. Wsunął jeden z nich do zamka. Stał może sześć, siedem metrów od dyżurki. Lucy zacisnęła dłoń na kolbie pistoletu. Sięgnęła do przycisku interkomu, ale zawahała się, kiedy pielęgniarz odsunął się od drzwi.

– Idioci od napraw zawsze zostawiają je otwarte – powiedział sympatycznym głosem. – Można im sto razy powtarzać, żeby tego nie robili, a oni swoje. Dziwię się, że nie ma jeszcze tam na dole, w tunelach, tuzina pacjentów. – Wyszczerzył się w uśmiechu i wzruszył ramionami.

Lucy nie powiedziała ani słowa.

– Pan Moses prosił, żebym zszedł i sprawdził, co u pani – ciągnął pielęgniarz. – Mówił, że to pani pierwsza noc i w ogóle. Mam nadzieję, że pani nie przestraszyłem.

– Wszystko w porządku – odparła Lucy, nie wypuszczając z dłoni pistoletu. – Niech mu pan podziękuje i powie, że nie potrzebuję pomocy.

Pielęgniarz przysunął się trochę bliżej.

– Tak sobie właśnie pomyślałem. Nocna zmiana to trochę samotności, trochę nudy, a przede wszystkim walka z sennością. Ale po północy potrafi się zrobić trochę strasznie.

Lucy patrzyła uważnie, starając się odcisnąć w wyobraźni wszystkie szczegóły obecności mężczyzny, porównując rysy jego twarzy, ton głosu z obrazem anioła, który stworzyła w swojej głowie. Czy był odpowiedniego wzrostu, właściwej budowy, w odpowiednim wieku? Jak wygląda morderca? Czuła, że żołądek zaciska się jej w ciasny węzeł, a mięśnie rąk i nóg drżą z napięcia. Nie spodziewała się, że zabójca przyjdzie spokojnie korytarzem, z uśmiechem na twarzy. Kim jesteś? – zapytała w myślach.

– Dlaczego pan Moses nie zszedł sam? – zdziwiła się.

Pielęgniarz wzruszył ramionami.

– Paru gości w dormitorium na górze zaczęło rozrabiać. Musiał odprowadzić jednego na trzecie piętro i przypilnować, żeby zapakowali faceta w kaftan, zamknęli w izolatce i uspokoili zastrzykiem haldolu. Zostawił swojego wielkiego brata przy biurku, a mnie poprosił, żebym tu zszedł. Ale wygląda na to, że wszystko jest pod kontrolą. Mogę coś dla pani zrobić, zanim wrócę na górę?

Lucy nie odrywała dłoni od pistoletu, a wzroku od mężczyzny. Starała się zbadać jak najuważniej każdy centymetr jego postaci, kiedy podchodził.

Ciemne włosy miał długawe, ale porządnie uczesane. Biały uniform pielęgniarza dobrze na nim leżał. Tenisówki robiły bardzo mało hałasu. Lucy spojrzała mu przeciągle w oczy, szukając w nich iskry szaleństwa albo mroku śmierci. Wypatrywała czegoś, co by jej powiedziało, kto to jest, czekała na jakiś znak, który wszystko by wyjaśnił. Ścisnęła mocniej kolbę pistoletu i wysunęła go częściowo z torebki. Zrobiła to najbardziej ukradkowo, jak umiała. Jednocześnie popatrzyła na dłonie mężczyzny.

Palce miał nienaturalnie długie. Jak szpony. Ale niczego nie trzymał.

Podszedł bliżej, teraz był już tylko kilka kroków od dyżurki, tak blisko, że poczuła między nimi jakiś żar. Pomyślała, że to tylko jej nerwy.

– Przepraszam, że panią wystraszyłem. Powinienem zadzwonić, że schodzę. A może pan Moses powinien, ale on i jego brat byli trochę zajęci.

– Nic się nie stało. – Lucy usiłowała opanować drżenie głosu.

Pielęgniarz wskazał telefon stojący obok jej ręki.

– Muszę się skontaktować z panem Mosesem. Powiem mu, że wracam na górę, do skrzydła izolatek. Mogę?

Lucy skinęła głową.

– Proszę – powiedziała. – Przepraszam, ale nie dosłyszałam pana nazwiska...

Teraz był w zasięgu dotyku, ale wciąż dzieliła ich ochronna siatka dyżurki. Kolba pistoletu wydawała się Lucy rozżarzona do czerwoności, jakby broń krzyczała, żeby wyciągnąć ją z ukrycia.

– Ach, pani wybaczy. Właściwie się nie przedstawiłem...

Sięgnął przez otwór w siatce, przez który wydawano leki, i zdjął słuchawkę telefonu z widełek. Podniósł ją do ucha. Lucy patrzyła, jak wykręca trzycyfrowy numer, potem czeka sekundę.

Przeszyło ją lodowate zmieszanie. Pielęgniarz nie wykręcił 202.

– Zaraz – powiedziała. – To nie...

Nagle świat eksplodował.

Ból wybuchł jej w oczach jak czerwony fajerwerk. Strach kłuł z każdym uderzeniem serca. Głowa odskoczyła w tył. Lucy poczuła, że bezwładnie leci do przodu. W twarz uderzyła ją druga eksplozja bólu, trzecia i czwarta. Jej szczęka, usta, nos i policzki stanęły w ogniu; wodospady agonii zalewały pole widzenia. Czuła, że jest na krawędzi utraty przytomności. Czerń wyciągała po nią łapy. Resztkami sił Lucy spróbowała wyrwać z torebki pistolet. Miała wrażenie, że tkwi w stożku cierpienia i zamętu przyprawiającego o zawroty głowy; pewny, mocny uścisk dłoni na kolbie sprzed kilku sekund teraz zrobił się słaby, luźny, niewystarczający. Ruchy wydawały się niemożliwie powolne, jakby sznury i łańcuchy krępowały całe jej ciało. Próbowała unieść broń w stronę pielęgniarza, a resztki przytomności, jakie zachowała, krzyczały: strzelaj! Strzelaj! Ale wtedy, tak samo nagle, pistolet wraz z resztkami poczucia bezpieczeństwa zniknął, czemu towarzyszył głośny grzechot. Poczuła, że pada na podłogę, uderza o linoleum. W ustach pojawił się słony smak krwi. Wszystkie inne działania zmyła fala bólu. Eksplozje karmazynowymi smugami rozmywały jej wzrok. Ogłuszający hałas przytępiał słuch. Smród strachu wypełniał nozdrza, wymazując wszystko inne. Chciała wołać o pomoc, ale słowa były odległe i niedosiężne, jakby dzielił ją od nich przepastny kanion.

A stało się to: pielęgniarz nagle zamachnął się ciężką słuchawką i brutalnie trafił Lucy w podbródek z nokautującą, bokserską precyzją. Jednocześnie sięgnął przez otwór w siatce i złapał ją za fartuch. Kiedy zachwiała się w tył, okrutnie szarpnął nią do przodu, tak że twarzą wyrżnęła w siatkę, która miała ją chronić. Odepchnął ją, potem pociągnął do przodu jeszcze trzy razy i rzucił na podłogę. Upadła twarzą w dół. Pistolet, bez trudu wytrącony z dłoni słuchawką, przejechał po linoleum i zatrzymał się w rogu dyżurki. Był to atak przeprowadzony z druzgoczącą szybkością i skutecznością, zaledwie kilka sekund nieskrępowanej siły i ograniczony hałas, który nie mógł wyjść poza mały świat zajmowany przez ich dwoje. W jednej chwili Lucy była ostrożna, czujna, z ręką na kolbie pistoletu; w następnej leżała na podłodze, ledwie składając myśli, które umykały, wszystkie oprócz jednej: dzisiaj tu umrę.

Próbowała unieść głowę i przez mgłę szoku zobaczyła, że pielęgniarz spokojnie otwiera drzwi do dyżurki. Z całych sił chciała podnieść się na kolana, ale nie była w stanie. Jej głowa krzyczała, żeby wezwać pomoc, walczyć, robić wszystko to, co planowała, a co wcześniej wydawało się takie proste do zrealizowania. Zanim jednak zdołała zebrać konieczne do tego siły, on był już w dyżurce. Brutalny kopniak w żebra wybił Lucy z płuc resztkę powietrza; jęknęła, a anioł nachylił się nad nią i wyszeptał słowa, które wywołały strach tak wielki, że jego istnienia nawet nie podejrzewała.

– Nie pamiętasz mnie? – syknął.

Teraz najstraszniejszą rzeczą, która przerastała wszystkie inne okropieństwa z poprzednich kilku sekund, było to, że kiedy usłyszała jego głos, tak blisko siebie, pełen intymności zdradzającej tylko nienawiść, przerzucił most ponad latami, a ona po nim przeszła.

Peter obracał się w jedną i drugą stronę, próbując wyjrzeć na korytarz. Przyciskał twarz do małego okienka, którego szyba była zbrojona drutem. Otaczała go ciemność i widział tylko cienie oraz snopy słabej poświaty. Przyłożył ucho do drzwi, starając się coś usłyszeć, ale gruba stal zniweczyła jego wysiłki, choć wytężał słuch z całych sił. Nie potrafił powiedzieć, co się dzieje – jeśli w ogóle coś się działo. Jedno wiedział na pewno: drzwi, które powinny być otwarte, teraz były zamknięte na głucho, a on niespodziewanie stracił kontrolę nad sytuacją. Chwycił klamkę i zaczął wściekle nią szarpać. Ciche stukanie nawet nie obudziło śpiących w dormitorium mężczyzn. Peter zaklął i szarpnął raz jeszcze.

– To on? – usłyszał za sobą.

Odwrócił się i zobaczył stojącego bez ruchu Francisa. Chłopak miał oczy wielkie ze strachu i napięcia; jego twarz w zabłąkanym promieniu światła z zakratowanego i zamkniętego okna wydawała się jeszcze młodsza niż w rzeczywistości.

– Nie wiem – powiedział Peter.

– Drzwi...

– Zamknięte – odparł. – Nie powinny być, ale są.

Francis wziął głęboki oddech. Był całkowicie pewien jednej rzeczy.

– To on – powiedział z determinacją, która samego go zaskoczyła.

Pajęczyny bólu więziły jej każdą myśl i cząstkę ciała. Walczyła o zachowanie przytomności. Rozumiała, że od tego zależy jej życie, ale nie wiedziała, jak powstrzymać nadciągający mrok. Jedno oko zapuchło już zupełnie, szczęka prawdopodobnie była złamana. Lucy próbowała odpełznąć od anioła, ale znów ją kopnął, potem nagle opadł na nią okrakiem, przygwożdżając do podłogi. Znowu jęknęła i uświadomiła sobie, że miał coś w ręku. Kiedy przycisnął to do jej policzka, rozpoznała nóż. Taki sam jak ten, którym rozkroił jej piękno tyle lat wcześniej.

Szeptał, ale jego głos miał moc ryku sierżanta musztry:

– Nie ruszaj się. Nie umieraj za szybko, Lucy Jones. Tyle lat czekałem...

Zesztywniała ze strachu.

Podniósł się, spokojnie podszedł do biurka i dwoma szybkimi, wściekłymi ruchami przeciął linię telefoniczną i kabel interkomu.

– A teraz – powiedział, odwracając się do niej – mała rozmowa, zanim nastąpi nieuniknione.

Odepchnęła się w tył.

Przygwoździł ją do podłogi kolanami.

– Masz pojęcie, jak blisko ciebie byłem? Tyle razy, że straciłem już rachubę. Śledziłem każdy twój krok, dzień po dniu, tydzień po tygodniu, gromadząc sekundy w minuty i pozwalając, by płynęły lata. Zawsze byłem tuż, tak blisko, że mogłem wyciągnąć rękę i chwycić cię bez problemu. Czułem twój zapach, słyszałem oddech. Nigdy cię nie opuściłem, Lucy Jones, odkąd spotkaliśmy się po raz pierwszy. – Nachylił się nad jej twarzą. – Dobrze się spisałaś – dodał anioł. – Nauczyłaś się na prawie wszystkiego, co mogłaś. Także tej lekcji, którą ci dałem. – Patrzył na nią; wściekłość wykrzywiała mu twarz. – Zostało nam akurat dość czasu na ostatnią małą naukę. – Przyłożył jej nóż do gardła.

Francis podszedł bliżej, patrząc z mocą na Petera.

– To on – powtórzył. – Jest tam.

Strażak obejrzał się na małe okienko w drzwiach.

– Nie słyszeliśmy sygnału. Bracia Moses powinni tu być... – Spojrzał raz jeszcze na Francisa. Na widok strachu i uporu na twarzy chłopaka uderzył barkiem w drzwi, głośno stękając z wysiłku. Cofnął się i znów uderzył w nieustępliwy metal tylko po to, by odskoczyć z głuchym łomotem. Poczuł, że wzbiera w nim panika, nagle świadom, że w miejscu, gdzie czas nigdy się nie liczył, o wszystkim mogą rozstrzygnąć sekundy. Odsunął się i mocno kopnął w drzwi. – Francis – wysapał. – Musimy się stąd wydostać.

Ale Francis szarpał już metalową ramę swojego łóżka, próbując wyciągnąć jedną z nóg. Peter natychmiast zrozumiał, co chłopak próbuje zrobić, i skoczył do niego, żeby pomóc wyrwać kawał żelaza mogący posłużyć jako łom. Przez mieszaninę strachu i wątpliwości przebiła się niezwykła myśl na temat tego, co działo się przed oczami, ale poza jego zasięgiem; pomyślał, że czuje się prawdopodobnie tak samo, jak człowiek uwięziony w płonącym budynku, stojący twarzą w twarz ze ścianą płomieni, która grozi, że go pożre. Peter chrząknął głośno z wysiłku.

Na podłodze dyżurki Lucy walczyła rozpaczliwie, żeby nie stracić czujności. W godzinach, dniach i miesiącach po gwałcie, który zdarzył się tyle lat temu, odtwarzała wszystko w swojej głowie, pytając samą siebie „co by było, gdyby", i mówiąc „gdybym tylko". Teraz próbowała zebrać te wspomnienia, poczucie winy i samooskarżenia, wewnętrzne strachy i grozę – żeby je posortować i znaleźć to jedno, co naprawdę mogłoby pomóc, bo obecna chwila była taka sama jak tamta. Tyle tylko, że tym razem Lucy wiedziała, że ma stracić coś więcej niż młodość, niewinność i urodę. Krzyczała na siebie, pchała swoją wyobraźnię przez ból i rozpacz, szukała sposobu, żeby się obronić.

Stawiała aniołowi czoło w pojedynkę, samotna i opuszczona tak samo, jak gdyby znajdowali się na bezludnej wyspie albo w głębi ciemnej puszczy. Od pomocy dzielił ją jeden bieg schodów. Korytarz. Zamknięte drzwi dormitorium. Pomoc była blisko.

Pomocy nie było nigdzie.

Śmierć przybrała postać mężczyzny z nożem. To on miał władzę: Lucy rozumiała, że w żyłach anioła krąży podniecenie zrodzone z planowania, obserwowania i oczekiwania na ten moment. Lata przymusu i żądzy tylko po to, żeby sięgnąć tej chwili. Wiedziała – i to nie z zajęć na Wydziale Prawa – że musi wykorzystać jego tryumf przeciwko niemu, więc zamiast powiedzieć: „przestań!" albo „proszę!", albo nawet „dlaczego?", wypluła spomiędzy spuchniętych warg i zza ruszających się zębów stwierdzenie całkowicie fikcyjne i totalnie aroganckie.

– Od początku wiedziałam, że to ty...

Zawahał się. Potem przycisnął jej płaz noża do policzka.

– Kłamiesz – zasyczał. Ale jej nie zranił.

Jeszcze nie. Lucy kupiła sobie kilka sekund. Nie szansę na przeżycie, ale moment, który zmusił anioła do wahania.

Hałas, jaki Peter i Francis robili, wściekle próbując obluzować metalowy kątownik z łóżka, zaczął w końcu budzić pacjentów z ich niespokojnego snu. Jak duchy powstające z grobów, jeden po drugim, mężczyźni zaczęli się otrząsać, pokonywać głębokie opary codziennych dawek chemii, gramolić się, szarpać, mrugać na niezwykły widok spanikowanego Petera, szarpiącego się z całych sił z metalową ramą.

– Co się dzieje, Mewa? – spytał Napoleon.

Francis podniósł głowę. Znieruchomiał. W pierwszej chwili nie wiedział, co odpowiedzieć. Widział mieszkańców Amherst, jak wolno podnoszą się z łóżek, zbierają w bezkształtną, chaotyczną grupę za Napoleonem i patrzą przez ciemność na Francisa i Petera, których gorączkowe wysiłki zaczynały przynosić skromne wyniki. Peterowi niemal udało się wyrwać kawał ramy metrowej długości; stękał, napierając na oporny metal.

– To anioł – wydyszał Francis. – Jest na korytarzu.

Podniosły się głosy, mamroczące coś w zaskoczeniu i strachu. Kilku mężczyzn uciekło w tył, kuląc się na samą myśl, że morderca Krótkiej Blond może być blisko.

– Co robi Strażak? – spytał Napoleon; jego głos potykał się o każde słowo z wahaniem, poganianym przez niezdecydowanie.

– Musimy otworzyć drzwi – wyjaśnił Francis. – Peter próbuje zdobyć coś, co je wyważy.

– Jeśli anioł jest na korytarzu, nie powinniśmy zabarykadować drzwi? Inny pacjent mruknął coś zgodnie.

– Trzeba go tam zatrzymać. Jeśli się tu dostanie, co nas uratuje?

– Chowajmy się! – zawołał ktoś z tyłu gromady.

W pierwszej chwili Francis pomyślał, że to jeden z jego głosów. Kiedy jednak mężczyźni zakołysali się w niepewności, zrozumiał, że przynajmniej raz jego głosy milczą.

Peter podniósł wzrok. Z czoła ściekał mu pot, od którego jego twarz lśniła w słabej poświacie. Przez chwilę obłęd całej sytuacji prawie go przytłaczał. Mężczyźni z dormitorium, z twarzami już wyrażającymi obawę przed czymś straszliwie niecodziennym, uważali, że lepiej zabarykadować drzwi, niż je otwierać. Spojrzał na swoje dłonie. Miał na nich ziejące rany, zdarł sobie przynajmniej jeden paznokieć, kiedy mocował się z łóżkiem. Znów uniósł wzrok i zobaczył, że Francis podchodzi do kolegów z sali, kręcąc głową.

– Nie – powiedział chłopak z cierpliwością, która kontrastowała z koniecznością natychmiastowego działania. – Anioł zabije pannę Jones, jeśli jej nie pomożemy. Jest tak, jak powiedział Chudy. Musimy objąć dowodzenie. Obronić się przed złem. Powstać i walczyć. Jeśli nie, zło nas odnajdzie. Trzeba działać. I to już.

Mężczyźni znów się skulili. Ktoś się zaśmiał, ktoś załkał, kilku zaskomlało cicho ze strachu. Francis widział na wszystkich twarzach bezradność i zwątpienie.

– Musimy jej pomóc – poprosił. – Szybko.

Pacjenci się zachwiali, zakołysali, jakby napięcie tego, co kazano im robić – cokolwiek by to było – stworzyło targający nimi wicher.

– To jest ta chwila – powiedział Francis z taką determinacją, że nim samym to wstrząsnęło. – Pierwsza. Najlepsza. Właśnie teraz. Wszyscy wariaci z tego budynku dokonają czegoś, czego nikt się nie spodziewa. Każdy myśli, że nie możemy zrobić nic. Nikt nie wyobrażał sobie nawet, na co nas stać. Pomożemy pannie Jones. Wspólnie. Wszyscy naraz.

I wtedy zobaczył coś zadziwiającego. Z tylnych rzędów gromady wystąpił upośledzony olbrzym, tak infantylny we wszystkich swoich zachowaniach, pozornie nierozumiejący nawet najprostszych, najwyraźniej sformułowanych poleceń. Przepchnął się przez mężczyzn. Miał w sobie dziecięcą prostotę. Trudno było powiedzieć, jakim cudem wielkolud zrozumiał cokolwiek z tego, co się działo, ale przez mgłę jego ograniczonej inteligencji przeniknęła najwyraźniej myśl, że Peter i Francis potrzebują pomocy i że wyjątkowo to on może jej udzielić. Olbrzym odłożył swoją szmacianą lalkę na łóżko i wyminął Francisa z determinacją w oku. Chrząknął i jednym ruchem potężnego ramienia odsunął Petera. Potem, na oczach patrzących w milczeniu mężczyzn, chwycił żelazną ramę łóżka i tytanicznym szarpnięciem wyrwał pręt. Pomachał metalową zdobyczą nad głową, uśmiechnął się szeroko i nieskrępowanie, potem podał kątownik Peterowi.

Strażak chwycił prowizoryczny łom i natychmiast wbił między drzwi a framugę, tuż przy zasuwie, po czym naparł na niego całym ciężarem.

Francis zobaczył, że metal się wygina, jęczy jak cierpiące zwierzę, a drzwi zaczynają ustępować.

Peter westchnął potężnie i cofnął się. Znów wepchnął łom w szczelinę i już miał się na niego rzucić, kiedy Francis nagle mu przerwał.

– Peter! – zawołał pospiesznie. – Jakie to było słowo?

Strażak znieruchomiał.

– Co? – spytał, zmieszany.

– Słowo. Tamto, którym Lucy miała wzywać pomocy.

– Apollo – wysapał Peter. Potem znów naparł na drzwi.

Tym razem upośledzony olbrzym podszedł, żeby mu pomóc, i obaj połączyli swoje wysiłki.

Francis odwrócił się do zebranych, którzy stali nieruchomo, jakby czekali, aż ktoś ich uwolni.

– Dobra – zawołał tonem generała przemawiającego do armii przed szturmem. – Musimy im pomóc.

– Co mamy robić? – Tym razem zapytał Gazeciarz.

Francis podniósł rękę jak sędzia startowy podczas wyścigu.

– Hałasujmy. Niech usłyszą na górze. Wzywajmy pomocy...

– Pomocy! Pomocy! – krzyknął natychmiast z całych sił jeden z mężczyzn. – Pomocy! – zawołał po raz trzeci, już słabiej, po czym umilkł.

– To na nic – powiedział z emfazą Francis. – Nikt nigdy nie zwraca na takie wołanie uwagi. Musimy najgłośniej, jak damy radę, krzyczeć „Apollo!"...

Strach, zmieszanie i wątpliwości zamieniły mężczyzn w nierówny, cichy chórek. Kilka razy wymamrotali: „Apollo".

– „Apollo"? – spytał Napoleon. – Dlaczego „Apollo"?

– To jedyne słowo, które zadziała – odparł Francis.

Wiedział, że to brzmiało zupełnie irracjonalnie, ale mówił z takim przekonaniem, że uciął wszelką dalszą dyskusję.

Kilku mężczyzn natychmiast zawołało „Apollo!", ale Francis uciszył ich krótkim machnięciem ręki.

– Nie! – wrzasnął, ustawiając ich i dyrygując. – Musimy krzyczeć razem, inaczej nas nie usłyszą. Za mną, na trzy, spróbujmy...

Odliczył i wyszedł z tego pojedynczy, skromny, ale chóralny okrzyk.

– Dobrze, dobrze – pochwalił. – A teraz najgłośniej, jak się da. – Obejrzał się przez ramię na Petera i upośledzonego mężczyznę, którzy jęcząc z wysiłku, zmagali się z drzwiami. – Tym razem muszą nas usłyszeć... – Podniósł rękę. – Na mój znak – zakomenderował. – Trzy. Dwa. Jeden... – Opuścił ramię, jakby ciął mieczem.

– Apollo! – ryknęli mężczyźni.

– Jeszcze raz! – zawołał Francis. – Było świetnie. Uwaga, trzy, dwa, jeden... – Drugi raz przeciął powietrze.

– Apollo! – odpowiedzieli mężczyźni.

– Dalej!

– Apollo!

– I jeszcze raz!

– Apollo!

Słowo wznosiło się, ulatywało z pełną prędkością, jak eksplozja przenikając grube mury i ciemność szpitala dla obłąkanych; jak wybuchająca gwiazda, słowo-fajerwerk, nigdy przedtem tu niesłyszane i pewnie też rozbrzmiewające po raz ostatni. Ale przynajmniej tej jednej, ciemnej nocy przebijało wszystkie zamki i zapory, pokonywało przeszkody, wznosiło się, wzlatywało, rozwijało skrzydła i odnajdywało wolność. Mknęło przez gęste powietrze, bezbłędnie odnajdując drogę do dwóch mężczyzn na górze, którzy byli jego głównymi odbiorcami, i z zaskoczeniem nadstawili ucha, słysząc umówiony sygnał, dobiegający z tak niespodziewanego źródła.

Rozdział 33

A pollo! – powiedziałem na głos.
W mitologii Apollo był bogiem Słońca. Jego szybko mknący rydwan oznajmiał nadejście dnia. Tego właśnie potrzebowaliśmy tamtej nocy, dwóch rzeczy, których w świecie szpitala psychiatrycznego w ogóle nie było za wiele: szybkości i jasności.

– Apollo – krzyknąłem.

Słowo odbiło się od ścian mieszkania, wpadło pędem w kąty, skoczyło pod sufit. To było wyjątkowo cudowne słowo. Wydobyło się z siłą wspomnień, które wzmacniały moją determinację. Minęło dwadzieścia lat od nocy, kiedy po raz ostatni wymówiłem je na głos, i zastanawiałem się, czy nie pomogłoby mi tak samo teraz, jak pomogło wtedy.

Anioł ryknął w szale. Wokół mnie trzaskało szkło, stal jęczała i skręcała się jak pożerana ogniem. Podłoga się zatrzęsła, ściany zadygotały, sufit się zakołysał. Cały świat się rozpadał, darł na strzępy, niszczony furią anioła. Złapałem się za głowę, zacisnąłem dłonie na uszach, próbując odciąć się od szalejącej wokoło kakofonii zniszczenia. Wszystko pękało, waliło się i wybu-

chało, dezintegrowało pod moimi stopami. Znalazłem się w samym środku jakiegoś strasznego pola bitwy, a moje głosy były jak krzyki skazanych na zagładę ludzi. Zakryłem głowę dłońmi, próbując uchylić się przed szrapnelami wspomnień.

Tamtej nocy, dwadzieścia lat temu, anioł miał rację co do tylu rzeczy. Przewidział wszystko, co zrobiła Lucy; doskonale rozumiał, jak zachowa się Peter; wiedział dokładnie, na co zgodzą się bracia Moses i jak pomogą. Znał Western State do głębi i doskonale się orientował, jak szpital wpływa na myślenie. Pojmował lepiej od innych, jak rutynowe, zorganizowane i drętwo przewidywalne jest wszystko, co robili ludzie zdrowi na umyśle. Wiedział, że plan, który wymyślą, zapewni mu odosobnienie, spokój i możliwość działania. To, co oni uważali za pułapkę, dla niego było idealną okazją. O wiele lepiej niż oni znał się na psychologii i zabijaniu i nie poddawał się ich przyziemnym planom. Podejście Lucy z zaskoczenia wymagało tylko jednego: nie próbować jej zaskoczyć. Sama mu się wystawiła. Wiedza, że Lucy tak zrobi, musiała go podniecać. I nie miał wątpliwości tamtej nocy, że mord będzie w jego rękach, tuż przed nim, gotów jak chwast do wyrwania. Całe lata cierpliwie przygotowywał się na chwilę, kiedy znów będzie miał Lucy pod swoim nożem. Rozważył niemal każdy czynnik, wymiar, każdą myśl – poza, co dziwne, najbardziej oczywistym, ale najłatwiejszym do pominięcia.

Nie wziął pod uwagę wariatów.

Zacisnąłem mocno oczy, przypominając sobie. Nie miałem pewności, czy to się dzieje w przeszłości, czy w chwili obecnej, w szpitalu czy w mieszkaniu. Wszystko do mnie wracało, ta noc i tamta noc, jedna i ta sama.

Peter wykrzykiwał coś niskim, gardłowym głosem, odginając drzwi od zamka. Upośledzony olbrzym bez słowa natężał się i pocił przy jego boku. Obok mnie Napoleon, Gazeciarz i wszyscy pozostali stali jak chór, czekając na mój następny rozkaz. Widziałem, że drżą ze strachu i podniecenia, bo lepiej niż ktokolwiek inny rozumieli, że taka noc raczej się nie powtórzy – wtedy fantazje i wyobrażenia, halucynacje i omamy stały się rzeczywistością.

A Lucy, tak blisko nas, ale sam na sam z mordercą, wiedziała, że musi dalej kraść sekundy.

Lucy próbowała wybiec myślą poza chłód i ostrość noża, który wrzynał się w jej skórę, poza okropne uczucie, przeszywające na wskroś i okaleczające zdolność rozumowania. Z końca korytarza dobiegał ją jęk wyginanego metalu; zamknięte drzwi protestowały głośno przeciw szturmom Petera i upośledzonego mężczyzny. Ustępowały powoli, nie chcąc dać wolnej drogi odsieczy. Ale ponad tym hałasem Lucy słyszała wzbijające się w powietrze słowo „Apollo", wykrzykiwane przez mężczyzn z dormitorium, co dało jej odrobinę nadziei.

– Co to znaczy? – zapytał anioł ze złością. To, że zachował cierpliwość w świecie snu nagle nawiedzonym przez jazgot, przerażało ją bardziej niż cokolwiek innego.

– Co?

– Co to znaczy! – powtórzył ciszej ochrypłym głosem.

Nie musiał dodawać gróźb. Jego ton był wystarczająco jasny. Lucy powtarzała sobie w myślach: kupuj czas!

– To wołanie o pomoc – powiedziała z wahaniem.

– Co?

– Potrzebują pomocy – powtórzyła.

– Dlaczego oni... – Przerwał. Spojrzał na swoją ofiarę i skrzywił się.

Nawet w ciemności Lucy widziała zmarszczki na jego twarzy, załamania i cienie, wszystkie zdradzające grozę. Przedtem nosił maskę, która napawała ją przerażeniem. Ale teraz chciał być widziany, bo spodziewał się, że Lucy już nigdy nic więcej nie zobaczy. Zakrztusiła się i jęknęła, kiedy bólem zaprotestowały spuchnięte usta i połamana szczęka.

– Wiedzą, że tu jesteś. – Wypluła te słowa razem z krwią. – Idą po ciebie.

– Kto?

– Wszyscy wariaci z końca korytarza.

Anioł nachylił się nad nią.

– Wiesz, jak szybko możesz tu zginąć, Lucy? – spytał.

Kiwnęła głową. Nie chciała odpowiadać na to pytanie, bo słowa mogły zaprosić rzeczywistość. Ostrze noża wgryzało się w jej skórę. Ciało rozstępowało się powoli pod naciskiem. To było przerażające uczucie; pamiętała je z pierwszej, strasznej nocy spędzonej z aniołem wiele lat wcześniej.

– Zrobię wszystko, co zechcę, Lucy, a ty mnie w żaden sposób nie powstrzymasz.

Znów nie otworzyła ust.

– Mogłem do ciebie podejść w każdej chwili twojego pobytu w tym szpitalu i zabić cię na oczach pacjentów i personelu, a oni powiedzieliby: to wariat..., i nikt nie miałby do mnie pretensji. Tak stanowi prawo, Lucy.

– Więc mnie zabij – wymamrotała sztywno. – Tak samo jak zabiłeś Krótką Blond i inne kobiety.

Nachylił się jeszcze niżej jak kochanek, który zostawia swoją partnerkę śpiącą, kiedy sam wstaje wczesnym rankiem, żeby zająć się jakąś ważną sprawą.

– Nigdy nie zabiłbym cię tak jak tamte, Lucy – wycedził przez zęby. – One zginęły, żeby cię do mnie doprowadzić. Były tylko częścią planu. Ich śmierć to zwykły interes. Ważny, ale nie wyjątkowy. Gdybym chciał, żebyś zginęła jak one, mógłbym cię już zabić sto razy. Tysiąc. Pomyśl o wszystkich chwilach, kiedy byłaś sama w ciemności. A może jednak ktoś ci towarzyszył? Może stałem przy tobie, tylko po prostu o tym nie wiedziałaś. Ale zależało mi, żeby ta noc przebiegła zgodnie z moją wolą. Chciałem, żebyś to ty przyszła do mnie.

Lucy nie odpowiedziała. Miała wrażenie, że wciąga ją wir choroby i nienawiści anioła; zakręciło się jej w głowie i czuła, że z każdym obrotem słabnie uchwyt, którym trzymała się życia.

– To było tak strasznie łatwe – syczał. – Stworzyć serię morderstw, na które rzuci się młoda, zapalczywa pani prokurator. Po prostu nie przypuszczałaś, że tamte nie znaczyły nic, a ty znaczysz wszystko, prawda, Lucy?

W odpowiedzi tylko jęknęła.

Z korytarza dobiegł zgrzyt rozdzieranych drzwi. Anioł się wyprostował i spojrzał w tamtą stronę, penetrując wzrokiem ciemność. Lucy wiedziała, że w tej chwili zawahania jej życie zawisło na włosku. Anioł pragnął długich minut w ciszy nocy, żeby rozkoszować się śmiercią swojej ofiary. Wszystko to sobie wyobraził, od tego, jak ją podszedł, do tego, jak zaatakował, i co stanie się potem. Wyobrażał sobie każde słowo, każdy dotyk, każde cięcie na jej strasznej drodze do śmierci. Halucynacje panowały nad jego umysłem nieustannie, od przebudzenia do zaśnięcia. To sprawiało, że był potężny, nieustraszony, to czyniło z niego skrytobójcę. Całe jego istnienie zmierzało do tego punktu w czasie. Ale okazało się, że nie wszystko idzie tak, jak to sobie w myślach udoskonalał, dzień po dniu, planując, przewidując, przeczuwając rozkosz zadawanej śmierci. Lucy czuła, że cały się spiął, rozdarty sprzecznością tego, co rzeczywiste, i tego, co sobie wymarzył. Mogła tylko mieć nadzieję, że rzeczywistość przeważy. Nie wiedziała, czy starczy na to czasu.

A potem usłyszała dźwięki przebijające się przez wszechogarniającą grozę. Dobiegały z piętra wyżej: trzaśnięcie drzwiami, tupot stóp na betonowych schodach. Hasło „Apollo!" spełniło swoje zadanie.

Anioł ryknął. Jego wrzask poniósł się echem po korytarzu.

– A więc dzisiaj Lucy ma szczęście – wyszeptał jej prosto do ucha. – Wielkie szczęście. Nie mogę chyba zostać tu dłużej. Ale przyjdę po ciebie innej nocy, kiedy będziesz się tego najmniej spodziewać. Kiedy wszystkie twoje przygotowania okażą się nic niewarte, wtedy zjawię się przy tobie. Możesz się zbroić, pilnować, izolować. Przeprowadź się na opuszczoną wyspę albo do głuchej dziczy. Ale wcześniej czy później, Lucy, znajdę cię. Wtedy dokończymy. – Znów zesztywniał w wyraźnym wahaniu. Potem nachylił się i dodał: – Nigdy nie wyłączaj światła, Lucy. Nie kładź się sama w ciemności. Bo lata nic dla mnie nie znaczą. Któregoś dnia po ciebie wrócę.

Odetchnęła gwałtownie, przerażona głębią jego obsesji.

Zaczął z niej schodzić, jak jeździec z konia.

– Kiedyś zostawiłem coś, co miało ci przypominać o mnie za każdym razem, kiedy spojrzysz w lustro – dodał zimno. – Teraz będziesz pamiętała o naszym spotkaniu z każdym krokiem.

Wbił ostrze w jej prawe kolano i brutalnie zakręcił nożem. Lucy wrzasnęła, kiedy paraliżujący ból przeszył wszystkie ścięgna i mięśnie. Ogarnęła ją czarna fala nieprzytomności; opadła na podłogę, niejasno tylko świadoma, że została sama. Anioł zostawił ją pobitą, ranną, krwawiącą, ledwie żywą i prawdopodobnie okaleczoną, z obietnicą czegoś o wiele gorszego.

Metal drzwi jęknął po raz ostatni i między framugą a blachą pojawiła się ciemna szpara. Francis zobaczył przez nią korytarz ziejący czernią. Upośledzony mężczyzna nagle się wyprostował i rzucił prowizoryczny łom na podłogę. Odsunął Petera, potem cofnął się o kilka kroków. Opuścił głowę, jak byk na arenie, rozwścieczony przez matadora, i zaszarżował nagle do przodu, wydając z siebie głośny okrzyk. Rzucił się na drzwi, które z hukiem trochę ustąpiły. Mężczyzna zachwiał się, potrząsnął głową; dyszał, a spod jego włosów zaczęła wypływać cienka strużka krwi. Znów się cofnął, potrząsnął głową, spiął – twarz zastygła mu w żelazną maskę uporu – potem ryknął z furią i jeszcze raz zaszarżował na drzwi. Tym razem otworzyły się z łoskotem, a upośledzony runął na podłogę korytarza i przejechał kawałek, zanim się zatrzymał.

Peter i Francis skoczyli naprzód. Za nimi pobiegła reszta wariatów, gnanych energią chwili, zostawiających za sobą większą część swojego szaleństwa, kiedy jasna stała się potrzeba działania. Napoleon stał na czele, wymachując ręką, jakby trzymał w niej szablę.

– Naprzód! Do ataku! – krzyczał.

Gazeciarz mówił coś o jutrzejszych nagłówkach i swojej roli w artykule. Pędzący klin mężczyzn, skupionych na jednym celu, wbił się w korytarz.

W chwilowym zamieszaniu Francis zobaczył, że upośledzony olbrzym wstaje, otrzepuje się, potem spokojnie wraca do sali, z twarzą w wieńcu blasku chwały. Francis dostrzegł jeszcze, jak wielkolud siada na łóżku, bierze w ramiona szmacianą lalkę, a po chwili odwraca się i mierzy wzrokiem zniszczone drzwi z wyrazem dogłębnej satysfakcji na twarzy.

Peter pędził w stronę dyżurki, najszybciej jak mógł. Lampka na biurku dawała słaby poblask; w jego świetle Francis dostrzegł rozciągniętą na podłodze postać. Natychmiast pobiegł w tamtą stronę, tupiąc głośno, wybijając stopami alarmowy werbel. W tej samej chwili bracia Moses wpadli na korytarz przez drzwi po przeciwnej stronie. Kiedy przebiegli obok dormitorium kobiet, zaczęły się stamtąd dobywać krzyki, piskliwe wołania, wdzierające się w symfonię zamętu i paniki, z allegro strachu przed nieznanym.

Peter rzucił się do Lucy. Francis zawahał się przez ułamek chwili, przerażony, że przybiegli za późno. Potem jednak, mimo jazgotu, jaki ogarnął nagle cały budynek, usłyszał jęk bólu.

– Jezu! – mruknął Peter. – Mocno oberwała.

Złapał i przytulił jej dłoń, próbując wymyślić, co ma robić. Spojrzał na Francisa, potem na braci Moses, którzy przybiegli bez tchu do dyżurki.

– Musimy sprowadzić pomoc – powiedział.

Mały Czarny kiwnął głową, sięgnął po telefon, ale zobaczył przecięte przewody. Zamyślił się, gorączkowo omiatając spojrzeniem całą dyżurkę.

– Trzymajcie się – zawołał. – Wracam na górę wezwać pomoc.

Duży Czarny odwrócił się do Francisa; twarz pielęgniarza była maską troski i niepokoju.

– Miała dać znak przez interkom albo telefon... Usłyszeliśmy was dopiero po kilku chwilach...

Nie musiał kończyć, bo nagle wartość tych chwil znalazła się w takiej samej chwiejnej równowadze jak życie Lucy Jones.

Lucy czuła przepływające przez nią rzeki cierpienia.

W niewielkim stopniu zdawała sobie sprawę z obecności Petera, braci Moses i Francisa. Wydawało się, że wszyscy są na dalekim brzegu, do którego próbowała dotrzeć, walcząc z prądami i pływami, zmagając się z nieprzytomnością. Wiedziała, że musi powiedzieć coś ważnego, zanim całkowicie podda się cierpieniu i spadnie w zapomnienie czarnej otchłani. Przygryzła zakrwawioną wargę i wykrztusiła kilka słów przez zasłonę bólu i przez rozpacz, myśląc tylko o obietnicy, którą anioł złożył jej sekundy wcześniej.

– On tu jest – wybełkotała. – Znajdźcie go, proszę. Niech to się skończy.

Nie wiedziała, czy mówi z sensem i czy ktoś ją słyszy. Nie była nawet pewna, czy słowa, ukształtowane przez wyobraźnię, w ogóle wyszły z jej ust. Przynajmniej spróbowałam, pomyślała, i z głębokim westchnieniem poddała się nieprzytomności. Nie wiedziała, czy kiedykolwiek wydostanie się z jej uwodzicielskich objęć, ale rozumiała, że przestanie czuć ból, choćby na chwilę.

– Lucy, cholera jasna! Zostań z nami! – Peter wrzasnął jej w twarz, ale bez większego efektu. Potem podniósł wzrok. – Zemdlała. – Przyłożył ucho do piersi Lucy, nasłuchując bicia serca. – Żyje – powiedział. – Ale...

Duży Czarny ukląkł obok pani prokurator. Natychmiast zaczął zaciskać pulsującą krwią ranę na jej kolanie.

– Niech ktoś przyniesie mi koc! – wrzasnął.

Napoleon popędził do dormitorium, żeby wypełnić polecenie.

W głębi korytarza znów pojawił się biegiem Mały Czarny.

– Pomoc już jedzie – krzyknął.

Peter cofnął się o krok. Francis zobaczył, że przyjaciel patrzy w dół, i obaj zobaczyli leżący na podłodze pistolet. Wszystko wokół zaczęło się nagle dziać dla Francisa w zwolnionym tempie; zrozumiał, co mówiła Lucy i o co prosiła.

– Anioł – powiedział cicho do Petera i braci Moses. – Gdzie on jest?

To był ten moment, właśnie wtedy, kiedy wszystko, co znałem jako swój obłęd, co któregoś dnia mogło uczynić mnie normalnym, złączyło się w wielkiej, elektryzującej eksplozji. Anioł wył, jazgotał wściekle. Szarpał mnie za ramię, próbował odciągnąć od ściany, drapał, wyrywał mi z dłoni ołówek, mocował się ze mną, starał się nie dopuścić, żebym chwiejnym pismem uwiecznił to, co stało się potem. Zmagaliśmy się ze sobą, walczyliśmy zawzięcie o każde słowo. Wiedziałem, że chce mi przeszkodzić, zobaczyć, jak zwijam się w kłębek i padam trupem, poddaję się tuż przed metą, kilka kroków przed końcem.

Walczyłem, resztką sił wodziłem ołówkiem po coraz mniejszej czystej powierzchni ściany. Wrzeszczałem, kłóciłem się, krzyczałem, bliski załamania, rozsypania się na milion kawałków jak pęknięte szkło.

Peter podniósł wzrok.

– Ale gdzie...?

Peter podniósł wzrok.

– Ale gdzie...?

Francis odwrócił się, oderwał wzrok od znieruchomiałej Lucy i rozejrzał się po korytarzu. W oddali usłyszał nagle skowyt karetki; przez głowę przeszło mu szalone pytanie, czy ta sama karetka, która przywiozła go do Szpitala Western State, teraz przyjedzie po Lucy.

Rozglądał się, ale w rzeczywistości szukał sercem. Popatrzył wzdłuż korytarza, za dormitorium kobiet, w stronę klatki schodowej, gdzie powiesiła się Kleo i została okaleczona przez anioła. Francis pokręcił głową. Nie, powiedział sobie. Nie tędy. Wpadłby prosto na braci Moses. Odwrócił się i sprawdził inne trasy. Drzwi frontowe. Klatka schodowa po stronie męskiego dormitorium. Zamknął oczy. Nie przyszedłbyś tu dziś w nocy, pomyślał, gdybyś nie wiedział, że jest jakieś wyjście awaryjne. Przewidziałbyś, co może pójść źle, ale co ważniejsze, do czego przykładałeś o wiele większą wagę – wiedziałeś, że będziesz musiał zniknąć, żeby móc rozkoszować się ostatnimi chwilami życia Lucy. Nie chciałbyś się tym z nikim dzielić. A więc potrzebowałbyś ciemnego, ustronnego miejsca. Znam cię, więc zgadnę, dokąd poszedłeś.

Francis wstał i wolno podszedł do frontowych drzwi. Zamknięte na dwa zamki. Pokręcił głową. Za dużo czasu. Za duże ryzyko. Anioł musiałby wyciągnąć dwa klucze i wyjść tam, gdzie mogłaby go zobaczyć ochrona. I zamknąć za sobą drzwi, żeby nie zwrócić uwagi na swoją ucieczkę. *Nie tędy*, krzyknęły chórem wszystkie głosy Francisa. *Ty wiesz. Widzisz.* Nie rozpoznawał, czy te krzyki to zachęta, czy wyraz rozpaczy. Obrócił się i spojrzał wzdłuż korytarza w stronę wyważonych drzwi dormitorium. Znów pokręcił głową. Anioł musiałby niepostrzeżenie minąć ich wszystkich, a to było niemożliwe, nawet dla kogoś, kto uznawał, że pozostaje niewidzialny.

I wtedy Francis zobaczył.

– O co chodzi, Mewa? – spytał Peter.

– Wiem – odparł Francis.

Wycie syreny karetki stawało się coraz głośniejsze; chłopak wyobrażał sobie, że słyszy tupot stóp na chodnikach szpitala, pospiesznie zbliżający się do Amherst. Wydawało mu się, że słyszy Gulptilila, pana Złego i wszystkich innych.

Przeszedł przez korytarz i wyciągnął rękę do drzwi prowadzących do piwnicy i kanałów grzewczych.

– Tutaj – powiedział ostrożnie. I jak mag amator na dziecięcym przyjęciu otworzył drzwi, które powinny być zamknięte.

Zawahał się na szczycie schodów, rozdarty między strachem a jakimś niewysłowionym, źle pojętym poczuciem obowiązku. Nigdy wcześniej nie zastanawiał się nad znaczeniem odwagi; zamiast tego zmagał się z powszednimi trudnościami, jakich nastręczało przetrwanie kolejnego dnia tak, żeby jego niepewne panowanie nad własnym życiem pozostało nienaruszone. Ale w tej sekundzie pojął, że zejście do piwnicy wymagało siły, której nigdy w sobie nie szukał. W dole goła żarówka rzucała cienie w kąty i ledwie oświetlała schody prowadzące do podziemnych magazynów. Za słabym łukiem światła rozciągała się lepka, gęsta ciemność. Francis czuł powiew stęchłego, gorącego powietrza. Cuchnęło pleśnią i starością, jakby wszystkie okropne myśli i zniszczone nadzieje całych pokoleń pacjentów, przeżywających swój obłęd na górze, przeciekły do piwnic wraz z kurzem, pajęczynami i brudem.

Podziemia szeptały o chorobie i śmierci, a Francis wiedział, stojąc na szczycie schodów, że anioł musiał się tam czuć jak u siebie.

– Na dole – powiedział. Zignorował głosy, które wykrzykiwały: *Nie schodź tam!*

Nagle pojawił się obok niego Peter. W prawej pięści Strażak ściskał pistolet Lucy. Chłopak nie zauważył, kiedy przyjaciel wyłuskał broń z kąta, ale był wdzięczny, że tak się stało. Peter był kiedyś żołnierzem; umiał posługiwać się bronią. W czarnej krainie, która ich przyzywała, potrzebowali wsparcia, a pistolet mógł je zapewnić. Peter przyciskał broń do biodra, chowając ją najlepiej, jak umiał.

Kiwnął głową, potem obejrzał się na Dużego Czarnego i jego brata, którzy udzielali Lucy pierwszej pomocy. Francis zobaczył, że olbrzymi pielęgniarz unosi głowę i spogląda Peterowi w oczy.

– Panie Moses... – zaczął cicho Strażak. – ...Jeśli nie wrócimy za kilka minut...

Duży Czarny nie musiał odpowiadać. Opuścił tylko głowę na znak zgody. Mały Czarny nie protestował. Machnął ręką.

– Idźcie – powiedział. – Kiedy tylko zjawi się pomoc, ruszamy za wami.

Francis nie sądził, żeby którykolwiek z nich zauważył broń w ręku Petera. Odetchnął głęboko, starając się oczyścić serce i umysł ze wszystkiego oprócz myśli o znalezieniu anioła. Niepewnym krokiem ruszył w dół schodów.

Miał wrażenie, że pędy gorąca i ciemności próbują go pochwycić. Starał się poruszać bezszelestnie, ale niepewność jakby wzmagała hałasy, tak że za każdym razem, kiedy stawiał stopę na ziemi, zdawało mu się, że towarzyszy temu głęboki, niski grzmot. Peter szedł tuż za nim, popychając go lekko, jakby najważniejsza była szybkość. Może tak właśnie jest, pomyślał Francis. Może musimy dogonić anioła, zanim pochłonie go noc.

Przepastne, szerokie podziemia oświetlała zaledwie jedna żarówka. Droga przez piwnicę była istnym torem przeszkód, slalomem między kartonowymi pudłami i pustymi pojemnikami, dawno już zapomnianymi. Wszystko pokrywała gruba warstwa tłustej sadzy; Peter i Francis szli najszybciej, jak mogli między szkieletami łóżek i zatęchłymi, poplamionymi materacami. Brnęli przed siebie ścieżką przez gęstą dżunglę porzuconych przedmiotów. Wielki, czarny kocioł leżał bezużytecznie w kącie, a pojedynczy snop światła ukazywał niewyraźnie olbrzymi kanał grzewczy, przebijający ścianę i tworzący tunel, który szybko stawał się czarną dziurą.

– Tam – wskazał Francis.

Peter się zawahał.

– Skąd wiesz? – spytał. Wskazał ziejącą czerń tunelu. – Dokąd według ciebie nas to zaprowadzi?

Francis pomyślał, że odpowiedź na to pytanie jest o wiele bardziej skomplikowana niż to, o co chodziło Strażakowi.

– Wychodzi albo w innym budynku – odparł jednak – w Williams czy Harvardzie, albo prowadzi z powrotem do kotłowni. A on nie potrzebuje światła. Musi tylko iść przed siebie, bo zna drogę.

Peter kiwnął głową. Szybko analizował sytuację. Po pierwsze, nie było sposobu stwierdzić, czy anioł wie, że go ścigają, co mogło dawać im przewagę, ale wcale nie musiało. Po drugie, jakąkolwiek drogę anioł obierał podczas swoich poprzednich wypraw do Amherst, tej nocy zdecydował się pewnie na inną, bo nie był już dłużej bezpieczny w Szpitalu Western State. A więc musiał zniknąć.

Jak dokładnie, tego Peter nie wiedział.

Francis pomyślał o tym samym, ale rozumiał jeszcze jedno: nie wolno im nie doceniać wściekłości anioła.

Obaj parli naprzód, w ciemność.

Niełatwo było iść tunelem kanału grzewczego. Został zaprojektowany tylko do poprowadzenia w nim rur; na pewno nie jako podziemne przejście między budynkami. Ale nawet, jeśli nie takie było jego przeznaczenie, do tego posłużył. Francis na wpół przykucnięty, po omacku brnął przed siebie tunelem nadającym się raczej dla szczurów i innych gryzoni, które musiały uznać tę przestrzeń za przytulne domostwo. Korytarz był bardzo stary, zbudowany w innej epoce; zapomniany łuszczył się i rozsypywał, bo jego przydatność była kwestionowana przez wszystkich, oprócz mordercy.

Jak dwaj ślepcy drogę odnajdywali dotykiem, zatrzymując się co kilka kroków, żeby wytężyć słuch. W tunelu było bardzo gorąco i na ich czołach szybko zaperlił się pot. Obaj czuli, że są wytytłani w lepkim brudzie, ale dalej zagłębiali się w korytarz, przeciskając obok przeszkód i trzymając ostrożnie boków kanału grzewczego, starej rury, która kruszyła się przy każdym otarciu.

Francis oddychał krótkimi, urywanymi spazmami. Kurz i starość przesycały powietrze. Czuł w ustach smak pustki. Zastanawiał się, czy z każdym krokiem coraz bardziej się gubił, czy odnajdywał.

Peter szedł tuż za nim, przystając co jakiś czas, żeby wytężyć wzrok i słuch. Przeklinał w duchu ciemność, która spowalniała pościg. Ogarniało go przeczucie, że posuwają się o połowę wolniej, niż powinni. Szeptem poganiał Francisa. W ciemności tunelu wszelkie więzy łączące ich ze światem na górze zostały przecięte. Zostali sami, ścigając ofiarę, niewidzialną i bardzo niebezpieczną. Peter próbował zmusić swój umysł do logicznego myślenia, do dokładności osądu i rozwagi, do przewidywania. Bez skutku. Anioł z pewnością miał jakiś plan, schemat działania. Ale czy jego celem była ucieczka, czy tylko ukrycie się – tego Peter nie umiał odgadnąć. Wiedział tylko, że musi podążać przed siebie i poganiać Francisa, bo czuł okropną obawę, że żadna ścieżka w dżungli, którą szedł, ani żaden płonący budynek, do którego wbiegał, nie były tak niebezpieczne jak ten tunel. Sprawdził, czy pistolet jest odbezpieczony, i mocniej ścisnął kolbę w dłoni.

Potknął się i zaklął, potem zaklął jeszcze raz, kiedy odzyskał równowagę.

Francis również się potknął o jakiś przedmiot i sapnął, wyrzucając ręce do przodu, żeby się czegoś złapać. Pomyślał, że każdy jego krok jest niepewny jak pierwsze kroki dziecka. Ale kiedy podniósł wzrok, nagle zobaczył maleńkie, żółte światełko, oddalone pozornie o całe kilometry. Wiedział, że ciemność i odległość potrafią płatać figle, więc spróbował przyspieszyć kroku, chcąc wyjść już z ciemności tunelu, niezależnie od tego, co to światło oznaczało.

– Jak myślisz? – Usłyszał szept Petera.

– Elektrownia? – odparł cicho. – Inny budynek?

Żaden z nich nie miał pojęcia, dokąd dotarli. Nie wiedzieli nawet, czy szli z Amherst po linii prostej. Byli zdezorientowani, przerażeni, spięci. Peter ściskał broń, bo przynajmniej dla niego była w jakimś stopniu rzeczywista, pewna w niepewnym świecie. Francis nie mógł się odwoływać do niczego tak solidnego.

Szedł przodem w stronę światła. Z każdym ich krokiem rosło, nie w siłę, ale w średnicę, trochę jak niewyraźny świt wstający nad dalekimi wzgórzami, zmagający się z mgłą, chmurami i pozostałościami strasznej burzy. Francis pomyślał, że dążą do światła z taką samą determinacją jak ćma do migoczącego płomienia świecy. Zastanawiał się, czy nie zdziałają tyle samo.

– Idź dalej – poganiał Peter. Powiedział to przede wszystkim po to, żeby usłyszeć własny głos i upewnić się, że klaustrofobiczny, ciasny tunel grzewczy niedługo się skończy.

Francisowi słowa przyjaciela też dodały otuchy, chociaż dobiegły go z ciemności za plecami, bezcielesne, jakby wypowiedział je duch podążający jego śladem.

Obaj przedzierali się do przodu. Słabe żółte światło, które ich przyzywało, zaczęło w końcu nieco rozjaśniać drogę. Francis zawahał się. Dotknął czoła brudną ręką, jakby pomagał sobie zebrać myśli. Znów się potknął, kiedy bezkształtna bryła śmieci przylgnęła mu do nogi. Potem stanął, bo na samym skraju świadomości wyczuł coś straszliwie oczywistego i chciał to uchwycić. Peter lekko go popchnął. Zbliżyli się do otworu w ścianie, z którego wychodził kanał grzewczy. Kiedy wypadli na słabe światło, z radością witając możliwość widzenia, Francis uświadomił sobie, co takiego próbował zrozumieć.

Szli przez długi odcinek tunelu, ale ani razu nie poczuł nieprzyjemnego, lepkiego dotyku pajęczej sieci, rozciągniętej w poprzek ciemności. To mało prawdopodobne, pomyślał. W tunelu musiały mieszkać pająki.

Wtedy zrozumiał, co to oznaczało. Ktoś inny przebywał tę drogę, usuwając pajęczyny.

Uniósł głowę i postąpił do przodu. Stał na skraju następnego magazynu, przypominającego jaskinię. Tak samo jak w Amherst, pojedyncza żarówka, wetknięta w załom przy schodach po drugiej stronie pomieszczenia, zapewniała żałosną aurę światła. Dookoła też piętrzyły się stosy nieużywanych materiałów, porzuconego sprzętu. Przez chwilę Francis zastanawiał się, czy w ogóle dokądś doszli, czy raczej zatoczyli dziwaczne koło, bo wszystko wyglądało niemal identycznie. Odwrócił się i zajrzał w otaczające go cienie; odniósł niepokojące wrażenie, że wszystkie odpady przesunięto, tworząc ścieżkę prowadzącą w głąb pomieszczenia. Peter wyszedł z tunelu, przykucnięty w pozycji strzeleckiej, unosząc pistolet.

– Gdzie jesteśmy? – spytał Francis.

Peter nie zdążył jednak odpowiedzieć, bo w magazynie zapadła nagle całkowita ciemność.

Rozdział 34

Strażak sapnął i cofnął się o krok, jakby ktoś uderzył go w twarz. Jednocześnie wrzasnął na siebie w duchu, żeby teraz uważać, co było niełatwe w nagłej fali nocy, która ich ogarnęła. Obok siebie usłyszał Francisa. Chłopak krzyknął cicho ze strachu i skulił się.

– Mewa! Nie ruszaj się – rozkazał.

Francis bez trudu wykonał polecenie, bo zmroziła go nagła, totalna panika. Po wędrówce w mrokach tunelu poczuł chwilową ulgę na widok słabego światła, a wtedy w jednej chwili znów wszystko zniknęło – i to przeraziło go bardziej niż jakiekolwiek miejsce, w którym był przedtem. Czuł uderzenia serca, ale mówiły mu tylko tyle, że wciąż żyje, a zarazem wszystkie jego głosy wrzeszczały, że znalazł się na skraju śmierci.

– Cicho! – szepnął Peter i ruszył do przodu w smolistą czerń, odciągając kciukiem kurek pistoletu. Wyciągnął lewą rękę i dotknął Francisa w ramię, żeby zarejestrować jego położenie w piwnicy. Przygotowywana do strzału broń szczęknęła przerażająco w ciemności. Peter również znieruchomiał, starając się nie zdradzić żadnym dźwiękiem.

Francis słyszał w głowie krzyk: *Chowaj się! Chowaj się!* – ale wiedział, że nie ma się gdzie ukryć, nie w tej chwili. Przykucnął, mocno skulony; stopy przyrosły mu do betonowej podłogi, oddech wyrywał się płytkimi, nerwowymi sapnięciami i przy każdym z nich Francis zastanawiał się, czy to aby nie ostatnie. Był ledwie świadomy obecności Petera. Strażak, którego własne zdenerwowanie wzięło górę nad wyszkoleniem, zaryzykował jeszcze jeden krok do przodu. Jego stopa tupnęła cicho o beton. Peter wolno się obrócił, najpierw w prawo, potem w lewo, usiłując ustalić, z której strony nadejdzie atak.

Francis gorączkowo próbował ocenić, co się działo. Nie wątpił, że to anioł zgasił światło i czekał teraz gdzieś w czarnej dziurze, w której ich uwięził. Jedyna różnica polegała na tym, że anioł znał teren, podczas gdy Peter miał tylko sekundę czy dwie, żeby rozejrzeć się po pomieszczeniu, zanim zapadła ciemność. Francis zacisnął dłonie w pięści, potem, jak fala wodospadu, wszystkie jego mięśnie naprężyły się do granic wytrzymałości, wrzeszcząc, żeby się poruszył, ale on nie mógł. Tkwił w miejscu, jakby beton, na którym stali, był mokry, a potem zastygł wokół ich stóp.

– Cicho! – szepnął Peter. Wciąż obracał się na obie strony, z pistoletem w wyciągniętej ręce, gotów do strzału.

Francis czuł, że z każdą sekundą zmniejsza się dystans dzielący go od śmierci. Miał wrażenie; że został zatrzaśnięty w trumnie, a jedynym dźwiękiem, jaki słyszał, był hurgot brył ziemi rzucanych na wieko. Chciał płakać, skomleć, skulić się i zwinąć w kłębek jak dziecko. Krzyczące w nim głosy rozpaczliwie wołały, żeby uciekał, poszukał kryjówki. Ale Francis wiedział, że nie znajdzie bezpieczeństwa nigdzie poza miejscem, w którym stał, więc starał się wstrzymywać oddech i nasłuchiwać.

Z prawej dobiegło go szuranie. Odwrócił się w tamtą stronę. To mógł być szczur. Albo anioł. Niepewność czaiła się wszędzie.

Ciemność wszystko wyrównywała. Gołe ręce, nóż, pistolet. Jeśli przewaga początkowo leżała po stronie Petera, uzbrojonego w pistolet Lucy, teraz przechyliła się na stronę mężczyzny, bezgłośnie czyhającego w piwnicznym pomieszczeniu. Francis myślał gorączkowo, starając się przepchnąć rozsądek poza rafę paniki. Tak dużą część życia spędziłem w ciemności, pomyślał, powinienem być bezpieczny.

Wiedział, że to samo może okazać się prawdą w przypadku anioła.

A potem zadał samemu sobie pytanie: Co widziałeś, zanim zapadła ciemność?

W wyobraźni odtworzył tych kilka sekund widzenia. I zrozumiał jedno. Anioł wyczuł pościg albo usłyszał dwóch goniących go mężczyzn. Postanowił nie uciekać, ale zatrzymać się i zaczekać w ukryciu. Zostawił światło zapalone na tyle długo, żeby się upewnić, kto go ściga, a potem sprowadził ciemność. Francis wytężył pamięć, żeby wyobrazić sobie pomieszczenie. Anioł miał nadejść drogą, którą przemierzał już wcześniej, przy niejednej okazji. Nie potrzebowałby światła, by zadać śmierć. Francis stworzył obraz pomieszczenia w swojej głowie. Próbował przypomnieć sobie dokładnie, gdzie stoi. Wyciągnął szyję, nasłuchując, pewien, że jego własny oddech brzmi jak uderzenia w bęben: był tak głośny, że groził zagłuszeniem wszelkich innych dźwięków.

Peter też zdawał sobie sprawę, że są atakowani. Wszystkie włókna jego ciała krzyczały, żeby zaszarżować, ruszyć się, przygotować, wykorzystać pęd. Ale nie był w stanie tego zrobić. Przez chwilę myślał, że gęsty mrok jest jednakową przeszkodą dla wszystkich, ale potem zrozumiał, że to nieprawda. Ciemność tylko zwiększała jego bezradność.

On też wiedział, że anioł ma nóż. A więc chodziło wyłącznie o zmniejszenie dystansu między nimi. W tej sytuacji pistolet okazywał się o wiele mniej przydatny.

Obrócił się w prawo i w lewo. Nadchodząca panika w połączeniu z napięciem oślepiały go równie skutecznie jak smolista czerń. Rozsądni ludzie w rozsądnych okolicznościach dostrzegają rozsądne rozwiązania problemów. Ale w tej sytuacji nie było nic rozsądnego. Nie mogli się wycofać ani szarżować naprzód. Nie mogli się ruszyć ani pozostać przyrośnięci do swoich miejsc. Tkwili w ciemności jak w skrzyni.

Wcześniej Francisowi wydawało się, że mrok wzmacnia dźwięki, ale potem uświadomił sobie nagle, że krył je i zniekształcał. Można widzieć, tylko słysząc, pomyślał i zamknął oczy. Uniósł głowę, lekko ją obracając. Skupił się z całych sił, chcąc sięgnąć słuchem za nieruchomego Strażaka i wyczuć, gdzie jest anioł.

Na prawo, kilka kroków od nich, rozległo się głuche łupnięcie.

Obaj odwrócili się w tamtą stronę. Peter podniósł broń; napięcie całego ciała znalazło ujście w palcu na spuście. Strażak wystrzelił raz w kierunku hałasu.

Huk był ogłuszający. Rozbłysk ognia wylotowego poraził jak elektrowstrząs. Kula z wizgiem pomknęła w mrok i odbiła się od ściany.

Francis poczuł zapach prochu, roznoszący się z echem wystrzału. Słyszał ciężki, chrapliwy oddech Petera; Strażak cicho zaklął. Wtedy chłopakowi przyszła do głowy straszna myśl: Peter właśnie zdradził ich położenie.

Ale zanim zdążył cokolwiek powiedzieć albo rozejrzeć się w ciemności, usłyszał cichy, dziwny dźwięk tuż obok siebie, niemal u swoich stóp. Zaraz potem przeleciała obok niego jakaś żelazna postać. Z pędem wyrżnęła w Petera. Odepchnięty Francis runął ciężko w tył, potknął się o coś, stracił równowagę i stoczył na podłogę, uderzając o coś głową. Na chwilę stracił świadomość.

Walczył, odpierając falę bólu przyprawiającego o zawroty głowy – potem dotarło do niego, że parę kroków dalej, ale poza zasięgiem jego wzroku, Peter i anioł tarzali się, nagle spleceni, w kurzu i brudzie dziesięcioleci, wśród śmieci i odpadków zaściełających piwnicę. Francis wyciągnął rękę, ale tamci dwaj odtoczyli się od niego i przez jedną, przerażającą chwilę był zupełnie sam, nie licząc zwierzęcych odgłosów rozpaczliwej bitwy rozgrywającej się gdzieś w pobliżu, a może wiele kilometrów dalej.

W Amherst pan Evans, wściekły, próbował zorganizować pacjentów i zapędzić ich z powrotem do sali sypialnej, ale Napoleon, podniecony wszystkim, co się stało, robił trudności. Uparcie twierdził, że dostali rozkazy od Mewy i Strażaka i dopóki panna Jones nie zostanie bezpiecznie odwieziona karetką, a Peter i Francis nie wrócą, nikt się nigdzie nie ruszy. Ta brawurowa deklaracja małego człowieczka nie była do końca prawdą, ponieważ kiedy stał razem z Gazeciarzem na środku korytarza, twarzą w twarz z panem Złym, wielu pacjentów za nimi zaczęło się rozchodzić po korytarzu. Na drugim końcu holu kobiety chóralnie wykrzykiwały swoje obawy: mordują! Pali się! Gwałcą! Na pomoc! Zamknięte w dormitorium, nie miały pojęcia, co się naprawdę dzieje. Przez jazgot, jaki robiły, trudno się było skupić.

Doktor Gulptilil kręcił się nad Lucy i dwoma sanitariuszami uwijającymi się przy niej gorączkowo. Jednemu udało się wreszcie zatamować krwawienie z nogi, drugi w tym czasie podłączył kroplówkę z plazmą. Lucy była blada, na granicy utraty przytomności. Próbowała coś mówić, ale w końcu poddała się; odpływała i wracała, ledwie świadoma, że ktoś próbuje jej pomóc. Z pomocą Dużego Czarnego dwaj sanitariusze położyli ranną na noszach. Dwóch ochroniarzy w szarych uniformach stało z boku, czekając na instrukcje.

Kiedy wywieziono Lucy, Piguła odwrócił się do braci Moses. W pierwszym odruchu zamierzał głośno zażądać wyjaśnień, potem jednak postanowił się nie spieszyć.

– Gdzie? – spytał tylko.

Duży Czarny wystąpił do przodu. Na białej bluzie miał smugi krwi Lucy. Mały Czarny był podobnie naznaczony.

– W piwnicy – powiedział Duży. – Mewa i Strażak poszli za nim.

Gulptilil pokręcił głową.

– Rany boskie – mruknął pod nosem. Pomyślał jednak, że sytuacja wymaga raczej dosadnych przekleństw. – Pokażcie mi – rozkazał.

Bracia Moses zaprowadzili sceptycznie nastawionego dyrektora do drzwi piwnicy.

– Weszli do tunelu? – spytał Gulptilil, chociaż już znał odpowiedź. – Wiemy, dokąd prowadzi?

Mały Czarny pokręcił głową.

Doktor Gulptilil nie zamierzał ścigać nikogo przez egipskie ciemności tunelu grzewczego. Wziął głęboki oddech. Miał powody sądzić, że Lucy Jones przeżyje mimo okrucieństwa, z jakim ją potraktowano, chyba że utrata krwi i szok zmówią się, by skraść jej życie. To możliwe, pomyślał z zawodowym dystansem. Teraz nie obchodził go los nadgorliwej pani prokurator. Było jednak aż nadto oczywiste, że tej nocy umrze ktoś jeszcze; dyrektor starał się przewidzieć kłopoty, jakie może to ściągnąć na jego głowę.

– Cóż – westchnął. – Załóżmy, że prowadzi albo do Williams, bo to najbliższy budynek, albo z powrotem do ciepłowni, więc tam powinniśmy zajrzeć.

Oczywiście nie powiedział głośno, że taki plan ma sens, jeśli Francis i Peter wyjdą z tunelu o własnych siłach, a on nie był co do tego przekonany.

Peter z całych sił walczył w ciemności.

Wiedział, że jest poważnie ranny, ale nie potrafił ogarnąć, jak bardzo jest źle. To było tak, jakby toczył bitwę etapami i próbował się skupiać na każdym z osobna, żeby sprawdzić, czy zdoła przeprowadzić sensowną obronę na wszystkich frontach. Czuł krew na ramieniu i przygniatający ciężar anioła. Pistolet, który przedtem tak mocno ściskał, zniknął, bez trudu wytrącony siłą ataku. Teraz jedyną bronią Petera pozostało samo pragnienie przeżycia.

Uderzył mocno pięścią. Trafił. Anioł stęknął. Strażak wymierzył kolejny cios, tym razem jednak nóż ciął go głęboko w ramię, rozrywając skórę. Peter wrzasnął i z całych sił kopnął obiema nogami. Walczył z cieniem, z samą ideą śmierci, w takim samym stopniu jak z mordercą, który go przygniatał.

Spleceni ze sobą, ślepi i zagubieni, obaj próbowali zabić przeciwnika. Walka była nierówna, bo raz za razem aniołowi udawało się zatopić nóż w ciele Petera; Strażakowi przemknęło przez głowę, że zostanie wolno pokrojony na plasterki. Uniósł ramiona, odpierając cios za ciosem, kopiąc i próbując znaleźć jakiś wrażliwy punkt w całkowitej ciemności.

Czuł oddech anioła, jego siłę. Pomyślał, że nie sprosta śmiertelnie groźnemu połączeniu noża i obsesji. Mimo to walczył, drapiąc i szarpiąc. Miał nadzieję trafić napastnika w oczy, a może w krocze – w cokolwiek, co dałoby mu chwilę wytchnienia od spadającego raz za razem noża. Pchnął lewą rękę w górę; otarła się o podbródek anioła. Już po chwili Peter celnie sięgnął wrogowi do gardła. Zacisnął dłoń na krtani przeciwnika. Ale w tym samym momencie poczuł, że nóż zagłębia się w jego boku, rozdziera ciało i mięśnie, szukając żołądka, serca... Ból zamglił Peterowi oczy; Strażak na poły sapnął, na poły zaszlochał na myśl, że umrze, tu i teraz, w ciemności. Nóż parł na spotkanie śmierci. Peter złapał rękę anioła, próbując spowolnić ten niepowstrzymany, zdawałoby się, marsz.

Wtedy, niespodziewanie jak wybuch, uderzyła w nich obu jakaś potężna siła.

Anioł jęknął, odepchnięty w bok; jego uchwyt nagle zelżał, a on sam plunął wściekłością.

Peter nie wiedział, jakim cudem Francisowi udało się zaatakować anioła od tyłu, ale chłopak to zrobił; teraz siedział mordercy na plecach, szaleńczo próbując zacisnąć mu ręce na gardle.

Francis wydawał jakiś wojenny okrzyk, piskliwy, przerażający, zawierający w sobie skumulowany strach i wszystkie wątpliwości. Przez całe życie nigdy nie stawiał oporu, nie walczył o nic ważnego, nie zaryzykował, nigdy nie rozumiał, że dana chwila może być jego najlepszą albo ostatnią – aż do teraz. Rzucił więc do boju każdy gram nadziei, okładając anioła pięściami. Wykorzystał całe swoje szaleństwo, by wspomóc mięśnie, strachem dodawał sobie sił. Ściskał anioła z zaciekłością zrodzoną z desperacji, nie chcąc pozwolić, by koszmar albo morderca zabrał mu jedynego przyjaciela.

Anioł wił się i trząsł, straszliwie walcząc. Był uwięziony między dwoma mężczyznami, jednym zranionym, drugim oszalałym z przerażenia i gniewu. Zawahał się, nie wiedząc, z którym ma walczyć; czy zakończyć pierwszą bitwę, a potem dopiero zwrócić się ku drugiej. Ale to wydawało się coraz bardziej niemożliwe pod gradem ciosów zadawanych przez Francisa. Potem został unieruchomiony, kiedy chłopakowi udało się wykręcić mu rękę. Nagła zmiana zmniejszyła nacisk, jaki anioł wywierał na tkwiący w boku Petera nóż. W nagłym przypływie siły, wydobytej z głębokich, wewnętrznych rezerw, Strażak zatrzymał ostrze, przedzierające się ku jego śmierci.

Francis nie wiedział, jak długo zdoła utrzymać przewagę. Anioł był od niego silniejszy na wiele sposobów i jeśli Francis miał coś zdziałać, musiał tego dokonać na samym początku, zanim morderca skupiłby na nim całą swoją uwagę. Ciągnął najmocniej, jak mógł, całą energię kierując w pragnienie uwolnienia Petera spod anioła. I ku własnemu zaskoczeniu udało mu się to, przynajmniej częściowo. Anioł wykręcił się w tył, potem runął na plecy, przygniatając sobą Francisa. Chłopak oplótł go nogami i zawisł tak na nim ze śmiertelną determinacją, jak ichneumon walczący z kobrą. Anioł próbował go z siebie strząsnąć.

W tej chwili zamętu Peter ścisnął rękojeść noża i z wrzaskiem czerwonego bólu wyszarpnął go z ciała. Czuł, jak życie uchodzi z niego z każdym uderzeniem serca. Przywołując resztki sił pchnął nożem z nadzieją, że nie zabija Francisa. A kiedy czubek ostrza napotkał ciało, Peter naparł na trzonek całym ciężarem, licząc na łut szczęścia.

Anioł, trzymany kurczowo przez Francisa, nagle wrzasnął. To był piskliwy, nieludzki jazgot, jakby całe zło, które morderca wyrządził innym, złączyło się i wystrzeliło, potem odbiło się od ścian, rozświetlając ciemność śmiercią, cierpieniem i rozpaczą. Zdradziła go własna broń. Peter nieustępliwie wbijał nóż w pierś anioła, aż znalazł serce.

Peter postanowił wykorzystać na ten ostatni atak całą furię i energię; nieustępliwie napierał na nóż, aż usłyszał, że w oddechu anioła grzechocze śmierć.

Potem padł bez sił. Pomyślał o dziesięciu, może stu pytaniach, które chciał zadać, ale nie mógł. Zamknął oczy, czekając na własny koniec.

Francis poczuł, że anioł sztywnieje, umiera w jego uścisku. Znieruchomiał, trzymając trupa przez bardzo długi czas, jak mu się wydawało, choć w rzeczywistości trwało to zaledwie kilka sekund. Głosy, które słyszał od tak dawna, w tej chwili go opuściły. Zabrały ze sobą swoje obawy, rady, życzenia i rozkazy. Chłopak był świadom tylko tego, że wciąż jest ciemno i że jego jedyny przyjaciel nadal oddycha, choć płytko i chrapliwie, jakby zbliżał się do końca, o którym Francis nie chciał myśleć.

Dlatego ostrożnie wyplątał się z objęć anioła, szepnął do Petera: trzymaj się, chociaż nie sądził, że Strażak go słyszy, i złapał przyjaciela za ramiona. Pociągnął go za sobą i trochę jak dziecko wypuszczone z ramion matki wolno, niepewnie, zaczął pełznąć przez czarną jak noc piwnicę, szukając światła, polując na wyjście, mając nadzieję znaleźć pomoc.

Rozdział 35

Hałas w moim mieszkaniu osiągnął szczyt, same wspomnienia, sama furia. Czułem, że anioł mnie dusi, szarpie pazurami, że narastają lata gnijącej ciszy, a jego szał jest niewyczerpany, nieskończony. Skuliłem się pod ciosami. Spadały na moją głowę i barki, rozdzierały serce i każdą myśl. Krzyczałem, łkałem, łzy spływały mi po twarzy, ale nic, co wypowiadałem na głos, nie miało żadnego efektu ani sensu. Anioł był niepowstrzymany. Pomogłem go zabić tamtej nocy, a teraz on przybył dokonać zemsty i nic nie mogło go od niej odwieść. Pomyślałem, że jest w tym jakaś przewrotna prawidłowość. Wtedy cudem przeżyłem. Teraz anioł po prostu przyszedł po zwycięstwo, które należało mu się od początku. Zdałem sobie sprawę, że zawsze był przy mnie, i choćbym walczył zawzięcie, nigdy nie miałem szansy z ciemnością, którą przynosił ze sobą.

Wykręciłem się, ciskając przez pokój krzesłem w upiorną postać. Drewniana rama roztrzaskała się z hukiem, sypiąc drzazgami. Wykrzykiwałem swój sprzeciw, mierząc pozostałe mi siły. Miałem nadzieję, że przez kilka ostatnich chwil zdołam wypełnić wolną przestrzeń na samym dole ściany i dokończyć opowieść.

Popełzłem po zimnej podłodze tak samo jak zeszłej północy.

Za sobą słyszałem łomotanie do drzwi mojego mieszkania i powtarzane gniewne żądanie. Wołały mnie głosy, które brzmiały znajomo, ale dobiegały jakby z oddali, z przeciwnego brzegu otchłani nie do przebycia. Pomyślałem, że nie istnieją.

– Wynoście się! – krzyknąłem. – Zostawcie mnie w spokoju!

Nie wiedziałem, czy łomot był prawdziwy, czy tylko go sobie wymyśliłem. Wszystko wymieszało się w mojej wyobraźni, a przekleństwa i wrzaski anioła wypełniły mi uszy, wypierając wszelkie inne wołania, dochodzące gdzieś spoza kilku metrów kwadratowych mojego świata.

Ciągnąłem, na poły niosłem, na poły wlokłem Petera przez piwniczny magazyn, próbując uciec od trupa mordercy, leżącego w pustce za nami. Macałem drogę przed sobą, odpychając wszelkie napotykane przeszkody. Pełzłem naprzód, choć nie wiedziałem nawet, czy w dobrym kierunku. Czułem, że każdy przebyty metr zbliża Petera do ocalenia, ale także do śmierci, jakby to były dwie zbieżne linie na olbrzymim wykresie, a gdyby się wreszcie spotkały, ja przegrałbym walkę, a on by umarł. Nie miałem wiele nadziei, że którykolwiek z nas przeżyje, dlatego kiedy zobaczyłem, że przede mną otwierają się drzwi i wąski promień światła wpada niezapowiedzianie w otaczającą mnie ciemność, popłynąłem ku jasności.

Anioł wył mi nad głową. Sięgnąłem do ściany i pomyślałem, że nawet jeśli miałbym za kilka sekund umrzeć, muszę opowiedzieć, jak podniosłem wzrok i zobaczyłem charakterystyczną, olbrzymią sylwetkę Dużego Czarnego w wąskiej szczelinie światła, i usłyszałem muzykę jego głosu, kiedy zawołał:

– Francis? Mewa? Jesteście tam?

– Francis? – krzyknął Duży Czarny, stając w drzwiach prowadzących w dół, do piwnicy ciepłowni i tuneli grzewczych. Obok pojawił się jego brat, tuż za nim doktor Gulptilil. – Mewa? Jesteście tam?

Zanim zdążył wyciągnąć rękę i znaleźć włącznik lampy przy chybotliwych schodach, usłyszał słaby, ale znajomy głos, dobiegający z ciemności:

– Panie Moses, niech nam pan pomoże!

Żaden z braci nie wahał się ani chwili. Cienkie wołanie, które z trudem wydostało się z czarnej jamy, mówiło wszystko, co musieli wiedzieć. Obaj rzucili się pędem w tamtą stronę, a doktor Gulptilil, wciąż trzymający się ostrożnie z tyłu, włączył światło.

To, co zobaczył w słabej żółtej poświacie, od razu zmusiło go do działania. Przez śmieci i stare rupiecie, wymazany krwią i brudny, pełzł Francis. Wlókł ze sobą półprzytomnego Petera, który zaciskał ręką olbrzymią ranę w boku, zostawiającą na betonie czerwoną wstęgę. Doktor Gulptilil spojrzał dalej i wzdrygnął się na widok trzeciego pacjenta, dalej w głębi piwnicy, z oczami szeroko otwartymi w wyrazie zaskoczenia i śmierci, z wielkim, myśliwskim nożem utkwionym w piersi.

– O mój Boże – wymamrotał i pobiegł za Dużym i Małym Czarnym, którzy już próbowali udzielić pierwszej pomocy Peterowi i Francisowi.

– Nic mi nie jest, nic mi nie jest – powtarzał Francis bez przekonania, ale była to jedyna myśl, która przebijała się przez zalewające go fale wyczerpania i ulgi.

Duży Czarny ogarnął wszystko jednym spojrzeniem i chyba zrozumiał, co się tu wydarzyło. Pochylił się nad Peterem. Odchylił strzępy jego koszuli i odsłonił całą ranę. Mały Czarny przyskoczył do Francisa i szybko sprawdził, czy chłopak nie jest ranny, mimo jego protestów i kręcenia głową.

– Nie ruszaj się, Mewa – powiedział. – Muszę zobaczyć, czy jesteś cały. – Potem szepnął coś jeszcze, głową wskazując trupa anioła. – Dobrze się spisałeś, Mewa. – Zadowolony, że Francis nie odniósł poważnych ran, odwrócił się, by pomóc bratu.

– Jest źle? – spytał Piguła, nachylając się nad dwoma pielęgniarzami i patrząc na Petera.

– Bardzo źle – odparł Duży Czarny. – Musi natychmiast jechać do szpitala.

– Możemy go wnieść na górę? – spytał Gulptilil.

Duży Czarny nie odpowiedział, tylko wsunął potężne ramiona pod bezwładnego Petera i z chrząknięciem wysiłku podniósł go z zimnej podłogi, potem zaniósł po schodach do ciepłowni, jak pan młody przenoszący przez próg świeżo poślubioną żonę. Podszedł wolno do wejścia, ostrożnie przyklęknął i położył Petera.

– Musimy sprowadzić pomoc – zwrócił się do Gulptilila.

– Rozumiem – odparł dyrektor. Trzymał już w dłoni słuchawkę starego, czarnego telefonu i wybierał na tarczy numer. – Ochrona? – rzucił szybko, kiedy go połączyło. – Mówi doktor Gulptilil. Potrzebna mi karetka. Zgadza się, jeszcze jedna. Ma natychmiast podjechać pod ciepłownię. Tak, to sprawa życia i śmierci. Proszę wezwać w tej chwili. Albo jeszcze szybciej. – Odłożył słuchawkę.

Francis wyszedł z piwnicy za Dużym Czarnym i stał obok Małego, który mówił do Petera, zachęcając go bez przerwy, żeby się trzymał, że pomoc już jedzie. Przypominał mu, że nie może umrzeć tej nocy, nie po tym, co się stało i co zostało osiągnięte. Jego pewny, spokojny głos przywołał uśmiech na twarz Petera, któremu udało się pokonać ból i szok, i wrażenie, że życie wycieka mu przez rozdarte ciało. Nic jednak nie powiedział. Duży Czarny wziął jego głowę na kolana, potem zdjął swoją pielęgniarską bluzę, zwinął ją w kłąb i przycisnął do rany Petera.

– Pomoc jest w drodze – powiedział Gulptilil, nachylając się nad Strażakiem, ale ani on, ani pozostali nie wiedzieli, czy ranny go słyszał.

Doktor wziął głęboki oddech, rozejrzał się, potem zaczął gorączkowo rozmyślać, próbując ocenić zło, które stało się tej nocy. Wiedział, że nazwanie tego bałaganem to duże niedopowiedzenie. Widział tylko przyprawiający o zawrót głowy nawał raportów, dochodzeń, ostrych pytań, na które odpowiedzi mogły być bardzo trudne. A on musiał wszystkiemu sprostać. Działająca na własną rękę prokurator jechała właśnie do szpitala ze strasznymi ranami, których żaden lekarz z izby przyjęć na pewno nie mógł przemilczeć, a to oznaczało, że w ciągu kilku godzin do bram szpitala zapuka policja. Doktor patrzył na pacjenta, cieszącego się złą sławą i dużym zainteresowaniem wielu ludzi, jak wykrwawiał się na podłodze, kurczowo trzymając się życia zaledwie na kilka godzin przed tym, jak miał zostać w tajemnicy wysłany do innego stanu. Do tego dochodził trzeci pacjent, martwy, najwyraźniej zabity przez tego o złej sławie i jego towarzysza schizofrenika.

Doktor rozpoznał tego trzeciego. Wiedział, że w archiwach szpitala leży karta, w której on sam napisał jednoznacznie: poważne upośledzenie. Katatonia. Prognozy wstrzymane. Wymagana długoterminowa opieka.

Mężczyzna był kilka razy wypuszczany na weekend pod opieką swojej starej matki i ciotki.

Im dłużej doktor się nad tym zastanawiał, tym jaśniej uświadamiał sobie, że jego kariera zależy od decyzji, jakie podejmie w ciągu następnych kilku chwil. Po raz drugi tej nocy usłyszał w dali wycie syren. Zaczął myśleć jeszcze bardziej gorączkowo.

Odetchnął gwałtownie. Spojrzał na Petera.

– Przeżyje pan – zwrócił się do Strażaka. Powiedział to nie dlatego, że był o tym przekonany, ale dlatego że wiedział, jakie to ważne. Potem spojrzał na braci Moses. – Ta noc nie mogła się wydarzyć – oznajmił sztywno.

Obaj pielęgniarze popatrzyli szybko po sobie, potem pokiwali głowami.

– Ciężko będzie przekonać niektórych, że nic nie widzieli – stwierdził Mały Czarny.

– W takim razie musimy się postarać, żeby zobaczyli jak najmniej.

Mały Czarny głową wskazał piwnicę, gdzie leżał martwy anioł.

– Ten trup nam tego nie ułatwi. – Mówił cicho, jakby ostrożnie dobierał słowa, zdając sobie sprawę z powagi chwili. – Tamten człowiek był mordercą.

Doktor Gulptilil pokręcił głową. Kiedy się odezwał, mówił jak do uczniów podstawówki, podkreślając niektóre słowa.

– Brakuje na to dowodów. Wiemy na pewno tylko tyle, że próbował dzisiaj zaatakować pannę Jones. Tajemnicą pozostaje, z jakiego powodu. Nie ma to w każdym razie żadnego związku z tym, co robimy tu i teraz. Niestety, trudno ukryć, że pacjent ten był ścigany, a potem zamordowany przez tych dwóch. Oczywiście można ich usprawiedliwiać...

Zawahał się, jakby czekając, aż Mały Czarny za niego dokończy. Mniejszy z braci tego nie zrobił, więc doktor Gulptilil musiał sam kontynuować.

– ...A może nie. Tak czy inaczej, nastąpią aresztowania. Pojawią się nagłówki w gazetach. Może zostanie wszczęte oficjalne dochodzenie. Bardzo prawdopodobne jest zainteresowanie władz stanowych. Posypią się oskarżenia. Przez jakiś czas nic nie będzie takie, jak było... – Doktor Gulptilil przerwał, patrząc na wyrazy twarzy dwóch braci. – Być może również – dodał po cichu – ostatecznie zarzuty zostaną postawione nie tylko panu Petrelowi i Strażakowi. Są jeszcze inni ludzie, którzy przyczynili się do wydarzeń tej katastrofalnej nocy... – Znów zaczekał, uważnie mierząc wpływ, jaki jego słowa wywarły na dwóch pielęgniarzy.

– Nie zrobiliśmy nic złego – odezwał się Duży Czarny. – Francis i Peter też nie...

– Oczywiście – przerwał mu szybko Gulptilil, kręcąc głową. – Z moralnego punktu widzenia, z całą pewnością. Ale prawnego? Nie jestem pewien, jak śledczy mogą postrzegać te okropne wypadki.

Przez chwilę wszyscy milczeli.

– Musimy myśleć twórczo – oznajmił Gulptilil. – I tak szybko, jak to możliwe. Trzeba zminimalizować dramat tej nocy. – Wskazał w stronę piwnicy.

Mały Czarny zrozumiał sugestię tak samo jak jego brat. Bez słowa pojęli, czego się od nich oczekuje. Obaj kiwnęli głowami.

– Ale jeśli tamten nie zginął – powiedział Mały Czarny – wtedy nikt nie będzie się interesował Mewą i Strażakiem. Nami też, skoro o tym mowa.

– Zgadza się – odparł doktor Gulptilil sztywno. – Chyba rozumiemy się w pełni.

Mały Czarny przez moment intensywnie się nad czymś zastanawiał. Potem odwrócił się do brata i Francisa.

– Chodźcie. Mamy jeszcze robotę do zrobienia. – Poprowadził ich z powrotem do piwnicy, odwracając się raz do doktora Gulptilila, który nachylał się nad Strażakiem i bluzą Dużego Czarnego tamował pulsujący strumień krwi. – Powinien pan zadzwonić – zawołał.

Doktor kiwnął głową.

– Pospieszcie się – odparł. Potem na chwilę opuścił Petera i wrócił do biurka, gdzie podniósł słuchawkę i wykręcił numer. Po chwili wziął głęboki oddech. – Policja stanowa? Mówi doktor Gulptilil z Western State. Chciałbym zgłosić, że jeden z naszych niebezpieczniejszych pacjentów uciekł dzisiaj w nocy ze szpitala. Tak, chyba jest uzbrojony. Owszem, mogę podać wam nazwisko i rysopis...

Zerknął na Francisa i machnął ręką, jakby go poganiał. Na zewnątrz, w oddali, zbliżało się wycie syreny karetki, jadącej z ochroną.

Deszcz z pogardą pluł Francisowi w twarz. A może, pomyślał Francis, woda postanowiła zmyć ostatnich kilka godzin. Sam nie wiedział. Wściekły wiatr szarpał drzewem, które wyglądało, jakby wstrząsał nim widok procesji przechodzącej w środku nocy.

Duży Czarny szedł przodem, z trupem anioła przerzuconym przez szerokie ramię jak bezkształtny, ciemny worek marynarski. Tuż za nim maszerował przez noc Mały Czarny, niosąc dwa szpadle i oskard. Francis zamykał pochód, podbiegając, kiedy Mały Czarny go poganiał. Za sobą słyszeli, jak karetka zatrzymuje się pod ciepłownią. Na murach w dali widać było błyski czerwonego koguta. Czarny wóz ochrony również zahamował przed wejściem do budynku, a reflektory wykroiły szeroki łuk w ciemnościach nocy. Oni trzej jednak znajdowali się poza polem widzenia tamtych; szli w mroku, wykorzystując słabą poświatę księżyca do odnajdywania drogi w sam róg terenów szpitala.

– Cicho – powiedział Mały Czarny, chociaż było to niepotrzebne upomnienie.

Francis spojrzał w nocne niebo i pomyślał, że widzi grube smugi hebanu, jakby jakiś malarz uznał, że noc jest nie dość ciemna, i próbował dodać wstęgi jeszcze głębszej czerni.

Kiedy z powrotem opuścił wzrok, od razu spostrzegł, dokąd idą. Niedaleko znajdował się ogród, w którym razem z Kleo sadził kwiaty. Teraz znów był przy jej boku. Wszedł za braćmi Moses na mały cmentarz. Duży Czarny chrząknął i rzucił zwłoki anioła na ziemię. Trup upadł z głuchym łomotem.

Francisowi, o dziwo, nie zrobiło się niedobrze. Spojrzał na zabitego i pomyślał, że mógłby go minąć na korytarzu, stołówce, ścieżce albo w świetlicy sto razy, kiedy tamten żył, i nie zorientować się aż do dziś, kto to naprawdę jest. Potem pokręcił głową, przecząc samemu sobie. Nieprawda – gdyby chociaż raz spojrzał aniołowi prosto w oczy, na pewno zobaczyłby w nich to, co wszyscy dostrzegli tej nocy.

Duży Czarny wziął szpadel i podszedł do małego kopczyka świeżo wykopanej ziemi, oznaczającej miejsce, gdzie poprzedniego dnia złożono Kleo na wieczny spoczynek. Francis wziął oskard, bez słowa uniósł go nad głowę i wbił w wilgotną ziemię. Był trochę zaskoczony tym, jak łatwo byli w stanie usuwać ją z grobu królowej samobójczyni. Zupełnie tak, pomyślał, jakby Kleo spodziewała się ich wizyty tej nocy.

Z tyłu, poza zasięgiem ich wzroku, sanitariusze po raz drugi w ciągu kilku godzin walczyli zawzięcie o czyjeś życie. Nie minęło wiele czasu, zanim wszyscy trzej usłyszeli naglące wycie ambulansu, który popędził przez teren szpitala prosto na najbliższy ostry dyżur, dokładnie tak samo jak wcześniej, z tą samą dziką szybkością, tą samą wyboistą drogą.

Kiedy syrena ucichła, ciszę zakłócały już tylko stłumione odgłosy szpadli i oskard. Deszcz wciąż padał, przemoczył ich doszczętnie, ale Francis nie był świadom jakiejkolwiek niewygody czy zimna. Czuł, że na dłoni rośnie mu pęcherz, ale dalej zawzięcie machał oskardem, raz za razem. Zostawił daleko za sobą wyczerpanie i teraz zdawał sobie sprawę jedynie z tego, co próbował tej nocy zrobić, i że wszystko zostanie pogrzebane pod ziemią.

Nie wiedział, czy wykopanie blisko dwumetrowego dołu trwało godzinę, czy dłużej. W końcu ich oczom ukazała się matowa stal taniej trumny z ciałem Kleo. Przez chwilę krople deszczu wybijały na wieku capstrzyk jak na werblu; Francis miał nadzieję, że hałas nie zakłócił snu potężnej kobiecie.

Potem pokręcił głową i pomyślał: spodobałoby się jej to. Każda królowa powinna mieć sługę w zaświatach.

Duży Czarny bez słowa rzucił na ziemię szpadel. Spojrzał na brata. Mały Czarny pomógł mu podnieść trupa anioła za ręce i nogi. Potykając się trochę i ślizgając w błocie, pielęgniarze podeszli na skraj grobu, a potem zepchnęli anioła na wieko trumny, gdzie spadł ze stłumionym łomotem. Duży Czarny spojrzał na Francisa, który stał na krawędzi wykopu, nie wiedząc, co robić.

– Nie ma co się modlić za tego człowieka – powiedział pielęgniarz. – Żadna modlitwa nie pomoże mu tam, dokąd się wybiera.

Francis pomyślał, że to prawda.

Potem, bez wahania, wszyscy trzej zaczęli pospiesznie zasypywać grób. W dali, nad horyzontem, pojawiły się pierwsze, niepewne zwiastuny świtu.

I to był koniec.

Zwinąłem się w kłębek u podstawy ściany.

Drżałem, próbując odciąć się od ryczącego wokoło chaosu. Z wielokilometrowej oddali dobiegały mnie krzyki i głośne łomotanie, jakby każda chwila strachu, wątpliwości i wyrzutów sumienia, które ukrywałem przez te wszystkie lata, dobijały się do moich drzwi, grożąc, że je wyważą i wpadną do środka. Wiedziałem, że jestem winien aniołowi śmierć, a on był przy mnie, by ją przyjąć. Opowieść została spisana i nie sądziłem, że mam jeszcze prawo żyć. Zamknąłem oczy i słysząc otaczające mnie donośne głosy i ponaglające krzyki, czekałem, aż anioł dokona na mnie swojej zemsty. W każdej chwili spodziewałem się poczuć lodowaty dotyk. Skurczyłem się w najmniejszą i najmniej znaczącą postać, w jaką zdołałem. Usłyszałem zbliżający się do mnie tupot biegnących stóp. Spokojnie, ze smutkiem, czekałem na śmierć.

Część 3

BIAŁY, MATOWY, GŁADKI LATEKS

Rozdział 36

D zień dobry, Francis.
Zmrużyłem oczy na dźwięk znajomego głosu.

– Cześć, Peter – odparłem. – Gdzie ja jestem?

– Z powrotem w szpitalu. – Peter wyszczerzył się w uśmiechu, ze swoim dawnym, beztroskim błyskiem w oku. Musiałem zrobić spłoszoną minę, bo podniósł rękę. – Nie w naszym szpitalu, oczywiście. Tamten zniknął na zawsze. W nowym. O wiele przyjemniejszym niż stary Western State. Rozejrzyj się, Mewa.

Powoli obróciłem głowę najpierw w prawo, potem w lewo. Leżałem na solidnym łóżku, na skórze czułem dotyk czystej pościeli. Z kroplówki jakaś ciecz kapała do igły wkłutej w moje ramię; byłem ubrany w zieloną, szpitalną piżamę. Na ścianie naprzeciwko wisiał duży, kolorowy obraz białej żaglówki, pchanej wiatrem przez skrzące się wody zatoki w piękny, letni dzień. Obok, na wysięgniku stał wyłączony telewizor. Odkryłem, że mój pokój ma małe okno, za którym zobaczyłem matowobłękitne niebo z kilkoma strzępkami chmur. Jak na obrazie.

– Widzisz? – Peter machnął lekko ręką. – Niczego sobie.

– Tak – przyznałem. – Całkiem nieźle.

Strażak siedział na krawędzi łóżka, przy moich stopach. Ogarnąłem go spojrzeniem. Wyglądał inaczej, niż kiedy ostatni raz widziałem go w moim mieszkaniu – wtedy ciało odpadało od kości, krew spływała po twarzy, a brud szpecił uśmiech. Teraz Peter miał na sobie niebieski kombinezon, który przypomniał mi o dniu naszego pierwszego spotkania pod gabinetem

Gulptilila, i tę samą czerwoną czapkę Red Soksów, zsuniętą na tył głowy.

– Czy ja umarłem? – spytałem.

Pokręcił głową, a po jego twarzy przemknął uśmiech.

– Nie – powiedział. – Ty nie. Ja umarłem.

Poczułem wzbierającą w piersi falę żalu, dławiącą w gardle słowa.

– Wiem – wyszeptałem w końcu. – Pamiętam.

Peter znów się wyszczerzył.

– Ale wcale nie przez anioła. Czy ja w ogóle miałem okazję ci podziękować, Mewa? Zabiłby mnie tam na pewno, gdyby nie ty. Umarłbym, gdybyś nie przeciągnął mnie przez tę piwnicę i nie sprowadził na pomoc braci Moses. Bardzo mi pomogłeś, Francis, i byłem ci wdzięczny, nawet jeśli nie miałem okazji ci tego powiedzieć. – Peter westchnął, a między jego słowa wkradł się smutek. – Powinniśmy cię słuchać od samego początku, ale tego nie zrobiliśmy i bardzo dużo nas to kosztowało. Ty wiedziałeś, gdzie i czego szukać. Ale my nie zwracaliśmy na ciebie uwagi. – Wzruszył ramionami.

– Bolało? – spytałem.

– Co? Niesłuchanie cię?

– Nie. – Machnąłem ręką. – No, wiesz...

Peter się zaśmiał.

– Umieranie? Myślałem, że będzie bolało, ale prawdę mówiąc, nie bolało wcale. A przynajmniej nie za bardzo.

– Widziałem twoje zdjęcie w gazecie, kilka lat temu, kiedy to się stało. Od razu cię poznałem, chociaż wypisali inne nazwisko. Mieszkałeś w Montanie, prawda?

– Tak. Nowe nazwisko. Nowe życie. Ale te same, stare problemy.

– Co się stało?

– Głupia sprawa, naprawdę. Pożar nie był nawet duży, my mieliśmy tylko kilka brygad, pracowaliśmy prawie na chybił trafił. Wszyscy myśleliśmy, że mamy już ogień pod kontrolą. Cały ranek kopaliśmy rowy przeciwpożarowe i chyba brakowało dosłownie kilku minut, żeby ogłosić, że pożar jest opanowany, i odwołać posiłki. Wtedy zmienił się wiatr. Rozdmuchał żar. Kazałem ludziom uciekać do przełęczy, słyszeliśmy ogień tuż za sobą. Taki pożar ryczy jak olbrzymi pociąg. Wszystkim się udało, oprócz mnie. Jeden z chłopaków upadł, a ja po niego wróciłem. Mieliśmy tylko jedną osłonę przeciwogniową na dwóch, więc kazałem mu wpełznąć pod nią, tam, gdzie miał szansę przeżyć, a sam spróbowałem uciec, chociaż wiedziałem, że nie dam rady. Dopadło mnie parę kroków od przełęczy. Miałem chyba pecha, ale z drugiej strony jest w tym jakaś dziwna prawidłowość, Mewa. Przynajmniej gazety obwołały mnie bohaterem, chociaż ja wcale nie czułem się bohatersko. Po prostu stało się to, czego się spodziewałem, i na co prawdopodobnie zasługiwałem. Wszystko się w końcu wyrównało.

– Mogłeś się uratować – powiedziałem.

Wzruszył ramionami.

– Ratowałem się w innych sytuacjach. I byłem ratowany, zwłaszcza przez ciebie. A gdybyś ty mnie nie ocalił, ja nie ocaliłbym kolegi strażaka, więc mniej więcej wszystko wyszło na plus.

– Ale ja za tobą tęsknię – wymamrotałem.

Peter się uśmiechnął.

– Oczywiście. Ale już mnie nie potrzebujesz. Właściwie, Francis, nigdy mnie nie potrzebowałeś. Nawet pierwszego dnia, kiedy się poznaliśmy, ale wtedy tego nie widziałeś. Teraz może zobaczysz.

Nie byłem co do tego przekonany, ale nic nie powiedziałem, dopóki nie przypomniałem sobie, dlaczego trafiłem do szpitala.

– A co z aniołem? On wróci.

Peter pokręcił głową i zniżył głos, jakby chciał dodać wagi swoim słowom.

– Nie, Mewa. Pokonałeś go; wtedy i teraz. Odszedł na dobre. Nie będzie dokuczał tobie ani nikomu innemu, nie licząc złych wspomnień. To oczywiście niezbyt doskonałe i uczciwe rozwiązanie. Ale tak to już jest z takimi sprawami. Zostawiają na nas swój ślad, a my żyjemy dalej. Ale będziesz wolny. Obiecuję.

Nie wiedziałem, czy mu wierzę.

– Znów zostanę sam – poskarżyłem się.

Peter roześmiał się, głośnym, niepowstrzymanym śmiechem.

– Mewa, Mewa, Mewa – powiedział, z każdym słowem kręcąc głową. – Nigdy nie byłeś sam.

Wyciągnąłem rękę, żeby go dotknąć, jakbym chciał sprawdzić, czy mówił prawdę, ale Peter Strażak zbladł i znikł ze skraju szpitalnego łóżka, a ja powoli osunąłem się z powrotem w pozbawiony marzeń, mocny sen.

Szybko odkryłem, że żadna z pielęgniarek w szpitalu nie miała ksywki. Wszystkie były uprzejme, sprawne, rzeczowe. Sprawdzały kroplówkę, a kiedy ją odłączono, kontrolowały podawanie leków. Każdą dawkę zaznaczały na karcie wiszącej na ścianie przy drzwiach. Miałem wrażenie, że w tym szpitalu nikt nie chowa pastylek pod policzek, więc posłusznie łykałem wszystko, co mi dawały. Co jakiś czas rozmawiały ze mną o tym i owym, o pogodzie za oknem albo jak mi się w nocy spało. Każde ich pytanie wydawało się częścią większego planu, którego celem było przywrócenie mnie do stanu używalności. Na przykład nigdy nie pytały mnie, czy wolę galaretkę zieloną, czy czerwoną albo czy chciałbym dostać przed snem trochę krakersów i soku, albo czy wolę ten program telewizyjny, czy inny. Chciały wiedzieć konkretnie, czy zaschło mi w gardle, czy mam mdłości albo biegunkę, albo czy drżą mi dłonie, a zwłaszcza, czy słyszałem albo widziałem coś, czego tak naprawdę mogło nie być.

Nie opowiedziałem im o wizycie Petera. Raczej nie chciałyby tego usłyszeć, a on więcej nie wrócił.

Raz dziennie przychodził do mnie oddziałowy psychiatra i dyskutowaliśmy o zwyczajnych rzeczach. Ale to nie były prawdziwe rozmowy, jakie mogliby ze sobą prowadzić przyjaciele albo nawet dwaj nieznajomi, którzy spotykają się po raz pierwszy, z uprzejmościami i pozdrowieniami. Tu chodziło o coś zupełnie innego – byłem oceniany i osądzany. Doktor zachowywał się jak krawiec, który ma mi uszyć nowe ubranie, zanim ruszę w szeroki świat.

Któregoś dnia przyszedł pan Klein, mój opiekun. Powiedział, że miałem wielkie szczęście.

Innego dnia przyjechały siostry. Powiedziały, że miałem wielkie szczęście.

Trochę też popłakały. Wspomniały, że rodzice chcieli mnie odwiedzić, ale byli za starzy i zbyt niedołężni. Udawałem, że w to wierzę. Przekonywałem, że naprawdę nic się nie stało i nie mam do rodziców żalu, co trochę je rozweseliło.

Któregoś ranka, kiedy przełknąłem dzienną dawkę pigułek, pielęgniarka spojrzała na mnie, uśmiechnęła się i zasugerowała, że powinienem się ostrzyc. Potem zakomunikowała, że wracam do domu.

– Panie Petrel, dzisiaj jest dla pana ważny dzień – oznajmiła. – Będzie pan wypisany.

– To dobrze – odparłem.

– Ale jeszcze przyszli do pana goście.

– Moje siostry?

Pielęgniarka nachyliła się tak blisko, że poczułem oszałamiający zapach świeżości jej wykrochmalonego mundurka i wymytych włosów.

– Nie – wyszeptała. – Ważni goście. Nie ma pan pojęcia, panie Petrel, ilu ludzi na tym piętrze zastanawiało się, kim pan jest. Pozostaje pan największą tajemnicą szpitala. Z samej góry przyszły polecenia, żeby dostał pan najbardziej komfortową salę. Najlepszą opiekę. Wszystkim zajęły się jakieś tajemnicze osoby, których nikt nie zna. A teraz przyjechały VIP-y długą, czarną limuzyną, żeby zabrać pana do domu. Musi pan być ważną osobistością, panie Petrel. Pewnie jest pan sławny. A przynajmniej tak tu wszyscy myślą.

– Nie – powiedziałem. – Nie jestem nikim wyjątkowym.

Zaśmiała się i pokręciła głową.

– Co za skromność.

Do sali zajrzał psychiatra.

– A, pan Petrel. Ma pan gości – zaanonsował.

Spojrzałem na drzwi, a zza nich dobiegł mnie znajomy głos.

– Mewa? Co ty tam robisz?

Potem drugi:

– Mewa, znowu prosisz się o kłopoty?

Psychiatra odsunął się na bok. Do sali weszli Duży i Mały Czarny.

Duży Czarny wydawał się jeszcze większy. Ogromne brzuszysko niczym ocean przelewało się w beczkowatą pierś, a grube ramiona i nogi przypominały stalowe walce. Miał na sobie trzyczęściowy garnitur w prążki, pewnie bardzo drogi. Jego brat był tak samo odstawiony; w skórzanych butach odbijało się światło lamp. Obaj trochę posiwieli, a Mały Czarny na czubku nosa nosił okulary w złotych oprawkach, co nadawało mu wygląd wykładowcy akademickiego. Robili wrażenie, jakby odstawili na bok swoją młodość i zastąpili ją autorytetem i wpływami.

– Dzień dobry, panie Moses i panie Moses – powiedziałem.

Bracia podeszli od razu do łóżka. Duży Czarny poklepał mnie wielką dłonią po ramieniu.

– Lepiej się czujesz, Mewa? – spytał.

Wzruszyłem ramionami. Potem uświadomiłem sobie, że nie mogło to zrobić najlepszego wrażenia, więc dodałem:

– No, nie przepadam za lekami, ale na pewno mi pomogły.

– Martwiliśmy się o ciebie – powiedział Mały Czarny. – Wystraszyłeś nas jak cholera.

– Kiedy cię znaleźliśmy, nie wiedzieliśmy, czy z tego wyjdziesz – wyjaśnił cicho Duży Czarny. – Nieźle ci odbiło, stary. Mówiłeś do ludzi, których nie było, rzucałeś różnymi rzeczami, szarpałeś się, krzyczałeś. Zupełnie się rozsypałeś.

– Miałem ciężkie dni.

Mały Czarny pokiwał głową.

– Wszystkim nam nie było lekko. Bardzo nas wystraszyłeś.

– Nie wiedziałem, że to wy przyszliście – powiedziałem.

Duży Czarny się roześmiał i spojrzał na brata.

– No, teraz już nie latamy do chorych. Nie jak za dawnych lat, kiedy byliśmy młodymi chłopakami i grzecznie wykonywaliśmy każde polecenie Piguły. Już nie. Ale kiedy dostaliśmy telefon, przyjechaliśmy od razu do ciebie i cholernie się cieszymy, że zdążyliśmy, zanim ty, no...

– Zabiłem się?

Duży Czarny się uśmiechnął.

– Jeśli chcesz to tak brutalnie ująć, Mewa, właśnie tak.

Opadłem na poduszki i spojrzałem na dwóch mężczyzn.

– Skąd wiedzieliście... – zacząłem.

Mały Czarny pokręcił głową.

– No, od jakiegoś czasu mieliśmy na ciebie oko, Mewa. Od pana Kleina z Centrum Zdrowia dostawaliśmy regularne raporty na temat twoich postępów. Otrzymywaliśmy dużo telefonów od Santiagów z naprzeciwka. Pomagali nam ciebie pilnować. Miejscowa policja, kilku biznesmenów, wszyscy się włączyli, uważali na Mewę, rok po roku. Jestem zaskoczony, że nie wiedziałeś.

Pokręciłem głową.

– Nie miałem pojęcia. Ale jak to załatwiliście...?

– Wielu ludzi ma wobec nas spore długi wdzięczności, Mewa. Poza tym jest dużo takich, którzy z przyjemnością wyświadczą przysługę szeryfowi hrabstwa... – wskazał głową Dużego Czarnego – ...albo miejskiemu radnemu. – Przerwał. – Albo sędziemu federalnemu – dodał. – Osobie szczerze i bardzo mocno zainteresowanej człowiekiem, dzięki któremu przeżyła pewną paskudną noc wiele lat temu.

Nigdy przedtem nie jechałem limuzyną, zwłaszcza prowadzoną przez mundurowego policjanta. Duży Czarny pokazał mi, jak opuszczać i podnosić szyby. Spytał też, czy chcę z samochodu do kogoś zadzwonić – oczywiście na koszt podatnika. Bardzo chciałem, ale nie przychodził mi do głowy nikt, z kim miałbym ochotę porozmawiać. Mały Czarny wyjaśnił kierowcy, jak dojechać na moją ulicę. Trzymał na kolanach mały, niebieski żeglarski worek z dwoma kompletami czystych ubrań, które dały mi siostry.

Kiedy skręciliśmy w wąską uliczkę, zobaczyłem zaparkowany pod moim domem inny, raczej służbowy samochód. Przy drzwiach czekał na nas kierowca w czarnym garniturze. Chyba znał braci Moses, bo kiedy wysiedliśmy, wskazał tylko moje okno.

– Czeka na górze – poinformował.

Poszedłem przodem po schodach na pierwsze piętro.

Drzwi, które wyważyli bracia Moses i sanitariusze z karetki, były naprawione, ale otwarte. Wszedłem do swojego mieszkania i zobaczyłem, że zostało posprzątane i odnowione. Czułem zapach świeżej farby, zauważyłem w kuchni nowe szafki i kuchenkę. Podniosłem wzrok. Lucy stała na środku pokoju.

Przechylała się trochę na prawo i opierała na srebrnej, aluminiowej lasce. Jej włosy lśniły, czarne, ale z pasemkami siwizny, jakby pokazywała, że jest w tym samym wieku, co bracia Moses. Blizna na policzku z upływem lat zrobiła się jeszcze mniej widoczna, ale jej zielone oczy i uroda były tak samo zapierające dech jak wtedy, kiedy zobaczyłem ją po raz pierwszy. Uśmiechnęła się, kiedy podszedłem, i wyciągnęła rękę.

– Och, Francis, tak się martwiliśmy – powiedziała. – Minęło bardzo dużo czasu i dobrze cię znów widzieć.

– Cześć, Lucy – odparłem. – Często o tobie myślałem.

– Ja o tobie też, Mewa.

Przez chwilę stałem jak skamieniały. Zawsze trudno jest mówić, myśleć czy oddychać, kiedy w powietrzu krąży tyle wspomnień, kryjących się za każdym słowem, spojrzeniem, dotykiem.

Pomyślałem, że muszę jej powiedzieć wiele rzeczy, ale zamiast tego zapytałem tylko:

– Lucy, dlaczego nie uratowałaś Petera?

Uśmiechnęła się smutno i pokręciła głową.

– Chciałam – odparła. – Ale Strażak musiał uratować się sam. Ja nie mogłam tego zrobić. Ani nikt inny. Tylko on.

Westchnęła, a ja spojrzałem nad jej ramieniem i zobaczyłem, że ściana, na której wypisałem historię sprzed wielu lat, pozostała nietknięta. Rzędy odręcznego pisma maszerowały w górę i w dół, spomiędzy nich wyskakiwały rysunki. Była tam cała opowieść, tak samo jak w noc, kiedy w końcu przyszedł po mnie anioł, ale ja wyśliznąłem się z jego uchwytu. Lucy podążyła wzrokiem za moim spojrzeniem i odwróciła się bokiem do ściany.

– Napracowałeś się, Mewa – stwierdziła.

– Czytałaś?

– Tak. Wszyscy czytaliśmy.

Milczałem.

– Rozumiesz, są ludzie, którzy mogą ucierpieć przez to, co opisałeś – powiedziała.

– Ucierpieć?

– Reputacje. Kariery. Takie rzeczy.

– To niebezpieczne?

– Możliwe. Nigdy nic nie wiadomo.

– Co mam zrobić?

Lucy znów się uśmiechnęła.

– Nie odpowiem na to pytanie za ciebie, Mewa. Ale przywiozłam ci kilka prezentów; mogą ci pomóc podjąć decyzję.

– Prezentów?

– No, powiedzmy...

Wskazała kartonowe pudło pod ścianą. Wyjąłem ze środka kilka rzeczy. Pierwszą była paczka dużych, żółtych zeszytów. Dalej pudełko ołówków z gumkami. Pod spodem dwie puszki matowej, białej, lateksowej farby, wałek, tacka i duży, sztywny pędzel.

– Widzisz, Mewa – zaczęła ostrożnie Lucy, odmierzając słowa z sędziowską precyzją. – Prawie każdy może tu przyjść i przeczytać słowa, które wypisałeś na ścianie. I może je zinterpretować na wiele sposobów. I, na przykład, będzie się zastanawiał, ile ciał jest pogrzebanych na cmentarzu starego szpitala stanowego. I jak te ciała tam trafiły.

Kiwnąłem głową.

– Ale z drugiej strony, Francis, to twoja opowieść i masz prawo ją zachować. Po to te notesy; są trochę trwalsze i o wiele bardziej osobiste. Tamte słowa na ścianie już zaczynają blaknąć i niedługo zupełnie się zatrą.

Widziałem, że mówi prawdę.

Lucy uśmiechnęła się, otworzyła usta, jakby chciała powiedzieć coś jeszcze, ale się rozmyśliła. Zamiast tego pochyliła się i pocałowała mnie w policzek.

– Dobrze cię znów widzieć, Mewa – powtórzyła. – Od teraz bardziej na siebie uważaj.

Opierając się ciężko na lasce, przy każdym kroku ciągnąc za sobą okaleczoną nogę jak wspomnienie tamtej nocy, wolno wykuśtykała z pokoju. Duży i Mały Czarny przez chwilę za nią patrzyli, potem bez słowa uścisnęli mi rękę i wyszli.

Kiedy drzwi się zamknęły, odwróciłem się do ściany. Przemknąłem wzrokiem po wszystkich zapisanych tam słowach i ostrożnie rozpakowałem ołówki i zeszyty. Wahałem się najwyżej kilka sekund, zanim przepisałem z samej góry:

Francis Xavier Petrel przyjechał do Szpitala Western State karetką, za-
płakany, ze związanymi i skutymi rękami i nogami. Padał ulewny deszcz,
szybko zapadał zmrok. Francis miał dwadzieścia jeden lat i był przerażony
bardziej niż kiedykolwiek w całym swoim krótkim i – aż do tej pory – dość
nudnym życiu...

Malowanie, pomyślałem, może poczekać kilka dni.

WYDAWNICTWO AMBER Sp. z o.o.
00-060 Warszawa, ul. Królewska 27, tel. 620 40 13, 620 81 62
Warszawa 2005. Wydanie I
Druk: Finidr, s.r.o., Český Těšín